八閩文庫

歗雲詩文鈔

[清]林樹梅 撰
陳茗 點校

八閩文庫
要籍選刊
113

海峽出版發行集團
THE STRAITS PUBLISHING & DISTRIBUTING GROUP
福建教育出版社

二〇一九年八閩文庫出版工程領導小組

組　長　梁建勇

副組長　楊賢金

成　員

施宇輝　馮潮華　賴碧濤　陳熙滿

王建南　黄　誌　卓兆水　葉飛文

陳　强　林守欽　王秀麗　蔣達德

二〇二〇年八閩文庫出版工程領導小組

組　長　邢善萍

副組長　郭寧寧

成　員

施宇輝　馮潮華　賴碧濤　陳熙滿

肖貴新　王建南　黄　誌　卓兆水

葉飛文　陳　强　林守欽　王秀麗

林義良

二〇二二年八閩文庫出版工程領導小組

組　長　張　彦

副組長　鄭建閩

成　員

林端宇　鄭家紅　顏志煌　黃國劍
許守堯　肖貴新　林　生　黃　誌
卓兆水　吴宏武　陳　强　張立峰
鄭東育　林義良　林　彬

二〇二三年八閩文庫出版工程領導小組

組　長　張　彦

副組長　王金福

成　員

林端宇　鄭家紅　顏志煌　黃國劍
許守堯　肖貴新　黃　誌　陳熙滿
吴宏武　林　生　李　潔　張立峰
鄭東育　黃葦洲　林　彬

八閩文庫編纂委員會

顧　問

袁行霈　樓宇烈　安平秋　陳祖武　楊國楨　周振鶴

主　任

葛兆光　張　帆

委　員（以姓氏筆畫排序）

丁荷生（Kenneth Dean）　方寶川　杜澤遜　李　岩　吴　格

汪征魯　宋怡明（Michael Szonyi）　林　彬　林繼中　陳支平

陳紅彦　陳慶元　商　偉　張志清　張善文　葉建勤　傅　剛

鄭振滿　漆永祥　稻畑耕一郎　劉　石　劉躍進　盧美松

顧　青

八閩文庫總序

葛兆光　張　帆

一

在傳統中國的文化史上，福建算是後來居上的區域。

經歷了東晉、中唐、南宋幾次大移民潮，浙、閩之間的仙霞嶺，早已不是分隔内外的屏障，而成了溝通南北的通道。歷史使得福建越來越融入華夏文明之中，唐宋兩代，特别是在「背海立國」的宋代，東南的經濟發達，海洋的地位凸顯，福建逐漸從被文明中心影響的邊緣地帶，成爲反向影響全國文明的重要區域。在七世紀的初唐，詩人駱賓王曾説「龍章徒表越，閩俗本殊華」（駱臨海集箋注卷二晚憩田家，陳熙晉箋注，上海古籍出版社一九八五年，第三六頁），前一句説的是華夏的衣冠對斷髮文身的越人没有用，後一句説的是閩地的風俗本來就與華夏不同，意思都是瞧不起東南。但是，到了十五世紀的明代中期，黄仲昭在弘治八閩通志序裏卻説，八閩雖爲東南僻壤，但自唐以來文化漸盛，「至宋，大儒君子接踵而出」，實際上它的文明程度，已經「可以不愧於鄒魯」（四庫全書存目叢書史部一七七册，齊魯書社一九九六年，第三六四頁）。

的確，自從福建在唐代出了第一個進士薛令之，而且晉江有歐陽詹，福清有王棨，莆田有徐夤、黄滔這些傑出人物之後，到了更加倚重南方的宋代，福建出現了蔡襄（一〇一二—一〇六七）、陳襄（一〇一七—一〇八〇）、游酢（一〇五三—一一二三）、楊時（一〇五三—一一三五）、鄭樵（一一〇四—一一六二）、林光朝（一一一四—一一七八）、朱熹（一一三〇—一二〇〇）、蔡元定（一一三五—一一九八）、陳淳（一一五九—一二二三）、真德秀（一一七八—一二三五）等一大批著名文人士大夫。這些出身福建或流寓福建的士人學者，大大繁榮和提升了這裏的文化，甚至使得整個中國的文化重心逐漸南移，也許，就像程頤説的那樣「吾道南矣」（宋史卷四二八道學楊時傳，中華書局一九七七年，第一二七三八頁）。也就是説宋代之後，原本偏在東南的福建，逐漸成了中國重要的文化區域。

不過，習慣於中原中心的學者，當時也許還有偏見。以來自中心的偏見視東南一隅的福建，那時福建似乎還是「邊緣」。雖然人們早已承認福建「歷宋逮今，風氣日開」（黄虞稷閩小紀序，撰於康熙五年，續修四庫全書史部七三四册，上海古籍出版社二〇〇二年，第一二七頁），但有的中原士人還覺得福建「僻在邊地」。像北宋樂史的太平寰宇記，一面承認「此州（福州）之才子登科者甚衆」，一面仍沿襲秦漢舊説，稱閩地之人「皆蛇種」，並引十道志説福建「嗜欲、衣服，別是一方」（樂史太平寰宇記卷一〇〇江南東道一二，中華書局二〇〇七年，第一九九一頁）。所以，歷史上某些關於福建歷史、文化和風俗的著作，似乎還在以中原或者江南的眼光，特別留心福建地區與核心區域不同的特異之處，筆下一面凸顯異域風情，一面鄙夷南蠻鴃舌。但是從大的方面説，我們看到宋代以降，實際上福建與中原的精英文化越來越趨向同一，正如宋人祝穆方輿勝覽所説，「海濱幾及洙泗，百里三狀元」，前一句裏所謂「洙泗」即孔子故鄉，這是説福建沿海文風鼎盛，幾乎趕得上孔子故里；後一句裏「三狀元」是指南宋乾道年間福建登第的三個狀元，即乾道二年（一一六六）的蕭國梁、乾道五年的鄭僑和乾道八年的黄定，他們都是福建永福（今永泰）這個地方的人（祝穆新編方輿勝覽卷一〇，施和金點校，中華書局二〇〇三年，第一六三頁）。

文化漸漸發達，書籍或者文獻也就越來越多，福建文獻的撰寫者中不僅有本地人，也有流寓或任職於閩中的外地人。日積月累，這些文獻記録了這個多山臨海區域千年的文化變遷史，而八閩文庫的編纂，正是把這些文獻精選並彙集起來，爲現代人留下唐宋以來有關福建的歷史記憶。

二

福建鄉邦文獻數量龐大，用一個常見的成語説，就是「汗牛充棟」。那麼多的文獻，任何歸類或叙述都不免挂一漏萬。不過，我們這裏試圖從區域文化史的角度，談一談福建文獻或書籍史的某些特徵。

毫無疑問，中國各個區域都有文獻與書籍，秦漢之後也都大體上呈現出華夏同一思想文化的底色，但各區域畢竟有其地方特色。如果我們回溯思想文化的歷史，那麼，唐宋之後福建似乎也有一些特點。恰恰因爲是後來居上的文化區域，所以福建積累的傳統包袱不重，常常會出現一些越出常軌的新思想、新精神和新知識。這使得不少代表新思想、新精神和新知識的人物與文獻，往往先誕生在福建。衆所周知的方面之一，就是宋代儒家思想的變遷。應當説，宋代的理學或者道學，最初乃是一種批判性的新思潮，一些儒家士大夫試圖以屬於文化的「道理」鉗制屬於政治的「權力」，所以，極力强調「天理」的絶對崇高，人們往往稱之爲道學或理學，也根據學者的出身地叫作「濂洛關閩之學」。其中，「閩」雖然排在最後，卻應當説是宋代新儒學的高峰所在，以至於後人乾脆省去濂溪和關中，直接以「洛閩」稱之（如清代張夏雒閩源流録），以凸顯道學正宗，恰在洛陽的二程與福建的朱熹，而道學最終水到渠成，也正是在福建。因爲宋代道學集大成的代表人物朱熹，雖然祖籍婺源，卻出生在福建，而且相當長時間在福建生活。他的學術前輩或精神源頭，號稱「南劍三先生」的楊時、羅從彦（一〇七二—一一三五）、李侗（一〇九三—一一六三），也都是南劍州即今福建南平一帶人，他的提攜者之一陳俊卿（一一一三—一一八六），則是興化軍即今莆田人，而他的最重要的弟子黄榦（一一五二—一二二一）是閩縣（今福州）人，陳淳是龍溪（今龍海）人。

正是在這批大學者推動下，福建逐漸成爲圖書文獻之邦。慶元元年（一一九五），朱熹在福州州學經史閣記中曾經説，一個叫常濬孫的儒家學者，在福州地方軍政長官詹體仁、趙像之、許知新等資助下，修建了福州府學用來藏書的經史閣，即「開之以古人斆學之意，而後爲之儲書，以博其問辨之趣」（朱文公文集卷八〇，朱子全書第二四册，上海古籍出版社、安徽教育出版社二〇一〇年，第三八一四頁）。宋代之後，經由近千年的日積月累，我們看到福建歷史上出現了相當多的儒家論著，也陸續出現了有關儒家思想的普及讀物。大家可以從八閩文庫中看到，這裏收録的不僅有朱熹、真德秀、陳淳的著述，也有明清學者詮釋理學思想之作，像明人李廷機性理要選、清人雷鋐雷翠庭先生自恥録等等，應當説，這些論著構成了一個歷經宋元明清近千年的福建儒家文化史。

三

説到福建地區率先出現的新思想、新精神和新知識，當然不應僅限於儒家或理學一系。更應當記住的是，從宋代以來，中國政治、經濟和文化的重心，逐漸從西北轉向東南，一方面由於中原文化南下，被本地文化激蕩出此地異端的思想，另一方面海洋文明東來，同樣刺激出東南濱海的一些更新的知識。

我們注意到，在福建文獻或書籍史上，呈現了不少過去未曾有的新思想、新精神和新知識。比如唐宋之間，福建不僅出現過譚峭（生卒年不詳）化書這樣的道教著作，也出現過像百丈懷海（約七二〇—八一四）、溈山靈佑（七七一—八五三）、雪峰義存（八二二—九〇八）那樣充滿批判性的禪僧，還出現過禪宗史上撰於泉州的最重要禪史著作祖堂集。又如明代中後期，那個驚世駭俗而特立獨行的李贄（一五二七—一六〇二），有人説他的獨特思想，就是因爲他生在各種宗教交匯融合的泉州，傳説他曾受到伊斯蘭教之影響，當然更因爲有佛教與心學的刺激，使他成了晚明傳統思想世界的反叛者。而另一個莆田人林兆恩（一五一七—一五九八），則是乾脆開創了三一教，提倡「三教合一」，也同樣成爲正統的政治意識形態的挑戰者。再如明清時期，歐洲天主教傳教士「梯航九萬里」，也把天主教傳入福建，特别是明末著名傳教士艾儒略（一五八二—一六四九）應葉向高（一五五九—一六二七）之邀來閩傳教二十五年，從而福建才會有「三山論學」這樣的思想史事件，也産生了三山論學記這樣的文獻。無論是葉向高，還是謝肇淛，這些思想開明的福建士大夫，多多少少都受到外來思想的刺激。最後需要特别提及的是，由於宋元以來，福建成爲向東海與南海交通的起點，所以，各種有關海外的新知識，似乎都與福建相關，宋代趙汝适撰寫諸蕃志的機緣，是他在泉州市舶司任職；元代汪大淵撰寫島夷志略的原因，也是他從泉州兩度出海。由於此後福州成爲面向琉球的接待之地，泉州成爲南下西洋的航線起點，因而福建更出現了像張燮東西洋考、吴朴渡海方程、葉向高四夷考、王大海海島逸志等有關海外新知的文獻，這一有關海外新知的知識史，一直延續到著名的林則徐四洲志。老話説「草蛇灰線，伏脈千里」，歷史總有其連續處，由於近世福建成爲中國的海外貿易和海上交通的中心，所以，這裏會成爲有關海外新知識最重要的生産地，這才能讓我們深切理解，何以到了晚清，福建會率先出現沈葆楨開辦面向現代的船政學堂，出現嚴復通過翻譯引入的西方新思潮。

甚至還可以一提的是，近年來福建霞浦發現了轟動一時的摩尼教文書，這些深藏在道教科儀抄本中的摩尼教資料，説明唐宋元明清以來，福建思想、文化和宗教在構成與傳播方面的複雜性和多元性。所以，在八閩文庫中，不僅收録了譚峭化書，李贄焚書續焚書、藏書續藏書，林兆恩林子會編等富有挑戰性的文獻，也收録了張燮東西洋考、趙新續琉球國志略等關係海外知識的著作，讓我們看到唐宋以來，福建歷史上新思想、新精神和新知識的潮起潮落。

四

在八閩文庫收録的大量文獻中，除了福建的思想文化與宗教之外，也留存了有關福建政治、文學和藝術的歷史。如果我們看明人鄧原岳編閩中正聲、清人鄭杰編全閩詩録收録的福建歷代詩歌，看清人馮登府編閩中金石志、葉大莊編閩中石刻記、陳棨仁編閩中金石略中收録的福建各地石刻，看清人黄錫蕃編閩中書畫録中收録的唐宋以來福建書畫，那麽，我們完全可以同意歷史上福建的後來居上。這正如陳衍（一八五六—一九三七）在閩詩録的序文中所説「余維文教之開，吾閩最晚，至唐始有詩人，至唐末五代中土詩人時有流寓入閩者，詩教乃漸昌，至宋而日益盛」（續修四庫全書集部一六八七册，第四一一頁）。可見，宋史地理志五所説福建人「多向學，喜講誦，好爲文辭，登科第者尤多」，「今雖閭閻賤品處力役之際，吟詠不輟」（杜佑通典州郡十二），真是一點兒不假。

清代學者朱彝尊（一六二九—一七〇九）曾説「閩中多藏書家」（曝書亭集卷四四淳熙三山志跋，四部叢刊初編集部二七九册，上海書店一九八九年，第六〇一頁）。

千年以來的人文日盛，使得現存的福建傳統鄉邦文獻，經史子集四部之書都很豐富，翻檢八閩文庫，就可以感覺到這一點，這裏不必一一叙説。需要特別指出的是，福建歷史上不僅有衆多的文獻留存，也是各種書籍刊刻與發售的中心之一。福建多山，林木蔥蘢，具備造紙與刻書的有利條件，從宋元時代起，福建就成爲中國書籍出版的中心之一。宋元時代福建的所謂「建本」或「麻沙本」曾經「幾遍天下」（葉夢得石林燕語卷八，侯忠義點校，中華書局一九八四年，第一一六頁），更有所謂「麻沙、崇安兩坊產書，號稱『圖書之府』」的説法（新編方輿勝覽卷一一，第一八一頁）。版本學家也許將它與蜀本、浙本對比，覺得它並不精緻，但是，從書籍流通與文化貿易的角度看，正是這些廉價圖書，使得很多文化知識迅速傳向中國四方，也深入了社會下層。淳熙六年（一一七九），朱熹在建寧府建陽縣學藏書記中曾説到，「建陽版本書籍行四方，無遠不至」，可當時嘉禾縣學居然藏書很少，「學於縣之學者，乃以無書可讀爲恨」，於是一個叫姚耆寅的知縣，就「鬻書於市，上自六經，下及訓傳、史記、子、集，凡若干卷以充入之」。當地刊刻的書籍，豐富了當地學者的知識，也增加了當地文獻的積累，甚至扭轉了當地僅僅重視「世儒所誦科舉之業」的風氣（朱文公文集卷七八，朱子全書第二四册，第三七四五頁），這就是一例。到了清代，汀州府成爲又一個書籍刊刻基地，近年特别受到中外學者注意的四堡，就是一個圖書出版和發行中心，文獻記載這裏「以書版爲産業，刷就發販，幾半天下」（咸豐長汀縣志卷三一物産）。所以，美國學者包筠雅（Cynthia J. Brokaw）文化貿易：清代至民國時期四堡的書籍交易（劉永華、饒佳榮等譯，北京大學出版社二〇一五年）就深入研究了這個位於汀州府長汀、清流、寧化、連城四縣交界地區的客家聚集區的書籍事業，繼承宋元時代建陽地區（如麻沙）刻書業，這裏再一次出現中國書籍出版史上佔據重要位置的福建書商群體。

可以順便提及的是，福建刻書業也傳至海外。福建莆田人俞良甫，元末到日本，由九州的博多上岸，寓居在京都附近的嵯峨，由他刻印的書籍被稱爲「博多版」。據説，俞氏一面協助京都五山之天龍寺雕印典籍，一面自己刻印各種圖書，由於所刊雕書籍在日本多爲精品，所以被日本學者稱爲「俞良甫版」。

從建陽到汀州，福建不僅刊刻了精英文化中的儒家九經三傳、諸子百家以及文選、文獻通考、賈誼新書、唐律疏議之類的典籍，也刊刻了很多大衆文化讀本，諸如西廂記、花鳥爭奇和話本小説。特别在明清兩代書籍流行的趨勢和作爲商品的書籍市場的影響下，蒙學、文範、詩選等教育讀物，風水、星相、類書等實用讀物，小説、戲曲等文藝讀物，在福建大量刊刻。如果我們不是從版本學家的角度，而是從區域文化史的角度去看，這種「易成而速售」（石林燕語卷八，第一一六頁）的書籍生産方式，使得各種文獻從福建走向全國甚至海外，特别是這些既有精英的、經典的，也有普及的、實用的各種知識的傳播，是否正是使得華夏文明逐漸趨向各地同一，同時也日益滲透到上下日常生活世界的一個重要因素呢？

五

八閩文庫的編纂，當然是爲福建保存鄉邦文獻，前面我們説到，保存鄉邦文獻，就是爲了留住歷史記憶。

這次編纂的八閩文庫，擬分爲三個部分。第一部分是「文獻集成」，計劃選擇與收録唐宋以來直到晚清民初的閩人各種著述，以及有關福建的文獻，共一千餘種，這部分採取影印方式，以保存文獻原貌。這是八閩文庫的基礎部分，按傳統的經史子集四部分類，這是爲了便於呈現傳統時代福建書籍面貌，因而數量最多。第二部分是「要籍選刊」，精選一百三十餘種最具代表性的閩人著述及相關文獻，以深度整理的方式點校出版，不僅爲了呈現歷代福建文獻中的精華，也爲了便於一般讀者閱讀。第三部分則爲「專題彙編」，初步擬定若干類，除了文獻總目之外，還將包括書目提要、碑傳集、宗教碑銘、官員奏摺、契約文書、科舉文獻、名人尺牘、古地圖等，我們認爲，這是以現代觀念重新彙集與整理歷史資料的一個新方式，它將無法納入傳統的四部分類，卻是對理解福建文化與歷史至關重要的文獻，進行整理彙集，必將爲研究與理解福建，提供更多更系統的資料。

經歷幾年討論與幾年籌備，八閩文庫即將從二〇二〇年起陸續出版，力争用十年時間，經過一番努力，打下一個比較完備的福建文獻的基礎。

當然，不能説八閩文庫編纂過後，對於福建文獻的發掘與整理就已完成。八閩文庫僅僅是我們這一兩代人的工作，還有更多或更深入的工作，在等待著未來的幾代人去努力。無論從舊材料中發現新問題，還是以新眼光發現新材料，都是建立在前人的基礎上，而又對前人的工作不斷修正完善的過程。還是朱熹寫給陸九齡的那句廣爲流傳的老話：「舊學商量加邃密，新知培養轉深沉。」用舊的傳統融會新的觀念，整理這些縱貫千年的歷史文獻，也就無論「人間有古今」了。

八閩文庫要籍選刊出版説明

福建自唐代以降，名家輩出，著述繁興，流傳千載，聲光燦然。遺存之文獻，多可彰顯福建歷史發展脈絡，展示前賢思想學術及文學藝術成就，爲研究福建區域文化之基本典籍。八閩文庫「要籍選刊」擇取重要之閩人著作及相關福建文獻百數十種，予以點校。其中具備條件者，將採用編年、箋注、校證等方式整理。諸書略依經史子集分部編次，陸續出版。

二〇二一年八月

整理前言

林樹梅（一八〇八至一八五一），初名光前，少賦梅花詩，爲師所賞，贈字樹梅，因以字行。又字實夫，自號「歗雲」。以神骨清癯，又自稱「瘦雲」。淘井得鐵笛，吹聲徹雲，衆呼爲「鐵笛生」。自稱「世外人」，人呼「金門羽客」。同安縣金門（今福建省金門縣）人。本姓陳，生父陳春圃，金門左營百總，生母謝氏。兄弟六人，樹梅排行第六。兩歲時，過繼金門千總林廷福，林廷福特憐之，養母陳氏愛撫備至。

林氏祖先世居漳州府龍溪縣象山，明嘉靖十八年（一五三九）遷徙至泉州府同安縣茂林下社。清康熙間，樹梅高祖避患遷至同安縣金門後浦。高祖林國元，武略將軍。曾祖林嘉龍。祖父林端懿有四子。樹梅之伯父林海、二伯父林澤，均爲水師外委，三伯父林汪早卒，樹梅父林廷福排行第四。林廷福字錫卿，號受堂，起行伍，三十多年間，寢饋風濤巨浸中，北至天津、遼陽，南及瓊崖、交阯，東至澎湖、臺灣，閩粤沿海則駐守過金門、南澳、海壇、閩安，縱横上下數千里，歷經大小百餘海戰，以功累至署閩安鎮副將。

林樹梅兩歲過繼到將門，從小受傳統的文化教育。七歲喪母之後，隨父出没風波。十七歲，隨父遠渡臺灣，次年隨父守澎湖，與蔡廷蘭定交。道光十年（一八三〇），富陽周凱爲興泉永道觀察，駐厦門，於玉屏書院倡古文，樹梅從之學。道光十五年（一八三五），樹梅執贄從光澤高澍然學習古文法，周凱聘高氏爲厦門玉屏書院主講。周凱是古文家張惠言的弟子，高澍然是建寧古文家朱仕琇的再傳弟子，曾主講福州著名的鼇峰書院。陳壽祺辭去福建通志總纂後，由高澍然繼任。在周凱與高澍然的指授下，樹梅古文日進。

林樹梅兩次赴臺，第一次已如前述，另一次是道光十六年（一八三六），時年二十九歲。兩次赴臺，往返四次，三次遇險。道光十八年（一八三八）内渡，從五月候風，至八月方得以附金門鎮戰船兩度出海，過黑水洋，飛浪從桅杪傾注，船底板漏水，漂到福建南部古雷半島，九死一生。渡臺灣記、再渡臺灣記、自鳳山歸省記程記錄了當時往返閩臺的艱辛。曹謹爲臺灣鳳山令，召林樹梅協助治縣。林樹梅作與曹懷樸明府論鳳山水利書、與曹明府補論水利書、與曹懷樸司馬論竹塹水利書。曹謹采取他的建議，興修水利，每年增收穀米十數萬石，民衆雖稱之爲「曹公圳」，而林樹梅之功居多。林樹梅又建議修城樓、炮臺，訓練團勇，並深入深山林區、海隅小島，安撫當地居民，協調閩粤各社，制止械鬥，曹謹擬爲之報功，林樹梅力辭。

道光二十年（一八四〇）爆發鴉片戰争，林樹梅時在邵武，閩浙總督急速令下屬修書招之。林樹梅連忙趕到泉州，又從泉州到厦門，慷慨從軍。他勘察地形，挖掘泉井，訓練鄉勇，上書當局，條陳防守利弊，所作上閩浙總督鄧公全閩備海策、上興泉永道劉公厦金二島防禦策、上總督顔公補陳戰守八策、上泉漳二巡道海澄刺嶼尾置戍策等文，非平日深諳海防者不能發此論。陳化成將軍戰死於吴淞炮臺，林樹梅以通家子的身份作江南提督忠愍陳公傳。這篇傳記，很可能是史上最早的陳化成傳記。道光三十年（一八五〇），林則徐招林樹梅入幕，稱其爲「南金」，目之爲「國士」。十月，林則徐前往廣西處理粤事，林樹梅隨行至泉南，暫時告假歸里探母，林公贈以詩並貂裘，約赴軍前。數日後，林則徐卒於廣東，林樹梅悲慟欲絶，次年鬱鬱而終，年僅四十四歲。

林樹梅生活在清道光年間，活動於閩臺沿海，他的作品是反應那個時期閩臺社會、閩臺民衆交往的重要文獻。林樹梅兼有水師將門子弟和文士的雙重身份，非常關注閩臺的海防，他在軍中、軍外還寫下許多務實的愛國詩文，在史學和文學方面有着重要的價值。林樹梅的古文文意嚴潔，切於時務。何長聚評樹梅詩多奇氣，悲壯蒼鬱。間亦作詞，惜已不傳。樹梅出生於海島，長於水師之家，自幼隨父出没於驚濤駭浪之中，兩渡臺灣，英軍侵擾厦門，慨然從軍。特殊的經歷，造就了他與衆不同的古文風貌。

林樹梅的詩歌創作，以太武山十八詠爲最早，作於道光元年（一八二一），當時他只有十四歲。歗雲山人詩鈔所收，截止於道光二十七年（一八四七），此後還有五十多首見於林策勳所輯歗雲詩存。林樹梅有遊遍名山大川之大志，遺憾的是，直至生命終結，連嚮往之至的武夷山他都没有到過。他的履迹，内陸最遠的不過到達福建的邵武、光澤，這多半還與他的高澍然師是光澤人有關。林樹梅喪母之後，隨父鎮守海疆，他是否到過天津等地還有待考證。從現有詩文分析，東南沿海北起浙江温州、福建太姥，中經寧德、福州、平潭、莆田、泉州、金門、厦門、漳州、漳浦、東山，南至廣東潮州、南澳，重要的港灣、河口，無所不到；臺灣西海岸，府城、鹿港，南到瑯嶠，亦無所不至。林樹梅曾協助鳳山令曹謹治縣，又親歷鴉片戰爭的厦門戰事，他的部分紀事詩可備史乘之采（光澤何長聚評語。見林策勳輯諸家評論，歗雲詩鈔附録，菲律賓宿霧市：大衆印書館，一九六八年重印）。

如果討論林樹梅詩最大的特色，那就是他的詩具有海洋與海島的特質。宋代以後，由於海上交通的逐漸發達，海洋文學也有一定的發展。明代由於鄭和下西洋和嘉靖以降的倭亂，人們對海洋有了更多的關注。林樹梅生長於海島以及他的水師軍營的生活閱歷，使他的詩比前輩詩人在描寫海洋、海島方面，表現出更大的熱情與活力。他的詩内容十分廣泛，有海洋史和海洋傳説的追憶（南宋的南澳和南明的金門），有航海的描述（東渡臺灣與内渡），有海上防禦與海上戰争的書寫（沿海各要塞及厦門海氛），有島上建設的載述，有海島賑灾和島民生活的記載（澎湖和金門），有海上和海島風物的描繪，有水師子弟的唱酬，有海洋、海島圖畫的題詩，還有結交沿海師友及海外使臣的記載，豐富多彩。面對海洋，林樹梅没有太多的豪言壯語，雖然渡海經歷千辛萬險，却也没有心驚膽寒，海洋生活對於他來説，不過是平常之事而已。遠在臺灣府城的劉家謀評林樹梅的詩，一説他有「真氣」，一説他有「生氣」（見林策勳輯諸家評論，歗雲詩鈔附録，菲律賓宿霧市：大衆印書館，一九六八年重印），最得樹梅詩之精髓。

林樹梅亦能繪圖繪畫。其圖多配於文，如閩海握要圖説（文鈔卷一〇），配有閩海握要圖（今存），對閩海的海防有詳細的論述，圖亦可資考鏡。繪畫時配以詩，可惜畫今已不存，未能窺其全貌。林樹梅勤於著述，光緒金門志載其著作十來種，重要的有歗雲詩鈔、歗雲文鈔、静遠齋文鈔等，還有一些漏載的。從説劍軒餘事可以看出林樹梅善於辨識金石，工於篆事。林樹梅篆印，「古雅絶倫」。吕世宜認爲林樹梅論篆，世人所不及知者有二：一是「漢印用篆法，兼用隸法，深得篆初變隸意」；二是「印之作，在結體運刀，要出之端重，要識其拙處正其妙處」（吕世宜著、何樹環校釋：愛吾廬文鈔校釋，臺灣古籍有限公司，二〇〇二年版，第八五頁）。

林樹梅除了刻自己的著作外，還刻了不少書，有家學閲歷的，有軍事專書，也有重益世、勸孝淑的，還有鄉邦文獻、時人著述。例如，南明兵部尚書、金門人盧若騰的島噫詩、島居隨録，多虧林樹梅的整理刊刻，才得以流佈，功莫大焉。

林樹梅的詩集，最早的是静遠齋詩鈔。檢高澍然抑快軒文集（鈔本）丙編卷四有静遠齋詩鈔序，疑道光十六年（一八三六）高澍然前往厦門主玉屏書院前後，林樹梅請質於高氏者，即此本。然此本是否刊刻，未詳，也未見鈔稿本流傳。其次是歗雲山人詩鈔初編四卷，此本有高澍然的點評，疑爲就正於高氏，爲高氏删定之本。高澍然卒於道光二十一年（一八四一）三月，前此林樹梅曾到光澤謁其師，此本所録詩亦止於道光十九年（一八三九）。再次是歗雲詩鈔初編八卷，此本載詩止於道光二十七年（一八四七）。歗雲詩鈔初編之所以仍然以「初編」命名，我們推想，這一年林樹梅只有四十歲，將來還有很長的時日，因此留有餘地（文集名「初編」理同）。誰也不會想到，四五年後，林樹梅竟於咸豐元年（一八五一）卒，他的詩還有四五年未刻。劉家謀爲歗雲删詩畢未寄去而訃音至矣云：「嶺海茫茫幾霸才，重洋兩度寄詩來。一編讀罷成遺草，商略何因到夜臺？」（觀海集卷三）

林樹梅請時爲臺灣教諭的劉家謀删詩，當包括道光二十七年（一八四七）以來之詩，可惜詩稿已不可尋。光緒金門志卷一〇著録林樹梅著述，有詩文續鈔，可能就是樹梅晚年所作未及刊入詩鈔、文鈔者，惜未見。萬幸的是，一九一〇年代，林樹梅族孫、菲律賓華僑林策勳在其族兄破簏中覓得林樹梅詩手鈔本五十多首，於一九五五年在菲律賓以歗雲詩存之名刊印，這些詩都是樹梅晚年之作。林策勳以未能一睹已經刊刻的歗雲詩鈔初編爲憾。後來，其摯友黄蕩甫告知其宗人黄秋聲曾從厦門鼓浪嶼林菽莊老人處得此本。林策勳「喜極涕下，亟托蕩甫君婉轉營求」（歗雲詩鈔跋，林策勳編歗雲詩鈔附録，菲律賓宿霧市：大衆印書館，一九六八年重印）。秋聲割愛之後，黄蕩甫三次試着從厦門往菲律賓郵寄，未果，只好重抄縮小篇幅，分八次携至香港再轉寄菲律賓。用心之良苦，林樹梅地下有知，亦當爲之感動。一九六八年，林策勳將歗雲詩存改名爲歗雲詩鈔續編，合歗雲詩鈔初編爲一册，名爲歗雲詩鈔，在菲律賓宿霧市由大衆印書館重印，這是第一部比較完整的林樹梅詩集。然而，歗雲詩鈔也有缺陷。缺陷之一，詩鈔卷八止於題許鶴仙爲石松繪寄園圖即送其調戍東瀛一詩，而缺陳頌南先生惠書賦答至聽琴等九題。缺陷二，林策勳未能見到歗雲山人詩鈔初編，還有若干首歗雲詩鈔初編未收録之詩。二〇〇五年，臺灣古籍出版社出版了郭哲銘的歗雲詩編校釋，這是第一部林樹梅詩集的注釋本。此本的優點有三：一是補入歗雲山人詩鈔初編之詩若干首；二是對詩鈔做了校釋；三是附録收入若干篇林樹梅的傳記以及評論資料。此書的不足有二：一是以林策勳的歗雲詩鈔作爲底本，而未能使用更早的版本，致使題許鶴仙爲石松繪寄園圖即送其調戍東瀛以下諸詩仍付闕如；二是事典注釋偶有疏失，語辭出處間未能沿波討源。

林樹梅的文集，以道光十六年（一八三六）刻本静遠齋文鈔爲最早。此本不分卷，僅二十六篇，其中歗雲山人文鈔十卷本和歗雲文鈔初編十四卷本未録者十一篇

（序两篇，行狀一篇，銘两篇，贊一篇，啟一篇，書後四篇）。其次爲歗雲山人文鈔初編十卷本。我們見到的福建省圖書館藏本，卷一至卷五版心爲「歗雲山人文鈔初編」，卷六至卷一〇爲「歗雲山人文鈔」；目録爲「歗雲山人文鈔初編」，有目而無文者共十六篇；卷一〇另有全閩備海策四篇，下自注「以下嗣刻」。這個版本比較複雜，刻於林樹梅第二次赴臺内渡之後的次年，即道光十九年（一八三九）或稍晚。正文刻成之後，作者在編目録時又準備增加若干篇静遠齋文鈔有録的篇目，初編此集時删去，又擬補回俞淑人行狀等篇，以及道光二十年（一八四〇）初撰寫的上官都尉傳等篇。而目録中的嗣刻則晚至道光二十一年（一八四一）。所以可以斷定，目録是在書稿基本刻定後的道光二十一年編的，書則刻於道光十九年至二十年間。這個本子多數文章與歗雲文鈔初編的文字有出入，甚至出入很大。最後是歗雲文鈔初編十四卷本，道光二十七年（一八四七）刻本。文鈔名爲三，實則爲一，都是林樹梅的文集。載文由少到多，不斷增飾，偶有删汰，因此，以歗雲文鈔初編最爲完備。

我們這次整理出版，把歗雲詩、文合爲一帙，總名爲歗雲詩文鈔。排列順序爲：歗雲詩鈔、歗雲詩存、歗雲詩鈔輯佚、歗雲文鈔、歗雲文鈔輯佚、歗雲文鈔輯佚存目、説劍軒餘事。詩，以舊鈔本歗雲詩鈔初編八卷本爲底本，校以歗雲山人詩鈔初編四卷（簡稱「詩鈔初編」）。歗雲詩鈔之後，續以歗雲詩存。歗雲詩存爲歗雲詩鈔初編刻印之後林樹梅續作之詩，爲樹梅裔孫林策勳所輯，本書以菲律賓宿霧市大衆印書館重印本爲底本，乃稱歗雲詩存。歗雲山人詩鈔初編有録而歗雲詩鈔初編未載及其他佚詩，編爲歗雲詩鈔輯佚附於其後。文，以舊鈔本歗雲文鈔初編十四卷爲底本，校以静遠齋文鈔、歗雲山人文鈔初編（簡稱「文鈔初編」）。鈔本歗雲文鈔初編與歗雲山人文鈔初編互歧甚多，難以卒校的篇目，於校勘記首條别録歗雲山人文鈔初編之文。静遠齋文鈔、歗雲山人文鈔初編有録而歗雲文鈔初編未載，以及其他點校者發現的佚文，編爲歗雲文鈔輯佚附於其後。歗雲山人文鈔初編有目無文者，别輯爲歗雲文鈔輯佚存目。説劍軒餘事文不多，難於單獨排印出版，亦附於文之末。歗雲山人詩鈔初編原有高澍然的評語，然高氏之評是點評，有夾評和總評，本書僅録一詩的總評。歗雲文鈔初編有周凱、高澍然等的評語，本書依其體例仍附於各文之末，置於校勘記之前。文所録評語，也以歗雲文鈔初編爲底本，歗雲山人文鈔初編有而歗雲文鈔初編無者則補入，並加以説明。歗雲詩鈔、歗雲文鈔初編都有高澍然序，本書已將詩、文合爲一帙，故將詩、文序移至附録諸家序跋倡和與題詠。本書附録四種。一是諸家序跋倡和與題詠，爲點校者搜集的有關林樹梅的序跋、壽文、倡和與題詠諸作，先文後詩。林策勳所輯諸家評論數條，見於歗雲詩鈔本附録，亦列於此。二是林樹梅傳記。林樹梅傳記見於方志或筆記的有多篇，然多輾轉抄摘，不遍録，僅録最早的或有代表性的三篇，其中方志只收光緒金門志一種。三是點校者所撰的林樹梅著述考。四是點校者所撰的林樹梅年譜簡編。

在點校整理的過程中，得到汪毅夫老師、朱立立老師的指導。汪老師還特地送來他珍藏的歗雲山人文鈔初編、歗雲文鈔初編複印本。臺灣地區的陳德昭、陳長慶、黄振良、許清雲、王國良、施懿琳、廖美玉、蔡振念、陳益源、廖一謹、吴惠巧、楊永智、楊樹清、郭秋顯、賴麗娟、施志勝、陳炳容、葉鈞培、郭哲銘、許永德諸先輩及朋友，或贈書，或指導。厦門大學胡旭教授多次惠寄資料。人民文學出版社原總編輯周絢隆、福建省文史研究館原館長盧美松、福建省圖書館原館長謝水順、福建師範大學圖書館原館長方寶川，華中師範大學華中學術主編湯江浩、福建省委黨校教授林怡、福州大学学报主编苗健青、福建教育出版社總編輯孫漢生及社科編輯室主任祝玲鳳等先生都十分關心本書的出版。福建師範大學文學院原院長陳慶元先生通讀了書稿。在此，一併表示衷心的感謝。

限於學識，在點校整理過程中仍存在不當或不足之處，敬請各位專家批評指正。

目次

歗雲詩鈔……一
卷一……一
太武山十八詠……一
海印巖……一
古石室……二
一覽亭……二
石門關……二
玉几巖……二
偃蓋松……二
倒影塔……三
眠雲石……三
蟹眼泉……三
跨鼇石……三
千丈壁……三
瀑布泉……四
風動石……四
羊腸路……四
仙人跡……四
萬頃田……四
浸月池……五
步雲梯……五
移梅……五

宋楊太后陵……六
帝子樓……七
陸丞相墓……八
辭郎洲……八
渡臺紀事……九
臺灣感興……一一
澎湖留別……一二
嘯臥亭……一三
離筵即事……一四
海壇秋夜聞笛……一四
登福州釣龍臺……一五
南臺夜泛……一六
佛郎機銅炮歌……一六
鐵笛……一八
自題遊太姥山圖……一九
卷二……二〇
題分水關……二〇
潮州曲……二一
韓文公廟……二一
拜黃忠端墓……二二
木棉庵……二三
修前明魯王墓即事……二四
謁盧牧洲先生墓……二五
日本刀……二六
【附】周芸皋夫子長歌一首……二七
芸皋夫子命題鷺門紀遊詩畫册……二八
贈澎湖蔡香祖茂才……二九
題雪峰枯木庵刻字搨本……三〇

晤黄秀才君壽……三一
寄家秋泉先生……三二
大水……三三
乏鹽……三四
登福州鎮海樓……三四
别陳子繼豪……三五
理殘書……三六
隋舍利塔鈴歌……三七
寄朱曉霞進士石仙上舍……三九
送金鏡軒公子侍任北上……四〇
贈衣篇……四〇
遊鼓岡湖……四一
同王香雪先生渡海至劉五店……四二
訪梅妃故里……四二
哀饑民……四三
贈劉懿洵茂才……四四
贈何道甫孝廉道晉上舍……四四
卷三……四五
再渡臺灣呈曹懷樸明府……四五
重至安平鎮……四六
岡山……四七
曹侯既興水利，乃巡田勸農，賦此以頌……四八
登鳳山縣新築城樓……四九
從曹侯巡山即事……四九
前明寧靖王祠……五〇
題瑯嶠圖……五一
番刀……五三
檢繼豪遺札愴然書此……五三

紅螺仙館畫紅梅有寄……五四
惜翠圖……五五
臺陽竹枝詞……五六
哭芸皋夫子……五七
夜行所見……五八
中秋夜別臺灣親友……五九
西嶼燈塔……五九
歸舟遇颶風飄銅山呈陳參戎……六〇
過蒲葵關……六一
題蔡香祖孝廉海南雜著……六二
繼豪寄棺白鹿洞，詩以奠之……六三
哭家秋泉先生……六四
繪烈嶼圖……六五
過宋侗庵瓊江別墅……六六
送友歸臺陽……六六
喜晤周秋屏廣文即題其詩卷志別……六七
解劍贈友北上……六八
卷四……六九
澎湖施賑圖歌送蔣懌葊司馬歸楚……六九
題經驗方……七一
古意……七二
美女篇……七三
贈琉球魏貢使有淵……七四
答琉球林副使文瀾……七六
晚訪侗庵不值……七八
夢遊武夷山作……七八

鄰舟……七九
烏君山紀遊一六首……八〇
荒寺……八〇
室漏……八〇
欲搜巖苦暝不果……八一
路滑……八一
摘圃中殘蔬……八一
自起撥鑪火……八一
啖脱粟飯……八一
渴甚啜冷茶……八二
寒燭有淚膏……八二
破壁敗笠補之……八二
聽泉得句……八二
選壁題姓名紀遊……八二
望晚霞忽見野燒……八三
山頂看雲起……八三
捫厓碑……八三
石如缽塵積頗厚滌去之……八三
登詩話樓……八四
爲李香農繪釣臺泛月圖並題……八五
題畫扇……八五
和徐釣雪茂才贈韻……八五
歸自邵武過晉江宿周秋屏廣文館舍……八六
海角……八六
卷五……八六
散遣鄉勇……八六
遊白鹿洞諸勝……八七
登嘉興砦……八八

遊萬石巖望醉仙洞象鼻峰至
小桃源 …… 八八
哭高雨農夫子 …… 八八
厦門書事 …… 八九
弔禦夷死事諸公 …… 八九
義娘祠 …… 九〇
憫旱 …… 九一
得家書 …… 九一
夢先君子軍容甚盛 …… 九一
哭林仲環 …… 九一
秋夜大雷雨 …… 九二
再過萬松關遇毛千戎起鳳
…… 九二
對菊 …… 九二
雨中過洛陽橋拜蔡忠惠公祠
…… 九三
風雨滯塗嶺驛 …… 九三
長至日抵省寓 …… 九三
喜悟康允怡廣文即送之任順昌
…… 九四
寫麻姑像與姬人並題 …… 九四
題試劍石 …… 九五
挈眷遊鼓山 …… 九五
寄故鄉親友 …… 九六
題木蘭從軍圖 …… 九六
盆松 …… 九六
李忠定公祠 …… 九七
獵人斃豹往觀有作 …… 九七
建灘行 …… 九七
卷六 …… 九八

挈眷南歸……九八
初抵家作……九八
親舊席中……九九
再過廈門炮城感舊事……九九
過鼓浪嶼……九九
觀築夷樓……九九
霜降觀兵……一〇〇
寄贈高屺民幼瞻二世兄……一〇〇
漢鏡歌爲呂西邨先生作……一〇〇
贈曹李芳歸南澳……一〇一
重遊虎谿巖白鹿洞志感……一〇一
懷人絶句……一〇二
竹……一〇六
姬人得連埋荔枝乞予圖之
並題小句……一〇六
同心蘭花圖……一〇六
白牡丹……一〇七
水仙花……一〇七
卷七……一〇七
無盡巖……一〇七
碧山巖……一〇七
夢先外祖妣趙太宜人……一〇八
侍母遊南普陀上五老峰觀海
……一〇八
登雲頂巖……一〇八
夢遊碧玉洞天中有自然石榻
……一〇九
訪呂西邨先生寓居海澄……一〇九
過泛月樓……一〇九
贈楊君石松……一一〇

雨中與石松懷友 …………一一〇
冬至喜孫夢九、周晴秋、楊石松、李夢良諸君見過 …一一〇
消寒雅集 ……………一一一
春日奉母讌遊鹿洞虎谿諸勝 ……………………一一一
答西邨先生招遊錦里寓園 ……………………一一一
偶見亡友嚴熙純茂才書畫感作 ……………一一二
哭張孝廉亨甫 …………一一二
友人期飲山巖阻風不果，詩以柬之 …………一一二
散步至虎谿巖，始知是日爲寒食 ……………一一三
重遊虎谿避暑小酌，時將北行 ……………一一三
九日奉母遊萬石巖 ………一一三
制府閱兵厦門 …………一一三
小姬學寫梅花頗有意趣，乞予授法，並此示之 ……一一四
過涵江陳氏園亭訪主人未遇 ……………………一一四
哭李自青夫子 …………一一四
自鳴琴 ………………一一五
病疥戲同疾者 …………一一五
閩南道中雜句 …………一一五
題楊忠愍公年譜家訓後 …一一六
卷八 ……………………一一七
贖琴歌 …………………一一七

詠懷 …… 一一七
重遊釣龍臺 …… 一一八
贈陳君莒塘 …… 一一八
東石松 …… 一一八
誡子詩 …… 一一九
再至閩安鎮有感 …… 一二〇
喜晤謝管樵即送之建寧幕府 …… 一二〇
贈琉球蔡楊兩秀才 …… 一二〇
端午後一日鄭澤農明經招飲，即席漫賦 …… 一二一
近況 …… 一二一
寄内 …… 一二一
安得 …… 一二二
先人遺眼鏡，母寶之，命題
匣上 …… 一二二
雲悟圖 …… 一二二
四酒詩 …… 一二二
題硯 …… 一二三
白桃花 …… 一二三
梅花 …… 一二四
燕窩 …… 一二四
題呂孝子傳後 …… 一二四
寄園雜詩 …… 一二五
積書堂 …… 一二五
鳴琴澗 …… 一二五
泛月樓 …… 一二五
評詩讀畫之軒 …… 一二六
天竹厓 …… 一二六
枕梧亭 …… 一二六

方竹塢 …… 一二六
青螺石 …… 一二六
環翠壑 …… 一二七
三折徑 …… 一二七
妙香室 …… 一二七
留雲洞 …… 一二七
苔磯 …… 一二七
嘯臺 …… 一二八
賞雨山房 …… 一二八
半規池 …… 一二八
松石圃 …… 一二八
題許鶴仙爲石松繪寄園圖，即送其調戍東瀛 …… 一二九
陳頌南先生惠書賦答 …… 一二九
偕友登眺大觀樓 …… 一二九
讀唐人紅線傳寫圖並進 …… 一三〇
喜曾壯甫茂才過訪 …… 一三〇
明日壯甫解纜，走筆送之 …… 一三一
抽藤歎 …… 一三一
題鷺江秋泛圖 …… 一三二
謝碩甫陳壽山兩孝廉來厦寓荷庵，相見率贈 …… 一三二
聽琴 …… 一三二

歗雲詩存

慶南軒明府贈弓矢，賦長句謝之 …… 一三三
題女將圖二首 …… 一三四
寓居偶詠 …… 一三四
寄舫 …… 一三四

面山亭……一三五
惜翠樓……一三五
自題漁家樂圖……一三五
題友人篁月彈琴圖……一三五
葛衣曲……一三六
再過象鼻峰見大石開口刻「石笑」二字，喜而賦之……一三六
題瘿木私印匣……一三六
看劍憶亡友許造如……一三六
林少穆先生招赴省城詢海上事，即席賦呈……一三七
少穆先生導觀府中馴鶴有作……一三七
重至臺江聞湘雲已化去三載矣……一三八
江樓秋夜……一三八
口號三章答冬盦先生元量……一三八
少穆先生被命督師粵西，予隨行至泉郡暫假歸里，解狐裘見贈，約赴軍前，感呈四章即以奉別……一三九
贈劉炯甫孝廉從軍粵西……一三九
桂丹盟觀察作鸞官韻詩贈少穆先生，先生在泉南途次既和之，又屬予和，勉成一章附呈觀察……一四〇
哭少穆先生……一四〇
琯樵將歸詔安，以佳畫留別，疊前韻送之……一四一

自閩安重遊侯嶼巖 …… 一四一
讀芸皋夫子廈門志，愴然書感 …… 一四二
詠蘭 …… 一四二
沽酒 …… 一四二
題呂西邨先生小照 …… 一四三
植梅數歲始開 …… 一四三
遊虎谿 …… 一四三
送別 …… 一四四
歸策 …… 一四四
齋中夜坐 …… 一四四
秋暮獨眺江亭 …… 一四五
失題 …… 一四五

歗雲詩鈔輯佚 …… 一四六

磳田 …… 一四六
遊廈門白鹿洞繞出虎谿巖同陳二繼豪作 …… 一四七
巡山即事 …… 一四八
春日客懷 …… 一四九
三月六日同葉式宜司馬挈眷歸大湖 …… 一四九
懷李仲進 …… 一五〇
答家研香上舍寄畫竹 …… 一五一
懷葉司馬式宜 …… 一五二
自石衡如試館歸苦雨卻寄 …… 一五三
宿鼓山白雲堂 …… 一五四
琴劍渡江圖送客之楚 …… 一五四
憶洪惇甫歸臺陽將至泉州覓渡書寄二首 …… 一五五

酒後思鄉……一五六
題畫贈周東塘……一五七
宿吴園……一五七
秋江小景……一五八
送吴楚峰先生理鹾惠邑……一五九
題平旦鐘聲圖……一六〇
灘行紀險歌……一六〇
拜忠愍公祠……一六一
臨終口占……一六二

歗雲文鈔

卷一……一六三
上周芸皋夫子論臺水利書……一六三
與曹懷樸明府論鳳山水利書……一六六
【附】擬條規……一六九
與曹明府補論水利書……一七五
賀曹明府水利告成並陳善後事宜書……一七九
卷二……一八五
與曹懷樸明府論鳳山縣事宜書……一八五
論徵臺穀書……一九八
復温梧軒協鎮論安平形勢書……一九九
問吴君體士涪島糧價書……二〇二
與家巽夫茂才論金門志書……二〇四
與張梅郵貳尹卻旌獎書……二〇六
與曹懷樸司馬論竹塹水利書

……二〇七
與王春浦茂才書……二〇九
卷三……二一一
鳳山縣新舊二城論……二一一
添設埤頭城望樓炮臺並濬
濠溝議……二一八
卷四……二二三
渡臺灣記……二二三
再渡臺灣記……二二六
臺郡四邑記程……二三〇
清莊記程……二三六
瑯嶠圖記……二四〇
自鳳山歸省記程……二五三
卷五……二五七
嘉義陣亡將士祠墓碑記……二五七
前明魯王墓圖記……二六〇
【附】碑陰……二六四
前明寧靖王祠墓記……二六五
遊太姥山記……二六八
遊鼓山記……二七二
遊道人峰記……二七五
卷六……二七八
廣東水師提督李公傳……二七八
江南提督忠愍陳公傳……二八一
福建布政司經歷朱公傳……二八四
王飛瓏傳……二八八
自許先生傳……二九二
【附】校刊牧洲先生遺書
凡例……二九五
卷七……三〇一

先考受堂府君行述……三〇一
先妣陳淑人行述……三〇八
外祖父陳公外祖母趙太宜人遺事……三一二
武翼都尉陳公行狀……三一四
太學生陳君繼豪行略……三一六
亡弟光左壙志……三一八
文學高君守耕墓志銘……三二一
例授州同知吳君體士墓志銘……三二三
太學生林君硯香墓志銘……三二五
旌獎節孝陳孺人墓志銘……三二七
卷八……三二八
書周高二家拾遺録後……三二八
書周芸皋夫子遺像後……三三〇
書高雨農夫子抑快軒文集後……三三二
書陳一齋先生全集後……三三四
書楊忠愍公年譜家訓後……三三五
書孝經集纂後……三三六
卷九……三三七
團練鄉勇圖説……三三七
卷一〇……三四二
閩海握要圖説……三四二
海道説……三四四
巡哨説……三五六
占測説……三五九
戰艦説……三六六
勦捕説……三七一
卷一一……三七四

從軍紀略 …… 三七四
【附】鹽法道文公與按察使常公書 …… 三七八
【附】汀漳龍道徐公書 …… 三七八
【附】龍溪曹公書 …… 三七九
卷一二 …… 三八一
上閩浙總督鄧公全閩備海策 …… 三八一
上興泉永道劉公廈金二島防禦策 …… 三八六
上總督顏公補陳戰守八策 …… 三九一
上泉漳二巡道海澄刺嶼尾置戍策 …… 三九九
【附】林泉記石刻 …… 四〇一
上汀漳龍道徐公論廈金沿海事宜狀 …… 四〇一
與龍溪縣曹公論漳廈安民禦賊狀 …… 四〇三
卷一三 …… 四〇五
孝經贊序 …… 四〇五
文昌孝經序 …… 四〇六
閩安記略序 …… 四〇八
功過格序 …… 四〇九
雲影集序 …… 四一一
【附】凡例五則 …… 四一三
授産條約及家録引 …… 四一四
募修孚濟廟疏引 …… 四一八
卷一四 …… 四二〇

獨木鼓銘……四二〇
尺銘……四二一
剪銘……四二一
竹節研銘……四二二
時鐘銘……四二二
乳鐘銘……四二三
海天評月圖贊……四二三
拈眼鏡圖贊……四二四
松菊圖贊……四二四
坐石看雲圖贊……四二四
蒔蓀圖贊……四二五
睡禪圖贊……四二五
孝丐圖贊……四二五
閩南三布衣贊……四二六
陳則賡贊……四二八

歗雲文鈔輯佚

……四三〇
靜遠齋文鈔自序……四三〇
某君捐置祭産序……四三一
俞淑人行述……四三二
銘端溪硯送朱石仙歸白州……四三四
瑞蘭室銘……四三五
都尉陳公像贊……四三五
徵收先師趙縠士先生遺文啟……四三六
書謝退谷先生蛤仔難圖後……四三八
書胥鶴巢詩後……四三九
書藍水何氏家譜後……四四一
書宋賢跋李北海卷後……四四二

林氏家塾碑記……四四三
廣東水師提督陳公傳……四四五
上官都尉家傳……四四八
周封君傳……四五〇
胎産必讀題記……四五三
仙傳牡丹方治産必後十三證
附識……四五三
朱伯廬先生家居格言集説序
……四五四
浯江林氏原定授産條約……四五五
林氏世系演支分派序跋……四五八
浯江林氏家録世系序……四五九
詠雪齋詩草跋……四六〇

歗雲文鈔輯佚存目……四六二

汀州府學教授王君墓表……四六二
書唐景龍觀鐘銘搨本後……四六二
書小石帆著録古詩平仄論後
……四六二
書曹懷樸明府事……四六三
書上官孝女事……四六三
過友人楊希盛戰死得題贊
……四六三
雜録……四六三
全閩備海策……四六三
再申未盡之策……四六三

説劍軒餘事……四六四

鏤螭……四六四
自序……四六四
源流第一……四六五
章法第二……四六六

材器第三……四六七
鐫鑄第四……四六八
泥盒第五……四六九
行藏第六……四七〇
位置第七……四七一
刻書……四七二
印書……四七二
曬書……四七四
藏書……四七四
油紙……四七五
附録……四七六
一、諸家序跋倡和與題詠……四七六
静遠齋文鈔序　李致雲……四七六
歗雲詩鈔稿序　高澍然……四七九
歗雲山人文鈔序　高澍然……四八〇
贈林生樹梅序　高澍然……四八二
歗雲鐵筆序　吕世宜……四八四
【附】柏香山館印存敘　吕世宜……四八五
歗雲詩鈔跋　吕世宜……四八六
跋林歗雲所藏武梁祠荆軻圖後　吕世宜……四八七
林歗雲叢記跋　陳慶鏞……四八八
林君瘦雲四十初度壽言　蔡廷蘭……四八九
歗雲詩存跋　林策勳……四九二
諸家評論　林策勳輯……四九三
富陽周凱……四九三
閩縣趙在田……四九四

光澤高澍然 …………… 四九四
澎湖蔡廷蘭 …………… 四九五
建寧張際亮 …………… 四九六
黄州蔣鏞 ……………… 四九六
閩縣何廣熹 …………… 四九七
光澤何長聚 …………… 四九七
侯官劉家謀 …………… 四九八
侯官林則徐 …………… 四九八
蕭山來錫蕃 …………… 四九八
平和曾以健 …………… 四九九
致林策勳　于右任 ……… 四九九
歗雲詩鈔跋　林策勳 …… 五〇〇
次家歗雲見贈韻　林則徐
…………………………… 五〇二
庚子中秋贈家歗雲（殘句）
林則徐 ………………… 五〇二
謝孝知兄弟招飲，席間喜晤
林大瘦雲，因有此作　張際亮
…………………………… 五〇三
閏六月廿四日偕梅友、孝
知、卓人、烱甫、瘦雲、蕙
卿宴集小西湖宛在堂，口號
絶句四首　張際亮
…………………………… 五〇四
林瘦雲遊太姥山圖　張際亮
…………………………… 五〇四
厦門白鹿洞觀海二首　張際亮
…………………………… 五〇五
瘦雲於三月望日携姬人觀海
登白鹿洞繪圖屬題　張際亮

……五〇六
答林歗雲厦門　劉家謀……五〇七
題歗雲叢記二首　劉家謀……五〇八
爲歗雲删詩畢未寄去而訃音至矣　劉家謀……五〇八
謁魯王墓　林豪……五〇九
瘦雲先生留影鏡歌　林豪……五〇九
金門耆舊詩　林瘦雲公子　林豪……五一一
大風雨晚次防口驛讀壁上家瘦雲先生題句，賦此弔之　林豪……五一二
二、傳記……五一三
鐵笛生小傳　林焜熿……五一三
從伯祖歗雲公傳　林策勳……五一五
林樹梅傳　金門志……五一九
三、林樹梅著述考　陳茗……五二〇
甲，存……五二一
（一）遊太姥山圖詠不分卷……五二一
（二）静遠齋文鈔不分卷……五二一
（三）歗雲山人詩鈔初編四卷，鈔本……五二三
（四）歗雲山人文鈔初編□

卷，刻本 …… 五二三
（五）歗雲詩鈔初編八卷，刻本 …… 五二四
（六）歗雲詩存不分卷，林策勳輯印 …… 五二五
（七）歗雲詩編校釋，郭哲銘校釋 …… 五二六
（八）説劍軒餘事不分卷，郭柏蒼校録，沈祖彛録本 …… 五二七
（九）浯江林氏家録不分卷，家印本 …… 五二八
乙，佚 …… 五二九
（一）静遠齋詩鈔不分卷 …… 五二九
（二）詩餘二卷 …… 五二九
（三）海防圖説不分卷 …… 五三〇
（四）戰船占測不分卷 …… 五三〇
（五）歗雲鐵筆一卷 …… 五三一
（六）文章寶筏一卷 …… 五三一
（七）雲影集不分卷 …… 五三一
（八）詩文續鈔不分卷 …… 五三二
（九）日記不分卷 …… 五三三
（十）歗雲叢記不分卷 …… 五三三
（十一）閩安紀略不分卷 …… 五三四

（十二）鏤螭存參不分卷……五三四
（十三）寄情集（一作移情集）不分卷……五三五
（十四）合録不分卷……五三五
（十五）行記，未完稿……五三六
四、林樹梅年譜簡編　陳茗……五三六
參考文獻……六六五

歗雲詩鈔

卷一

太武山十八詠〔一〕

太武爲金門主山，廣輿記謂有十二奇景，而不臚其名。樹梅生長是鄉，日與名山相接，愛其雄偉離奇而有鬱葱静深之氣，因搜訪古跡，續得六景，爲作十八詠云。

海印巖

海上卓方巖，如印繫在肘。安得文武才，俾作中流守。

古石室

仙山信步登，石竅敞虛室。中有太古雲，未肯因人出。

一覽亭

孤嶼如掌平，危亭矗雲表。一覽極秋空，天外征帆小。

石門關

一入此門來，自覺仙凡別。不識出關雲，滄桑經幾閱。

玉几巖

琴罷玉几間，山水有餘響。倘告宗少文，弗作卧遊想。

偃蓋松

無意千層霄，荒巒自偃蓋。竟日坐忘歸，聽濤引天籟。

倒影塔

塔影壓滄波，反照射巖樹。顛倒非神通，理惟静者悟。

眠雲石

仙人抱雲眠，遺此眠雲石。伴我讀奇書，卧看雲生席。

蟹眼泉

明盧牧洲先生島上四泉記品此爲第一

自拾枯松子，來烹第一泉。鳴鐺浮蟹眼，如聽伯牙絃。

跨鼇石

少時慕神仙，恨不生羽翼。今來騎巨鼇，神遊觀八極。

千丈壁

千丈絶題刻，蒼然太古色。試問參枯禪，面此何所得？

瀑布泉

翦取小龍湫，天半落寒翠。倒卷大雲輪，膏澤及萬類。

風動石

何曾石點頭，欲訝風生草。感此息機心，悠然悟天巧。

羊腸路

叱石久已爛，廻腸當路隅。未經嘗險阻，安得歸夷塗？

仙人跡

片石净無苔，宛然印玉趾。修爲到淩虚，要從實地起。

萬頃田

興到便遊山，貧來無寸土。耕雲種靈芝，此意浩終古。

浸月池

天月有圓缺，水月長清輝。何不洗心去，掬月空手歸。

步雲梯

上山雲愈高，階梯無止境。勉哉學道人，步步發深省。

【校勘記】

〔一〕此組詩詩鈔初編不載。

移梅〔一〕

不憚山林遠，移來水石旁。格道須得地，影瘦豈關霜？默默回春氣，徐徐發古香。他時資鼎實，毋使本根傷。

【校勘記】

〔一〕此詩詩鈔初編不載。

宋楊太后陵〔一〕

南澳古老山有宋慈元楊太后陵。按宋史，陸秀夫負帝沉海，太后亦自沉。張世傑得其屍，葬海濱。而南澳去厓山千餘里，太后倉卒投淵，得屍爲幸，豈能返葬？曰「太后陵」，傳疑也。

太后陵，在何許？桄榔葉暗猿啼苦。間關忍作未亡人，三載垂簾傷幼主。聽政稱奴淚如雨，塊肉終沉天莫補。厓海遥遥萬丈深，安得一抔瘞兹土？太后陵，足千古。

【評】

音節入古樂府，而詩境如埋泉斷劍，卧壑寒松，寫滄桑之感，尤稱。高雨農

【校勘記】

〔一〕此詩詩鈔初編編入卷一。

帝子樓〔一〕

址在南澳，志載帝昺駐蹕所築。

海風摇簸帝子樓，帝子驚怛丞相愁。風塵何處安鑾驧，朝衫淚血遽登舟。南紀茫茫天盡頭，宋家遺蹟猶千秋。吁嗟，居庸夜出今焉留？

【評】

節短心長，縮千里之勢於尺幅中，不減工部江上短述。高雨農

【校勘記】

〔一〕此詩詩鈔初編編入卷一。

陸丞相墓〔一〕

在南澳之青澳青徑口。

青徑口，丞相墓，千里厓門可指顧。壯君仗劍驅妻孥，天不可擎海可赴。地下碧血天壤名，怨禽時叫冬青樹。

【評】

與前首同妙。高雨農

【校勘記】

〔一〕此詩詩鈔初編編入卷一。

辭郎洲〔一〕

在南澳五嶼之北。志載：景炎元年，帝舟遷潮州紅螺山，明年正月，遷惠州甲子門。都統張達率義勇扈從，其妻陳璧娘送之至此，後人因名其地爲「辭郎洲」。璧娘嘗作平元曲，及達殉難，璧娘求得其屍，葬之，不食而死。

辭郎洲，辭郎郎去海上頭。妾恨此身爲女子，不能援皷分郎憂。辭郎郎去雙淚流，望郎努力生封侯。不然捐軀報君國，妾當函骨歸首邱。辭郎洲，浪悠悠。

【評】

古節古澤，張、王樂府之遺。高雨農

【校勘記】

〔一〕此詩詩鈔初編編入卷一。

渡臺紀事〔一〕

道光四年，家君署臺灣副總兵官，樹梅侍行。越二年歸，作渡臺記。意有未盡，復成此篇。

我家居金門，當門挹溟渤。對峙有臺灣，鯨鯢競出没。家君册戰勳，駕海功猶烈。奉檄乘長風，紀候秋八月。偏師經里閭，疾馳舟不歇。一葉跨洪濤，隨波爲凹凸。橫渡黑水洋，鬼哭陰雲結。海立龍涎垂，千里勢一瞥。鴟班登桅巔，舟人理帆繩，曰「鴟班」。整帆慮拗折。驟聞衆語嘩，徹夜補艙裂。曦明見遠峰，鹿耳險天設。將吏紛來迎，慰勞相咋舌。不然昨夜風，落漈命當絶。出險如再生，驚定轉愉悦。吁嗟復何常，蹤跡鴻泥雪。寒暑今再更，使我壯心切。

【評】

竟體老潔，生氣遠出。高雨農

【校勘記】

〔一〕此詩詩鈔初編編入卷一，載録與本詩頗異，特録於次。

道光四年，家君署臺灣安平副總兵官，樹梅侍行。越二年歸，作渡臺記一篇。意有未盡，復成紀事詩。鴻爪雪泥，有不堪回首者已。

我家嶼金門，太武山巀嵲。對峙曰臺灣，昔號鯨鯢穴。我父將水師，奉檄靖餘孽。嘉慶十年蔡逆入臺，家君合大軍擊破之。嗟我生也晚，未隨觀溟渤。十三遊東甌，十五客南粵。便欲乘長風，一訪神仙窟。適值戍臺兵，肆攘警報發。我父仍奉命，權署安平缺。維時秋八月，治裝戒士卒。疾馳六百里，過門不肯歇。泊舟金門後浦港守風，請家君登岸，不許。拔碇出料羅，港名，在金門東。浪湧長空没。戰艦輕如梭，隨波爲凹凸。漸至黑水溝，鬼哭陰雲結。大魚能吞舟，腹有死人骨。水立龍尾垂，掀簸舟屢蹶。夜聞人語喧，云是補艙裂。亞班登桅巔，整帆虞風折。亞班，海舟理帆繩者。倏忽鹿耳門，指點旌旗掣。官弁紛來迎，鳴鉦撑竹筏。轉思風不息，落漈命當絶。出險如再生，驚定翻愉悦。軍静民久安，寒暑今再閲。平生誇壯遊，夢寐猶恍惚。何當更東行，使我壯心切。

臺灣感興〔一〕

將軍靖海駕樓船，一戰功名二百年。地轉荒陬成樂土，春隨王化到窮邊。關津自昔稱奇險，鎮治於今有大賢。我正趨庭心愛日，學詩聊作紀遊篇。

舟楫乘風任往還，蓬壺疑在有無間。煙波一氣連金厦，水火同源出玉山。嘉義玉案山麓火出水中，晝夜不絶。六月不寒仙草凍，土產仙草煮汁如冰，食可解暑。四時常燠佛桑殷。氣候炎熱，佛桑花即扶桑，一叢日開千百朵。搜奇擬續元虚賦〔二〕，歷遍臺陽第幾灣。

三年兩度賦東征，蕞爾么䴔旋踵平。甲申平鳳山，丙戌平彰化。伏莽欲清先保甲，流氓當衈正呼庚。金湯永固須同志，赤子如何敢弄兵？知有封章陳善後，至尊方切念蒼生。

【校勘記】

〔一〕此詩詩鈔初編不載。

〔二〕「元」應作「玄」。

澎湖留別〔一〕

澎山三十六，荒壘半漁寮。虎井風煙壯，龍宮暑瘴消。家君爲民禱雨，建龍神宮。雲生香鼎嶼，雷壓吼門潮。虎井、香鼎、吼門，皆最險處。訪古屯軍蹟，迴迴蕩短橈。昔我初來處，舟從外塹迂。厨孃炊犢糞，蜑女鬻螺珠。日落風沙舞，鄉偏氣候殊。他年誇遠客，瀛海有珊瑚。蜃氣喜初收，承歡騁壯遊。烽煙諸島静，詩思一帆秋。閲歲同休戚，臨行且唱酬。吾鄉斜照裏，指點是浯洲。蹤跡如蓬轉，風波又一經。地原多鬼市，人喜逐魚腥。古劍寒肝膽，奇書瀹性靈。在澎得盧牧洲先生遺文數册。歸裝何所有，囊底貯空青。澎湖産空青，可治目。

【評】

絶似竹垞，而第二首兼有愚山。高雨農

【校勘記】

〔一〕此詩詩鈔初編編入卷一。

嘯卧亭〔一〕

縹緲孤亭勢自雄，披襟人欲嘯長風。海天入望空濛處，萬古青青一氣中。

【校勘記】

〔一〕此詩詩鈔初編不載。

離筵即事〔一〕

將之海壇，吴君體士偕諸友餞於沁源别墅，被酒折牡丹插歌者鬢，隨口吟云。

銀燭高燒照畫眉，離筵開趁好花時。無端累我清狂甚，誤折天香當柳枝。

【校勘記】

〔一〕此詩詩鈔初編不載。

海壇秋夜聞笛〔一〕

何人吹笛作離聲，驚起秋空孤雁鳴。三十六灣今夜月，不知可似故鄉明？

【評】

只是説聞笛思鄉，如此落筆，超絶，逸絶。高雨農

【校勘記】

〔一〕此詩詩鈔初編編入卷一。

登福州釣龍臺〔一〕

巋然百尺漢時臺，極望蒼茫感慨來。王氣已從龍井洩，壯懷猶對虎門開。雨餘松磴留重霧，春老梅花點緑苔。試聽江濤喧萬鼓，年年長此沸風雷。

【評】

梅邨、大樽並體。高雨農

【校勘記】

〔一〕此詩詩鈔初編編入卷一。

南臺夜泛〔一〕

橋鎖海雲秋，臺江夜放舟。簫聲樓上女，漁火水邊洲。月带汐痕溼，山隨帆影流。故人期不至，河漢正當頭。

【評】

字字精能，如鏤冰琱瓊，流光自照。高雨農

【校勘記】

〔一〕此詩詩鈔初編編入卷一。

佛郎機銅炮歌〔一〕

佛郎機，西海夷也。鑄赤銅爲炮〔二〕，長丈餘，重二千斤〔三〕，首廣如箕，作旋螺紋。面一小孔，曰「烘門」〔四〕，爲引火處。尾曰「筒口」〔五〕，爲發彈處。自首至腰漸纖，約雙龍爲紐，以使提揭。番字百餘，不可識。相傳海寇黄文海劫番船所得，載炮投誠，置之閩安鎮〔六〕。

咄哉西洋佛郎機，殺機奇毒生機微。燒銅鑄炮丈有咫，磺硝一發轟雷起。烈焰翻飛十里舟，鐵珠碎擊千人頭。舊傳此法遍西國，戰勝全憑火攻力。島夷藉炮恣横行，鄰酋膽慴皆輸誠。我聞恃德難恃勇，佛郎機幾無遺種。美洛居已歸紅毛，殺人利器終徒勞。見外國傳。紅毛甲板不能守，炮兮忽爲賊所有。賊魁載炮投軍門，山妖海怪都喪魂。十牛力挽雙龍紐，移置閩安鎮海口。鯨鯢遁跡無風波，此炮只與人摩挲。回思蚩尤是兵祖，銅頭鐵額血如雨。轉石撞破吕公車，火牛燧象今何如？

【評】

高、岑之遺。高雨農

【校勘記】

〔一〕「佛郎機」，詩鈔初編卷一作「佛狼機」。詩中正文同。

〔二〕「赤」，詩鈔初編卷一無此字。

〔三〕「二」，詩鈔初編卷一作「四」。

〔四〕「烘」，詩鈔初編卷一作「烽」。
〔五〕「筒」，詩鈔初編卷一作「膛」。
〔六〕「置之」，詩鈔初編卷一作「移置」。

鐵笛〔一〕

閩安鎮有人淘井得鐵笛，歸於樹梅。譜之，蓋仙品也。

道人素未解音節，哀絲豪竹非所悅。有客相逢古龍門，貽此玲瓏三尺鐵。出井初驚龍氣寒，横風乃與凡品別。携登太姥摩霄峰，峰頭高響凍雲裂。欲問會稽楊廉夫，兩笛雌雄孰能决？會看吹作老龍吟，滄海不波月皎潔。

【校勘記】

〔一〕此詩詩鈔初編不載。

自題遊太姥山圖〔一〕

少小曾聞太姥名，洞門丹竈訪容成。欲求仙侶空山遠，鐵笛横風第幾聲。
危巖擁翠麒麟聳，怪石掀空鸑鷟飛。三十六峰遊未遍，袖中携得白雲歸。

【評】

前首遠性風疏，次首逸情雲上。高雨農

【校勘記】

〔一〕此詩詩鈔初編編入卷一，作「自題遊太姥山圖記後」。

卷二

題分水關〔一〕

閩粵勾連處，漳潮二水分。相逢諸父老，猶問故將軍。時先君子見背已久。樹密蝯聲苦，城荒虎跡紛。思親無限淚，灑遍嶺頭雲。

【評】

神似長卿，格入老杜。高雨農

【校勘記】

〔一〕此詩詩鈔初編編入卷一。

潮州曲〔一〕

鷓鴣啼罷欲何之，春滿潮陽水滿陂〔二〕。湘子橋頭人喚渡，木棉花下雨如絲。

願郎莫向惡谿行，誰把谿頭鐵纜橫？鐵纜縱長三萬丈，如何繫得懊儂情？

【評】

（其一）風致入元人，與晚唐微别。彼以色勝，此以態勝也。高雨農

【校勘記】

〔一〕此詩詩鈔初編編入卷一，僅存前一首。

〔二〕「春滿潮陽水滿陂」，詩鈔初編卷一作「拜讀韓祠鸎䳇碑」。

韓文公廟〔一〕

一作逐臣居嶺表，至今廟貌屹江濆。孤忠不憚藍關雪，正氣能開衡嶽雲。劫火無

殘鸜鵒賦，公刺潮日手書王右丞白鸜鵒賦，擘窠大草絹本。近時潮守龍爲霖購得之羊城，刻石嵌於廟壁。鬼神知感鱷魚文。瞻依山斗情何極，千里南來獨拜君。

【校勘記】

〔一〕此詩詩鈔初編不載。

拜黄忠端墓〔一〕

孝陵王氣已銷沈，九死空嗟力莫任。戎馬北來誰柱石，君臣南渡事謳吟。兩篇奏議標青簡，御選明臣奏議，列公疏稿〔二〕。一卷河圖費苦心。日夕松楸遲墓道，摩挲幾度誦碑陰。

【評】

鈎玄提要，氣亦沈雄。高雨農

【校勘記】

〔一〕此詩詩鈔初編編入卷二，作「拜忠瑞黄石齋先生墓」。

〔二〕「列公疏稿」，詩鈔初編卷二作「先生疏稿二篇」。

木棉庵〔一〕

漳州城南二十里〔二〕，碑刻：「宋鄭虎臣誅賈似道於此」。

壯士誅奸處，豐碑今蝕苔。斯人能誤國，宋主亦庸才。拉賊原私憤，貪生枉乞哀。木棉花白發，夕照下荒臺。

【評】

詠史詩雄闊無剩義，最爲高格。高雨農

【校勘記】

〔一〕此詩詩鈔初編編入卷一。

〔二〕「漳州城南」，詩鈔初編卷一作「出漳州城」。

修前明魯王墓即事〔一〕

王諱以海，字巨川，明太祖十世孫。丙戌，浙師潰，至金門依鄭成功，以哮疾薨，葬金門城東〔二〕。或謂沈之海，殂於臺灣，皆傳訛也〔三〕。樹梅訪得王墓，加封植焉〔四〕，復捐市廛資祭掃〔五〕，賦詩奠之。

蒼茫雲海憶王孫，遺骨猶存亂石根。島嶼十年依故老，東南半壁望中原。地經兵燹無留碣，字蝕莓苔有舊痕。王書「漢影雲根」四字勒石。從此青山妥抔土，春來杜宇莫啼冤。

【評】

蒼凉悲壯，譜以君家鐵笛，於海上吹之，不異於與王孫冤魂共語。高雨農

【校勘記】

〔一〕此詩詩鈔初編編入卷一。

〔二〕「葬金門城東」上，詩鈔初編卷一有「薨於壬寅十一月十三日」。
〔三〕「傳訛」，詩鈔初編卷一作「傳聞誤」。
〔四〕「樹梅訪得王墓，加封植焉」，詩鈔初編卷一作「道光壬辰二月，樹梅訪得之，聞於周芸皋師。師立碑焉」。
〔五〕「復捐市廛資祭掃」，詩鈔初編作「既落成，樹梅復捐市廛入書院，收餘息爲祭掃費」。

謁盧牧洲先生墓〔一〕

先生諱若騰，金門人，崇禎庚辰進士。初授兵部主事，疏劾楊嗣昌不力討賊，請刊華嚴經，中外壯之。唐王時加兵部尚書，巡撫浙東，後從鄭經至澎湖〔二〕。已病亟，問今是何日，侍者以三月十九對。先生曰：「是先帝殉國日也。」一慟而絕。遺命題碣曰「自許先生之墓」〔三〕。樹梅輯其遺文，既卒業，弔之以詩〔四〕。

禪經安得靖疆埸，意氣嶒峻見彈章。壯志不教除逆賊，孤忠依舊殉先皇。浙人去後空稱佛，閩事興時苦乏糧。祇賸貞心堪自許，海天終古碧茫茫。

【評】

語哀以思，氣偉而鬱，想見蒼茫獨立，作海上孤吹也。高雨農

【校勘記】

〔一〕此詩詩鈔初編編入卷一。

〔二〕「後從鄭經至澎湖」，詩鈔初編卷一作「康熙三年從鄭經到澎湖」。

〔三〕「碣」，詩鈔初編卷一無此字。

〔四〕「弔之以詩」，詩鈔初編卷一作「謁其墓而弔以詩」。

日本刀〔一〕

吾家有寶刀，購自倭人國。乃是百煉精，亦具千金飾。四海今無波，不復事磨拭。何時遇王祥，使爾生氣色。

【評】

味澹聲希，襄陽嗣響，然難爲不知者道也。高雨農

【校勘記】

〔一〕此詩詩鈔初編編入卷一。

【附】周芸皋夫子長歌一首

林生贈我日本刀，鋒銛如淬鸊鵜膏。石破天驚海水立，此刀鑄成魑魅泣。天生神物必有用，未許倭奴自藏匿。白珠青玉紅琥珀，與刀並獻蜻蜓國。尊甫當代飛將軍，立功海上多奇勳。惜哉中年大星殞，未見英姿圖麒麟。林生林生我愛爾，愛爾能武兼能文。此刀昔日英雄佩，分風劈浪鯨鯢碎。笑我持旌島上來，毛錐只比鉛刀試。吁嗟乎，此刀産白鸚鵡里，日本島名。此刀見於白鷺洲。厦門又名鷺洲。贈予敢説三公貴，願爾家傳萬里侯。

芸皐夫子命題鷺門紀遊詩畫冊〔一〕 有引。原十二首，今録四

鷺門，漳、泉二郡之巨鎮也。西襟石碼，鎖雙擔之波瀾；南引銅山，屹十閩之屏翰。惟茲重任，實藉名賢。我夫子霖雨爲心，煙雲在手。拯饑卅島，息鴻澤之嗷鳴；樹德三州，慶鯨波之恬謐。繡衣星使，寓經濟於采風；花甸春巡，寫文章於繪事。畫手推前輩，擅場豈獨吴生？餘事作詩人，夙世當爲摩詰。宛若揚帆水驛，挂席炎州。虎井、蝯阬，庚郵紀勝；銀同、金廈，丁部標題。見聞補防海之書，圖畫具翦淞之概。數萬里赤城、滄嶼，盡入懷中；十二樓琪樹、瑶花，都歸腕底。樹梅微窺妙墨，深慚觀海之難。敬綴蕪詞，用志高山之仰。

漳泉遥對兩峰頭，煙水蒼茫點二州。詩思乘潮收不住，一帆飛出海門秋。大、小擔嶼。

廣廈千間亦壯哉，玉屏還爲育群才。師門笑我閒桃李，曾向春風沐浴來。玉屏書院。

勝國孤臣托島棲，百年萬石牓招提。時清遊屐周諸勝，不向枯僧問草雞。萬石巖僧貫一得古讖，有「草雞大耳」之句。及鄭氏據厦門，始末悉驗。

萬斛糧艘下料羅，檣島日日測風波。哀鴻劈海遥相望，多少名山不暇過。夫子賑濟澎湖〔二〕，由金門料羅港候風。

【評】
時髦好詩。高雨農

【校勘記】

〔一〕此詩詩鈔初編編入卷一，作「觀察周芸皋師命題鷺門紀遊詩畫册」。

〔二〕「大子賑濟澎湖」，詩鈔初編卷一作「師赴澎湖賑卹」。

贈澎湖蔡香祖茂才〔一〕

苦旱田難種，驚濤網莫施。天教山海困，人歷夏秋饑。蔡子如傷切，陳詞乞賑悲。從來負憂樂，都在秀才時。

【評】
風格兼永叔、介甫。高雨農

【校勘記】

〔一〕此詩詩鈔初編編入卷一。

題雪峰枯木庵刻字搨本〔一〕

福州雪峰寺池前有大木，外嵌中枵，皮盡剥，色如黄金，相傳真覺大師義存嘗趺坐於此。自唐迄今，枝幹雖盡，而本根不朽。字徑五寸，刻樹腹，其文左讀曰「維唐天祐乙丑歲造庵子及作水池，約伍阡餘功。於時廉主王大王」，凡二十六字。「王」謂王忠懿也。書法遒勁。樹梅既搨而讀之，蓋不能無感云。〔二〕

開門節度作功德〔三〕，佛力難支唐社稷。一庵竟費五千工，想見傷民復傷國。繁華轉眼都成空，行人猶復談雪峰。峰頭但賸木庵子，七百餘歲長春風。春風有意榮枯槁，秃盡枝條根尚好。胡爲不作棟樑才，轉爲中枵得自保。我來訪勝到枯庵，摩挲鑱壁窮幽探。今古盛衰渺難問，樹猶如此人何堪。

【評】

學昌黎，得其蒼直，卻非從摹擬來，故高。高雨農

【校勘記】

〔一〕此詩詩鈔初編編入卷三。

〔二〕「『王』謂王忠懿也。書法遒勁。樹梅既搨而讀之，蓋不能無感云」，詩鈔初編卷三作「小字一行曰：枕子一枚，雀觜杖一條，元生自庵中。凡十四字」。

〔三〕「閉門節度作功德」，詩鈔初編卷三作「天子閉門作功德」。

晤黄秀才君壽〔一〕

落魄留鴻爪，驚心失雁行。亡弟嘗從君學〔二〕。兩人俱老大，百感任蒼茫。旅况金都盡，秋風菊又黄。不須憐索莫，且喜遇他鄉。

【評】真氣動人，自合律髓。高雨農

【校勘記】

〔一〕此詩詩鈔初編編入卷一，作「晤黄君壽茂才」。

〔二〕「亡弟嘗從君學」下，詩鈔初編有「歿五年矣」四字。

寄家秋泉先生〔一〕

春風褉飲幾多時，勝會經年境又移。兩地吟身邀月共，一天鄉緒入秋知。辭家不信長爲客，學道於今欲得師。獨抱歸心未歸去，梅花莫笑復愆期。

【評】情文並茂，可到温、李。高雨農

【校勘記】

〔一〕此詩詩鈔初編編入卷一。

大水〔一〕甲午五月在福州作

我聞延平水，高與鼓山争。今春苦淫雨，入夏猶未晴。浸城蕩村落，浩浩東南行。群黎侶魚鱉，吞噬來長鯨。舟子不拯溺，乘危尤縱横。避水復遇盜，呼天無救兵。城樓最高處，鼓角虚張聲。嗟嗟我閩土，災患亦匪輕。借漕尚弗給，況乃加變更。盍爲未雨計，蓄泄豫經營。丁男食其力，奸念奚由萌？凋殘庶得所，鼓腹歌清平。

【校勘記】

〔一〕此詩詩鈔初編不載。

乏鹽〔一〕

淫雨無時節，偏災遍海濱。估船多阻颶，鹺竈欲生塵。遂使漁鹽國，都爲茹澹人。況經兵燹後，饑饉復相鄰。

【校勘記】

〔一〕此詩詩鈔初編不載。

登福州鎮海樓〔一〕

危嶂孤撐鎮海樓，崔巍直壓冶城頭。山呈旗鼓分形勝，人倚風雲話壯遊。千載霸圖歸氣運，一杯懷古弔王侯。東南鐵索須留意，出入滄溟萬里舟。

【評】

感慨低昂。高雨農

【校勘記】

〔一〕此詩詩鈔初編編入卷三。

別陳子繼豪〔一〕

憶君昔總角，我髮初勝冠。結交誓車笠，意氣同芝蘭。各有堂上愛，不識饑與寒。未幾歎孤露，漸見謀生難。出門昧所向，俗隘心自寬。長天浩無極，前路何漫漫。飄零兩遊子，風木摧心肝。此時一爲別，把酒顏不歡。所期在努力，誰能兒女酸？

【評】

神骨青蓮。高雨農

【校勘記】

〔一〕此詩詩鈔初編編入卷一，目録作「別陳繼豪」，正文作「別繼豪」。

理殘書〔一〕

生平惟愛書，今古冀淹貫。罄橐極網羅，琳琅周几案。有時燦寶光，陸離喜心渙。〔二〕亦復如故人，驟遇言笑晏。誰憐摧精神，喪志同物玩。比歲窘難支，易米去大半。或如借荆州，日久據以叛。造物忌滿盈，多藏總易散。書賈猶登門，時時苦相唤。云攜新本來，此是好文翰。不知我處貧，舊逋尚未判。得失安足償，吟詩聊博粲。

【評】

合香山、誠齋、劍南有之，三人本一家眷屬也。高雨農

【校勘記】

〔一〕此詩詩鈔初編列入卷三，作「理殘書有感」。

〔二〕「有時燦寶光，陸離喜心渙」，詩鈔初編卷三作「時復忘饔餐，得解喜心渙」。

隋舍利塔鈴歌〔一〕

樹梅得銅鈴於福州〔二〕，土花苔翠，斑駁甚古〔三〕。高三寸二分，圍徑六寸〔四〕，重四兩〔五〕。週迴細鐫真書十一行，凡七十字，字跡秀勁，大類唐刻磚塔銘，而高古過之。其波磔處微露艱澀痕，尤可愛也。其文曰：「大隋開皇十五年，歲次乙卯四月，己丑朔，維那馮堅敬造舍利塔鈴。上爲皇帝陛下、州縣令長，次爲七世父母援及一切衆生，咸同斯福。都維那惠禮、都勸緣傳法、比丘浄慧、匠胡翀造。」按，隋文帝以辛丑受禪，紀元開皇，乙卯在滅陳後之六歲。帝名堅，鈴中「堅」字無缺筆，豈當時御名竟弗避邪？抑尚有可疑邪？翁惠農先生云，開成石經中避諱最嚴，獨於文宗之「函」字不諱。昔人援禮，生不諱，卒哭乃諱。釋之，似得其解，以唐證隋，計亦可通也。〔六〕

平生好古多奇緣，區區癖嗜何太偏。踵門有客獻古器，其質雖小金則堅。如鐘有孔鐸無舌，謂是塔鈴銘細鐫。土花蝕翠極斑駁，字畫一一猶端妍。入謀諸婦償所直，婦亦解事輕金鈿。隋唐遺迹頗難得，此器已閱千餘年。鑄辭不貴貴刀筆，是何手法能翩翩。唐鐘佳搨景龍觀，以此量較宜尤賢。先得景雲二年鑄景龍觀鐘銘陰款搨本。正書陰款歎奇絶，凡銅器陽識易得，陰款難得。此鈴乃陰款刀刻，如鐫碑然。開皇帝號居其前。帝好機祥小術數，四海佞佛方紛然。當時立塔正難計，塔鈴散失凡幾千。吾閩流落此亦一，我適遇之庸非天。人間得失豈有定，作歌且補金石編。

【評】

瘦硬無懦響。高雨農

【校勘記】

〔一〕此詩詩鈔初編編入卷三。

〔二〕「樹梅得銅鈴於福州」，詩鈔初編卷三作「樹梅重遊福州，有持小銅鈴來售者」。

〔三〕「斑駁甚古」下，詩鈔初編卷三有「以東漢慮傂銅尺度之」九字。

〔四〕「圍徑六寸」下，詩鈔初編卷三有「許」字。

〔五〕「重四兩」下，詩鈔初編卷三有「奇形，質差扁，如古編鐘，紐鼎頁上，紐下大孔一兩，旁小孔各三」二十四字。

〔六〕「翁惠農先生云」至「計亦可通也」，詩鈔初編卷三爲注文。「計亦可通也」下，詩鈔初編有「隋舍利塔，見金石録，凡有五。此鈴不知何屬。樹梅既償其直，得之，而繫以歌」。

寄朱曉霞進士石仙上舍〔一〕

送君歸百粤，予亦掛孤帆。相去數千里，經年無一緘。交從憂患切，恩已死生銜。共有思親淚，離愁那可芟？

【評】

蒼然而來，一氣渾成。四十字如生鐵鑄就，又如百寶流蘇，綺密交午。高雨農

前人論五律如四十賢人，容不得一俗客。此真一字一珠矣。高雨農

【校勘記】

〔一〕此詩詩鈔初編編入卷三，作「寄朱曉霞進士並其弟石仙上舍」。

送金鏡軒公子侍任北上〔一〕

盈盈螺江水，微風生淪漪。小艇自無情，載人東西馳。抱琴不能鼓，中心如亂絲。仰看白雲飛，奇岫何嶔崎。宦途靡定所，自古輕別離。善承堂上歡，友愛及連枝。閩南與薊北，莫歎天一涯。相思有江水，長流無盡時。

【評】

逸淡近王，冲澹近孟。高雨農

【校勘記】

〔一〕此詩詩鈔初編編入卷一，作「送蒙古金鏡軒侍任北上」。

贈衣篇〔一〕

閩南近赤道，鬱熱蒸如罏。今春忽嚴冷，常候安可拘。頗聞有凍餒，僵卧横中博施嗟途。惻然念胞與，急難誰持扶？竭我薄綿力，製爲千衣襦。聊以贈鄰里，博施嗟難敷。

【校勘記】

〔一〕此詩詩鈔初編不載。

遊鼓岡湖〔一〕

登高望不極，把酒弔斜暉。潮落魚龍静，煙分島嶼微。吟心依晚櫂，湖色上春衣。芳草今猶緑，王孫何處歸？爲覓前朝跡，殷勤訪廢阡。興亡同一感，山水自千年。客指城邊路，牛耕墓上田。不堪仰雲漢，剔蘚讀遺鐫。

【校勘記】

〔一〕此詩詩鈔初編不載。

同王香雪先生渡海至劉五店〔一〕

一櫂過滄海，家鄉縹緲間。詩成經異地，飄飽走群山。米價隨潮長，村門鎮日關。諸公方報國，何以濟時艱？

【校勘記】

〔一〕此詩詩鈔初編不載。

訪梅妃故里〔一〕

妃江氏，名采蘋，莆田江東村人。曹鄴梅妃傳：安禄山犯闕，妃守節死，裹屍温泉池東梅樹旁。明皇歸感夢，改葬。舊唐書謂，上皇歸後，江妃猶在。莆風清籟引林佳璣詩注以爲，江妃死後，父某請骨歸葬，今墓在田中。紀載互異，姑並仍之。

我生素癖酷愛梅，探梅特訪江邨路。就中有女號梅精，明眸羞向花前顧。一從選幸侍君王，君恩倏忽同花露。薄命難勝一斛珠，含愁獨託樓東賦。誰知懷抱雪霜心，離魂猶傍西巡蛉。或傳亂後上皇歸，相思不忘故人故。梅花亭畔久埋香，一朝改葬幽冤吐。合與螺鬟葱蒨間，更補梅花三百樹。月明定有愛梅人，珊珊翠袖來何暮。

【校勘記】

〔一〕此詩詩鈔初編不載。

哀饑民〔一〕

生計既迂疎，驚心聞貴米。百錢糴一升，闤市空如洗。故事開常平，狼籍倉見底。饑来憎此身，遑恤保妻子。求生無以生，所患豈在死？長官誠仁人，賑粥意良美。誰識老弱徒，不得入口齒。流移千百家，蒼穹九萬里。世無鄭俠圖，吁可哀也已。

【校勘記】

〔一〕此詩詩鈔初編不載。

贈劉懿洵茂才〔一〕

米珠薪桂客心寒，況是棲棲席未安。廉吏可爲貧至此，侯門如海叩應難。人緣同調交相勖，父有遺書許借看。試檢良方鈔辟穀，腰間長鋏莫輕彈。尊父仲矩先生爲貴州安平令，著有橡繭圖說。君將以醫術遊公卿間，故及之。

【校勘記】

〔一〕此詩詩鈔初編不載。

贈何道甫孝廉道晉上舍〔一〕

君家丁戊古名山，兄弟居然玉筍班。孝友一門相砥礪，老蒼數輩共追攀。最難坐擁書城富，克守先思世業艱。我亦搜羅成結習，每從欣賞幾開顏。

【校勘記】

〔一〕此詩詩鈔初編不載。

卷三

再渡臺灣呈曹懷樸明府〔一〕

海客生長居海陬，風濤險惡能操舟。昔曾侍父馳邊郵，一戰敗賊禽其酋。於今事往星亦周，久無夢想膺封侯。昨來劍氣騰牛斗，又聞小醜横戈矛。臺地關切桑梓憂，誰其平者心悠悠？曹侯禦侮足智謀，奉檄邀我仍來遊。張帆獵獵風颼颼，如箭離弦不可留。南有落漈東琉球，西界黑水紅水溝。神魚拍浪高舵樓，轟雷噴雪排山邱。水仙挾船船轉頭，眼前鹿港臺咽喉。可憐一路多髑髏，良田萬頃無人耰。吾皇仁聖湯武侔，解網不殺毋窮搜。安集之策須講求，願君莫遺流民流。

【評】

韓、蘇合體。高雨農

【校勘記】

〔一〕此詩詩鈔初編編入卷二。

重至安平鎮〔一〕

又來經舊鎮〔二〕，指點七鯤洲。父執多青眼，軍民半白頭。樓高邊海戍〔三〕，路隔瘴雲秋〔四〕。不盡當年感〔五〕，何心話壯遊？

【評】

頷聯善學香山，三聯錯入長吉。高雨農

【校勘記】

〔一〕此詩詩鈔初編編入卷二。

〔二〕「又來」，詩鈔初編卷二作「日斜」。

〔三〕「樓高」，詩鈔初編卷二作「危樓」。

〔四〕「路隔」，詩鈔初編卷二作「客路」。

〔五〕「當年」，詩鈔初編卷二作「重來」。

岡山〔一〕

山勢鬱崔巍，征帆認指歸〔二〕。峰疎雲自補，樹老石相依。仙橋迷樵徑，斜陽戀寺扉。此間如結屋，世事莫輕違。

【評】

高秋獨眺，霽晚孤吹，想其詩境。高雨農

【校勘記】

〔一〕此詩詩鈔初編編入卷二。

〔二〕「征帆認指歸」下，詩鈔初編卷二有自注：「内地泛舟過澎湖見此山。」

曹侯既興水利，乃巡田勸農，賦此以頌〔一〕

山郭新晴野草香，薰風吹動葛衣凉。勸農遍種三杯粟，臺産穀名，耐旱多實。引水新開九曲塘。事事便民真父母，心心報國大文章。昨朝應有村兒女，争看先生笠屐忙。

【評】

三聯逼真劍南。高雨農

【校勘記】

〔一〕此詩詩鈔初編卷二作「夏雨初晴呈曹明府」。

登鳳山縣新築城樓〔一〕

百尺層樓踞鳳山，山高直欲控諸蠻。新城得地成強圉，舊治他時作外關。從此籌邊消戰氣，最宜觀稼念民艱。衆心已信堅如許，煙火人家好市闤。

【校勘記】

〔一〕此詩詩鈔初編不載。

從曹侯巡山即事〔一〕

巡山不憚歷崎嶇，亦有壺漿在道途。孝弟從風徵雅化，田園指日闢荒蕪。秋聲作雨千林合，巒勢如波萬派趨。要使邊軍知號令，深宵露立尚彎弧。

【校勘記】

〔一〕此詩詩鈔初編不載。詩鈔初編卷二有巡山即事，爲五古，别是一詩。詩見輯佚。

前明寧靖王祠〔一〕

王諱術桂，字天球，明太祖九世孫〔二〕，遼藩裔也。偕魯王崎嶇兵間，窮蹙遁海外依鄭成功，後渡臺墾田，自贍四十餘年。迨鄭克塽降，王遂全家自縊以殉〔三〕，藁葬鳳山縣長治里竹滬莊，與元妃羅氏合焉。從死五姬，墓在臺灣縣魁斗山，去王墓二十里。王之祠、墓年久就湮，樹梅訪得之。餘詳别記。

戎馬事無成，扁舟海上行。艱難完大節，兒女共孤貞。文筆古人古，王善書翰，莊民藏其遺蹟甚多。鬚眉生氣生。不堪弔龍種，萬竹戰秋聲。

【評】

結聯雄蒼，不減崆峒。高雨農

【校勘記】

〔一〕此詩詩鈔初編編入卷二。

〔二〕「明太祖九世孫」下，詩鈔初編卷二有自注：「東平記略作宣宗九世孫。」

〔三〕「王遂全家自縊以殉」下，詩鈔初編卷二有「實康熙二十二年六月二十七日也」十四字。

題瑯嶠圖〔一〕

瑯嶠，故鳳山東南徼外地，番民雜居，構釁相賊殺。曹侯屬樹梅往宣諭，畢事歸，作圖記復綴四詩。〔二〕

瑯嶠當一面，置戍慮孤軍。卻爲番民雜，常貽戰鬥紛。羈縻原上策，剿撫尚虛文。從此知威信，同聲頌使君。

履險非嘗試，無疑示不貪。夷心誠可感，蠻語漸相諳。誤事徵姑息，前此無敢深入，草草和息，事變旋生。茲遊快壯談。鳳山王土遠，更至鳳山南。

目接琉球嶼，因之鼓櫂過。神魚銜赤日，恨鳥睨滄波。史志千秋誤，小琉球嶼，不隸琉球國；沙馬磯，不連瑯嶠。可正傳聞之謬。風煙八月多。歸期原有約，未可戀漁蓑。

此鄉饒沃土，形勝扞全臺。山角千幡豎，潮頭萬馬來。解紛吾舌在，勸俗坦懷開。況是施仁愛，賢侯濟世才。〔三〕

【評】

（其四）領聯佳。高雨農

【校勘記】

〔一〕此詩詩鈔初編編入卷二，作「瑯嶠」。前三首，詩鈔初編卷二不載。

〔二〕「瑯嶠」至「作圖記復綴四詩」，詩鈔初編卷二作：「距臺灣府鳳山縣南百四十里，水陸險遠，爲生番部落。而閩粵人、與閩之納番婦生子曰『土生囝』者參居焉。勢不相能，日事戰鬥。曹懷樸明府命樹梅往撫，畢事而歸，因覽其山川扼塞為圖，呈明府，並綴以詩。」

〔三〕「此鄉饒沃土」至「賢侯濟世才」，此數句詩鈔初編卷二作：「郡南餘片土，天險甲全臺。山聳千幡出，潮奔萬馬來。解紛憑舌在，扼要寫圖回。善後須仁愛，賢侯濟世才。」

番刀〔一〕

瑯嶠水泉清洌，淬刀特利，一刀直牛數頭。樹梅得二刀，構雙芙蓉室貯之。

絶域歸帆秋止驕，雙芙蓉繫美人腰。鐙前醉掣寒蛟舞，雪片紛飛酒未消。

【評】

「秋正驕」三字甚奇，餘亦葱蒨，不失爲可存。高雨農

【校勘記】

〔一〕此詩詩鈔初編編入卷二。

檢繼豪遺札愴然書此〔一〕

陳子非凡骨，英英出將門。交深曾拜母，德薄忝稱昆。投筆徒成夢，無香可返魂。平生説肝膽，尚有幾人存？

【評】

劉後邨最長輓詩，此堪繼武。高雨農

【校勘記】

〔一〕此詩詩鈔初編編入卷二。

紅螺仙館畫紅梅有寄〔一〕

絳闕兮來玉一株，花前醉倩絳仙扶。別君獨酌紅螺酒，染到消寒第幾圖。
豔雪玲瓏映水邊，動愁追夢薄寒天。羅浮四百三峰月，偏照幽人夜不眠。

【評】

前首微之，次首牧之。高雨農

【校勘記】

〔一〕此詩詩鈔初編編入卷二。

惜翠圖〔一〕

遠瀑酣秋聲〔二〕，叢篁作雨意。獨有看山人，倚樓惜遥翠。

【評】

輞水淪漣，月光上下，詩格亦入右丞。高雨農

【校勘記】

〔一〕此詩詩鈔初編編入卷二。

〔二〕「遠」，詩鈔初編卷二作「飛」。

臺陽竹枝詞〔一〕

闖兄羅漢滿街坊，自詡英雄不可當。與己無仇偏切齒，殺身輕易爲檳榔。闖兄、羅漢脚，皆惡少也〔二〕，每睚眦微隙，輒散檳榔，一呼鬨集，當衢械鬥。

内山蠻氣未全消，漫説開荒種稻苗。地近生番如畏虎，人人刀劍各横腰。番性嗜殺，近番居民帶刃而耕〔三〕。

甲甲麻麻拚一螺，嘴琴響答蹋春歌〔四〕。抄陰欲結合歡帶，親手爲郎織達戈。番語呼同伴爲「甲甲」，呼酒爲「麻麻」。男女沸脣作響，曰「嘴琴」。和歌意合，則自相婚配。以幅布圍腰，曰「抄陰」。取鳥獸毛雜樹皮織布，名「達戈紋」。

阿儂生小住臺灣，不羨蓬壺縹渺間。願借一帆好風力，隨郎西渡看唐山。南洋諸番稱中國爲「唐」，猶言「漢」。臺灣人稱内地亦曰「唐山」。

【評】竹枝紀風俗，而此若有所警，蓋爲吏斯土者告也。末首有望其歸化意。高雨農

【校勘記】

〔一〕此詩詩鈔初編編入卷二。

〔二〕「羆少」，詩鈔初編卷二作「匪類」。

〔三〕「刃」，詩鈔初編卷二作「劍」。

〔四〕「蹋」，詩鈔初編卷二作「踏」。

哭芸皋夫子〔一〕

聯步登詞苑，咸推良史才。一麾看出守，群吏凜風裁。澤被襄陽遍，堤爭漢水迴。千秋羊叔子，又見我公來。由編修知襄陽府，教民種桑、興習池水利，遷漢黄德道，築堤京山，扞漢水，皆百世利也。

閩南尤險劇，觀察鷺江濆。化俗先明教，籌荒急救焚。倉儲圖久計，志乘擴前聞。天子嘉循績，留資靖海氛。移興泉永道，葺玉屏書院，捐充經費，延高雨農師主講。賑濟澎湖，全活無算。增厦鎮義倉、埭田，修厦、金二島志。制府以「海疆可倚」入告。

賊平饑洊至，擘畫不辭勞。善後心俱盡，彌留筆尚操。臺山沈苦月，瀛海泣秋濤。三絶詩書畫，空囊亦足豪。調臺澎道，平賊後巡山，病瘴。又畫平糴之策，竟以勞瘁卒官下。

六載蒙提挈，師門熱淚潸。遺編誠我責，失學更誰閑。未遂撈蝦志，空思跨鶴還。羊曇生死感，莫望富春山。以遺文見託，嘗自題富春江上撈蝦翁圖，以寓歸思。有「借得腰纏跨鶴飛」之句。

【校勘記】

〔一〕此詩詩鈔初編不載。

夜行所見〔一〕

風動蘆花淺水邊，月明白鷺抱沙眠。眼前妙諦無心領，空向人間説静禪。

【校勘記】

〔一〕此詩詩鈔初編不載。

中秋夜別臺灣親友〔一〕

趁汐遲明欲放舟，無多親串話離愁。遥知此後相思切，海月圓時共舉頭。

【評】

尾句止七字，有人，有己，有中秋，有臺灣，有别後思，包孕渾脱，是謂精能。高雨農

【校勘記】

〔一〕此詩詩鈔初編編入卷二。

西嶼燈塔〔一〕

澎湖當臺、厦之交，西嶼爲之障。自厦而東者從西嶼左轉抵臺，自臺而西者由西嶼右轉抵厦，往來群泊西嶼。然無高山可遠矚，故多犯淺壞舟，海行病焉。乾隆己亥，通判謝君維祺建石塔於西嶼之巔。道光癸未，蔣懌葊先生重修，積貲置長明燈燃塔頂。風雨晦冥，引舟收泊，遂免失道之虞，厥功偉矣。樹梅兩經其下，敬志以詩。

浮圖孤聳碧琉璆，一髮澎山勢轉低。指引檣帆都得路，任他風雨亦開迷。仁山原現光明藏，福海何煩德政題？從此乾坤長不夜，洪波無處匿鯨鯢。

【評】

精切入渾。高雨農

【校勘記】

〔一〕此詩詩鈔初編編入卷二。

歸舟遇颶風飄銅山呈陳參戎〔一〕

兩載羈臺陽，鄉心已艱楚。一朝喜言旋〔二〕，中流狂飆阻。隤濤崩千山，雄聲吼萬虎。驔驔赤雲馳，天地相簸舞。舟激矢脱弦，盲進知何所。砰然泊銅山，瞬息千里許。登岸逢故交，喜有東道主。桓桓陳將軍，扼險此坐撫。置酒慰吾驚，柑橘方在覩。先人振師功，父老猶能語。柑、橘二嶼在銅山海中，嘉慶十七年，先君子大破海賊處。

既喜聞其詳，思親因念古。銅山，爲黄石齋先生故里。風遺習俗淳，寇靖民安堵。富教願因時，敢告官斯土。

【評】

北征縮本。高雨農

【校勘記】

〔一〕此詩詩鈔初編編入卷二。

〔二〕「旋」，詩鈔初編卷二作「歸」。

過蒲葵關〔一〕

在漳浦盤陀嶺上，漢時南越故關也。

十年南海客，六度漢時關。世路險如此，浮生安得閒？風濤猶在耳，秋日正銜山。只恐歸來晚，慈親鬢已斑。

【評】

去累得適，不落宋派。高雨農

【校勘記】

〔一〕此詩詩鈔初編編入卷二。

題蔡香祖孝廉海南雜著〔一〕

一夜神風爲送行，炎方景物紀歸程。天教邊海開文運，我已輸君得遠名。香祖飄舟至交阯，由陸回閩。樹梅亦航海飄至銅山，幾陷不測。客路共流千載淚，師門重話十年情。香祖亦受知芸皋夫子〔二〕。他時更憶鴻泥迹，語到驚人夢亦驚〔三〕。

【評】

有遠體而兼近神。高雨農

【校勘記】

〔一〕此詩詩鈔初編編入卷二。

〔二〕「香祖亦受知芸皋夫子」，詩鈔初編卷二作「吾兩人俱受知周芸皋師，師去秋卒臺灣道任」。

〔三〕「他時更憶鴻泥迹，語到驚人夢亦驚」，詩鈔初編卷二作「他時破當過金廈，説與鄉人共喜驚」。

繼豪寄棺白鹿洞，詩以奠之〔一〕

一櫬寄禪關，招魂苦不還。生難違世網，死得戀名山。白鹿蹤俱杳，丹楓淚欲斑。牙絃今竟絶，誰與定存删？

【評】

中二聯，一句一轉。屈翁山最擅此種。高雨農

【校勘記】

〔一〕此詩詩鈔初編編入卷二。

哭家秋泉先生〔一〕

島上詞壇久廢盟，酴醾盦稿待刊行〔二〕。九原不作誰知己〔三〕，重海歸來哭老成。能讀遺書期令子，早膺豔福折虛名。傷心豈獨關宗誼，深感殷勤勖後生。

【評】

聲淚俱並，泉路得此，應教鬼唱秋墳。高雨農

【校勘記】

〔一〕此詩詩鈔初編編入卷二。

〔二〕「待」，詩鈔初編卷二作「孰」。

〔三〕「不」，詩鈔初編卷二作「可」。

繪烈嶼圖〔一〕

中流斷嶼好停橈，金廈重門隔一潮。海上蟲沙經幾劫，明季數遭倭夷之禍。岸邊矢鏃未全銷。輔車相倚安危共，漳、泉有海警，則烈嶼先受其鋒。牧馬曾聞水草饒。唐置牧馬監於此。萬派奔濤喧筆底，圖成指點片帆遥。

【評】

實地旋轉，其聲在空，善學義山。高雨農

【校勘記】

〔一〕此詩詩鈔初編編入卷二，作「抵烈嶼作圖」。

過宋侗庵瓊江別墅〔一〕

椰帆千里各分飛，卻喜君歸我亦歸。經事始慚書少讀，處貧翻笑志多違。携將海外新吟草，來訪江頭舊釣磯。况值乍晴風日好，棲遲林下共忘機。

【評】

戴石屏詩，熟而不平，整而不滯，故是南宋名家。是詩似之。高雨農

【校勘記】

〔一〕此詩詩鈔初編編入卷二。

送友歸臺陽〔一〕

蓬萊東望莽無邊，寂寞魚龍欲暮天。別恨遥憐三島月，名心又付一帆煙。前途無偶誰知己，過海凡夫亦浪仙。抱得牙絃君且去，刺船好與覔成連。

【評】

悽楚之音，發爲壯浪，頗近秦淮海。高雨農

【校勘記】

〔一〕此詩詩鈔初編編入卷三。

喜晤周秋屏廣文即題其詩卷志别〔一〕

草草離憂又隔年，相逢一笑讀詩篇。已聞險德家風舊，况是官聲教法賢。豈有斯人真死險，泛海遇風，覆舟獲救。卻憐佳耦不生全。君在福州得咯血疾〔二〕，有訛傳不起者，其妻王氏在家聞之，遂自經死。今宵共醉他鄉月，明日應看兩處圓。

【評】

老杜擣衣詩中聯用虚字，一氣旋轉，最高詩格，此首恰似。高雨農

【校勘記】

〔一〕此詩詩鈔初編編入卷三。

〔二〕「在」，詩鈔初編卷三作「任」。

解劍贈友北上〔一〕

側聞東粤正傳兵，慷慨何人説請纓？我惜鋒鋩今解佩〔二〕，君看風雨此能鳴。千金聲價歸真賞，萬里關河壯遠行。寄語幽燕諸俊傑，可堪無意答昇平。〔三〕

【評】

據事直書，精鋩不頓。高雨農

【校勘記】

〔一〕此詩詩鈔初編編入卷三，作「解佩刀贈友北上」。

〔二〕「今解佩」，詩鈔初編卷三作「還割愛」。

〔三〕「寄語幽燕諸俊傑，可堪無意答昇平」，詩鈔初編卷三作「暫勒馬頭向幽薊，誰知講武有書聲」。

卷四

澎湖施賑圖歌送蔣懌葊司馬歸楚〔一〕

道光辛卯夏，澎湖旱潦，冬乃大饑。通判蔣懌葊先生籌賑報郵，全活無算。今將歸田，樹梅謹繪施賑圖以送。庶幾此圖長在左右，而澎之山水亦與高風仁政共千古焉。

君不見，澎湖浮島東海東，土田磽瘠無上農。豐年狼戾中歲歉，況乃一旦遭荒凶。又不見，澎湖四面環一水，居民半作漁家子。片帆朝出暮不歸，海上風波險如此。我生金門澎爲鄰，海邊耕釣猶澎人。最憐生寡食者衆，勞苦無過澎之民。歲在卯，月在午。旱魃張，雨鹹雨。噫風颶母助炎威，腐草枯禾挾沙舞。此時澎田不可耕，此時澎海無人行。眼看萬頃土裂甲，坐使萬户人呼庚。蔣侯蔣侯古賢者，哀此哀鴻淚盈把。急上書，賑官錢。急請命，祈神社。但求嗷嗷吾民無仳離，倅也受咎烏敢辭？嗚呼，微侯肉白骨，澎民什八填溝壑。姓名傳頌滿閩疆，西厦東臺亦稱説。即今解組將歸田，萬人擁哭如當年。清風但覺袖可貯，遺愛曾見鞭長懸。我於蔣侯稱父執，今日重逢感疇昔。作圖再拜送君行，丹青難狀循良績。君携圖，歸黄州，平生此事堪千秋。他時兩地談仁愛，楚水閩山佳話留。

【評】

語皆實際，可到高青邱。高雨農

【校勘記】

〔一〕此詩詩鈔初編編入卷三。

題經驗方〔一〕

用藥如用兵，談兵何容易。緊古緩與和，凜此爲危事。寒暑占天時，陰陽察地位。運用通神明，奇正審機致。必有節制師，所往乃攸利。庸將若庸醫，行軍舞私智。趙括好大言，人命真兒戲。我聞殷深源，國手苦自秘。曷若范希文，醫相無二視。吁嗟瘡痍人，災害剥床至。誰與調金丹，生死示趨避。成效集岐黄，解人應解意。蓄藥以防危，於兵戒無備。同爲太平民，生意滿大地。

【評】

捫心示人，真取弗奪。高雨農

【校勘記】

〔一〕此詩詩鈔初編編入卷三，目録作「書自刊雲龕驗方後」，正文作「題自刊經驗藥方後」。文頗異，附於此：

用藥如用兵，談兵何容易。刀圭關死生，豈敢輕嘗試？緊惟古良醫，凜此爲危事。寒暑占天時，陰陽察地位。運用通神明，奇正審機致。必有制節師，所往乃攸利。庸醫等庸將，行軍舞私智。趙括好大言，灞上真兒戲。我聞痌瘝語，念切同胞義。良相與良醫，濟世道無二。吁嗟瘡痍人，災害剥床至。誰與覓秦和，生死在交臂。爲集岐黄言，成效示趨避。貴精匪貴多，解人應解意。蓄藥以防危，於兵戒無備。亟焉傳驗方，生意滿大地。

古意〔一〕

采采谷中蘭，將以貽同志。悵望各天涯，相思遠莫致。默默抱幽香，不爲凡俗媚。但願素心人，勿作中道棄。金玉委道旁，衆目紛燦然。瓦礫棄不顧，以陋得自全。好名易招謗，處晦斯無愆。安能效薄俗，毁譽相周旋。江干有遊魚，獺祭供饕餮。口腹生機心，物類相戕滅。勞勞百足蟲，不若蚯蚓結。我愛信天翁，謀生忘巧拙。

【評】

散聖安禪，自能奇逸。高雨農

【校勘記】

〔一〕此詩詩鈔初編編入卷四。

美女篇〔一〕

比鄰有美女，不作時世妝。玉顔映月色，顧盼生輝光。清歌蘭麝馥，巧織雲錦裳。委身事君子，粉黛空成行。妙年易消歇，讒口徒譸張。恐君如秋景，倏忽殊炎涼。容華欲自晦，懽戚難兩忘。多情是明月，還來照洞房。

【評】

是東野學選體詩。高雨農

【校勘記】

〔一〕此詩詩鈔初編編入卷四。

贈琉球魏貢使有淵〔一〕

有淵名學源，琉球中山久米府唐營人。道光丁亥，貢船來閩，飄至海壇，〔二〕幾壞。先君子遣兵救導，且護之歸。戊戌，中山王受封禮成，以君充貢使〔三〕，入朝謝恩。今秋樹梅遇諸省城〔四〕，率贈此篇〔五〕，以志遇合之舊。

魏君家在東海東，十年不見成老翁。一朝相遇不相識，似此離合疑夢中。君來齎奏謝天子〔六〕，幽燕齊魯記遊履。詩滿奚囊秋已深，讀君佳句爲君喜。自君别我蕩歸櫓〔七〕，悲生風木嗟何怙〔八〕。相看今日宜盡歡，轉使談往淚如雨。去年我過小琉球，君鄉有客時覆舟〔九〕。爲言司土護歸國，吾皇仁愛方懷柔。或傳琉球有大小，荒傖耳食殊未了〔一〇〕。讀書盡信古所難，况復海山多浩渺。丁酉八月，樹梅自瑯嶠番社歸〔一一〕，聞有琉球人碎舟於鳳山南海之小琉球嶼。戊戌三月，又有碎舟於瑯嶠者，土番欲盡殺之，乃急遣人諭救，由鳳邑遞送回國。史傳謂小琉球嶼近泉州，隸大琉球。天霽登鼓山可望，語皆失實。樹梅嘗親至其地考正之。即今送君重執手，萬里離情君記否？祝君再歲乘長風〔一二〕，得來頻醉十斗酒〔一三〕。

【評】

質靠綿密，神采自王嘉州、東川之遺。高雨農

【校勘記】

〔一〕此詩詩鈔初編編入卷四，作「贈琉球貢使魏有淵」。

〔二〕「貢船來閩，飄至海壇」，詩鈔初編卷四作「接貢來閩，船飄海壇」。

〔三〕「以君充貢使」，詩鈔初編卷四作「擢爲大通官」。

〔四〕「今秋樹梅遇諸省城」下，詩鈔初編卷四有「儒雅風流，使我神往。信哉，昇平文教覃敷也」。

〔五〕「篇」，詩鈔初編卷四作「歌」。

〔六〕「奏」，詩鈔初編卷四作「表」。

〔七〕「蕩」，詩鈔初編卷四作「飛」。

〔八〕「悲生風木嗟何怙」，詩鈔初編卷四作「先君一旦病不愈」。

〔九〕「君鄉有客時覆舟」，詩鈔初編卷四作「貴鄉有客愁覆舟」。

〔一〇〕「荒傖耳食殊未了」，詩鈔初編卷四作「此論耳食殊未考」。

〔一一〕「自瑯嶠番社歸」，詩鈔初編卷四作「入瑯嶠番地，迨歸」。

〔一二〕「再」，詩鈔初編卷四作「明」。

〔一三〕「頻」，詩鈔初編卷四作「更」。

答琉球林副使文瀾〔一〕

予既得魏君有淵〔二〕，因晤家文瀾副使，名奕海〔三〕，亦雅士也。自言先世居閩林浦，明洪武間遣三十六姓往琉球教導，其祖與焉，遂爲中山久米府唐營人。君作秀才時〔四〕，嘗三至閩習儒業，歸爲大夫。今充副貢使京〔五〕，旋將以明年歸國〔六〕。書其紀遊詩見贈〔七〕，走筆答之〔八〕。

吾宗有士家琉球，翩翩儒雅能風流。朅來貢獻見天子，朝衣長染天香留。自云先世出林浦，晉安郡王溯始祖。晉安郡王諱禄公，爲閩林始祖。此歡何必非三生，此會居然足千古。禮云大夫無外交，此言毋乃同柱膠〔九〕。方今四海合爲一，四海兄弟皆同胞。我曹況復生同姓，更有文章通性命。一朝相遇快奇緣，恨不相從長快詠。我將往采武夷茶，遲汝再來東海槎。詩話樓頭辨詩格，烹茶煮雪看梅花。

【評】

敎陶孫評山谷詩，如陶宏景入官，析理談玄，而松風之夢故在是。詩末折似之。高雨農

【校勘記】

〔一〕此詩詩鈔初編編入卷四，作「答琉球副使林文瀾」。

〔二〕「君」，詩鈔初編卷四無此字。

〔三〕「名奕海」，詩鈔初編卷四此三字置於下文「自言」下。

〔四〕「君」，詩鈔初編卷四無此字。

〔五〕「今充副貢使京」，詩鈔初編卷四作「往歲充副貢使」。

〔六〕「旋將以明年歸國」，詩鈔初編卷四作「將以明年言國」。

〔七〕「書其紀遊詩見贈」，詩鈔初編卷四作「出示紀遊詩書箑見贈」。

〔八〕「走筆」，詩鈔初編卷四作「放歌」。

〔九〕「此言毋乃同柱膠」，詩鈔初編卷四作「此禮毋乃猶斗筲」。

晚訪侗庵不值〔一〕

輕煙猶羃水，初月漸離山。欲質新吟句，幽人行未還。

【評】

前人言絶句爲半律詩，此五律下半首也。然卻是絶不是律。高雨農

【校勘記】

〔一〕此詩詩鈔初編編入卷四。

夢遊武夷山作〔一〕

三十六峰九曲分，幔亭曾宴武夷君。衆仙莫奏可哀曲，望斷虹橋多白雲。
白鶴招來鐵笛亭，回頭紅日出滄溟。小人有母思歸切，不向神山斸桂苓。

【評】

半山絶句，直湊單微，幾欲軼中晚唐而上。高雨農

【校勘記】

〔一〕此詩詩鈔初編編入卷四。

鄰舟〔一〕

鄰舟有美女，開窗對紅樹。笑問此風波，郎船欲何去？

【評】

純夫天籟。高雨農

【校勘記】

〔一〕此詩詩鈔初編編入卷四。

烏君山紀遊十六首〔一〕

道光庚子二月，自邵武入光澤侍高雨農師，偕何焕奎太守遊烏君山，晚宿玉龍古寺，越日乃歸。遇景不窮，得句亦夥，蓋苦樂參焉。寺荒甚，旁無居人。方謂苦甚於樂，及予詩成，則又樂甚於苦也。予於此所獲多矣。

荒寺

寺荒春可憐，泉古無人賞。我亦塵中人，來作世外想。

室漏

斗室如覆舟，寒雨彌隙漏。平生慣風波，安坐以順受。

欲搜巖苦暝不果

訪勝興未闌，暝色落四野。造物秘奇觀，巖容不許寫。

路滑

林雨晴猶滴，谿雲澹未收。烏啼呢滑滑，人歎路悠悠。

摘圃中殘蔬

廢圃餘殘蔬，采采不盈束。氣味带煙霞，少嘗意亦足。

自起撥鑪火

夜半渴吟喉，撥鑪將煮茗。我僕亦已疲，任睡莫呼醒。

啖脱粟飯

昔有采芝人，入山去不返。何處無神仙，此是胡麻飯。

渴甚啜冷茶

世界本清涼，人心自煩擾。冷茶澆熱腸，餘興正不少。

寒燭有淚膏

兹遊晚春初，無月復無雪。何以續佛燈，燭淚紅冰結。

破壁敗笠補之

茅廬勢欲傾，破壁來風雨。補之以敗笠，奇窮亦奇古。

聽泉得句

半領賞春雨，懸厓添瀑聲。微吟答幽響，神與水俱清。

選壁題姓名紀遊

我從海外來，同作山中客。鴻爪本無心，聊以記遊跡。

望晚霞忽見野燒

白日正西下，殘霞幾縷紅。奇觀方不盡，野燒又連空。

山頂看雲起

山作美人笑，雲來襯澹妝。挽髻隱玉筍，羞容忽深藏。

捫厓碑

上下三天門，高者名極樂。摩厓讀蘚碑，赤文疑鬼鑿。

石如缽塵積頗厚滌去之

天公不托缽，棄此塵埃深。我爲去其垢，還以見天心。

【評】

十六首字字清真質靠，於五絶兼綜衆體，爲遊山別開生面。高雨農

【校勘記】

〔一〕此組詩詩鈔初編編入卷四。

登詩話樓〔一〕

樓在邵武城東，宋隱士嚴滄浪先生説詩處。國朝周櫟園按察籌兵於此，葺而新之。

遠抱滄浪集，來登詩話樓。夫君真絶唱，遺迹亦千秋。慨自屯兵後，何人訪勝遊？海氛方不靖，獨有倚欄愁。

【評】

爲是題别開生面。高雨農

【校勘記】

〔一〕此詩詩鈔初編編入卷四。按，詩鈔初編共四卷，此詩爲詩鈔初編卷四最末一首。又按，樹梅應當局招，由邵武經泉州往厦門。登詩話樓之後諸詩，不再一一注明詩鈔初編不載（抽藤歎等數詩除外）。

爲李香農繪釣臺泛月圖並題

千載高風一釣竿，江山如故畫應難。憑君醉問臺前月，曾照勞人幾輩看。
撈蝦使我憶先生，一例婆娑物外情。今日灘頭放舟客，煙波得似富陽城。芸皋師，富陽人，嘗屬樹梅作富春江上撈蝦翁小照。

題畫扇

海外黄花易感秋，山中紅葉亦關愁。鳴禽未必知人意，一夜相思已白頭。

和徐釣雪茂才贈韻

忽動武夷興，來從滄海濱。妻孥隨遠道，風雪滯吟身。此地論知己，如君更幾人？成連時對我，何用羡離塵？

歸自邵武過晉江宿周秋屏廣文館舍

去年南北都安堵，客子光陰易感秋。今日忽聞傳寇警，好風不與送歸舟。燈花向我無端燦，夜色於人分外幽。况是相逢賢地主，爲君且破醉中愁。

海角

海角方傳檄，諸公正訓兵。吾家惟一水，衆志自成城。豈謂功名薄，空嗟歲月更。未應看短劍，慷慨念平生。

卷五

散遣鄉勇

辛丑防夷厦門，當事屬樹梅團練鄉勇千人，未用也。旋以廣東議撫，遽令散遣。詩以志慨。

惟皇撫萬國，德化高唐堯。遠人既率服，螳臂何偏驕？群公急籌備，走幣來相邀。椎牛饗壯士，義氣干雲霄。千人共一膽，步武無喧囂。方期衛桑梓，同慶烽煙銷。鉛刀惜未試，翻遣歸漁樵。厦金脣齒地，未免愁虛枵。杞憂仗誰解，濁酒聊自澆。歌罷仰天嘯，慷慨思嫖姚。

遊白鹿洞諸勝

洞口風吹宿霧開，徑須呼酒看山來。千年白鹿銜花處，幾見蓮蹤印緑苔。小姬從行。

大觀樓矗翠巖東，洞壑煙霞向背通。我自倚闌閑覓句，玉釵斜上夕陽紅。

六合天垂一綫青，半池月伴少微星。呼童掬取龍泉水，歸洗松煙注劍經。六合洞、半月池、龍泉，爲山中最勝處。

清遊如夢復如仙，雲水蒼茫悟畫禪。千里空明歸一鏡，海天潮上月初圓。姬袖千里鏡供眺遠。

登嘉興砦

高砦收諸勝，今來上石巔。眼中低島嶼，鏡裏共樓船。俯仰論形勢，安危在斡旋。明當掛帆去，海月爲誰圓？

遊萬石巖望醉仙洞象鼻峰至小桃源

一快遊山興，先窺古洞門。石頑偏解笑，有大石開口，刻「石笑」二字。人醉欲何言？象鼻穿雲出，泉聲入座喧。誰知滄海外，亦自有桃源。

哭高雨農夫子

斯文何敢道，所幸廁門墻。教誨恩猶子，存亡意自傷。千秋名姓在，一痛海山長。更灑濂谿淚，臨風共此傷。芸皋師與師至契。記曾隨杖履，健步上烏君。山水應如故，先生不可聞。階前餘鄭草，天下拜韓文。著韓文故萃精力三十年。廬墓知無日，經年況海氛。聞師訃，適夷警，留滯泉南。

厦門書事

辛丑七月九日，夷船三十四艘乘虚入青嶼口，當事愕然。夜半屬往高崎再募鄉勇，比至，而厦門已失，當事退守同安矣。

經年籌備扼重關，孤注如何一擲閒。但見鯨鯢來鼓浪，鼓浪嶼與厦門對峙。誰移熊虎守輪山？輪山在同安縣城北。死生頃刻人争渡，烽火家鄉我未還。回憶倚閭愁正切，可憐無計慰慈顔。

弔禦夷死事諸公

七月十日，夷犯厦門。領兵官延平副將淩公志、水師遊擊張公然、汀州守備王君世俊、水師把總紀君國慶、楊君肇基、李君啟明等拒戰兵潰，皆死之。翼長江公繼芸、遊擊洪公炳勢急亦投海死。

戰守紛紛議不同，一時捍禦獨諸公。即看壯氣能吞敵，始信捐軀是盡忠。大將漫言屍裹革，後軍先作鳥驚弓。千秋自有平心論，爲誦招魂弔鬼雄。

義娘祠

義娘，厦門人。康熙癸卯軍興，頭觸石幾碎，不得死。被擄北行，投邑東高文嶺道旁井。庚戌春，鄉人蘇貴感夢，浚井得白骨，裹葬，立祠勒石道右。蓋祠、井皆以義娘名，存其寔也。辛酉秋，邑大旱，汲井以雩，遂雨。乾隆丙寅春，蟲害麥，令張荃作文禱祠下，夜疾風雨，蟲盡死，麥以有秋。道光辛丑七月，樹梅避亂過此，瞻像窺井，鄉父老猶爲道救旱驅蝗事，知義娘功在生民，爲肅敬久之。顧郡邑志乘，皆不及載。他書傳誤，如泉州府志引觚賸作王氏，葉晴峰引紀同文集義娘傳作侯氏，同安縣志引厦門碧山寺前廟壁碑文作曾氏，率牽引附會，無足深考，姑並存之。嗟夫，義娘抱貞完操，亦何庸藉是得名哉？

高文之嶺何崔嵬，亂軍嶺下來喧豗。馬前雜沓載金寶，馬後狼籍横裙釵。此時但見一路哭，十室逃亡九空屋。義娘自恨顔如花，花顔更恨禍尤酷。舉頭呼天天亦驚，迴頭還見同安城。妾身可殺不可辱，妾心可死不可行。紛紛扶挾方逾嶺，道畔淵淵見深井。井波潔白同妾心，此間差可完腰領。一從埋玉水猶香，義娘名字如水長。真人自古不苟死，捍災救旱驅螟蝗。至今祠祀酬遺澤，父老傳聞聲嘖嘖。清泉點滴能活人，長使居民無疾疫。我來避亂瞻此祠，豐碑讀罷心爲儀。生留貞操死留惠，女子如此羞男兒。厦門正苦遭夷蹂，安得神靈蕩群醜？流離咸慶歸故鄉，賽神再薦菊花酒。

憫旱時避兵內官鄉

廈島何時復？金門更可憂。旱兼兵氣惡，波撼海風愁。咫尺家書滯，殷勤地主留。望師如望雨，惆悵一天秋。

得家書

間道書初達，平安字倍明。衣添慈母綫，語見瘦妻情。所慮惟艱食，金門糧自外運，海賊乘亂，商販不通。何時可罷兵？一心懸兩地，歸夢苦難成。

夢先君子軍容甚盛

倚劍如聞昔日音，一天鼙鼓陣雲深。島門沙草初鳴雁，父老簞壺正望霖。猶見平生憂國志，應知未死出師心。孤兒即欲陳時事，夢醒空傷淚滿襟。

哭林仲環

仲環，名玖瓔，金門人，好善有巧思。少時嘗得遺金，守俟其人，還之。既長，多讀書，工鑄劍。又能爲炮車船器，皆奇妙適用。近歲夷氛方期，乘時自見，而遽以病死。嗚呼，海鄉未平，斯人已不可見。惜哉。

生小同鄉意自親，精思最愛妙無倫。如君豈合田間老，高誼能存古處真。誰與虎谿同弔古，嘗同遊虎谿巖。尚留龍劍欲生塵。竭來金廈傳烽火，灑涕臨風惜此人。

秋夜大雷雨

夜半驚雷起，盤空弗少停。火雲方化雨，赤地已回青。谿入秋潮壯，風吹戰血腥。兵農交困甚，啾唧有誰聽？

再過萬松關遇毛千戎起鳳

十載重來漳水東，天教無意再逢公。萬松猶作龍吟壯，一磴遥聯鳥道通。回首魂飛雙島外，舊遊人老夕陽中。海氛未靖需才急，遲汝關前立戰功。

對菊

如何瘦影不知寒，我亦無言對夜闌。霜雪飽經猶放蘂，百花似此晚香難。

雨中過洛陽橋拜蔡忠惠公祠

温陵猶在望，跨海一橋横。凍雨山將合，衝潮岸未平。公成千古業，我感此時情。惆悵無舟楫，何人問戰争？公奏籍漁船教習水戰。見福建通志引公文集。

風雨滞途嶺驛

昨日風載途，今日風兼雨。複嶺間重山，前路修且阻。我方遊子寒，更念僕夫苦。沽酒聊慰之，兀坐憶鄉土。夜來風愈癡，挾屋欲飛舞。燈花慘不舒，簷溜急如弩。詩成壁上題，不寐漏將五。回首憐哀鴻，嗷嗷復誰撫？

長至日抵省寓

至日多風雨，偏隨客到門。囊經三徙罄，身受百磨存。戰氣無端起，生涯不忍言。何時將八口，歸去事田園？

喜悟康允怡廣文即送之任順昌

我家海東隅，海南君所住。心交二十年，義比金石固。饑寒橫相驅，迫我難留駐。別君爲遠遊，偃蹇寡知遇。比歲君家居，我寄榕城寓。邵武才告歸，轉向金厦去。及君來省垣，我走漳泉路。會少離偏多，夢境猶依慕。誰知今逢君，又值送君處。問君意何如，言駕順昌馭。儒師宜可爲，況乃存吾素。願君行自珍，揮手毋復顧。嗟我未忍歸，繫馬烏柏樹。霜深葉愈紅，題詩不成句。望望白雲飛，歷落如絲絮。安得好風吹，與汝重相聚。

寫麻姑像與姬人並題

我聞神女名麻姑，眼中三見滄海枯。爲憐戍卒苦工作，雞聲唱罷千城夫。初疑傳語涉荒誕，轉信厥理非全誣。神仙自古本慈惠，煉丹服食徒區區。小姬頗具出塵想，讀姑遺事心忻愉。窗前丐我寫姑像，高髻雙綰衣六銖。我時笑問汝奚取，豈欲散米成珍珠？云妾仙福未敢冀，但愛玉立非凡姝。瓣香日對女兒相，能使心地祛纖污。此言差可強人意，吮毫漫爲親臨摹。無端海上寇氛起，仙人歷劫遺兹圖。卻從兵燹得呵護，完幅依舊歸吾廬。小姬重覩喜且詫，人意如與仙緣孚。閨中從此益頂禮，看取壁上生蓬壺。仙乎仙乎不歸去，珊珊環珮其來乎？

題試劍石

寶劍淬寒泉，崎嶇欲盡削。頑石安足論，還惜千金鍔。

挈眷遊鼓山

全家避暑躡層雲，喜遇支公亦解文。索我新詩題絶頂，管教消受佛香熏。謂詩僧六坤，漳州人。

遥指靈巖第幾重，國師曾此制妖龍。至今煙雨空濛際，還見鱗鱗十丈松。梁開平初，閩王迎神晏禪師主鼓山。國師巖，其跡也。

盤旋水作迴文錦，參錯田如破衲衣。東際樓頭塵不到，座中兒女亦忘機。時宿東際樓三日。

登臨何必抱琴遊，到耳泉聲韻更幽。無限相思不歸去，茶煙白共暮雲浮。追憶宋侗庵、康允怡前歲同遊。

寄故鄉親友

坐窘誠非策，離家更苦辛。一鞭當溽暑，千里向延津。況值干戈際，誰爲骨肉親？故園歸去好，歡聚不嫌貧。

題木蘭從軍圖

閨閣英雄氣，戎裝入畫新。國當徵遠戍，兒敢代衰親。慷慨投機苦，風霜拂劍頻。歸來經十載，還是去時身。

盆松

鬱鬱盆中松，虬枝僅逾尺。本具淩霄姿，幽軒獨屈抑。夢斷故山遥，撫之成太息。翻笑桃李花，旖旎競顔色。同被大化功，雨露何偏澤？顧此歲寒心，貞勁無變易。託根匪浮萍，幸免斧斤厄。不材終天年，至理亦誰識。

李忠定公祠

丞相祠堂感慨遊，當年大勢豈難收？不都關陝圖恢復，卻斂金繒事敵讎。公惜立朝無百日，士甘爲死亦千秋。以太學生陳東從祀。到今澗水怨和議，猶向門前嗚咽流。

獵人斃豹往觀有作

文采斕斑太絶倫，居然到死氣難馴。如何不隱南山霧，輕向人間炫此身。

建灘行〔一〕

建溪千里少平路，插漢高峰絶緣附。西來一水滔滔去，危灘勢與相迴互。巉巖刀鋸森如樹，怪狀紛紛杳難數。長蛇吞舟若蹲踞，稱鈎屈曲儼鐵鑄。有時浪挾雷霆助，似觀挑戰將軍怒。蚺蛇、稱鈎、將軍，三灘最險。我生習見本無懼，對此欲呼公勿渡。雖然下游太傾注，賴有此灘挽之住。狂瀾一一閩疆護，滿地崎嶇神鬼措。遂令奔湍不敢遽，居然天險重重固。鐵梢況復暇而豫，如馬使船妙調御。俗有紙船鐵梢之謠。信知夷險但隨遇，石碩轉以柔能馭。俯思未竟發大悟，扁舟灘外夕陽暮。

【校勘記】

〔一〕詩鈔初編卷四另有灘行紀險歌，文有異同，異多於同，别見輯佚。

卷六

挈眷南歸

虎吻餘生累汝曹，征塵猶未浣征袍。備嘗世路風波險，最念親闈歲月高。遊子行將焚筆硯，故鄉聞已罷弓刀。歸來莫訝貧如許，飽看溪山亦足豪。

初抵家作

歸來又見太平時，喜溢高堂笑語嬉。傾篋僅餘磨盾墨，補窗追憶探梅詩。亂餘戚友存應少，長大兒曹教已遲。但願得從耕讀外，看山偏與静相宜。

親舊席中

避亂經年別，匆匆一棹回。不圖今夕酒，重與故人開。島嶼仍鼙鼓，郊原半草萊。那堪論往事，緬想濟時才。

再過厦門炮城感舊事

往事經營血滿腔，炮車遺轍尚雙雙。疾呼未展英雄志，休戚相關父母邦。兵撤力難支大厦，賊來險已失長江。火攻下策終無用，空擬邊城築受降。

過鼓浪嶼

滄海桑田幾變遷，紅羊小劫又經年。鏡中樓閣餘灰燼，兵後繁華尚管絃。亦有流民愁失業，豈無互市説安邊？至今鼓浪門庭内，猶有如山甲板船。

觀築夷樓

危樓三疊勢淩空，版築嗙嗙夕照中。地接鯨波帆影亂，欄齊雉堞笑聲通。民居官舍嗟同毁，舊鬼新魂怨不窮。俯瞰孤城如斗大，玻瓈窗牖自玲瓏。以道署改爲樓，高出厦城數倍，附近民居、冢墓皆侵削焉。

霜降觀兵 辛丑夷氛至今始見操演

驀見傳軍令，方知已降霜。風驕新畫角，草長舊沙場。鴻雁初安集，貔貅更奮揚。由來關典禮，豈但爲邊防？

寄贈高屺民幼瞻二世兄

相對每忘言，一别輒相憶。顧我遊子懷，而乃歲華逼。衆緑凛商飆，候蟲復唧唧。矯望雲中鴻，倦斂雙飛翼。勞人天一方，感愴重歎息。離合不可期，願言懋時德。

漢鏡歌爲呂西邨先生作

鏡背銘曰：「大漢平津侯元朔五年造。」文體雜篆隸，古氣盎然。寓揭本來索詩。按，班史，平津侯爲公孫宏封爵。元朔，漢武帝年號。宋歐陽文忠著集古録，以不見西漢人書爲憾。此則真西漢人書矣。宣和博古圖載漢鏡，皆無年代，此則紀號、紀年均備。然則，漢器存者，是爲第一歟？

龍精埋土土花長，千九百年遇真賞。誰其賞者西郇翁，古月直落今人掌。此翁是我金石交，鑑我胸襟發爽朗。此鏡於翁亦有神，漢代風徽猶可想。公孫古貌不可留，古物摩挲足慨慷。我觀搨本轉思翁，鏡中人遠心先往。別來顏色更如何？對鏡分明得涵養。定知夜半讀漢書，應有光怪出林莽。

贈曹李芳歸南澳

身世何非夢，迴思一惘然。無家仍遠客，有母各衰年。亂後親知少，秋來感慨偏。忽逢相慰勉，帆影又高懸。

送子歸南島，風波信所安。記茲臨別語，勿但作詩看。天轉雙丸迅，人謀萬事難。及時宜自愛，菽水有餘歡。

重遊虎谿巖白鹿洞志感

厦門舒左臂，登嘯晚風生。傑閣仍吞海，當年此論兵。人和堪共死，地險必先爭。勿使藩籬撤，豺狼敢入城。辛丑三月，予屯鄉勇巖洞間，五月奉撤。七月夷遂踰此入厦城，既而大驚曰：「絶地也。」遽退鼓浪嶼。

一覺千春夢，山茶幾度開。身經探虎穴，路出雨花臺。有客曾聯句，今朝再舉杯。如何華表上，不見鶴歸來？乙未繼豪同遊，未幾而殁，葬此，隔山半里許。

人爭談虎鹿，我獨愛林泉。往事成陳迹，生還又隔年。僧偕飛鳥散，月爲故人圓。題壁山靈護，重吟思邈然。辛丑閏三月，張亨甫孝廉過訪，留句猶存壁間。

徒羡巖棲好，何時結草寮？雲隨高下嶺，舟任去來潮。物態雖多變，烽煙亦漸消。不才無所事，只合話漁樵。

懷人絶句

南望汀州北薊州，鬱林西去百蠻秋。多情恰有當頭月，共照離人東海頭。李自青夫子歸武平，同學金鏡軒公子北上，朱曉霞、石仙昆仲歸廣西，翁鶴年諸君在海壇。

寄聲勉我學周處，把卷因君懷謝公。一代雄才真傑出，倚樓高唱大江東。建寧張亨甫孝廉定交於謝碩甫孝廉席上。別後見懷詩云：「輕財好客貧難繼，講武從戎壯可豪。莫負人間老周處，詩名萬古一秋毫。」

二州中立一關開，鴻爪留痕半没苔。我自不勝今昔感，君偏遍索和詩來。詔安沈留村副車見樹梅再過分水關題壁詩，往來和者已數百人，輒爲録寄。

感恩豈敢更辭勞，知己平生記二曹。賸有風塵孤劍在，十年華髮不勝搔。樹梅既佐曹懷樸明府平賊，復入瑯嶠輯民番、築城、開水圳。曹子安明府招往龍溪策防禦，又偕至浦南辦械鬥。二公言聽計從，皆有知己之感。

怪他好事柯公子，千里馳書索近詩。我比山花自開落，虚名何足使人知。山左柯筦谷公子，索録近作，謂將轉示建寧詩人許秋史，使知海外有一林瘦雲。

江城海嶠寄書難，聊寫疎英託古歡。他日相思風雪裏，與君珍重念高寒。郭子虹上舍，江西新城人，寫梅贈别，謂此後聚散付之蒼蒼，惟耿耿者不知何如耳。

登堂拜母記髫齡，别緒紛如水上萍。兄弟相望同一哭，雁飛况不到南溟。曹君李芳，南澳人，别十餘年，昨始來晤。止有一兄，遽爾捐館，不知吾弟亦夭折矣。

重携鐵笛觀滄海，來訪金山話落暉。怪底離亭風太急，雁群不作一行歸。重遊南澳，謁蔡丹書夫子。歸時同門蔡丕烈、謙儒、嚴熙純、康允怡、允立諸君餞送。舟漸遠，諸君猶凝立海岸也。

罄家資十作絃歌，抱策憂時奈若何。留得故鄉稱孝義，可傳之處不須多。里人吴禮士，州司馬，承祖父志，捐四千金充浯江書院膏火。嘗獻禦夷策，當事不能用，遂徙家泉州。

負累同來滄海濱，悽然每食輒思親。窮途猶卻千金聘，篤行如君有幾人？錢塘錢古坤孝廉，負債從芸皋師之臺灣。方持父服，不飲酒食肉。師殁，有以禮爲羅者，君不之顧，竟護喪歸。

從容坐鎮大江湄，儒將威名震遠夷。見説篋書皆剞劂，經綸端在太平時。龍溪孫儀國總戎，同校芸皋師文集，又刻趙轂士師著録。移鎮江南，益出秘藏，嘉惠來學。

層巒眼底湧波濤，探勝渾忘屐齒勞。我亦竹林交二阮，一門難得盡詩豪。王雲峰茂才，家道峰下，其弟琴山，從子實齊、春浦，皆工詩能琴。林泉佳景，天倫樂事，兼而有之，可謂盛哉。

半世風塵杯裏月，六朝山水畫中詩。與君再見當相問，可有清狂似舊時？同邑陳秋厓明府相遇福州，輒贈楹帖。

負米年來事最難，高堂何以勸加餐？師門回首空關切，上下驚心五百灘。高幼瞻茂才爲雨農師次子，自省城同舟至光澤襄師殯事，校録遺文。

道麓頻年足跡稀，翠蘿留我獨依依。研求易理多心得，甘作空山老布衣。張玉堂明經結廬邵武道峰之麓，讀易數十年，自號「翠蘿村叟」。樹梅訪之，爲留三日。

曾記憐我太嬌癡〔一〕，别恨春愁兩不知。今日小姑年已長，如何猶是小姑時？侍宦海壇與何霽邨、黄行秋、陳竹齋同筆硯，齒皆長，呼樹梅爲「小姑」，蓋謂未諳世事也。

仙風吹我到蓬萊，恰好龍涎瘴霧開。卅里荷花一潭水，愛蓮人愛放舟來。瑯嶠有龍涎潭，週三十里，悉種荷花。臺灣周光郃茂才見樹梅遊記，謂足令人豔動心魂香齒頰。

心事平生異酒徒，名園縱酒氣偏麤。無端抵掌論形勢，惆悵長江萬里圖。邵武江廣文立夫率弟肅軒、行侃、猶子雲谷，邀覽其家毓秀園。酒酣出長江圖，慨當局失維防之策。

漁燈歸去水猶紅，好景依稀在眼中。安得與君重載酒，一帆憑弔古英雄？晋江周秋屏廣文爲東塘參軍，從兄嘗偕樹梅泛海謁鄭延平王祠。

十年島上許知音，恩誼偏於故舊深。屬我直書忠愍事，幾人不易死生心。程丈爾三爲提督陳忠愍公表弟，公禦夷戰死吴淞，丈以樹梅於公爲故人子，屬記其事。

翩翩裘馬少年場，擲盡黃金未廢狂。贏得虚名同畫餅，果然煮字不充腸。仁和王香雪師、閩縣陳秋溟師，劉弁卿、何肫邁兩孝廉、丁冬盦上舍、侯官翁惠農明府、瀘溪饒禺生明經，見時皆以毋事虚名相勖。

歲晚驚心聽暮笳，飄零書劍尚天涯。故鄉親友凋殘甚，遑問梅開幾樹花。家巽夫茂才書云：「别來里中親友下世者，相望念之。」有不勝情者。

【評】（「曾記憐伊太嬌癡」首）言外有不如不諳世事之爲愈意。高雨農

【校勘記】

〔一〕此首詩鈔初編編入卷二，題作「懷海壇舊遊」。「曾記」，詩鈔初編卷二作「記曾」。

竹

緑雲四壁看無際，紅日三竿静不知。欲與寒梅同傲骨，此君何但俗能醫。

姬人得連理荔枝乞予圖之並題小句

冰肌解脱夏生寒，火齊居然浸玉盤。此是人間連理樹，與君同入畫圖看。

同心蘭花圖

空谷無人氣自芳，千秋佳話憶三湘。不須更説同心瑞，春入山家亦吉祥。

白牡丹

有香恰與梅先後，不俗偏宜月往來。能向東風稱第一，須知出色是清才。

水仙花

絶無色相清於水，花亦如人合作仙。欲問湘靈何處所，青峰江上自年年。

卷七

無盡巖

無盡巖前景，煙波萬里心。吾生無盡事，對此一沈吟。

碧山巖

巖林足欣賞，欲去轉遲遲。遠岸一何渺，君看帆卸時。

夢先外祖妣趙太宜人

五十六年天日知，冰霜志操苦支持。平臺已碎忠臣骨，報國誰爲節婦兒？外祖父陳必高公死臺灣林爽文之亂。賜祭葬，祀昭忠祠，世襲雲騎尉。外祖妣守節五十六年，壽八十有三。屢擇繼嗣，難得其人。談話如生憑一夢，祖孫倚命憶當時。可憐墓草萋萋長，莫慰重泉每自悲。

侍母遊南普陀上五老峰觀海

如此江山氣獨鍾，御碑況鎮海門衝。天開法界橫孤島，地擅奇觀屹五峰。危石當關蹲虎豹，大波終古走魚龍。樂遊願作千春祝，慈壽長青比老松。

登雲頂巖

雲頂巖容一笑開，風吹春雨洗塵埃。人生幾兩遊山屐，石勢孤撐觀日臺。錯落輕帆分道去，微茫遠嶠入詩來。諸君莫問興亡事，千載龍門鎖碧芸。石刻「龍門」二字，相傳宋幼主南行經此所題云。

夢遊碧玉洞天中有自然石榻

玉洞留虛榻，壺中別有天。澗泉清到海，厓草碧於煙。好夢遊無礙，披襟喜自然。所嗟多束縛，即此是飛仙。

訪吕西邨先生寓居海澄

久念西邨子，今朝遂泛舟。朅來欣一晤，相與訂千秋。樹梅奉雨農師遺文質於先生，先生亦出其筆記見示。庭滿霜天月，門環滄海流。此中多樂境，何事更他求？氣象自安舒，端宜静者居。得閒觀稼穡，娱老有圖書。避地忘歸客，高風欲起予。榜人催返棹，夢想愛吾廬。先生齋名。

過泛月樓在厦門城中父執楊立齋總戎别業

酒後登樓似泛槎，醒來河漢已西斜。因悲父執皆凋落，何必山居更避譁。半世塵緣看水月，滿庭花影畫龍蛇。浮生幾許鴻泥迹，悔被虛名滯海涯。

贈楊君石松

楊君貞性比松石，世講交情忻莫逆。名園幽静足安居，邀我盤桓數晨夕。琴心詩心都入微，筆力大於挽弓力。邇來鯨波猶未平，期君熟計靖邊策。承先儘有大功名，如君況是好氣魄。華年流水真堪惜，毋爲似我長作客。

雨中與石松懷友

假君如斗室，爲我作吟窩。賞雨經三宿，懷人未一過。石含苔意古，琴得水聲多。清絶忘言處，聊將凍筆呵。

冬至喜孫夢九、周晴秋、楊石松、李夢良諸君見過

相逢一笑凍雲開，鯨飲休辭醉百杯。邊海即今空戰壘，將家自古幾詩才。諸君皆將門之秀，一時韻事也。莫教至日尋常過，且共高歌慰藉來。從此敝廬增氣象，融風風我亦佳哉。

消寒雅集

消得寒威致自佳，高軒今喜與君偕。雁聲斷續月在水，梅影横斜霜滿階。千古是非聽史論，天風雪入吟懷。琴尊此會流連處，敢附名流共雅諧。

春日奉母讌遊鹿洞虎谿諸勝

一路梅花得意開，安輿上下任裵徊。風光假我承歡便，山翠撲人眉宇來。勝蹟偶然談水石，斯遊何必不蓬萊。自憐愛日同烏鳥，况有春暉照酒杯。

薄暮言歸未忍歸，慈顔回顧亦依依。洞雲谿水共千古，碧海青天森四圍。且掬清泉供煮茗，母喜品茶，携泉而返。各留花氣與薰衣。嬌兒似解從遊樂，也把松毛當麈揮。

答西邨先生招遊錦里寓園

誰似先生静養和，軟塵勞我愧偏多。朅來錦里尋芳約，好共春風放棹過。定有送花争索字，不妨燒燭對高歌。虚名何益身心事，肯任流光等逝波。

手闢芳園動四鄰，古風不減武陵津。備嘗世味抽身早，敦篤交情入夢頻。立品只争難處易，積書應笑富兒貧。談深忽起羅浮想，分付梅花作主人。先生有同遊粤東之訂。

偶見亡友嚴熙純茂才書畫感作

拂拭冰紈寫洛神，尋常詞翰亦超塵。天生一副清寒骨，瘦比梅花不畏貧。

梧竹林中裊茗烟，金山池上試箏絃。舊遊都是傷心處，雲散星沈十六年。

哭張孝廉亨甫

天既生吾子，多才不與年。惜爲名士誤，還有好詩傳。返骨金臺下，傷心碧海邊。諸孤方幼弱，何日卜新阡？

往歲高歌處，遺蹤得再尋。辛丑閏月，亨甫過訪，留詩白鹿洞壁。直傾三副淚，未厭百回吟。設位重呼酒，臨風欲碎琴。由來悲壯語，最是感人深。

友人期飲山巖阻風不果，詩以柬之

相約巖頭共舉杯，何時躡屐好追陪？許多酒興風吹去，未盡詩情夢補來。四海欣逢無事日，諸君况有不羈才。嗟予小别春將半，恐負山花爛漫開。

散步至虎谿巖，始知是日爲寒食

漠漠春愁撥不開，携尊消遣水雲隈。數弓路作蛇行曲，一角巖攀虎力迴。猶記人同題壁去，更無僧送過橋來。滿山雨意知寒食，麥飯誰家上墓臺？

重遊虎谿避暑小酌，時將北行

難得諸君盡解人，幾番邀約虎谿濱。酒因惜别嘗先醉，山似論交久愈親。暑氣漸消心更静，苔痕自長墨猶新。何時歸買巖前地，共話桑麻結比鄰。

九日奉母遊萬石巖

萬石巖高眼界幽，舊登臨處倍勾留。重陽破例無風雨，家慶承歡足樂遊。入洞水聲能滌慮，隔江山色又深秋。迴看象鼻諸峰好，一一相迎欲點頭。

制府閲兵厦門

笳鼓聲中大將旗，陳兵今見舊威儀。東南鎖鑰懸孤島，日夜江河灌漏巵。一掃妖氛安海宇，再申號令任驅馳。太平久已修文德，合有蒐苗好及時。

小姬學寫梅花頗有意趣，乞予授法，並此示之

取次孤山第幾枝，寫來恰稱畫中詩。都無脂粉饒仙氣，爲有端莊是女兒。韻帶水邊籬落好，神於春曉嫩寒宜。憑君携對窗前月，瘦影芳心只自知。

過涵江陳氏園亭訪主人未遇

主人原好客，不憚一攀尋。未到雲深處，安知静者心？看山參畫理，聽水悟詩音。悵望應非遠，相思秋滿林。

哭李自青夫子

自我違函丈，饑驅七載中。積思千里共，遥奠一誠通。古道存人口，門生半海東。不知身後事，愴淚灑酸風。

自鳴琴

夷人多巧心，夷俗競淫靡。作爲自鳴琴，錚錚懷袖裏。流水與高山，機括抵以齒。其鳴嗤鄭聲，其調悦凡耳。安得冒琴名，自鳴將自已。我愛蕉尾桐，元音溯正始。

病疥戲同疾者

病身自笑蚌生珠，藥石功難旦夕圖。我輩呻吟關骨肉，旁觀疾痛論皮膚。嗜痂更有誰同癖，顧影應憐汝並癯。最是月明兼酒後，妄思搔癢倩麻姑。

閩南道中雜句

午風吹暖稻花香，十里田家戽水忙。最愛長途蟬送我，一聲聲斷度斜陽。

壺公山翠聳晴空，我馬南來水向東。卻喜楓亭知不遠，一鞭遥指荔枝紅。

筍輿行近水雲開，怪底晴空走迅雷。細雨捲簾看瀑布，玉龍飛擁遠山來。前歲挈眷過莆陽，遥睇斷厓懸流，千尺倒瀉激注，驚顧奇絶。

千家夾水起高樓，樓上闌干樓下舟。饒有古風人不識，翻誇好景小蘇州。涵江。
淺夢忽醒篷背雨，閒愁一一費尋思。出門本爲饑驅出，何事天涯又苦饑。
常思曾記侍親行，嶺自崎嶇意自平。今日白雲更南望，故鄉争得不關情。常思嶺。

題楊忠愍公年譜家訓後〔一〕

一疏鋤姦迸血誠，椒山有膽死何驚。獨饒經濟皆先見，再拜鬚眉凜若生。本色文章真氣節，敢言兒女亦奇英。夫人張氏疏乞代死，爲嵩所遏。昨宵燈下觀遺著，風雨如聞助歎聲。

【校勘記】

〔一〕此詩又見楊忠愍公年譜，題作「贊」（黄天横藏書）。

贖琴歌

琴爲邵武王春浦茂才所贈，造形似蕉葉，其音清越而幽遠。典人三載，幾不歸，近得贖還，喜而作歌。

梅花紋斷琴之良，肖形奇古芭蕉長。珠徽玉軫宋錦囊，誰其贈者爲王郎。拜而受之絃更張，一彈再鼓翔鸞凰。餘音嫋嫋方繞梁，松風一榻扇平聲微涼。別來雲海何茫茫，妻孥饑臥雷鳴腸。以琴質米無半筐，三年割愛烏可忘？忽歸質子時笑將，積塵拂拭陳書牀。寒窗小雪梅生香，梅花三弄聲鏗鏘。歌未已兮樂未央，嗚呼貧乃士之常。昔我夫子曾絕糧，且坐靜聽彈先王。

詠懷

宇宙茫茫寄一塵，升沈誰復問前因。事逢可喜常遭忌，文到無奇始見真。苦我何曾非玉我，勞人未必不閒人。卻憐壯志銷磨甚，廿載依然賸此身。

身世渾如不繫舟，江山勝處足勾留。談兵欲笑書生氣，彈鋏何心食客遊。曾謝好官緣老母，且看同輩去封侯。承歡自是貧家樂，莫遣堂堂歲月流。

重遊釣龍臺

釣龍人去賸空臺，古殿荒蕪半草萊。莫笑重遊詩興減，又從風雨到山來。

贈陳君莒塘

世講交情重，如君氣藹然。雄心思學劍，詩句妙參禪。各有男兒事，相期少壯年。國恩猶未報，莫便説歸田。君以尊父忠愍公死事，欽賜舉人。

東石松

一春無事閉蝸廬，况味蕭然静有餘。屢改詩還原句好，長貧交覺故人踈。難消壯志常調馬，易動鄉心每憶魚。同是萱堂重海隔，不知健飯近何如？

誡子詩

惠子舞勺年，好弄每逃塾。義方吾未能，汝質豈朽木？薄田宜可耕，殘編且須讀。黽勉紹家聲，勿爲門户辱。

意子垂十齡，氣質頑且魯。赤足短小軀，難馴若癡虎。此日荒於嬉，他年悔莫補。勖汝從戎行，或可繼祖武。

忠兒始總角，就傅榕城東。讀書不求解，佔畢徒勞躬。兄弟雖異産，敬愛情所同。顧名且思義，勉矣繩先公。

恩子甫能言，神骨頗秀特。我行少還家，汝罕侍我側。口授三字經，問之不復憶。但唱月光光，使我破愁色。

念子最晚出，雙瞳秋水明。我壯尚如此，況汝方孩嬰。欲畢向平願，未免兒女情。且期慰祖母，旦晚添笑聲。

長女鈔父書，與弟争筆硯。幼女初描花，常竊母針線。生小慣貧家，繁華何足羡？風詩有二南，幾汝學良媛。

識無淵明達，語無曼倩妙。聊作誡子詩，迂腐亦可笑。偶言所欲言，奚責肖不肖。人事等浮雲，舒卷那可料。

再至閩安鎮有感古號龍門，爲省會咽喉重地

憶昔趨庭此再過，龍門控海勢嵯峨。地當邊徼防宜密，人到中年感正多。依舊晚潮喧客渡，絶佳秋月付漁歌。先臣亦有經營處，誰更清時話枕戈？

喜晤謝管樵即送之建寧幕府君善書法，畫竹尤妙，著有筍莊吟草

神交十載最相知，再晤欣看鬢未絲。狂草筆端雲並湧，瘦吟胸次筍争奇。傾尊共訂遊山約，啟篋教評詠雪詩。出其女兄浣緗詠雪集索序。鄭重去籌康濟策，不須惆悵話臨歧。

贈琉球蔡錫謨**楊**邦錦**兩秀才**

海天萍跡此相遭，抵掌無煩譯語勞。卅六姓中佳子弟，明洪武間，移閩人三十六姓往琉球教導，至今子孫皆爲秀才。四千里外大波濤。人能談道鬚眉古，志切觀光意氣豪。轉爲新知傷故舊，不堪風雨讀離騷。聞魏大夫有淵去年溘逝，予舊知也。

端午後一日鄭澤農明經招飲，即席漫賦

故鄉米價近如何，寄食偏愁雨水多。儘有壯心閒處減，每逢佳節客中過。感君邀我聊沾醉，異地思家對慨歌。畢竟不如歸去好，相隨杖履問煙蘿。

近況

去歲貴鹽今貴米，火災幸免水災侵。謀身疎似當風葉，知己艱於入爨琴。三處妻兒都待哺，兩家宗祀最關心。曉來搔首看新霽，輸與閒蟬抱樹吟。

寄内

食貧仍賴汝支持，感遇年來鬢有絲。世味可能嘗蔗境，胸懷莫忘過灘時。前歲挈眷客邵武，舟歷五百餘灘之險。堂前老母須甘旨，夢裡全家儼笑嬉。一紙平安先寄取，蓮花生日是歸期。

安得

安得梅花三百樹，故山深處奉親庭。人間奇字都休問，定省餘閒讀孝經。

先人遺眼鏡，母寶之，命題匣上

即此稱家寶，慈闈况所珍。眼花知不礙，手澤撫猶新。覩物懷先德，鐫詩示後人。從今添爽朗，長與奉芳辰。

雲悟圖

看取高人貌，凝然善氣存。閒雲参净境，流水識清源。坐對神俱古，無言道自尊。定知真契悟，動静互相根。

四酒詩

酒以消愁，予生半處拂抑，故嗜酒。志在微酣解憂，非取醉也。所嘗佳釀，以厦門許造如酴醾酒爲最，來自泰西，異常香豔。次則邵武道峰僧汲古井水以造，飲之，沁人心骨。家景仲用武夷名茶滴瀝成醞，入口足以滌煩。而龍溪鄭澤農所製荔枝酒，其方甚秘，韻亦勝也。凡此四酒，竊謂瓊漿玉液殆不能過。今造如、景仲，皆已溘逝耳。熱懷人不無黃壚之感，作四酒詩。

看劍雄心動酒邊，思君最憶避兵年。千金醉我酴醾釀，能解煩憂即是仙。
仙人丹井堪爲酒，此味於今未易尋。笑我獨饒清凈樂，一瓢曾與沁塵心。
昔日茶杯又酒杯，難澆一滴到泉臺。武夷君去仙筵散，信有人間曲可哀。
玉壺新浸水晶丸，比似瓊漿許飽餐。韻事他年增蔡譜，荔枝容易酒方難。

題硯

讀易調琴處，看雲聽水時。天機無限好，況有汝相隨。

白桃花

元都仙子稱冰紈，一洗穠華亦雅觀。照水自憐春態澹，臨風更耐玉肌寒。去年人面非耶是，前度遊蹤去又還。欲問迷津愁日暮，天台原在白雲端。

梅花

孤煙裊裊出孤村，隔水誰家獨閉門。一樹高寒春澹蕩，空山掩映月黄昏。美人索笑來林下，遊子關心問故園。莫與群芳争綺麗，不加色相妙無言。

燕窩

幾多燕子經營苦，贏作豪家口腹忙。昨夜歌筵紛醉飽，更無人念海風狂。

題吕孝子傳後

孝子諱仲誥，字謙六，舉人世宜之父。同里林一枝、武進劉儀皆爲之傳。世宜屬樹梅繫以詩云。

夙聞孝子名，至行感閭里。今讀孝子傳，肅然生敬止。孝子幼而孤，母嚴教以禮。母色或不怡，長跽不敢起。深懼母病嬰，籲禱天降祉。齋素終母身，孺慕弗能已。既葬遶墓號，兒今無母矣。嗚呼非母賢，無以成其子。母賢子亦賢，直筆無溢美。誰能爲此文，林劉右良史。

寄園雜詩

寄園在厦城中，故總戎楊公立齋所闢也。有樓翼然，俯納衆碧，得山林幽邃之概，多藏書。公子石松乃加修葺，屬繫以詩，得十八首〔一〕。嗟乎，人生如寄，豈獨園亭。公命名之意亦深遠矣。

積書堂

掃海清平日，歸來卜隱居。老臣心未老，時展六韜書。

鳴琴澗

積雨滿方池，分流鳴澗底。絶調非絲桐，泠泠濯吾耳。

泛月樓

月到一庭水，緑陰相與流。心舟原不繫，忘卻在高樓。

評詩讀畫之軒

一楹偏絶俗，萬石欲摩天。人在畫中畫，詩參禪外禪。

天竹厓

懸厓何所有，天竹拂天風。又見垂珠處，珊瑚幾度紅。

枕梧亭

醉卧水邊亭，夜來秋氣冷。莫笑客衣單，月送碧梧影。

方竹塢

滿塢碧琅玕，方直異凡質。有時用相扶，勿使規而漆。

青螺石

亭亭玉女峰，螺鬟沐春雨。堅貞只自憐，背人立不語。

環翠壑

交翠欲浮天，潛虬將出壑。每聞風雨聲，向我吟邊作。

三折徑

一折西復東，再折疑無路。又經一折間，心目豁然悟。

妙香室

虛室無纖塵，澄心觀衆妙。時有天香來，化機默相召。

留雲洞

訪勝得深洞，清虛夏亦秋。方知高卧者，多爲白雲留。

苔磯

海上風波險，磯頭坐卧安。但觀生物意，不弄釣魚竿。

嘯臺

用世在識真，孰能保其耀？所以孫公和，無言惟長嘯。

賞雨山房

掃葉如校書，仍作疎雨響。呼童斟玉壺，掩卷恣幽賞。

半規池

浮萍爾何物？半掩池中山。還我舊清浄，春風開笑顔。

松石圃

吾愛石松子，静中每獨坐。試邀石丈人，共聽風松和。

【校勘記】

〔一〕「得十八首」，按，實存十七首。

題許鶴仙爲石松繪寄園圖，即送其調戍東瀛

胸中邱壑一塵無，佳景當前便寫圖。君喜松濤生遠籟，我憐鶴影共清癯。大觀此去經滄海，名將由來半宿儒。他日功成歸隱處，寄園重仿舊規模。

陳頌南先生惠書賦答

勇矣陳太子，飄然歸故岑。直聲滿天下，古道在人心。學見本原大，書來期許深。那堪談舊雨，碌碌愧知音。書云：前到仙遊，王懷珮先生談及，亦不勝歎賞。樹梅識王先生於福州志局，別來十七年矣。

饑驅何所適，島上又經秋。時事盡堪歎，吾生難自由。才無當世用，貧豈一身憂？明歲春風座，先期此共遊。先生將爲玉屏山長。

偕友登眺大觀樓

天地有萬古，斯樓信大觀。浮生嗟我拙，高誼得君歡。海漲雙眸豁，雲深六月

寒。安邊紓上策，自昔歎才難。

讀唐人紅線傳寫圖並進〔一〕

如此英雄女，偏教屈下陳。飛空原有術，卻敵抑何神。慘澹風雲氣，超騰粉黛身。獨憐辭故主，別淚灑前塵。

【校勘記】

〔一〕「進」，疑爲「題」之誤。

喜曾壯甫茂才過訪

憶昔逢君日，相看少壯身。德高言自簡，交淺意偏真。渡海偕新雨，謂馨林茂才。論文念故人。謂亡友亨甫孝廉。莫嗟容鬢改，吾道在艱辛。

明日壯甫解纜，走筆送之

夢想舊遊處，天開圖畫樓。此鄉無可語，明日悵歸舟。著作吾何敢，來札云：欲走候，恐妨著作之勞。行藏汝自由。相期在遠大，勿爲別離愁。

抽藤歎〔一〕

臺灣内山産藤，人潛往采〔二〕，常被生番戕害。爲作抽藤歎〔三〕。

虬藤萬丈深山盤，抽藤較易防刀難。聞道番刀白如雪，殺人如麻不染血。血跡未乾藤愈長，生番之毒如虎狼。吁嗟乎，生番之毒如虎狼，汝曹胡不歸耕桑？

【評】

佳在尾聲。高雨農

【校勘記】

〔一〕此詩詩鈔初編編入卷二。

〔二〕「潛」，詩鈔初編卷二作「争」。

〔三〕「爲作抽藤歎」，詩鈔初編卷二作「因而歎之」。

題鷺江秋泛圖

隱晦親知少，幽閒嘯詠多。忽來觀海客，相與話煙波。道勝緣皆澹，情深氣正和。鷺門歸櫂急，何日復來過？

謝碩甫陳壽山兩孝廉來厦寓荷庵，相見率贈

壯觀極到海，携手出孤舟。共借棲禪處，聊爲訪舊遊。水痕猶在壁，山色更宜秋。身世如雲鶴，何心問去留。

聽琴

伯牙去人遠，絶調更誰彈？今夕足清興，得君成古歡。愔愔知所養，穆穆思無端。欲辨希微處，蒼茫山水寒。

慶南軒明府贈弓矢，賦長句謝之

男兒生具四方志，蓬矢桑弧觀所事。未必長爲無用人，無用才爲有用備。使君先世多奇功，出入將相光熊熊。削平西徼圖麟閣，文成文毅垂高風。君高祖阿文成公，以大學士佩定西將軍印，平定兩金川，封一等公。祖那文毅公，爲陝甘總督，平定青海，晉官保〔一〕，並給像紫光閣。君來閩海衍治譜，餘事論文還講武。六鈞贈我克敵弓，僕姑更貺穿楊羽。嗟予少小隨征旌，趨庭溟渤超風濤。手屬櫜鞬腰弓弢，欲截犀兕剸蛟鼉。忽忽三十載，困頓忘劬勞。軍書十上不見用，談兵捫虱猶能豪。君今爲循吏，父母歌孔邇。我愧將家兒，毛羽未奮起。挽強命中總粗才，破的追風徒爾爾。受君之賜爲君歌，請君滿酌金叵羅。方今狐鼠尚跳躑，水旱況復隨兵戈。願君用才如選射，志正體直無偏頗。平生肝膽向知己，歲月豈任長蹉跎。

【校勘記】

〔一〕「官保」，據郭哲銘歗雲詩鈔校釋，疑爲「宫保」之誤。按，郭説是。

題女將圖二首

舉義方勤王，誰驅賊入蜀？忍遺君父憂，實爲臣妾辱。死戰報國恩，麟圖非所欲。偉哉女將軍，不愧名良玉。右古明西川石柱土司女帥秦良玉。

雲英一女郎，殺賊父仇雪。詔使領父軍，夫死忠更烈。歸來感滄桑，何處采薇蕨？教授族中兒，出處明大節。右古明特授遊擊將軍烈女沈雲英。

寓居偶詠

寄舫

負殼笑蝸廬，浮生總寄居。此身已多事，況復一船書。

面山亭

築亭在人間，人跡罕到處。四面繞青山，白雲自來去。

惜翠樓

飛瀑酣秋聲，叢篁作雨意。獨有看山人，倚樓惜遥翠。

自題漁家樂圖

曉起呼兒學放船，蘆花如雪雨如煙。歸來斗酒謀諸婦，網得鱸魚不换錢。

題友人篁月彈琴圖

明月照孤桐，清風動修竹。誰知空谷中，有此人如玉。相忘絃指間，一嘯山水緑。

葛衣曲

織得粵東女兒葛，天人漫羨六銖衣。只愁不甚耐風日，郎若出門須早歸。

再過象鼻峰見大石開口刻「石笑」二字，喜而賦之

象鼻峰前眼界幽，舊登臨處倍勾留。重陽難得無風雨，佳境翻疑是夢遊。摀耳濤聲原近海，插天山骨更宜秋。莞然不聽生公法，亦自相迎欲點頭。

題癭木私印匣

奇氣猶磅礴，千年老木根。有文原自病，善用乃長存。如許龍蛇篆，渾忘雪爪痕。摩挲堪一笑，物理與誰論？

看劍憶亡友許造如

贈劍情偏重，千金購島夷。故人長已矣，佩此欲何之？斬鐵無痕跡，韜鋒好護持。莫言恩怨事，姑看屈伸時。

林少穆先生招赴省城詢海上事，即席賦呈〔一〕 時先生在告家居，被命宣告

到處饒遺愛，歸來寡剩金。情關民瘼亟，憂切海氛深。愧我乏奇抱，因公激壯心。引杯領高議，慷慨發長吟。

聖主宣新命，熙朝重舊臣。感恩頻出涕，許國欲忘身。更起爲霖雨，應教洗榼塵。黠夷都膽落，韜略仰如神。

【校勘記】

〔一〕此詩之後附原有林則徐的詩二首，本書另輯入諸家序跋倡和與題詠。

少穆先生導觀府中馴鶴有作

胎禽聞産自滇池，萬里提携静對宜。先生示客云：得自滇南永昌邊徼。鍛翮未能諧衆羽，軒肩終覺具仙姿。主人護惜勤分俸，客子羈離念苦饑。且聽流音霄漢外，幽懷恥與鷺鷗知。

重至臺江聞湘雲已化去三載矣年甫十四，前作湘雲曲其人也

臺江不若湘江深，湘竹湘雲愁我心。難買歡情到白首，人生何用多黄金？

江樓秋夜

月色凉於水，秋心澹入詩。江樓無雁過，倍動故鄉思。

口號三章答冬盦先生元量〔一〕

一别十餘載，重來高士家。醉中證明月，索筆補梅花。予爲畫壁。

驟觀駭奇石，齋前有石。澹對契幽蘭。幾許舊遊在，相應耐歲寒。

瓢笠都無恙，君昔贈瓢，予常佩以自隨。煙霞到處宜。浮榮何足羨，愁絶又暌離。

【校勘記】

〔一〕此三章林策勳歗雲詩存、郭哲銘歗雲詩鈔校釋卷一〇連排，今據題意及詩韻分開排列。

少穆先生被命督師粤西，予隨行至泉郡暫假歸里，解狐裘見贈，約赴軍前，感呈四章即以奉别

故國方多事，夷酋人踞省城寺宇，甚爲閭閻之害。安危仗大儒。籌邊期可久，視賊本如無。忽奉督師詔，難辭抱恙軀。殷勤語父老，滋蔓恐難圖。時諸夷復散占城外民居，於是聯鄉防備，夷稍斂迹。

千里南州路，偕行未浹旬。感公將遠别，惠我及慈親。先生嘗以松鶴圖並楹帖壽吾母。喜得法書法，渾忘貧士貧。解衣推食意，隨處見天真。

瀧江通百粤，嶺海萬重深。遽報煙塵起，仍煩節鉞臨。先生前督兩廣。同甘思諫果，自炫笑文禽。愛彼山川秀，清風滿桂林。

聲威今所指，釜低斷遊魂。下慰蒼生望，上酬聖主恩。立看馳露布，還約倒芳尊。犵鳥蠻花地，勳名萬古存。

贈劉炯甫孝廉從軍粤西

壯君衣短後，遲我亦西征。慷慨宣威德，追隨仰老成。謂少穆先生。除殘先搗穴，

止殺更原情。不負平生學，施爲在此行。

快覽佳山水，羅浮有路通。置身窮達外，驅馬瘴煙中。志足申知己，名應讓有功。相期同奏凱，高詠化鑾風。

桂丹盟觀察作鸞官韻詩贈少穆先生，先生在泉南途次既和之，又屬予和，勉成一章附呈觀察

早已欽公筆聳鸞，側聞傳語欲辭官。頻年惠愛深膏澤，滿路謳歌馥麝檀。何事急流争退勇，大名從古久居難。霞漳多少留題處，長作甘棠去後看。

哭少穆先生

與先生别甫旬日，忽得桂丹盟觀察來書，言：「先生星軺過漳後，遽得大病，於月之十九日至普寧，大星隕矣。」嗚呼，哲人已萎，典型凋喪，彷徨涕零，其將奚歸？因疊觀察贈先生鸞官韻，聊申一慟。

疊承温綍下祥鸞，力疾星馳强起官。百粤經秋飛羽檄，萬家遮道禮旃檀。先生所至，男婦瞻拜不絶。方期到處成功易，豈謂從兹見面難。孤月獨明詩思苦，那堪絶筆夜

深看。臨別以和桂觀察詩見示，有「孤月獨明人盡見，狂泉不飲事偏難」之句。

擬編行記仿驂鸞，范成大桂林行記，名驂鸞録。私幸從遊勝得官。籌海幾時同把酒，告天清夜自薫檀。先生有焚香告天圖。談深每慮酬恩晚，事變因知涉事難。回首可憐雙鶴瘦，更誰花底與吟看？嘗導觀所畜鶴，命題賦詩。

琯樵將歸詔安，以佳畫留別，疊前韻送之

愛君畫意似邊鸞，性本躭閒不好官。拓地三弓添竹石，傾心一瓣爇沈檀。交遊自昔忘形少，此道於今可語難。最是北谿歸去好，卷中山水□□看。

自聞安重遊侯嶼巖

一帆乘晚霽，重叩白雲關。掃石題新句，銜杯對遠山。雁來蘆荻外，秋老桂花間。巖中二桂樹甚高，傳爲宋時物。怪昔同遊者，封侯未得閒。二十年前有裨校偕予至山，今爲渠帥矣。

讀芸皋夫子廈門志，愴然書感

雄城高枕海潮流，山聳龍頭又虎頭。兩郡咽喉開巨鎮，萬家煙火共孤舟。安邊自古資門户，懷遠誰能廢畫謀？猶憶同堂談笑日，爲言形勝上層樓。險要居然控九州，著書早已寓深憂。民無恒産惟番市，海不揚波有貢舟。便使尊親依日月，仍嚴中外比春秋。如何無限防微策，紙上諄諄未見收。

詠蘭

幾秋磨練堅貞節，獨擅空山百草靈。得志欣承雨露潤，玄身詎怕風霜零。芳名自古標王貴，品論於今羨德馨。何事瀟湘夢澤客，滿懷別恨寄騷經。

沽酒

遍地難尋送酒仙，一團興味久蕭然。天寒任長葡萄價，莫惜沽來醉月眠。

題呂西邨先生小照

一枝凉月影横斜，佇立西窗傲物華。最是老人偏耐得，春寒獨對雪冰花。

植梅數歲始開

數年培植小齋頭，忽睹冰肌幾朵幽。漠漠青煙籠石磴，騰騰新月上書樓。寒應徹骨香逾遠，澹到無言韻獨悠。半卷南華相對讀，個中妙處可尋求。

遊虎谿

疏狂陶醉日，重訂虎谿遊。門徑天然畫，山房本色秋。人同黄菊淡，意與白雲留。從伴茱萸會，多慚雪滿頭。

雲中亭小憩，四面石縱横。夜月鯨飛影，天風虎嘯聲。好山遲客步，佳節動詩情。共仰東林事，悠然杖履清。

送別

悠悠征旆動寒城，樽酒江頭共餞行。三載論文深自感，一朝分袂不勝情。風翻巨浪蒲帆急，霜落長天塞雁鳴。記得春初纔侍從，那堪歲暮送歸程。

歸策

一憶雙親老，停觴淚暗垂。得天原不薄，育我竟何爲。白首勞生計，青燈負遠期。問心深罪戾，歸策尚遲遲。捧檄望迎養，華簪非戀榮。駑駘羞躁進，烏鳥迫私情。兒女土音換，家山歸夢縈。同官多五馬，歲歲餞都城。

齋中夜坐

外多耳目累，内乏心氣清。紛吾役世故，千憂一身攖。夜氣凜寸縷，珍之珠在擎。棲遲未易遂，寐言葆幽貞。

秋暮獨眺江亭

亭外夕陽古，古人同此情。衣裾分水色，風雨自蘆聲。今昔江山共，登臨天地清。片雲與孤雁，日暮多遐征。

失題

偶到巖頭把酒卮，最憐鴉噪緑楊枝。偷閒不厭留終日，勝會何妨住片時。夕照遥隨帆影去，林風暗度磬聲遲。閒遊不覺歸來晚，鼓枻臨風共賦詩。

危亭聳出衆山巔，路轉峰迴別有天。萬頃濤翻驚海外，數重峰翠列窗前。迎眸竹色初侵盞，入耳泉聲更亂蟬。暇處談心多自得，高人無怪欲逃禪。

葉葉風荷浥露香，石頭拂去坐生凉。君真撲去塵三斗，我欲從之水一方。瘦比梅花原有骨，人如和靖合稱狂。也應開徑招吟客，飽貯瑶篇入歸囊。

招凉何處最宜人，雲水光中絶點塵。半畝天開清福地，一家人坐碧荷春。魚游南北東西葉，香化百千萬億身。鏡裏樓臺都入畫，良霄吟佇玉蟾輪。

歗雲詩鈔輯佚

磳田〔一〕

閩安鎮，山田如梯，層階而上，昔人所謂磳田是也。

海嶴山根地少田，農夫辛苦自年年。行人遥指雲深處，絶頂耕牛背擦天。

【評】

尾句煉極入渾，神出古異。高雨農

【校勘記】

〔一〕此詩編入詩鈔初編卷一。

遊厦門白鹿洞繞出虎谿巖同陳二繼豪作〔一〕

古寺藏幽壑，城東一里餘。遊蹤隨白鹿，午飯飽紅藷。閣峻欲吞海，林深宜結廬。與君期有用，未忍説山居。

逐雲穿洞出，又聽隔巖鐘。石磴伏如虎，谿風來入松。苦吟僧未解，豪興客能從。歸路迷山腹，沿邨問老農。

【評】

兩首二、三聯分用拗體，句法亦同，而氣格微别。「閣峻」十字出右丞，「石磴」十字出昌黎。知言者辨之。高雨農

【校勘記】

〔一〕此詩編入詩鈔初編卷一。

巡山即事〔一〕

鳳山山海疆，全臺爲扼隘。閩粵與野番，雜居起蜂蠆。曹侯初下車，開誠化愚昧。巡防慮未周，偕我歷邊界。繞道南馬仙，西折大岡背。下如落井阬，草蔓多滯礙。漸進忽上天，喘平力欲憊。壺漿出林間，父老迎道拜。自言昔苦饑，盜賊更可嘅。今日逢賢侯，到處撫凋瘵。年豐人心平，不圖餘生快。保甲期清莊，威嚴寓勸戒。爲語蚩蚩氓，從茲務觀愛。勿肆汝兇殘，汝侯不汝貸。

【評】

沙苑兒駒，驕嘶自賞。高雨農

【校勘記】

〔一〕此詩詩鈔初編編入卷二。

春日客懷〔一〕

此身泛泛等浮槎，行止依人歲已賒。欲滌塵心惟縱酒，且消長日自烹茶。黄鸝隔院有時語，苦楝當窗無數花。一事不成春又老，可憐如此度年華。

【評】

三聯劍南高境，餘亦質素。高雨農

【校勘記】

〔一〕此詩詩鈔初編編入卷二。

三月六日同葉式宜司馬挈眷歸大湖〔一〕

鵁鶄啼徹曙星稀，一櫂攜家日未晞。山色遠迎大米舫，波文輕漾細君衣。座中朗抱深深語，湖上春風緩緩歸。絶憶朝來郫醞熟，榜人遥指酒旗飛。

【評】

可入唐人才調集。高雨農

【校勘記】

〔一〕此詩詩鈔初編編入卷二。

懷李仲進〔一〕

登堂拜母記髫齡，别緒紛如水上萍。兄弟相望同一哭，雁飛況不到南溟。

【評】

結句自佳。高雨農

【校勘記】

〔一〕此詩詩鈔初編編入卷二。

答家研香上舍寄畫竹〔一〕

平生説詩癲，愛竹復成癖。去年居鳳山，手種幾千百。晚坐山海堂，在大湖莊。緑雲生四壁。恰有思鄉詩，拉雜補其隙。得君不俗人，古意出新格。珍重寫數竿，寄取慰孤客。頗惜淩霄姿，坐扼邊幅窄。曷不學坡翁，蜀絹致萬尺。風雨戰蛟螭，森然盪胸膈。助我揮狂吟，竹葉斟琥珀。

【評】

畫不坡翁，詩卻闖入。高雨農

【校勘記】

〔一〕此詩詩鈔初編編入卷三。

懷葉司馬式宜〔一〕

親厚如兄弟，家人亦不疑。記從經歲别，愁寄半屏山名詩。白露出分袂，紅綿又滿枝。驚心人事改，况是各天涯。

【評】

全首精味兼載，可入張爲主客圖。高雨農

【校勘記】

〔一〕此詩詩鈔初編編入卷三。

自石衡如試館歸苦雨卻寄〔一〕

經歲不相見，相思鎮日催。昨宵尊酒共，一笑海雲開。老我十年夢，因君百感來。忍聞湖上柳，移向别堤栽。

歸聽兼旬雨，蕭蕭六月秋。離憂生咫尺，身世感沈浮。文豈求名箸，情還閲世投。朝來徐孺榻，已爲拂塵不？

【評】

二詩何畀讀工部别衛八處士？雖古今體不同，而佳想則一。高雨農

【校勘記】

〔一〕此詩詩鈔初編編入卷三。

宿鼓山白雲堂〔一〕

白雲深處净無塵，斷續鐘聲入耳頻。冷到衣裳秋夜永，萬松岡上月親人。

【評】

清虛中饒高華氣色，是謂神寒骨重。高雨農

【校勘記】

〔一〕此詩詩鈔初編編入卷三。

琴劍渡江圖送客之楚〔一〕

美人琴劍滯扁舟，送汝瀟湘感壯遊。此去莫驚蘆荻雁，憐他猶作稻粱謀。

【評】

其來無端，其去無跡，半山七絶，獨出宋人。高雨農

【校勘記】

〔一〕此詩詩鈔初編編入卷三。

憶洪惇甫歸臺陽將至泉州覓渡書寄二首〔一〕

今宵君宿處，知在幾重山。千里獨歸客，愁看霜葉殷。

昨日送君歸，好風吹五兩。相思各有情，不及潮來往。

【評】

閒閒叙去，可謂不着一字，盡得風流。確是唐人絶句，格在王、韋間。高雨農

【校勘記】

〔一〕此詩詩鈔初編編入卷三。

酒後思鄉〔一〕

醉餘方覺滯歸期，楓葉如花落滿池。酒趣自憐爲客減，入山何處避人知？仍將八口同遊食，每到三秋倍繫思。手把一卮聞過雁，故鄉南望不勝悲。

【評】

勁氣直達，潛氣内轉，如習白猿公術，看似閃屍，操舞如度。高雨農

【校勘記】

〔一〕此詩詩鈔初編編入卷三。

題畫贈周東塘〔一〕

露滴高梧月上階，風摇蕉葉掃莓苔。停琴留客兩無語，坐聽茶聲作雨來。

【評】

經其户，寂若無人；披其帷，其人斯在。那得非名賢詩，似爲寫照。高雨農

【校勘記】

〔一〕此詩詩鈔初編編入卷三。

宿吴園〔一〕

吴君高隱處，相過兩忘形。夜静鐘催夢，秋來葉滿庭。風枝勾敗瓦，燈影漏疏櫺。何事雞聲急，主人眠未醒。

【評】

小徑落花，時有委豔，亦足勾留。高雨農

【校勘記】

〔一〕此詩詩鈔初編編入卷三。

秋江小景〔一〕

紅樹江頭繫釣舟，吟身瘦到衆山秋。眼中光景心中句，都被丹青一筆收。

【評】

景從言外領取，是謂不着一字，盡得風流。高雨農

【校勘記】

〔一〕此詩詩鈔初編編入卷三。

送吴楚峰先生理鹺惠邑〔一〕

十年父執幾人留，棖觸因君話舊遊。不喜浮名交自寡，隨緣小住世無求。我生馬齒慚知己，終古魚鹽有傑流。聞道螺陽多美酒，他時共解驌驦裘。

【評】

思曲氣直，如控生馬，不施銜橛，無不捉搦。高雨農

【校勘記】

〔一〕此詩詩鈔初編編入卷三。

題平旦鐘聲圖〔一〕

蒲牢一杵隔溪聞，道味禪心已十分。人與青山共平旦，更從何處著塵氛？

【評】

清氣襲人。高雨農

【校勘記】

〔一〕此詩詩鈔初編編入卷四。

灘行紀險歌〔一〕

閩西千里少平路，插漢萬峰絶攀附。一水遠從西北來，勢與山根共迴互。水中亂石相巉巖，斷流刀鋸森如樹。大小相間五百灘，滿目怪狀紛無數。長若蚺蛇迎舟吞，曲爲稱鈎儼鐵鑄。劍津巨浪奔雷霆，挑戰時激將軍怒。蚺蛇、稱鈎、將軍，三灘最險。舟子持篙與石爭，得失分毫性命付。我生海外習風波，一經此險嗟難渡。篙師抵險乃若夷，出險莞爾向我顧。謂我灘石殊梗頑，曷學愚公移之去？否則鞭走或剗平，永除阻礙任沿泝。我獨一笑曰不然，世間憂慮在恬豫。舟行若使無危灘，相安順境更奚懼。逐流爭作捷徑趨，風氣誰能挽之住？即此可知天地心，使歷艱難生智悟。

【評】

質固中仍白流逸，是爲骨重神寒之作。高雨農

【校勘記】

〔一〕此詩詩鈔初編編入卷四。歗雲詩鈔卷五有建灘行，與此詩文有異同，而異多於同，故別輯於此。

拜忠愍公祠〔一〕

父執公專閫，江南昔駐兵。孤軍無後繼，一死有餘榮。鷺島歸忠骨，洩流带恨

聲。至今寰海外，猶自仰威名。

【校勘記】

〔一〕見羅元信金門佚文訪佚（金門日報，二〇〇三年四月三日）。

臨終口占〔一〕

深負平生國士知，鹽車老駕欲何之？歸來化作孤山鶴，猶守梅花影一枝。

【校勘記】

〔一〕見光緒金門志卷一〇。

歗雲文鈔

卷一

上周芸皋夫子論臺水利書〔一〕

臺灣初辟時，地未盡墾，其土肥沃，不耘而熟，有一歲而再三穫者。惟其近水，故不憂旱。而遠水之區，亦狃於常熟。雨澤愆期，庸有幸乎？然則，講水利而戒惰農，正今日司牧之急務。矧臺俗尚鬼，旱輒棄車戽隄瀋之力，舁土木偶，鳴鉦戴柳，往來祈禱，甚有争道持械相鬥殺者。是固愚陋成風，而吾治化亦已疎矣。

夫子軫恤民艱，爲綢繆計，教以掘井。樹梅竊爲興水利以銷亂萌，護農田以定民志，治化大原，胥基於此，一時之舉，百世利也。比從曹大令來鳳山，統一邑大勢觀之，以爲鳳山水利，斷宜開鑿九曲塘，引淡水谿流，分潤大竹、小竹諸里，使遠水之田不困於旱。尚恐工費繁鉅，任事之難，其人而尼於成也，計不若勸民掘井之尤便。今其田園曠蕪，及春猶未播種者，無論矣。如南梓阬至竹門莊三里有桔槔處，苗長尺許，蔦松各莊亦如之。是非掘井獲利之明效歟？顧其所以未盡行者，掘井誠利，彼掘井者未必利也。蓋一井需費十數金，灌田不過五畝，五畝之收，不過三十石，石粟直一金，又分之佃人，利未見而先受累。或鑿已丈許，而仍不及泉；或鑿於田中，而牛犁不便。皆不以爲利，而治者少也。

嘗考砂磧鹹鹵之中，尋有野獸蹤跡，必有水。烏鳥集處，亦有水。生蘆葦水草處及蟻壤下，有伏泉。置水數盂於地，夜觀星光多處，亦有泉。或開井深而無水者，蘊草焚煙井底，而蓋其上，其近泉脈有纖毫罅處，煙氣冲透，泉即隨至。類而推之，安在井不可掘邪？

然而，向之長民者，既仍其常而不肯爲民，亦狃於習而難於爲，遂令事之大有爲，而竟莫之爲也。夫所費在耳目之前，而利至於數十百世而未有艾，豈不在於吾夫子乎？夫子以謂何如也？

【評】

語質而達，氣疏以樸，不假作爲，自然入古。周芸皋夫子

掘井灌田遍於泉南，看似勞憊，有三善焉：不恃天而恃己，可以耐旱，善一；有相助而無相争，可以教睦，善二；無惰農，即少遊民，可以銷慝，善三。而臺灣土性多浮，隨在坎深，皆易得泉。民情不靖，勞諸畎畝，亦相保無事。芸皋先生建掘井法，真治臺要圖也。存此書，足以表章先生治狀，而行氣疏樸，先生評得之。高雨農夫子

【校勘記】

〔一〕此文歗雲山人文鈔初編（以下簡稱文鈔初編）編入卷一與曹懷樸明府論鳳山水利書之後，作「上周芸皋夫子論臺灣水利書」。與文鈔初編對校，異文數十處，如用序碼標示，頗繁蝟，故别録於次。

臺灣初辟時，地未盡墾，其土肥沃，不耘而熟，有再熟三熟者。惟其近水，故不憂旱。而遠水之區，亦狃於常熟。雨澤愆期，庸有幸乎？然則，講水利而戒惰農，正今日之急務也。矧臺俗好亂尚鬼，遇旱輒棄車戽隄防之力，舁土木偶，鳴鉦戴柳，以禱雨，甚有往來争道，持械相鬥殺，因而釀變者，是雖臺民之愚，而吾治化亦已疏矣。

我夫子軫恤民艱，慨然頒示，規教以掘井。樹梅竊爲興水利以銷亂萌，護農田以定民志，治化大原，胥基於此，一時之舉，百世利也。臺之人誠幸矣哉。比者從曹上令來鳳山，嘗統一邑大勢而觀之，以爲鳳山水利，斷宜開鑿九曲塘，引淡水谿流，分潤大竹、小竹諸里，遠水之田使之不困於旱。尚恐工費繁鉅，任事之難，其人而尼於成也，計不若勸民掘井之尤便。今其田園曠蕪，及春猶未播種者，無論矣。如南梓坑至竹門莊三里，有桔槔處，苗長尺許，蔦松各莊亦與之同。是非掘井獲利之明效，而善於法爲信可行歟？顧其所以未盡行者，掘井誠利，彼掘井者未必利也。蓋一井需費十數金，灌田不過五畝，五畝之收，不過三十石，石粟直一金，又分之佃人，利未見而累先受。或鑿已丈許，而仍不及泉；或鑿於田中，而牛犁不便。皆難之。

大凡砂磧鹹鹵之中，有野獸蹤跡，尋之，必有水。烏鳥集處，亦有水。地生蘆葦水草之處及蟻壤下，有伏泉。置水數盂於地，夜觀星光多處，亦有伏泉。或開井深而無水者，蘊草焚煙井底，而蓋其上，有纖毫罅處，煙氣冲透，其泉隨至。類而推之，安在井不可掘邪？

奈何向之長民者，既仍其常而不肯爲民，亦狃於習而難於爲，遂令事之大有爲，而竟莫之爲也。夫所費在耳目之前，而利至於數十百世而未有艾，豈不在於吾夫子乎？敢以質之夫子。

與曹懷樸明府論鳳山水利書〔一〕

執事憫民田易旱，由於水道弗通，思建水利爲一邑謀久遠，此仁者之用心也。樹梅嘗見周芸皋師頒示，教民掘井。因上書條論，謂其法亦可行於鳳山。然掘井僅能自治其田，未若導水之爲利甚溥。伏承明問，敢不畢陳？

夫河道溪流，先究發源之地，潢汙行潦，亦收挹注之功。任天功者，不可不合地利，人力而並用之也。今計鳳山所轄十四里，惟港東、港西兩里，地廣田腴，農力勤篤，雖亢旱亦有穫。而東西環負傀儡、番山，南北挹帶淡水、大溪。土人因地築塘蓄水，曰「埤」；開溝導水，曰「圳」。其港西兩支之水發源於南馬仙、六歌鯉諸山，繞月眉、龍肚、阿里港諸莊，合流入溪。港東三支之水併出於山豬、毛貓，望山間繞海豐、頓没、鹿根、水底寮諸莊，分流入溪。皆因溪曲，築埤導水入圳，各有承管，按田定租。每甲納埤主工本完課，一甲近者四五金，遠亦五六金。內地計弓論畝，臺灣計戈論甲。每戈長一丈二尺五寸，東西南北各二十五戈，爲一甲。約比內地十一畝三分有奇。廣狹深淺，濬修不一。餘若西北之大竹、小竹、赤山、半屏、觀音、仁壽、文賢、長治、嘉祥、維新諸里之田，沙土畏旱，禾苗冬春入土，夏即堪穫。七月播種，十月再收。其自西南興隆里全埤頭燥地，惰農年僅一稔。雖有埤、圳，均比汙潦，非若港東、港西之源流不竭也。考志載水利，曰「將軍埤、竹橋埤、三鎮埤、大湖埤、赤山埤、烏樹林埤、北嶺旗埤、中衝崎埤、新園埤、硫磺埤」，曰「草潭、石螺潭、蓮池」，曰

「井水港、菱角港、紅毛寮阬」。或年久變遷，奸民洩水爲田，徒有埤名而已。其志所不載而有水者，惟鳳山里之龜亞壽埤、長治里之百甲埤、赤山里之公爺埤、觀音里之總督埤。納溝澮所盈，灌濡僅十餘甲，或數十甲。初非有源之水，更多望雨之田。但知全任天工，不復少加人力，豈皆無水可引哉？亦不諳地勢之無以導其源也。夫有水之田十之二，無者十之八，天之雨澤既不可必，則地利人力安可靳乎？

樹梅嘗即鳳山全勢熟籌之，其源遠流長，爲利可溥，莫如下淡水一溪，近縣十里有莊，曰「九曲塘」，地高出水二丈，迤西里許，高出三尺，斷宜就此開鑿公圳，以引溪流。又其西自濫田至瓦厝，地與水平，即旁分二小圳以殺水力。一至内埔以北，可灌觀音里之田；一至坪仔頭以東，可灌小竹里之田。公圳即逕趨西南，至内外空地，始分爲二，以灌鳳山上下里之田。又有埤腹，内有故水道可通柴頭埤，回環曲折，達於縣城，可注濠溝。再分三道，一由東門外補灌鳳山上里公圳未及之田，而匯於龜亞壽埤；一由枋橋頭；一出南門外可灌大竹、赤山諸里之田。水尾五支俱入於海。凡鑿圳四萬三百六十丈有奇，築壩十四，建斗門五，善爲隄防，時其鍾洩，則此綿亘三萬一千餘畝旱田可資其利，霖潦濫田亦除其害，而城鄉環水並可捍禦盜賊。

若水遠無源，宜濟以掘井之法。

伏惟執事俯察輿情，審度地勢，加以堅定志力，在所必行，事無假借，惟公惟勤，民必踴躍子來。衆擎易舉，造福百世，豈小補耶？敢擬條規，並上圖狀〔二〕。

【附】擬條規

開圳須由水尾始。自鳳山里至大竹里、赤山里、觀音里、小竹里，漸進漸開，以防水勢陡急崩潰之患。

水口先須添築石壩，以防崩潰。俟全圳告成，撤去石壩，再開水口。

由水口至水尾，丈量共長若干，寬深若干，分爲五段，按里計用水之多少，分段數之短長，每里如圳長百丈，田亦百甲者，每甲止挑鑿一丈。即於段數内標出第一丈、第二丈名色，各業户當堂拈鬮，分段辦理。以寬深相等爲則，限日完竣。五日一臨，課其勤惰而賞罰之。

水圳經由之處，有侵開業户田地幾甲幾分者，須照原契價加五給償。若僅止一分，全被侵用，即照契價倍給。其應完供租著用水，各田户攤完，另有别田亦用此圳之水者，並攤供租。

業户田園用不及此圳之水，不得攤納工費，如用此圳之水，即一例攤納，亦不得推諉。

各里須保舉公正衿耆或田業最多者三四人爲董事，以均勞逸。所開水圳，田中如現有禾苗者，照甲數分數償以時粟之價。

以上條目，皆體貼周至，絶無病民。既與以眼前加倍之利，復歆以日後無窮之利，而吾官吏毫不染指其間，似不致有阻撓也。

【評】

「懇摯有條理」，朱子評王仲淹中説云爾，轉以爲贈。高雨農夫子

環百十里水道源流，瞭若指掌，畫條規亦曲盡人情。具此才猷，可與興北直水利。何朏𦮼先生（按，文鈔初編「何朏𦮼先生」作「何廣熹」。）

【校勘記】

〔一〕此文文鈔初編卷一作「與曹懷樸明府鳳山水利書」，自注：「附條規圖注」。與文鈔初編對校，異文數十處，别録於次。

執事憫民田久旱，躬祈雨，先定其心，復思興建水利爲一邑謀久遠，此仁者之用心也。樹梅往者嘗見吾師周芸皋觀察須示臺陽，教民掘井。因上書條論，謂其法亦可行於鳳山。然掘井僅能

自治其田，不若導水之爲利甚溥。伏承明問，敢不畢竭心慮更陳其愚？

夫河道溪流，先究發源之地，潢汙行潦，亦可收挹注之功。任天工者，固不可不合地利、人力而並用之也。今計鳳山所轄十四里，惟港東、港西兩里，地廣田肥，農力又勤，雖亢旱亦有穫。而東西環負傀儡、番山，南北挹帶淡水、大溪。土人因地築塘蓄水，曰「埤」；開溝導水，曰「圳」。其港西兩支之水發源於南馬仙、六歌鯉諸山，間繞月眉、龍肚、阿里港諸莊，合流入溪。港東三支之水併出於山豬、毛貓，望諸山間，繞海豐、頓没、鹿根、水底寮諸莊，分流入溪。皆因溪曲，築埤導水入圳，各有承管，按田定租。每甲納埤主工本完課，近者一甲四五金，遠亦五六金。内地計弓論畝，臺灣計戈論甲。每戈長一丈二尺五寸，東西南北各二十五戈，爲一甲。約比内地十一畝三分有奇。圳之廣狹深淺，因時濬修，未可概論，如若西北之大竹、小竹、赤山、半屏、觀音、仁壽、文賢、長治、嘉祥、維新諸里之田，沙土畏旱，禾苗入土在冬杪春初，入夏即堪收穫。七月播種，十月再收。其自西南興隆里至埤頭皆乾燥地，農力亦惰，年僅一稔。雖有埤、圳，均屬汙潦之瀦，非若港東、港西兩里之源流不竭也。考府、縣志所載，邑之水利，曰「將軍埤」，曰「竹橋埤」，曰「三鎮埤」，曰「大湖埤」，曰「赤山埤」，曰「烏樹林埤」，曰「北嶺旗埤」，曰「中衝崎埤」，曰「新園埤」，曰「硫磺埤」，曰「草潭」，曰「石螺潭」，曰「蓮池」，曰「井水港」，曰「菱角港」，曰「紅毛寮阬」。或已年久變遷，或被奸民洩埤爲田，徒有埤名而已。其志所不載而有水者，惟鳳山里之龜亞壽埤、長治里之百甲埤、赤山里之公爺埤、觀音里之總督埤。祇於山麓下築防鑿池以納溝澮所盈，灌濡僅十餘甲，或數十甲。初非有源之水，更多望雨之田。但知全任天工，不復少加人力，豈皆無水可引哉？亦不諳地勢者之無以導其源也。夫有水之田什二，無者什八，天之雨澤既不可必，則地利人力安可靳乎？

樹梅嘗即鳳山全勢熟籌之，其源遠流長，爲利可溥者，莫如下淡水一溪，近縣十里有故水道可循溪邊莊，曰「九曲塘」，地勢較高。□量溪嵌頂高於水二丈，西行里許，至濫田，其地僅高水面三尺，又至瓦厝莊外，地與水平。斷宜就此莊外穿池，以引溪流二里，至瓦厝莊北之內𥴊，分一圳以灌觀音里之田莊，南即有柳亞埤水道可通，過埤又有可通於柴頭埤舊道，更進而流埤頭縣城外，分爲兩圳，一從東門下瀉以灌鳳山里之田，一從枋橋頭流灌大竹、赤山諸里之田，再開小圳於坪仔頭莊外引灌小竹里之田，則此綿亘數萬頃，皆不憂旱，所謂天工人其代之，詎不偉哉。

伏惟執事廣采輿情，審度地勢，無則鑿之，有則修之，需費毋或靳，任使惟得人，先立善後章程，詳計目前利弊。又必平其捐貲，均其勞逸，事無假借，惟公惟勤，則亦有心，孰不踴躍子來。衆擎易舉，將見一時創建，百世流貽，造福鳳民，豈曰小補？敢擬條規，並上圖狀，倘荷下采蒭菲賜之，施行鳳民，幸甚。

〔二一〕「五鳳埤公圳圖」原缺，據「文鈔初編」補。

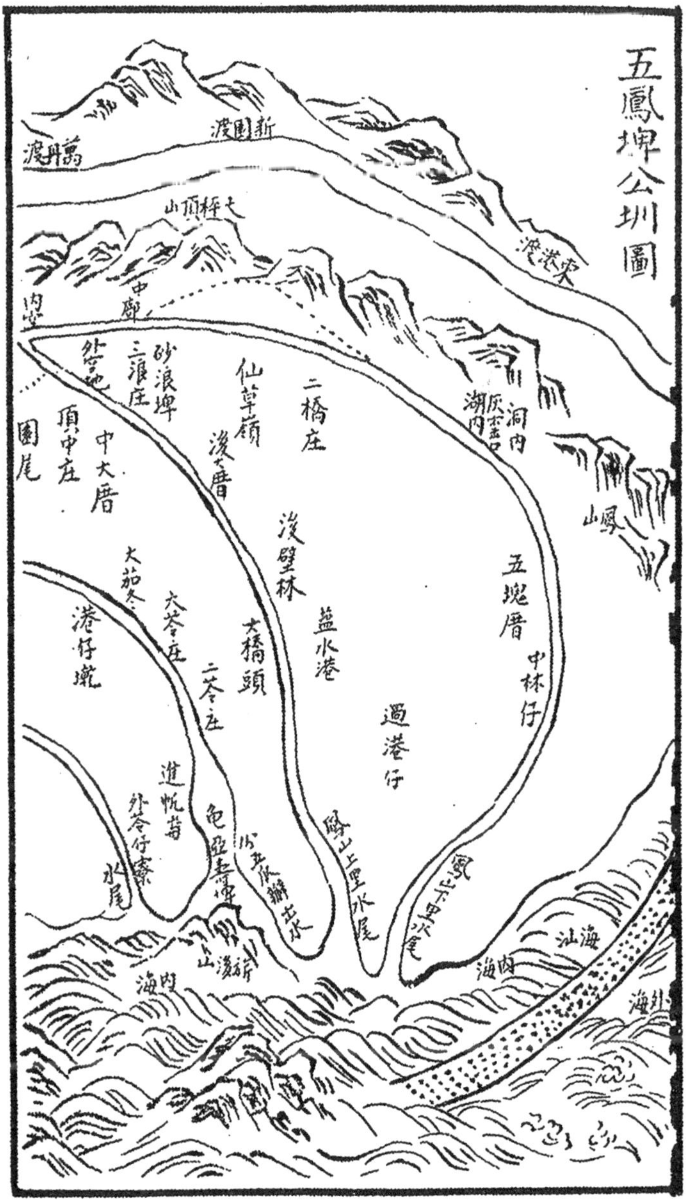
五鳳埤公圳圖

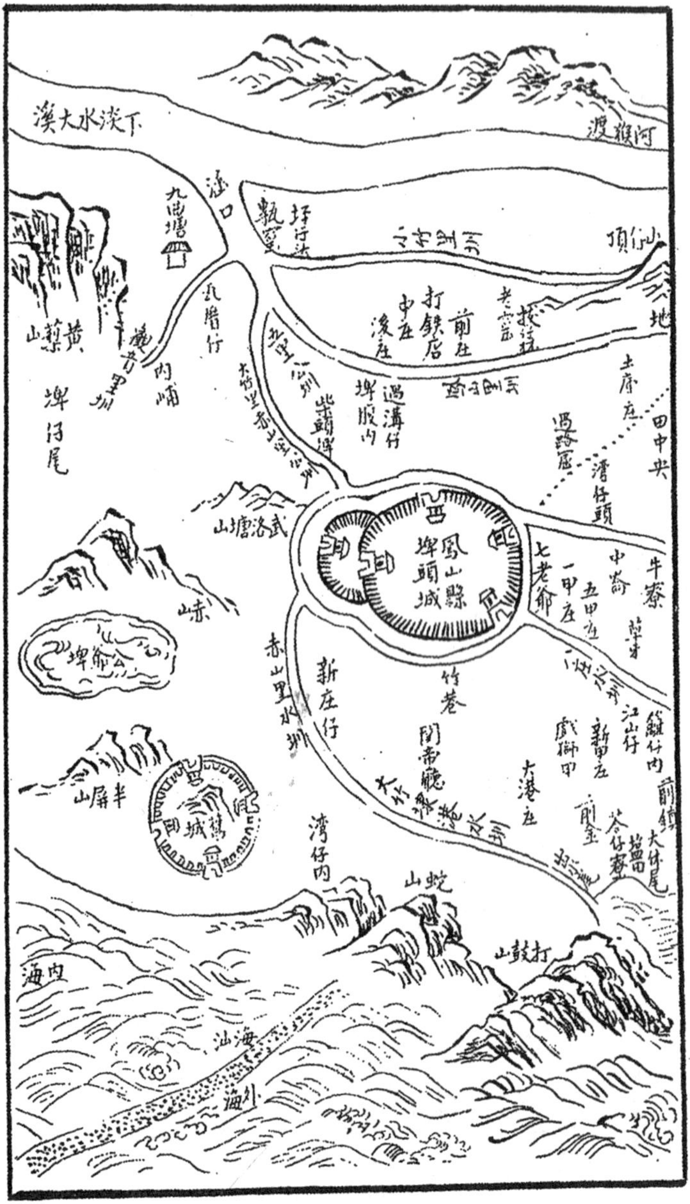
下淡水大溪
九曲塘
鳳山縣埤頭城
舊城
打鼓山
蛇山
半屏山
武洛塘山
內海
海汕
外海
新庄仔
竹巷
牛寮
七老爺
一甲庄
五甲庄
中崙
過溝仔
田中央

與曹明府補論水利書〔二〕

前者議興鳳邑水利，猥承執事咨詢。因九曲塘可通淡水、大谿，使鑿爲埤，成五大圳，於是附近數萬頃之田不憂亢旱，誠仁人之利普也。竊謂董事奉行未能盡美，敢再獻其芻蕘焉。

夫埤涵爲呼吸谿水第一險要，宜於數丈内重立斗門，用備衝決。今開口似丁字形，未免太直，谿流迅注，不能横入埤涵。若於涵外之南附築短壩，微彎向北，以闌谿水，令可斜入，亦補救策。遇暴漲，即越壩以順水性，亦不致衝激開口。短壩闌谿不過三分之一，留寬谿道以順水性，且無礙舟筏往來也。又，自拔仔林至過路窟，中間地亦太高，未易閉透，宜從灣仔頭莊北之圳横鑿一道，與土庫南之圳相接較捷。其不可接，則有渴烏取水之法。截大竹篙牝牡銜接，推過山外，置篙入水五尺，乃於篙尾放火，火氣潛通，水即吸過。而支流環抱埤城以爲濠溝者，地窄土鬆，防尤宜慎。東北角引柴頭埤水入濠處，亦須堅築斗門、隄岸，以捍水力。城西南隅有故水道，爲炮臺所仰，潦聚莫洩，則水怒城危。宜削外岸之土以培城基，匯内外諸水，導繞南門，至東門谿底合流，南趨入海。別於水尾築瀨設閘，啓閉以時，庶脈絡貫通，災癘不作。

至於貲費繁鉅，則告諭父老，凡田於埤者，按受水之數均其捐輸。各列丈尺，使民自鑿。吾官吏特爲約束期會，鈎考布算，以責其成。而其財不籍於官，則誰不踴躍趨事乎？

然而樹梅因慨乎任事之難而集事匪易也。彼有志無位，知可爲而不能爲；有位無志，有可爲而不肯爲；有位有志，復扼於需費不足，既爲而不能不輟其所爲。則非有堅定之力，幾何其不勤始而終怠哉？嘗見任地方事，非不心識所當爲，而一念憚煩，輒曰：「姑待異日。」未幾，有所遷調，又輒委諸後任。則惡知後之人不以傳舍自視，亦以姑俟後任者之如我今日也乎？然則，民事終無可爲之時，當事復鮮勤事之志，而成事良甚難矣。范文正公興太湖水利，廟食百世。蘇文忠公開西湖水利，民以「蘇隄」稱之。二公任事之初，安在必無掣肘，而卒能至今流澤者，必有堅定之力以持之。

樹梅曩與周芸皋師論水利，曾舉鳳山開鑿陂堰，繁費難集，慮不易成。師曰：「浮屠氏日擊雲磬，募四方修佛宇，事且舉。顧用志何如耳？」若執事勤民之仁，見事之明，任事之決，而又副以堅定之志力，則水利興而田野闢，倉廩充，訟獄簡，盜賊消滅，教化大興。鳳民之頌功德，必與文正於吳、文忠於浙，異世異地而同揆也。

孰謂今人果不古若耶？伫望成功，無任跂切，更望敘其功用本末，垂示來許。或有湮塞得以溯源而濬復之，尤盡善耳。

【評】

經畫詳盡，入後切中時弊。蒼然論事之雄。高雨農夫子

【校勘記】

〔一〕此文文鈔初編編入卷一，異文數十處，別録於次。

前者議興鳳邑水利，猥蒙執事咨詢。因九曲塘可通淡水、大谿，使之開鑿爲埤，成五大圳，於是附近數萬頃之田不憂亢旱，誠哉，仁人之利民也。今以工費未敷暫止，而輿情歌頌固已傳布靡涯矣。比樹梅告歸省母，弗獲觀厥成，然遠道繫心，無日不以鳳山水利縈諸夢寐。又嘗相度埤圳之形，竊謂規制亦有未善，是用再獻芻蕘，惟執事詳察。

夫埤口涵閘爲呼吸谿水第一險要，宜於數丈内重立斗門，用備衝決。瀕行已面陳之，顧細揣地勢，埤口似丁字形，未免太直，直則谿溪流迅注，不能横入埤涵。若於涵外之南附築短壩，其勢微彎向北，以闌谿水，令可斜入，亦補救之一策。遇暴漲，即越壩以順水性，亦不致衝激閘口。短壩闌溪不過二分之一，留寬溪道以順水性，且無礙舟筏往來也。又自拔仔林至過路窟，中間地

亦太高，未易開透，宜從灣亞莊北之圳橫鑿一道，與土庫南之圳相接，較爲便捷。其不可接，則有隔山取水之法名「渴烏」。截大竹筩雄雌銜接，推過山外，置筩入水五尺，乃於筩尾放火，火氣潛通，水即吸過。而支流環抱埤城以爲濠溝者，地窄土鬆，防尤宜慎。東北角引柴頭埤水入濠處，亦須堅築斗門、隄岸，以捍水力。城西南隅有故水道，爲炮臺所仰，潦聚莫洩，則水怒城危。宜削外岸之土以培城基，匯内外諸水，導繞南門，至東門谿底合流，南趨入海。別於水尾築瀨設閘，啟閉以時，庶脈絡貫通，災癘不作。至於貲費繁鉅，則告諭父老，凡田於埤者，按段貼納，選公正士司會計，勿令吏干其事，則民樂其利，何患不踴躍輸將乎？

然而樹梅則因之致慨乎任事之難而集事匪易也。彼有志無位者，知可爲而不能爲；有位無志者，有可爲而不肯爲。有位有志者，復扼於需費之不足，既爲而不能不輟其所爲。則非有堅定之力，幾何其不勤始而終怠哉？嘗見有地方事之任者，於地方事非不心識其當爲，而一念憚煩，輒曰：「姑待異日。」未幾，有所遷調，又輒委諸後任。則惡知後之人不以傳舍自視，亦以姑俟後任者之如我今日也乎？然則，民事終無可爲之時，當事復鮮勤事之志，而成事良甚難矣。范文正公興太湖水利，廟食百世。蘇文忠公開西湖水利，民以「蘇隄」稱之。二公任事之初，安在必無掣肘而卒能？而卒能至今流澤者，必有堅定之力以持之。

樹梅曩與周芸皋師論水利，曾舉鳳山開鑿陂堰，繁費難集，慮其事不易成。師語之曰：「浮屠氏日擊雲磬，募四方修一佛宇，事且旋舉。特視其用志何如耳？」若執事勤民之仁，見事之明，任事之決，而又副以堅定之志力，則水利興而田野闢，倉廩充，訟獄簡，盜賊消滅，教化大興。鳳民之頌功德者，必與文正之於吴、文忠於浙，異世異地而同揆也。孰謂今人果不古若耶？佇望告成，無任忻慰，更望敘其功用次序本末，垂示來許。或有湮塞得以溯源而濬復之，尤盡善耳。

賀曹明府水利告成並陳善後事宜書〔一〕

伏承賜書，示以鳳山水利已成，歲可增收早稻十五萬六千餘石。向非執事定見不摇，安能成功之速且鉅如是邪？自兹鳳民無貴粟之患，而一郡三邑亦將利賴於無窮。樹梅觀聽下風，既頌而賀。

曩者告歸省母，執事祖賚殷渥，重以後會爲期，樹梅感戴恩私。蓋別來經年，此心無不日在左右，比復加之優獎，謂所陳水利形勢，補救諸合機宜，並示文牘，俾申善後。又念寒士奔走衣食，遠惠賨泉二百算。凡此拳拳，益增銜佩。樹梅駑駘下乘，不任鞭策。然以執事虛己無方，集思廣益，敢不遥度事勢，更布區區。

程子云：爲令之職，必使凶年饑歲民免死亡，飽食逸居，士知禮義。今鳳民得賢侯之興利，使之家給户足，則誠既富施教之時也。而埤、圳既成，保無齧淫潰佚，將何以資人力而修治之？水庸之啟閉，惰農之妨時，奸豪狂狡之侵詭，與夫畜泄之節、淤決之禁，又將何以規畫善後？使澤均而利可久垂，且遺後人；因時制宜，有所考法，皆宜於此亟留意也。不揣蒙妄，敬陳四條，芻蕘之微，幸賜采覽。

一，興文教以培士風。鳳山縣學宫在興隆里城外，離埤頭新城十五里，年久傾塌，禮器亦敝，而樂舞、樂器均闕如也。當執事下車之初，樹梅上書，謂宜從諸生移建埤頭之請，而未敢遽論及此者，良以兵荒甫定，固宜鎮以無事也。比歸，見有習樂舞於臺灣郡學，穆穆淵淵，動人觀聽。及省雨農師於光澤，師方佐邑侯興釋奠，又得與觀樂舞、樂器之盛，所梓儀制，皆可遵行。今水利成，民歌富庶，願執事亟集諸生，議建學宫，制樂器，延樂師，教而習之，俾多士觀感興文。更爲籌充屏山、鳳儀、前阿、屏東四書院膏火，則教德造士之澤，當與臺海同無涯矣。

一，修津梁以通道路。二層行谿爲臺、鳳交界，勢豪嘗冒充臺邑港户，秋冬時築壩蓄水筏渡，以納餉爲名，因以横索剥掠，致行人溺死無算。既設義渡，其害雖除，然置租息給渡夫，及課費，歲必百三十金，始無缺乏。嘉慶十九年，鳳邑士民置義租三所，券存郡庫。似宜時加稽察，毋使日久弊生。又，土人於谿北鑿濠，縈迂二十餘里，中舟運鳳山糖米以達郡城。惟其水道太窄，僅容一舟，遇重載則輕舟倒退闊處以避之，行役紆滯，職此之由。計無如就其左右多爲開塢，所費不過數十金，可免行舟滯退之苦。又自谿南十五里有二濫溝，初爲義渡，後造石橋，以缺費中輟。秋霖暴漲，往來病涉，宜勸民亟補完之。其舊有津梁及軺車巡歷必經之處，俱著鄉保勸捐時葺。凡此皆水利善後之不可緩者也。

一，廣栽植以盡地利。臺地向無布帛，由婦女不事紡績故，一絲一縷，皆自內地海運而來，每以稽遲價貴。或謂海外不宜蠶桑者，妄也。今宜勸民訪求蠶桑、棉、苧麻種，嘉義有棉種，鳳山、萬丹諸莊産麻苧。擇不可五穀之地而種之。募漳、泉能織布帛之人來臺教導，漸習日化，工女且共事機絲矣。竊聞山無樹木，則泉不能蓄。當此水利初成，亟宜勸民依山種樹，以滋泉脈；沿隄栽柳，以固圳岸；傍岸多設水碓、水磨，以省人工，且可廣收菱芡、魚蝦，使無業細民有所寄命。其邑北離山寫遠之處，則植雜木不中材者，伐以爲薪。或種瓜果、蔓菁，可充糧蔬；或種藍靛、紅花，可以入藥，可以染布。鳳邑、岡山産藍特佳，可移其種。皆無窮之利，不盡之藏，將見野無曠土，邑鮮遊民，駸駸乎日臻上理，直易易耳。

一，輯志乘以資考鏡。鳳山縣志自乾隆二十八年縣令王英曾重修以後，政治人物、災祥兵燹之事存之案牘者，俱未續補。如縣治既移，新建城樓，開濬濠溝，文武衙署、營汛，皆今昔異處，即此水圳告成，尚未泐碑。其經緯法制，不及時纂入志乘，亦必漸致湮没，使後來無所考鏡執守，誠可惜也。執事嘗以此書屬樹梅校勘，其宜增損因革者俱有劄記，自維一時臆見，未足仰副垂詢。惟望采擇推廣，創頒格式，就士民咨訪事實，延品學之士秉筆纂修而自總其成，俾後之官此土者得資文獻之徵也。

鳳山埤、圳成，廉訪姚公上其事於大吏，檄太守熊公往勘。熊公臨圳嘆曰：「此非向之旱田耶？今皆成膏腴，豈非百世利哉？」因命之曰「曹公圳」。明府名瑾，更名謹，字懷樸，河南河内人。嘉慶丁卯舉鄉試第一，大挑知縣，前官直隸。道光十四年來閩，歷署閩縣、將樂，皆有政聲。〔二〕

【評】

書簡貴而温綿，事宜四則，切實不膚，恰是水利善後政要。凡陳治道，莫如切時勢。立言徒摭史書，崇論閎議而無當於事實，縱擇焉而精，語焉而詳，無異捕風拾瀋也。高雨農夫子

【校勘記】

〔一〕此篇文鈔初編編入卷一。異文數十處，别録於次。

頃辱賜書，藉悉鳳山水利告成，歲可增收早稻十五萬六千餘石。竊歎是役工費艱鉅，非吾夫子制事堅定不摇，於衆議何能成功如此之速邪？豈鳳山享無窮之利，即外郡需臺米接濟者，亦拜夫子之賜矣。樹梅觀聽下風，曷勝欣賀。

曩辭歸省母，夫子既親餞送，賜賚頻仍，諄諄後會，知遇如斯，樹梅但有涕淚，不知所答。歸里託庇老母健飯，近應邵武綜鹾之聘，雲海溪山，懸隔愈遠。然一别三年，此心何嘗一日不在夫子左右哉。今來教優奬，所陳水利形勢補救諸法，深合機宜，並示文牘，俾申善後之説。復賜賞錢二百算，拳拳無已，益令人感受且思焉。樹梅駑駘下乘，不任鞭策。重以夫子虚己無方，集思廣益，敢不布比區區之誠，以答盛意？敬列末議四條於後，伏冀采覽。竊惟所陳數者，可爲鳳民開化之端，造便利之福。喁喁黔首，囑望方殷，非吾夫子，孰爲此哉。臨書不勝屏營企望之至。

一，興文教以培士風。鳳山縣學宫在興隆里城外，離埤頭新城十五里，年久傾塌，禮器亦敝敗，而樂舞、樂器均闕。當夫子下車之初，樹梅上書，謂宜從諸生移建埤頭之請，而未敢遽論及此，以兵荒甫定，宜鎮以無事也。比歸，見有習樂舞於臺灣郡學，穆穆淵淵，動人觀聽，爲之低徊不能去。近省高雨農師於光澤，值師佐邑侯興釋奠，樂舞、樂器，得觀其盛，所梓儀制，可以遵行。今際水利告成，民歌富庶，願夫子亟集諸生，議建學宫，兼製樂器，延郡城樂師習舞習吹，俾多士有所觀感。更於鳳儀、前阿、屏東三書院籌充膏火，則吾夫子興文培士之澤，當與臺海同無涯也。

一，修津梁以通道路。二層行谿爲臺、鳳界，先有勢豪冒充臺邑港户，秋冬時築壩蓄水筏渡，以納餉爲名，横索剥掠，致行人溺死。而鳳山運糖米赴郡之車，亦多被阻礙。既設義渡，其害雖除，然置租息給渡夫，及課費，歲必百三十金始無缺乏。嘉慶十九年，鳳邑士民置義租三所，券存郡庫。似宜時加稽察，毋使日久弊生。又土人於谿北鑿濠，縈迂二十餘里，舟運鳳山糖米以達郡城。水道太窄，僅容一舟，遇重載，輕舟倒退數里於闊處避之。若使相去二百步爲開一塢，計開十塢，所費不過數十金，可免廻舟滯退之苦。又自谿南十五里有二濫溝，初爲義渡，後造石橋，以缺費中輟。秋霖暴漲，往來病涉，宜勸民亟補完之。又各莊偏僻水路，宜設險以捍盜賊潛越之患。其舊有津梁，及軺車巡歷必經之處，俱著鄉保以修葺。凡此，皆水利旁政善後之係可緩者也。

一，廣栽植以盡地利。臺地向無布帛，由婦女不事紡績故，一絲一縷，皆自内地海運，稽遲則價昂十倍，尚無買處。或説宜興蠶桑，似覺迂遠莫濟。不若勸民訪求棉、苧麻種，嘉義有棉種，鳳山萬丹諸莊産麻苧。擇不可五穀之地而種之，募漳、泉能織布帛之人來臺傳授，事既甚便，且婦女有事，可已淫佚之風。又聞山無樹木，則泉不能蓄。當此水利告成，亟宜勸民依山種樹，以滋泉脈；沿隄栽柳，以固圳岸。邑北離山寫遠之處，多植雜木不中材料者，伐以爲薪。或種瓜果、蔓菁，以代糧充蔬；或種藍靛、紅花以入藥，兼資染布。鳳邑、岡山産藍特佳，可移其種。此誠無窮之利、不盡之藏也。

一，輯志乘以資考鏡。鳳山縣志自乾隆二十八年縣令王英曾重修以後，政治人物、災祥兵燹之事存之案牘者，俱未續補。如縣治既移，新建城樓，開濬濠溝，文武衙署、營汛，皆今昔異處。即此水圳告成，尚未泐碑。其經緯法制，不及時纂入志乘，亦必漸致湮没，使後來無所考鏡執守，誠可惜也。夫子嘗以此書屬樹梅校勘，其宜删宜增，宜因其舊，宜更其例者，俱有劄記，夾黏卷中，悉一時臆見所及，未足仰副垂詢。惟望夫子采擇推廣，創頒格式，就士民咨訪事實，延品學兼優之士秉筆纂修，而自總其成，俾後之官此土者，於一方政治瞭如指掌，將來因仍損益，隨時更章，必無悖吾夫子今日之治也。

〔一〕「鳳山埤、圳成」至「皆有政聲」，補敘曹謹生平，文鈔初編卷一無。

卷二

與曹懷樸明府論鳳山縣事宜書〔一〕

臺灣，重洋孤島耳，㞧山俯海，民番雜居。而控制南洋，阻扼生番，則鳳山實左臂之屏衛要隘也。顧土宇遼曠，民氣浮動，其習俗好尚，既與内地異勢，官司撫御，亦與内地懸殊。當此奸宄甫靖之餘，宜何如善後彌縫，隨時防慮，因形勝以施化理者，端有賴於良有司矣。即以去冬之變言之，嘉義奸民藉米貴滋事，遊手附和，蠢動蔓延，鳳山遂亦大擾。雖剿捕稍戢，而地方元氣已傷，良民瘡痍未復，反側子猶未即安，守兹土者，可不亟爲留意耶？伏承執事，以經世之長才，作勤民之切務，汲汲體究，先爲小試於百里之區，所以慰鳳民來蘇之望，立鳳邑久安之規，欲宏遠模，必有勝算。樹梅猥蒙知待，敢謂學識謭陋，不自貢其見聞，就勢陳言，亦欲藉報知己於萬一云爾。

一，籌賑糶。治貴安民，民務足食。縣北向無谿圳，秋收歉，民食艱。而縣南諸莊，水源不竭，易以豐稔，素稱産米處所。若以縣南之有餘補縣北之不足，亦古者移粟之意。今粮價日翔，宜勸殷户捐穀設廠，於埤城、楠梓阬、阿公店、大湖四處平糶，使貧民各齎保甲門牌，就近赴糶。人日糴米以一升爲率，幼小半之，定以官斛。日糴幾何，逐晚册報。如有殷户擡價，錢應聽民自理，兵役强買與奸商冒混收囤者，則治以罪，庶窮黎得沾實惠。糶米既出自殷户，或所捐不敷，給發再勸，各莊以藷乾接糶，亦於民食有裨。

一，編保甲。清莊聯甲，向爲善政，尤臺地要務。如果總董甲長力行遵辦，何至械鬥謀逆？夫匪徒形蹤縱多詭秘，就近總董豈無見聞？械鬥糾聚紛紜，甲長何難化解？特所謂總甲者，舉充實難。其人公正誠實者既不肯充，而强狡者庇賊不發，藉以分肥；庸弱者懼事株連，明知而不敢發。况莊丁獲賊解官，胥役動需衙費，往往未及訊問，而獲賊者已耗不貲。或非重案，官爲開釋，而此既釋之賊，遂向獲者反噬。官司不明，誤加以罪，尚孰肯真心辦賊哉？至於械鬥之有鳥槍，民家何由私設？則鐵匠製造，律宜深究。火藥、硝黄，民家何從構辦？則通漏煮販，弊在必除。凡此皆拔本塞源之道。所以副保甲而靖地方者，請以朱子、王文成公保甲之法，融匯損益，將男婦丁口，並何生業，逐一清填門牌，十家一牌長，百家一甲長，十里一保正，各設柵欄於扼要之處，遇賊鳴金，協力堵捕。解時嚴禁衙役索費，仍與以優獎。其有挾嫌妄擄者，則從重科罪；徇隱故縱者連坐，務在時時稽察，賞罰嚴明。慎選公正誠實、有膽有識之人，使之總董，實心行之，方收實效。否則非徒具文，且適以滋擾耳。

一，馭胥役。衙門不能不用胥役，要不可爲胥役所用。蓋此輩惟利是圖，寬以待之，未必感恩循理；苛以束之，易至怨望挾嫌。臺地皂隸，多係無賴營充，内恃衙門，外通聲氣，甚且勾聯黨援，肆志横行。每名正役，私夥嘗百十人；或有事下鄉，相從者五六十計。是則四差奉票，追呼將至二百餘人，鄉莊小民，何堪魚肉？拘訊細故，斷不可遽聽添差。至於刁民竄名班役，門掛本官銜燈，藉以雄長生事者，所在多有，尤宜禁革。門丁長隨，亦當稽其出入，庶不致勾通作弊。

一，急捕務。臺地自入版圖，奸民起者十有四，而鳳邑九被兵，餘孽未滅，旋爲巨魁。如楊良彬之亂，越七年，許成復起；未四年，石大山、王新來等又起，其事可歷按也。今南北初平，餘孽竄匿，宜會營員，檄屯番弁目，協力嚴緝。更諭有悔過之盜，能捕他盜，許以自新，聽其投首贖罪。以盜攻盜，較諸兵役，必有事半功倍之效。夫營兵獲盜，縣不審理，縣役會拿，營不接應，此其爭功爲己之見，已伏僨事縱賊之機。故文武和衷，尤爲捕盜先務。況搶劫不治，便爲養癰，宜於發覺時詣勘嚴緝。既獲，立與嚴辦，則匪類知所警畏。蓋此輩始則偷竊，繼則劫殺，終則倡亂，其滋事必非一朝夕之故也。竊謂緝捕大要惟三：曰勤，曰速，曰嚴而已。三者是務，盜賊自難免脱。更有南來遊民託爲傭保者，其工畢，則群去爲盜。宜飭總董，時加盤詰，此亦節其末流也。

一，省無辜。劫案正盜未獲，或解小盜搪塞。亦有莊人挾嫌聳差洩忿者。訊供，切勿遽用大刑。蓋愚民本畏見官，加以大刑，箠楚之下，何求不得？無辜誣服，即正盜漏網矣。然果屬良民，莊衆必來結保。惟有一種，平日不無敗行，而實非此案正犯，此處最宜詳慎。若夫奸匪擄人勒贖，詐索不遂，私用毒刑，危在呼吸，始行送官。脱有不保，是官受殺人之名，而彼洩營私之忿。宜窮治之，責以保辜，勿墜其術。

一，禁圖賴。臺民昔鮮土著，流寓者率無期功之親，同鄉井即如同骨肉，疾病相扶持，死喪相賻助，風誠厚也。今則流寓者一遇疾病，主人必驅遣露處，聽其自斃。蓋畏衙役指命冒詐，屍親藉死圖賴，亦迫於不得已而然也。而惡俗動以小忿輕生，屍親既視爲奇貨，官役亦資爲利藪。間有既廉其冤，復以人命重大，未遽輕釋者，則輾轉稽遲之下，民已破家，甚且殞命矣。竊謂法行自邇，官必先存省事之心，役則重其牛事之罪，而明示百姓，使知聽索與勒索者同科，或隤風可少挽耳。

一，廣教化。欲正民風，先崇士品，顧非徒尚虛文也。今下車伊始，宜舉觀風，試細加采訪平日篤學能文者，送入書院中而培養之，使知爲士之貴。更加獎經明行修之士，而優异之，厚其廩餼，使知正學之尊。臺民雖多澆悍喜事，然導以禮義，各具天良，亦易與爲治。若不見德而恃威，謂殺一警百，或以殺止殺，皆非綏靖保安之至計。宜刊學規，以示多士〔二〕，朔望宣講聖諭，以曉愚民。或於各里中設一講約生，官有下鄉，令同鄉保傳集各家房長，率其子弟咸來聽講。並刊民間易犯之律，昭示通衢，使人人知所警畏。父誡其子，兄勉其弟，庶頑梗可化爲淳良也。

一，崇祀典。聖廟、學署在舊治北門外，風雨交摧，剥蝕滲漏，非所以肅明禋，重文教也，宜先爲倡捐修葺。倘能移建埤頭城内，尤得尊祀之體。若學署之右有名宦祠祀知縣譚垣、史必大，埤城之忠義祠祀嘉慶十年殉難知縣吴兆麟，下淡水營都司黄雲，臺署都司涂鍾璽，千總蘇明榮，把總蘇國樑、沈桂枝，南路營把總吴高、朱元英，外委賴名梁、惠連陞、沈友諒、嚴有信及殉難各兵民，設主題名，既無傷泯没矣。更考府志，鳳山縣知縣方邦基、楊芳聲、宋永清、錢洙、陳志泰，教諭黄賜英皆有功德於民。舊城碑刻，雍正元年旌表忠義，南路營守備馬定國、把總林富、鎮標左營千總陳元、右營領旗王奇生。又，埤城城隍廟碑刻，乾隆五十一年，賊陷鳳山縣城，知縣湯大奎率其子荀業、據東瀛紀事補。典史史謙均不屈死。以上未膺祀典，文武各官宜分請增祀名宦、忠義，以昭風化，以慰忠魂。至於貞孝、節烈婦女，尤當加意表彰。舊城節孝祠祀典久缺，宜闢移儒學公籌費用，就近致祭，並令各氏子孫陪祭，使知名教之重。更示諭各莊，如有貞孝節烈婦女，已符年例，貧乏不能自達者，俾紳士各舉所知，加結彙報，以憑具詳請旌，亦廉頑立懦之一助也。

一，清港澳。縣北二層行谿與臺邑分界遵海而南，港皆淺狹，僅容漁筏。自此水程四十五里，港名「打鼓」，北風盛發，可以揚帆直進。雖鹿耳門爲全臺咽喉，不能遏其趨捷，所當加意持防。南至東港三十里，再歷茄藤、放索、大軍麓諸港，至枋寮，水道三十五里，率海汕浮淺，不可偷渡。若枋寮至瑯嶠，遠在界外，海多怪石，船觸立碎，遇風即飄蕩落漈，尤難寄碇。惟春季風平，每有内地匪船遊奕伺劫，宜於此時會水陸營汛勤巡緝，杜接濟也。

一，和閩粤。埤城東至傀儡山四十餘里，計大小二百七十七莊；西至海十七里，六十一莊；南至瑯嶠一百四十里，一百五十三莊；北至二層行谿六十五里，二百八十八莊。其東南下淡水谿，北自剌仔寮至嗶吱尾、附山一带，悉粤籍民居，八十餘莊；離埤城遠者六十里，近者二十里餘，皆閩籍漳、泉之民。而閩之汀州與粤連界，亦附粤莊。閩、粤向來分黨，遇有控案，不憚遠勘，爲之公平判結，教以相和。民亦有心，自可輸服，服則和，和則安，而亂萌消矣。

【評】

林生歗雲，天資卓絶，遇事又能用心。今來臺陽，從事幕府，因書程子「思於物有濟，求其心所安」二語勖之。尋閱其與曹大令論鳳山縣事宜書，言皆有物。迨余按部鳳邑，見生所言已次第舉行，是大令與生相得益彰，而余之許生爲不謬耳。周芸皋夫子

其周匝無遺算，亦無弊端。其平易便於行，亦便於從。尤喜其滿腔惻隱，流注無方，可謂法良而意美矣。高雨農夫子

【校勘記】

〔一〕此文文鈔初編編入卷一首篇，作「與曹懷樸明府條陳鳳山縣初政事宜書」。異文數十處，别録於次。

臺灣孤立海中，所屬五廳四縣，而控制南洋，阻扼生番，爲左臂屏衛者，則鳳山最要。幅員既廣，其民喜事而易動，雖積習使然，實賴有司之治化孔亟也。去冬内地米貴，藉臺接濟，臺米亦貴，嘉義遊民搶奪滋事，延及鳳山，官兵剿捕，業已安堵矣。當百姓更生之日，正賢侯服政之初，救弊補偏，執事自有以處此。樹梅學識譾陋，蒙不次之知，不憚重洋之險，竊有敷陳，亦欲藉報知己耳，敢臚所知如左。

一，籌賑糶。縣北綿亘五六十里，向無谿圳，秋收多至歉薄，民食維艱。而縣南諸莊水源不竭，晚稻易於豐稔，素稱産米之區。若以縣南之有餘，補縣北之不足，亦古者移粟之遺意。今粮價日翔，宜勸殷户捐穀設廠，於埤城、楠梓阬、阿公店、大湖四處減價平糶，使貧民各齎保甲門牌，就近赴糶。大口每日不過一升，中口小口以次而減，定以官斛。遠者統買五日，老病孤寡親鄰許代，不得紊越擁擠，日糶幾何，逐晚册報。執事時加親察，如有殷户擡辦，兵役強買，與奸

商冒混收囤者，則治以罪，庶窮黎得沾實惠。糶米捐自民間，賣錢聽民料理。如或所捐不敷給發，再勸各莊以蕃藷、藷乾接糶，亦於民食有裨。早晚尤宜虔誠祈雨，以慰民心。

一，編保甲。清莊聯甲，向爲善政，尤臺地要務。如果總董甲長力行遵辦，何至械鬥謀逆？夫匪徒形蹤縱多詭秘，就近總董豈無見聞？械鬥糾聚紛紜，甲長何難化解？特所謂總甲者，舉充實難。其人公正誠實者既不肯充，而強狡庸弱者充之無益。强者庇賊不舉，藉以分肥；弱者懼事株連，明知而不敢舉。況莊丁獲賊解官，胥役動需衙費，往往未及訊問，而獲賊者已耗不貲。或係小竊，官爲開釋，而此既釋之賊，遂向獲者反噬。官司不明，誤加以罪，尚孰肯真心辦賊哉？此匪徒所以難戢也。至於械鬥之有鳥槍，民家何由私設？則鐵匠製造，律宜深究。火藥硝黃，民家何從構辦？則通漏煮販，弊在必除。凡此皆拔本塞源之道。所以副保甲而靖地方者，請以朱子、王文成公保甲之法，融匯損益，將男婦丁口，並何生業，逐一清填門牌，十家一牌長，百家一甲長，十里一保正，各設柵欄於扼要之處，遇賊鳴鑼，擊梆協力堵拿。解時嚴禁衙役索費，仍與以優獎。其有挾嫌妄拿者，則從重科罪；徇隱故縱者連坐，務在時時稽察，賞罰嚴明。慎選公正誠實、有膽有識之人，使之總董，毋株連，毋滋累，方收實效，否則仍具文也。

一，馭胥役。衙門不能不用胥役，要不可專聽胥役。蓋此輩惟利是圖，寬以待之，未必感恩循理；苛以束之，易至怨望挾嫌。其最近耳目，不宜使知好惡；其善伺意旨，故當時示莊嚴。臺地皂隸多係無賴營充，內恃衙門，外通聲氣，甚且勾聯黨援，肆志橫行。每名正役，私夥嘗百十人；或有事下鄉，相從者五六十夥。是則四差奉票，追呼將至二百餘人。鄉莊小民何堪魚肉？拘訊細故，斷不可遽聽添差。至於刁民竄名班役，門掛本官銜燈，藉以雄長生事者，所在多有，尤宜禁革内署。門丁長隨，亦當稽查出入，不許在外交結，庶不致勾通作弊。總在寬嚴並濟，而後可收臂指之用。

一，練鄉勇。招徠壯夫，演習技藝，有禦侮之實，而無禦侮之名，法至善也。宜諭諸莊總董，各舉其人，送縣挑選。合度者著令互保，給以腰牌，書姓名年貌，其上鈐蓋官印，以杜詐冒，而禁生事。約隊長，時加操練彈壓，不准干預公事，惟務擒賊。官行則結隊以從，無事則聽從生業。一旦有警，各村莊既可自爲保固，並可互相保固，是不必有兵之費，而更勝於兵之用也。若票令拘人，則輾轉弊生，擾民同於差役也。

一，急捕務。臺地自入版圖，奸民十四作亂，而鳳邑已九被兵，餘孽未滅，旋爲巨魁。如楊良彬之亂，七年，許成復起；未四年，石大山、王新來等又起，其事可歷按也。今南北初平，餘孽竄匿，宜會營員，檄屯番弁目，協力嚴緝。更諭有悔過之盜，能捕他盜，許以自新，聽其投首贖罪。以盜攻盜，較諸兵役，必有事半功倍之效。夫營兵獲盜，縣不審理；縣役會拿，營不接應，此其爭功爲己之見，己伏僨事縱賊之機。故文武和衷，尤爲捕盜先務。况搶劫不治，便爲養癰，宜於發覺時詣勘嚴緝。既獲，立與嚴辦，則匪類知所警畏。蓋此輩始則偷竊，繼則劫殺，終則倡亂，其滋事必非一朝夕之故也。竊謂緝捕大要亦勤、速，與嚴而已。三者能盡之，盜賊自難免脱。

其南來遊民託爲人傭保者，工畢，則群去多肆竊劫。宜飭總董，時加盤詰，此亦節其末流也。

一，省無辜。劫案正盜未獲，或解小盜搪塞。亦有莊人挾嫌聳差洩忿者。訊供，切勿遽用大刑。蓋愚民本畏見官，加以大刑三木之下，何求不得，無辜誣服，即正盜漏網矣。然果屬良民，莊衆必來結保。惟有一種，平日不無敗行，而實非此案正犯，介在疑似之間，此處最宜詳慎。《書》曰「罪疑惟輕」，有以也。若夫奸匪擄人勒贖，詐索不遂，私用毒刑，危在呼吸，始行送官，脱有不保，是官受殺人之名，而彼洩營私之忿。宜窮治之，責以保辜，勿墮其術。

一，禁圖賴。臺民昔鮮土著，流寓者率無期功之親，同鄉井即如同骨肉，疾病相扶持，死喪相賻助，風誠厚也。今則流寓者一遇疾病，主人必驅遣露處，聽其自斃。蓋畏衙役指命冒詐，屍親藉死圖賴，亦迫於不得已而然也。而惡俗動以小忿輕生，屍親既視爲奇貨，官役亦資爲利藪。間有既廉其冤，復以人命重大，未遽輕釋者，則輾轉稽遲之下，民已破家喪貲矣。竊謂法行自邇，官必先存省事之心，役則重其生事之罪，而明示百姓，使知聽索與勒索者同科，或隤風可少挽耳。

一，廣教化。欲正民風，先崇士品，顧非徒尚虛文也。今下車伊始，宜舉觀風，試細加采訪平日篤學能文者，送入書院中而培養之，使知爲士之貴。更加獎經明行修之士，而優異之，厚其廩餼，使知正學之尊。刊學規以示多士，朔望宣講聖諭，以曉愚民。或於各里中設一講約生，官有下鄉，令同鄉保傳集各家房長，率其子弟咸來聽講。並刊民間易犯之律，昭示通衢，使人人知所警畏。父誡其子，兄勉其弟，庶頑梗可化爲循良也。

一，崇祀典。文廟、學宫在舊治北門外，多剥蝕滲漏，懼夏秋雨水加摧，非所以肅明禋，重文教也。宜先倡捐，並勸紳士助費重修，倘能移建埤頭城内，尤得尊祀之體。若學宫之右有名宦祠祀知縣譚垣、史必大，埤城之忠義祠祀嘉慶十年殉難知縣吴兆麟，下淡水營都司黄雲，臺署都司涂鍾璽，千總蘇明榮，把總蘇國梁、沈桂枝，南路營把總吴高、朱元英，外委賴名梁、惠連陞、沈友諒、嚴有信及殉難各兵民，設主題名，既無傷泯没矣。更考府志，鳳山縣知縣方邦基、楊芳聲、宋永清、錢洙、陳志泰，教諭黄賜英皆有功德於民。舊城碑刻，雍正元年旌表忠義，南路營守備馬定國、把總林富，鎮標左營千總陳元、右營領旗王奇生。又，埤城城隍廟碑刻，乾隆五十一年，賊陷鳳山縣城，知縣湯大奎率其子荀業、據東瀛紀事補。典史史謙均不屈死。以上未膺祀典，文武各官宜分請增祀名宦、忠義，以昭風化，以慰忠魂。至於貞孝、節烈婦女，尤當加意表彰。舊城節孝祠祀典久缺，宜關移儒學公籌費用，就近致祭，並令各氏子孫陪祭，使知名教之重。更示諭各莊，如有貞孝、節烈婦女，已符年例，貧乏不能自達者，准紳士各舉所知，加結彙報，以憑具詳請旌，亦廉頑立懦之一助也。

一，修城池。埤頭爲縣治重地，竹城稀疏，濠塹淺狹，不加修濬，難以衛民。臺竹一株，可截爲三，插土經雨即活，竹圍密補，然後籌建城樓炮臺。開濬濠溝，即以濠土壘垣，更加重障，較勝砌甎。嘗度地勢，訪民情，與其遷移舊治，莫若修築埤城。宜籌畫周詳，爲久遠計。

一，清港澳。縣北二層行谿與臺邑分界。遵海而南，港皆淺狹，僅容漁筏。自此水程四十五里，港名「打鼓」，北風盛發，可以揚帆直進。雖鹿耳門爲全臺咽喉，不能遏其趨捷，所當加意持防。南至東港三十里，再歷茄藤、放索、大軍麓諸港，至枋寮，水道三十五里，率海汕浮淺，不可偷渡。若枋寮至瑯嶠，遠在界外，海多怪石，船觸立碎，遇下山風即飄蕩落漈，尤難寄碇。惟春季風平，白底匪船遊奕伺劫。宜於此時會水陸營汛勤巡緝，杜接濟也。

一，鳌兵米。安平水師三營、南路下淡水兩陸營兵丁，每月俱就縣倉支給糧米，宜令誠實家人專司其事，禁絶尅扣諸弊，營兵自知感激。其轉賣米票，或因遠戍難支，無害於兵，亦省運費，聽之可也。

一，和閩粵。埤城東至傀儡山四十餘里，計大小二百七十七莊；西至海十七里，六十一莊；南至瑯嶠一百四十里，一百五十三莊；北至二層行谿六十五里，二百八十八莊。其東南下淡水谿，北自刺仔寮至嗶吱尾、附山一带悉粵籍民居，八十餘莊；離埤城遠者六十里，近者二十里，餘皆閩籍漳、泉之民。而閩之汀州與粵連界，亦附粵莊。閩、粵向來分類，遇有控案，不憚遠勘，爲之公平判結，教以相和。民亦有心，自可輸服，服則和，和則安，而亂萌消矣。

一，施方藥。臺俗輕生，尚巫信鬼，疾病罕用醫藥，輒令師巫符咒祈禳鼓角喧囂，病未愈費已不貲，此惑人之風，亦縻財之蠹也。大抵兵荒之後，必有癘疫流行，聞民間既多病瘟，請施藥物，如藿香正氣散之類，並示以方引，俾相傳佈，遇有鬥毆殺傷，請驗者先予以七鳌散諸藥引外敷内服，命多獲全。其命可活，其事易辦也。附七鳌散方（下略）。

一，嚴私宰。盗牛者必先有銷售處，始敢肆竊私宰，利厚禁寬，則其風熾而盗牛之案益多，是不可不力防其漸。按律，投遞牛狀，必折傷垂斃，乃聽解剥，非謂任殺耕牛也。小民冒禁罔利，未必不由濫受牛狀之故。有投狀者，飭查虚實，飾報則罰無赦。庶不病農，亦可止盗。

〔二〕「臺民雖多澆悍喜事」至「宜」，文鈔初編卷一無此段文字。

論徵臺穀書〔一〕

臺産惟穀最多，其餘百貨皆仰給於内地。内地亦資臺穀接濟，故商船多載貨來臺易穀。内地有秋，商販不來，則穀多價賤，貨少價昂，無以便農，亦無以便商。此臺地情形，司牧者未可以穀賤爲民利也。

蓋穀賤則錢乏，貨昂則用賒。嘗見民間完糧拮据，持一券遍走鄉里，無可告貸。婚葬營繕諸費，每省嗇罷停，逐末者生意亦不流通，此所謂未可爲民利也。其賃耕之佃户，有倍息稱貸、雇人以助耘鋤者，業户祇與佃户計分收成之穀，而不與佃户分任雇力之貲。貲無可省，穀且日賤，則佃户得不償失，未免逋負纍纍，即業户亦受其弊矣。不如聽民以穀輸官，其折色之糧，量減原估，則穀貴而錢不荒。

又見向例，二月開徵，此時旱田尚未播種，而概責輸將，不爲寬限，民困益甚。望於徵期量爲變通，其給兵糈，即以收折糧價，充糴於取民之中，兼寓恤民之意。邵子所謂「寬一分，民受一分之賜也」。望仁心爲政者酌之。

【評】

直而不犯，婉而有體。凡進言，莫善於仁根於心，使人屈己以從我；莫不善於義形於色，使人怒我而怠善。是書得之。高雨農夫子

穀貴病民，穀賤病農，本無兩便。書中洞悉民艱，指陳時弊，如讀漢書食貨志及唐陸宣公奏議，文筆潔峭，猶餘事也。蔡香祖先生（按，「先生」，文鈔初編無此二字。）

【校勘記】

〔一〕此文文鈔初編編入卷一，作「論徵臺穀事宜書」。

復温梧軒協鎮論安平形勢書〔一〕

樹梅童時，侍宦海壇，蒙麾下禮之如成人。稍長渡臺，益沾教澤。別後重辱賜

書，屬望之殷有加，疇昔父執恩誼，蓋未能一日去懷也。伏惟麾下，勳德日崇，動定安吉，樹梅不肖，無可爲長者道，每一循念，深用恧惶。比從曹明府再渡臺陽，復荷麾下敦故人之誼，不遺其孤，飲食教誨，罔不盡意。且舉安平形勢，將欲大有所爲，而又不以樹梅不才，引而進之，使有所言。此誠大臣任邊計者之用心。樹梅雖庸劣無知，亦何敢孤負長者虚衷，不竭鄙愚以上副哉？

夫安平，海中一島耳，西控鹿耳門，東負臺灣府，北犄洲仔尾，南屏七鯤身，天塹之雄，洵臺郡險要之門户。今者海道汙塡，舊時汪洋皆可於潮退逕涉，一旦有故，水陸必易受敵。矧地屬沙土，瀕海難於築城，雖有炮臺一，不足以恃。宜請度地設險，圍築垛牆，壯軍心而資捍衛，外則戰船巡擊，庶幾可固臺圉也。又地狹人稠，腥穢糞積，四時蒸染，疾疫易生。尤宜於垛外深開濠塹，以洩其淤。既可揚清激濁，又可據高臨深，誠一舉而兩得。

鳳邑之打鼓港、東港諸海口，皆安平轄汛，爲澎湖采糴商漁泊船之處。水師專司盤驗，若無挾帶禁物、人照不符者，批注：「不」字疑錯，應作「相」字。〔二〕驗畢放行，毋使阻難。俾得速濟民食，其爲澎島窮黎造福非淺矣。

所屬中、左、右三營换班兵丁，或有病故，例於届班檢骸而歸，往往以未化新屍強付之火，情殊可慘。今後如有親屬留骸，聽其暫瘞；無人請留，即由守備詳察，留俟次班，檢運内渡，給眷領埋〔三〕，亦恤死施仁之盛事。

承諭鳳山，如需兵力，不妨函商，當即轉述曹明府，感佩無已。尤望始終垂注，時賜誨言，則感荷裁成，豈有涯涘。

暑氣漸張，伏祈珍衛，臨書曷勝依戀之至。

【評】

安舒和吉，儒者之文。高雨農夫子

【校勘記】

〔一〕此文文鈔初編編入卷一，作「上某協軍書」。

〔二〕文鈔初編无此批注。

〔三〕「俟」，原作「侯」，據文鈔初編改。

問吴君體士浯島糧價書[一]

省城寄跡，鄉里關心，日夕間百憂雜沓，其何以爲懷也。客秋沿海颶風，波濤舂撞，人有魚腹之虞。加以今夏水災，田廬漂没，窮民無處爲生，勢必捕魚於海。一不得利，則勾通甲板，甚或招邀爲盜，而盜亦樂得此輩爲援，種種情形，不難懸揣。浯島西障漳、泉，東控澎、臺，刻下四境告饑，招商采糴，而商船滯不敢行者，懼此輩之乘機攘竊，擾其後也。然洋盜何難禽[二]，必暗伏器仗，偃息旂鼓，假爲商舶，以愚其耳目，使自投羅網，廼可弋獲。如揚旂伐鼓，則必遠颺。[三]先君子治兵海上，嘗獲劇賊，蓋知之審也[四]。是在有心人好爲之。

浯島彈丸撮土，物産無多，誠能杜透漏，防匱乏，則盜賊無所得，而商賈利涉矣。省城升米七八十文，尚無糴處。大吏奏撥漕糧，運省平糴，以濟目前之急，民氣乍蘇，然而恐不可繼。舊夏張梅郵二尹爲吾鄉詳請興發，俾島民免流殍之苦。忽調任他處，今欲再食常平，其可得乎？憶家秋泉先生與某書云：「衙内絲竹之聲，與衙外呼吸之聲相響答。」試誦斯語，能無寒心[五]？島中糧價情形，時望示我[六]，並訊秋泉先生，使知故鄉、他鄉正復謀生不易也。書去拳拳，不罄欲語。

【評】

老成練達，想見其人。高雨農夫子

尺一中性情、經畫俱見，不失爲可存。周芸皐夫子

文有雄健沉深之氣。饒禺生先生

【校勘記】

〔一〕此文文鈔初編編入卷一，作「與吴體士書」，静遠齋文鈔作「與吴惠田書」。

〔二〕「然洋盜何難禽」，文鈔初編卷二作「夫夫洋面賊何難禽」。此句下有「亦捕之未得其法，百蓋盜艘，見戈船揚旍，伐鼓則颺避」。

〔三〕「如揚旍伐鼓，則必遠颺」，文鈔初編卷二無此句。

〔四〕「嘗獲劇賊，蓋知之審也」，文鈔初編卷二作「嘗試而驗，法良善也」。

〔五〕「能無」，文鈔初編卷二作「尤可」。

〔六〕「示」，文鈔初編卷二作「慰」。

與家巽夫茂才論金門志書〔一〕

金門自宋、明來，人才最多，入國朝武功尤盛。蓋地爲全閩東南門户，靈秀所鍾，有由然也。〔二〕惜其廢興沿革，僅附同安縣志〔三〕，視爲縣屬之一里，故不得其詳，甚非國家宿重兵鎮守之意〔四〕。吾兄深於典章，復留意鄉里，〔五〕以纂修金門志自任，采摭網羅，不遺餘力。又經芸皋師鑒定，使一方文獻有徵，利害可考〔六〕，功誠鉅矣。樹梅頃侍師側，得一寓目。竊念兄弟友朋貴相裨益〔七〕，敢以所見證其所聞。

如流寓傳曰：「大師至厦門，明閣部曾櫻殉節，鄉紳王忠孝殯之於金門。」又曰：「曾則通不知何許人。」樹梅嘗讀盧牧洲先生送曾則通扶櫬歸江右詩自注：「則通，閣部次子也。」據此並知閣部墓不在金門矣。

又，盧尚書有路文貞疏薦一事，按，明史路振飛本傳稱：唐王亡後，應永明王之召，未至，道卒。而朱竹垞明詩綜稱：自縊於邵武山寺。則此疏未知何時所上，當更有所考證。又曰：「陳如松令蕭山時，有黨害民禾，如松教烹食之。」按，此與泉州洪奕懿知會同縣事同，恐亦傳聞之誤，即不載之，亦無不可。

志乘立言，最貴有體，不可不嚴而謹。兹附營制事宜〔八〕、海防圖説並拙作叢記數十條，似皆可資參訂。

至辱來書索觀拙稿〔九〕，樹梅學識謭陋，惡敢言文？然每聞鄉里父老談先哲文章氣節事〔一〇〕，心輒嚮往。所以述其見聞，垂之紀載〔一一〕，畢力搜括，據事直書。蓋欲存問閈風流，惜遺逸心血，以備采風之助耳〔一二〕。既承垂注，擬即郵呈。重以篇帙繁重，疵類未除，尚容俟刪削續致之也〔一三〕。

【評】

考據精核，不可不存。高雨農夫子

簡净不支，而有關掌故，自是可存。康充怡（按，此條僅見文鈔初編。）

【校勘記】

〔一〕此文文鈔初編編入卷一，作「與家巽夫論金門志書」。

〔二〕「蓋地」至「有由然也」，文鈔初編卷一無此句。

〔三〕「廢興沿革，僅附」，文鈔初編卷一作「廢興沿革之由附載」。

〔四〕「甚非國家宿重兵鎮守之意」，文鈔初編卷一作「豈知國家宿重兵鎮守之意哉」。

〔五〕「吾兄深於典章，復留意鄉里」，文鈔初編卷一作「吾兄生長海島上，深悉利害」。

〔六〕「利害可考」，文鈔初編卷一無此句。

〔七〕「貴相裨益」，文鈔初編卷一作「貴有裨益之道」。

〔八〕「即不載之」至「而謹」，文鈔初編卷一無此文。

〔九〕「拙稿」，文鈔初編卷一作「全稿」。

〔一〇〕「每」，文鈔初編卷一無此字。

〔一一〕「所以述其見聞，垂之紀載」，文鈔初編卷一無此句。

〔一二〕「采風之助」，文鈔初編卷一作「問俗之采」。

〔一三〕「續致之也」，文鈔初編卷一作「當續致之」。

與張梅邨貳尹卻旌獎書〔一〕

執事下詢賤字，未究尊旨，輒率爾上報。比晤許碧山茂才，乃知以某稟承先志，有捐産贍族，及散給貧民棉衣之事，製題額牓，將旌其門。某聽聞惶愧，敢不白其鄙私。伏惟執事善善從長，曲加獎掖，而某竊自量揣，以謂是區區者，其細已甚。矧復先嚴治命，而忍冒爲己名邪？惟執事鑒諒下忱，毋庸舉行，某幸甚。

【評】

語不忘先屬，辭得體。周芸皋夫子

無懈字，無剩句，卓然成體。高雨農夫子

【校勘記】

〔一〕此文文鈔初編卷一作「答張貳尹書」（又見静遠齋文鈔）。異文甚多，别録於次。

執事下詢賤字，猝不知所謂，輒率爾上報。比晤許碧山茂才，乃知以某稟承先志，有捐産贍族，及散給貧民棉衣之事，將制題額，牓某之門。聽聞惶愧，若受鞭撻。在執事善善從長，雖小不遺，固屬與人爲善盛心。以某自揣，竊謂此區區者，其細已甚，豈敢拜受光寵，且恐群議不齊，側目訕謗。惟執事鑒而諒之，毋庸舉行，則某之荷賜多矣。

與曹懷樸司馬論竹塹水利書〔一〕

執事前任鳳山，樹梅嘗以菲材佐興水利，於是縣北遠鄉亦皆效法，修塘鑿井，通邑長無水旱之虞。樹梅雖違侍左右，猶時聞鳳民之稱頌功德，謂大吏奪我賢父母，今且移官淡水矣。夫鳳民之欲得執事久官其地，固愛戴之私誠，樹梅則以臺屬五廳四縣，惜弗獲執事遍蒞而治之，皆爲興利除弊，使得共沐生成也。比聞淡屬之東，亦有可浚之水利，敢爲執事陳之。

其地離竹塹四十里，曰「陵坡潭」，實乾隆五十三年福文襄公奏撥屯丁墾贍之處。近三角林八百餘甲，近馬陵埔二百餘甲，近武陵埔四百餘甲，其荒棄未墾尚有三百餘甲。每甲十一畝三分有奇，合計不下萬餘畝。農民偶逢暵旱，輒嘆天不降康，而不知挽救有方，正不得盡委天命。若從三角林過獅頭侖之北，至大坪山，就大石阻礙處少折而南，由小竹坑接大竹坑轉向東北，形勢輭腰，可以穿山透水。

試爲溯源，於柚柑社生番内山之溪頭，引流濡灌，陵坡潭一帶之田，立變磽瘠爲膏腴，其利豈可數計？况聞柚柑社番目嘗與圳户約，俟圳道告成，分與歲租三百余石，彼則護衛圳頭，且願傾心向化。果爾，是番民和合，地方益覺相安。且自彼社過溪地，名「竹頭角」，亦可開圳爲田四千餘畝。誠一舉而備衆善，尚何憚而不爲邪？今前經圳户金益安呈官，開圳於三角林，縻費四千餘金，嗣以更缺萬金，事遂中止。今遺跡猶易踵成，願執事於公餘農隙，相度諮訪，如其確有可行，即望力爲創舉。按鳳山開圳成例，令受水之田均其輸費，分列丈尺，使之自鑿，民必忻悦競趨，不勞而治。即或工費浩繁，民力未能猝辦，亦惟執事量籌借帑，以助其成。俟功竣清收，無難歸欵。斯誠爲臺民造無涯之福，長與鳳山德澤流衍千春矣。

【校勘記】

〔一〕此文文鈔初編不載。

與王春浦茂才書〔一〕

往在高師處，與令叔雲峰先生一見如生平歡，而吾兄復重以朋友之情，施之兄弟之愛，論文尊酒，惜别贈琴，交誼敦篤，何必遂讓古人？歸來海外，去邵郡二千餘里，良朋暌隔，欲訊末由，偶一上心，祇增悵觸。所幸家慈以下，蒙庇差安，第以食指浩繁，百責交萃，學殖荒落，自覺日退。然猶偷閒作贖琴歌聊以排遣，吾兄覽之，亦可憐其心而哀其遇矣。又嘗究讀宋儒之書，知氣質之累，未易磨滌，凜凜乎懼其卒無所成，吾兄何以教之？

今春晤鍾六莊，藉悉吾兄佳況勝常，諸友亦皆無恙，甚用喜慰。並誦大作見懷詩，仰見道義之交，無間遠邇，雖多慚負，實感用心。於時默誦佳詠、摩挲横琴，幾疑身在道峰，復與大小阮數晨夕也。滿意去冬抵省，再之邵武，快從知己晤遊。不虞雲峰令叔遽歸道山，驚怛之餘，即欲執紼抒哀，亦不可得。撫今追昔，其將何以爲心邪？雲峰五古，不讓國初諸老，入僕雲影集中，皆可傳之作，行當刊之。嗟夫，流光荏苒，年復一年，逝者既不可作，存者又日以疎。迴首師門，不勝吾道益孤之歎。遥惟吾兄，於令叔骨肉痛心，自不容已。然以令叔歷享世福，自致榮名，雖未獲上壽期頤，要亦可稱全壽〔二〕。今遺孤紹承門户，正須吾兄勗勸後事，以大家聲。異時蘭桂競芳，恢宏彌廣，是則令叔碩德流貽，所待於吾兄者，其望無涯。而吾兄猶子至親，所以慰令叔在天之靈，亦靡有盡也。

雲天遼廓，相見何時？跨海寄書，大是難事。因便特附數行，晤諸友時，希爲道意。勞人草草，未能遍致函書，惟臨風悵惘而已。

【校勘記】

〔一〕此文文鈔初編不載。

〔二〕「壽」，原作「受」，據文鈔初編改。

鳳山縣新舊二城論[一]

鳳山縣在臺灣府南六十五里，康熙間，知縣劉光泗建土城於興隆莊，爲舊治。乾隆五十一年，莊大田毀之，福文襄公乃奏請移治東南十五里之埤頭，插竹以爲新城，居民遂有新舊二城之號。嘉慶十一年，蔡牽寇臺，議者請仍建舊治城，將軍賽及孫文靖公先後具奏報聞。道光六年，方太守傳穟捐建石城，其所以遲延未遷，實形勢有所未便。與返舊治，不如奠居埤頭。敢以二城因時制宜，爲執事論之。

夫石城，在舊址東北，繞龜山，於內欲避俯瞰之虞，而東南之半屏、打鼓兩山逼壓如故也。觀其城，形若釜，西瀕大海，地僅二里許，村莊零落，舟楫不泊。南則道里綿亘，多閩粤大莊，撫字催科，又覺窵遠。其相距最遠之枋寮、水底、瑯嶠，民番雜居，撫馭尤不易。及聖廟、學宮遺諸郭外，崇祀之體頗亦非宜。且城垣沙土不實，內無溝防，外無濠塹，一經霪雨，則衙署、倉庫皆在水中。城內僅有六井，水鹹澀，無柴草。民居既少，市廛復稀，一經移居，則食用諸物皆需外運。法曰，置營下中之下，謂之「地獄」；斥鹵多石，少草無水，謂之「窮極」；故邑破營，謂之「虚耗」；川谷衝口，柴草乾深，謂之「天竈」；穹崇鏉形，四面坳瀉，謂之「沃焦」。皆急過勿留。五者，舊治城皆犯之，知建治非策也。况八百六十四丈之城，龜山據其半，湫隘窄狹，丁口僅二百餘户。一旦有事，誰與爲守？

若埤頭，東至傀儡山，西至海，南至瑯嶠，北至二層行谿，道里相均，商賈四集，實一縣衝要，適中之地。城内居民千二百餘户，口萬計，外則鄉莊數十，人多殷富。控制形勢，莫便於此。如遷舊治，則以地廣民饒之埤城，僅設巡檢、汛弁，恐不足資彈壓。而營縣要員舍萬餘口之衆，就保數百丁之城，權衡似亦失當。故士民安土重遷，多不願徙。作地方事，似宜先審輿情也。

或曰：「埤頭數有賊入，安在必遷舊治。」然樹梅竊聞父老傳説，當時城池未備，蔡逆從海汊來，土匪響應。知縣吴兆麟由郡馳回，賊已先焚倉獄。次日，署參將藍玉芳返自東港，埤城遂復。楊逆則自竹圍隙處闌入，文武移兵據火藥庫，居民奔逃，致賊至縣前砍柵，旋爲官軍所殲。許逆之亂，守城兵自潰，致賊逼縣衙放火，然卒爲千總岑廷高擊走。是皆平時防範未周，遇時捍禦不力，地不任咎也。

或又曰：「南路有事，必藉府城救援。舊城憑臨海岸，水陸易通。埤頭則離海稍遠，進兵未使。」不知舊城赴郡並無大路，遇雨車馬難行。近莊須穿竹圍，樹木叢雜，崎嶇伏莽，未易搜剔。故前此用兵，必由中路南驅；水師則自安平出大港，經打鼓口灣、旗尾炮臺內港，入谿堵截。新舊治之衝，別遣一軍，沿打鼓，繞東港，抄埤城之右，三路合師，必獲全勝。

或又曰：「舊城築而不守，賊且據之，然無慮也。」法曰：「無恃其不來，恃吾有以待之。」大抵臺匪滋事，多起搶劫，其攻城之利，志在倉庫、富家。楊、許二逆率先擾埤頭，遺舊治，非明驗耶？

樹梅相度形勢，諮訪民情，謂宜仍居埤頭，亟補竹圍之缺，修建望樓，開濬濠溝，而於舊治石城，亦添兵犄角；就半屏、打鼓之巔，各立煙墩、望樓，使賊不得登眺。他如埤城去舊治之中途，有硫磺谿，發源內山，繞半屏、打鼓而達於海。雍正間，藍提督於此進兵，莊逆先已竊據，築壩蓄水，以待我軍。甫渡而壩決，溺死數百人，城遂復陷。更宜於此增設汛塘，聯絡守望。無事，保甲維嚴，奸回無所潛匿；有事，呼應綦速，盜賊無所遁逃。郡南半壁，鞏於磐石矣。

曹明府問城池要害，因進此論。適周芸皋師南巡履勘，亦謂所論確不可易，令即修築埤城，且許轉牒制軍。明府遂捐俸爲之倡，民亦相樂輸助。然城濠、炮臺雖已苟完，特權宜耳。異時或撤舊治，移石建埤城，或增額兵守舊治，或並遷聖廟、學署於埤城，則俟制軍符下，定去取也。

丁酉除夕自記。

【評】

先有末一段正論，前、中層層盤折以赴之，聞已興工建置，知書生原不作紙上空談也。欽佩欽佩。錢古坤先生（按，「先生」，文鈔初編無此二字）。

所列新舊治利弊，亦有目共見，然非胸有經緯、觸目警心者，直見如未見耳。即中間二難，唯留意治術者能言之，無論後駁也。末段尤精密。宰相須用讀書人，誰謂書生慣作紙上空談邪？

高雨農夫子

【校勘記】

〔一〕此文文鈔初編編入卷二，作「鳳山縣新舊城論」。異文數十處，別録於次。

距臺灣郡治之南六十五里，興隆莊，鳳山舊治也。又東南行十五里，曰「埤頭」，編竹爲城。乾隆五十三年，福文襄公以興隆地勢窪，不可環俯而瞰城内，且爲逆賊莊大田所據，官署民居蕩然無存，乃奏請移駐埤頭，插竹以爲新城，故居民咸以興隆莊爲舊治，此新舊二治所由名也。考興隆初爲縣治，自康熙六十一年署令劉光泗始築土城。嘉慶十一年，海賊蔡牽滋擾，議者請仍建舊治城，兩經賽將軍及孫文靖公具奏准行。方太守傳穟於道光六年，捐建石城，規模粗具，遲延未遷。後之議者但以奏案爲詞，不知形勢實有未便，與返舊治，不如奠居埤頭之爲愈也。敢以因時制宜之論，爲執事陳之。

往昔樹梅從執事者，有事文廟，因得周視舊治形勢。其石城在舊址，東北繞龜山於内，以避俯瞰之虞，而東南之半屏、打鼓兩山，逼壓俯瞰如故也。城形若釜，西瀕大海，地僅二里許，村莊零落，風蕩沙擁，港汕不常歷，無舟楫停泊。南則道里綿亘，閩粵大莊棊布星羅，撫字催科，已覺寫遠。其相距百數十里，最遠之枋寮、水底、瑯嶠，民番雜居，緝和巡防，更有鞭長莫及之勢，内無溝防，外無濠塹，一經霪雨，則衙署倉庫皆在水中。文廟、學署，亦已日隤，營縣衙門，皆西背内地，東向傀儡山。井泉僅六口，水鹹澀，無柴草。居民少，市廛稀，加以兵役移居，則食用諸物皆需外運。唐李衛公兵法曰：凡置營下中之下，謂之「地獄」；斥鹵多石，少草無水，謂之「窮極」；故邑破營，謂之「虚耗」；川谷衝口，柴草乾深，謂之「天竈」；穹崇鏉形，四面坳瀉，謂之「沃焦」，皆急過勿留。之數者，舊治城皆犯之，知建治非策也。況八百六十四丈之城，龜山據其半，湫隘窄狹，丁口僅二百餘户，一旦有事，誰與爲守？

若埤頭，東至傀儡山，西至外海，南至瑯嶠，北至二層行谿，里數相均，商賈四集，其縱横道路，實一縣衝要。適中之地，較舊治尤易控制，城内居民千二百餘户，口萬計，且殷富。外則四圍平曠，不致藏奸附郭；鄉莊數十，無事可徵户口，有事足備糗糧，形勢之便，莫逾於此。夫埤頭之與舊治，户口多寡，貧富不同，形勢高下，衝僻又異，如還舊治，則以地廣民饒之埤城，僅設巡檢汛弁，恐不足資彈壓。而營縣大員，舍萬餘口之衆，就保數百丁之城，權衡似亦失當。顧士民皆以安土重遷，多不願徙。微特形勢不便，亦與輿情未洽也。

或曰：「舊治雖屢陷於賊，埤頭素有逆賊攻入之事，安在舊治必還？」然樹梅竊聞父老傳說，當時城池未備，蔡逆從海汊潛來，勾通土匪。事起倉卒，知縣吴兆麟方在郡，聞警馳回，已不及禦，以致倉獄遭焚。次日，署參將藍玉芳返自東港，埤城遂復。楊逆之滋擾，則自竹圍隙處入。初，參將某聞賊至，以火藥庫在埤城中，在土垣竹圍，四面阻水。蔡逆嘗攻不破，遂移兵入據，文武相率隨入，居民奔逃，致賊至縣前砍栅，旋爲官軍所殲。許逆之亂，守城兵見賊自潰，致賊逼縣衙放火，爲千總岑廷高炮擊敗走，義勇躡殺平之。是皆平時防範未周，遇時捍禦不力，地不任咎也。

或又曰：「南路有事，必藉府城救援。令匪徒倡應，道路梗塞，舊城憑臨海岸，水陸易通；埤頭則離海遠，必由中路進兵，遇賊阻且轉滯。」不知舊城赴郡並無大路，遇雨沮洳，車馬難行。近莊須穿竹圍，樹木叢雜，坑坎崎嶇，伏莽興戎，未易搜剔。故前此用兵必由中路南驅，如風卷籜；水師自安平出大港，經打鼓口灣旗尾炮臺内港，入鷄堵截；新舊治之衝，别遣一枝由打鼓繞鳳山東港，抄埤城之右，三路進師，必獲全勝。

或復曰：「舊城已經捐築，棄而不守，萬一賊據，更費經營。不知亦非此之慮已。」孫子曰：「無恃其不來，恃吾有以待之也。」臺匪滋事，多起於搶劫，究其攻城之故，利倉庫儲積，富家蓋藏耳。楊、許二逆之亂，率先擾埤頭遺舊治，此其明驗。

是即未有福文襄公之奏請移遷埤頭，亦當於此築城濬濠，以扼臺郡南路要衝，況修養生聚已五十年，而復欲移回舊治哉。樹梅相度形勢，諮訪民情，似宜仍居埤頭，亟補竹圍之缺，修建望樓，開濬濠溝，而於舊治石城，亦添兵防守作犄角；就半屏、打鼓之顛，各立煙墩、望樓，使賊不得登眺。冉計埤城，去舊治之中途，有硫磺谿，發源內山，繞半屏、打鼓而達於海。雍正間，藍提督從此進兵者，莊逆竊據，時築壩蓄水，我兵甫渡，賊輒掘壩決水，溺死數百，城遂復陷。更宜於此增設汛塘，互相守望。且距埤頭近，聲勢聯絡。無事，保甲維嚴，奸回無所潛匿；有事，呼應綦速，盜賊無所遁逃，如常山蛇首尾相應，斯郡南半壁鞏於磐石矣。

曹明府澐任，以城池俯，輒進此論。未幾，觀察周芸皋夫子巡勘，亦謂所論確不可易，令即修築埤城，且許轉牒制軍。明府遂合靈、余二參戎請鎮道倡捐，民亦相樂輸助。然月城各門樓，炮臺濠溝，雖已苟完，特權宜耳。異時或折舊治，移石建埤城，或增額兵守舊治，或並遷文廟、學署於埤城中，則符下而後定去留也。丁酉除夕自記。

添設埤頭城望樓炮臺並濬濠溝議〔一〕

濠以衛城，望樓眺遠以爲豫，炮臺所以拒賊不得近濠也。三者不備，與無城等。備而不審形勢，與無備等。鳳山舊治，勢不可居，樹梅言之亦既詳矣。惟埤頭插竹作城，資爲根本，然無壁堞捍護，猝有變急，民鮮固心。往者蔡牽、吴泗、楊良彬、許成諸逆，先後寇擾，非無備之明徵與?執事重以去冬匪徒根株未盡，求所以保障斯土，辱問再三，敢即埤城内外宜築鑿者，論次如左。

自小東門北畔至大井一百二十六丈，就高處宜建炮臺。

又，二百六十六丈至北門，爲赴郡衝路，宜建望樓。

又，一百五十三丈至西門外，有大路可通舊治，地既扼要，且多空虛，有警必先受敵，則炮臺尤宜高大。循較場小徑，且於濠外環築矮堞，而城上益以望樓聯絡其勢。

自西門南畔至雙圳頭二百六十九丈，宜補栽刺竹、增築炮臺。

又，七十三丈至南門東畔，内多居民，外當溪海，亦最要地，宜建望樓。從火藥庫側至大東門，舊有望樓，宜加修葺。其北畔至小東門，九十三丈三尺，地高豁闊，爲下淡水、萬丹諸莊之總路，宜於首尾各建炮臺。

又，自北門外吊橋頭隙地，宜圍月城，三百六十丈，合之五門，周匝九百八十一丈三尺，爲一千三百四十丈有奇。更於轉折炮力相及之區，添建炮臺五所。

形勢固，保衛嚴，雖無石城，堅密可守矣。

惟地輕時震，城樓須架大木，護以磚壁，用瞰四面。近樓左右多浚池井，便於汲取，亦可資軍。炮臺不可基於濠中，慮水注沙軟，易欹側。矮堞當築三合土，高厚度以六尺，下開炮眼，大勿令容人身；中開銃眼，視下稍狹；更上則鳥槍眼一層，眼上加直縫，高三寸，廣二寸，以便瞭望。堞脊稜起，使不可立。即以挑鑿濠溝之土纍爲城垣，垣内栽竹加障，刺竹截一爲三，插地即活。濠深三丈，引城北柴頭埤水注滿毋涸，其廣以城上鳥銃能及外岸爲度。沿濠荊棘盤互，以防決崩。再於東南設閘以節水勢，而東南角之炮臺即可兼資守閘。大約水陸扼要，控制規模，胥不外是。

然任用須得其人，經費勿惜其小。定基之始，不厭講求，捐集之貲，悉付紳士。當此兵荒之下，變工賑以活貧民，孰不踴躍輸將，趨役恐後?·總之，石城既力不能築，則竹城宜茂密深邃，濠溝欲其深闊有暗穽；望樓欲其堅高可遠眺；炮臺欲其連接可相顧。蓋城壁新則民志定，形勢壯斯奸宄消。執事思患豫防，必有勝算在握。樹梅竊以先爲可守，而後可居也。檮昧之識，惟執事實圖利之。

【評】

總起三事具舉，筆勢軒軒。周芸皋夫子

此論事狀體，清簡不蕪，便可存集。高雨農夫子

【校勘記】

〔一〕此文文鈔初編編入卷二，作「建埤頭城望樓炮臺濬濠溝議」。異文數十處，别録於次。

城衛民，濠衛城也；望樓眺遠，以爲豫也；炮臺所以拒賊，不得近濠也。三者不備，與無備等。備而不審形勢，亦與無備等。鳳山舊治，石城形勢不便，諸君子亦知其不可以居矣。惟埤頭，自移治以來，爲根本地。插竹爲城，猝然有急，民鳥獸散，賊亦乘之。蔡牽、吴泗、楊良彬、許成諸逆，先後乘間攻入，豈非無備故與？去冬匪人王新來等將豎旗謀逆，雖先期撲滅，而根株未盡也。執事關切民依，夙夜求所以保障斯土。樹梅數承顧問，懼弗克副盛意。爰即埤城内外，度其宜補、宜建、宜鑿者，論次如左。

自小東門北畔至大井一百二十六丈，地較高，宜建炮臺。

自大井至馬巷頭二百六十六丈至北門，爲赴郡衢路，宜補植刺竹，建望樓。

自馬巷頭至西門一百五十三丈，爲城外大路，通舊治，最扼要，且多空地，有事必先受敵，

則炮臺宜大。循較場邊小徑，於濠外環築矮堞，城上再蓋望樓，其勢益以聯絡。自西門南畔至雙圳頭二百六十九丈，擬建炮臺，補刺竹。

其南門東畔七十三丈，火藥庫在焉。城内居民稠密，巷中不容並行，宜辟之垣竹，勤督澆灌，能自滋久，且益固。南門去海不遠，亦最要，宜蓋望樓。自火藥庫邊出大東門，舊有望樓，其北畔九十三丈二尺，爲小東門，地高豁闊，下淡水、萬丹諸莊之總路，就此擬建炮臺二座，可以抗扼。

内山、五門，凡九百八十一丈三尺，北門外吊橋頭隙地，環圍月城三百六十丈，統計一千三百四十丈有奇。於轉折炮力相及之區，添建炮臺五所。

其民間捐項，令於興工時公舉廉幹紳耆司出納，衆見實有濬修，自必踴躍輸將也。惟地脈輕浮，不時震動，城頭樓須架大木，護以磚壁，用瞰四面。近樓各先濬一井，建築時便於汲取，並防火攻，亦資軍食。炮臺不可基於濠中，慮水注沙軟，易欹側。矮堞當築三合土，勿拘寬狹，約六尺，下開大炮眼一，不容人可攢身入；中開銃眼，視下稍狹；更上則鳥槍眼一層，於眼上加直縫，高三寸，廣二寸，以便瞭望。堞脊稜起，使賊不可立。或就挑鑿濠溝之土纍爲城垣，隨挑隨纍，事半而功必倍，亦一法也。濠深三丈爲廣，引城外東北柴頭埤之水灌其中，雖旱不乾，乃爲長計。濠之寬狹，以城上鳥銃能及外岸爲適中，遠則銃力不到，賊無所懾矣。沿濠多栽荊棘，使之盤根，防决潰。濠繞東南，合谿入海，即於洩水處設閘以節水勢之升降，而東南角之炮臺可守闇，使賊不得擅啟閉。建濬規模大較如此。

又須任用得人，勿惜小費，定基之始，不厭悉心講求。樹梅所計，亦未敢自以爲是。總之，石城既力不能築，則竹城不可不茂密深邃，濠溝不可不深闊而有暗穽，望樓欲其堅高可遠眺，炮臺欲其連接可相顧，蓋必可守而後可居耳。若夫衆志成城，則金湯永固已。

卷四

渡臺灣記〔一〕

道光四年閏七月，家君自海壇奉檄護臺灣水師副總兵事，挈樹梅之官。

八月四日，厦門登舟，出大擔嶼，過金門料羅山。晚見水色如靛，乃海中深處。回視内地諸山，皆無可望，夜行遂不辨所經。天將曙，紅日浴海凡三，數躍而升，令人莫能正視。少焉，至黑水溝，舟觸浪，作隤屋折柱聲。遥望巨魚噴水，如雪花飄空。舟子云：「溝有珊瑚，巨魚守之。紅毛人嘗以鐵網載人入水取，弗得也。」語次，颶風驟至，舟顛播欲眩，顧同時解纜諸舶，皆不識所之。黑雲垂海，海壁立。舟人曰：「出鼠尾邪。」海船以龍吸水行雨爲「出鼠尾」，艙門不閉，水滿船且沉。夜過黑水洋，風雨不止，從者竊語：「天明不見山，恐落溜溜弱水也。水趨下而不回，生還難卜矣。」《古學編》：澎湖島海水漸低，謂之「落漈」，即此。家君令謹柂帆，憑指南鍼向巽轉折行。夜半，衆嘩曰：「水漏入艙。」玟卜天后神龕前，得滲處，塞而渫之，旦乃止。稍霽，東方亦白，過澎湖貓嶼。亭午，令人登桅，望山勢，隱在煙霧中。於是，水色青而藍，而白，知近鹿耳門。

潮落，無風，遂寄碇。鹿耳門，臺郡咽喉，港迂迴，多礁石沙汕，樹纓竿，爲船導天險也。家君指示樹梅曰：「嘉慶十年，蔡牽入臺，吾以戈船從總統李忠毅公血戰旬日，鑿沉巨艦，塞絶港口。會潮暴漲，賊得跳去。今念之，猶以爲恨。」又明日午後，乘西風探港勢，蜿蜒進，遥見炮臺，旗影飄掣，守汛弁兵十餘輩駛杉板來迎，乃抵安平鎮登岸。

鎮爲水師駐劄之區，去郡西十餘里，與水中七鯤身嶼相聯如貫珠，自昔稱要隘。明季荷蘭築城於此，鄭氏逐而據之。國朝康熙二十二年，全臺入版圖，置郡邑。內則層巒疊巘，土番所居，奸宄藉爲逋逃藪，遊手偷渡，無慮萬計。俗易械鬥，群不逞，復勾結煽釁，故常流毒四邑，間時遺海東民患。然人心雖浮動，風氣尚近激烈，得良有司安輯教化，可無虞也。

是年閏在七月，鳳山打鼓山鳴，竹林開花，民傳林爽文叛時，兆嘗如此。既而許尚、楊良彬等果謀亂。十月二十二日夜攻縣治，署臺鎮趙公裕福督兵往捕，郡守方公傳穟率鄉勇繼之。家君即提勁旅彈壓郡城，搜獲奸細吴賜、徐紅柑等。一月事平。

明年十一月，家君調署澎湖右營遊擊。又明年五月，臺灣北路賊李通等與粤民械鬥，亦爲亂，戕殺嘉、彰將萬人，莊舍燬幾盡。家君復以水師抵臺，駐西螺堡，擒斬劇賊陳顒、廖士光、林溜等六十九人。十一月内渡，樹梅隨侍。往還歷三年，所出没風濤戎馬間，瀕殆獲生，似亦有天幸焉。

【評】

豐約合度，中有俊逸之氣。高雨農夫子

【校勘記】

〔一〕此文文鈔初編編入卷三（又見静遠齋文鈔，文字略異）。異文數十處，别録於次。

道光四年秋閏七月，家君自海壇奉檄護臺灣水師副總兵事，挈樹梅之官。

八月朔，抵厦門登舟，出大擔嶼，守風後浦港。越四日，啟櫂經金門城，過料羅山。旁晚，水色如靛，乃海中極深處。回視内地諸山，皆不可見，夜行遂不辨所經。五鼓，時見海波紅處，日輪躍再四方升。少焉，至黑水溝，舟觸浪，作隤屋折柱聲，遥望巨魚噴水，如雪花飄空。舟子云：「溝底有珊瑚，巨魚守之。紅毛人嘗以鐵網載人入水取之，終不得。」語未竟，颶風驟至，浪駭雷奔，舟顛播欲眩，顧同時解纜諸舶，皆不識所之。黑雲垂海，海壁立。舟人曰：「出鼠尾邪。亟閉艙門，不然，水滿船且沉。」蓋海船以龍吸水行雨，爲出鼠尾。夜過黑水洋，風雨不止，從者竊語：「天明不見山，恐落溜溜弱水也。水趨下而不回，生還難卜矣。」吾學編：澎湖島，海水漸低，謂之「落漈」，即此。家君令柁師謹把柁牙，活握帆索，憑指南鍼向巽方轉折行。夜半，衆嘩曰：「水漏入艙。」珓卜天后神龕前，海船供奉天后聖母神，甚靈異。得滲處，塞而汲之，達旦乃止。稍霽，東方亦白，過澎湖貓嶼。亭午，令人登桅，望山勢，隱在煙霧中。於是，水色而青，而藍，而白，知近鹿耳門。

晚潮落，無風，遂寄碇鹿耳門外。鹿耳門，臺郡咽喉，港迂迴，多礁石、沙汕。樹旗爲船導天險也。家君指示樹梅曰：「嘉慶十年，蔡牽入臺灣，吾以戈船從總統李忠毅公血戰旬日，鑿巨艦沈於港，絶賊出路，冀生擒牽。會潮暴漲，賊得跳去。吾今念之，猶以爲恨。」又明日午後，乘西風，以篙探港勢，蜿蜒進，遥見炮臺，旗影飄掣，守汛弁兵十餘輩駛杉板來迎。

乃抵安平鎮登岸。安平鎮水師駐劄之區，去郡西十餘里，在水中，與七鯤身嶼相聯如貫珠，尤臺灣要隘。明季荷蘭築城於此，鄭氏逐而據有全臺。國朝康熙二十二年，臺地始入版圖，置郡邑。內則層巒叠巘，土番所居，奸宄藉爲逋逃藪，內地遊手，亦樂其富庶，偷渡者無慮萬計。顧其奪利争田，動致械鬥，群不逞，勾結煽衅，故常流毒四邑之間。時遺海東民患，然人心雖浮動，風氣尚近激烈，得良有司安輯教化，可無虞也。

是年閏在七月，而鳳山縣打鼓山鳴，竹林開花，民間傳爲：昔林爽文叛時，兆如此。未幾，而許尚、楊良彬等謀作亂。十月二十二日夜攻縣治，署臺鎮趙公裕福督兵往捕，郡守方公傳穟率鄉勇繼之。家君亦以水師六百人彈壓府治，搜獲奸細吴賜、徐紅柑等。一月而事平。

明年十一月，家君調署澎湖右營遊擊。又明年五月，臺灣北路賊李通等與粵民械鬥，因爲亂，自彰化迄嘉義，戕殺將萬人，燬莊舍幾盡。家君復以水師抵臺，駐西螺堡，擒賊首陳願、廖士光、林溜等六十九名。十一月內渡。

是役也，閱歷三年，往還千里，出没風濤戎馬間，瀕殆獲生，似亦有天幸焉。

再渡臺灣記〔一〕

臺灣，樹梅舊遊地也。風土人情，山川要害，每追憶之，不能忘。道光十六年秋，臺屬饑。十月，嘉義下加冬鹽水港匪徒搶米拒捕，戕把總柯青山及汛兵，而南路賊復應之，勢益張。制軍以曹懷樸明府廉敏幹濟、有折衝才，專章入告，調宰鳳山，招樹梅佐幕事。於時隆冬風烈，海上文報稽遲，傳聞不一。樹梅習明府之足以有爲也，遂從行。

十二月六日，由泉州放船，出大隊嶼，經祥芝頭。值東北風，欲渡鹿港，必折上崇武，借勢斜渡。顧風逆不能上，乃泊獭窟。船中食指多，澹水慮弗給。樹梅率從者登岸求汲，會旱久，井皆涸，馳數里，始得一水，甘而不竭，防海者當留意也。是夜，風如裂帛，碇重千斤，恃一椶繩，與木磨盪，熱則生火易斷，呼從者謹視之，頻澆以水。

明日，風微殺，挽舵出崇武外洋，視指南鍼向巽行。晚逾黑水洋，而風復作，比曉愈烈，浪排空擊船，幾覆。舵工恐甚，欲收回。樹梅見水面黑痕一縷，知是近山。少頃，至白水洋，危檣蝟集，峰巒畢露，沙汕人家，可以指數。恐犯淺，寄碇汕尾，殆不能泊。擬繩繫小碇，遠放杉板淺水中，轆轤漸引，或可進港。然風潮牽阻，卒不得前。如是者幾旬日，船中水米殆盡，八十餘人均有菜色。

不得已，移船迎風織戧行。俄及淺水，僅六七尺，急呼退，而沙勢回環，舵樓已抝裂。幸舵未脱，脱必不保矣。樹梅立風雨中，督人百計轉舵，求至舊泊處不得。忽風帆自回，始懸舵入番仔窪。漁者來導，謂鹿港海口久閼塞，番仔窪汕缺處亦僅容一航，潮退即不可入，惟王涇距此咫尺，當可泊耳。語次，潮適退，遂泊番仔窪，偕衆登陸，歡然稱慶，初不知是夕爲除夕也。

明年正月八日，由鹿港南行，過下加冬、茅港尾，百餘里内悉爲賊窟。聞總鎮駐軍大崊林，元兇就戮，道途無梗，唯鳳山響應之賊未平。二十六日抵鳳山，亟練鄉勇。二月十一日擒獲賊首劉藍及其黨二百六十餘人。

明府欲列上樹梅首功，辭謝之。廻憶甲申舊遊，今忽忽已十四載。臺凡三經兵燹，民生亦云敝矣。明府所以報制軍之知，樹梅所以應明府之聘，殆不徒辦賊已也，敢言功邪？

【校勘記】

〔一〕此文文鈔初編編入卷三。異文數十處，别録於次。

臺灣，樹梅舊遊地也。風土人情，山川要害，每追憶之，不能忘。道光十六年秋，臺屬洊饑。十月，嘉義下加冬、鹽水港匪徒搶米拒捕，戕把總柯青山，且害汛兵，南路賊亦豎旗應警，聞制軍以曹懷樸明府廉敏幹濟、有折衝才，專章入告，調宰鳳山，招樹梅佐幕事。於時隆冬風烈，海上文報稽遲，傳聞不一。樹梅習明府之足以有爲也，遂從行。

十二月六日，至泉州，由蚶江登舟。越五日拔碇掛帆，離臭塗澳，潮流迅急，礁汕叢雜，募土人諳港道者，操縱出大小墜嶼門，經石湖、汛祥、芝頭。值東北風，欲渡鹿港，欲折上崇武，借勢斜渡。而風逆不能上，乃泊獺窟。船中人多，懼淡水不給，樹梅率從者登岸求汲。旱久，井皆涸。馳數里，始得一有水者，淺而甘，爲海舶汲道防海者當留意也。

是夜，風如裂帛，碇千斤，恃一椶繩，與木磨盪，熱則生火易斷，呼從者謹視之，頻澆海水。明日，風微殺，挽舵出崇武外洋，視指南鍼向巽行。晚逾黑水洋，風濤交作，比曉風愈烈，浪排空，横擊舟，幾覆。舵工恐甚，欲收回。舟人登桅以望，見水面黑痕一縷，知是近山。少頃，至白水洋，危檣蜎集，峰巒畢露，沙汕人家，可以指數。恐犯淺，寄碇汕尾，怒濤衝激，殆不能泊。擬將小碇，繫長繩，撐杉板，遠放淺水中，轆轤漸扯，或可進港。然爲風潮所阻，卒不可進。如是者幾旬日，舟中水米俱盡，八十餘人均有菜色。

黑夜迫舵工，移舟進泊，迎風織戧，引鉛錘探水，僅六七尺，急呼退，而沙勢回環，舵樓已扨裂。幸舵不脱，脱必不保矣。旋被風潮蕩出外洋，樹梅立風雨中，督人操艕捩舵，百計轉帆，求至舊泊處不得。忽風帆自轉，始懸舵入番仔窐。漁者來導，爲語鹿港海口久閼塞，番仔窐汕缺處亦僅容一航，潮退，即缺汕亦不可入，王涇距此咫尺，當可泊耳。語次，潮適退，遂泊番仔窐。

急遣水手上岸辦水米，樹梅亦從明府率衆登陸，歡然稱慶，初不知是夕爲除夕也。

越日，元旦，住番仔窪。信宿入鹿港，隨南行，過下加冬、茅港尾百餘里，内悉爲賊窟。聞總鎮駐軍大甫林，元兇就戮，道途無梗，唯鳳山回應之賊未平。明府以正月十二日至郡城，二十四日抵任。樹梅親友亦有來相問視者。

顧自甲申至今，十四年間，臺凡三經兵燹，民生亦云敝矣，富且中落，貧益可知。因時制宜，是在求治，明府所以報制軍之知，與樹梅所以應明府之聘，殆不徒辦賊已也。

臺郡四邑記程〔一〕

道光十六年除夕，樹梅從曹懷樸明府抵臺，住番仔窪。

十七年正月朔己卯，乘牛車北發三十里，至鹿港，有海防同知及水師左營駐此，距彰化縣二十里，商賈雲集，流寓戍伍，多吾鄉人。八日丙戌，南行五十里，宿西螺莊，爲北路陸營轄汛。六年，先君子擒斬劇賊六十餘人於此，汛兵猶能述之。次日丁亥，過虎尾谿，源出水沙漣内山，流迅而濁，土人云：水清則時事有變。谿東九十九峰，玉筍排空，可一一數。二十里，宿他里霧莊。戊子，渡石龜谿。十里，大甫林道旁，梟示賊首數十級，時沈知亂初平也。十里，打貓山，又十里，入諸羅山，宿嘉義縣城。己丑，遊火山，在縣東南二十五里。石隙泉湧，火出水中，遠望群巒，如紗籠香篆，曰玉山，人跡不到，歎爲奇絶。折行十五里，下加冬汛毁於賊。三十里，度鐵線橋，宿茅港尾，值官軍勦賊，絡繹於路。庚寅，踰灣裏谿，有大聚曰「曾門莊」，地勢窪下積雨，二十餘里，率以筏渡，往往阻滯，蓋民築魚塭，水壅不及消耳。過谿，冢纍纍，碣題「安平守備蔡長青等擊賊陣亡瘞此」，此十二年事也，憑弔久之。十五里，木柵街。十四里，洲仔尾，入臺灣縣界，爲郡北要衝。嘉慶十一年，先君子從軍勦賊處。遥見安平鎮，紅毛城下，危檣蝟集。又二里，柴頭港。五里，入臺郡城大北門，謁周芸皋師。

又十日，庚子，出大西門，自鹿耳門古石渡海六里，安平鎮，港道淤淺，紅毛城亦崩塌殆盡。迴憶舊遊，不勝感慨。拜父執副將温公兆鳳，留飲，極歡。越日，癸卯，回郡。

甲辰，出小南門，經魁斗山，觀明寧靖王殉節五妃墓，遊法華寺，明季李茂春夢蝶處，寺前半月樓亦已廢矣。三里，桶盤棧，爲郡南扼要。五里，城守左軍營盤，至頂埤頭小村落林投，樹夾列車溝，賊匪每藏身林間，剽劫行旅。林投一名林荼，葉攢簇，旁多刺如鋸，怪木也。又里許，爲二贊行谿，北岸臺灣縣界止此，南岸入鳳山縣界。谿源發岡山，入於海，舊有橋，今設義渡。三里，涵口谿。三里，出大湖巷。林投夾道，亦易藏奸，且多牛車，往來車溝，窪深二丈餘，人行溝底，曲處常爲牛車阻逆，必車盡乃過。微風揚塵，不敢揭帷，惟聞轆轤聲聒耳，皆牛車也。五里，半路竹，小莊，爲岡山營轄汛。八里，二濫橋。七里，阿公店，爲鳳北要地，移駐芊蓁林塘兵。七里，倒松谿，大水時無筏可渡，必待水退過之。三里，出橋仔頭莊，則岡山諸嶂遠翠橫列，山後僻險，向爲盜藪。外爲觀音山，起伏盤曲，中屹一峰，小峰拱峙其側，亦盜匪出没之區。又外，爲傀儡諸山，直插天際，在生番中，雲霧裏羃，鮮有晴朗。相傳，若日中雲收，峰巒可數，則不數日必雨。十里，楠梓阬，亦大聚塘兵，導觀福文襄公營址。三里，竹仔門，西望半屏山，突起嵯峨，形如刀削，爲鳳山縣左輔。折而南，崔巍騰躍，爲打鼓山，則縣治之右翼也。三里，草潭埤，舊可灌田，今洩水墾作薯園。有水處，大雨必濟以筏。四里，大衆廟、南路營、苦苓門，塘兵駐此。三里，公爺埤，蓄水灌田，利甚廣，有小莊名「雙頭漏」。五里，赤山店。二里，入下埤頭，孔道衝要，即鳳山縣新治城。

計鹿港南行百里至嘉義，又百里至臺郡，又八十里至鳳山，凡二百八十里，行五日，可一周也。

【評】

篇中於扼要設兵處，皆三復致意，而摛辭無懦。所謂文章經濟兼而有之也。康允怡先生（按，「先生」，文鈔初編無此二字。）

可作四邑掌故，筆亦明皦。高雨農夫子（按，此條見文鈔初編卷三，歗雲文鈔初編無。）

【校勘記】

〔一〕此文文鈔初編編入卷三。異文數十處，別録於次。

道光十八年除夕，樹梅從曹懷樸明府抵臺，假館番仔窪。歲事匆匆。十七年正月二日庚辰，待發郡城，舟子來告返泉州，作家書附之去。遂坐牛車北行黑沙，沿路稭草不生，風挾沙飛，白晝作晦色。經烈嶼厝諸莊，過二谿三十里，至鹿港。有海防同知、安平水師左營遊擊亦率兵駐此，距彰化縣二十里，商賈雲集，流寓戍伍多吾鄉人。越七日丙戌，南行過水尾橋，橋折支木以濟，至小蜅、心莊，過東螺谿，水黑色，土人云：谿與虎尾分流，水清則時事有變。五十里，宿西螺莊。大市防汛，有陸兵。六年，先君子擒斬賊匪六十餘人於此。是地產柑，甚貴。東望九十九峰，玉筍排空。十里鹿場，有汛兵，過虎尾谿，谿源出水沙，連內山，濁而汛。泥沙滾滾，行稍緩，輒有沒脛之患，聞夏爲水嘗竟月不能過，宜籌設義渡以通之。入嘉義縣界十里，他里霧，大莊，汛兵護。過石龜谿五里，興化店五里，大峬林道旁梟示賊首數十級，時沈知亂初平也。十里，打貓山，輿夫告瘁，乃步行。十里，入諸羅山，今嘉義縣城。己丑，思遊火山，在縣東南二十五里，深谷中石隙泉湧，火出水中，理不可解。出城望群巒，如紗籠香。篆曰：「玉山人跡不到。」歎爲奇絶。三十五里，下加冬，汛毀於賊。去冬奸民戕弁兵，即此地。十里，急水；十里，鐵綫橋，宿茅港尾。時總官兵駐大峬林，勦門六餘賊，軍弁絡繹於路。庚寅，五里，過灣裏谿，以小舟渡人，有大聚曰「曾門莊」。自茅港尾至此地，地勢窪下，積雨二十餘里，率以筏渡，往往阻滯文報，蓋消水處，民築魚塭致壅塞耳。過谿，冢纍纍，碣題「張丙亂，安平守備蔡長青等擊賊陣亡瘞此」，蓋十二年事也，憑弔久之。十五里，木栅街。十四里，洲仔尾，入臺灣縣界，爲郡北要衝。嘉慶十一年，先君子從軍勦賊處。遥見安平鎮，紅毛城下，危檣蝟集。又二里，柴頭港。五里，入臺灣郡城大北門，宿府東港廨舍，辛卯，謁觀察周芸皋師。

又九日，庚子，出大西門，自鹿耳古石渡海。六里，安平鎮，港道淤淺，紅毛城亦崩塌殆盡，迴憶舊遊，今昔系慨。謁副將温公兆鳳，父執也，留飲，極歡。次日，癸卯，回郡。

甲辰，出小南門，經魁斗山，觀明寧靖王殉節五妃墓，遊法華寺，明季李茂春夢蝶處，寺前半月樓亦已廢矣。三里，赤竹，小村落。二里，桶盤棧，爲郡南扼要。五里，城守左軍營盤，又名頂埤頭，小村落林投樹夾列車溝，賊匪藏身林間，時劫行旅。林投一名林荼，其葉攢簇，葉旁多刺如鋸，怪木也。中途，鹽水埔，有汛防。一里，二贊行谿，北岸臺灣縣界止此，南岸入鳳山縣界。谿源出岡山，通海，舊有橋，今設義渡。三里，涵口谿。三里，出大湖巷，林投夾道，亦易藏奸，且多牛車往來。車溝窪深二丈餘，人行溝底曲處，常爲牛車阻滯，必車盡乃過。微風揚塵，不敢揭帷，惟聞轆轤聲聒耳，皆牛車也。五里，半路竹，小莊，爲城左軍岡山營轄汛。五里，二濫莊。三里，過二濫溝橋。二里，過營盤。五里，阿公店，大莊，爲鳳北要地，移駐羊蓁林塘兵。或赴郡作兩日程，必宿此。七里，倒松，小莊，過谿大水時無筏可渡，必待水退過之。三里，食於橋仔頭莊，塘兵爲言：十二年冬，澎湖千總許日高領鳳山班兵二百名至此，遇許成賊黨五六百人來圍，奮擊之，多死傷、逃竄，乃振旅回鳳。許千總，南澳人，先君子舊屬。聞言爲之讚歎。食已，出莊，則岡山遠翠横列，山後僻險，向爲盜藪。外爲觀音山，起伏盤曲，中屹一峰，小峰拱峙，其側小盜匪出没之區。又外，爲傀儡諸山，直插天際，在生番中，雲霧裹羃，鮮有晴朗。相傳，若日中雲收，峰巒可數，不數日雨矣。十里，楠梓阬莊，亦大聚觀音山塘兵，導觀福文襄公紮營故跡。三里，竹門莊，西望半屏山，突起嵯峨，形如刀削，爲鳳山縣左輔。折而南，崔巍騰躍，爲打鼓山，則縣治之右翼也。三里，草潭埤，舊可灌田，今皆掘壩洩水，墾作薯園。有水處，大雨必濟以筏。二里，赤山莊，人煙不多。二里，大衆廟、南路營、苦苓門，塘兵因四年被賊，後移駐此。三里，公爺埤，蓄水灌田，利甚廣，有小莊名「雙頭漏」。一里，三抱竹。三里，赤山店。二里，入下埤頭，孔道衝要，即鳳山縣新治城。

計鹿港南行百里至嘉義，又百里至臺郡，又八十里至鳳山，凡二百八十里，行五日可一周也。

清莊記程〔一〕

臺地自入版圖，奸民變者十四起，鳳邑獨九被兵。蓋鳳在極南，爲全臺左臂之衝。北自二贊行谿，南至瑯嶠，二百二十里至嶠南、沙馬磯，四百里西至海，東至傀儡山下，亦百餘里。幅員廣，民番雜居，治者每患不及，清莊聯甲，特具文耳。曹明府於荒亂之餘，思所以綏靖斯民，必先驅除奸匪，乃會南路營參將余公，率兵役、鄉勇五百餘人，躬歷諸莊，稽察保甲，於是樹梅戎服以從。

十一月，辛巳平明，出縣東，叢木夾路，經小竹里，踰淡水谿，荒沙曠渺，絶無人煙。馬上得「秋聲作雨千林合，山勢如波萬派趨」句呈明府，謂其頗善肖景。由港西下里之下蚶莊，至萬丹埤橋，傳昔義民大破賊林爽文於此，地極險要。再過三張廍，蔗園茂密，藏奸藪也。入竹園、萬丹街折而北，歷港西中里、廣安、龜頓諸莊，四十里，至阿猴，宿下淡水縣丞署。曉發香櫞，新舊潭頭、火燒四莊，粤莊也。旋出海豐，閩莊。山豬毛，營都司駐此。經竹葉，粵莊；科科、東凌，閩莊，出港西上里九塊厝、王厝二莊，四十里，宿阿里港。

次日北行，谿石、山花皆可怡目。由彌勒肚下吉祥莊，連過兩谿，望旗尾、火焰諸山，奇醜萬狀。轉西，涉大谿至蕃薯寮，路特僻，與臺、鳳、嘉三縣犬牙相錯，盜匪出没之區也。召父老士民，分與孝經、鄉約。東折入口隘，更進爲中隘，隘逼番山，隘丁列隊迎導，過谿，即南馬仙山。出刺仔寮，四十里，宿月眉莊。莊人殷勤供食，慰卻之。

比曙，再由蕃薯寮西陟高山，稜如劍脊，僅通一綫。遂下輿牽馬移趾，以尺寸進十許里。喘定，上山頂，迴望旌旗矛戟，隱約巒樹間，時復不見，皆兵役魚貫盤繞於山中也。群山多積土，至臺屬之銀錠山，始見大石，近爲雷擘，壁立千仞，經其側恒懼崩壓。過此直趨而下，至寄詩亭、打鹿埔、狗温崐，出本轄嘉祥外里岡山頭，鳥道懸絶，人跡罕到。吏役有以輿馬艱步，請余、曹二公自月眉莊仍回阿里港，别取坦道出岡山者。樹梅以謂此行宜周其地，脱不冒險搜山，奸民何知警畏？二公然之。因闢徑行，四十五里，宿岡山營。

旦日，操練鄉勇陣法。樹梅燃銅炮，大聲轟山谷，諸銃手擊靶，皆中，犒賞之。

由後廍中路入長治二圖里，駐大湖街。詰朝，發維新里、半路竹、二濫溝，過仁壽上里阿公店、仁壽下里橋仔頭、觀音中里楠梓阬，折行四十里，入興隆里。舊治石城，夜寒微雨，慮兵役弗靖，露立彈壓之。天明，振旅還縣。

是役也，所獲著名賊匪及投首自新者數十人，莊盜亦寖懾矣。

【評】

合閱二篇，或閒澹，或奇贍，或幽渺，或細膩，皆即勢會奇，又於險要分疆處一一畫清，可補臺陽圖經，不專爲記程作也。高雨農夫子

【校勘記】

〔一〕此文文鈔初編編入卷三。異文數十處，别録於次。

臺地自入版圖，奸民大者十四起，鳳邑獨九被兵。蓋鳳在極南，爲全臺左臂之冲。北自二贊行谿，南至瑯嶠，二百二十里至嶠南、沙馬磯，四百里西至海，東至傀儡山下，亦百餘里。幅員既廣，民番雜居，治其土者每苦鞭長莫及。清莊聯甲雖善政，特具文耳。曹明府治鳳，於荒亂之餘，思所以綏靖斯民，必先驅除奸匪，乃會南路營參將余公，率兵役、壯勇五百餘人，躬歷諸莊，稽察保甲，於是樹梅戎服以從。

十一月，辛巳平明，出埤頭竹城東門小竹里，行車路溝，叢木夾列。出大路即拔仔林，再出叢木巷，過淡水谿，荒沙曠渺，絕無人煙。馬上得「秋聲作雨千林合，山勢如波萬派趨」句呈明府，謂其善肖景也。由港西下里之下蚶莊，至萬丹埤橋，傳昔義民大破賊林爽文於此，地極險要。再過三張廍，蔗園茂密，尤易藏奸。入竹園，午食萬丹街，折而北，入港西中里，歷廣安、龜頓、歸來各莊，四十里，至阿猴，宿下淡水縣丞署。夜宿書院，曉發香橼，新舊潭頭、火燒四莊，粵莊也。旋出海豐，閩莊。食於山豬毛，營都司駐此。經竹葉，粵莊；科科、東凌，閩莊，出港西上里九塊厝、王厝二莊，四十里，宿阿里港。

次日北行，過谿，谿石、山花皆可怡目。由彌勒肚下吉祥莊，連過兩谿，望旗尾山，形似刀鋒火焰，奇醜萬狀。轉西，涉大谿至蕃薯寮，路特僻，與臺、鳳、嘉三縣犬牙相錯，盜匪出沒之區也。飯罷，操兵示威，召父老士民，分與孝經、鄉約。與之東折入口隘，歷中隘，地逼番山，隘丁列隊跪迎，過溪，即南馬仙山。憶庚子山「路高山裏樹，雲低馬上人」，意頗似之。然以太白「山從迎面起，雲傍馬頭生」較之，覺魄力渾雄，庾殆不及。出刺仔寮，四十里，宿月眉莊。莊人殷勤供食，慰卻之，皆有喜色而去。

比曙，再由蕃薯寮西陟高山，稜如劍脊，兩旁無地，僅以一綫通。遂下輿牽馬寸移以進。約十餘里，喘定，復行上山頂，迴望旌旗矛戟，隱約重巒深樹間，時復不見，皆兵役魚貫盤繞於山中也。群山多積土至臺，屬之銀錠山，始見大石，近爲雷劈。壁立千仞，經其側，恒懼崩壓。過此直趨而下，而下有滚氈之險。至寄詩亭、磳田多種薏苡。過打鹿埔、狗温崐，出本轄嘉祥外里岡山頭，土人鑿石燒灰，云可墁壁。山背皆懸崖鳥道，人跡罕到。吏役有以輿馬艱步，請余、曹二公自月眉莊仍回阿里港，别取坦道出岡山者。樹梅力阻其議，謂既有此行，宜一周其地，勸二公冒險搜山，使奸民知有警畏，庶深林峻壑，今後不爲逋逃藪，二公然之。因闢徑行，四十五里，宿岡山營。臺灣鎮遣城守左軍駐於此。

翌日，操練士卒。樹梅燃銅炮，大聲雷轟，山谷四應。諸銃兵擊靶，皆中，大犒賞之。由田厝倉官後廍至中路莊，未午而食，食已，發洋仔甲，入長治二圖里。十五里，宿大湖街。詰旦，自維新里、半路竹、二濫溝，至仁壽上里，飯阿公店，仁壽下里橋仔頭，觀音中里楠梓阬，行四十里，入興隆莊舊治石城。偕曹、余二公登城樓，覽一邑山海形勢，皆在指掌。夜寒微雨，慮兵役弗靖，露立彈壓之。天明，晴霽，整隊出城，越田尾、灣内諸莊回縣。

是役也，投首自新者甚多，所獲竄匿著名賊匪亦數十人，自是莊盜亦寖息，故明府治化所及，亦清莊之舉，先有以懾之也。

瑯嶠圖記〔一〕

瑯嶠，在臺灣鳳山之極南，去縣百四十里，負山面海，周計里二百有奇。山徑陡絶，生番窟巣。閩人、粤人與閩之納番婦生子曰「土生囝」者，參居焉。我國家不忍置之化外，雖隸鳳邑，不設官目徵正供，但集匠首、督采造船木料。耆老、通事相董率。其於民番尋仇，率不能制，數稟白縣官，官憚險阻，彈壓不以時，民益翫法欺番。番亦怨毒，肆殺矣。

道光十七年，曹懷樸明府來知縣事，聞瑯嶠閩、粤民番糾鬥，慮蔓延，屬樹梅偕水底寮人上飛琥，閩籍義勇，七品職銜。往諭止之。七月七日出縣城東，越鳳山，渡澹水谿，竹圍碁布，田疇繡錯，天外數峰與雲光相掩映。入六房洲，手排茅棘而行，聞海吼聲，已逾三十里，夜宿東港水師營盤。平明，許把總國陞送過茄藤港，林木蓊翳，六里許，始見天日。遥望海西，小琉球嶼形如覆舟。經新拍港，復渡密林。大崑麓，人煙與緑陰相接。過兩小谿，皆履而涉，谿盡即水底寮。迫近傀儡山，生番出没處也。晚宿飛琥家。越三日，由枋寮海道行，風勁甚。約七十里，抵瑯嶠。

將入獅窟港，港多怪石。日且暮，而生番炮攻柴城，轟然有聲，乃移泊城南之社寮港。社寮在龜山陰，阻溪結柵，土生囝聚居者，其俗結髮、短衣，手約銀環，屈竹爲弓，削竹爲矢，無羽，而鏃銛不及遠，亦不虚發。淬刀於泉，使犀利，佳者直數牛。鳥銃亦精絶，出必挾銃，倚以爲命。寮西遍種藷豆，畜牛蕃孳。山外海汊可泊小舟采螺蚌。近山之東曰平埔、猴洞、龍涎，諸番地皆蠶食欺併，寖強盛。而龍涎有潭，廣三十里，皆荷花，魚蝦不可勝食。土生囝千餘輩，分二十一莊聯絡，盡西南路建十五炮臺以守。社寮，其總名也。樹梅既至社寮之明日，遣通事諭來意，攻城之番隨退。于時水底寮人林淇泉六品義勇。方試墾嶠地，知樹梅至，率衆來迎。遂偕過清、濁二谿，跣足行滑泥中，步屢蹶。三里許，入柴城。城有市，皆閩人。東南建炮臺九，詢淇泉，云以防番衛耕也。

又明日，傳諭粤莊，莊耆亦使番婦來邀，會交界營頭。于是閩人負弓矢、執銃列送出城。遥見粤人紛紛群迓，禮意頗殷。與涉鯪鯉谿，至粤莊。莊負保力山，鄰生番，竹圍稠叠，窄徑深溝，獨木作橋，築五炮砦，以守埤水，護耕牧。人不滿千，崇儉協力，争鬥常勝，是能以弱爲強者。其埤水發源番山，匯於鯪鯉谿，分繞閩、粤二莊，引濠溉田，合而入海。粤人欲據上流自爲便，閩人疾其擅利，故仇殺無虚日。樹梅集衆議，畫閩北粤南，因濠受水，定其界，示以邑君愛爾曹如赤子，知爾相鬥殺，不忍即剿除，故使我來諭止。爾曹尚共體邑君綏靖德化之意，自今定界，其安居樂業，毋有後言。則皆應曰：「諾。」

而刺林格生番社主蠢鹿、麻仔社生番頭人甲丁之母舅搭搭，各率社番三四十來，露刃林立。語味囃不可曉，惟搭搭能效閩音，云前冬土生囝竊牛，猴洞番追殺之，土生囝遂襲猴洞、龍涎，殺社番，彼此報復，遂以釀禍。今邑君恩我，辱君遠來，願聽約束，不復争矣。樹梅復爲敬宣朝廷恩威與明府仁愛，語特切摯，搭搭傳譯諸番，皆踴躍羅拜，有泣下者。其社舊十有八，今存十四，分四股，界以水道，皆有頭人管束。頭股頭人曰「篤已篤」，管豬勒索社、牡丹社、佳諸來社、蚊卒社、龜仔律社、高士佛社。二股頭人曰「龍鼁」，管猴洞社、刺林格社、拔蟯社、謝不溢社、小麻利社。三股頭人曰「甲丁」，管麻仔社、快仔社。四股頭人曰「郎仔郎」，管龍涎一社，地最小，時爲土生囝侵奪，故與龍鼁皆率社番逃居小麻利、蚊卒之間也。番男狀率凶醜，剪髮去髭，裸上體，斷尺布圍腰，曰「抄陰」。男婦皆穿耳，塞螺殼，令垂可至肩，有皮裂流血亦忍痛爲之者。婦服長衫，無袴，以首戴重，視番男貌特妍好。其言相見呼「甲甲」，謂兄弟；「打瑪咽」，謂吸煙；「麻麻」，謂飲酒。性愚劣，不知姓名、年歲。築石室，倚巖洞。多種檳榔、芋、黍，牧牛捕鹿以業。生病則擷薑爲藥，嗜酒如命。織樹皮爲粗布，曰「達戈文」。得藍布吱，喜過望。其親死，則舉平生所用器物悉以殉，縛所畜牛於墳旁，聽自斃。男女彈嘴琴唱和山麓間，意合，自爲婚配。更有内山别種，徙居瑯嶠，爲亞眉番，披幔如袈裟。殺人則割顱去，顱多稱豪強。婦女文臂，相夸美，其戇拙與十四社番同。相傳番率善蠱，能毒人。樹梅始至，甚有尼，勿入社。念番人亦吾人耳，遠之，適啟其疑，且示以怯，孰若通以情，感以信，吾事庶有濟乎？乃住保力三晝夜，居宿、飲食，無不與諸番偕。初不意其能蠱，諸番亦遂無所用蠱矣。將出保力，衆以大雨苦留。思昨已約諸閩人，恐失候，遂冒雨出莊。谿暴漲，粵人負以涉，閩人亦有來及半途者。

迨回柴城，月既望矣。越數日，忽雨忽晴，瘴毒殆不可耐。擬乘潮北旋，而社寮土生囝適來會，謂往者生番殺莊人龔紅蝦，衆爲報仇。粵人挾嫌助番，攻社寮，焚廬舍。又嘗收藷於統領埔，殺粵人之擁搶者，坐是相怨益深。今既願聽和好，而諸番素暱於粵，仍令粵人和之，以絶後患。樹梅察其語誠，隨囑琪泉諸首事〔二〕，善爲之。次日乘筏北行，閩、粵人相送甚遠。既别，猶有凝立海岸者。

三十里，風障於山，海平如鏡。至下風港，溽暑，渴甚，登岸覓飲。入小莊，莊有閩人，生番不多也。飲已，令筏由水行，身乃由陸越箐林至頂風港，遇草山生番二十五輩獵回，不知樹梅之至，發銃圍攻，幾中鉛火，以手喻意，乃解。涉瀨上筏，日落風生，回視飛琥，乘筏倏不見。少焉，山后月昇，水面金蛇搖漾，飛琥忽在吾前。海濱風隨山轉，順逆不同。如此入北勢寮港，再宿枋寮。大雨三日，少晴，仍過飛琥家，觀崇山如螺鬟新沐，平衍處爲牧場。行二十餘里，烈風揚沙，不可開目，遂止東港。見枯骨纍纍，捐二千錢，囑許把總檢瘞之。

八月朔日，曹明府命鄉勇來迎，許把總亦以兵護渡。計自枋寮以南，歷加洛堂、崩山、刺桐腳、獅頭山、頂下、風港、大小尖山，而至瑯嶠。山多蒼翠，高處鳥道一綫。生番嗜殺，路不易通。若由枋寮海道之瑯嶠，宜候西北風爲順，返棹必待東南風。然嶠地多颶，拔木飛沙，經旬月，遲速難豫期。近岸水復多石，常觸舟碎，且無港澳可避風，有漂泊落漈不能返者。南矚海山，巃嵷磅礴，曰「沙馬磯」。府縣志謂此山連接瑯嶠，今至其地，始知志誤。自沙馬磯折而東二百餘里，爲紅頭嶼，再上東北，爲火燒嶼、圭市嶼、麻丹嶼，嶼皆有生番。迴轉而西，可入瑯嶠山背之卑南覓番社。登陸不過十日程，可達直加宣，爲臺灣北路番境。水陸險遠，稽察恒難週。方春，內地白底匪船飄忽寄泊，與瑯嶠沿海奸民勾結接濟，劫東港、枋寮之孤商漁船，爲民患，可憂也。

樹梅裹糧入險，勸息民番，特暫戢其鋒。而習俗慓悍，動以細故啟争端，似宜相阨塞。請設官目，審察奸徒，時與教導，庶幾弭亂未形，躋於雅化。後之賢有司，願與曹侯同心，勿以殊俗外之哉。！敢以所見，綜記大略於圖右，備采擇焉。

瑯嶠全圖
紅頭嶼
沙馬磯
平埔

麻行寺番二社
亞眉
係力粤莊
崩山
加洛堂
瑯嶠半城
社寮港
枋寮
水底寮

【評】

合水經注之醲纖，來南録之超曠，壬戌紀行之逸贍，成茲巨製，不減讀五代史四夷録。高雨農夫子

瑯嶠地廣人稀，閩、粵、番分處其中，樹援互爭，素稱難化。今不假威力，單車往和，能令静聽約束，皆由一片悱惻至情，奉宣德意，有以致之。至其相視地宜，訪聞土俗，俱見憂深慮遠，非但作一篇地理記也。蔡香祖先生（按，文鈔初編卷三，此條在「高雨農夫子」條前，且無「先生」二字。）

【校勘記】

〔一〕此文文鈔初編編入卷三。異文數十處，别録於次。

瑯嶠，在臺灣鳳山之極南，去縣百四十里，負山面海，周計里二百有奇。山徑陡絶，爲生番巢窟。閩人、粵人與閩之納番婦生子曰「土生囝」者，參居焉。我國家不忍置之化外，雖隸鳳邑，不設官目徵正供，但集匠首、耆老、通事相董率。匠首者，爲采木、造修戰艦設也。其於民番錯還，仇隙相尋，率不能制，數稟白縣官，官憚險阻，彈壓不以時，民益翫法欺番。番亦怨毒，肆殺矣。

道光十七年，曹懷樸明府來知縣事，聞瑯嶠閩、粵民番糾鬥，慮蔓延，命樹梅偕水底寮閩人功職王飛琥，往勸諭。七月七日，出縣城東，越鳳山，渡淡水谿，竹圍碁布，田疇繡錯，天外數峰與雲光相掩映。入六房洲，手排茅棘而行，聞海吼聲，已逾三十里，夜宿東港水師營盤。平明，許把總國陞送過茄藤港，林木蓊翳，六里許，始見天日。遥望海西，小琉球嶼形如覆舟。經新拍港，復渡密林。大崑麓，人煙與緑陰相接。過兩小谿，皆履而涉，溪盡即水底寮。迫近傀儡山，生番出没處也。晚宿飛琥家。其兄飛瓏以義民首得軍功六品職銜，去臘巡山，戕於番。蓋番性嗜殺，復積怒奸民，故見人輒殺，殺必割顱以示武。越三日，飛琥爲覓舟，由枋寮海道行，風勁甚。約七十里，抵瑯嶠。

將入獅窟港，港間多怪石。日且暮，而生番炮攻柴城，轟然有聲，乃移泊城南之社寮港。社寮在龜山陰，阻溪結柵，土生囝聚居，其俗結髮、短衣，手約銀環，削竹作弓，弛絃爲杖，竹箭無羽，而鏃銛速發善中，不能遠。及淬腰刀於清泉，使犀利，佳者一刀直數牛。鳥銃亦精絶，鮮虚發，一人一銃，倚以爲命。寮西種諸豆殆遍，畜牛蕃孳。山外海汊可泊小舟采螺蚌。近山之東曰平埔、猴洞、龍涎，諸番地皆蠶食欺併，寖强盛。而龍涎有潭，廣三十里，悉種荷花，魚蝦之利，不可勝食。土生囝千餘輩，分二十一莊聯絡，盡西南路建十五炮臺以守。社寮，其總名也。樹梅既至社寮之明日，携導人上龜山，繪圖而返，乃遣番婦入柴城，告來意，攻城之番隨退。嶠俗雖分類械鬥，不擄婦女，故往來無間，可遣耳。于時水底寮六品功職林淇泉方試墾嶠地，知樹梅至，率閩人來迎。遂與偕過清、濁二谿，跣足行滑泥中，步屢蹶。三里許，入柴城。城有市，皆閩人。東南建炮臺九，詢淇泉，云以防番衛耕也。

又明日，通事傳諭粵莊，莊耆亦使番婦來邀，會交界營頭。于是閩人負弓矢、執銃列送出城。遥見粵人紛紛群迓，禮意頗殷。與涉鯪鯉谿，至粵莊。莊負保力山，鄰生番，竹圍稠疊，窄徑深溝，獨木作橋，築五炮砦以守埤水，護耕牧。人不滿千，崇儉協力，争鬥常勝，是能變弱爲强者。其埤水發源番山，匯於鯪鯉谿，分繞閩、粵二莊，引而成濠溉田，復合入海。粵人欲據上流自爲便計，閩人疾其擅利，以故仇殺無虚日。樹梅集衆議，畫閩北粵南，因濠受水，定其界，導以和睦息争之言，咸信服。

而刺林格生番社主蠢鹿、麻仔社生番頭人甲丁之母舅搭搭，各率社番三四十來，露刃林立。語不可曉，惟搭搭能效閩音，云前冬土生囝竊牛，猴洞番追殺之，土生囝遂襲猴洞、龍涎，殺社番，彼此報復，因釀禍。今辱遠來，願聽和解。樹梅敬宣朝廷恩威與明府仁愛，願汝等安導樂業，無負撫綏。搭搭傳譯諸番，皆歡喜膜拜。其番舊十八社，今存十四，分四股，界以水道，皆有頭人管束。頭股頭人曰「篤已篤」，管豬勒索社、牡丹社、佳諸來社、蚊卒社、龜仔律社、高士佛社。二股頭人曰「龍齕」，管猴洞社、刺林格社、拔蟯社、謝不溢社、小麻利社。三股頭人曰「甲丁」，管麻仔社、快仔社。四股頭人曰「郎仔郎」，管龍涎一社，地最小，復爲土生囝侵奪，故與龍齕皆率社番逃居小麻利、蚊卒之間也。統十四社番丁，七百餘。男子狀率凶醜，剪髮去髭，裸上體，斷尺布圍腰，曰「抄陰」。男婦皆穿耳，塞螺殼，令垂可至肩，有皮裂流血亦忍痛爲之。婦服長衫，無袴，以首戴重，視番男貌特妍好。殆山川之氣獨鍾歟？其言相見呼「甲甲」，謂兄弟也；「打瑪咽」，吸煙也；「麻麻」，飲酒也。性愚劣，不知姓名、年歲。築石室，倚巖洞。多植檳榔，種芋、黍，牧牛捕鹿以業。生病則擷薑爲藥，嗜酒如命。織樹皮爲粗布，曰「達戈文」。得藍布嗶吱，喜過望。其親死，則舉平生所用器物悉以殉，縛所畜牛於墳旁，聽自斃。男女彈嘴琴唱和山麓間，意合，自爲婚配。更有内山別種，徙居瑯嶠，爲亞眉番，披幔如袈裟。殺人則綴髮刀鞘，髮縷縷，稱豪強。婦女文臂，相夸美，其渾噩戇拙、無機械詐虞心，大既亦與十四社番同。樹梅將出保力，粵人以大雨苦留。思昨已約諸閩人，恐失候，遂冒雨出莊。谿暴漲，粵人負以涉，閩人亦有來及半途者。

迨回柴城，月既望矣。樹梅習知南人信鬼，乃譔文祭土地神，默禱釋争，語頗切摯。民番聞之，有感泣者。越數日，忽雨忽晴，瘴毒殆不可耐。擬乘潮北旋，而社寮土生囝適來會，謂往者生番殺莊人龔紅蝦，衆爲報仇。粵人挾嫌助番，攻社寮，焚廬舍，又嘗收藷於統領埔，殺粵人之擁搶者，坐是相怨益深。今既願聽和好，而諸番素暱於粵，仍令粵人和之，以絕後患。樹梅察其語誠，隨囑琪泉諸首事，善爲之。次日乘筏北行，閩、粵人相送甚遠。既別，猶有凝立海岸者。

三十里，風障於山，海平如鏡。至下風港，溽暑，渴甚，登岸覓飲。入小莊，莊有閩人，生番不多也。飲已，令筏由水行，身乃由陸越箐林至頂風港，遇旱山生番二十五輩獵回，不知樹梅之至也，發銃圍攻，幾中鉛火，以手喻意，乃解。涉瀨上筏，日落風生，回視飛琥，乘筏倏不見。少焉，山后月昇，水面金蛇搖漾，飛琥忽在吾前。海濱風隨山轉，順逆不同。如此入北勢寮港，再宿枋寮。大雨三日，少晴，仍過飛琥家，觀崇山如螺鬟新沐，平衍處爲牧場。行二十餘里，烈風揚沙，不可開目，遂止東港。見枯骨纍纍，捐二千錢，屬許把總檢瘞之。

八月朔日，曹明府命鄉勇來迎，許把總亦以兵護渡。計自枋寮以南，歷加洛堂、崩山、刺桐腳、獅頭山、頂下、風港、大小尖山，而至瑯嶠。山多蒼翠，高處鳥道一綫。生番嗜殺，路不易通。若由枋寮海道之瑯嶠，宜候西北風爲順，返棹必待東南風。然嶠地多颶，拔木飛沙，經旬月，遲速難豫期。近岸水復多石，常觸舟碎，且無港澳可避風，有漂泊落漈不能返者。琉球夷人亦嘗碎舟於此。南矚海山，巃嵸磅礴，曰「沙馬磯」。府、縣誌謂此山連接瑯嶠，今至其地，始知志誤。自沙馬磯折而東二百餘里，爲紅頭嶼，再上東北，爲火燒嶼、官爺嶼、麻丹嶼，嶼皆有生番。水廻轉而西，可入瑯嶠山背之卑，南覓番社。登陸不過十日程，可達直加宣，爲臺灣北路番境。水陸險遠，稽察恒難週。方春，內地白底匪船飄忽寄泊，與瑯嶠沿海奸民勾結接濟，劫東港、枋寮之孤商漁船，爲民患，可憂也。

樹梅裹糧入險，勸息民番，特暫戢其鋒。而習俗慓悍，動以細故啟事端，似宜相厄塞。請設官目，審察漢奸，時與教導，所以弭亂本於未形，躋殊俗於雅化。則在賢有司留心經濟，有以揭其要旨。敢以所見，綜記大略於圖右，以備采擇。

〔一一〕「琪泉」，前文又作「淇泉」。

自鳳山歸省記程〔一〕

予佐幕鳳山之明年，辭歸省母，時戊戌八月既望。附戰船一葉，起伏奔濤中，不知行幾百里。翌日，見澎湖東吉嶼。猝遇颶風，刮帆破，不得過虎井。欲回泊，昏莫辨。碇隨折，恐船迫淺，急捩舵退。又懼南流推去，乃於船底縮勒肚索，索以貫舵，命根也。浪復衝斷，一船皆驚。急下副碇，寄泊洋中。於是，不舉火者三日。風少定，始望白沙青草間，孤城矗立，爲鯤身汕南。升旗招漁艇，載入臺郡，憩南濠寓樓。

二十八日，再出國姓港，不見戰船。明晨遥瞰，孤帆北駛，鼓棹追及之。舵師曰：「若乘東風出鹿耳，取澎湖，泊西嶼，俟風爲對渡。今秋杪多北風，取勢宜高，不必更由西嶼矣。」

九月朔，過澎湖北翹，水多暗石，乃向北織行，避北翹也。南顧西嶼諸島，如浮萍聚散〔二〕，出没波浪間。夜踰黑水洋，狂風飛浪，從桅杪傾，船底板亦裂，補漏至曉。得無虞，急減帆順風而南。少頃，有峰蔽日，舵師指爲古雷諸山，閩之極南地也。海船恃風而行，風愈烈，行愈迅，險亦愈甚。晚泊銅山城北。

父執陳公國榮爲銅山參將，聞予至，延詢臺灣近事，偕登五老峰，一望浩漫，不知所極。指顧柑、橘二嶼，則先君子破賊處。撫今追昔，不禁泫然。維時北風猛烈，戰船不能逆風旋厦。居旬日，將由陸歸。陳公告予，途有大小姓民相争鬥，賊乘掠，爲行旅患。遂遣兵護行。渡八尺門，風不順，舟左右迎如織，所争纔尺寸。既舍舟，果值械鬥，穿其陣過，宿竹野前。

明日寒甚，入雲霄驛，陟盤陀嶺，即蒲葵關，漢時南越故關，予往來六度於此矣。宿梁山九十九峰下，望月賦詩。曉發，至漳浦。迂道訪明誠堂黄忠端公講學所，謁公像，觀石刻天方圖，砌石四片，合而爲一，修廣各丈二尺有奇，中勒經緯百二十八度，規圜矩方，凡九成，合十八變，而歸於極。公謂天地鬼神、精堂奥室，盡在於此，説詳易象。正中，又見臺灣黄虚谷明府書公譔句云：「我處畎畝中，樂堯舜之道；人於剥復後，見天地之心。」見其書，愈思其人也。繞北郭二里許，拜忠端公墓，已傾塌。宿長橋。次晚抵海澄縣。王把總飛鸞以兵偕渡厦門。二十五日，始得順風，乘小舟歸。覲慈闈，悲喜交集。

已聞戰船抵厦，往取行李。遇風脫舵，舟又幾覆。然覺心神凝定，風浪頓息。復自海沙坡至厦門，則風沙撲面，寸步難進，始覺平陸之危甚於浮海。人生鹿鹿，何處無風波也。

【校勘記】

〔一〕此文文鈔初編編入卷三，作「戊戌内渡記」。異文數十處，別録於次。

樹梅從曹明府莅鳳山縣之明年，乞歸省母。明府爲治裝，率侄甥、僚幕置酒祖道，謂：「長途自愛，萱堂康健，須再來。」樹梅頓首受命而別，時戊戌夏五月十六日也。次大湖，晤葉式宜、林惠疇二司馬，咸謂夏令風信不常，遂止大湖。

八月朔，入臺灣郡城，遇鄉人莊把總文芳，約附金門鎮戰船内渡。望夜，乘小艇出南濠，經安平鎮，至國姓港，登戰船。港在鹿耳門北，可容大船出入。前此無人知也。天將曙，乘潮解纜，一葉凌波，乍起乍伏，但聞奔濤之聲，不知行多少里。翌日，見澎湖東吉嶼。猝遇颶風，刮大帆破，不得過虎井。回泊臺洋，碇隨折，恐船逼淺，急捩舵退。又懼南流推去，船底縮勒肚索，索爲貫舵命根，浪復衝斷，一船皆驚。急下副碇，寄泊洋中，不舉火者三日。稍霽，見白沙青草間孤城矗立，認是鯤身汕南。昇旗招漁艇搬載，仍憩臺郡南濠寓樓，致明府論穀賤不獨病農書。

二十八日夜，再出國姓港，不見戰船。明晨，遙瞰孤帆北駛，鼓棹追及之。舵師曰：「若乘東風出鹿耳門，直取澎湖，泊西嶼，視風便再行，爲對渡。今值季秋，多北風，取勢宜高，不必更由西嶼矣。」

九月朔，過澎湖北翹，北翹水中暗石，舟觸輒碎，於是向北織行，避北翹也。南顧西嶼諸島，如浮萍聚散，與白鷗出没波浪間。有大魚隨船。踰黑水洋，飛浪從桅杪傾注，舟人争避淋濕。旋聞嘩言船底版裂，海水漏入。水不涸，無從得漏處，又皆饑寒，無肯出死力者。懸賞令戽水補塞，得無虞。比曉，帆半掛，順風而南。瞬息間，忽有峰巒蔽日，舵師指爲古雷諸山，閩之極南地也。大抵海船恃風而行，風愈烈，行愈迅，險亦愈甚。晚逐泊銅山城北。銅山一島，原屬漳浦縣，明置守禦所，隸鎮海衛。今歸詔安縣，設銅山營，隸南澳鎮，爲閩南門户。

父執陳公國榮爲銅山參將，聞樹梅至，延入署，詢臺灣近事。千總莊卓厓，樹梅外兄也，亦來晤。登五老峰，一望浩漫，不知所極。指顧柑、橘二嶼，則先君子破賊處，舊部卒猶能述之。維時北風猛烈，戰船不能逆風，旋始定由陸歸里計。陳公曰：「沿途民分大小姓，立紅白旗相鬥殺，盜賊乘掠，爲行旅患。」撥兵偕。十四日，把總汪君國琛、黄君榮爵、洪君夢良餞，送渡八尺門，風不順，舟左右迎如織，所争纔尺寸。

登岸，值陳埭鄉人自争强弱，當衢械鬥，穿其陣而過，宿竹仔前旅舍。明日，寒甚。入雲霄驛，陟盤陀嶺，即蒲葵關，漢時南越故關。樹梅往來六度於此矣。宿嶺下，月出梁山，九十九峰可一一數。曉發，至漳浦，迂道東郊，訪明誠堂，爲先賢黄忠端公講學之所。謁公遺像，觀石刻天方圖。繞北郭二里許，拜忠端公墓，已崩塌，無重修者。宿長橋。次晚抵海澄縣，水師汛王把總飛鸞以兵護，渡海至厦門。二十五日，始得順風，乘小舟歸金門。到家叩覲慈闈，悲喜交集。

已聞戰船自銅山回厦，復買舟往取行李。途遇蔡香祖孝廉，旋將歸澎湖，而之臺灣。出示所刻海南雜著，自叙航海飄風至越南國，其涉險生還情事歷歷。樹梅因書此相質，爲戊戌内渡記云。

〔一〕「如」，歗雲文鈔初編、文鈔初編均作「好」，應誤，徑改。

卷五

嘉義陣亡將士祠墓碑記〔一〕

道光十二年十月，嘉義縣匪徒張丙倡亂，戕官攻城，逆黨四應。臺灣鎮總兵劉公廷斌檄水師副將周公承恩〔二〕、參將温公兆鳳、守備李君高然、把總紀君光壽等禦之〔三〕。

軍至八槳溪，遇賊，號數萬。周公率親兵三百人作長陣當前，以二軍護總鎮，自以其軍衝賊兩翼。賊望風走，追擊之，遂遠〔四〕。鎮軍疑總鎮且被圍〔五〕，乃旋馬反鬥。賊走且戰，會賊黨攻城，退合邀橫擊，死傷相當。當是時，公所帥親兵僅餘數十人〔六〕，左右諫曰：「鎮軍軍我後，是必入城。今疲卒將盡，日且暮，盍去諸？〔七〕」公叱曰：「賊在前不殺，非勇也；棄衆不救，非仁也。」大呼馳下。賊方圍高然、光壽急，公衝入，圍開而合者三。馬蹶，賊自後刺公，腸出。公挾賊槍躍起，賊仆地死蹶下，亟以左手按腹創，右執鎗復殺數十賊而死。高然見公墜馬，棄賊前救。賊斷其左臂，猶奮呼奪賊斧斧賊，無不應手斃賊，圍合醢焉。光壽亦鬥死陣中。其死事弁兵，屍皆不辨，温公兆鳳擇城南地埋之。

先是，兵備道檄水師守備蔡君長青、千總楊君希盛、把總聶君雲登、額外高君清河等，以三百兵運餉赴嘉義，〔八〕蔡語衆曰：「賊方熾，脅從者多，我軍登陸，喘息未定，而深入賊藪，非策也。且離郡城近，則役者懷内顧憂，宜持萬全，備戰具，以郡兵翼導作聲勢，乘間進，乃可陳之。」兵備道以爲怯。不得已，至曾門溪，賊已訛言蔡等運餉數萬兵至，伏發，〔九〕役果奔潰不可制。蔡與楊、聶皆戰死。高輿火藥後至，慮藥爲賊得，火之，自燒死，部下兵無一生者。嗚呼，數君可謂勇於取義矣。死七日，把總李君瑞麟往收衆屍〔一〇〕，瘞之，俱草草也。〔一一〕事平，副將黄公貴、温公兆鳳捐俸築義塚，培土高大，以餘貲建祠於安平鎮〔一二〕，置義田爲春秋祀。禮云：「以死勤事，則祀之。」其黄、温二公之意歟？温公屬樹梅譔書二碑，一樹城南，一樹溪北，並書建置職名於碑陰。而爲之銘曰〔一三〕：

烈哉，諸公，皆吾畏友。人孰無死，公死不朽。我作斯篇，文因公壽。彼纍纍者，可憐誰某？

【評】

篇中敘戰敘死事，置諸史傳中，亦爲極筆。高雨農夫子

【校勘記】

〔一〕此文文鈔初編編入卷四，作「陣亡官兵義冢碑記」。
〔二〕「臺灣鎮總兵」，文鈔初編卷四作「鎮總」。
〔三〕「紀君光壽」原作「紀居光壽」，應誤，徑改。
〔四〕「遂遠」，文鈔初編卷四作「遂去總鎮二軍甚遠」。
〔五〕「鎮軍」，文鈔初編卷四無此二字。
〔六〕「僅餘數十人」，文鈔初編卷四作「僅數十人」。

〔七〕「今疲卒將盡」至「盍去諸」，文鈔初編卷四作「今日夕疲卒且盡，盍去諸」。

〔八〕「兵備道」至「赴嘉義」，此句四處自注，文鈔初編卷四均作正文。

〔九〕「兵至，伏發」，文鈔初編卷四作「至糾衆劫截」。

〔一〇〕此句自注，文鈔初編卷四作正文。

〔一一〕「瘞之，俱草草也」，文鈔初編卷四作「購地瘞之，殊草草也」。

〔一二〕「建祠於安平鎮」，文鈔初編卷四無此六字。

〔一三〕「而爲之銘曰」，文鈔初編卷四無此句及以下銘文。

前明魯王墓圖記〔一〕

王諱以海，字巨川，明太祖十世孫。按，明史本傳，王之始封祖諱檀，爲太祖第九子，分藩山東兖州，王其九世孫。初授鎮國將軍，崇禎甲申，襲封魯王。

乙酉，南都破，督師張國維迎王監國於紹興。丙戌，浙師潰，入舟山。辛卯，舟山陷。癸巳冬，偕瀘谿王、寧靖王及益王孫航海至金門依鄭成功。時芝龍已降，諭成功獻魯王，成功弗從，徙王南澳。居三年，己亥，復至金門。壬寅十一月薨。故兵部侍郎王忠孝葬王於金門城東，歷年既久，無有知者。或謂沉之海，殂於臺灣，皆傳聞訛詞也。江日升臺灣外記：「王薨，葬金門後峬。」全謝山鮚埼亭集引阮夕陽，謂王薨於金門，歲在庚子。沈太僕斯庵挽魯王詩序：「王薨於壬寅冬十一月。」謝山主沈說。鄧菽原太守據海上見聞録及臺灣外史，主阮說。樹梅按，林霍續閩書，「王素有哮疾，壬寅十一月十三日中痰，薨。生萬曆戊午五月十五日，年四十有五。葬金門城東青山前，王所嘗遊地也」。吾鄉盧牧洲尚書島噫集有辛丑仲夏壽魯王詩，壬寅仲夏又作泰山高壽魯王，則謝山主沈說近是。

道光十一年春二月，樹梅偕里父老於金門城東鼓岡湖西訪得王墓。墓前灰土築屏，稍下一墓形制如前，俱不封樹，土人皆稱王墓。蓋舊有三，上一爲正壙，下二爲陪葬，今皆犁爲田矣。乃白觀察周芸皋師，檄有司復故址，又考其始末，碑以表之。白王墓東南半里許，即鼓岡湖，俗訛「古坑湖」。按，鮚埼亭據沈文開挽魯王詩序言，王墓前有大湖，與此合。湖南群石磊砢，大小如鼓，故名「鼓岡」。岡近有石勒「漢影雲根」字，王遺筆也。流寓諸公題詠，亦鐫其下，皆明亡入閩依王者。當舟山城陷時，王妃陳氏投井死節，事見全謝山舟山宫井碑文，而王墓弗彰。

我國家深仁厚澤，勝國園陵，特加守護。二百年來，王墓就湮，向非吾師推廣朝廷德意修復，碑碣其不滅没禾黍幾希哉？樹梅既修王墓，復捐市廛一所，作浯江書院膏火，且供王墓祭掃資。於是，吾師亟嘉之，命記其事，更繪圖以備覽觀云。

魯王墓圖
金門城
東门
太武岩
魯王墓
碑記
邵姓攢墳
邵泰將墓
古坑鄉
湖

海
鼓岡
漢影雲根

【附】碑陰〔二〕

王諱以海，字巨川，明太祖十世孫。崇禎甲申，襲封魯王。乙酉，監國紹興。師潰，鄭彩自舟山迎王入閩，居中左所，鄭成功修寓公之禮。戊子，居閩安，頒監國三年曆。有興化以南二十七州縣，旋失。癸巳，去監國號，居金門，凡十年。壬寅，成功死海上，諸臣議復奉魯王監國。會王得哮疾，於十一月十三日薨。生於萬曆戊午五月十五日，年四十五。葬於城東，王所嘗遊地。野史載，成功沉王於海；又稱，王薨於海外，皆傳訛也。沈太僕光文挽王詩序云：「墓前有大湖。」按〔三〕，即今鼓岡湖。去墓里許，湖南多石，鐫王手書「漢影雲根」四字，並從亡諸臣題詠，知王嘗遊息於此，則墓在金門無疑，惜久湮失，林生樹梅訪得之。凱方分巡閩南，樹墓碑，〔四〕禁樵蘇，加封植焉，懼其久而復湮也。爲記於碑陰，願金門士人歲時祭掃，共保護之。道光十有六年孟夏之月〔五〕，富陽周凱書〔六〕。

【校勘記】

〔一〕此文文鈔初編編入卷四，作「明監國魯王墓圖記」，静遠齋文鈔同。

〔二〕静遠齋文鈔無此篇。

〔三〕「按」，周凱内自頌齋文集卷一〇作「按之」。

〔四〕「凱方分巡閩南，樹墓碑」，周凱内自頌齋文集卷一〇作「凱爲立墓碑」。

〔五〕「十有六年孟夏之月」，周凱内自頌齋文集卷一〇作「丙申月日」。

〔六〕「富陽周凱書」，周凱内自頌齋文集卷一〇作「周凱又書」。

前明寧靖王祠墓記〔一〕

樹梅既修魯王墓之四年，從曹懷樸明府治鳳山，暇時搜訪古蹟，復得寧靖王祠、墓於縣北竹滬莊〔二〕。祠有王像與元妃羅氏木主〔三〕，而殉節之姬妾五人〔四〕，袁氏、張氏、王氏、鄭氏、洪氏，皆祔，蓋家丁許福所祀也。臺灣府志：姬袁、王，或云蔡，誤也。媵妾秀姑、梅姐、荷姐，今據木主，可補府志缺誤。墓去祠東三里許，亦不封樹〔五〕，砌磚盡傾，碑剥蝕，猶可辨識。歲時祭掃，則從王來臺十一姓蔡、蘇、余、張、黄、唐、莊、陳、顔、王、李子孫三十人而已。然皆貧不自存，故墓久不治。

按，王諱術桂，字天球，明太祖九世孫。東平記略作宣宗九世孫。遼王後，長陽郡王之次支，始授輔國將軍。崇禎十五年，寇破荆州，偕惠王避湖中。甲申，福王立建業，加王鎮國將軍，守寧海。魯王監國紹興，封長陽王。唐王立閩中，改封寧靖，而依魯王，督方國安軍。丙戌五月，兵渡錢塘，王與魯王至舟山。十一月，鄭綵率舟師迎王至厦門。當是時，鄭芝龍已歸命北行，子成功不從，會鄭鴻逵迎淮王於軍，請王監其師，遂合成功兵圍泉州。經月不下，乃同淮王至南澳。桂王立肇慶，亦命王居鴻逵師中。粵師又潰，王知不可爲，率鴻逵旋閩，取金門。而成功亦自金陵敗歸，踞臺灣。王聞，東渡就成功，墾竹滬田以自贍。康熙二十二年六月，我師克澎湖，鄭克塽議降。王時已老，顧謂姬媵：「臺灣降，吾當殉，汝曹聽自便。」諸姬願先死，俱就縊。王乃書絶命詞，云：「艱辛避海外，總爲幾莖髮。於今事畢矣，不復采薇蕨。」以寧靖王璽鈕印付克塽，遂自經，年六十有六。東平記略作六月二十七日〔六〕，年六十有二〔七〕。越十日，藁葬鳳山縣長治里，與元妃羅氏合，即今墓也。五姬墓在臺灣縣魁斗山，去王墓二十里〔八〕。

嗟乎，明亡，王與魯王窮蹙，遁海外，歷數十年如一日〔九〕，其志滋苦，其心足悲也。夫匹大慕義，何處不勉？王非死之難而死於數十年後之難，讀絶命詞，可慨也。樹梅白曹明府，新其墓，〔一〇〕且釐所遺園林，收歲租爲祠祀，俾王精氣長在海隅，與魯王共有千古也〔一一〕。

【評】

騷情、史體，併筆而出。視鮚埼亭集汐社諸人傳，較嚴潔而壯痕。高雨農夫子

【校勘記】

〔一〕此文文鈔初編編入卷四，作「明寧靖王祠墓記」。

〔二〕「復得寧靖王祠、墓於縣北竹滬莊」，文鈔初編卷四作「復得寧靖王祠、墓於長治里之竹滬莊。莊自縣城北行五十里折而西，又五里，王祠在焉」。

〔三〕「祠」，文鈔初編卷四無此字。

〔四〕「而殉節之姬妾五人」下，文鈔初編卷四有「若」字。

〔五〕「去祠東三里許，亦」，文鈔初編卷四無此七字。

〔六〕「六月二十七日」，文鈔初編卷四無此六字。

〔七〕「年六十有二」下，文鈔初編卷四有「爲是年六月二十七日」。

〔八〕「去王墓二十里」，文鈔初編卷四無此句。

〔九〕「歷數十年如一日」下，文鈔初編卷四有「事雖無成」四字。

〔一〇〕「可慨也」至「新其墓」，文鈔初編卷四作「可知也。樹梅懼王墓且圮，欲白曹明府，新之」。

〔一一〕「與魯王共有千古也」下，文鈔初編卷四有「樹梅何人？乃修魯王墓於前，復得寧靖王祠於今日。雖修葺之舉，有志未遑，亦不可謂非書生跨海之一遇也。詳書以俟來者」數句。

遊太姥山記〔一〕

道光己丑十一月〔二〕，予自福州冒雪往遊太姥山。初蹫飛鸞諸嶺，渡海行四日，〔三〕至福寧府。翌日雪霽，躋天臺嶺，入湖坪，遥望太姥，群峰依約在目。〔四〕

又明日，渡楊家谿，〔五〕上錢王嶺，嶺峻紆險〔六〕，喘息不可前。憩三佛塔，過虎頭岡，抵秦嶼，主李守戎鳴皋。

越三日，黄明經鍾瑜遣弟鍾華導〔七〕，出秦嶼城西十里〔八〕，即太姥洋。沿藍溪過玉湖庵故址，升長蛇嶺，曲折十餘里而路窮，遂行危峰亂石之巔。上則嶙峋崒嵂，皆摩胸蕩股，若抱之而登；下則以背帖石，反手據之，若負山而趨。里許，達望仙橋，橋故石砌，臨絶壑，不知幾千仞〔九〕。過橋有石磴百餘級，名「天梯」。拾級而上摩霄庵，俯視諸峰，〔一〇〕向之高入雲際者，悉羅列足下。日晡，宿於庵。

約庵僧曉登新月峰〔一一〕，觀日出，而雨雪，弗果。雪霽，始登摩霄峰最高處，〔一二〕左有石蓮，石爲天門，石船長數丈。更上爲摩尼宫，天風飄飄，疑欲飛去。目極東甌〔一三〕，萬山如鐘鼎撲地，閩海諸島亦歷歷可數〔一四〕，誠大觀哉。天門左轉而下，巨石當道，名曰「麒麟」，跨石大呼，〔一五〕谷聲若答。仰見半里許，孤峰卓立，戴石如盂，僧曰：「此仰天盂，有水，産異魚，不審其所自來。或曰鳥銜魚種，想當然矣。」〔一六〕旁則仙人棋盤石、蟠桃石、蟾石、鼉蛇石，名以肖形，皆可望不可即。乃由麒麟石西折，至呈珠巖。二壁峭立，横亘若雙龍，中嵌圓石如珠。穿罅過之，行數百步，地稍曠夷。下視平楚，蒼然如小邨落，炊煙縷縷，與雞犬聲同出林際。隱約中有牆垣瓦屋，若古寺，急趨就之，即夜所宿摩霄庵也。蓋出由其前，返自其後，前後異逕，所見遂亦不同。

午後出山，率非舊路。迎面一石如倒靴，以底向天，僧曰「仙人曬靴石」。轉面，則如武士戴兜鍪狀，又曰「石將軍」，實靴石而二其名者〔一七〕。復有二石，高插雲表，似二佛面相對，亦即「九鯉朝天」之二鯉石。大抵諸峰面面呈奇，步步易狀，使人應接不暇，固造化之極功也。自將軍石之東迤邐而南，所見昂而若立，僂而若負，突額張口若獅，縮爪伏地若虎，巨若象，小若兔，振翅欲飛，跂足而顧，苔蘚斑剥，爲之毛羽若鸚䳇者，嵚崎歷落，意態萬千，要皆土人舉似名之。俄而陟丹邱，蹬蜿蜒入一綫天〔一八〕，二石對立，百丈有奇，上夾七圓石，欲墜不墜，如懸星然，故又名「墜星洞」。中劈小徑，僅容一人，仰視天光，但有一綫。行數武，名「三屈腰」，即滴水洞。懸巖倒覆，水滴不竭。内有丹井，傳爲容成子煉丹處，連接十八羅漢洞，寒氣砭人肌骨。出洞欸見石高二十餘丈，號「鋸版石」，片片天開，厚薄如一，其玲瓏透漏尤奇絶。

山後摘星、天柱、玉女、飛仙諸峰〔一九〕，凡三十餘處，窈窕幽邃。最後大巖、小巖、鴻雪數洞天，當更有異。然須緣繩而下，秉炬而入。異時，尚一一窮之。爰先記所遊如是。

【評】

清氣彌滿，詳而有體，遊記正則。高雨農夫子

【校勘記】

〔一〕此文文鈔初編編入卷四。

〔二〕「十一月」，文鈔初編卷四作「仲冬」。「道光己丑十一月」上，文鈔初編卷四有「太姥山在福寧秦嶼，距郡東百里」等字。

〔三〕「予自福州」至「渡海行四日」，文鈔初編卷四作「予自飛鸞嶺渡海，到鹽田，冒雪行二日」。

〔四〕「翌日雪霽」至「群峰依約在目」，文鈔初編卷四作「翌日躋天臺嶺至湖坪，則三十六峰在望矣」。

〔五〕「又明日，渡楊家谿」，文鈔初編卷四作「夜宿楊家谿，平明渡溪」。

〔六〕「嶺峻紆險」，文鈔初編卷四作「嶺峻且紆險，輿夫」。

〔七〕「黄明經鍾瑜遺弟鍾華導」，文鈔初編卷四作「黄明經鍾瑜賦詩送遊，遣其弟鍾華導」。

〔八〕「出秦嶼城西十里」，文鈔初編卷四作「出秦嶼城西行十里」。

〔九〕「橋故石砌」至「不知幾千仞」，文鈔初編卷四作「橋以石爲之，下臨絶壑，不知其幾千仞」。

〔一〇〕「拾級而上摩霄庵，俯視諸峰」，文鈔初編卷四作「拾給而上爲摩霄庵，俯視三十六峰」。按，「給」字誤。

〔一一〕「約庵僧曉登」，文鈔初編卷四作「約庵僧漏盡時登」。

〔一二〕「而雨雪」至「最高處」，文鈔初編卷四作「而雺霧阻之。次日，飯已，天晴朗，僧性澄邀上摩霄峰，峰最高」。
〔一三〕「目極」，文鈔初編卷四作「遥矚」。
〔一四〕「閩海」，文鈔初編卷四作「閩中」。
〔一五〕「名曰『麒麟』，跨石大呼」，文鈔初編卷四作「名曰『麒麟石』，予跨石大呼」。
〔一六〕「此仰天盂有水」至「想當然矣」，文鈔初編卷四作「此仰天盂，盂有水，産四足魚」。
〔一七〕「實石而二其名者」下，文鈔初編卷四作「若杜陵所稱横看側看皆成峰者」。
〔一八〕「蹬」，文鈔初編卷四無此字。
〔一九〕「飛仙諸峰」，文鈔初編卷四作「飛仙、仙人諸峰」。

遊鼓山記〔一〕

予居福州十年，遊鼓山數矣。丙申九月望日，故人康允怡來自南澳，爲論烏石山之勝，予曰：「烏石外觀極偉，内乏静深，殆非鼓山匹也。」允怡喜，約同遊。翌日，招葉小圃，聯輿出通津門三十里，抵白雲廨院。過東際橋，舍輿而步，憩小亭，西瞰省城，形勝歴歴。時方深秋，田禾盡穫，遠近平壤，界畫如棋枰。踰更衣亭〔二〕，危磴螺旋，險夷不一。夾道皆松，蒼翠映人衣袂。折里許，入山凹，古木翳薈，遥露亭角〔三〕。三人立移，時蓋已身到寺門〔四〕，鐘聲逐松聲來，塵慮如濯。遇所習滋亭上人，導至藏經堂，觀佛牙舍利，沙彌報云〔五〕曇花胎矣。

出寺左，別徑探靈源洞，巖竇嵚，旁皆石壁，中劈枯澗甚深，神晏國師喝水逆流處，名「喝水巖」。其下爲「國師巖」，跨澗之橋曰「蹴鼇」。沿厓而東有「龍頭泉」，或云即喝水巖流右轉者〔六〕。經石門，古臨滄亭廢址，極東，陟水雲亭，向立清樾中，遥見亭角，即此。南望雲海，氣象萬千。允怡縱眺極歡，顧謂予曰：「雄奇明秀，遠勝烏石。君前言真深於山水者。」於是相携，仍舊路歸。

既數武，復得一洞於龍頭西，石几恰容三人，乃踞坐騁目，但覺煙江合沓〔七〕，山色有無，視亭中所見，僅分其半。洞有蘇才翁篆字，一徑三尺許。靈源洞壁，宋、元題刻亦多，而朱文公大「壽」字、蔡忠惠「忘歸石」，皆絶妙。允怡欲盡讀之，且搨墨本，會逼日暮，不果。回寺，飯白雲堂已，過滋亭方丈談禪，其言彼教聰明所得，都靠不住，必由苦力，乃爲踏實。可爲吾輩良鍼砭。

夜宿白雲堂，聞過雨聲，啟户見月明堂空〔八〕，落葉滿地。比寢，則紙窗歘暗，雨復驟來。黎明霽，看緇流課誦〔九〕，群飯餐香堂。昔明道程子歎爲三代威儀，盡在是者。其雍容揖遜，固可念已〔一〇〕。

是午〔一一〕，遊岃崱峰畢，餘興遂題詩廨院而還〔一二〕。

【評】

題不名重遊，而記内言數至，則與初遊專紀山勝者自別。故篇中寫景於時候遊侶，便覺江山依舊，光景常新，而澹描逸出，自然入古。高雨農夫子

【校勘記】

〔一〕此文文鈔初編編入卷四。

〔二〕「踰更衣亭」，文鈔初編卷四作「邐迤歷茶亭、更衣亭」。

〔三〕「遥露亭角」，文鈔初編卷四作「得遥露孤亭一角」。

〔四〕「蓋已身到寺門」下，文鈔初編卷四有「耳」字。

〔五〕「遇所習滋亭上人」至「沙彌報云」，文鈔初編卷四作「所習老僧滋亭相迎，入寺禮佛畢，循長廡至藏經堂，沙彌導觀舍利子、佛牙，報云」。

〔六〕「或云即喝水巖流右轉者」下，文鈔初編卷四有「予手掬飲，允怡、小圃亦甘焉」。

〔七〕「覺」，文鈔初編卷四作「見」字。

〔八〕「堂」，文鈔初編卷四作「當」字。

〔九〕「看緇流課誦」下，文鈔初編卷四有「畢」字。

〔一〇〕「固可念已」下，文鈔初編卷四有「僧文端乞予詩畫」七字。

〔一一〕「是十」，文鈔初編卷四無此二字。

〔一二〕「餘興遂題詩廨院而還」，文鈔初編卷四作「餘興遂下山，題詩廨院，二君屬和。行數里，買舟乘潮返臺江萬壽橋，又肩輿入城。其夜作圖、記，贈允怡」。

游道人峰記〔一〕

道人峰，邵南山水之極勝。友人王春浦居山麓，招予往遊。行數十里將至，群巒奮躍，脈絡盤奇，忽入厓峽，如循永巷。足底水潺潺争鳴，蓋伏澗在下也。至此，但覺天爲山欺，水求石放，險怪莫可名狀。遇樵者，問王家村，則已深入迷途踰五六里，急引還，指數家煙火，隱在夕陽嵐翠間，春浦家也。主人出迎，喜動顔色。予急欲登覽峰景，春浦謂宜蓄力養氣，先近後遠。乃與其從父雲峰談詩竟日，爲之歎曰：「群山互爲主賓，一門自相師友。林泉佳景，天倫樂事兼有之，盛哉。」

明日，雲峰、春浦乃邀張蓮亭，導予出村東數里，望見茅屋，環植修竹、木芙蓉，是張玉堂先生所居翠蘿村。迂道訪之，雲峰入爲先，容先生出見，相得甚歡。屋後有嶺，即道峰之麓，遂往遊。雲峰力倦，止玉堂先生處，予遂與春浦、蓮亭偕。峰跨將樂、泰寧二境，廣八十里，爲景三十六，爲嶺八千級，隋唐時道人龔志道化身於此。攀躋上十八摺嶺，石門一夫可扼。峰頂五坪環列，有如臺然，故曰「五臺」。俯瞰百數十里，山勢層疊，如滄海驚波洶湧，眼底煙靄迷離，頃刻萬狀。

入峰凹，即瑞雲庵，面庵有池，曰「天池」，圓廣可數十畝，湧泉不涸，中多遊魚。地高處天風，覆以鐵瓦，内設龔道人、劉楊二仙像。鐵荷二瓶，亦唐時物。飯於僧寮，僧偶他去，其徒供茶酒，皆芬洌，即汲龔道人遺井所造者。

過石壁鳥道而下，得一洞，見曹子安明府前歲禱雨碑記，是曰「風洞」，亦呼「大龍井」，洞口方廣丈餘，中極幽黑。詢之，春浦謂曾秉火入，其高低廣狹如曲房者，凡十有八，皆架石天成。然惟冬春可遊，夏秋則大風傷稼，或投以瓦石爆竹，風隨怒號，直至百里外，有拔木傾屋患。隔數武有小口，曰「小龍井」，今塞矣。

復捫蘿側足，繞岡之北入青草叢中。蓋積草重重，用以成路，甫著足，底如空，面如浮，因人之頓動而能浮動人者，曰「輭糍岡」，亦善狀之也。自岡後隨阬下折而西，有仙隱巖，古木深秀，奇花異草多不識名。流泉之聲，隨石澗曲折，靜聽如鳴古琴，坐此真欲忘歸。其後曰「鼎模山」，遊人罕至，至者或樵子、獵夫，不知山景之佳，故不名。時方秋朗空碧，下垂覺置身天際，豁然大觀。欲探燕子厓及篔簹洞，尋昔人避亂處，怪石嶙峋，徑特險絶，遠望而不能至。乃西旋，繞鼎模山後。日暮，諸景不能窮，殊戀戀。蓮亭恐雲峰邀玉堂先生到精舍久候，遂相隨下嶺，由別徑過常定庵。

石底伏流，淙淙可聽，泉脈與天池潛通，合注爲大阬，谿谷峰麓田賴灌漑，鄉粳亦取汲焉。庵外蒼松夾蹬，暝色催歸。雲峰門迓，曰：「遊樂乎？」予謂：「昨所經多穿鑿險僻，今仰道峰，渾厚高廣，奇在樸中，使人心形俱寂，躁氣全消。兹遊所獲不徒山光樹色間耳。」

明日，又爲大阜岡之遊。西行十里許，江立夫廣文邀覽毓秀園。聞其先人嘗縻十萬金闢此，座中望道峰諸勝如列屏。惜臺榭週迴，殆無間隙，惟前後竹松鬱然蒼秀，即爲可喜。其弟肅軒、猶子雲谷皆折柬，欲爲十日歡，謝卻之。

回王家村，春浦囊琴爲贈。越二日北旋，回望群峰，輕雲半掩，似感離情，爲遲留不欲去。蓋往來凡七閲日，而霜葉已赤，野草遽黄，別具一天風色矣。既抵郡，王琴山先期來，適予赴其家，相左。是夜過訪，爲撫琴作梅花三弄，恍在諸峰間聽松下流泉，襟塵頓滌也。琴山，亦春浦之從父。

【評】

意態入古，筆亦清曠。王莘夫先生

【校勘記】

〔一〕此文文鈔初編不載。

卷六

廣東水師提督李公傳〔一〕

今天下稱水師名將，必曰同安李忠毅公。忠毅公歿，而李公謙堂復顯。公諱增階，字益伯，號謙堂，忠毅公從子，世居同安馬巷。

少從忠毅公麾下，時閩、浙、粤海疆咸盜警，蔡牽尤猖獗，至窺臺灣[一二]。然畏忠毅公甚，遇，輒避去。忠毅公總統閩、浙水師，選兵八百，厚廩給，以屬公。公率以戰纍功[一三]，官守備。嘉慶十一年冬，忠毅公追牽黑水洋，中炮，薨。公方他役，聞變，掉單舸赴，已不及救[一四]。八百人見者公來，則伏慟不能仰[一五]。公大呼：「復讐報國耳，何哭爲？」八百人皆收淚，躍起裂眥，矢共死。

或曰：「牽舟高大且固，遠攻不相中，近則去[一六]，奈何？」公曰：「無慮也。吾煅長錐二，鋭其末，縛船頭，憑上風力以撞賊舟，使刺着不可脱。遇則從而火之，何有於高大？」[一七]自是，屢窘牽[一八]，遥見公船，即遁。十三年八月，從浙江提督邱公良功追牽魚山外洋，及之，擲火斗，煅其尾樓。戰方急，駛坐船錐撞牽舟，合爲一，會總統王公得禄亦至，轟大炮擊牽舟，並洞公船，[一九]煙焰漲天，牽斃於海，公亦沉，得救不死。論功，晉遊擊，賞花翎，洊陞總兵，旋拜廣東陸路提督之命，尋調水師提督[二〇]。

入覲，上問同安李長庚係爾何人，公以從叔對。即泣陳當日陣亡狀。上動容，歎息，因命兼察浙、閩、粤三省洋務，異數也。蓋水師提督之久[二一]，莫踰公；恩遇之重，報效之誠，一時亦莫公若。公天性孝友，待親戚皆有恩。或勸爲子孫計，輒舉忠毅公遺訓以答。蓋平生志在忠毅公，故功業亦略與忠毅公等〔一二〕。體素壯，魚山之戰，炮子入腹，常痛。道光十三年巡洋〔一三〕，飄至海南，病益劇〔一四〕。次年卒，年六十二。已，部議以夷匪滋事，罷公官，公歿已數月矣。

贊曰：先君子與公皆隸忠毅公部，海上百餘戰，未嘗挫。公既專閫，貽書先君子，常稱道國恩相慰勉，其所蘊可知也。

【評】

武人寫生，貴以樸勝。其間繼長增高，亦加厚耳，非加飾也。是傳得之，贊亦清簡。高雨農夫子

【校勘記】

〔一〕此文文鈔初編編入卷五。

〔二〕「蔡牽尤猖獗，至窺臺灣」，文鈔初編卷五作「蔡牽至窺臺灣，僞稱王」。

〔三〕「公率以戰纍功」，文鈔初編卷五作「纍戰」。

〔四〕「掉單舸赴，已不及救」，文鈔初編卷五作「單船赴難，已不及」。

〔五〕「來」，文鈔初編卷五作「返」。

〔六〕「近則去」，文鈔初編卷五作「近則賊敗去」。

〔七〕「無慮也」至「何有於高大」，文鈔初編卷五作「無慮，吾煆鐵爲二長錐，縛船頭，憑上風力横撞賊舟，使不可脱」。

〔八〕「屢宥」，文鈔初編卷五無此二字。

〔九〕「戰方急」至「並洞公船」，文鈔初編卷五作「時總統王公得禄亦至，公以坐舟撞牽舟，比合爲一，適飛炮洞兩舟」。

〔一〇〕「洊陞總兵」至「尋調水師提督」，文鈔初編卷五作「洊陞副總督，江公志伊舉公勝總兵任，得旨，記名。尋撰總兵，兩召，見賜克食。越五年，拜廣東陸路提督之命，明年督阮公以公優治海，奏調水師提督。又明年丁父憂，服闋」。

〔一一〕「異數也。蓋」，文鈔初編卷五無此四字。

〔一二〕「亦」，文鈔初編卷五無此字。

〔一三〕「道光」，文鈔初編卷五無此二字。

〔一四〕「病益劇」，文鈔初編卷五作「病腹益劇」。

江南提督忠愍陳公傳〔一〕

公諱化成，號蓮峰，福建同安人。由行伍從李忠毅公剿蔡牽，積功官本省水師提督。道光庚子，英夷構亂，調江南。江南官兵積弛，公涖官甫六日，聞舟山失守，亟馳吴淞，度形勢要害，身自守之。坐臥一帳中，與士卒同甘苦，即大風雨，弗他徙，兵皆感附。故事，軍行別給薪水銀，以官秩爲差，公獨勿領，曰：「吾自有常俸在，食國禄，任國事，焉用銀爲？」然亦不禁他人領也。公雖奉己儉約，而賞兵必優。故俗有「陳公但飲吴淞水」之謡。

既而鎮海失守，督臣裕公謙殉節，提督以下俱逃，公憤特甚。先是夷破厦門，公聞歎曰：「毁家安足憂？身爲大將，未能爲國剿賊，是吾恨耳。」上海火藥局災，遥見黑雲亘天，大聲振海水。公曰：「此必奸民縱火。」亟令巡視吴淞火藥局，則已牆外伏火具矣已。乍浦亦失。日夜勵軍士以大義，軍民胥安。會夷由匯頭測水入，先後二十六艘，聯檣壓境，炮聲動地，煙火衝天，民始遷避，然猶恃有公在，未甚恐。公已嚴整鎗炮，裹糧以俟。總督來問軍情，則亟慰曰：「身在煙火中數十載，今此布置，度當必勝。大人但静鎮之。」欲以壯其膽也。然公實慮偏裨無足倚，而參將周世榮固嘗撫之有恩者，戰前一夕，語之云：「詰朝戰勝，我兩人必受上賞。脱不幸，均不朽矣。勉之。」公蓋欲周助己，故以死自矢而堅其志，周顧懵不悟也。

陣既合，公手紅旗，揮令轟炮。煙焰震百里，傷火輪船二，大船五，殲夷數百，幾欲退去。公顧視鉛丸皆碎，炮架多裂，心恨之，戰愈奮。而總督帶兵出城，賊望見，架炮於檣遥擊，總督遽退，衆官尾之。賊覘我師潰，愈急攻。守城將相繼走，且有未及接仗，釘炮先逃，自焚其舟，僞戰而遁者。於是，兩岸騷然，賊旋登岸。周世榮請公退，公劍叱之曰：「吾誤識汝。」周乃自逸。公仍馳塘督戰，親發數十炮，復令擡鎗、鳥槍亟擊岸夷。鉛彈着身，血淋漓，顛復起。無何，客兵盡遁。公亦傷重，嘔血，遂北面再拜而薨。年六十七，時壬寅五月八日也。武進士劉國標忍創負公屍藏叢蘆中，弁卒見公死，皆痛哭奔，民始大驚潰。賊酋乃登鎮海樓酣飲，作華語曰：「此戰倘有兩陳公，吾烏能入此城哉？」公薨後十日，殮之，面如生，身抉鉛彈四五枚，有深入胸腹中者不能出。

督臣奏聞，上震悼，爲之墜淚。頒帑金二千兩，飭沿途文武護其喪歸，賜祭葬，諡忠愍，立專祠於吳、閩，蔭其子廷芳世襲騎都尉，廷棻賞給舉人，孫振世俟及歲時，再沛恩施。大子之軫卹難臣如此其至，嗚呼，榮矣。今江南人言公死事，無不流涕稱感者。蓋嘗恃公如長城，其遺愛繫着人心愈久，而愈不能去也。

論曰：公，海上宿將，其語制軍，謂可必勝，非高言也。孤軍無援，死亦足愧懦夫矣。今得如公三數輩，夷賊曷足平？不然，得公之次二三人，亦將並力搏戰以全國體。抑不然，得公之又次者一二人，亦能自固一方，而何以逃哉？然則大帥退怯，終僇其身，視公同日盡命之七人，豈復以生死輕重計邪？七人者，守備韋印福，千總錢金玉，把總許林、龔齡增，外委許攀桂、姚雁字，額外徐大華也。

忠愍公與先君子早歲勦賊海上，歷三十餘年，情如兄弟。公子廷芳、廷棻，敦念舊盟，亦與樹梅情好無間。今公大節彪炳，行實宜入國史，異時人必述公。樹梅於公，爲故人子，謹攄見聞，以備采擇。甚恨文筆庸劣，無能闡公大名，足愧也。自記。

【評】

字字謹嚴，胚息左國，而運以史遷之文，故能情事兼至，生氣走腕下也。程爾三先生

【校勘記】

〔一〕此文文鈔初編未載。

福建布政司經歷朱公傳〔一〕

公姓朱，名德璵，字藹然，號春山，廣西博白縣人。年十八，侍父宰興山。興

山，舊無城郭，白蓮教亂川、楚，縣西北與接壤，公乃壘石爲砦，練丁壯據之。賊至，夾擊，擒其魁，合境以定。而鄰邑難民來歸，則設棲流所，别男女，俾安居，保全甚衆。

在戎行閱五載，兩湖總督奏敘六品銜。旋以布政司經歷補官福建。三年用上考，擢署漳州石碼通判，庭無留訟，民情休和。盜楊桶久稽誅，公會營擒得之。石俗，正月自朔至望，民登山阜，礫石相投擲，以中傷卜佳兆，於是有被傷報復成械鬥者。公厲禁之，此風遂息。

調署平潭同知，所治海壇，山宅大海中，風沙驟起，往往没田廬。先是有咸成者令民植草木，禁樵采，以殺風力，日久禁弛，患復作。公申舊禁，民賴其利。興文書院廢，公聘武平李自青先生爲主講，修舍宇，增膏火，多所造就。島民以海爲田，所輸多漁税，吏催科率憚風濤，故多逋賦，公親詣收納。因周知島嶼、港汊、扼塞，稽察澳甲。有六人來自海中，形迹詭異，執而訊之，果鄰盜也。人以爲神。

既復移任布政司經歷。閩有兩粤會館，燬於火，公爲購屋城西門，粤人至今稱便。在經歷日久，無苛政，無嚴刑，亦無廢事，吏民以「春風和熙」額頌之，紀實也。

生平寬厚、温慈，胸無城府，於人雖無所可否，而擇交甚嚴。友愛諸弟，勉以讀書，既皆宦達，式好無間。長子允惇既成進士，次子允恂入太學。公欲歸養，父弗許。每念親老闕定省，輒泫泣，年五十六卒官下。

贊曰：先君子遊守海壇日，於同官時時稱説公忠厚，可想見其爲人。樹梅以通家子辱公知愛，恩意尤弗忘。顧念公父執，且醇吏，宜有以傳之。近今長民鶩結内，先君子與公皆有不合時宜名，而身後聲稱，率不失爲長者。然則爲官人者，可以思矣。

按，傳例三品以上稱公，則宜稱朱君。以父執故，稱公。自記。

【評】

質直而達，以先人言「忠厚」二字爲定評，亦古法。周芸皋夫子

辭稱其事，才足夫辭，可與道古。高雨農夫子

【校勘記】

〔一〕此文文鈔初編編入卷五，又見静遠齋文鈔，作「布政司經歷朱公傳」。異文數十處，别録於次。

公姓朱氏，諱德璵，字藹然，號春山，廣西鬱林州博白縣人也。少讀儒書，年十八，侍其父

宗騰宰興山。興山，舊無城郭，屬白蓮教亂川、楚，西北與接壤，崇山密箐，有賊出没其間。公父乃壘石爲砦，於昭君臺西里許，命公練丁壯據之，爲犄角。部署方定，賊驟至。發丁壯夾擊之，賊驚遁，伏兵欻起，擒其魁，自是賊不敢窺境。而鄰邑難民來歸者踵至，公父憫恤之，設棲流所以安集，令男女勿雜處，命公監其事，保全甚多。

公身在戎行閱五載，兩湖總督吴尚書奏賞六品銜。旋補福建布政司經歷。嘉慶乙亥之官，越三年，以卓異候廾署漳州石碼廳通判。有巨盜楊桶者久稽誅，公會營擒得之。石俗，自正月朔日至望夜，民登山阜，礫石投人，以中傷卜佳兆，而被傷報復，輒成械鬥。公先期禁諭，此風遂息。其構訟者，隨時判結，士民德之。

調署平潭同知，地居大海中，風沙驟起，往往湮没田廬。先是有咸成者，令民植草木以禦，兼禁樵采，日久禁弛，患復作。公乃重申舊禁，民賴其利。舊有興文書院，久未延師，且廢，公至，即聘武平苂才李自青先生主講，修其舍宇，增其膏火，肄業者多所造就。島民以海爲田，所輸多漁税，催科胥吏憚風濤，罕至其地，故多逋賦，公親詣諸島收納，以便民。因周知島嶼、港汊，稽察澳甲，有六人來自海中，形迹詭異，而訊之，果鄰境巨盜也。人以爲神。

再判石碼時，念久闕定省，屢遣其二子還里。以歸養請，父終不許。長子允惇，道光辛卯舉於鄉，癸巳成進士。公喜曰：「吾兒得倖成名，亦慰吾親一事也。」公後患咳嗽，病日甚，而談笑如常，惟念老親輒泣下。及屬纊，家人環榻前，請遺命，曰：「富貴貧賤，各有世界。」語已，遂瞑。實癸巳六月十四日也，春秋五十有六。

公生平寬厚、温慈，胸無城府，居官無苛政，無嚴刑，亦無廢事。於人雖無所可否，而擇交甚嚴。在布政司經任最久，吏民以「春風和煦」額於治事之堂，頌其實也。其友愛彌摯，當侍宦時，獨膺家事，勉諸弟以讀書，逮兄弟宦達，式好之情，無間遠近，而尤篤於鄉里之誼。閩省舊有兩粵會館，後毀於火，公甫至閩，購屋於城西門内，凡粵人之遊閩者，至今稱便。前在軍營時，得上賜軍士丸藥三方。蒞閩二十年，依方製施，歲以爲常。遇落拓不能返鄉里，及婦女失所依者，無不極力爲之謀。故自奉儉約，而宦況常蕭然也。

子二，長允惇，更名慶鏞，癸巳進士；次子允恂，太學生。以次年二月奉公柩歸廣西。

林樹梅曰：先君子爲海壇遊擊時，與公共事，稱公爲忠厚長者，樹梅與公二子同受業於李自青先生門，辱許可。先君去世逾三年，而公遽捐館舍。撫今追昔，時爲泣然。顧念公父執也，謹著其行事於篇。

按，傳例三品以上稱公，則宜稱朱君。以父執故，稱公。自記。

王飛瓏傳[一]

王飛瓏，居鳳山水底寮。道光四年，逆匪楊良彬攻城，飛瓏結壯士破賊。

十二年閏九月，嘉義賊張丙倡亂，鳳山許成應之。飛瓏與弟飛琥偕里人林淇泉〔二〕，率義民分守西城門，屢創賊，擒其首曾瓢等三人。餘賊恨飛瓏兄弟刺骨，復夜攻西北隅。當是時，守兵隨參將退火藥庫，不出，飛瓏督義民殊死戰，厲聲曰：「功在漏刻，汝屬但前殺賊耳。」於是，擊賊，屍填濠，賊踐屍進，燬民居。飛瓏見火光中騎馬旗者，連銃斃之。賊卻轉鬥入北門，火逼縣署，飛瓏偕千總岑廷高炮擊，擒賊首林瀣、莊固，磔之。越八日，賊復來，又擊退，先後斬獲甚衆。已，在楠梓阬擒賊首蔡添生，至赤山，賊伏發，欲前奪添生。飛瓏呼銃轟擊，如鳥獸散，殲焉。賊平敘功，職六品，賞戴藍翎。

尋以山行，值生番，猝不備，遇害，年四十有四。飛瓏父江，嘗擊蔡牽，衛縣城，給七品服。蓋世有義聲云。

論曰：臺皆戍兵，有警必募義勇者，勢也。顧閩、粵莊，時用分類相雄長，事急即挾義旂官札，假公洩私忿。此其有係地方，要須官人善鈐約耳。飛瓏爲國效力，不恤身家，父子、兄弟，義勇萃一門，蓋足尚哉。飛瓏故心善琪泉，既同殺賊，得官益相習。琪泉嘗與飛瓏弟飛琥從予入瑯嶠撫民番，復偕捕盜鳳山，甚幹濟緩急，皆足仗也。

【評】

敘戰其繁如穀，其一絲不棼如櫛，而經以堅明，緯以雄蒼，故能使節節入勝，字字俱玉。竟體完美，無忿可擊。論尤通達，可爲徵募圭臬。高雨農夫子（按，「敘戰其繁如穀」至「字字俱玉」，僅見文鈔初編。而文鈔初編無「竟體完美，無忿可擊」八字。）

【校勘記】

〔一〕此文文鈔初編編入卷五。異文數十處，别録於次。

王飛瓏，字雲從，其先漳州人。祖開榮，移居臺灣鳳山水底寮。父江，世以義聞。嘉慶九年冬，海賊蔡牽滋亂，江散財，團練壯丁，偕諸生林朝榮入衛縣城，身經數十戰，裹創殺賊，卒從大軍掃平逆匪，安撫難民，受知賽將軍，榮以冠帶。道光四年冬，逆匪楊良彬、王曾糾衆攻城，飛瓏亦結壯士守城。獲王曾、許然，繩父跡。

十二年閏九月，嘉義縣逆匪張丙等戕官兵，鳳山許成諸醜應之。飛瓏與弟飛琥、職員林淇泉，率義勇共守禦。飛瓏分守西城門，擒賊目曾瓢、黄培，追至萬丹港，擒股首方博。賊遁，恨飛瓏兄弟刺骨。是夜，復糾衆千餘，攻西北門。守兵隨參將翁某退火藥庫，不出。飛瓏兄弟獨嚴督義丁死戰，厲聲曰：「功在漏刻，汝屬但前殺賊耳。」於是，火器齊發擊賊，屍填城濠。賊踐屍進，毁民居。飛瓏督諸隊排截，火光中見賊黨揚旗，連銃斃其目曾藤及騎馬披紅者與賊僧一人。義勇乘勢追殺，賊轉鬥入北門，縱火逼縣署。飛瓏偕千總岑廷高然炮轟擊，禽賊首林瀨，磔之。越八日，賊復來，又擊退，先後斬獲甚衆。已，探賊在楠梓坑，飛瓏禽其首蔡添生、黨劉漳、魏喜回至赤山。賊伏發，欲前奪生等。飛瓏呼銃擊，如鳥獸散，或匿草、潭、埤，皆殺之。旋與副貢生劉伊仲分屯塗庫莊。賊繞前鋒截翁參將伍，飛瓏轉戰，合澎湖水師衝其鋒陣，馘賊級懸腰間，禽逆成之侄許瑪受、僞軍師莊固、張沈明。鳳山新舊縣城獲全，飛瓏力爲多。方守城，時粵人屠戮閩莊，破阿里港，襲擊水底寮，飛瓏奮不顧家。賊平論功，職六品，賞藍翎。

十五年二月，巡山，生番突出草莽，猝不及防，遂遇害，年四十有四。聞者惜之。

論曰：鳳邑兵衛難周，遇警必藉義民力。官慮閩人祖同籍，則徵募粵莊粵人，挾分類數，假公洩忿。壬辰之亂，嘗執官札義旂戕閩莊，安在其爲義也。飛瓏固閩産，爲國效力，獨能不卹身家，視粵民爲何？如父子兄弟。義勇萃一門，蓋足尚哉。

〔二〕「淇泉」，本文「論曰」作「琪泉」，卷四瑯嶠圖記亦有部分作「琪泉」。按，作「琪泉」是。

自許先生傳〔一〕

先生盧姓，諱若騰，字閑之，泉州同安人。居金門，爲唐監牧地，故號牧洲。作諸生，豪爽，有重名。崇禎丙子捷鄉舉，庚辰成進士。御試召對稱旨，授兵部主事。値楊嗣昌督師無功，窺上方佞佛，迎合，請布華嚴經。先生劾其不力討賊，妄希祈福，有旨切責，直聲震朝右，尋陞郎中，總京衛武學。王政明詐冒武舉，事發，先生持之，急竄定西侯家。先生乃三疏劾侯，大僚惡疾其直。外遷浙江布政使司左參議，兼按察司僉事，分司寧紹巡海道。同安縣新志作寧波巡海道僉事。考明史，無寧波巡海道。若布政司分司之寧紹台分守道，則又駐省，與全祖望盧公祠堂碑「駐節吾鄉」等語不合。今據文集，斷爲寧紹巡海道。既之官，糾權閹田國興。興，田妃從子，怙寵，數違法。帝爲召國興回，論如律。當是時，天下已大亂，賊胡乘龍乘機竊發。先生自籌餉練兵，指揮平之，故寧波獨不被蹂躪。既去，寧波人思之，建祠以祀。

十七年春，闖賊陷北都。五月，福王稱號南京。其秋，命先生督理江北屯田，巡撫鳳陽，繼又改命楊文驄，於是先生六疏乞歸。至杭州，馳書劉公宗周，曰：「天下有亂形，有亂根。今日文武不和，文又與文不和，武又與武不和，此亂形也。人心之生死，分於理欲之消長，盈世界汩没於利欲之場，而絶不體認天理，此亂根也。」歸，踰年復起。既出，而南京破。同安志所載歷任鳳陽巡撫在甲申以前，考明史職官志，鳳陽巡撫，嘉靖三十六年以倭警添設，四十年歸併總督漕運。今據三藩小紀及文集辭浙撫疏，斷爲福王時。至全祖望所稱尚書爲甲申以後官不載，不知勝朝殉節諸臣録、明史、通鑑輯覽於諸臣之任唐、桂、魯三王者，概予原官，今謹遵欽定諸書例補入。

會唐王立於閩，命先生巡撫浙東。然先已命孫嘉績、于穎，又命先生浙東，遂有三巡撫。先生以事權不一，請專責成。唐王乃命巡撫温、處、台、寧，魯王又節制台、寧，先生但撫温、處。既復以楊文驄就處州，先生惟專制温郡而已。先生因上疏言兩郡制以兩撫，是謂十羊九牧，且糜餉不貲，無當戰守，請裁歸文驄。唐王不許，加先生兵部尚書。按，尚書，諸書皆不載其何時何部，今據文集上桂王疏。時温大饑，先生賑之。

未幾，大兵渡江，魯王夜遁台州。先生策方國安守黄巖，不聽，退入温。大兵逼温，盤山關兵潰，田仰、馬漢十一鎮兵皆東下。先生無兵可調，乞援之，疏至七發。温民先生呼曰：「願爲百萬生靈計。」先生曰：「若欲降邪？欲降先殺我。」民涕泣散。先生知時勢已去，夜半叩温紳周應期、王瑞柟門，謀固守。二人曰：「人心已死，非口舌可挽回。」相與慟哭。大兵入城，先生偕鎮將賀君堯率家人巷戰，腰臂中流矢，力竭，出永清門，欲赴水死。部將金世禎救之，遂入靖海營。方先生出撫浙，大學士黄公道周亦督師出關，移書曰：「聞至浙東，喜溢寤寐，不獨聲氣可通，亦形勢相起。」黄公旋敗，先生兵亦潰。乃徘徊鎮下關，浮海至翁洲，間行入大蘭諸山寨，道出寧波，父老迎謁，先生垂涕遣之。

已，唐王又敗於汀州，大兵入閩，先生乃之長泰，偕傅象晉、郭大河募兵，得蔡義等千餘人，所謂望山之師也，卒以無糧散去。乃與葉翼雲、陳鼎見、鄭成功於安平鎮遥奉疏桂王，遂與勝國諸遺老曾櫻、王忠孝等居島上，著書自遣。成功卒，張煌言謀與先生奉魯王再監國，值王薨。鄭經挈先生入澎湖。病已亟，問：「今是何日？」侍者以「三月十九日」對。矍然曰：「是先帝殉日也。」一慟而絶。先生卒日，見栗主，又見其孫勖吾詩注。按，續閩書作三月辛巳日。遺命墓碣題「自許先生」，以志隱恨。著有留庵文集十五卷、島噫詩集一卷、與耕堂值筆七卷、方輿互考三十六卷、島居隨録二卷。

論曰：先生不畏強禦，心報國，晚節益堅。蓋藴經世長才而遭時升沉，無可爲者。間關浮海，迄於無成，其志亦可哀也。

先生遺著繁富，樹梅雖搜羅殆盡，而家貧遠客，未能發，刊行當俟之異日。兹先校刻島噫、隨録兩册，並列凡例於左。

【附】校刊牧洲先生遺書凡例〔一〕

按，福建續志、泉州府志、臺灣府志、同安縣志，先生本傳失之太略〔三〕，今據臺灣外記、石齋全集、鮚埼亭集、續閩書、滄湄詩話、蠡測彙鈔及復社姓氏傳略引魯之春秋，參以先生自著詩文，謹纂如右。

先生墓在浯島賢聚邨，距樹梅家三里許，俗稱盧軍門墓〔四〕，碣題有「明自許先生牧洲盧公之墓」。

按，先生之孫勖吾自撰其父饒研墓志曰：「通議公之殯於澎也〔五〕，屬紅夷之警。忽夢公告以寒，覺而心動，復買舟至澎，啟攢歸葬於浯〔六〕。」福建續志、臺灣府志俱載先生墓在澎湖，不知爲廢塚也〔七〕。

先君子宦遊所至，皆先生播遷經歷之區，樹梅因得搜羅先生所著留庵文集十五卷、方輿互考三十六卷、互考補遺一卷。篇帙繁重，殘闕未全，當陸續付梓，仍注其搜采之人，亦不没善之義。

文集中有上唐王、桂王諸疏，兹恭引「乾隆四十年閏十月奉諭旨評纂通鑑輯覽，特命於事涉唐、桂二王者，書之爲附，以稍存内外之别。而其臣則書爲某王之某官某」，概不必斥之爲僞也。仰見皇朝大公至正，度越千古矣。

島噫詩一百四首，蓋天問、哀郢嗣音焉。童君宗瑩録寄，三復之，如見先生也。爰校録之，以公同好。先生大節争光日月，不必藉詩始傳。而先生之詩多關名教，又不可不與人並傳也。

道光甲申，晤盧君九慊於安平鎮〔八〕，得讀先生值筆七卷。自天文地理以逮草木蟲魚，宏通淹博，品藻古人成敗得失，反覆詳盡，斷制嚴謹。其後半向闕〔九〕，蒐訪數年，忽見之楊立齋鎮軍幕府，殆貞魂所護持歟？

島居隨録一書，專爲格物之作，而未成，蓋絶筆也。但隨時紀録，猥雜殊多，又不盡標其出處。道光丁亥，吴君學元得原稿之半，以贈樹梅。辛卯，屬傅君醇儒訪於盧君逢時，遂合而完之。正訛删複，排纂開雕，都爲上下二卷，分十門：曰物生，曰物交，曰生化，曰應求，曰制伏，曰反殊，曰偏特，曰物宜，曰搜異，曰比類，庶便於檢閲云。

【評】

余嘗論作傳及碑誌，有三語訣：一鈎玄提要，一删煩除濫，一繼長增高。是傳三訣皆備，而筆亦老潔，真能助我張目也。閲竟，不勝大快。高雨農夫子

【校勘記】

〔一〕文鈔初編編入卷六，又見静遠齋文鈔，作「明自許先生傳」。異文數十處，别録於次。

先生盧姓，諱若騰，字閑之，泉州同安人。居金門，爲唐監牧地，故號牧洲。其曰「自許先生」者，遺命題墓之稱也。父諱道炳，當先生幼時，日録故事，訓曰：「古人所以傳者，以有行誼功業也。科名豈能傳人哉？」故先生學以德業爲先。又嘗侍母卓氏，讀書機側，有宦子遺僕繫村民，行撲過門，母曰：「若聞號聲乎？其父能讀書，取富貴，而不能訓子，乃至此。」故先生後雖貴，不以聲色上人。

崇禎十三年成進士，御試召對稱旨，授兵部主事。值楊嗣昌督師駐湖廣，請刊佈華嚴經祈福。先生疏其不力討賊，妄希佞佛，有旨切責：新進小臣，妄詆元輔。尋陞郎中，兼總京衛武學。有武邑奸民王政明詐冒武舉人，事發，先生持之，急竄定西侯蔣惟禄家，侯庇之。先生三疏劾侯不已，有惡其直者。外遷浙江布政使司左參議兼按察司僉事，分司寧紹巡海道。同安縣新志作寧波

巡海道僉事。考明史，無寧波巡海道。若布政司分司之寧紹台分守道，則又駐省，與全祖望盧公祠堂碑「駐節吾鄉」等語不合。今據文集，斷爲寧紹巡海道。既之官，疏糾權閹田國興攬带貨船，濫用人夫，辱州縣，阻閘口。帝召國興回，論如法。其居官潔己愛民，撫罷抑豪，剔奸弊，風裁凜然。時天下已亂，先生自練兵雪竇山，賊胡乘龍私署年號，乘機竊發，先生指揮平之。當是時，金華諸處，咸被蹂躪，而寧波獨宴如。既去，寧波人思之，建祠以奉，稱「盧菩薩」云。

十七年，闖賊陷北都。五月，福王稱號南京。七月，命先生以都僉御史督理江北屯田，巡撫鳳陽，繼又改命楊文驄。先生乞歸，疏凡六上。九月，回至杭州。時劉公宗周，亦放歸里。先生馳書曰：「天下有亂形，有亂根。今日文武不和，文又與文不和，武又與武不和，此亂形也。人心之生死，分於理欲之消長，盈世界汩没於利欲之場，而絶不體認天理，此亂根也。」歸踰年，復起。五月至杭州，而南京破。同安志所載歷任鳳陽巡撫在甲申以前，考明史職官志，鳳陽巡撫，嘉靖三十六年以倭警添設，四十年歸併總督漕運。今據三藩小紀及文集辭浙撫疏，斷爲福王時。至全祖望所稱尚書爲甲申以後官不載，不知勝朝殉節諸臣録、明史、通鑑輯覽於諸臣之任唐、桂、魯三王者，概予原官，今謹遵欽定諸書例補入。

既而唐王稱號於閩，八月，命先生巡撫浙東。時已命孫嘉績、于穎矣，又命先生，於是浙東遂有三巡撫。九月，先生至温州，以事權不一，請專責成。唐王乃命其巡撫温、處、台、寧四府，而台、寧又歸魯王節制。先生所撫者，獨温、處。既又以楊文驄就處州，並以温、處寺田屯鹽充其子兵餉。十一月，先生疏言兩郡制以兩撫，是謂十羊九牧，且撫多則標員隨役必多，縻餉不貲，無當戰守之用，請裁併歸一，責成文驄。唐王不許，令輔臣楊鳴俊酌議去留，而鳴俊以先生無過，難以議撤。時誠意伯劉孔昭方交構閩浙間，唐王用之。二月，孔昭日與楊文驄争括餉，因率兵向温，先生與賀君堯禦之。夏，唐王加先生兵部尚書。按，尚書，諸書皆不載其何時何部，今據文集上桂王疏。時禮部臣顧錫疇奉命撫安，寓江心寺，孔昭於五月十五日夜半劫戕之。先生以聞，爲請卹。温州大饑，先生率僚屬與温紳王瑞枏、邵建策、李光春、王維夔、李光坤、林遥集等賑之。

六月朔日，大兵渡江，魯王夜遁台州。先生策方國安守黄巖，國安不聽，退入温。未幾，馬士英招國安降，國安從之。二十八日，大兵進逼温州。盤山關、温州兵潰，而田仰、馬漢十一鎮之兵皆自處州東下。先生無兵可調，乞援之，疏至七發。七月初三日，温民擁先生呼曰：「願爲百萬生靈計。」先生曰：「若等欲降邪？欲降先殺我。」民涕泣散。十一日，大兵由永嘉場登岸，先生守城。夜半，叩周應期、王瑞枏門，謀固守。應期、瑞枏曰：「人心已死，非口舌可挽回也。」相與慟哭。十一日，大兵入城，先生偕賀君堯率家人巷戰，腰臂各中流一矢，力竭，出永清門，欲赴水死，爲部將金世禎所救，遁入靖海營。方先生出撫也，大學士黄公道周亦督師出關，馳書曰：「聞至浙東，喜溢寤寐，不獨聲氣可通，亦形勢相起。」黄公旋敗，先生亦瓦解。乃徘徊鎮下關，浮海至翁洲，因間行入大蘭諸山寨，道出寧波，父老迎謁，先生垂涕遣之。

既而唐王敗於汀州，大兵入閩，先生乃之長泰，偕傳象晉、郭大河募兵，得蔡義等千餘人，所謂望山之師也，卒以無糧散去。乃與葉翼雲、陳鼎見、鄭成功於安平鎮遥奉疏桂王，後偕曾櫻、王忠孝等居島上，自號「留庵」。成功卒，張煌言貽書先生，謀復奉魯王再監國。會王薨於金門。先生從鄭經至澎湖，時已病亟，問：「今是何日？」侍者以「三月十九」對。先生曰：「是先帝殉國日也。」一慟而絶。先生卒日，見槧主，又見其孫勖吾詩注。按，續閩書作三月辛巳日。子饒研、孫勖吾，俱終隱不出仕。人以先生比之蔡忠毅道憲，其天植清勁，藴經世長才，遭時升沉，間關浮海，迄於無成。至死猶拳念先帝。其志亦可哀矣。

〔二〕「校刊牧洲先生遺書凡例」，文鈔初編卷六、静遠齋文鈔無此題。

〔三〕「先生本傳失之太略」，文鈔初編卷六作「爲先生傳以所著方輿互考，誤作方輿圖考；四十卷，誤作十一卷。原書具在，可不必辨，然失之太略」。

〔四〕「俗稱盧軍門墓」下，文鈔初編卷六有「是也」二字。

〔五〕「通議公」下，文鈔初編卷六自注「謂先生」。

〔六〕「浯」下，文鈔初編卷六自注「金門一名浯洲」。

〔七〕「不知爲廢塚也」下，文鈔初編卷六有「今依墓志正之」六字。「今依墓志正之」下有：「續閩書，先生門人林霍所著，知先生爲詳，曰：『浯有牧馬王，陳姓，名淵。先生將生時，父夢神至其家，異之。』按，陳爲唐時人，牧馬於浯，今鄉里猶傳先生即神轉世。語雖近誕，亦有所本也。樹梅嘗從其裔孫見先生紫藍豸袍二襲，均用薄紗製，甚簡陋，長不過五尺，與續閩書『軀幹如中人』之語合。又見一獅鈕晶印，陰文篆曰『庚辰進士文華簡臣』八字，即續閩書所謂『臚傳前二日，上親閱殿試策簡，召四十人入對文華殿，公與焉。』並記之以備考」。

〔八〕「鎮」，文鈔初編卷六無此字。

〔九〕「向」，文鈔初編卷六作「尚」。

卷七

先考受堂府君行述〔一〕

府君姓林〔二〕，諱廷福，字錫卿，號受堂〔三〕。先世居漳州府龍溪縣象山十一都〔四〕，明嘉靖十八年徙泉州府同安縣茂林下社。入國朝，康熙三十七年，先高祖武略將軍國元公挈先曾祖嘉龍公避水患於金門後浦〔五〕，遂家焉。先大父端懿公生府君兄弟四人，長諱海，次諱澤，皆爲水師外委；次諱汪，蚤世，府君其季也。

府君年十七，家中落，思建功名顯親。時海氛擾浙、閩，府君起行伍，從鎮帥李公南馨、許公松年先後出洋〔六〕，獲盜八十餘人，拔金門左營經制外委。

嘉慶十年冬，海寇蔡牽竄入鹿耳門，窺臺灣，山賊應之。水陸連營，亘七八里，彌望皆屯聚。總統李忠毅公徵各鎮水師刻期合剿，府君從帥倍道至角，不能進，大呼薄賊營，一戰沉其舟二十，奪舟九，擒賊林望等百六十餘人，得會總統於洲仔尾。

十一年正月晦也，旦日，總統會師水陸合擊，府君連弩殪紅衣賊首五人，復射執旗者一人蹶馬下。賊方披靡，乃縱火焚巢，火光徹天。陸屯諸賊望見，皆膽落，盡挾衆走舟，保北汕。諸軍合圍，府君夜駛小船繞其後，燒四十餘艘。總統復鑿巨艦沉港口，絶其出路，牽益窘。會潮暴漲，得踰汕逸。府君邀擊於東港外洋，俘其黨曾藝等九十八人而還。已，於水澳洋得牽假子蔡三來，以獻軍門，進本營二司把總。蓋牽肆惡以來，未有若斯大創者，自是深畏府君，遥見舟旗，即引避。

明年正月，擊牽於廣東急水洋。炮子從褭過，不顧，幾獲牽。適日暮風反，復跳去，僅囚賊黨羅二等四十八人。於時與牽相犄角者朱濆亦熾甚，府君屢挫之於雞籠洋、臺灣山後蘇澳番界洋，又挫之於交阯界。

十三年十二月，遇諸粵界長汕尾洋，賊處上風，風急濤怒，我舟進既不能軍，而退必爲所迫，軍校大恐。府君曰：「此生死成敗之際，豈容少卻？」乃直指瀆舟，親發炮擊之。瀆竟斃，弟渥拔其衆遁。時府君逆風而軍，而轟炮震蕩，舟亦幾沉。適援師至，易舟逐北，得賊殿後之舸，碎而沉之。而功爲帥抑，不敘。

明年，牽伏誅。詔錫功加劄加級紀録。尋朱渥亦降，而餘賊散於海上，勢復漸張。

十五年七月至十月，府君連破賊黨深滬，治駱仔盧等於烏嶇洋紅花嶼，始加千總銜。

十七年二月，與黄茂幫戰柑橘洋，方酣，賊從桅顛擲火斗焚我舟，斗及府君足，轉飛擲賊舟，舟爇賊亂，生擒茂黨劉貴等三十八人。敘功一等，進水師提標前營千總。是年八月至十八年三月〔七〕，先大父、母相繼訃聞，府君哀毀骨立，欲請假歸葬。時海洋初平，府君爲要員，不可缺，然上官察其誠，許之。

十九年〔八〕，署金門左營守備。二十二年正月，監造奉天外海戰船，駕赴金州交付，擢南澳左營守備。二十三年，新設天津水師，選將，閩浙總督董文恪公以府君薦，引見，稱旨，授天津水師鎮中軍遊擊。二十四年正月，恭遇覃恩，誥授武翼都尉，先曾大父嘉龍公、先大父端懿公俱贈如府君官，先曾大母氏邱、先大母氏陳俱贈淑人。

道光元年，議裁天津水師，奉撤回閩，候補署福寧左營遊擊兼署烽火門參將。二年五月，署南澳左營遊擊。瀕行，軍民攀留遮道，有請爲府君立生祠者，謝卻之。

四年五月，補海壇左營遊擊。閏七月，護理臺灣水師副將。舟出金門，阻風後浦港，港去家特咫尺，雖過門不入。既至，有提標巨艦攬禁物入鹿耳門者，假勢提軍，不受盤詰，府君皆繩以法，具狀上提軍。僚屬惴惴，慮且觸上官怒，府君不爲動。既而提督許公松年報牒，嘉與更飭通屬，自今兵船渡臺，必相率聽驗。十月，匪徒許尚、楊良彬等擾鳳山，府君即提勁旅駐郡城，備非常。果獲賊首吴賜、奸党徐紅柑等五人，得僞劄，乃約期縱火爲内應者。既平，念餘孽或竄海中，少緩不可制，易衣駕小船，混跡商漁，得許令等十二人於青水外洋，遂絶根株。

五年，調署澎湖右營遊擊。澎戍兵習慓悍，府君訓以與民相安，皆悦服。澎民恒苦旱，府君建龍神祠爲祈報地，民至今咸誦德。

六年夏，臺灣漳化賊李通等與粤民械鬥，焚劫北路。府君奉檄帶本標兵渡海，守西螺諸堡，纍擒劇賊陳順、廖士光等六十八人。會總督孫文靖公至郡，嚴檄捕著名賊林溜。溜者，甘厝莊人，凶鷙，多徒黨，屢抗官軍。檄至，諸將相顧語難。府君曰：

「可餌而取也〔八〕。」遣人語溜曰：「溜來，富貴汝，赦其餘人。」溜有恃，託言歸，命陰戒其黨毋散伍，而身懷數刃來觀釁，衆危之。府君故示不疑，與道款曲。然解轅慮道篡取，受降慮叵測〔九〕，飛達總督取進止而羈縻溜，以請授官印牘示溜，易之不爲備。數日，總督命斬梟符下。府君乃盛兵坐帳中，諸將控絃露刃俟命。時溜衣故衣，侍顧語溜曰：「朝來移牒下官，汝可易新衣習儀。」溜趨下，謝跪未起，頭已落地。即下令，誅止林溜，脅從無問。其徒見有備不敢動，並散遣之。總督大喜，師旋，以閩浙水師第一人薦。

七年十月，署福州水師營參將，旋陞烽火門參將。八年十月，引見回閩，署閩安鎮副將。恭遇覃恩，誥授武義都尉，榮及先世。蓋至是府君逾五十矣，生平建樹之心雖已少遂，而二親不逮養，時復蹙然中悲。顧府君三十餘載，寢饋風濤巨浸中，北至天津，東抵遼陽，南極瓊厓、交阯，上下數千里，大小百餘戰，〔一〇〕馘名盜無數。遇賊舟往往不避艱險，欲以圖報國恩。〔一一〕坐是積勞成疾。十年二月，痰氣上壅，猶鳌剔軍實。至彌留，訓不孝曰：「處世須學喫虧，義田、義塾、義冢，皆當勉力爲之，此男兒事也。」語畢，竟棄不孝等而逝，時爲三月十一日也。〔一二〕嗚呼，痛哉。

府君性果毅，在官時，有所遷調，率即日就道，不以家累自隨，惟不孝常侍左右〔一三〕。竊見府君經歷外洋内地，籌海周慎，事必躬親。謂風雨晦冥，盜必伺隙出没，輒微服駕舟，誘使就縛，且令其黨相顧自懾爲疑兵。故盜相誡，毋邇府君所屬地，府君亦不以畛域自區也。處同官協恭，率下嚴正，給兵餉，則坐堂皇，親散與之。自奉儉約，即誕日，無許稱觴。老屋數椽，巷不容軌，亦未嘗改造。於凡義舉，靡弗慷慨以赴，嘗鄄倅充浯江書院膏火。族戚匱乏，皆時賙之。得一善，恂恂服膺，而志守鯁直，不避權要，則天性然也。

府君生於乾隆四十二年十一月二十五日，年五十有四〔一四〕。配陳淑人，贈雲騎尉必高公女。〔一五〕先府君十七年卒。繼配黄淑人，監生華圃公女。〔一六〕男子二，長即不孝，次光左；孫公愛〔一七〕。不孝等以是年四月扶柩歸里〔一八〕，營葬太文巖之麓〔一九〕。不孝將乞言於有道鉅公，爲府君不朽計，勉從昏瞀中綜其實如此。不孝孤樹梅泣血謹述。

【評】

敘次尊先人老謀偉績，並具史才。擒林溜一段尤精彩，要止是文從字順，各識職耳。昌黎寫生以質勝，即此旨也。初，朱濆之誅，余閲尊先人履歷册，始知斃其手。而履歷上大府敘勳有故案，不可僞增也。大功不録，積資改秩，逮兩制府卓薦浸大用矣。而又扼以年，卒不得節鉞。悲

夫。高雨農夫子並填諱

【校勘記】

〔一〕文鈔初編編入卷七，又見静遠齋文鈔。

〔二〕「林」下，文鈔初編卷七有「氏」字。

〔三〕「號」，文鈔初編卷七作「一字」。

〔四〕「十一都」，文鈔初編卷七無此三字。

〔五〕「患」，文鈔初編卷七作「災」。

〔六〕「從鎮帥」至「先後出洋」，文鈔初編卷七作「從金門鎮總兵官李公南馨先後出洋」。

〔七〕「十八年」，文鈔初編卷七作「又明年」。

〔八〕「十九年」，文鈔初編卷七作「是年秋」。

〔九〕「慮」，文鈔初編卷七作「盧」。按，「盧」字誤，應爲「慮」。

〔一〇〕「上下數千里，大小百餘戰」，文鈔初編卷七作「上下萬千里，前後數十戰」。

〔一一〕「蒧名盗無數」至「欲以圖報國恩」，文鈔初編卷七作「獲名盗數百，重以圖報國恩，殺賊每不避艱險」。

〔一二〕「痰氣上壅」至「時爲三月十一日也」，文鈔初編卷七作「痰氣上奔，猶力疾剔理軍實。三月十一日，竟棄不孝等而長逝」。

〔一三〕「自隨惟不孝常侍左右」，文鈔初編卷七作「自隨惟不孝樹梅常侍左右」。

〔一四〕「年五十有四」上，文鈔初編卷七有「享年」二字。

〔一五〕「配陳淑人，贈雲騎尉必高公女」，文鈔初編卷七作「配吾母誥贈淑人，氏陳，奮武郎陣亡，賜雲騎尉世襲諱必高公女」。

〔一六〕「繼配黄淑人，監生華圃公女」，文鈔初編卷七作「繼配誥封淑人，氏黄，監生諱華圃公次女」。

〔一七〕「長即不孝」至「孫公愛」，文鈔初編卷七作「長即不孝樹梅，次不孝光左；孫愛」。

〔一八〕「里」，文鈔初編卷七作「金門」。

〔一九〕「營」，文鈔初編卷七無此字。

先妣陳淑人行述〔一〕

先妣氏陳，外祖父必高公，以水師外委戍臺灣，死林爽文之亂。外祖母趙，茹荼厲節，與先妣相依爲命。先大母陳太淑人謂先妣忠臣節婦之賢女，命先府君聘焉，年二十二歸府君。當是時，海氛不靖，廟見後，府君將捕賊出洋，先妣力贊行計，身任家事，能得舅姑歡，娣姒皆頌美取法。里有訛言府君被賊害者，匿不以聞。未幾，捷至進官，三黨來賀，先妣獨心念堂上春秋高，喜懼交集。先大父既老體痿痹，先大母亦病齒癰，賴先妣侍奉勤，若不知有苦。

迨先大父、母相繼卒，諸父治喪，先妣罄奩襄事，悉如禮。先妣既哀慕舅姑，歲時享祀，則躬親薦食。已復迎養外祖母於家，督不孝讀書維嚴。不孝幼自塾歸，先妣輒令篝鐙夜課，自紡績其旁，教之曰：「少不努力，老大徒傷，吾誠不能追躅斷機古賢母，亦何忍使汝翫愒時月也。」嘗病中怒不孝廢學，囓手腕肉幾脱。嗚呼，今創痕猶在身，慈訓猶在耳，而不孝學卒無成，負罪苟活，其可逭乎？

先妣與府君相敬禮，府君性嚴毅，麾下士少違法，輒予大杖。先妣聞呼號聲，則愀然不懌，嘗乘間婉勸府君，以謂責之使知畏，曷若養之使知恥？知所畏而不敢犯法，曷若知所恥而不願犯法？故教其身不如服其心。先妣既逝，府君遇盛氣即追憶出涕，詔不孝曰：「汝母而在，不令吾有此怒矣。」

溯先妣一生，自爲女爲婦，以逮爲母，動合禮度。其孝謹慈惠，則本於天性。平居自奉儉約，戚族告急，必竭力應，無少悋惜。媢黨間，尚有能道其事者，不孝固懵不及知也。

甲戌冬，先妣以積勞病不起，不孝時方七歲，既不能稱述懿範，使人知吾母之賢，又不能揚名顯親，乞言當代名流，以闡吾母之潛德，徒留此不肖不死之軀，仰首伸眉，視息人世，得撫此栝棬而抱終天之永痛耶？

先妣生於乾隆四十八年八月十六日，卒於嘉慶十九年十二月五日，年三十有一。葬庵前蓮花山之原，祔先大母之兆。蓋先妣既習艱苦，視世之紛華榮耀，一無所累其中。方府君始官，甚貧，遷參戎，日俸入稍厚，則先妣棄世已久。雖再沐覃恩，追贈淑人，先妣皆不及見。嗚呼，痛哉。

先妣前葬未遑求銘，深懼日久漸湮，謹序次如右。雖十無二三，而不敢有所增益，以失吾母之真，以重不孝咎戾。伏惟大人先生錫之鴻文，垂諸久遠，庶少紓不孝萬一之痛。其拜賜，豈有窮哉？不孝男樹梅泣述。

【評】

至性語，以至性出之，震川之遺。周芸皋夫子

簡嚴縝密。高雨農夫子

滿紙血誠語，若揮淚寫者，不讓瀧岡阡表。歐陽文忠作表時，已致顯位，又設爲母氏在日語，

較易下筆。此文視彼殆有難焉，非真折肱斯道中正不易辦。李自青夫子（按，此條僅見歔雲文鈔初編。）

【校勘記】

〔一〕此文文鈔初編編入卷七，又見静遠齋文鈔。文大異，别録於次。

先妣諱汀官，姓陳氏，世居金門後浦鄉。外祖父諱必高，爲金門營外委，以乾隆丙午戍臺灣，林爽文之亂隨征，多所斬馘。明年賊黨莊大田陷鳳山縣，外祖父從大軍收復，力戰死。事聞，賜祭葬，給雲騎尉及恩騎尉世職。當外祖父之殁於王事也，先妣甫四歲。外祖母趙，聞訃欲以死殉，顧以繼嗣未立孤，國厚恩，乃強起飲食。自是嫠居厲操，四壁蕭然。先妣年雖幼，能仰體親心，少長，習女紅以佐。先大母陳太淑人與有親，故謂先妣忠臣節婦之女，命先府君聘焉。年二十四歸府君。當是時，海氛不靖，廟見後，府君即從事外洋，家以内事先妣任之。能得舅姑歡，處後先和睦。里中有訛言府君死於賊，匿不以聞，恐貽老親憂也。未幾，捷音至，且進官階，先妣以堂上春秋高，喜懼交集。明年先大父病偏枯，先大母患齒癰，若不知有所苦者，先妣事奉之勤也。

越兩年，先大父、母相繼棄養，諸伯父治棺衾，先妣罄所有襄事，内外交稱之。嗣迎養外祖母於家，俸侍惟謹。教督樹梅甚嚴，夜篝鐙績，侍讀於旁。少懈，加葦楚。不謂竟以勞瘁成疾，遂致大故。嘉慶十九年十二月初五日也，距生於乾隆四十八年八月十六日，得年三十有一。明年某月日葬庵前蓮花山之原。從姑兆也。

先妣生平艱苦萬狀，視世之紛華榮耀，一無所累其中。逮先府君洊歷參戎，而先妣已不及見。哀哉。道光八年再以覃恩贈淑人。先妣卒，不孝樹梅方七歲，童昏無知，不能縷悉懿範，僅摭親黨之言如此，蓋十無二三焉。嗚呼，母生而不能長承色笑，母殁而不能闡揚潛幽。十年讀書，進退無狀，此不孝樹梅所爲撫栝棬而永恨者也。謹述。

外祖父陳公外祖母趙太宜人遺事〔一〕

外祖父陳公諱必高，金門經制外委，戍臺灣，隸水師右營，迴翔數汛，所在舉職。

乾隆五十一年十一月林爽文亂，奉檄赴郡，道遇賊，挫其鋒。既達，又數出賊背，與郡卒夾擊，賊驚遁。明年，從軍恢復鳳山，賊首莊大田悉衆來拒。公當衝血戰，援師後至，遂遇害，時三月四日也。事聞，予祭葬，世襲雲騎尉，祀昭忠祠，入臺灣縣志，詳載鄉賢鄭六亭先生文集中。公生於乾隆十一年九月十七日，年四十有二。

外祖母太宜人趙氏育先妣一人。家故貧，日不再食，人謂所處極難，太宜人安之若素習。樹梅七歲，先妣見背，太宜人憐而撫之，甚有恩。每以公骨不歸，泣且恨。道光十七年，樹梅客鳳山，爲公正命處，百計搜公遺蜕，不可得，終無以釋太宜人悲而慰先妣於地下。嗚呼，其可痛哉。太宜人性嚴肅，好潔寡言，人近其座，輒自洗滌。始撫族子慶元，以不諳戎務去之，更嗣上國襲職。道光二十三年七月二十三日，太宜人以微疾端坐卒，距生於乾隆二十六年二月二十二日，年八十有三。葬邑之内官鄉。嗚呼，太宜人存，樹梅不能力致供養；歿，不能躬視含殮，即碎顙糜腸，何以報鞠育之德？

顧念公殉烈之勇，與太宜人艱貞之節，皆可對天日而式世風，不敢以文筆蕪疏，使忠節淪没。爰述遺事，以示後云。外孫林樹梅謹撰。

【評】

老筆緊局，無字不鍊。家孝時先生

【校勘記】

〔一〕此文文鈔初編不載。

武翼都尉陳公行狀〔一〕

公姓陳〔二〕，諱一凱，字雪華，閩縣人。少讀儒書，喜吟誦。旋破紅帆艇匪，擒盜首，進千總。嘉慶十年，署臺灣水師中營守備。會蔡牽犯臺郡，公扼東南兩門，乘賊猝至，驟引兵出大西門，伐木樹柵，掩襲賊後。賊慮歸路絶，遽散去。次日，山賊起應，牽復攻南門。公出奇兵衝陷其旁，水陸援師夾擊其後，城上炮石雨下，賊波駭走，保柴頭港，伏精鋭截擊，轟溺死者不計，遂克洲仔尾。追逐抵三坎店，盡焚積聚，郡北道路始通。別賊在大目降山尚據險死拒，公麾軍克之，轉攻桶盤棧，賊巢皆盡，中路亦平。

於是，鎮帥檄公勦南路，遇賊於大湖、岡山諸莊，連二十五戰，皆捷。獲渠魁

三、逆黨四十，陣斬三百餘級，奪馬匹、器仗無算，焚賊寮及船各三百有奇，全臺平。賽將軍沖阿擢公守備，尋遷遊擊。遇覃恩，誥授武翼都尉，祖右文、父天德俱贈如公階，祖母鄧、母周皆淑人。

公宅心仁恕，而治法尚嚴，部下多同鄉人，遇老病，賙之歸；有過雖親必罰，士卒無不感奮。尤熟諳臺地民情，所蒞屢著懋績。暇與文吏宴會，歌詩雅量，有古儒將風。既署安平副將，忤提軍意，落職。

道光三年十月十日，以疾終於安平，年六十有八。配，俞淑人。當公卒於臺時，帥抑其喪，不能返。久之事解，乃扶櫬歸福州。病亟，遺命二子，曰：「爾父所善臺灣令姚君，嘗假千金償官負。姚君清介，來閩可折券還之。」命志於券，遂卒。時道光八年八月七日也，得歲五十有一。

長子朝選，附貢生；次子繼豪，太學生。將以十五年閏月之吉，奉淑人柩於閩安鎮茶阬山，啟公窆合葬之，遵治命也。

【評】

敘平南、北、中三路，以清蒼之氣絡之。不覺其繁，惟恐其盡。周芸皋夫子敘戰其繁如縠，其一絲不棼如櫛。而經以堅明，緯以雄蒼。故能使節節入勝，字字俱王。末段敘瑣，能逸由神暇，而氣固不從妝點得也。高雨農夫子

【校勘記】

〔一〕此文文鈔初編編入卷七，又見静遠齋文鈔。

〔二〕「公姓陳」，文鈔初編卷七作「公氏陳」。

太學生陳君繼豪行略〔一〕

君姓陳〔二〕，名朝進，字繼豪，别號焕亭。父武翼都尉雪華公，母淑人俞氏，行狀皆予筆。

道光甲申，予侍先君子官臺灣，因交君，甚相得。予姑夫莊將軍智庵亦心善君無紈袴習，字以次女，而俞淑人亦以養女蔡氏歸予。故予與君交益密，情益摯，兩人者恒相愛，不忍暫相離焉。既而同歸省城，又同學日久，兩人者愈不能一日離也。莊將軍鎮南澳，君將就婚，邀予與偕。予亦不能舍君獨居，遂同行。既至，復同學，凡予

所善皆善君，君亦樂與予同遊者。

遊居數月，予北旋，君謂二千里同來，而予遽獨返，意惓惓不忍別，予亦不忍舍君獨歸也，然不可止。君與諸友送之，舟漸遠，猶凝立在海岸也。莊將軍調浙江，君歸省城，迎予夫婦同居，即一家之親弗能過予兩人者。情益深，交益摯，愈相愛而相勖，雖偶離，如未嘗離焉。

君性純謹，年雖少，舉動如老成人。家固不豐，喜分贍族戚。嘗刻功過格以自勵。其制行立學，汲汲乎有力争上流之概。嗚呼，何獨厄於年也哉？丙申歲，予應曹明府之聘，再渡臺灣，聞君將以國子生應省試，方喜其學業有成，而不料其遽夭。豈天不使吾兩人相與成就，何奪君之速邪？君歿後，屢見夢於予，兩人情話不異疇昔。嗚呼，君死而有知，而魂不忍舍予而入夢，而予終不能與君得一日之歡，予之悲何時已耶？

予既渡海，哭君以詩，更爲次其行實，與兩人相愛之真、不能已於言者，著於篇，以示兩家之子孫以永愛焉。君生於嘉慶甲戌正月七日，歿於道光丁酉十一月六日。越六月，遺腹孤生。姚石甫觀察，君父執也，道出厦門，悼君之死，撫君之孤，名之曰「萬里」，謂君家世爲善，必有後而昌也。嗚呼，予之悲何時已耶？

【評】

無一語不合度，無一字不得脈。置諸歐、歸集中，覺詳緩清超，殆欲與之並體。高雨農夫子

【校勘記】

〔一〕此文文鈔初編編入卷七，作「太學生陳君繼豪行録」。

〔二〕「君姓陳」，文鈔初編卷七作「君姓陳氏」。

亡弟光左壙志〔一〕

嗚呼，吾弟竟殁邪。予五六歲哭祖父母，七歲哭母，去年哭父，今夏哭子，秋復哭汝〔二〕。嗚呼，夢邪？幻邪？天何降禍於予家，如是酷邪？嗚呼，至此，夫復何言？

弟爲先府君次子〔三〕，繼母黄淑人出，少予九歲。幼入塾，人咸目以偉器〔四〕，顧乃蚤慧祚薄〔五〕，竟爲殀札徵邪？予愚戇，未得家人懽，弟輒從中緩之，居常寢食弗

敢先。庚寅，府君終於官，弟來自浯島，相予扶喪歸〔六〕。既葬之，明年，予客千里外，欲求名師，〔七〕冀學識少進，歸與弟相切劘，孰意偶得痰欬，誤信醫藥而竟歿邪。嗚呼，吾弟何不爲我少遲留一語之訣邪？嗚呼，其命也邪？慘矣，可謂酷矣。〔八〕

汝歿未幾，母大人輒撫異姓兒爲子，又繼一幼嗣汝後，而三析遺産以畀之。嗚呼，吾方求釋母悲，敢不委曲承順邪？豈期爲汝後者旋殤，今又撫一幼爲汝後。予惟奔走衣食，不能率教之，其賢不肖，成立與否，吾固不能豫知，汝其默相之邪？嗚呼，吾弟一歿，家難日甚，世情日非，天之降禍如是酷邪？死而無知，已矣。其有知，亦惡能無遺憾邪？哀哉，痛哉。〔九〕

弟生於嘉慶丁丑正月二十二日，歿於道光辛卯八月二十六日，〔一〇〕年僅十五〔一一〕。方持府君服未除也。是月，舅氏葬弟於後崎，復遷於金龜尾山。墓瀕大海，其陰多怪石，予弗善也。然無如何，乃揮涕銘之曰：

予惟不德，大降殃也。惟弟是賴，遽殀殤也。汝葬汝遷，莫予商也。初殯後崎，非吉藏也。今銘改兆，龜山陽也。升以從祖，祔蒸嘗也。莫我能答，淚霑裳也。不我相見，哀無疆也。〔一二〕

【評】

開口便若撇去千萬語，又妙在取之目前。末段亦真摯。周芸皋夫子

情至之作，不必求工，自符天則。高雨農夫子

不必求工而無語不工，此種乃文中之天籟，非鈍根人所能道得隻字也。呂西邨先生

【校勘記】

〔一〕此文文鈔初編編入卷七，又見静遠齋文鈔。

〔二〕「秋復哭汝」，静遠齋文鈔作「秋復哭及汝矣」。

〔三〕「弟爲先府君次子」，文鈔初編卷七作「弟於先受堂府君爲次子」。

〔四〕「人咸目以偉器」，文鈔初編卷七作「人咸偉器目之」。

〔五〕「顧乃蚤慧祚薄」，文鈔初編卷七作「豈期其蚤慧祚薄」。

〔六〕「相」，文鈔初編卷七作「偕」。

〔七〕「既葬之」至「欲求名師」，文鈔初編卷七作「越明年，予逐食千里外，兼欲求名師」。

〔八〕「嗚呼，吾弟」至「可謂酷矣」，文鈔初編卷七作「吾不及執弟手，與永訣，使弟齎恨以死，尤可痛也」。

〔九〕「汝歿未幾」至「痛哉」，文鈔初編卷七無此段。

〔一〇〕「弟生於」至「八月二十六日」，文鈔初編卷七作「弟名光左，生於嘉慶丁丑，歿於道光辛卯」。

〔一一〕「年僅十五」下，靜遠齋文鈔有「聘許氏未婚」五字。

〔一二〕「方持府君服未除也」至「哀無疆也」，文鈔初編卷七無，然有「殯之次月，予還會城，拭淚而志壙銘」二句。「方持」，靜遠齋文鈔作「以」。

文學高君守耕墓志銘〔一〕

高君守耕既卒之五月，葬有日矣。其子熙晉以狀來請銘，曰：「先子志也。」予受而讀之，情詞懇摯，紀事周詳。嗟乎，予將何以銘君哉？

自予從苕世父雨農先師遊，耳君名者久，未得一見。迨予客邵武，君先以書來申欵曲，又相鼎悦。去年秋，以雨農師殯事至光澤，始見君於師家，而君已病耳，羸瘠甚，未幾，竟卒。予方自恨交君淺，望見顔色之日少，其將何以銘君哉？顧念古昔賢豪，恒有一見心契，終身守之不渝者，彼其人皆於語言意氣之間，相窺至微，相信至篤。矧君孝悌之行信於家庭，慈厚之心著於鄉里，而義聲古道復豔稱於福州。予既久耳君名，又重以一日之知，考君行誼，於法皆宜銘，其何敢辭？

按狀，君諱南陽，世爲邵武光澤人。曾大父補亭先生名在通志孝義傳，大父明經碧瀣先生、父所庵先生以名諸生，食餼邑庠，君其次子也。君生而仁厚，從善好義，有曾大父風。年逾冠，籍郡庠，同時張怡亭、毛恥庵、張亨甫、何焕奎諸先生皆知名士，咸器重君，相友善。君篤問學，慕風雅，於世澹然，寡所營。惟汲汲藏古書畫，蕭然一琴外，他無好也。然遇道義事，則毅然爲之。

道光辛卯，鄉試赴福州，以百金買妾張細珠，議成，審女故有夫，投狀閩縣，願畀之還，即以聘金助婚費。縣令黄心齋先生，賢吏也，亟嘉君義，判如君請，且作還珠記紀其事。一時福州嘖嘖，無不知有高君矣。

甲午歲祲，流民有棄子女者，君出偶見道左兒哭哀，詢市人，則曰：「有操豫音夫若婦者，委之去。路人偲收逃亡，無敢留。」君慨然曰：「是兒無人收，餒且死。吾目死不拯，心何安？脱血屬來，還之已耳，何罪之足慮？」遂携之歸，今猶存也。族子某早死，有子二，婦貧無生貲。雨農師爲遍謁族姓，請贍之。君於輸貲外，月給斗米，使自養。然君固非豐於財者，其好義勇爲率類此。

近歲，君生母疾，籲天請代。母起，君遽病耳疣卒，時道光二十三年三月十八日，年四十有四。娶某氏，子熙晉，孫來儀、來臣。以某月日葬君於某山之原。君才僅中人資，而品誼志氣有非中才所能及者。其儀度嫻雅，可望而知爲君子人也。卒之前兩月，猶抵書於予，以遠大相期許。今遺墨尚存，已不勝人亡物在之感也。嗚呼，悲哉。銘曰：

君中人資，不求人知。黽勉赴義，有力匪遺。全人之婦，活人之兒。矜孤卹寡，曰爲厚慈。推此心以行事，何大事之不可爲？推此心以爲國，何國政之不克治？我昔交君兩月有奇，我今思君千秋無期。君身雖往，君名則垂。銘以昭之，視此鐫詞。

【校勘記】

〔一〕此文文鈔初編不載。

例授州同知吴君體士墓志銘〔一〕

君諱學元，字體士，先世居晉江，祖誠甫始遷金門，遂爲金門人。幼有器識，篤孝義，讀書究知世務，論古今成敗、治亂皆有特見。父懋齋，晚歲憫浯江書院久廢隳，欲興復之，病卒，弗果。君乃踵成先志，竭貲四千餘金，上有司請息於官，以資經費。於是修學舍，置器用，延師課藝，膏火足備，而士風大興。當事以「樂善好施」楔旌其閭，學人至今頌之。君留心世事，雖不出户庭，常若念在天下。

庚辛間，夷艇遊奕，窺伺厦金，上下泄沓，君獨憂形於色，急變産徙家泉州，鄉人咸以爲怯。未幾，夷犯沿海，避亂者僅以身免，始服君智不可及。方夷警時，君嘗畫禦夷策，無用之者。迨厦門失，又策恢復數千言以示西郁呂先生。呂止之，知當事之不能有爲也。既而改葬先塋，憂勞數月，遽不起。樹梅去年冬遇君泉州，訝其氣體羸憊，心竊憂，然猶冀其無恙也。

無何，而孤漪瀾來徵銘，君竟卒矣。嗟乎，如君之才，曷可死哉？乃天故阨之，使齎志歿爲可悲也。樹梅與君最相知愛，平居談説時事，有關大計，則意氣勃發，色動眉飛，兩人相視笑樂，今不復得矣，豈不悲哉。君嗜義如飲食，視當世事若己事，其事死如生，蓋出天性。至於老死無倦心，推而至於戚族故舊，與夙不理於君者，愬告困苦，罔不如願以給，此其度量何如邪？

君卒於道光二十四年六月乙卯，距生於某年月日，年五十有六。以例候銓州同知。娶曾氏。子漪瀾，縣學生；次希水；次希生。孫清波。以是年十月二十五日，葬君於泉州城北妙覺山之原。銘曰：

嗚呼，吴君，負濟世才。使見其用，宜優而恢。鬱鬱幽宫，蓬蓬蒿萊。我思故人，云胡不哀？亦有令子，厥維良材。天將與之，大其方來。

【評】

繁簡有節，不濫不枯。呂西邨先生

【校勘記】

〔一〕此文文鈔初編不載。

太學生林君硯香墓志銘〔一〕

君諱必瑞，字輯如，號硯香，世爲厦門嘉禾里人。曾祖聯魁，祖世信。父學易，生四子，君其長也。

少從陳孝廉雪航得畫竹法，寫竹有生氣。呂西邨先生復教以篆隸，乃並工六書。

既入太學，益嗜金石，多蓄圖書古硯，家遂致貧。西邨嘗爲縮摹秦漢碑文於硯陰，君弟墨香鐫之，凡四十九石，因自名爲「四十九石山房」。師周芸皋觀察、高雨農舍人皆爲之記。

樹梅於君同姓、同學、同嗜古、同不治家人産、同貧，覺彼此意度無弗同者。間數歲一至厦門，入其室，竹樹蕭疎，亭館岑寂，昆季怡愛，心每樂之。或久别未歸，君輒寄示所畫，如親商榷。嘗寫金碧竹扇，交枝互葉，不失向背，能變古法而别具匠心。又以畢氏六書通多遺漏，爲博采古篆，增廣萬五千二百餘字，可謂勤而精矣。君學多得於西邨，既被兵他徙，所爲四十九石者亡失殆盡。而吾周、高二師疇曩遊迹，亦皆風流雲散，不可追憶。今昔係慨，甚用感傷。

君再還厦門，會善病，而病垂危，遣子要樹梅至榻前，曰：「弟來，當能了我事矣。」語竟而卒。時道光乙巳正月二十九日也，得年四十有五。嗟乎，師友淪落如此其速，豈不悲哉。君配許氏，有賢婦聲，先君三年卒。子中樞、中猷，將以二月朔之三日葬君於本里半山塘，許氏祔。銘曰：

嘉禾之里，半山之塘。惟君夫婦，同穴吉藏。生有隱德，歿久必彰。百世而下，子孫其昌。

【評】

硯香，余金石交。既没，其孤幼弱，無以葬。瘦雲悉爲經紀其喪，此足覘友誼之真哉。其志實而不浮，尤得史家正軌。硯香有知，當首肯地下。惟文中屢屢牽連賤名，適增余愧，且使余悲也。呂西邨先生

【校勘記】

〔一〕此文文鈔初編不載。

旌獎節孝陳孺人墓志銘〔一〕

孺人，閩縣人，騎都尉陳公國榮女，年十九歸王尚賓。甫十六月，尚賓死，遺腹子後二月生，名天贈。庶姑以貧欲奪孺人志，矢弗他。既而孤子授室，旋夭；婦亦遺腹生男，其兄逼而嫁之。孺人乃自撫幼孫，迄於成立。事祖姑、庶姑，養生送死，皆取給十指，歷苦六十三年如一日。有司以聞，得旌如制。

其生在乾隆某年月日，卒於道光十八年十二月某日。明年三月將葬西關外高安山，孫耕雲來請志墓。爲之辭曰：

少哭其夫壯哭子，百折不回百不死。不死所以存夫祀，千古萬古耀彤史。

【評】

嚴潔銘奥折。高雨農夫子

【校勘記】

〔一〕此文文鈔初編不載。

卷八

書周高二家拾遺録後〔一〕

此吾師雲皋、雨農二夫子，以其先人讓谿、海樵二先生所存詩不多，因並爲一録也。

二夫子交誼之篤，樹梅互侍其間，見其情，雖親兄弟不翅，宜其於二父不知有彼此之隔焉。雖二父生不相聞而異姓，有子冥通之，亦無異於元白之倡和、竇氏之聯珠也。

道光丙申九月，樹梅在福州，適雨農夫子至自厦門，以是録鋟板，命樹梅職校字，得讀而卒業。名貴清超，不苟不隨，望而知爲耆儒逸士。於是歎二夫子所以發名成業、厚積爲斯文宗者，其淵源宏矣。則是録也，如玄酒之尚，德産之精微，彌少而彌足珍焉，可褻視哉？

語曰：「其作始也簡，其將畢也必巨。」憶二父空山寂歷、俯仰天遊時然後言，言必有得。其卒也，猶一嚴删，一焚去，韜匿光采，隱示後人。有餘不敢盡，獨携無言子之旨，厚集於吾師。其簡也，兹其所以爲巨歟？

【評】

質而嚴，氣體綿厚。周芸皋夫子

【校勘記】

〔一〕此文文鈔初編編入卷八。

書周芸皋夫子遺像後〔一〕

夫子姓周，諱凱，字仲禮，號芸皋，浙江富陽人。嘉慶辛未進士，由編修出守襄陽，有政聲。洊擢漢黄德道，内艱，起復爲興泉永道。道光十二年二月，澎湖饑，奉檄賑濟，全活無算。未幾，調臺澎道兼銜按察學政，校士籌警，政成民和。六年不遷，蓋海疆要區，上方難得其人代之也。十七年春，巡閲全臺，入噶瑪蘭，感瘴病足，還郡。復力疾禱雨，發倉平糶，文移旁午，一出親裁，於是精力消亡，遂以不起。易簣湛如，語弗及私，唯切切自恨，曰：「國恩未報，奈何死哉？」生平所著内自訟齋古文稿，治命次子壤以屬樹梅。蓋七月三十日也，年五十有九。

嗚呼，夫子遊宦楚、閩，汲汲以培士氣爲先務，不肖若樹梅，亦荷教誨，從學六年，所以挈提獎借之者至矣。方夫子移節臺灣，樹梅適膺鳳山曹明府聘，來郡進謁，見夫子形色憔悴，心竊憂慮，不忍遠離。夫子屢促使歸，乃請仿繪小像。圖成，自題富春江上撈蝦翁長句，以示歸志。孰意竟不遂初，而此詩遽成絶筆。悲哉，夫子行己居官，上追古人。光澤高雨農師序已詳備，何敢復贊一辭？顧念泣受遺文，無才闡述，感心知之相託，慨手澤之猶存，謹書像後，用以志吾痛於無盡耳。

【評】

文至真極，自無越思，無飾語。而體自潔，氣自静，神自暇。瀏然忽至，不自知其然，天地間至文也。然其光闇然，其色穆然，恐急索解人不得也。高雨農夫子

【校勘記】

〔一〕此文文鈔初編編入卷八。異文數十處，别録於次。

夫子姓周氏，諱凱，字仲禮，號芸皋，浙之富陽人。嘉慶戊辰舉於鄉，辛未成進士，由翰林編修出守襄陽，有善政。分巡漢黄德道，奉母喪旋里外除，詔起爲吾閩興泉永海防兵備道。以道光十一月至任，駐節厦門。

十二年二月，澎湖饑，全人無算。未幾，調署臺澎道。時逆匪既平，善後事宜，皆夫子經畫。

制府程公以海疆可倚之員入告，故六年階不遷，而夫子之政成矣。十六年八月調補臺澎兵備道加按察使司銜、兼提督學政，校士籌警。靡朝靡夕，已極告勞。

今年春，巡閲全臺，深入噶瑪蘭境，感瘴病足。既還郡，復力疾爲民禱雨，發倉儲平糶。文牘山積，悉出親裁，精神乃盡消耗。易簀之際，神氣湛如，一語弗及私，唯以不能報國恩，早死爲恨。出所著内自訟齋古文稿，付次子壤曰：「以屬林生。」蓋道光十七年七月三十日。生於乾隆四十四年九月十六日，年五十有九。

嗚呼，夫子遊宦楚、閩，汲汲以培士氣爲先務，謂士爲四民之首，士習厚民氣可漸淳，以故不肖如樹梅，猶蒙賞愛，從學七年，所以挈提成就（文鈔初編卷八此處至文末缺）。

書高雨農夫子抑快軒文集後〔一〕

抑快軒文集爲光澤高雨農夫子未刊之稿，篇帙繁重，鈔刻不易，樹梅每與屺民、幼瞻二世兄談而憂之。爰分繕，得七十四卷，欲以壽梓，而未逮也。

往歲乙未，富陽周芸皋師觀察興、泉，延夫子主講玉屏，命樹梅執贄從授古文法。蓋夫子最爲周師所心折，而樹梅則又周師所愛育者。樹梅既從夫子遊，時獲側聞夫子論文之法，以氣體爲主，而泯人己之見。謂人見爲鄙，己見爲倍，無侈才以傷氣，貌似以傷體，乃能文以載道，自鑄偉辭〔二〕。甚恨樹梅奔走衣食，弗能仰承明訓，底於有成，其負吾師之恩深矣。夫子年幾七十，猶神明不衰，窮日夜治書史，著述富等身。生平於韓文故一書尤精力所萃，凡歷三十三寒暑而後卒業。周師一見，即爲梓以行世。夫子亦爲周師校定文集，以報焉。

今二師皆歸道山，周師集，樹梅已與吕西邨、蔡香祖兩孝廉商校成刻，俾一二同志得以先覩爲快矣。獨夫子此集不能不有所待，非及門後死之責邪？嗚呼，古人師門誼重，至有頂踵不恤者。樹梅不才，受恩特摯，忍使夫子此稿無所傳聞，以重及門之咎〔三〕？是則力有難任，而義不忍辭，事未可幾，而心不能恝者也。異時携歸家山，更圖剞劂，使夫子不朽之業得與周師内自訟齋集並播藝林，庶幾好古之士，讀而知我二夫子相知之深，與夫樹梅所以受知於二夫子者。又皆訓之至殷，望之至切，而樹梅獨未能藉手以謝知己於萬一，其何以慰夫子在天之靈，則亦安能不撫遺編，而自傷無狀也哉？若夫夫子學術行誼，出處之大，則有國史、鄉評定論具在，樹梅何敢贅焉？

【評】

大文章從真性情流出，神似昌黎送李正字序。曹子安先生

【校勘記】

〔一〕此文文鈔初編編入卷八。

〔二〕「鑄」，文鈔初編卷八作「樹」。

〔三〕「及門之咎」下至文末，文鈔初編缺。

書陳一齋先生全集後〔一〕

明遊擊將軍、連江陳一齋先生，諱第，字季立，故武人也。其著述多翼經之作，而郡志無傳，豈以武功不顯，並其學亦没之邪？横雲山人史稿以數言附湯允績傳末，齒之武臣能詩者列，亦不足以盡先生。惟焦弱侯謂先生有三異：「身爲名將，手握重兵，一旦棄去，如野衲，一也；周遊萬里，不可羈紲，而辭受硜硜，二也；貫穿馳騁，著書滿家，而字畫聲音，至與繭絲牛毛爭猥細，三也。」誠知先生者矣。

樹梅先後搜輯先生所著伏羲圖贊、尚書疏衍、二戴纂粹、毛詩古音考、屈宋古音義、松軒講義、書札燼存、謬言、意言、五嶽遊艸、寄心集、考終録，凡十有二種，欲使後之問故將軍者，知武人之有學如此。

【評】

一結有逸響。高雨農夫子

【校勘記】

〔一〕此文静遠齋文鈔作「書陳一齋先生集後」，文鈔初編編入卷七，正文缺。

書楊忠愍公年譜家訓後

公諱繼盛，字仲芳，號椒山，直隸容城人。明嘉靖進士，官兵部員外郎。劾嚴嵩十罪五奸，死西市。赴義時，有浩氣丹心之詠。穆宗立，追贈太常少卿，謚忠愍。我朝世祖章皇帝御製表忠録，論公之精忠，昭灼異代。其奏疏載在明史，誠可與日月争光。

樹梅嘗得公年譜、家訓，蓋據梩牀所書，於造次顛沛中從容暇豫，訓誡詳盡。其天性肫篤，操持堅定，洵可爲居家者法也。後又得公全集四卷，視年譜、家訓文稍修飾，而記事不及前卷之詳。欲重録而屈於力，爰録藏之，用資警惕。

公夫人張氏乞代死疏老潔謹切，可與公集並傳。

族兄孝時、阮君如山、陳君梅溪咸謂公家訓周密，聖賢用心，人生切實要道也。因彙輯一帙，題詩付鐫，且識其略。

書孝經集篆後

古文孝經，本科斗書，唐韓文公猶及見，今無傳矣。樹梅去秋母病，發願補篆，病旋愈。於是集取籀文，輔以鐘鼎古篆，倣李厚庵先生孝經全注例，不標章目。又倣積古齋鐘鼎款識例，繼以釋文。昔徐份誦孝經，而愈父疾；樹梅一發念，效復如是。益信天人相孚，古今如一，是即此經首言感應之理也。謹並述之，以勸讀孝經者。

團練鄉勇圖説〔一〕

曹懷樸明府知鳳山縣事，值兵燹之餘，招募鄉勇，乃屬樹梅，擬練士簡捷法，俾操習之。

樹梅考古陣法具載典籍，古今正變不同，而淵源有自。因時因地因人，各存妙奥。惟利於東南之區、深山大澤、野田磎徑，正變得宜，分合如意，則戚公鴛鴦陣之遺法爲最。巘有異者，奉命帥師，兵權在握〔二〕，功則有賞，罪則有罰。弁員以次相統率〔三〕，紀律森嚴，加以大炮轟於前，籐牌聚於後，輜裝載於供給之役〔四〕，餱糧資於轉運之官，專心壹志，練習於平居，一旦應命，收指臂之效。而鄉勇則不若是也，招募者皆同地同輩，既無統率之威，又難賞罰之嚴，介胄火器不能具，朝餐暮宿，刁斗布握之不齊，起於草莽，訓練無間，雖有簡捷遺法，何以成勁旅哉？竊惟兵無官民，督之者法；隊無多寡，運之者心。弁兵與鄉勇，名異而其用則一，勢分而其情則同。亦惟因其一且同者而御之，又不僅陣法已爾。

一曰選精。營兵積習，平居則增糧，臨事則充數，雜矣。而取勝者，勢也。若鄉勇，則真所謂貴精不貴多矣。選年二十以上、五十以下，氣力強壯者聽用。其有素習器械、別精絶技者，聽報註册。或父子兄弟，或内外親同氣類者，挨次聯名，擇日齊集。習器械者，試以器械；不習者，試以硬弓巨石。合者留，毋濫收。此選精以收實用也。

二曰勵志。官兵養其身、養其家，又有加糧，紅白異數，受恩深重，自當撫躬思奮。鄉勇爲臨時糾合，氣固不聯，志復不奮，是在爲總董者訓以含哺鼓腹，久荷承平，刦殺淫焚，深爲禍害。各有身家性命，保要扼，即所以保城池；保城池，即所以保井里。平居指戟稱雄，睚眦報忿，遇小敵勇而大敵怯，非男子也。況仗國家威靈，大兵有應時之接，鄰境有同聲之援，一戰而勝，掛名紀功，夫何爲而不踴躍哉？

三曰練法。鄉勇概係步戰，巨重火器固難猝辦，更非所利，惟鳥鎗爲便。無籐牌則編竹作團式，長兵短兵，各就所習。五人爲伍，以氣類相從，挨次註册，載所習器械，用三寸白粉木牌一塊，繫胸前爲號，正面書某地鄉勇某隊，裏面書姓名、年貌、器械。以若干伍爲前隊，若干伍爲中隊，若干伍爲後隊。前隊曰鳥鎗，五人次立，一人先放，四人以次連放，並以次上藥，循環不絕。先放者繞出，在四人之後。中隊曰團牌，每伍五人同出，三人居前，二人居後。每人遇敵，先以標鎗一枝，一呼同標擊，再同舉步。標鎗以竹爲之，利刃如鎗，頭重身輕，以便標擊。後隊曰長短兵，二人長兵在前，三人短兵在後，相夾相護。長兵用法，一打下，一挑上，一戳中，雙手執定，步步用此三法，無取花色。短兵乘間跳躍，一打一挑一戳，兩手雙起雙落，法亦如之。遇敵在五十步内，前隊鳥鎗先放，兩步一鎗，五人放齊，已得十步。又輪流放一次，已得二十步。又輪流放一次，已得三十步。每伍放三次，共十五響。前隊如有八伍，共四十人，三十步内已得一百二十鎗。前隊照伍立定，中隊團牌，後隊長短兵，乘間冲入敵中，前後左右緊緊相接，以走五六十步爲準，遂回身殺出。前伍繞出後伍之先，後伍仍繼前伍，回身如遊龍冲出敵中，而退仍依中隊。後隊立於前隊鳥鎗之後，冲入冲出，前伍與後伍接續如轉環，左伍與右伍布列如比櫛，各伍自戰，又衆伍相保。不久戀，不停步，不固鬥，不搶敵物，不截首級。入如之糸，出如滚浪。所謂「百人入死地，百人仍生還」也，而敵已大挫矣。如敵復追戰，則前隊仍放鳥鎗三次，中隊、後隊仍如前法，冲入冲出，必以五六十步爲準者，接應回環之密也。分隊退立者，休士氣也。路狹敵衆，則疊伍而進；路廣敵稀，則排伍而進。不鳴金鼓，不張旗幟，一呼而集伍，一唯而臨敵，此取法鴛鴦陣之遺，而合軒轅古方圓陣而變通之，易於演習，可十日而成陣。如能平居照法演習，不躁不怯，利有攸往矣。

四曰審敵。鄉勇之簡捷，非大兵之長驅明矣。若奪隘，若截路，若衝鋒，若刦寨，如前法而戰，以暫勝久，以寡勝衆，則其所長也。用其所長，不得不惜其所短。假使敵氛甚猖，毋攖其鋒，據要阨而守之，俟其怠而刦之。刦則以前隊鳥鎗爲後隊，毋以鎗響驚敵也。敵用火器甚熾，毋犯其烈，堅壁而守，俟其稍息而衝之。衝則如前法，仍以五六十步爲準，易於退守也。不赴於險，不盡其力，自古善將智謀仁術也，施於鄉勇爲尤宜。

五曰放置。就阨塞而練成鄉勇，如法而守，如法而戰，阨塞之利也。就要路村莊，練成鄉勇，如法而守而戰，要路村莊之利也；就城廂内外如法練，以守以戰，城廂之利也。在鄉者多同氣類，必屬之有膽識公正紳士爲總董，不可假手傑驁，更不煩官差騷擾。在城者多無籍遊民，氣類不聯，則屬之官長，威信爲近，仍舉在城總董領之，隨地而練，星羅碁布，隱然通邑連營之象。敵困下鄉，則上鄉援之，下鄉應之；敵越上鄉，則下鄉拒之，上鄉尾之；徑犯城市，則近鄉聞風合圍拒困，内外夾攻之，必使敵人進不能取，退不能全，自可熄念潛踪矣。事平計功論賞，所有册牌，總董收貯，以備不時之用。仍令各歸本業，三冬無事，閒操習之。如泆，聚，則爲兵；散，則爲民。放之無象，置之無形，豈非寓兵於農之美意哉？凡此者，皆練士所當知，知此而後練，而收其效。至若城鄉要阨守之之法，具有成書，倣而行之，枯木朽株，盡爲我利。惟鄉勇一節，法不僅見，不揣愚陋，謹就所讀之書，與先君子庭訓參互會通，縷佈執事焉。是役也，實收鄉勇之效。明府因並屬爲圖説，以志不忘。

【評】

尊著備海要策及團練鄉勇圖説，並卓然成體，可以施行。中圖説尤佳，深得古人分合遺意。曹子安先生

中行穆子毁車爲徒，兩於前，伍於後，即此法也。

【校勘記】

〔一〕此文文鈔初編目録列入卷一〇，正文入卷九。

〔二〕「在握」，原脱，據文鈔初編補入。

〔三〕「有罰，弁員以次」，原脱，據文鈔初編補入。

〔四〕「聚於後，輜」，原脱，據文鈔初編補入。

卷一〇

閩海握要圖説〔一〕

閩海當中國東南隅，漢武帝嘗遣橫海、樓船伐東越。東晉季年，祇爲攻戰所經。安帝時，孫恩、盧循，實始爲寇，因置典船校尉，又設温麻船屯州兵。陳討陳寶應，隋擊王國慶，皆攻其無備，從海道入。唐置經略、寧海二軍，宋置水軍於福、興、泉、漳。其後蔡襄奏籍漁船，教習水戰；李綱又奏無戰艦，水軍不能討捕海寇。元人入閩，蒲壽庚叛，據泉州，擅市舶利三十年。洪武初，命湯和、廖永忠由海伐陳友定，克之。未幾，增置福建沿海衛、所、城及寨遊兵船防倭。嘉靖中，倭愈熾，俞大猷、戚繼光以客兵入援，卒以收功。此皆前代已事，載諸史策，尤可徵者。

夫莫爲之前事無可鑒，莫爲之後法無所傳。方今慎重海防，盡革虚飾之弊。水師提鎮、協營各有專官，在在藩籬，聲威遠播，誠鞏固皇圖之雄略也。然而海疆形勢實不易明，蓋自嶺南迄遼海，徑七千二百餘里，縈折八千五百餘程，非躬親遍歷，安能瞭悉？前明以來，言海防者頗有專書，今昔懸殊，亦惟附記大略，求其指陳。

海務有資實用，殆難言矣。先君子官水師三十餘年，常乘風破浪，勦賊重洋，北至天津，東抵遼瀋，南極瓊厓、交阯，往還數千里，始悉海疆形勢之全。樹梅童時隨侍鎮所，於東南徼外，汛防疏密、斥堠遠近、風潮常變、礁汕淺深、港澳藏匿、匪徒接濟諸機宜，躬承庭訓，敬識其大且亟者。既而先君子謝世，樹梅衣食奔走，再渡臺灣。每與宿將老軍講求利弊，益以身所經歷，參證前聞，思舉其要，資經世之采擇，爰著閩海握要圖說，久乃成書。

篇中圖先於說者，必按圖而後可審形勢，施戰守也。若夫閩海洋汊、島嶼、崎岸、營汛所宜犄角相依，緩急攸資之處，則又繪爲全圖〔二〕，縮諸尺幅。其間吞吐迂迴，纖微畢見。竊以視諸臆揣地形，南北倒置，其傳訛貽誤，孰得孰失，必有能辨之者。至於戰守異同，所謂安不忘危，備而無患，更著其說，曰海道、巡哨、占測、戰艦、勦捕，而附褋録於後。其礁汕、針路，天險足憑，言之不欲逕盡，亦以杜奸匪之避趨。諸公有志經世，尚其未雨綢繆，俾長此海疆清晏，又豈惟閩嶠一隅獨蒙其休哉？

【校勘記】

〔一〕此文文鈔初編目録列入卷九，正文入卷一〇，作「閩海握要圖説總序」，似較勝。

〔二〕「全圖」，據上文，即「閩海握要總圖」。

海道説〔一〕

全閩沿海郡邑、關津要隘具總圖矣。惟山海吐吞、洋汛險易之形，尺幅不能悉載。今自東北以及西南縷析言之。

其交界浙海者，福鼎縣之烽火門，其内港所入曰秦嶼，能容大舟。自北關臺山與浙平陽縣分界，南關内沙埕爲福鼎縣港，有暗礁。秦嶼之棕簑澳，船入小嶼内可避風。烽火門營船防守。西南則爲八都港，西逾烽火門則爲霞浦縣三沙諸澳。八都以下有礁而流急，至七都港皆可泊船。下爲俞山，再下有龍目礁，左右可過。又下有君竹嶼，最爲險惡。惟三沙、五澳可泊船。福寧鎮左營防守。又西南繞於福寧府，其内港所入爲松山塔，爲大金，爲羅湖。外踰青嶼，而西爲東衝，其内港所入，爲寧德縣之飛鸞渡。洋中島嶼有東湧、四霜、芆杯嶼，

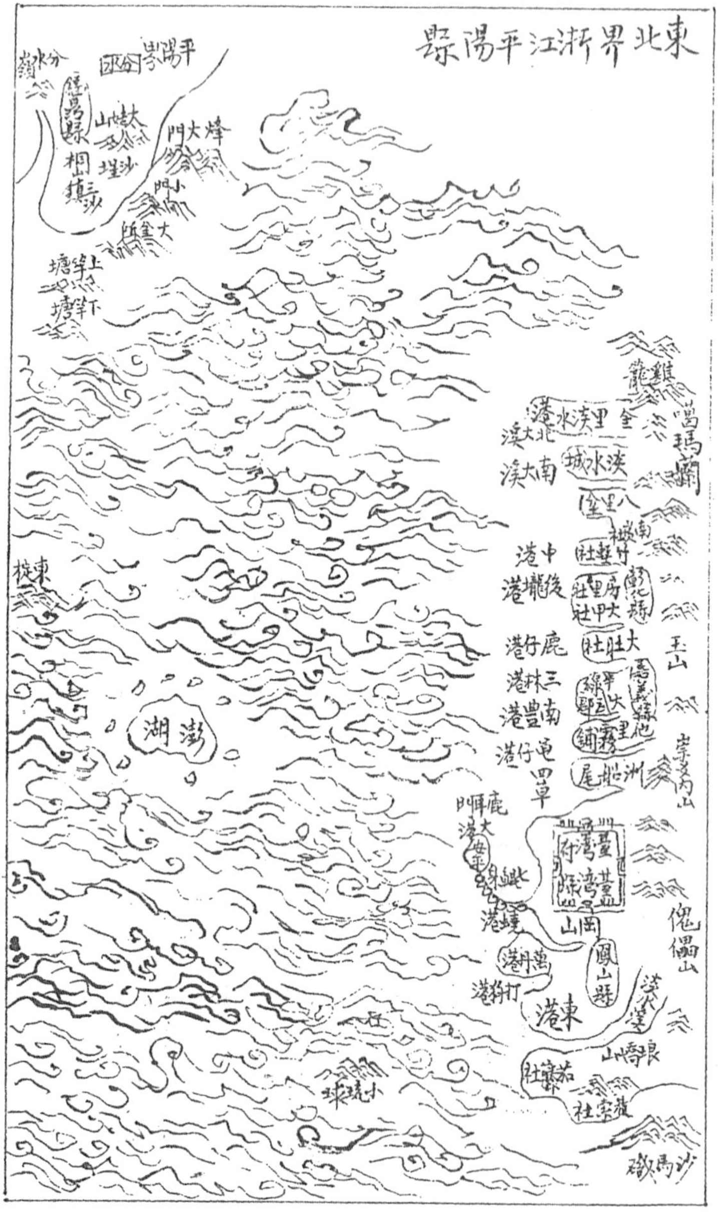
東北界浙江平陽縣
平陽縣
玉山
澎湖
鳳山縣
東港
小琉球
雞籠
淡水城
彰化縣
諸羅縣
臺灣府
鹿仔港
三林港
南豐港
中港
後壠港

福州府
連江縣
泉州府
漳州府
洛陽橋
南安縣
同安縣
海安
金門
廈門
漳浦縣
詔安縣
銅山
古雷
西南界廣東饒平縣
七星

船從嶼門過，中有暗礁。羅湖以下，屬閩安協營汛。北風可泊，潮退無水，對峙芙蓉諸山，皆可寄碇。北到大金所、筆架山、斗米汛，下則大小西洋山，門中及東北皆有暗礁，景橋澳北風可泊。內入鹽田，可泊。南至馬鼻，一潮入寧德港。外踰黄灣、洋嶼，而西則爲東鼓，其内港所入曰後澳。東鼓之西則羅源縣荻蘆門。即北茭汛，與定海汛下目、進嶼、仰月茭跡諸嶼相犄角。西北有奇達、東西洛。南爲黄岐澳，屬連江，有暗礁，然可行泊。内有赤崎，亦可避風。外有暗礁，定海北風可泊。西去月嶼、布袋澳，可避風。南有四嶼，北防、小嶼，門中暗礁。又有小埕汛、長澳，可避北風。須防樂平沙、二髻嶼、竹排礁。其内港所入，繞於福州之連江縣，東爲連江港，西爲館頭。洋中有南北竿塘，二山嚮爲禁島，有境澳可避南風。下皆爛泥，防脱碇。内有七星暗礁，西爲東岱，内入五虎門。由虎橱、熨斗、金牌、烏猪、梅嶼、雙龜而下，至琅琦，移駐閩安，右營防守。建鳳哺山炮臺以扼要衝。又西爲大爐、小爐，繞於閩縣嘉登里，其北岸爲琅琦海嶼，南岸爲長樂縣之廣石、梅花、官井、漳港，皆有積沙，大船難入，其内港之所入爲閩安鎮。北轉羅星塔，又北爲烏龍江，西爲螺洲、陽崎江。又北支分而入，爲大橋、小橋，爲白馬橋，爲路通橋，爲新港，與延、建、邵、汀四郡之谿水匯於福州郡垣焉。

由是而西，繞福清縣治之南，其北爲海壇鎮，其内港所入爲海口、沙埕，礁石險惡，舟行不易。閩安協管界至磁澳以下屬海壇鎮。磁澳門中有礁，北有沙汕，内潮退，無水，外取白犬寄碇，遇北風不可停泊，恐斷碇。又其外爲東沙，亦可寄泊。按，海壇、石牌洋以内有礁，船過大練門，淺不可近，過小練門取鼓嶼，惡礁甚多。一由櫓趾北勢，從大港取鼓嶼、防貓嶼外港心礁，鼓嶼可泊。戧出算盤嶼，有礁。繞西爲松霞港，透海口入縣。

其西爲江陰港，爲興化府之江口橋，爲塔仔。又西爲廢平海衛之平海澳，又西爲仙遊之楓亭港。出海壇港口有竹嶼、觀音澳、蘇澳，可避南風。西南不便，潮退無水。下爲宫前，皆多惡礁，惟後營山澳内可避風。下爲萬安所，門扇後俱有暗礁，水流甚急。又下爲野馬門、南日、西寨澳，南風可泊，北風則泊平海上東户澳。平海至湄洲皆多礁，南風可泊。過香爐嶼，外有細礁，南風潮退，甚淺。過吉寥、舉尾、蠔埕，南有網桁。

又其西爲青龍橋，則内通於惠安縣，又其西爲龍潭港。夾港寨堡名大小垳，澳内水淺，有暗礁，南風可泊。外有香爐嶼，海壇鎮界止東南菜子嶼，以下屬金門鎮洋汛。又其西爲萬安橋，所謂洛陽橋者是也。洛陽橋南出獺窟，爲崇武。崇武之西爲蚶江廳，其内港所入，達於泉州之南門。崇武、獺窟皆可泊，亦多礁。入大、小隊門，西爲祥芝，與鷓鴣諸汛炮臺相扼要。西爲永寧澳，甚淺，多礁，惟宫前可泊。又西爲石圳澳，可泊，宜防礁。過烏潯頭，北勢爲深滬澳，可避南風。金嶼有半洋礁，尤險。其西爲圍頭，其内港所入，爲晉江縣安海橋。

其西爲馬巷廳澳頭。圍頭泊船防礁，内洋有大、小嶝二嶼。其北岸爲金門鎮，屬同安縣，並屬馬巷廳。其要口爲料羅、官澳、烏沙頭、塔仔腳，皆有暗礁、沙汕之險。東北外洋東碇嶼，遠船以爲準。西有烈嶼，其澳名城仔角，東有沙汕。又西有大、小担門，二嶼峙立，船從中過，皆有炮臺。澳頭西爲埭頭，其内港入於同安縣。又其西爲後溪港，爲關潯港，皆内入於同安。又其西爲灌口港，渡水曰鷺島，即厦門，爲水陸之會。蓋北自乍浦、錦州、天津，南自安南，東至日本、琉球、吕宋、紅毛、葛剌巴，洋船之所通往。自隋、唐以來，其放洋針路，皆準諸此，四方商賈雲集也。厦門屬同安縣，水師提督駐此。南鼓浪嶼，北高崎，與同安内地潯尾一水之隔。高崎東爲五通渡，與馬巷廳之劉五店隔江相望。出大担門東南，與金門、烈嶼輔車相倚。過漳州府之西南，其内港所入曰海滄橋、石勒港、龍江港。内有島嶼、玉洲、福河、石碼等處，俱屬水師提標營汛分防。其北岸爲海澄縣，海澄島雖海中，其内港所入環抱縣治。

其西如龍海橋，南如浮南橋，率皆涉水。北港西出鎮門、馬洲而達於漳州府之南門，逾府治西爲杜潯港。大担門下爲浯嶼、島美汛，前後多礁。南爲冬瓜嶼，外洋有南碇嶼。内爲太武山，與金門北太武山兩塔遥峙，洋船望以爲準。南太武山下有澳，可避風，防爛泥脱碇。再下爲定海澳、文進嶼、井尾港、鐙火灣、將軍澳、虎頭山、陸鼇、古雷諸汛，皆有暗礁，可擇澳泊。其支分爲雲霄廳港，又西爲八尺門港，又西爲宮前，又西北入於詔安縣之懸鐘港。其南至廣東交界，止於南澳、鎮山。渡八尺門，即銅山營防守，屬漳浦、詔安交界。外有甕嶼、東門塔嶼，港門水急，外有礁汕。南有蘇尖、東澳，外有礁石，洋中有柑、桔二嶼。又南曰宮仔前，可泊，暗礁及網桁甚多。外有虎、豹、獅、象諸嶼。出懸鐘港外，蹄虎子嶼，南有雞母澳，可泊，内屬廣東饒平縣之柘林。大金門外取南澳、鎮山，有深澳可避東南風。若雲澳、隆澳、青澳，即須觀風擇泊。東有蠟嶼，炮臺以守其口。東南外洋有澎嶼，南有落漈，水趨下而不回，即古所謂弱水也。又有南澳，氣吸四面之流，舟行誤入，不能脱矣。西南有辭郎洲、放雞山，西通潮州、澄海、達濠、甲子等處，汛巡交錯，洵閩南衝要之區也。

計自福州府城北至浙江温州府平陽縣界七百四十五里，南至廣東潮州府海陽縣界一千九百里，合陸行二千六百四十五里。海道自廣東交界之南澳鎮，俱從裏海彎邊逐日乘潮而行，日暮改澳停泊，故計潮而不計里。自金門鎮而上至浙界，俱從外洋乘風駛船，約以更數，又不能按潮而定，大要水程亦不過二千餘里也。方今兵律之詳，軍威之盛，嚴密邊防，亘古莫及。又深察夫閩省之要，海甚於山；防守之宜，水重於陸。故以陸師謹守内地，而以水師分鎮沿海，内外交防，以時巡緝。南風則由南而哨北，北風則巾北而哨南，無事合操，有事夾擊。縱使盜匪希圖窺伺，而海洋遼闊，勢不能合齊至，我師乘機撲滅，可以就殲，又何至養癰滋患哉？

竊謂從來海寇出没，閩、粵爲甚，江、浙次之，山東又次之。蓋以閩地東南控海，從海道入閩，則上起烽火門，下抵南澳，中間閩安、海壇、金門、厦門、銅山，無處不可攔入。遊䑸海上，一息千里，設備之法，全藉斥堠爲耳目。若使煙臺汛哨繡錯綿聯，應援聲氣，已極相通。而島嶼、港澳可以棲泊避風，賊所能知者，先守之樵徑汲道；賊所不識者，亦防之以逸待勞，法莫善焉。加以文武和衷，水陸協力，泯畛域之見，惟奸宄是殲，海道可期清肅矣。

臺灣在閩東南大海中，面向西北，爲沿海七省外障，而諸島往來之要會也。昔號東番，不通中國。明嘉靖中，俞大猷追逐海寇林道乾，乾遁入臺。俞駐澎湖，時以偏師哨鹿耳門外。後爲荷蘭所據，鄭成功乘而襲之。我朝康熙二十二年入版圖，設臺灣府，初領三縣，曰臺灣、鳳山、諸羅。雍正元年增縣一，曰彰化，後增臺灣、淡水、澎湖三廳。乾隆五十二年，林爽文亂，諸羅被圍，久拒，特賜今名，曰嘉義，蓋旌之也。又設鹿港廳，其東北山後曰噶瑪蘭，别一奧區，嘉慶十五年收爲廳。

計全臺東不盡山，西不盡海，北自大雞籠，南抵瑯嶠，横亘一千七百里。東北山後尚有萁萊、泗波瀾等處，荒地漸闢，則不能以里數計。內則層巒疊嶂，爲土番巢窟。外以澎湖爲門户，鹿耳門爲咽喉，幅員雖不及於閩省，而日本、琉球、吕宋、紅毛諸國，於是乎望舟航所通，與金、厦相表裏矣。日本、琉球指雞籠爲圭臬，吕宋往來以瑯嶠、沙馬磯爲標準。内地來船則以岡山、打鼓爲依歸。其與内地詔安之懸鐘、銅山對渡者，爲鳳山縣東港、打鼓港，水程俱約十五更，針路以卯酉爲方向。打鼓港在縣治西南十五里，港口有巨石劈分水門，成南北二支，南入爲前鎮港，又入爲鳳山港；北入爲硫磺港。岸上有旂，後汛炮臺扼守，屬安平協右營。其南水中，有凉傘礁及沙汕，大船不能出入。又其南三十里爲東港，又其南歷茄藤港、放縤港、大軍麓、枋藔諸港，而至瑯嶠番界，水道險遠，暗礁甚多，船不敢泊。西有小琉球，南有沙馬磯、紅頭、火燒諸嶼，皆險絶而孤懸，舟不易至。自打鼓港踰沙汕而北，爲萬丹港、新打港、竹仔港、蟯港，至臺邑交界。與泉州之金、厦二門從澎湖西嶼轉渡者，爲臺灣縣鹿耳門，水程十二更，針路以巽乾爲方向。鹿耳門在縣治西，水道三十里，水中浮沙形似鹿耳，以蔽水口潮汐，與安平鎮七鯤身相聯。北至洲仔尾，海道紆折，僅容數武，舟行插竹標爲記。汐退沙漲，雖長年三老，不能保舟不碎。屬安平協中營防守，口汛掛驗出入商船。至嘉義鹽水港、笨港，皆多沙汕。與泉州之蚶江對渡者，爲彰化縣之鹿港，水程七更。鹿港在縣治西十五里，移駐安平左營兵船，港已淤塞，惟左近之王涇及番仔窪大船可入。又上之海豐、二林諸港，小舟運貨而已。與福寧之烽火門對渡者，爲淡水廳竹塹。與福州閩安鎮五虎門對渡者，爲淡水之八里坌，水程俱五更，針路皆借勢斜取巽乾、已亥之間。竹塹在廳治北十五里，八里坌在廳治北百八十里。其東北爲大雞籠，距二治二百五十里，昔鄭氏與日本互市處，上有石城。臺地無霜雪，獨此嶼極北，寒甚，冬有積雪。今設汛防，屬艋舺營分防所轄。小港僅通載貨小船。而噶瑪蘭廳之烏石港南趨淡水艋舺，西渡閩安、五虎，皆甚便。艋舺，即淡水港，在廳治北二百里，内可泊船。繞八尺門諸港，踰大、小雞籠嶼而入噶瑪蘭之烏石港，中有小嶼，汐退可見。烏石港之東曰蘇澳，海賊蔡牽、朱濆嘗泊此，思取噶瑪蘭爲負隅地，先君子擊而走之。其地民番襍處，奸匪易潛，巡哨斷不宜緩。

臺灣月上常早，十七八後月值初昏，即臨卯酉，故潮長退視金厦較早。金厦則初一、十六潮長子午，而退卯酉；初八、二十三潮長卯酉，退子午。視臺灣之初一、十六潮長已亥，退寅申；初八、二十二潮長寅申，退已亥，所差竟至一時。彰化以下潮流過北，汐流過南，與澎湖同。彰化以上潮流過南，汐流過北。自鹿耳門至打鼓港，潮汐較内地早四刻。打鼓至瑯嶠則早一時。鹿港北至淡水，又與内地同。至若風信過洋，以四、八、十月爲穩。四月少颱風，八月秋中，十月小春，天氣多晴故也。六月多颱，九月北風初烈，或連月風，爲九降，航海所最忌。蓋颱颶多挾雨，九降多無雨而風。内地之風，早西晚東；臺灣早東午西，名曰「發海西」，四時皆然。船出鹿耳門，必得東風方可放洋。澎湖來船，必俟西風方可進港。倘如内地，早西晚東，則去船過日中始能放洋，來船昏暮不能進港，其風信與内地迥異。又相傳有暗洋在臺灣之東北，一至秋即成昏黑，至春始旦，蓋一年一晝夜云。

澎湖撮土，孤懸大海中，四面八方汪洋無際，爲臺灣門户，天設之險阨也。自金、厦放洋横渡，大海洪波祇分順逆，凡往異域，順勢而行，惟閩地之渡臺、澎曰「横洋」。自舟坐乾向巽，行水程七更。初渡紅水溝，再進黑水溝，蓋海水碧色，此獨黑如黑〔二〕，又勢微窪，故曰「溝」也。二溝在大洋中，風濤鼓蕩，與碧水終古不淆。黑水廣約百里，自北亘南，不知紀極，亦曰「黑洋」。或言順流而下爲萬水朝宗，南爲落漈。過溝既久，見白鳥飛翔，即近西嶼。自厦而東，從西嶼左轉抵臺；自臺而西，由西嶼右轉抵厦。往來遇風，群望西嶼宿帆。然澎湖諸島皆平岡，無峰巒，舟行稍遠，輒伏不見。通判謝君維祺建石塔於西嶼之顛，蔣君鏞重修，置長明燈燃塔頂，風雨晦冥，引舟收泊，泛海遂免失道之虞。若見西嶼、貓嶼、花嶼，可進。若遇溝，計程應近澎湖，而諸嶼不見，定失所向，仍收泊原處，以候風信。

入西嶼內，即大山嶼，爲澎湖廳治。廳治在大山嶼之文澳社，協營在媽宮灣。志謂澎湖三十六島，如排衙，以今考之，實五十有五。海闊天低，水急而流迴島嶼，蜿蜒繡錯，內溪雖容千艘，而水口僅通一舟。其外皆礁石，不惟無可進，且無可泊。其最險處，如吉貝嶼之丁字門、八罩嶼之船路礁，非生長其地、熟諳水性，不敢自操舟楫也。外此尚有東吉嶼之鋤頭、增門，中墩嶼之雁晴嶼門，陰嶼內之沈礁，虎井頭之上霾，怒濤相觸，俗稱上霾。皆天險自設。若東吉下之入溜，即所謂落漈，汊流湍激，洶湧沸騰。風平浪静，舟尚難進，一遇颶風，瞬息衝破沉没，百不存一。故泊船之澳，別以南風、北風，有如南風盛行，誤灣北風澳，舟必壞，北風亦然。康熙癸亥之役，當盛夏，南風大作之候，僞都督劉國軒泊南風澳，我師皆誤泊北風澳，國軒謂可弗戰勝也。俄北風大作，我師舟楫無損，而敵舟連覆没，鄭克塽遂舉全臺以降。自澎湖赴鹿耳門，舟亦乾向巽行。鹿耳門居臺灣縣西北，澎湖又居鹿耳門西北，與金、厦東南斜對，針路俱以巽乾爲方向。水程五更。放洋時，水自深碧轉爲淡黑，回望澎湖諸島，猶隱隱可見。頃之，漸入煙雲外，前望臺山，若隱若見。更進，水淡藍色轉而白，則臺灣儼然目前矣。

【校勘記】

〔一〕據上文，此説與以下各説，圖先於説。各圖今佚。

〔二〕下「黑」，疑作「墨」。

巡哨説

閩地瀕海，港汊叢雜，島夷貢道必經，而南北商艘所出入也。夫險阻常存，則衣衂宜戒。矧控海馭波，倏忽南北，盜賊出没，即以瞯吾之防，故水師以巡哨爲急務。

考昔人所謂「福、漳一面當海，興、泉兩面當海，若福寧一郡獨當三面之海」，在前明爲倭寇所先犯。初立「五水寨」：曰烽火、小埕、南日、浯嶼、銅山。後增海壇，浯、銅爲二遊。又增南澳、俞山、湄洲爲五遊。復設臺山、礵山、五虎、鴻山及澎湖等遊。領以世胄材官，皆紈袴子弟，不經訓練。旋移二寨於内港，議者以爲棄其藩籬。其後五遊漸淪番舶，倭乃日熾。雖戚繼光請復周德興所設福哨、鳥槳諸船，分哨港澳，並定兩寨會哨之例，苦無專責，僅等具文。

方今海壇、金門、福寧、南澳專設四鎮，閩安、澎湖設二協，烽火、銅山設參將，而小埕、南口、浯嶼、俞山、湄洲，則營哨，兵船聯絡呼應，較往代爲尤密矣。謹案功令：會哨歲有定期。水師提督抽撥十船，聽南洋總兵調度者六，聽北洋總兵調度者四，期滿撤回，名爲「跟巡」。而海壇、福寧二鎮會哨於北竿塘，又與金門鎮會於涵頭港，金門鎮與南澳鎮會於銅山。至期責成該管各巡道預赴會哨處所，俟兩鎮到齊，會印通報。如有翫視偷安，通同揑飾，一併參辦。並令各鎮會哨事畢，仍巡迴所轄洋面，爲總巡，其各協營將弁，每月輪班出洋爲分巡，仍於上下接界會哨，由各鎮取結通報。可謂控險阨之衝，杜窺伺之孽，法至善也。

然閩洋上通江、浙，下達廣東，其間又有南北之分，如南澳鎮之雲蓋寺以上，謂之南洋，每歲夏秋，匪船多乘南風自粤來閩，閩之匪船必乘冬春往粤。宜於南澳、銅山、懸鐘、鎮海、浯嶼、大担諸汛内外防巡，遏其趨捷至。金門鎮之料羅、烏沙、官澳、安海、圍頭、峰上皆爲商漁停泊、避風、汲水之門户，奸匪易於潛蹤。再上則永寧、深滬、祥芝、獺窟、崇武、湄洲、平海、南日諸港澳，嚮爲奸徒勾引之區，尤巡緝之不可緩者。至海壇以上，謂之北洋，值秋冬時，多西北風，船之自南而北必寄碇於所轄之鼓嶼、磁澳間，俟風稍轉，方能駛過南茭。春夏之時，多東南風，船之自北而南，亦當寄碇東沙、白犬各洋面，以候風順再行。故磁澳、東沙等處實爲南北咽喉。又自白犬而上，則竿塘、定海、黄崎、北茭、羅湖，俱爲閩安協所轄洋汛，皆有停泊、避風、接濟水米之處。再上，則福寧鎮管轄之大金、三沙、俞山、烽火，至北關爲閩、浙界洋。每歲秋冬，匪船多自浙而趨閩，閩之往浙多在春夏。苟能確按風信，實力巡防，則閩、浙相通之路，匪船不易往來，事半而功且倍之。

凡海汊之所分，各有内港，大者巨航可入，小者支分屈曲，非可遽竄。與其一一防守，不若審擇要害，兵不費而寇可遏。近時土盜竊發，往往取間道，突至爲患，則所宜防堵，又不僅多巡要害乃可無虞。矧盗船初出，必且僞爲商漁，請給牌照。洋遇孤商，則劫貨擄人，占坐其船，遇巡哨則隱匿刀鎗，呈驗牌照，何從辨其爲盜？即使報劫頻聞，未知匪船孰是，故歷來大夥賊艘尚易勦滅，而零星土盜轉難捕追。若人船兩地，舵手異名，私藏禁物，載貨不符，篷無書字，舨無刻號，牌照逾期不换，俱屬違例。例於釣船水手，但載十餘人，近乃多至三四十人，詢之，指爲搭客。違禁器械無所不有，詰之，稱爲禦盜。夫以晝夜在洋收放釣網，既罕停泊之時，豈有搭客之理？又無重載之貨，安用防盜之資？是其多帶器械，顯爲包藏禍心。且船隻給照，必先書寫縣號、船户姓名於風篷之上，及刻兩舨，以憑察驗。若以布席遮掩其字，必將爲盜，恐被認識指告耳。凡此形跡可疑，在在留心盤詰。

今兵船出洋巡哨，盛爲威儀，是先驅盜賊，而使知避也。先君子常易服藏兵，假商船以餌其自投，或於風雨晦冥，並舷偕泊，乘賊不意，擒之。久之，賊將自疑其黨，亦兵家用間之機也。後之有事，巡哨者宜留意焉。

占測説

占風潮，順逆爲進止；測港道，險夷爲難易，此用兵海上之要機也。風雲變幻於頃刻，既可預占；山海形勢之不同，尤宜善測。故水師之選，最重舵工及水手、瞭望之人。然而把握在我，操縱自如，又不可悉委此輩也。今舉其要有四〔一〕：

一曰知風信。春東，夏南，秋西，冬北，皆四時正氣之風。非是，則爲颶、爲颱、爲暴矣。颶之將起，必先有以兆其端，或無風而礁頭拍浪，海氣蒸熱，水面生糠，海水腥臭而湧黑泥；或望晴空忽有黑翳，雲氣鱗鱗，日光圍暈，天色變紅，半虹遥掛，海鳥群飛，龍尾下垂，人魚笑立，魚身人首，口闊至耳，見船而笑，俗呼爲「海和尚」。大鯊、赤蛇浮遊海面。朝看東南，暮西北，黑雲蔽日；春望山頭，冬海口，霧氣瀰漫，皆主大風雨。若雲腳開口，星宿閃爍，則知風自是起。大抵清明後常南風，霜降後常北風。南風易息，風不勝帆，舟宜小；北風難止，帆不勝風，舟宜大。夏至以降，北風信起而雨，隨之颱至，不越三四日轉西風，然後定舟。人謂正、二、三、四月發者爲颶，五、六、七、八月發者爲颱，颱甚於颶，颶急於颱。蓋颶力聚尚可支，颱則散而難制。颱風挾雨旋舞空中，舟行遇之，輒覆没。故颶起自東北者，必自北而西；自西北者，必自北而東、而南，謂之「迴南」，大雨滂沱，其風乃息。否則踰月復作，作必對時，有一歲再作，數歲不一作者。然有雷，雖颶不成。既颶，遇雷亦止。若颱則無定期，如夏應南而北，秋冬與春應北而南，率有颱，顧其來也漸，人可偵避。諺云：「四月一雷割網走，五月一雷斷風吼，六月一雷止九颱，七月一雷九颱來。」則又不必以雷止耳。按，字書無「颱」字，今姑從俗。「颶」字從風從貝，取佛經「風虹如貝」而言。又作「颶」，謂風具四方而至。不知風起必環轉，四向而息，是四面遞至，非具至也。要之，非常之風，常在七月，颶之以時異者，又謂之暴。初三、十八潮最大，風隨發，恒成暴。暴亦颶類，其期先後不出七日，多有繫以神人名號者。不經之說，無足沿述。而相傳諸日，正月初四、初九、十五、二十九，二月初二，三月初三、十五、二十三，四月初八，五月初五、十三、二十，六月十二、十八、二十九，七月十五，八月初一，九月初九、十六、十九，十月初十、二十六，十一月二十九，十二月二十四等日。皆暴期之宜防者。春暴，初來甚勁而漸小；冬暴，初小而愈甚，所謂風癡。然風期暴氣，爲四季之常有，雖甚勁，不過一兩面之風，得一兩面之澳，便可灣泊，非若避颶，必得四面之澳也。泊舟之澳負山面海，山在南可避南風，北可避北風。若東南風大發，則無可避之澳，以閩海向東南故也。

二曰習水性。行船遇逆風敲戧，逆風纖行，謂之「敲戧」。或順駛風輕，全憑潮流之力。凡潮，皆從東南自外達內地，有遠近，故潮之遲速因之。潮來觸山，勢隨山轉，山有上下之分，故流之東西亦因之，此因地之水性也。然潮汐往來，與元氣相嘘吸，一漲一退，信乎不爽，惟內外海差別。蓋外漲而內退，內漲而外退也。閩多外海、港汊，故以外海應漲、應退之時刻定之。月臨卯酉，潮漲東西；月臨子午，潮平南北。潮漲多在春夏之中，潮大每在朔望之後，海濱皆然。著潮汐消長圖以備觀覽。

按月一轉，週而復始。又每月初三、十八爲大潮，餘漸增減，大小循環，每月兩信，計每年二十四信。所餘之日，積併歸於四月、十月。此兩月各有三潮，猶積小成閏之理，是週年二十六信，此應候之水信也。既能推準潮流起落大小，又能酌量船身宜水之淺深，胸有定見，方保無虞矣。

三曰計更數。凡外洋駕船，不分晝夜，並無停泊，水天浩茫，不見山嶼，宜用沙漏以定更数。漏用玻璃瓶兩枚，細口大腹，一枚盛沙，兩口對合，中通一線以過沙，倒懸針盤上，沙盡爲一漏，復轉懸之。一晝夜約二十四漏，每二漏半有奇爲一更，每更約六十里。風緩船遲，雖及漏刻，尚不及更；風疾船速，未及漏刻，已逾六十里，爲過更。更者，舟行一日夜，以十更爲準，或爇香幾枝爲度。船在大洋，風潮有順逆，行度有疾徐，須以木片自船首投於海中，人自船首速行至尾，木片與人齊至，則更數方準。若人至船尾而木片未至，則爲不上更，或木片先人而至，則爲過更，皆不合也。凡更，就順風而言，若風静，風逆，則因風之遲速折之，其法皆本於鄭和云。又以指南針定方向，指南針俗呼「羅經」，舟人又呼爲「干經」。度至某處，更數若干，宜用子字針路，則船頭又轉向子字行。又約幾更，應轉

閩海潮汐消長之圖

初一、初二、十六、十七日	卯辰巳時漲	午未申時退	酉戌亥時漲	子丑寅時退
初三、初四、十八、十九日	辰巳午時漲	未申酉時退	戌亥子時漲	丑寅卯時退
初五、初六、二十、二十一日	巳午未時漲	申酉戌時退	亥子丑時漲	寅卯辰時退
初七、初八、二十二、二十三日	午未申時漲	酉戌亥時退	子丑寅時漲	卯辰巳時退
初九、初十、二十四、二十五日	未申酉時漲	戌亥子時退	丑寅卯時漲	辰巳午時退
十一、十二、十三、二十六、二十七、二十八日	申酉戌時漲	亥子丑時退	寅卯辰時漲	巳午未時退
十四、十五、二十九、三十日	酉戌亥時漲	子丑寅時退	卯辰巳時漲	午未申時退

向癸字針路，則船頭又轉向癸字行是也。再以長繩繫鉛錘，名水駝，測水淺深。以一仞爲一托，錘底蠟油，粘視海泥何色，便知已至某處。或應見某山，山形何似，如合符契，則更數針路，皆無差錯矣。至若彎邊行船，認山頭，不用針路。如，今日自某處開船，至某處有澳灣，泊可以安穩，謂之「一安」，每安六十里至百里不等。船至中途，無風可駛，進退維谷，不得不隨地寄碇。每日一安，乃就迎風織戧，及順風輕微者而言，若得順風，調勻足駛，則每日竟可過數安矣。

四曰望山形。如一山嶼自北迤南約五里，自西至東約一里，就東西而望，則「一山嶼」也，而四面之觀望，各具一形。大率山高，即見山影照水，猶可再攏灣泊；如山低，一見山影即當下碇，恐其迫山犯淺。蓋山高影自遠，山低影必近，此不易之理。無論黑暗之間，固當細察，即晴朗之際，亦須詳認，不則遇大魚巨黿，誤指山嶼；見蜃樓海市，而入迷津，往往有之。又礁石、沙汕生出水面，形影可觀，尤易躲避。惟暗石沉沙，潛伏水底，最難隄防。必須平時熟悉，或直或横，或從左生右，或自右過左。更當知其船頭宜向某山，船尾宜對某山。或望某山與某山漸次開門，則將至沙石；或望見山門大開，則正對沙石；或望見山門復開，則已過沙石。在在留心，庶免衝擊。沙因風浪淘積而成汕，故無定形。今年南風狂大，則沙北移。明年東風猛烈，則沙西遷。非本地常經，未能熟悉。故外來必先問道漁人，彼於沙汕遷形，皆能口説指畫。此固操舟所當加意者。

五曰慎行泊。船中水手分理篷繚、艕碇，皆聽命舵工，責綦重，故招募時必先試舵工以風潮、礁汕、更程諸説。果見諳練，方可任以載兵運餉，出入汪洋。其要尤在平日預量船身之輕重、勁軟，其揚帆操駕，或便於開竿，桅竿也。或便於靠竿，或便順流，或便織戧，或承篷，或不承篷，或載宜壓前，或載宜壓後，或前後平壓，宜水深淺，一一瞭然。入港之時，須察風潮順逆、港門寬窄、澳水淺深、泊船多寡。如風順港寬，澳内水深船少，即走馬拋碇，或起頭落篷，然後下碇亦可。或順風而流逆，或風逆而流順，港門狹窄，澳内水淺船多，必先放下杉板，並带頭，即用小船引導。櫓槳平施，徐引入澳，觀前顧後，酌左量右，無礙鄰船，方可下碇。至出港之時，碇將起斗，必須照顧頭篷，或左或右，以便撥轉。或遇風逆門窄，杉板仍須带頭，俟出港，篷力得舒，再佩杉板。收杉板小船佩大船之上。或海外無風，重霧冥蒙，不見山嶼而潮流洶急，篷既無力，舵必不靈，船之進退，左右不能自主，勢必隨流湍溜。若盪出外洋，則船路之去向不辨，或灡近内山，則礁石之衝激堪虞。惟有寄碇，徐俟風來霧散，别作主張。外海遭風，不及躲避，無從收泊，惟有減篷，迎風織戧，以待晴息。若風濤猛烈，船難轉折，則須落篷拖碇，隨風飄蕩，冀僥倖於萬一。此航海占測之大要也。

【校勘記】

〔一〕「四」，據正文，當作「五」。

戰艦説

水師巡守，首重戰艦。然外洋一望無際，有風時多，無風時少，順帆敲戧，一聽於風，故欲攻大敵，非用同安梭式趕繒艍船不可。蓋趕繒之制，其蜂房牆，即古樓船巨艦，遇敵舟小者，可以直衝橫壓，彼既難於仰攻，我則易於俯擊，誠海戰利器也。然利於深水汪洋，若風潮阻難，不便回翔，不能泊岸，須假小船接渡。是以水師各營分配戰艦，大小相資，亦因時因地制宜之法。閩、廣、江、浙，海勢不同，船制亦異。廣東海嶼聯絡往來多從裏海，且風氣和柔，故其艇旁設架，便於摇櫓。江、浙船制，平底布帆，便於盪槳。此所以與閩船駛篷破浪異也。别有名大横洋、大趕繒者，其制長十丈，廣二丈有奇，可載三千石。其式狹底廣上，高大如樓，可容百人。其首昂而口張，兩旁爲舨，護以版牆，人倚之以攻敵，矢石火炮皆俯瞰而發。左右設閘，曰「水仙門」。人所由處左曰「路屏」，右曰「篷屏」。泊船即架篷於此。中官廳，祀天后，曰「占櫃」。官廳內左右小屋各三間，曰「麻籬」，有門可闔，官廳外總爲一大門。出官廳爲水艙，左旁設厨竈，置大水櫃貯淡水以供食。水艙以前，格艙爲六，迄大桅根，格堵乃兵士寢息所。躡梯而下，深不可居，惟實米、石、沙、土，以防輕蕩。口如井，版蓋之上，鋪版曰「戰棚」。桅高十丈，番木爲之，番木購自外洋，然以例價所限，或用松杉。以挂大篷。篷織篾箬爲摺疊。升降大篷之繩曰「律」，旁牽小繩曰「繚」。繩索麻要長而白者良，藤色白而小者良，樓須梳净，不可雜有片碎。大篷上加布帆，曰「頭巾頂」，所以憑虛御風，使船輕捷。兩旁加布帆，曰「插花」，使船不偏。桅竿之上加以鸚哥旗，即古之檣烏，候風羽也。或作蝶旗、魚旗、方牙旗，不一其制。桅根以前小艙二格，乃水手所居。頭桅亦掛小篷，短於大桅。頭桅前即鵁首，安正碇一，副碇二，俱用番木，重千數百斤，狀如杵，繫樓䋲百數十丈，有鐵鈎，曰碇齒，以泊船。碇須迦蘭膩鐵梨木，或赤皮紫荆，能沉水者。鵁首亦穴梯而上，如露臺，然翼以扶欄，下碇、起碇皆於此臺用力。官廳中格曰「聖人龕」，安羅盤，即指南針。以定方向。龕左右小屋二，曰「虎頭麻籬」，居舵工。再後曰「舵樓」，左右二小屋，如蜂房，常簸動，不便居住。舵用番木，爲一扇，棹之，舟能轉旋如人意。舵無番木，赤皮亦可。又有舵牙，多備船上。貫舵之索曰「勒肚」。以椶麻爲之，繫自舵尾，由船底牽至船頭。行則收緊，以保舵力，索斷則舵脱矣。舵樓右小桅挂篷，曰「尾送」。朔望歲時，即升天后神旗。更備走舸，曰「杉板」，以便登岸。大船行則收置杉板於篷屏之内。船小即佩带杉板於船旁。船中輯衆者曰「管駕」「弁目」，主操舟曰「舵工」，司爨曰「炊丁」，上桅理篷繩、司瞭望，曰「鵶班」。亦曰「斗手」。修整船器曰「押工」，船滲漏或器具少損，急宜修補，不則，追捕外洋，戧駛遲緩，且驚虞風浪，不能專心攻戰，故押工尤宜慎選。分司舵、繚、版、碇，曰「頭目」，其佐事者通曰「水手」，專任攻擊曰「戰兵」，能出没水中曰「水兵」。此同安梭式大趕繒水戰而勝他船者，其製備也。

若夫艍船之式，有單篷、雙篷，小於趕繒。又有八槳小哨以供裏海巡哨、探報之用，曰「草鳥船」，能狎風濤，行駛尤捷。大要造船務在主者留心，嚴督工匠，遵守成法，勿以器小而輕忽，勿因料貴而苟簡，尺寸合度，必堅必良，方可適用。如趕繒、艍船之類，俱以龍骨爲根。龍骨爲第一要件，如人身之有脊梁。用松木在船底，自首至尾三節合成，一船之力皆寄於此。龍骨每丈趕繒船配大含檀三尺一二寸，雙篷艍配大含檀三尺，配頭含檀一尺六寸，含檀用樟木，桅力所寄，清漢字於此烙印。配大堵樑三尺三四寸，配尾坐樑二尺六七寸，配頭招七尺，配櫓八尺，配大桅一丈二尺，配頭桅七尺有奇。篷短於桅十分之三，其廣倍於含檀。杉板、正碇俱與大含檀相等。副碇短一尺，次副碇又短一尺。趕繒船艙口二十一，雙篷艍艙口一十九。造作配搭之規矩，大要如是。因時變通，又在乎人船之承篷與否，在於八尺之寬窄、船之深水與否，在於起底之平尖船之衝浪與否，在於雞胸之肥瘦、船之利水與否，在於收尾之高低。船身配長，則舵葉用窄；船身配短，則舵葉用寬。桅照水，則上繚宜鬆；桅鈎後，則上繚宜緊，所謂分繚寸舵也。

入澳灣泊，律索須套下，篷宜蓋密，以免雨溼。晴用海水漂洗，以免霉脆。按年由營領銀更換篷索一次。早晚澆洗船身，兩邊水眼必須通潔，平時責令珍惜，駕駛方可得力。灣泊日久，碇必翻齒，恐其蝌蛀。風無定向，纜須時理，無少攪纏，致有誤事。遇碇地爛泥，碇繩須墊草鞵以防拖脱。風浪大時，纜須生根以防斷杙，且宜墊起著鞵，以免濕磨纜身。在洋駕駛日久，大繚亦須用鞵，否則浪擺繚傷。船中器具皆宜牢固齊全，即此碇纜之鞵，甚屬微細，亦當豫備，以待不時之需，則其大可知。蓋器用雖微，關係甚鉅，先事慎檢，而後遇事無憂。況海船最畏海蛆蠹蝕，必需熯洗，庶免穿漏。法以潮退時將船底翻起半面，焚乾草燎畢，再以蠣灰塗之。戰船月一燂洗，雖商船之開行者，亦必泊島燂洗，不能過兩月也。每季領銀燂洗一次。其修造船料，爲數不等。總之，廠中修造估價太廉，求其不版薄釘稀，已不可得，而丁胥刻減，工匠取贏，工既不精，何由濟用？故欲船堅，須加工料，尅扣之弊，必予嚴懲。監督之員，必委勤慎，使工匠毋敢串通，丁胥無從高下。彼駕目無所受賄，豈肯代人受過？則夙弊自除，而戰艦得資實用矣。

洪惟我國家海疆既定，康熙二十七年始立水師營制，額設繒艍兵船二百六十六只，編列「海」「國」「萬」「年」「清」字號。嘉慶四年，通行改造同安梭式，較繒艍行駛更捷。五年，倣粵省艇船添造三十隻，編爲「勝」字號。十一年，又造八隻，編爲「捷」字號，分配内地各營。又添造大横洋梭式船二十隻，編爲「集」「成」兩字號。例限三年小修，五年大修，尚堪用者仍大修之。否則題明折造，飭目兵駕赴各本管道廠，承收修造，工竣移營結領。雍正三年，題准設局於通達江湖百貨聚集之所，鳩工辦料，歲派道員督造，副參將監視，部價不敷，州縣協貼。七年，閩省分設福、漳、臺三廠，福廠鹽驛，興、泉二道承修海壇等營戰船，漳廠汀、漳道承修水師提標等營戰船，臺廠臺灣道承修臺協等營戰船。乾隆元年，分金門、海壇二鎮，戰船另在泉州設廠，委興、泉道承修。未及工限損壞，則營員賠修。天災風颶，許之報補領費。然修後閣岸日久，僅任守港，不可出洋追捕也。逮雍正十年，復准福建造大趕繒，船身長九丈六尺，版厚三寸二分；身長八丈，版厚二寸九分。二號趕繒，身長七丈四尺，版厚二寸七分。雙篷艍身長六丈，版厚二寸二分。每版一尺用鐵釘三鑽孔，務須相配。若釘大孔小，版必崩裂；釘小孔大，必不得力。故欲戰艦堅固，必當首先揀料。桅、舵、碇三者最重，桅夾、桅托，含檀、舵牙皆不可苟。又有曲手，極以樟、楝、柟、桄諸木，生成彎勢，如人曲手狀，多用於船内横堵之兩旁，彎交船底，以其多曲理盤節爲堅勁。譬如人身腰胸之有骨也。無樟木，則楝木亦可。若用番木，性勁，下釘即裂矣。

勦捕説

福建水師提督統轄邊海四鎮二十餘營，分守要害，原爲靖盜衛民，則出洋勦捕，乃水師專責也。夫水戰較陸戰爲難，海洋較江河尤難。波濤淜湃，風颶靡常，其潮汐、沙汕宜熟悉而存心目之間，舵艕檣帆亦精審，以收指臂之效。蓋水師一出，成敗利鈍繫於呼吸，要使兵習於船，船習於水，作止進退，惟督帥是聽。又使兵各爲船，船各爲戰，分合救援，惟號令是從。以此勦捕，何往不利？今因海洋之勢，略申戰擊之宜。有如先列各船次於左右，分配水兵執所習械，别旗色爲兩隊，俱起頭帆，内向聽令。

司令船舉號，左右各船起大帆，外向雁行，鼓角齊鳴，揚旗放炮，直前向敵，有萬里長風之勢。

司令船舉號，左右轉舵横行，次第相插，有雙鳳穿花之勢。

司令船舉號，左右魚貫而行，首尾相續，有雙股長蛇之勢。至此稍息，落帆下碇。

司令船舉號，各船起帆拔碇，左右分行，參差相顧，有兩翼合圍之勢。司令船舉號，認旗色，分左右雁行内向，鼓角齊鳴，升得勝旗，依次回泊，有一鼓凱還之勢。

賊若堅壘，我以長風勢進破之；賊若進拒，我以穿花勢夾攻之；賊若夾擊，我以長蛇勢分劈之；賊若分行，我以合圍勢環困之。形勢聯絡，若斷若續，轉旋便利，相衛相攻，已極奇正變化之妙。惟是海面汪洋太疎，則聲氣難通；太密，則火攻宜防。每一大船，更設兩中號小船，隨躡於前後，互相救援，進退作止。小船各依大船之勢，賊聚，則以大船壓敵之；賊散，則以小船分擊之，又有魚麗之勢焉。此海戰大局也。

至若兩船戧風比目，宜上風，毋下風。兩船順風相駛，宜略後，毋貪前。上風與略後，則鎗炮順施；下風與貪前，則鎗炮逆向。賊船高於我船，利用噴筒、火箭；賊船低於我船，利用火斗、灰罐。大約海戰全恃火攻，戰船不宜太密。大炮轟其全舟，則片板難存；火箭著其大帆，則全舟盡爇。倘相去切近，急以鋼錐、鐵貓鈎聯之，不使猝脱；繼以利刀大斧砍殺之，不使過船。又若切近夾攻，則我兵在左者應左，在右者應右，不宜跳方，以待他船接濟。又若矢石逼近，則我兵在前者避於前，在後者避於後，不宜越次，以致船擺貽悮。戰兵則帖名站舨，執定器械，專心待敵。水手則舵繚艣碇，精選定派，專司其事。更有斗手爬桅，挈理帆索，尺寸之勢，繫以安危，尤宜精慎。

又有要者，專習鳧泅，極其熟妙，或斬賊船碇，離散之，或鑿賊船底，沉溺之。昔先君子從李忠毅公用兵海上，嘗行此法。更駛小艇載火藥，遮乾草，以焚其船，火發復躍入水。此輩務須招募練習，以歸一隊聽用。制勝之捷，又無逾此。如賊棄舟登岸，我師或以隨行小船分兵尾躡，或以就近大船分兵上追。臨時應敵，更須陸戰。是以每年督帥巡閱營伍，水師例與陸路合操。仰見我朝定制之周且密也。

然而尤有説者，地有南北，時有寒暑。春夏多南風，利北行；秋冬多北風，利南行。賊若乘風洋面，我師適當其衝，欲逆濤破浪邀擊之，非勢之便也。是在各處澳防兵船互相接應，時乎北風，則於北道遏其衝，而南防之船斷後以夾擊；時乎南風，則於南道遏其衝，而北防之船斷後以夾擊。中間之當其衝者，又與南北兩防聲勢絡繹，合而爲一字，又變而爲兩翼，賊惡乎遯哉？

故夫賊舟在望，固宜勇往直前；我師平居，更宜討論有素。又括勦捕機宜，編爲歌詞，使識字者講解傳佈，不識字者口授相師。責於各營隊長，月朔給餉，聚集而考驗之，申其紀律，明其賞罰，庶幾威行法立，衆志如城。一出勦捕，將有畏我而不畏寇者，其永慶安瀾於海邦，特易易耳。

卷一一

從軍紀略

道光二十年，朝廷申洋煙之禁，遣重臣赴粵諭諸番舶，有更闌入禁物者，絶其市。獨英吉利夷負強不奉法，遂犯浙江，陷定海。

六月五日，以一艘抵厦門，炮傷軍民。守弁射殺，夷目乃退。七月二十五日，復駛二艘攻北岸，水師前營遊擊任經猷閩縣人死之，旋亦颺去。於是閩浙總督鄧公名廷楨，號嶰筠，江蘇江寧人。駐節泉州，囑按察使常公、名大淳，字南陔，湖南衡陽人。鹽法道文公名康，字杏石，滿洲人。以書招樹梅歸自邵武，備諮詢。謹陳全閩備海六策，曰：招運米、集戰船、練兵勇、備金厦、防臺澎、固内外。書上即歸金門。會夷走天津，請開市。廷議更遣重臣往按，而鄧公被議去矣。

二十一年正月，興泉永道劉公名耀椿，字莊年，山東安邱人。過訪，謂夷至廣東轉猖獗，因上厦金二島防禦策，大意以足食、得人、鎮静爲要。

二月，總督顔公名伯燾，字魯輿，廣東連平州人。視師厦門，辱下問。樹梅極言宜專統馭、信賞罰、審敵勢、選前鋒、講火攻、布間諜、設險阻、修砦堡。公采其言，命偕在事諸公，往海澄刺嶼尾相地掘井，汀漳龍道徐公名繼畬，號松龕，山西五臺人。爲作林泉記，刻於石。

三月，囑樹梅團練鄉勇千人，分阨要隘。維時隨營將吏亦募水勇，多無籍遊民。樹梅復爲陳利病。閏三月，顔、常二公與鎮閩將軍保公、名昌，字禹言，滿洲人。福建巡撫吴公名文鎔，字甄甫，江蘇儀徵人。爲援例，得布政司經歷，又欲會疏薦改武職，樹梅以母老辭。

五月十四日，當事遽以夷在廣東就撫，移檄散遣鄉勇。樹梅竊慮夷性反覆，請量留備非常。弗聽。越旬日，赴龍溪縣曹公名銜達，字子安，浙江嘉善人。之招。

七月九日還厦門，適夷船三十四艘突入青嶼口，當事愕然。當是時，水師提督已率勁卒蹤賊入浙海，厦門客兵僅三千人，水勇亦不越千人。當事知衆寡不敵，乃囑樹梅急趨高崎再募鄉勇。先是水操臺築石壁，工甫竣，而浯嶼、青嶼、大小擔三處需炮三百，加造戰艦，及置辦商船五十餘艘，需炮千餘。鄉勇既撤，並罷修船鑄炮之役。夷乃乘虚深入，詭云將赴天津避風寄碇，忽投書約翼日戰。總督顔公統師駐虎頭山，即遣諸將分守炮臺，以劉公與金門鎮總兵江公名繼芸，福清人。爲翼長。

初十日，午潮，南風大作，夷乘上風進薄北岸，以七八艘併力攻一炮臺，餘船先後夾持，旋進旋攻，破我一臺，復攻一臺。我兵率處下風，煙火撲面，而水勇先散，汀州兵遂大潰。汀州中營守備王君世俊直隷人死之，署延平副將淩公志滿洲人中炮落馬死，延平、泉州兵亦潰。夷登岸，水師後營遊擊張公然拒之，力戰死。張公，泉州人。少陷海賊，投誠，屢著戰功，官遊擊。廉謹自持，每談時事，形色慷慨。初十日，持茅遏夷登岸，顧從者曰：「吾死於此，爾曹努力。」連殺數夷，夷自後以銃擊之，仆。有某遊擊守鼓浪嶼，先逃，詭言公亦生遁，當事惑之。後有人逃回，言公力戰死節狀，始請卹典。同時死事者，水師把總紀君國慶、同安人。楊君肇基、李君啟明。俱金門人。江公勢急投海死，署水師前營遊擊洪公炳浙江人守浯嶼，聞變亦投海死。時樹梅赴高崎，方急募鄉勇，遥聞炮聲雷動。俄而諸公先後至，欲索船西渡，爲退守同安計。樹梅亟進曰：「此時厦城以南，夷雖占據，其迤北而西，尚有村落百餘，夷固未敢輕窺，宜集兵勇，戮力恢復。諸公西渡，厦民何依？」弗聽。

十五日，夷船窺金門，入中港，觸沉礁，船漏，掠漁人，詢知有備，遁去。是時沿海風鶴皆驚，金門獨安堵，鄉勇聚結之利也。

居頃，聞賊寢驕不設備，亟詣當事，請潛師圖之。更條疏卹死事、撫難民、禁劫掠、通道路，諸目前要務，皆不果行。未幾，徐、曹二公復以書來力邀入漳籌防禦策。樹梅謂專以安民爲務，禦賊即在其中。已，聞民有告盜於夷者，夷爲驅除，又爲護送臺米入港，或鬻夷貨，故賤其值，或市民物，故厚其償，而焚掠卒不免。民日夜望官軍至，官軍猶駐同安。無何，遂以收復厦門奏。徐公亦移臬廣東，曹公丁外艱去，樹梅乃返金門。越六月，仍遊邵武。

蓋自庚子至今壬寅，不及三年，時事之變遷與身之閱歷，可慨也。

【附】鹽法道文公與按察使常公書

前承屬請林歗雲先生，業由邵武力致以來，詢以海防大略，指畫詳明，非耳食者比。美盡東南，誠不負求賢雅意。惟接晤之初，見其志殊高尚，而語言間則遜謝不遑。欲致關聘，固辭。爲之治裝、遣役護送，竟不肯受。今自備資斧，索弟一函而行，亦殊佩其清介，益歎大賢之藻鑒自有真也。

【附】汀漳龍道徐公書

昨歲因海氛甚急，僕捧檄來漳，思得奇偉之士商量時事。龍溪曹子安明府具言足下負奇氣，懷幹略，又善古文詞。維時秋水茫茫，蹙然長懷，而無從溯洄，又念權微識闇，不足以辱賢豪，因復言之大府，欲望以禮爲羅，資長策以弭時變。嗣聞常南陔廉訪延足下至泉州，鄧制府亦虛心咨訪，竊喜，以爲相與有成也。時事中變，識時務者不復言兵，足下近遊何地？私心眷眷，未嘗一日忘。

今晚忽得手書並大著，披讀再三，喜不自已。足下師事者周芸皋、高雨農兩君子，出處不同，皆當世豪傑之士，僕緣慳，竟未之見。足下又與曹懷樸爲賓主，此則僕之故人，其官畿輔時已著政聲，觀足下所與遊，而人可知矣。散體文盥讀數篇，邁往之中，其光黝然，於老泉之所謂遏抑掩蔽者，殆已三折肱矣。時事數策，尤徵偉抱，固非紙上談兵者比。

僕數日後當至厦島一行，益智之樱，將於足下望之。大槖容俟面繳，維努力不宣。

【附】龍溪曹公書

衔達自丙申冬間，獲交雨農高先生，即籍籍耳足下名。嗣舍弟從雨農受業，因得見足下所爲文，氣格遒古。又聞吾家懷樸治鳳山有聲，足下實左右之。衔達於去夏檄調漳南，亦思延高賢以襄煩劇，託雨農爲介紹。後因溪邑瘠苦殊甚，恐有失待高賢之禮，是以不果。雨農所寄書尚留篋中也。

今夏逆夷侵軼，徐松龕觀察來漳經理，衔達因言足下可大用，觀察然其言，即以足下名達之大府，不知果能度外用人否？來書推許過當，謬指爲古文作家，並言及宰邵武時所設施，卒讀數番，忻悚交至。衔達在邵武數年，絶無異政，惟恃不擾民之心，與邑之父老子弟相安無事而已。然得雨農之文，又得足下爲之篆額，衔達亦可藉以不朽矣。近來古文一道，怡亭諸君相繼殂喪，巋然獨存者雨農耳。竊謂作史有三長，業古人者如之。才者，天之所授也；學與識者，人之所致也。大著衔達已一一讀之，駸駸乎進於古矣。以足下之才，而加以雨農之學識，繼遵巖、梅崖之後，舍足下其誰屬哉。衔達學殖荒落，所作古文懶散不自收拾，俱無楷本，容後繕寫寄正，書不盡言。

七月初旬，餞送行旌，旋聞厦門失守，未審彼時足下已至省城，抑徑歸金島？路隔無由得消息，相念何可言喻。差來辱荷手教，乃知足下已至同安，歡悦奚似。漳郡於初十日聞警，衔達即於十一日帥領兵勇至石碼防禦。邇時風鶴皆驚，海澄尤甚。衔達隨同徐松龕觀察、趙少愚太守力爲鎮定，並親歷鄉村團練鄉勇，一月以來，夜不安枕。近雖訛言不一，民情尚爲安堵，無遷徙去鄉者。衔達處此危疆，急思好友一見，並商機密，徐、趙二公亦然，務懇即日惠臨，跂望之至。

上閩浙總督鄧公全閩備海策庚子八月

近者，逆夷敢以數十艘之衆，遠涉七萬里，寇吾邊地，豈無深謀成算而漫爲一逞哉？方其初據定海，旋犯厦門，實欲牽掣吾閩援浙之師，而志固不在浙。蓋進則窺天津，退必竄臺灣，所以乘虛滋擾，使我糜帑餉而紛民心。故閩與天津，其可慮實急於浙。厦門與臺灣對峙，有犄角之勢，欲絶臺灣之援，必扼厦門之要，故閩之可慮又急於天津。以執事公忠，將士効命，滅火始然，亦自易易。若賊烽一熾，則撲滅較難。樹梅謬承顧問，重以鄉里患難，而執事優禮虛懷，如樹梅者，惡足以辱諮詢邪？夫將才難，海上之將才尤難。國家治平日久，山林草澤間，必有奇才異能、深通水戰之略者，執事勢位既足以振而張之，誠推所以下待樹梅之心，博訪旁求，使豪傑樂歸宇下，豈不賢於樹梅萬萬哉？樹梅家在金門，瀕海夷氛，老母定多憂慮，願暫乞假歸省，並觀島上形勢，行即趨奉鞭策，藉報一日之知。惟是兵機貴速，有宜先事豫籌，謹就目前條陳六事，伏惟軍政餘暇，幸賜覽察。

一，招運米以足兵食。閩南瀕海，産米尤少，青黄不接，全資臺米。當此徵調浩繁，兵食均憂不繼。宜令小船赴臺采糴，不可仍拘常例。嚴關吏胥役需索之禁，則小民趨利恐後矣。議者或謂借糴鄰省，竊謂亦未可行。聞乾隆間臺灣用兵，撥運江西之米，沿途封船，接運貽悮。道光十二年，亦撥浙米十萬石來閩，而臺米亦至，浙米霉溼，民不願糴，配商受累。近傳邵、建諸郡積糧甚豐，招商由谿糴運，勞費不多，上游壅積一通，下遊蓋藏自裕，兵食足則民心安。轉移之間，爲利甚鉅。然行之不可太驟，驟則動人觀聽，必有遏閉居奇者矣。

一，集戰船以資攻擊。水師原額大小戰艦，經裁汰者，亟宜增設，務求堅固。或照剿捕蔡牽封僱商船之例，先諭商民。如以人船呈請効力者，立賞頂戴，僱直則必足給損失，速與補修，寓體卹於激勸之中，庶免規避。水戰莫利於大炮，而炮大船小，船恐致震驚，先以船炮試於内港，務使駕駛得宜。或謂宜倣夷船之式，愚見以爲不然。善用兵者攻堅攻瑕，短長互制。如謂夷炮猛大，我船難近。曷思船高則炮難下轟，炮大則勢惟遠擊，我以小船攢圍近攻，彼雖有炮，亦不及施。我之巨艦聯互援，是在將領膽勇得人耳。

一，練兵勇以守要區。閩海界連浙、粵，瀕海之寧、福、興、泉、漳、臺，各有汊口，不能一一設備，則扼要必先顧。我所短者，備多力分；夷所短者，孤軍深入。然孤軍，則志專；深入，則勢鋭。欲以太平日久之兵，當堅船迅炮之賊，宜其難矣。方今最急莫如練兵，練兵者，練其心也。務申明號令，信賞必罰，使知畏我，而不畏敵，然後心不摇惑，而力可用。夷若拒我舟師，須防其别擾口岸，必豫飭沿海營汛，聯絡聲援。大抵夷至厦門，則厦兵爲正，而同安、海澄之兵爲奇；夷至五虎，則省城、閩安之兵爲正，而連江、長樂爲奇。或伏兵示弱，誘之登岸，彼且進退失據，何烈炮足奪我氣哉？他如地僻兵單，則隨處實力團練，自足保固。而陰結死士以間之，明揭重賞以疑之。有能擊破夷船、擒斬夷首者，財貨給賞，破格授官。即不能盡得其用，亦可少散奸民之黨。然召募易集，而領率難得其人，非有實心公正紳士，則上下不相諳委，終難有功。若官募水勇，半屬無賴，嚴則致怨，寬則横行。或與營兵争衡，文武不協而有變，水勇先爲倡亂。夫馭之無術，教之無素，窺利而進，見敵而靡，即召募雖多，奚裨哉？

一，備金厦以遏衝突。往者鄭氏盤據金、厦，不血刃而取臺灣於荷蘭。靖海侯先收二島以拔澎湖，降臺郡，是臺、澎扼東南之要。而金門一島爲厦門外障，又阨漳、泉門户之要，往事歷有明徵也。夫厦門拳立海中，與鼓浪嶼對峙，港道最深，處處皆爲衝要。當今大計，海先於山，攘夷要圖，戰即爲守，亟宜舉一善將者總其號令，庶幾機宜畫一，賞罰可行。雖退弁老卒，能爲火攻船器者，亟與收用。偏裨曾經殺賊、熟識海務者，使率有膽習戰。精兵多駕戰船出洋巡擊，或豫列港外，遇夷船即首尾夾攻，循還迭擊，再度夷船必經之口岸，豫加嚴防。所謂善守者守其門户，不當僅守堂奥也。

一，防臺澎以安沿海。臺灣一郡孤懸海表，爲沿海七省之門户。港汊紛歧，多危礁險汕，夷船若無導引，豈敢豕突直前？今鹿耳門雖已淤淺，而四草湖、國姓港及南路之打鼓、東港亦可颺帆直入。而淡水之雞籠、滬尾港道尤爲深寬，前者蔡、朱二逆從此滋擾。蓋淡、滬居臺上流，水程四通八達，有事固宜戒嚴，無事亦不可忽顧。夷船高大，不利於淺水，要非土匪小船爲之耳目，斷未敢登岸跳梁。大抵南風當令，每有内地土匪乘白底小船遊奕臺洋，截劫商船，倘其交通，互爲因倚，則其爲患不止蔡、朱。況臺地民情浮動，易於爲亂。當兹海洋有警，不可不急檄臺灣鎮、道，相度形勢，先事豫防。澎湖廳治，亦孤立海中，爲臺灣門户。島嶼蜿蜒，港澳參錯，惟媽宫内港可泊巨艘。港口兩山對峙，左曰「風櫃」，右曰「西安」，水面相距五百餘丈，又有案山鼎立其中，三處最爲要害，宜築炮臺相犄角。而西嶼頭尤臺、厦之衝，更須嚴備。其餘歧港、斷嶼皆不可守，但用竹囤填土，假爲營壘，使數人瞭望，響炮摇旗，以疑其耳目，亦兵家「虛者實之，實者虛之」之一法。

一，固内外以杜奸萌。全閩備海之要，如金、厦、臺、澎，已就目前所急，略陳戰守機宜。其次則福州之閩安、五虎，福寧之烽火、三沙及南澳、銅山、海壇諸島，亦須籌備，以固藩籬。宜用木筏，夜則連鎖港口，或於水中多置木杙，鋭其首，冒之以鐵，使夷船礙杙不脱，皆可杜其乘潮偷入之萌。而夷船恃其帆用機關，八面受風，無往不利，使我之遮擊旁擊、南防北防之法無所豫測。故斥堠嚴整，則夷船來自何方，遠望先知備禦。乃水陸煙墩望臺，平時廢置，督帥巡閲，僅飾糞土，無中實用。宜倣戚繼光舉火升旗，及趙嗚珂傳烽歌訣，酌而行之。於瀕海有澹水處，插立木牌，大書「商船漁艇不可在此取水」，多制毒藥穢物爲疑兵計。更令瀕海鄉村各爲城堡，移堅壁清野之法於海上，並絶奸民接濟之源，則逆夷不能宿飽，必饑疲易制矣。至若遠洋禁島，中無居人，恐被據爲壑穴，而奸民土盜相與煽結，則鴟張蔓延，正復不小。尤宜嚴飭稽察，寬猛並行，庶不致外寇未除，内患紛起。因而專力勦捕，復何夷匪之難平？

蠡測管窺，未審當否？願執事俯教之也。

【評】

策洋灑數千言，乃以「逆夷犯閩，將爲牽掣援浙」一語，覬破敵情，可謂知己知彼。中間足食安民，團練戰守，步步精細，語語周詳。翫之似平，而渾樸之氣，永以冲和，故能蕩滌矜囂，不落迂腐，轉於細碎處彌覺其堅，是真善學南豐者。吾知握管躊躇時，固已運全閩於指掌，其平日鍵户讀書，作何等胸次邪？何煥奎先生

上興泉永道劉公廈金二島防禦策辛丑正月

竊以廈、金二島久不識兵，往歲逆夷突犯，人心風鶴，戰守棼如。而夷船飄欻無常，既據定海，復泊天津，陽托陳冤，實欲弛我士氣。觀其忽陷虎門，忽還定海，將毋紿我不備而乘之，抑將厚望於我邪？倘令求索無厭，必轉窺閩海。

廈、金爲閩海咽喉、臺灣門户，泉、漳倚以爲障。二島不守，則臺、澎正復可慮。泉、漳雖聲援可及，而海口散漫，亦岌岌纍卵。議者謂夷人既還定海，恭順已有

明徵，似亦無庸過計。不知豺狼之性，遽可測以人理？縱目前議撫，苟且一日之安，而寇則議守去，則撤防士卒，有怨曠、騷動之憂，州縣有夫役行糧之費。夷已窺見我情，我亦自無定見，又豈獨厦、金二島繫乎全閩，恐閩局不嚴，沿海胥受其蔽也。樹梅去秋見招於鄧制軍，妄陳備海六事，今承執事枉詢，敢不更畢愚陋？

蓋聞防禦，首在足食。厦金隔絶海中，米穀皆由外至，必先招商往臺采糴，以安民心，爲今兵興第一急務。而島上商賈錯處，尤必以清釐保甲爲固本之計。

厦門口岸及鼓浪嶼既已劄營設炮，其龍頭、虎頭兩山夾港，爲夷船必入之衝，僅藉北岸新建石壁爲屏蔽。但石壁逕直失勢，一著夷炮，則石碎紛飛，傷人尤衆。不若囊沙壘土，可柔炮彈。至於壁内所設，皆數千斤之炮，神物重大，不便推移。兹創炮車之式，可以進退轉擊，如遇夷船突入，則對準轟擊；若連檣而至，則連環迭攻。如放杉板冒死登岸，則小銃並可兼施。設虚營以誘陷，伏精鋭以掩襲，以戰代守，以擊解圍。

水戰則以舊敝巨艦，虚張旗幟，伏精鋭小船於艦後，乘勢進攻，使彼前後左右不能相顧。或輪番圍擊於白晝，或鼓噪震駭於夜中，誤之擾之，用兵之秘也。要之，戰守無二道，能戰而後能守，舍戰而言守，守未固而遽戰，均爲孟浪。惟執事極言於大府，亟擢水師才俊，察有究知夷情之人，先爲招徠，令抒所見，合群策而獨斷之。既得民心，何守不固？既得人材，何戰不克？

且夫戰守不在增兵而在練兵。爲將之道，貴有膽略，尤貴德量。遇大敵鎮静勿摇，遇小敵審機而慎。今之調客兵、募水勇、僱石工，千百爲群，漫無約束，名爲團練，律弛技疏，猶之戲耳。故須嚴其部勒，庶不爲患。其東澳、五通、高崎，内港爲同安、馬巷通津外，而金門爲厦門鎖鑰，防禦尤不可忽。沿邊高阜，亟建墩臺，遣兵瞭望，遇夷船駛近，即傳炮舉烟，交界各臺隨時接應。常令小船沿海探報，夷船來厦，不由青嶼，必由大擔，即以金門舟師絶其出路。或聚火攻船，於料羅遏其南北之趨。或置網桁於港，以杜窺伺，庶可聯内外合擊之勢。乃守其地者，□□□□□無制人之策，僅以四面淺沙夷船難入爲解，不知金門環海、料羅當東南之衝，夷船常來寄碇。前明倭寇嘗由此入犯，其地最要。

次則金龜尾至金門城，山高水淺，復多礁汕，偶泊不能久留。夷船欲窺後浦，必到中港。然烈嶼與金龜尾隔水有石，非熟悉港道不敢操舟，宜於兩邊犄角炮攻。再度近岸淺水之處，多設險阻，惟西北夷船難行，保無内地匪船乘機竄劫，顧此失彼，皆宜謹防。而金門城高聳瞰海，目極東南，原爲備海要地，舊因平臺後城圮，總兵、縣丞均移駐於後浦。自後浦東至料羅，北至官澳，西至烏沙，又西隔海至烈嶼，汛守寥寥，相距皆二三十里，警報猝至，馳截靡遑。謂宜總兵、縣丞仍駐後浦，居中調度，左營即分兵屯守金門城，其右營經前制府孫文靖公調兵二百駐防䃯口，地屬漳浦，與金門遥隔海洋，控制亦未盡善。宜將䃯口仍歸漳鎮陸路管轄，即以水師兵撤回金門，添守料羅諸處，時以舟師巡哨往來，庶無輕重聚散不均之患。

加以各鄉團練聯絡聲援，繼之以百步一地窖，五百步一炮墩。由是晝望，則旌旗偏野，夜聽，則沿海閭閻桴鼓相聞，雖兵力單薄，未可遽恃，而規模略備，民氣先安矣。若夫募新兵，則必籌兵費。籌兵費，則必議捐貲。廈、金地瘠民貧，竊恐抑勒科派，易滋怨謗，民心先爲解散。况夷帆出没靡定，防守需時，雖兵勇、器械目前有備，將來之有無廢弛，尚未可知。宜假於其素信之人，婉詞以道，庶幾樂於應從。不惟一時有賴，亦且再輸無難。蓋在上有愛民之心，即在下有戴德之意，因而設法防閑於勿失。

總而言之，夷之不可羈縻，戰之不容不議。必也，備大船，配精兵，利器械，擇善將者統之，重以節制。沿海各鎮之權無分畛域，專務勦夷。沿海各有兵船，如遇統帥追夷至境，必一體策應，勿使遠颺。中國海洋萬里，能令無夷船停泊之所，即所以絶奸民接濟之源，邊患自除，洋煙亦不禁自絶。不則揆之情形，在己尤多可慮。

夷今在粤，日給奸民銀錢，多爲耳目。漳、泉械鬥日熾，盗賊滋多，若前明之王直、徐海、陳東者流，在在皆有。夷船遊奕外洋，交通接濟，殺之不止。設一旦下互市之令，則眈眈者更相親狎，縱明定章程，多方防漸，而大亂未懲之後，彼夷將從吾令乎？奸民將畏吾法乎？互爲因倚，固結不解，匪特奸民甘爲夷用，轉恐奸民亦能用夷，而王直、徐海、陳東之流，且無能爲役也。

樹梅狂瞽之談，罔識禁忌，惟執事審安危之機，通天下之勢，神明損益，陳之大府，臚舉其實，次第以聞。其所關於海防大計，非淺鮮也。

【評】

篇中字字皆實用，豈少年喜事所能道邪？斯策雖未竟其用，然其先事虞變動中機會，則固他日必不可無之書也。郭子虹先生

上總督顏公補陳戰守八策辛丑二月

國家懷柔遠人，海外莫不臣服，英夷獨以犬羊肆逆，固覆載所不容。昨奉上諭致討，凡在臣庶，孰不志切同仇？樹梅聞粵東近有議撫之説，竊謂和以賄成，夷益其驕悍，其所以姑就招撫，彼亦不得不然。蓋兵船賃限已滿，兵費且不易供，情見勢絀，姑以率爾了局，猶可得土與財也。惟是我之要害爲所蟠踞，與民雜處，未必相安，更恐別種效尤，又生要挾。安不忘危，誠今日海疆之先務。

樹梅辱蒙見招於諸公，其留滯厦島，不敢受聘，亦不輕接要人者，非要聲價取重也。顧以一布衣冒豫軍旅，積忌生謗，滋懼中傷，然而言之不行，言之何益？身既不用，身何必留？而又不可竟去，不得不言者，則以父母之邦，患難不容坐視耳。今執事待以不疑，復欲假以一官，極宜奮勉，第念母老丁單，恐孤造就，而執事宏才，措置亦無待局外煩言。雖然，執事既過聽而下詢，樹梅當竭衷以上報。謹籌「八要」，並前言未行與所未盡之意，更補陳之。伏惟嚴飭在事，以實心圖實效，勿徒增障爲守、知待寇而不知制寇也。

一，專統馭。三軍專系大帥，然大帥難，水師之大帥尤難。以彼生長海濱，自行伍洊升大員，其閲歷磨練不知幾經年，所於凡風雲常變、水勢順逆、帆檣利鈍、弁兵勇怯，無不周詳。又濟之以慎重，號令一，賞罰平，故其成功也易。邇來海宇澄清，老成凋謝，將弁限於資格，巡哨率依故常，即有擒獲，無非小盜。孰能斬馘搴旗，諳習風浪，可對大敵勝重任者？夫兵統於將，惟將識兵。募兵之人，未必盡識兵律。而又募者一人，統者一人，臨敵用者復一人，上下之情積不相通，指臂之須，亦不相習，有譟而去之矣。謂宜博求智勇有德量者，畀任大帥，其平日已能懾服衆心，當境亦能號召豪傑，臭味相投，性命相顧。以此將募，即以此將統，仍以此將用，使之首尾進止，聯屬一氣，更何慮所向之不披靡哉？

一，信賞罰。大帥之有賞罰，所以鼓士卒勇往之氣，而堅其從服之心也。故論功行賞，必首死戰，破敵次之，斬級又次之。於是賞一人，而千萬衆之耳目心志皆爲震聳，非常不測之典，雖豪傑猶將輸心，况下走乎？若夫行罰，則必自親貴之將始，使三軍之士知吾帥之不私。所謂爵禄在前，斧鉞在後，如山之令，斷斷必行，而後乃可云信。既信矣，則臨陣禦敵之賞罰，即平時操練之賞罰。宜於常廩之外，多儲金錢，以備不時之賞。亦許督操之際，偶行威令，以示非常之罰。紀律既明，人心自肅，孰肯甘處其辱而不思奮哉？今遠來客兵，延、建、汀、邵〔一〕，日支口糧銀僅三分，漳、泉較近，則增爲五分，獨於土著額設偏厚，至七八分不等，此所謂舛也。彼軍士何知，將謂上以客兵輕我疎我，及有事之下，亦不免自輕自疎，且有因而自私自愛者矣。夫兵至於自私自愛、自輕自疎，而爲之將者，尚有幸乎？

一，審敵勢。夫用兵貴於知彼知己。夷之船堅炮猛，我軍夙聞而心怯之。故必先審其不足畏，而後士氣乃奮，戰心益堅。大抵夷船兩旁雖有一二千斤大炮，其船尾則惟庋百數十斤小炮而已。若我駛小舟近彼，炮將不及施，且其人鈍滯，脛長而直，轉動維艱，又曳高履如躡屣然，疾行尤蹇。雖炮火頗精，實未諳戰法。故欲禦夷，必先避炮。船用綱絮、牛皮密遮厚蔽，使炮彈、火箭皆不能入，則人有固心。陸戰避炮尤須先辨煙色，煙白乃空發，不必避，惟黑煙突冒，宜亟伏地，蓋炮火必離地三尺也。況夷所恃惟此大船巨炮，憑海則肆，登岸則靡，又不過各執鳥鎗及數手標，他無具也。且其船巧於逆風，乘順轉拙。每桅三節，續而爲一，全恃左右偏繩擣緊，四桅牽連爲用。若擊壞空中桅盤，四枝摇動寬鬆，傾側不堪駕駛矣。又船尾𥨐櫺木板脆薄，擊則崩裂，皆其瑕也。若火輪船内藏機括，包裹蒸氣，處處緊秘，試觀其駕輪能越淺水，質必薄而易壞，一機壞則蒸氣洩，船即不行。若破其煙筒，則滿船迷暗；壞其長筒，則修理𠘧難。竊謂審測攻擊，神而明之，存乎其人，無弗勝耳。去夏南洋擊夷，彼船高不便開炮拒我，遽擲炮彈，繼之以標。我兵遮藤牌，即用彼標回擲，兼施火斗、鳥鎗，夷多受傷颺去。我亦船小鈎搭不住，深惜既得復失。此小船火攻必勝之明效也。

一，選前鋒。逆夷自干天譴，我軍桓桓貔虎，何難滅此朝食？惟兵不在多而在精。將兵之道，必先紀律，領兵將弁，尤須與同甘苦，推以腹心，喻以利害，使知疆場効命，雖死猶榮，畏葸偷生，死有餘責。將士具有天良，况以至誠感之耶？顧主將，非大將之謂；隊長、哨長，亦主將也。平居愛之如父子，一旦遇事，身先矢石，將有捐軀命而不辭者。然所選之前鋒，必驍勇絶倫，厚廩給而禮重之。每鳥鎗手一百名，長械兼弓箭四十名，藤牌二十名，共得一百六十名爲一隊，躬爲較閲。取其專精敢死者爲親隨，庶幾百餘人當其前，數千人擁其後，衆氣共作，人皆有勇矣。至於紳士、董率、鄉勇，習知利害，調遣亦易。口糧不繼，自能相籌。蓋有警，資以自衛身家，而鄉勇亦互相保守，孰不自力於戰哉？彼無籍水勇，與官吏音語不通，行踪莫可究詰，用之，未有不受害也。夫養兵以禁亂，其弊，且足以爲亂。不養，則不足制變於一時；養之，則坐食而驕。假令驅烏合之市人，當鴟張之死寇，統馭無人，簡教無素，海陸殊勢，舟楫異宜，皆危道耳。

一，講火攻。水戰莫妙於火攻，火攻又莫妙於大炮。然得其法，則殺敵；失其法，則害己。竊謂炮號神機，非藥力猛迅始足摧堅致遠耶？樹梅意創炮車，可以進退旋轉，請以數人專司裝放，數人倣五兵相衛法，執鳥鎗、小炮、雜械以護之。蓋非平時熟習，猝然遇敵，炮不及施，倘賊人冒死登岸，何以禦之？大炮既精熟足恃，而後分爲三陣，銜接疊進，迴環相顧。第一陣用火攻船，船内布置柴草火藥，選配舵工兵勇能浮水、有胆力者二三十人，探夷船宿泊之時，即將我船糾錬成群，相度風潮，發號齊進，使夷倉黄莫措。倘彼多放杉板以拒我，則我亦取小船縛碇於頭桅，用二鐵桿，尖鋭各長丈餘，縛於碇身，半出船外。其船尾竹篷厚蔽皮綱，船中多置火藥，上覆松香、松毛、柴草之屬。又鑿通竹竿中節，入以藥線，由船内透至船尾，伏舵工兵勇於篷中，駕船盪槳迎彼杉板。我船横撞直撞，使二鐵桿插入板内，不得猝脱。我兵急由船後舵門落水，發火藥，線一爇，浮水即回，杉板有何不破？於是繼以第二陣之水龜船，既爲接應，又可夾攻其船。亦編竹爲篷，圓如龜甲，覆絮疊竹，再加皮網、濕泥，船之首尾各置一炮，炮架有輪，便於進退。一見夷船，即專司放炮，兼可救回浮水兵勇。此船旁用二十四槳，加以頭超尾梢，首可爲尾，尾可爲首，亦交阯軋船之變體，夷之所最畏者也。繼龜船，則有第三進之大哨船，於兩舷實棉花、草把，蔽網絮、牛皮以禦炮彈。或造重舷，層底密隔堵板，縱被炮穿，理無全船滲漏。或多備空桶，密封桶蓋，以桐油灰糊縫隙；或聯結杉排，俱置船内，縱使船漏，而杉排油桶皆能漲浮，船亦不沉。號響火發，則大小戰艦圍集四擊，使之俯仰不能抵敵，破之必矣。然水戰用火，必先上風，火隨風勢則易烈，煙撲賊目，使之一物不見，一技不施，夷雖有炮，亦何所用？惟是火器攻擊，必兼格物度數之學，毫釐千里，利害攸分，未有不由師傳頓臻神解者。與其誇而寡效，孰若少而專精。嘗讀彭天龍火龍經、湯若望火攻挈要諸書，皆不若近時泉郡丁拱辰所撰演炮圖説，以勾股算，加高補墜之法，最爲精密。然臨機制變，又在善用兵者矣。先君子數以火攻剿滅海賊，每戒後人不可輕試。且恐賊匪聞知，反以制我，故兹火攻之策略存名目，而製造程式另册附見，覽者諒之。

一，布間諜。兵貴用奇，奇莫奇於間諜。故孫子論兵首重用間，老泉因以善間爲第一義。然隔洋聲息難通，賊之虚實我無由知，我之虚實則逃軍、奸民皆賊諜也。我誠善用吾間，則諜我者何必不爲我諜？虚虚實實，機變萬千。要知賊船大者恒數百人，其腹心不過同類數十人，餘皆黑夷及奸民、脅從。其銀錢貨物狼籍艙中，奸民詎無歆心？若許以殺賊投誠，即以船貨爲賜，彼將肘腋之下皆爲敵讐，方防患之不遑，而暇縱諜謀我耶？宜於外洋設哨，佯爲漁艇，夷來飛報，庶免倉黄。倘與夷匪相持，凡遇商漁船隻入港，亦宜暫收其舵，令有入無出，不致洩我軍機。

一，設險阻。度賊必入要道，多掘阬窖以傾陷之。夷船得入之港，多用廢船填石沉以阻之，是爲無用之用，亦可少紓人工。或於臨水賊舟易入處取淤泥、沙土築水城，使之不能望我虛實，且足以衛兵民，守卒亦先恃而無恐。其法：内外兩岸各一丈，中夾一水，亦一丈，再以一丈餘地酌挑小窟，用以聚水滋溼。所挑之土，隨積窟邊，可以添補。若岸内地勢稍寬，則添一小岸，内一小溝，每重各留門路，内外參錯，伏炮擊賊。使賊衆阻於城而難前，賊炮陷於岸而莫入，即用天炮，亦將落水自熄。或多作釘桶埋於衝要，或以瓦爲之，名爲「釘甕」，皆宜覆以沙土使之不覺，或設空營，誘而陷之。樹梅嘗請提督陳公分一軍駐麻竈埔，離厦城十里，爲應援營，而練鄉勇，設伏虎谿巖、白鹿洞、半山塘三處，分扼厦城左臂要衝，且密邇寨子山頂，便於四顧，亦與沿岸防軍聲勢聯絡。彼雖冒死登岸，豈能飛越近城？或誘使深入，猝而覆之，無不獲矣。陳公去，事不果行。惜哉，夫厦島孤懸海中，雖有浯嶼、青嶼、大小擔爲門，實則各亘三四十里，無可扼據。謂宜添建炮臺，使戍兵嚴守。然炮臺著地不移，一臺不過安炮四十至六十，其向敵之方不過十炮，故必多備戰艦，互相犄角，而後惟吾所用也。

一，修砦堡。砦堡用石砌成，或築土五六尺，可以遮蔽銃炮，一利也。賊匪乘夜放火，民必紛竄，有堡則可恃無恐，賊亦無能縱火，二利也。鄉民錯居，形勢單弱，堡以聚之，則多者數百户，少亦數十家，聲勢雄壯，保甲團練之法，均可就堡施行，三利也。散地難於守禦，有堡則聞警登陴，分布數十百人，即可敷用嚴密，四利也。民間粮食、牲畜俱欄養於内，堡長、堡副稽察交易，耳目衆多，可杜接濟之奸，五利也。鄉村砦堡既多，有警互相應援，吾於用兵時，亦可資其邀截夾攻，六利也。築堡取土之處，挖成深濠，則堡成而濠具。濠旁密栽棘刺叢竹，久而棘刺叢生，不異蒺藜鹿角，七利也。宜勸民輸貲出力，使環海皆有砦堡，足資捍衛。又有碉樓一法，高三四丈，每面寬一丈許，洞門一層，銃炮眼三層，碉身所用，或石或磚製，小而固，港口陡岸曲灣處均可建築。藏身碉中，碉樓可以眺遠，碉眼可放炮銃，傳號相應，頃刻百里。每碉，卒十名，一人爲長，兵少費省，人少氣充，賊輕不敢近，碉勢重亦不能踰之内犯。謂宜建碉，以彌炮臺之空虚。沿海多沙，難築砦堡，惟碉法可資堵截。竊以官設碉樓，民修砦堡，團練壯勇，固本自強，非僅一時之利也。前明盗寇肆掠，惟有碉堡處得完。賊過睨之，率勿攻，攻亦不利。今漳、泉間有名塗樓者，即此制耳。

【評】

因時立論，語無泛設，讀竟不禁扼腕。夫用兵，難於水師；水師，難得大師。篇中反覆鄭重，於大帥三致意，足見宏猷苦心。周秋屏先生

【校勘記】

〔一〕「邵」，原作「郡」，應誤，徑改。

上泉漳二巡道海澄刺嶼尾置戍策辛丑二月

刺嶼尾屬漳州府海澄縣，在厦門南，隔水二十餘里，與水操臺鼓浪嶼遥相峙。庚子夏秋間，夷船竄厦，俱由青嶼門入，旋即颺去。議者以青嶼港道深寬，而水操臺迤西，炮雖累百，只占一面。慮夷船再由青嶼且拒且進，岸上炮力不能遠及，夷且逕抵厦門十三路頭，於是抽撥水師四百人守刺嶼尾。謂夷船駛近北岸，則我水操臺一带擊之；避炮而南，刺嶼尾擊之；即或直趨中流，而鼓浪嶼之炮亦可擊之。然則，刺嶼尾

之置戍，誠急急也。

顧善攻者有所不攻，善守者有所不守。我欲計畫萬全，豈可不爲先備？今屯嶼東懸崖之上，列炮四十二門，僅可望擊東北海面，若船行稍遠，炮力亦不能及。而嶼之腹背尚有四澳，皆可分襲。况軍帳露處，日就朽壞，地無水米，有警，則船運不來，士卒之絶食可立而俟。計宜相度鏡臺山麓，建蓋營房爲棲止地，詳察地脈，多掘井泉，薪米藥彈，預儲兩月之用，並備哨船傳報消息。其自崖下無炮之處，亟宜囊沙高壘以資禦炮，俾守軍有恃無恐。壘外即龜礁澳岸，暗埋釘桶以阻其來。北有塗灣，西有前灣，兩澳小船皆可乘潮入泊。西南之澳曰「險礁」，路通港尾、谿口等處，並未設防，倘被繞越，則四百水兵顧此失彼。宜就阨隘添築土牆，伏炮爲守。又於鏡臺山之西曰「煙墩山」，各建炮臺，可以對峙夾擊。又其西山凹，有郝落數十家，民情淳謹，宜禁騷擾，勸之守望相助。又其西，則重山迂徑，可通石濾、青埔，至海澄縣百里而近。蓋刺嶼尾地介厦、漳，前此未曾劄營，無所事論。

今既置戍，則衝要在所必爭，僻遠孤軍，不可不慮。宜撥海澄陸兵移駐協防，水師則專顧炮。既有輔車之勢，方收犄角之功也。

【附】林泉記石刻

庚子秋，紅夷氛及鷺島，我兵屯刺嶼尾爲犄角。嶼俯海，無淡水，屢掘不得泉。士卒走汲數里外，苦吻燥。林子歗雲察地脈，揮工鑿之，甘泉湧出，一軍盡驩。辛丑二月，余與厦門諸君子奉大府命往勘炮臺，群請賜井以名。余謂昔人行軍，指梅林以止渴，兹乃綆汲不盡，殆遍地成林，又得林子之相度，即以賢者之姓題曰「林泉」，可乎？衆皆曰「諾」。同往者爲劉莊年觀察、靈容之副戎、陳建津遊戎暨余與林子而五。林子名樹梅，金門人，奇士也。

道光辛丑三月，分巡汀漳龍兵備道。山右徐繼畬記。

上汀漳龍道徐公論厦金沿海事宜狀辛丑八月

昨别戟轅，自漳抵厦，值夷船乘虚深入，厦門失守，樹梅身與其難。輾轉至泉郡，得曹子安明府書，藉悉執事垂念殷拳，急思一見。樹梅流離兵間，未能借手一籌，愧負知己，重蒙垂注，彌益感銜。

比聞逆夷退據鼓浪嶼，焚我炮臺、戰艦與大商船，厦城衙署皆未損壞。連日開去二十九艘，尚留五船環泊嶼下。夷兵半船半岸，肆其鴟張，不啻入無人之境矣。大師未集，克復需時。倘募瀕海習舟之民，水陸合勢，間道入襲，賊方驕怠，似易奏功，然不能聚而殲旃。彼夷最務尋讐，勢將聲東擊西，益縱殘暴，非至計也。且用海人攻海賊，人數既多，難得首領。若遽任地方惡少，是謂以暴易暴，未收其效，先滋擾民。此中調度，要須斟酌盡善耳。

金門聞警，即團練鄉丁，誓同禦侮。迨夷船入中港，悮觸礁石，且知有備，斂帆遁去。今民情安堵，差堪告慰。所慮孤懸窮島，兵力單微，粮餉缺乏。宜即籌銀借商，赴泉采糴，檄金門鎮出兵船護其往來，用以兼緝土盜。而漳、泉沿海及厦門迤北各鄉，亟諭紳耆團練丁壯，有警聞金並集，不得以各守己地爲辭。不遵約者，移兵先剪，爲諸鄉戒。

大抵巨姓強房，非小姓人弱之比，不與團練，恒有心藏不測，陰縱子弟爲非之弊。况其分類械鬥，素多讐隙，竊恐外和内乖，假公洩忿，則束手旁觀，應援不力，皆取敗之道也。宜爲化導，釋其舊嫌，並檄所屬，真實稽察，以塞盜源，以安行旅，亦以杜勾引窺伺之萌。至若死事弁兵，宜速優卹；傷殘士卒，宜速收納；遭難之民，宜速賙濟。又皆目前措置之必不可緩者。

倘蒙采擇，言之大府，迅賜施行，沿海生靈幸甚。

【評】

時事方紛，乃挈厦、金沿海情形，指陳利害，可謂胸有成竹，目無全牛。其筆氣顧盼不凡，尤徵好整以暇。郭子虹先生

與龍溪縣曹公論漳厦安民禦賊狀辛丑九月

往承下問厦門形勢，樹梅竊以設守未固，深抱杞憂。議者猶以爲過慮，不圖殘害之速，遂至此極。然而事屬既往，固無足追矣。

夫漳、厦一水相通，今既肘腋變生，安可不急謀唇齒？執事置身家於度外，鎮民志於事先，舊冬使民積米，故時價得以不昂。此其相機制變，豈舍本治末者所可同日語哉？别後擬歸金門，正值夷船突入青嶼，夜半當事屬赴高崎再募鄉勇。喘息未定，遽遭亂離，雖身在兵間，而無日不想望顏色。是以前月走書奉聞，嗣得回諭，謂徐松龕觀察、趙少愚太守急思一見，令速來漳並商機密。樹梅於重九日至龍溪，適執事公

出，未能快接謦欬餘歡。重念時艱，伏枕無寐，爰就燈前草陳事略，惟執事實圖利之。

今之計者，咸謂利於速剿，顧徵合兵勇苟且一戰，以僥倖於目前。非勦也，必有計出萬全，謀不輕洩，民思敵愾，士無退心，而後庶幾其可耳。鼓浪去廈僅里許，四面皆水，夷營其中，兩月以來，孰敢過問？是我既無間諜偵探以知敵情，則亦何能遥揣敵情，妄意制勝？謂宜急募能泅敢死之士，乘黑夜濛霧，多用浮筏氣囊，挾以潛渡，分途合擊，直擣其巢。而大、小擔外及青嶼門，尤須規畫精詳，預檄鄰疆，暗伏戰艦火攻船，斷其歸路。雖未能盡殲其醜，亦足以少奪其魄。蓋必使之知警畏，而邊海方可無後患。

然此時最大最急之籌，則又在於安民心而紓商力。誠使沿海窮黎饑寒交迫，乘危截劫，米運必爲之不通。而弁兵藉口防夷，不暇捕盜，商船亦必因之退縮。惟有請照往例，許商船自備炮械資禦盜。令其呈明炮械件數，聯名保結，便於稽察，不致爲患。否則盜賊窺利，必有勾通夷匪，滋擾横行，商船畏盜與夷，必有顧惜貲財，不敢復出。是亂民不除，商力必不得紓。民不聊生，何以爲治？地方隱憂，莫甚於此。今亟廣爲招諭，曲緩盜罪，聽其自歸。奸徒勾夷，尤須用間，生其疑貳。如是，則盜賊自戢，商力自紓，民心自安，而勞師糜餉之費，自可因之以節省。所謂專以安民爲務，而禦賊在其中矣。

【評】論兵專以安民爲務，可謂得爲帥之本。民之既安，復何強敵之不摧哉？曹君向令邵武、光澤，惠民之政素著，且其人才識超越，爲僕所素心儀者。是書與之，可謂得人矣。何煥奎先生

卷一三

孝經贊序

孝經文最簡質，劉、鄭而下，傳者千數百家，其所紬繹，特今古文章句耳。明先賢漳浦黄忠端公作孝經集傳，標微義五、著義十二爲節目，而總序之。誠哉，洞燭三才，綱維百行。公門人謂，非世儒夢寐所曾到者也。

顧集傳有傳無贊，樹梅得公手書孝經，則又有贊無傳，蓋思陵時公逮繫白雲庫下，手書孝經百二十本之一。夫傳所以申經中之旨，而贊所以廣經外之意，必取而相表裏焉，而後聖人作經之心始無餘藴。當時稱公生平言動，胥在此經。讀公傳贊，苟非先行其言，烏能精切詳明若此邪？

歲丁酉，樹梅佐曹公懷樸，既興水利於鳳山，則請刊布孝經授邑父老，使訓其子弟。遇械鬥，復爲誦「身體髮膚，受之父母，不敢毀傷」句以怵之，甚有感泣解散者。

三代不易民而治，謂教化不足用者，賊其民者也。矧夫至德要道，先王本以治天下，使一邑一鄉之民相與革故從風，猶小試耳。惟集傳盛行而未有贊，樹梅亟爲録出壽梓，以廣其傳。俾凡有志於公之道者，得以窺公當日用心之旨，益闡揚之，以成三代之治。於虖措而加諸四海，舍孝弟曷以哉？

文昌孝經序

樹梅既刊黄忠端公孝經贊，復念文昌孝經十八章尤爲誦而易曉，欲並梓之，不能一日去諸心。昔彭凝祉先生謂開蒙必先此經，宜用四言離句法，如風雅之感人，最足涵養德性。嘗考百善堂增本，每章下有小注，明經意而不雜經文，洵於初學有益。然樹梅所以惓惓爲此，固不從童蒙養正之功也。

夫孝爲百行之首，良知天性，宜乎不學而能，而聖賢必諄諄垂教者，懼其漓焉耳。漓則幾希於禽獸，不知何者爲不孝，亦不知何者之爲孝，故必先讀是經，憬然知帝君以孝訓人，乃萬善發源之要領。假令事君不忠，處友不信，居官不廉，臨民不寬，固不得以爲孝。即應事接物有所怠斁，刻薄極之，暗室屋漏，一念自欺，亦不足以爲孝。至於養親盡禮，孝矣；而未能養志諭親於道，其爲孝猶覺有虧。養生送死，孝矣；而未能事死如生，事亡如存，其爲孝仍有未盡。審是，則知事親即事天，盡倫即盡性。淺之，爲孩提愛敬漸漬焉，而不自覺；精之於參贊化育微妙焉，而不自知。孝不誠大矣哉。

朱子嘗題孝經曰：「不如此，便不成人。」樹梅竊謂不讀帝君孝經，亦不可爲成人。矧夫一人盡孝，一家必有觀摩；一家盡孝，一鄉必有感化；迄於一國，天下易俗移風，熙洽太和，人恥不孝，駸駸乎日與唐虞三代比隆焉，豈非昇平之美盛歟？

閩安記略序〔一〕

閩自無諸建國以迄我朝，其間廢興沿革，志乘詳矣。而閩縣爲福州附郭，故闕專書。閩安鎮又縣治一隅，宜其略也。然地當閩海之衝，外制五虎門，内蔽省垣，南引長樂、福清，北連、羅、寧德，實海道之咽喉，水師之扼要。國家歲縻兵餉數萬金建爲鎮治，蓋此意也。今雖承平日久，寇盜潛消，而山川形勢、港汊夷險，與夫風潮消長之機，皆防海者所宜講。至於忠孝節義，風化所關，又忍聽其湮没無傳邪？

道光八年，樹梅侍先君子協鎮此土，見先君子巡防咨訪所得者，謹記之，無敢忘。間復搜尋舊簡，采摭遺聞，編成記略一書。於星野民風，土田物産，郡志已言者不贅，而營制海防，考之特詳。蓋以先人未竟之用在是，小子不敢不敬述耳。至藝文、事跡，有關風土者，亦附卷後，以資輶軒之采。

【評】

簡而法。周芸皋夫子

清適詳中，古文正脈。高雨農夫子

【校勘記】

〔一〕文鈔初編編入卷二，静遠齋文鈔作「閩安記略自序」。

功過格序〔一〕

刊傳勸善之書不少矣，其有益於世道人心，爲人身性命之助者，尤莫切於功過格。蓋諸書不過使人知善當爲、惡當去，格致之功也。此書則功過不諱，期於毋自欺，必自慊，乃正心誠意之學耳。

夫爲善望報，有過輒忘，雖中智之士，將不免於善不成而過日積。甚且轉以小善無益、小惡無傷，日浮沉於有惡無善之境，而莫究其所返，是豈知之不明哉？見識不堅，用志不固也。子夏曰：「日知其所亡，月無忘其所能。」曾子曰：「吾日三省吾身。」魯語云：「士朝而受業，夜而計過，無憾。」古人之學，未有不以日計之者。

自時學六經、四子，争爲弋獲科名。一二賢知之士，往往高談性命，不惟儒、釋之辨維嚴，即朱、陸異同，門户之見，亦如禪學，各標宗旨。而考其切問近思，反身克己之際，皆倀然、茫然無所持循，蓋可惜哉。

樹梅往得此書，即憬然欲事克復，顧或者以爲卑近。則烏知聖賢至德要道，何嘗不可約之於功過格中邪？而無知因循怠翫，躭閣半生，深夜静思，未嘗不汗流浹背。回憶十數年來，雖日逐勞塵，未敢須臾或離。

近得陳子繼豪捐貲助鍥，遂略敘吾志於簡端。繼豪業儒，學勇爲善，有志之士也。

【評】

說理入北宋之奥，儲氣抉□□之籓，是古文不□□録。高雨農夫子（按，此條僅見文鈔初編。）

【校勘記】

〔一〕此文文鈔初編編入卷二，作「重刻功過格序」。異文數十處，别録於次。

今之好善者，刊傳勸善之書不一，其言惠迪吉，從逆凶，天地鬼神，昭布森列，讀之者觸目驚心。其有益於世道人心不少矣。而爲人身心性命之要者，尤莫切於功過格一書。蓋諸勸善之書，使人知善之當爲、惡之當去，格致之一助也。而此書功過不諱，期於寡過而有功，毋自欺而必自慊，則誠正之學也。

夫中智之士，莫不知善之當爲、惡之當去，乃爲一善輒望報，其有過轉瞬輒忘。卒之，善不日積，過且日多，甚且以小善爲無益、小惡爲無傷，此豈知之不明哉？無所持循以貞其志，而固其爲也。子夏曰：「日知其所亡，月無忘其所能。」曾子曰：「吾日三省吾身。」魯語云：「士朝而受業，夜而計過，無憾。」是古人之學，未有不以日計之者。

自是學六經、四子，争爲弋獲科名之具。一二賢知之士，往往高談性命。不惟儒、釋之辨維嚴，即朱、陸異同，門户之見，亦如禪學，各標宗旨。而考其切問近思，反身克己之功，茫然不察，是何異黄冠緇流，日論虚無、寂滅，無以生天成佛邪？

樹梅幼得此書，知即克復條目，顧性禾未養，善米何從？一簣徒勞，進將焉往？每誦因循怠玩，躭擱一生之言，未嘗不赧然愧悔，汗流浹背也。然雖日逐塵擾，而是書未敢或離。

近寓榕城，陳了繼豪見而韙之，遂捐貲助鍥，屬予叙其端。繼豪業古儒之學，勇於爲善者。凡我同人，慎□以此爲卑邇，不足行棄之，果持循，勿懈。雖至於聖賢之學，不難也。

雲影集序

流雲行空，其聚與散豈有定哉。吾嘗以爲人生離合之故，猶雲影之在天，起滅無常類，非意計所能測。而吾友聚散靡定，存其詩焉，亦如雲影之偶留，此雲影一集，所由刻也。

集中皆知名士，於吾皆知己懽，其人之或存或亡，或遠或近，卒離處不可見。其詩之變化不測，莫不如行雲之舒卷，隱見不常。始吾見其人，並愛其詩，初不意其人之不可常見也，今則念其人，亦但見其詩耳。每吟此集，不啻得與吾友攄肝膈，輸意氣，抵掌促膝，宛宛在目。

然則，人生離合之感，亦復孰能忘情邪？夫以吾友懷抱雄奇，豈斤斤僅以詩見？乃天則若故阨其遇，使之幽憂拂抑，輾轉靡常。而其感今懷古、鬱塞難遣之情，不能不於詩乎發之。則吾此集即未足不朽吾友，而以傳吾友之才志，固自信其庶幾耳。

曹子桓云：「年壽有時而盡，榮樂止乎其身。二者必至之常期，未若文章之無窮。」有志之士，其不忍沕沕歿世，有斷然者。嗟夫，勞生如雲，修名不立。更百十年後，吾與吾友皆將爲浮雲之澌滅，並影亦歸於盡矣。天曷爲既生吾友之才志，而必苦以畏譏，傷以憂患，翻覆蕩漾，使欲求爲在山間雲而不可得，此其故何哉？

世有覽是集者，誦詩論人，知吾友之才志，不必僅以詩見，而吾顧爲彙刻此集者，蓋各存其雲泥之迹，亦自寓其不得已之心也。若夫人生窮達之感，友朋離合之情，猶雲影聚散無常，不得常見，而又何必不即其詩之所得見者，作常聚觀哉？

【評】

起筆超極，轉折處皆入古，收筆澹遠，大徹大悟。曹子安先生

【附】凡例五則

一，昔賢有録其友之詩，都爲一集者，如唐元次山之篋中集、宋謝皋羽之天地間集、國朝王漁洋之感舊集、陳迦陵之篋衍集，雖意寄各殊，而所以永存其友之心則一也。是集蓋師其意，當亦風雅君子所樂許。

一，詩無先後，以到爲序。第就所見録之，非敢別有去取。四方同志續有見示，即當隨時增刊。然敝廬僻居海島，域於見聞。吾友或有遠隔千里之遥，別居他省之地，其人既不易見，何由更覯其詩？幸賜郵筒，以光斯集。

一，人各一卷，卷各有序，詳其籍貫、出處，可以一覽而知生平。矧學詩根抵甘苦，在吾友各有所得，義亦不可不傳。要須務簡極真，不敢少涉虛譽。

一，山林高隱之流，既無名位，又無嗜好，一生精力止有作詩。其存之日已無人知，忽焉徂謝，必易湮没，蓋可傷也。吾友豈無齎志遺詩，等於吉光片羽者？惟願同志廣爲搜羅，亦發潛闡幽之意。爲之後者，尤當各念其親，謀垂不朽。幸借藏本，録畢繳還。

一，吾友之詩亦有早經剞劂、傳誦四方者，其集美不勝收，故亦不事重録，非敢意爲輕重也。

授産條約及家録引

嗚呼，此吾授産條約，又别增數則，以遺汝曹，俾世守者，汝曹其念哉。

嗚呼，吾生七年而汝祖母陳淑人見背；二十三歲，汝祖父受堂公卒於官；越明年，汝叔光左復殀謝。於是汝繼祖母黄淑人養成郭後汝叔，而養光廉爲己子，三分遺業，以其一畀吾。當是時，吾方哭父念弟，憯不欲生，何心更問家人産？故今爲此條約，以仰承汝繼祖母意也。嗚呼，汝曹其念哉。

吾今年三十有五矣，功名、事業猶無一成。比者夷氛多事，栖止何常？念汝曹童昏無知，又非一母所出，吾既未能歸與汝曹室廬相守，慮或不究。吾志以事祖母，則且重傷吾心，而特爲此縷縷也。嗚呼，汝曹其念哉。

自汝祖父用水師行伍起家，歷官副總兵，食二品俸禄，入亦既云厚矣。然猶僅留薄産如此，則創業之艱也。祖母爲汝曹計衣食，使今日不致重凍餒，其所爲恩斯勤斯，凡以成就。及吾造福及汝，蓋用心之深，亦殊苦矣。

去歲吾當出遊，拜别膝下，汝祖母將舉産相授，且揮涙曰：「兒既出不逢時，曷若坐守田舍，而栖栖靡騁如是苦邪？」吾時雖固不敢承産，而痛傷違侍，愧感奔勞，今兹思之，猶覺悲不自已。嗚呼，汝曹其念哉。

夫能興大吉門，是區區者何足言産？如其饘粥僅給，勉爲鄉里自好之人，幸而無傷汝祖母之意，無辱祖若父家聲。兄弟即非同生，要須一體，吾所望於汝曹如是而已。嗚呼，念之哉。壬寅六月十九日書

宋儒司馬温公曰：「世間那一等人無忠孝？然則士農工賈皆可自立，豈以門第財産爲憑藉哉？」夫持躬涉世，接物待人之道，經傳言之特詳。汝曹讀而求之，自有余師，吾固無事爲汝訓。矧吾未嘗學問，侍汝祖父官海上，出入風濤戎馬中，今兹猶無所成，亦何能爲汝訓？

顧念吾先人忠厚傳家，吾既不能承先啟後，爲門户光，而徒責望汝曹，益滋吾愧，然猶不免爲此諄諄戒諭者。凡以吾之所爲，皆以述先德、成先志，初非沽弋譽美，蠲遺貲而博好施虚名於宗族交遊間，以重貽先人戚，汝曹亦當有以知之也。

且汝祖父亦嘗舉義田、義塾、義冢，遺治命於吾身矣。吾力寡薄，弗克以次奉行，若復顧惜己財，不以分潤族戚，能毋負吾本心？而有司者，乃欲楔旌吾閭，吾能不避而謝之邪？汝曹有能振大家聲，究成吾志，當取祖若父未竟之事，畢力自爲，無事近名，庶幾得爲一鄉善人已。壬寅長至日書

吾原姓陳，祖天琪公，妣氏楊，本生父春圃公爲金門左營百總，本生母氏謝，生吾兄弟六人，長慶，次強，次新，次繼，次愚。吾年逾周，汝祖母陳淑人襁爲己兒，蓋汝祖母呼吾本生父爲族兄，吾則本生父第六子也。於時汝祖父受堂公方以千總官水師，恒終歲捕盜、巡海上，即過門不復入私家。汝祖母陳淑人既體羸善病，懼不育，又念舅姑望孫殊急，慮無以承堂上歡，故得吾而愛撫備至，汝祖父亦特憐之也。

既而吾年七歲，汝祖母卒，汝繼祖母黄淑人生汝叔光左。吾既失恃，則隨汝祖遊宦走四方。然心竊計未嘗不望汝叔長成，庶幾授室生子，吾可援例復姓也。乃吾二十

三歲，汝祖父謝世，汝叔年僅十五，遽殀殞，吾茲何可言復姓事，亦何忍更念此事？嗚呼，吾能無恨乎哉？程子曰：「爲人後者爲之子，不得更顧所生。」此禮經爲本宗繼嗣言也。若夫異姓養子，按之律文，無不復姓。國朝世宗時，奇麗川中丞嘗以己官請封養父。仁宗朝，莫寶齋總憲亦嘗疏請歸宗。二公官二品階，率能自行己志，又所處勢易，可以無憾於心。吾則何敢冀焉？夫身爲人後，而必顧戀所生，勢且輕背養父母之恩，仍不免獲戾於名教。脱令輕遺族氏，又將竟忘所自，而亦無解於禮經。事不兩全，惟務當理；理求一是，惟務愜心。吾方身處兩難，能勿痛乎？今汝叔已殀，汝祖母雖養二幼爲之嗣，然禮無爲殤子立後之文。吾嘗從容偕衆議，以從父某公次子某爲吾弟，俟吾薄有儲積，即以畀之，使承林氏宗祧。吾受汝祖父母養育恩深，終吾身不敢齒復姓。

顧吾陳氏，自吾三歲時，本生父已卒，同産兄弟又皆先後死亡，吾本生母今年七十有三矣。吾以一身承祧兩姓，其責亦綦重哉。使吾他日得如奇、莫二公，致身通顯，則所以準經酌禮宜如何，而後無悖私恩，不害公義，其處此當不甚難，而吾固無望焉者。半世苦心，極不得已，何可不爲汝曹明言之。

吾娶汝母薛氏，生汝惠、汝意。又娶蔡氏，生愛，殤，乃生汝忠、汝恩。又娶李氏，以奉事吾本生母者，生汝念。兹欲使汝恩、汝念以後陳氏，汝惠等宜從吾姓，畢汝身、汝子、汝孫有欲復姓者，則非吾與汝所能禁也。嗚呼，吾蓋念此有年，既不能公義、私恩均無所負，第就目前之境求爲此心之安，其得以自盡者，如是而已。天如哀我林、陳兩門，使汝兄弟盈昌蕃衍，未必非吾一身兩盡之道也。歐公有言，事之可爲者，人爲之；其不可爲，聽諸天命可耳。甲辰嘉平再書

【評】昔高雨農先生告余曰：「歗雲篤於師友之誼，性情真摯。」今讀此文，乃知大才人未有不根本於忠孝，而推及於師友者。世徒震歗雲之才，而不知其所本，宜其不能用歗雲也。曹子安先生

募修孚濟廟疏引

孚濟廟者，金門庵前鄉祀唐牧馬郎之處也。郎名淵，陳姓，原冀州人。仕唐爲執戟郎。安史亂，率屬蔡、許、翁、李、張、黄、王、吕、劉、蕭、洪、林，凡十二姓避地於此。牧馬多蕃，人稱馬祖。既殁，鄉人蠔而祀之，配以女像，曰「林夫人」。

朱子嘗次其祠，有詩曰：「雲樹蔥蘢神女室，岡巒連抱聖侯祠。」蓋指其事。水旱疾疫，禱輒有應。廟西藥井，飲病者亦多愈。

元順帝時，倭躪島上，島人詣廟籲救。驟見壁間畫馬振動，颶風起，海面毒霧連五日夜。倭咫尺無覩，船多碎，乃不戰，遁去，島獲安全。島人自是呼郎爲恩主，謂郎實恩全島而生之也。事聞，敕封福佑真君，賜額「孚濟」。明永樂間，再封福佑侯。解智記祖廟凡二，盧牧洲尚書碑記，廟祀園五斗，忠振伯洪旭增置石有五斗，當時神靈廟祀，皆可想見。

二百年來，漸以頹落，父老傳聞，往乾隆間有議修者，卒梗弗果。今且益圮，滋懼其爲墟耳。噫，侯恩吾島，遏狂寇而逐之，使荒墟爲樂土，吾島人耕稼、漁鹽、蕃氏族而安作息，何一非侯之賜哉？夫平居呼爲恩主，一旦視其祠宇廢敗，無或新之，曷以稱吾人崇德報恩意？更何以答吾侯護佑之功邪？

敬勸鄉人，公奮義舉役，擇其所，便力從其所，堪妥明神，而永廟祀。胥於是乎在吾鄉人，必有樂觀厥成者矣。

【評】敘次簡韮，中饒神采。入後勸捐，不套不蕪，亦見作家。高雨農夫子

卷一四

獨木鼓銘〔一〕並序

嘉慶十有四年，先考受堂府君剿滅海賊，獲其大鼓。獨木爲之，冒以犀革，木理堅緻，聲洪遠聞。今置浯島真武廟。男樹梅謹識，並刻銘曰：〔二〕

刳木爲鼓，腹容十斗。昔我先人，奪自賊手。枹不絶音，賊已成擒。凱歌既奏，昇歸山林。招我田父，賽神撾鼓。歌詠太平，歷千萬古。

【評】來去堅明，句亦古健。高雨農夫子

【校勘記】

〔一〕此文又見靜遠齋文鈔。

〔二〕「嘉慶十有四年」至「並刻銘曰」，靜遠齋文鈔作「嘉慶初年，先考受堂府君剿滅海賊，得賊鼓。獨木爲之，聲洪遠聞，輦以歸，今置北門真武廟中。樹梅泐以銘，銘曰」。

尺銘〔一〕

百分百黍，累數以符。君子從善，其如是乎？

【校勘記】

〔一〕此文又見靜遠齋文鈔。

剪銘〔一〕

寸縑尺素，蠶命女工。非時勿動，萃祉於躬。

【校勘記】

〔一〕此文又見静遠齋文鈔。

竹節研銘〔一〕

能虚其心，不易其節。介然此君，永保貞吉。

【校勘記】

〔一〕此文又見静遠齋文鈔。

時鐘銘

非時勿鳴，時至毋默。消長盈虚，以順天則。

乳鐘銘並序

維道光二十有二年十一月，光澤縣建育嬰堂，成，既祀主神，爲諸嬰祈福。里人何焕奎太守乃作乳鐘納於室，屬金門林樹梅爲之銘。銘曰：

陰陽互牛，厥配爲偶。垂乳廣慈，希聲滅咎。匪表熊蹲，匪傳鯨吼。聾俗迷方，猛然回首。

海天評月圖贊並序

道光丙申季夏，吾師高雨農先生偕配上官夫人遊厦島。偶秋夜翫月，動鄉井之思。先生述蘇夫人答東坡「春月秋月」語，夫人曰：「人悲秋耳，月猶春月也。」先生喜其語有禪意，作海天評月圖，自題贊曰：「人自春秋，月無今古。」蘇夫人後得一轉語，會屬門人輩題辭，次及樹梅，敬贊於後：

滔滔海天，人月俱圓。宜春宜秋，一任自然。得少佳趣，是上乘禪。引梧評月，樂以忘年。

拈眼鏡圖贊

善假於物，厥名靉靆。信手拈來，放空眼界。水月鏡花，一塵不礙。作如是觀，真大自在。

【評】一拈眼鏡圖，現出如許仙界。世尊拈花，迦葉微笑，如是如是。高雨農夫子

松菊圖贊

松風入琴，人澹於菊。對景忘言，欣然自足。

坐石看雲圖贊

人自不俗，石亦非頑。得會心處，與雲俱閒。

蒔蓀圖贊

培之植之，如賢子孫。守此澹泊，勿忘菜根。

睡禪圖贊

睡卻不睡，不睡猶睡。參禪中禪，防意外意。

孝丐圖贊

相城乞兒，沈姓，中年人也。有所得必分貯筒筐，問何不食，則曰：「將遺老母耳。」好事者尾而偵之，見其老母癃憊，居破舟。丐則潔食傾酒，跪而奉之。伺母接杯，乃自起舞唱山歌，作兒嬉以悅母，察母意若殊安之也。必母食盡，乃更他求。若無得，則自受餒，終不先母食也。母死，丐遂不知所終。嗚呼，此非有爲而爲其純孝哉。贊曰：

山日遲遲，承歡幾時？兒歌一曲，母進一巵。殘羹冷炙，母口甘之。膝前跳舞，母樂兒嬉。咩我逐食，親心並馳。無以爲養，愧此乞兒。

丐楊乙，武進人。得食，雖極饑不先嘗。有酒則跪進，歌舞以悦其親，如是十餘年。鄉人感其孝，與之金，傭爲傭，不受，曰：「吾親安可一日離也？」父母死，乞得棺，脱己衣殮之。遇嚴寒，赤身弗恤。葬於野，即露宿墳旁，日夜哀號。歲時拜獻，未嘗缺失。夫生事葬祭，求諸士夫，有難言者，丐乃隨時隨力，自盡如此。然則孝亦何待外求哉？贊曰：

親未食不敢先，親未寢不敢眠。親死無殮，已何有焉？脱衣赤體，飛霜如綿。嚴寒弗覺，哀號可憐。掬土作墓，露宿墳前。承歡無日，抱恨終天。嗚呼，汝丐子職已全。我愧且痛，饑軀年年。

閩南三布衣贊〔一〕

閩南三布衣者，福清林楊、同安張益冑、莆田陳天達也。

楊居海壇山，洪武中，詣闕疏蠲虚税，繫獄十八年論釋。於是上乃詔許海嶼調移者，税役免半，閩、粤、江、浙民慶更生，疏載福建通志。

益冑居金門，爲鹽大户。鹽課折納本色，有司復科均，傜民逃散。成化間，冑偕姪大翊陳狀。詔免。島人勒石志之。

天達，萬曆間以其鄉利病，徒步叩閽，一時稱便。其奏疏稿成，作詩云：「書成鐙影薄，如見流亡魂。日近八千里，天卑十萬言。哭當思賈誼，死亦見監門。得罪逢明聖，民愚仗主恩。」至今傳誦焉。贊曰：

三布衣以鄉人患苦，不䘏冒死，卒爲邊海造福數百年，可不謂豪傑之士乎？士大夫居鄉里，其於時務宜言而不言，聞三布衣之風，亦少愧哉？嗚呼，當明季時，天下長吏有一二君子如三布衣者，何至民心離散、迄於滅亡？宜三布衣姓名特傳，而此贊所由作也。

【評】

序特簡勁，贊則筆情吐吞，極沉鬱頓挫之致。蔡丹書夫子

傳簡貴足永其人，論亦綿密往復，以盡其致。高雨農夫子（按，此條僅見文鈔初編。）

【校勘記】

〔一〕此文文鈔初編編入卷五，作「閩南三布衣傳」。異文數十處，别録於次。

三布衣者，福清林楊、同安張益冑、莆田陳天達也。

楊居海壇山，洪武中，詣闕上疏懇蠲虚税，繫獄十八年。至宣德初始釋，下詔，凡海中孤嶼調移者，其産業税銀及雜役俱免半。於是，閩、粤、江、浙之人皆頌其德，疏稿載福建通志。弟榔周險出楊於難，竟死客邸。

益胄居金門，爲鹽大户。當時鹽課，折納本色，有司於折鹽納米外，又編入均徭，與農民一例科派，以是民各逃散。成化十二年，胄偕侄大翊赴京陳狀，蠲免。島人勒石志之。天達，萬曆間以其鄉利病，徒步叩闍，一時稱便。其奏疏稿成，作詩云：「書成鐙影薄，如見流亡魂。日近八千里，天卑十萬言。哭當思賈誼，死亦見監門。得罪逢明聖，民愚仗主恩。」至今傳誦焉。論曰：

三布衣以鄉里疾苦，冒死叩閽，卒除邊海數百年之害，可不謂豪傑之士乎？士大夫徒以科第雄鄉里，大率皆迂腐凡庸，不知時務，知之亦不能言之，又恐取禍，而三布衣於是特傳焉。嗚呼，當明季時，使天下郡邑有二三子如三布衣者，何至民心離散、不可收拾邪？此傳所以作也。

陳則賡贊

則賡，字錫墀，厦島人。作秀才時聰敏多智數，泰昌庚申，紅毛夷來窺中左所，則賡以計卻之。天啟壬戌，夷復入。則賡從總兵官徐一鳴贊軍畫，詭詞撫夷，許通市，陰破家募勇敢，椎牛酒，毒而餽之。身乃詣夷，遍觴之曰：「吾君恩汝，互市成，今華夏一家，盍盡醉爲樂乎？」夷固嗜酒，又喜不疑，飲輒毒，懵不知人。則賡亟麾小船，趣死士挾所製油蓑撲夷艦，縱火殲焉。臺省交章論功，予之官不受，徜徉山水，以諸生老。贊曰：

士君子能出世者爲隱逸，此事類非樵夫漁父之所爲也。必有經世之略，而爲高世之舉，乃可爲隱，彼於漁樵特寓焉耳。則賡毁家破夷，其人殆稱賢豪，間顧不受一官，徜徉以没，蓋感遇深矣。然則，則賡斯真隱哉。

【評】

短幅作此結構，可謂搏兔用全力矣。周秋屏先生

歗雲文鈔輯佚

静遠齋文鈔自序〔一〕

樹梅生長海濱，學識譾陋，惡敢言文？然聞鄉里父老談先哲文章氣節事，心輒嚮往，且畢力搜抉，據事直書，蓋欲存閭閈風流，惜遺佚心血，以備問俗之采耳。道光十六年九月，金門林樹梅自序。

【校勘記】

〔一〕此文見静遠齋文鈔。

某君捐置祭産序[一]

宗族親疏，其始，一姓之聚也；祖考、孫子，其始，一人之身也。漸而支分派別，宗族之人不相識矣。君子所以歎敦族之難也。某氏於金門爲巨族，族有祠，歲時祭祀，子姓咸集，燕飲盡歡，雍雍怡怡，得敬宗睦族之道焉。然未置祭産，族人屆期遞值以供祀事，而經費繁浩，或貧不能任，至有鬻妻孥以集事者。

噫嘻，奉祖宗之蒸嘗，燕父兄以酒食，意甚美也。至於棄室家以供衆人之一飽，使先人有靈，必有愀然不樂者矣。某君思有以易之，而商於予。予曰：「昔范文正公置義田，以贍族人之窮乏，其田世守，至今不廢。今君雖食俸無多，何難捐所有爲後起倡乎？」某君於是慨然欲以其父所遺近市之屋，量值八百金，並其俸廉，又得二百金，充爲祀産。其意蓋思免族人棄室家之苦，以妥先靈而厚宗親。雖微，范公故事可循，知必不莥非予言也。

顧予之所望於君者，猶不止此。蓋人之擁厚貲而不恤宗族者，不過爲子孫計耳。與其貽之子孫，屢分而盡，不若分之於宗族，可以無窮。使某君他日更有所積，或置義倉、建義塾，使族姓無窮乏之憂，子弟沐詩書之教，則所爲承先啟後之功，又豈僅祭産一事足爲誇美已邪?·某君行將乞假養母，得於里黨間次第而畢其孝義之志，予且樂觀其後而先爲之序焉。

某君名某，其官千夫長也。

予既送某君歸，聞其比入里門，遽病不起，捐産事遂寢。昔人曰：士大夫遇好事不要放過。旨哉言也。自記。

【評】

意態入古，筆亦清曠。高雨農夫子

立言有則，氣清以和。周芸皋夫子（按，此條僅見文鈔初編卷二。）

【校勘記】

〔一〕此文文鈔初編編入卷二，又見静遠齋文鈔。

俞淑人行述〔一〕

淑人姓俞氏，閩縣人。年二十四適陳公一凱，時公爲千夫長，家酷貧。姑周太淑人性急，淑人事之惟謹，與後先同甘苦，如女兄弟然。

越二年，隨公之臺灣任所。適蔡逆滋擾，公力謀戰守，無内顧憂者，淑人之助也。賊平，公擢守備，尋陞遊擊引見，挈淑人内渡奉姑。逮公旋自京師，更渡臺，淑人以姑老不忍去，然重違姑命，不得已，偕行。及嘉慶二十四年，公署澎湖遊擊，姑卒於家。淑人聞訃慟絶。終喪後形神焦瘁，語人以不得親姑含殮爲憾，猶前志也。後隨任之鹿港及艋舺營，往還數百里，輿夫侍卒未嘗見其面，其肅慎如此。

未幾，公卒於臺，爲主將所抑，停喪海外不能返。久之，事解，淑人乃携二子扶櫬歸福州。族之貧者賴之，以食指繁浩，積憂逾三年，疽發於背。且死，遺命二子曰：「爾父在日，所善臺灣令姚君，嘗假千金償官負，固知姚君爲官清介，所假金勿取償也。姚君來閩，可折券還之。」命書於券以識，遂卒。時道光八年八月七日也。距生乾隆四十三年十月五日，得歲五十有一。

淑人先撫蔡氏女爲己女，歸樹梅，爲言淑人平日見公臨下太嚴，輒愀然不懌，常諷勸之。其在艋舺時，手足患痿痺，公取熊掌和藥，淑人以其象人形，卻不食。病旋自瘳，咸謂仁慈之報也。猶憶樹梅時覲淑人，諄諄焉以承順親心爲訓。嗚呼，言猶在耳，吾親不復見矣。哀哉。

長子朝選附貢生，娶龔氏。次子繼豪取吾姑女莊氏，老成練達，得於母教爲多。以十五年閏六月二十七日奉淑人柩於閩安鎮茶坑山，啟公窆而合葬之。遵治命也。

【評】

清蒼簡貴，敘女德宜此筆。高雨農先生並填諱

【校勘記】

〔一〕此文見靜遠齋文鈔，文鈔初編目録編入卷六，文缺。

銘端溪硯送朱石仙歸白州〔一〕

石之才，玉之德。取友端，難再得。

【校勘記】

〔一〕此文見靜遠齋文鈔。

瑞蘭室銘〔一〕

道光壬辰，予遊南澳，館於康氏家塾時，盆蘭花開並蒂。允頤、允立兄弟屬銘其室，乃爲之銘曰：

蘭生空谷，不言自馨。於以培之，君子之庭。人有善氣，物效其靈。同根並蒂，浥露亭亭。寫圖紀瑞，復爲之銘。宜爾兄弟，相對忘形。

【校勘記】

〔一〕此文見静遠齋文鈔。

都尉陳公像贊〔一〕並序

道光戊子，樹梅撰陳都尉行述，時公子繼豪曰：「先公之像久失。」又言其圖中形景極詳。梅心志之。癸巳十月，過市上見此幅鬚髮蒼古，眉宇清幽，一如繼豪言。亟贖以示室人，果公像也。室人爲公養女，請並俞淑人像爲裝潢，歸諸繼豪。嗟呼，失去數年，一朝返璧，非冥冥中有以護持，烏能得之意外如此邪？謹薰沐拜手爲之贊：

梅不識公，忝爲戚黨。聞公生平，恨未瞻仰。市中有圖，英姿颯爽。景物副之，神爲之往。攜示吾婦，婦謂所養。數年遺落，一朝慰想。乃張高齋，乃爲薦享。知公神靈，長在天壤。

往歲出先嚴像，使繪士作副幅，不戒於火，遂以遺亡。每爲瘦雲言之，滋痛恨焉。今瘦雲於市頭遇之，揣擬景色，審爲不誣。非絶頂聰明安及此？拜誦圖贊，感泣交縈，知先嚴之靈，亦欲藉手才人返其像也。瘦雲造福於吾子孫匪淺哉。甲午三月十五日，繼豪謹記。

【校勘記】

〔一〕此文見静遠齋文鈔。

徵收先師趙穀士先生遺文啟〔一〕

道光丙申春，樹梅歸金門，聞先師趙穀士先生訃，亟走福州，哭諸堂。及詢先師著述，則存稿無幾焉。夫先生賾學攻文，爲閩宿望，而遺文散墜，聽其弗彰，非及門後死者之責邪？

嗚呼，古人師門誼重，至有頂踵不恤，惟恐其師之弗傳者。樹梅不才，亦嘗側聞君子之風，矧復重以先師之恩有特摯乎？梅侍先師五閲年，諄諄然誨以勿盗虚聲，則先師之不騖聲華而敦實踐也可知。身後之傳不傳，詎先師意哉？雖然先師姓名滿宇内，而文采湮没，卒聽弗彰，則誠門人之責也。樹梅其敢一日不汲汲乎？

憶今春歸里，謁别先師，師語梅曰：「吾老矣，生平考訂金石文字，嘗欲補正王蘭泉少司寇萃編闕遺，需子重來共勷吾事。」梅敬志之，毋敢忘。乃遺文蝕蠹人間，先師已騎鯨天上，樹梅不才，受恩特摯，忍使先師無所傳以重及門之咎？是用敬綴鄙詞，遍啟同志，庶幾先師所爲詞章、簡牘、序傳、碑銘，流落四方者，或賜鈔郵，俾獲賸集，則先師藉以不朽，樹梅亦賴以少謝恩知，當亦諸君子所樂爲許者也。

金門林樹梅謹啟。

【校勘記】

〔一〕此文見静遠齋文鈔。

書謝退谷先生蚧仔難圖後〔一〕

嘉慶十年，海寇蔡搴〔二〕、朱濆輩爲水師軍所蹙，欲取臺灣蚧仔難爲負隅地，時先君子以戈船從大帥擊退之。蚧仔難者，在臺灣之東，周數百里，番民雜處，易爲逋逃藪。十五年，楊觀察廷理始按其地，譯爲噶瑪嘯，奏設廳治，調兵戍守。

道光四年，先君子護理臺灣水師副將，曾作全臺輿圖，記其要害。迨署閩安副將，又命樹梅搜羅籌海之書，得鄉賢謝退谷先生所著蚧仔難紀略，謂西渡，五虎、閩安爲甚捷。益見海疆門户之宜防，與先君子之論合，亟纂入閩安記略，資考鑒焉。先生令嗣宗本茂才爲言原板已亡，去冬重梓，而圖注闕如。兹訪得何氏所藏先生舊本，因屬樹梅補繪之。

夫圖、書自昔並稱，而按山川之險夷，審島汛之遠近，則圖之所關甚巨，豈可忽哉。謹出先君子舊圖，互相校勘，摹畫既成，敬識其後。

【校勘記】

〔一〕此文見静遠齋文鈔。

〔一一〕「蔡搴」，應作「蔡牽」。

書胥鶴巢詩後〔一〕

胥君名貞咸，字心若；鶴巢，其自號也。與予同里居，幼同受業於表兄王漢槎先生，相切劘極歡。

洎長，予省父軍營，鶴巢亦就蔭武職。偶歸里，偕遊嘯臥亭，鶴巢詩先成，有「我欲棄浮名，蓑笠此間釣」之句。予戲之曰：「詩言志也。昔俞公大猷誦范文正公『先憂後樂』之語，慨然慕之，卒挫倭氣，老乃遊息於此。今吾子年方盛，出其才以建功業，固自易易，乃薄軒冕而慕漁樵，何計之左也。」鶴巢未及對，海雨歘來，疾走下山，衣履濡濕，村婦、牧豎群譁然笑，犬從而吠。今憶之此景，猶在目前也。

己丑，予侍任閩安，鶴巢來，官守備，癖於詩，爲某都閫所彈，予代請先君畫策解之。方羈省會，時見舊拓聖教序，典衣以購，日事臨摹，其嗜好如此。及從事厦門，郵詩云：「才短每思歸隱樂，家貧無那養親難。」其處境之難又如此。逾五年，以薦權金左遊擊。予聞之喜，冀於鄉里間有所樹立也。

去秋，内兄薛紹庭茂才晤予福州寓次，謂鶴巢力疾趨公，勢將不起，欲以遺詩請，恐傷厥心。予聞，已悽然感愴，然猶冀其無恙也。未幾，而鶴巢之訃至矣。嗚乎，鶴巢生平遭際之艱，亦已極矣。天假以年，未必不有所表見於世，乃甫三十有三，溘然逝邪。悲夫。

紹庭敦故人之誼，賻其喪，復輯其遺稿梓之，此昌黎所謂庶幾有始終者。會屬予校訂，因書其後，以當一哭，且志予之有愧紹庭也。

鶴巢之祖諱獻珪，以千總從征林爽文，陣亡，恩蔭世職。鶴巢父諱德恩，任陸提守備，署安海都司，奉差途死。時鶴巢母董氏年方少，家徒四壁立，内外無親，養姑育子女，皆從十指中出。課鶴巢讀，風雨昕夕，不少寬貸。長則令習弓馬，襲雲騎尉。今鶴巢既歿，母依女家董姓云。

【評】

敘走雨一段，饒有逸趣，結尾情來會悲，生曲有味。高雨農先生

至性摯情，躍躍紙上。柯易堂先生

【校勘記】

〔一〕此文見静遠齋文鈔。

書藍水何氏家譜後〔一〕

福州嵩山之麓左側，有孝義里焉，何氏兄弟三人居之。然里名所起，閩書及福建通續志、福州府志皆未之詳。淳熙三山志、閩都記，於坊巷緣起搜采甚備，而孝義里仍未悉。後閲朝仕坊陳氏家譜，載其先曰元宰者，宋寧宗時人，生平篤行孝義，以薦爲臺臣。致職歸，卜宅於此，里因以名。陳譜當有所本，然亦無他書可徵。今何氏三兄弟以孝義得旌，不愧爲是里之人，則是里轉以何氏傳矣。

予生也晚，不及見其行事，獨得交其哲嗣道甫輩，皆恂恂儒雅，方承父志，襄諸義舉。時家園中枯竹復青，予憶明史於閩縣林世勤傳，特記是瑞，可見孝義之氣所感，自然隱合。而是里汶汶數百年，得何氏而顯，非偶然也。

道甫名則賢，乙未舉人，師事鄉賢陳惕園先生，藏書甚富。暇日出所訂家譜視予，標其目曰「藍水」，不曰「孝義里」，蓋以本源所自，不敢務於名也。嗚呼，何氏真孝義，又何必沾沾於里名所自起哉。

【校勘記】

〔一〕此文見静遠齋文鈔。

書宋賢跋李北海卷後〔一〕

右王荆公跋唐李北海所書秋蓮賦，卷尾字雖磨滅，尚可句讀，筆帯側鋒，過於險勁，其執拗之性可想見也。後有真西山審定題款，小楷一行，書法端整，亦如其人。又有草書三行，較荆公差小，不署姓氏。繹其印章，知爲洪容齋，字格高古，如見使金時不屈風焉。

此卷前明曾在王守溪處，吴瓠庵與之周旋六載，始得借觀，俱有題識。道光壬辰春，予得之於里人程爾三，亟付裝池。北海爲天寶中第一流人，其作書獨立門户，入於神品，故後進雖宗之，未能登其堂奥。至如尺楮寸縑，不啻連城照乘。千百年來，真跡罕傳，今僅獲其跋北海者，而復跋之。不知後之繼予而跋者又何人也？

【評】

俯仰今古，一往情深。柯易堂先生

【校勘記】

〔一〕此文見靜遠齋文鈔。

林氏家塾碑記〔一〕

林君道津，閩縣永慶里人也。生平好義，嘗欲建文昌祠於其鄉之左，旁構數楹爲弟子肄業之所，更置田資膏火，事未興而君疾革，囑其嗣長芝等而瞑。越數年，長芝兄弟承父志，乃度地建層閣，以祀文昌神位，結齋舍十餘間，繚以短垣，得林泉之勝焉。庀役於道光某年某月，次年某月告成。復置膏腴田若干畝於某地，歲收租穀若干，價銀若干，以租穀之入，延聘品學優者爲弟子師。子弟自入泮至鄉、會兩試，行囊諸費，皆有以給也。臚列規條，揭於堂上，且刻田籍以爲永久計。所以繼承先志、培養後昆之意，至周且備，可謂令子矣。屬樹梅爲記，將以昭來兹也。

樹梅不肖，先君子臨歿，諄諄以義田宅爲囑，至今未能成其志。僅捐己産贍族，而於義塾未果也。見長芝兄弟之規條，不勝愧歎焉。爰書其概，亦以勸夫世之爲人子者，當體先志也。

【評】

正大精簡。郭子虹

【校勘記】

〔一〕此文編入文鈔初編卷四。

廣東水師提督陳公傳〔一〕

公諱夢熊，字章如，一字渭溪。世居浙江金華東陽縣，元至治間入閩，居省城。曾祖熙俊，祖一鶚，父文德由武舉人授閩安千總署守備，遂家焉。公少隨父征臺灣，負矢箙，日行數十里，恐父饑，搗麻棗爲餅以進。年二十，起閩安營行伍。乾隆五十二年，臺灣賊林爽文勢張甚，公從軍，率藤牌手三十，攻小半天山，大破之。福文襄公壯其勇，賚以銀牌。積功至千總，守笨港，瘞枯骸無數。既補右營守備，時朱濆、蔡牽諸海賊並起，水師軍追捕甚急，公以所造船奉浙江提督李忠毅公命，敗賊於一盤洋。

又從水師提督張某禦逆濆南澳洋，張令公追，公曰：「未可。」遥指雲氣鱗鱗，謂宜有颶，請俟風起，乘危擊之，必勞半功倍。語次，風雨大作，海波澎湃號怒。公曰：「可矣。」進迫賊舟，賊方迷失道，隨浪浮沉，又人雜技疏，輒自驚。公炮轟之，檣艫灰飛，存者無一逸。於是，張服公神。

會廣東艇船嘯聚南澳，外洋銜接數百艘，跳樑無忌。公架炮環攻，賊皆海死，而賊首葉兩獨死拒，傷公頰。公佯卻，葉來追，就縛。其黨林桂急發炮，傷公眼鼻，流血及跗。鼓音不絶，士卒皆奮，遂並擒桂還。既復遇賊目黄典於韭山洋，有謂其能咒召鬼兵，公曰：「妄耳。王命在邪，安得祟？」第並力攻之，果獲典。會兵勦蔡牽，鉛彈殆盡，搗瓷以代。賊退，公追，獲其黨，先後報捷。賜花翎，補銅山營參將。既至東湧洋，望見賊旗，出煙島追及之。賊張魚綱，炮蔽不入。公命擲火礶，船熾溺，禽馘甚夥。

護理温州鎮總兵事。未幾，回銅山。賊聞公來，皆股栗。濱逆弟朱渥率首夥數百人降。吴淡、吴尾、陳孫、□□之徒，亦以千餘衆赴軍前乞命，皆牽黨也，至是盡矣。

公凡三獲金門總兵印，禽斬名盗不下千人。護浙江黄巖鎮時，有賊黄茂肆劫官穀，殺官兵，出没閩、粤間，獨懾公，以公屢殲其黨也。再署閩安協副將，令弁兵佯坐小船爲貿客，潛往艫艚，探獲土盗，商船賴以安。

嘉慶二十年，澎湖饑。公爲副將，謀諸通判彭謙，出廩粟以賑，且割己俸粥饑者。某秋大水，海漂屍二百餘，悉收葬之。補浙江黄巖總兵，署温州鎮總兵，旋授浙江定海鎮總兵，陛見圓明園。仁宗睿皇帝賜問攻賊傷痕，賜克食。回任後，屬官晉謁，首詢洋面情形，衆以所在多賊對。公曰：「多才易辨。彼烏合之衆，利不相讓，害不相救。我苗薅而發櫛之，可立盡。」乃飭舟師勤緝捕，浙海賊氛盡熄，公謀慮決機實致之。

今上初元入覲，連召對，疊賜克食。癸未，進廣東水師提督，益感激思報，稱日督弁兵練技藝，人人教以講習潮信。命出洋者，計天時，觀雲色，先見避風災，什八弗爽。繪圖改造廣東戰船，船既輕捷，人得盡力，所向恒有功。尋以年力衰憊，陳請休致。有旨召見，准在籍食俸。既歸，寡酬應，布衣蔬食，足不至公門。惟聞臺灣、閩、粵民械鬥，抗拒官兵，則翹盼捷音，寢不能安席。八年四月疾，卒於家，年六十九。

論曰：公以勇聞，不徒勇也。其智略過人，觀於言，可以知所蘊蓄矣。非明識今古、韜鈐之大，老於海上者，其將能乎？孫子曰：「知彼知己，百戰百勝。」公蓋有焉。

【評】

武人寫生，貴以樸勝。其間繼長增高，亦加厚耳，非加飾也。是傳得之，論亦清簡。高雨農夫子（按，此評語與歗雲文鈔初編卷六廣東水師提督李公傳一文同。）

【校勘記】

〔一〕此文編入文鈔初編卷五。

上官都尉家傳〔一〕

都尉姓上官，名贊朝，字定春，號元圃，邵武人也。少讀書，喜吟詠，性闊達，有盱衡一世之概。父忠，隸伍籍。會臺灣林爽文亂，當戍都尉，以父命棄儒隨征。乾隆五十三年，師旋，其父道卒，至泉州，即葬泉之麒麟山。而身歸故籍，積勞官汀州右營外委。

尋以千總調臺灣城守右軍。嘉慶十年，進守備。明年春，護理中營遊擊。海賊蔡牽驚臺灣，扼東南兩門，都尉乘賊猝至，未成列，驟引兵出大西門，伐木樹柵，掩襲賊後。而西門近海，賊慮歸路絶，散去。次日，山賊起應之，復聚攻南門。都尉出奇兵，衝陷其旁，水陸援師繼至，夾擊其後。城上炮石雨下，群賊波駭，走保柴頭港。都尉伏精鋭，中途截擊，轟溺死者不能悉數，遂克洲仔尾。追逐抵三坎店，盡焚積聚，郡北道路始通。而大目降山賊尚據險死拒，都尉麾軍克之。轉攻桶盤棧及七鯤身，瀕海賊巢皆盡，中路亦平，惟南路賊猶熾。鎮帥檄都尉往剿，遇於大湖、岡山諸莊，連日二十五戰，皆捷。乘勝進剿南梓坑等處，克復鳳山縣新舊治城，獲渠魁三、逆黨四十，陣斬二百餘級，奪馬匹、器仗無算，焚賊寮及船各三百有奇。於是，全臺平定。賽將軍沖阿最都尉功，擢都司，歷任北路鎮中、南路下淡水各營事。

都尉宅心仁恕，而治法尚嚴，部下多同鄉人，遇老病者賙之以歸，有過，雖親必罰，士卒無不感奮。尤熟諳臺地民情，故所涖屢著懋績。暇與文吏讌會歌詩，咸嘆服其雅量，有古儒將風焉。

越二年，會匪擾嘉義，漳、泉二籍之民亦互鬥不已，都尉往來剿撫，悉合機宜。鎮帥以聞總督，保升遊擊，奏可。即奉檄赴口買馬，事畢回任。歷署城守南北路參、副將，皆稱職。總督請實除城守營參將，而部議以本貫人，例不可，遂已。二十四年，遇覃恩，誥授武翼都尉，贈祖、父，俱如其階。

道光三年，引疾乞休致。逾歲卒於家，年六十。配翁氏，封淑人。生二子，長純仁，由增貢生議敘，得鹽知事銜，候選巡檢；次體仁，拔貢生，皆能志父志，思建功名。都尉既葬，乃梓其遺詩以傳。

林樹梅曰：都尉嘗與先君子同事討賊，故樹梅久聞都尉名。比佐鳳山幕府，檢案牘，得都尉履歷册，思纂其事，備修志之采。值内渡，未遑也。今來邵武，識二公子，又得都尉行實，爲作此傳，俾附家乘中。至其詩筆蒼古，氣韻沈雄，自有知之者，兹不具論。

【評】

敘平南、北、中三路，以清蒼之氣絡之，不覺其繁，唯恐其盡。高雨農夫子

止敘走蔡牽一事，如干將溢匣有聲，附以歌詩，已將名將本色傳出。由氣樸而神潔，不假添毫寫生也。又評。

【校勘記】

〔一〕此文編入文鈔初編卷五。

周封君傳〔一〕

君姓周氏，諱悠亨，字遜仁。系出宋濂溪先生後，遷晉江東石者爲鼇前公，六傳

至臺任公。明天啟間以材武舉於鄉，召爲十都團練總，禦海盜，多奇策。然族甚微。再傳至邦富，生三子，長奕珍生佐昌，佐昌生五子，君其第三人也。少有至性孝弟之稱，人無間言。既長，事會計，往來海濱，得圭撮以歸奉親。自持務極儉約，顧以得濟·貧乏、恤一孤寡爲平生大欲所存。嘗冬月泛海至圍頭澳，颶風大作，舟多覆溺。他先碇者，争撈貨物，君獨冒險馳拯數十人以歸，爲供淖糜，治火具，身雖衣褌漉如，弗恤也。已而數十人辭去，中有自言亡其荷擔，疑君匿之者，有讕語。君笑謝，取家用者償焉。其德量如此。武弁某遺官帑，君念素識，爲納數百金。弁後累遷副帥，詣君禮謝，辭不受。蓋君仁厚性成，趨善若鶩，又不欲居其名，故事過輒忘，既不樂人稱道，人亦無由稱道之也。

先娶蔡氏，無出。繼娶張氏，産丈夫子三。憫時俗嫁女千金，不以百金教子，故延師特加禮，諸子率先以有成。而次君維翰，弱冠即補郡庠生，族亦漸盛。嘉慶庚辰二月之望，君病且革，呼維翰取火，探篋出束紙焚之，曰：「此親友晝指券也。吾雖不能多種福德遺子孫，安忍留此以益汝過而生怨？」嗚呼，君之存心亦厚矣哉。卒年五十有一。

長子維涵，太學生。次維翰，以廩貢生選閩縣學訓導。道光壬辰，運米賑饑，加六品銜，循例贈君如其官。三維垣。女一，適蔡某。孫五人，女孫三，俱幼。方君在日，常曰：「爲善最樂。安得效古人置家塾、育子弟、建支祠、鳩宗族乎？」易簀諄諄，猶舉以訓維翰等曰：「兒能繼我志，勝椎牛享我也。」維翰泣而志之。故君歿後未數年，輒合伯叔昆季，共造東埭石橋以濟行旅。支祠、家塾次第踵成，皆以畢君未竟之志，而君之生平可知矣。

庚子八月，樹梅歸金門，道過東石，維翰追述先德，屬爲立傳。爰著所聞如此，欲使爲善者有徵勸云。

【評】

不必張惶矜侈，但據事直書。而封君之長者自見，文之氣味亦自佳。高雨農夫子

【校勘記】

〔一〕此文編入文鈔初編卷五。

胎産必讀題記〔一〕

達生篇所載，生産原無遺義，但恐文之際參差，難於記憶。兹閲吏治懸鏡、生産十六訣歌，自受胎以迄産後，悉編韻語，詞簡意賅，最便念記，因卷首，俾有孕者鈔寫一張，粘於壁上，可以時常觀覽。

【校勘記】

〔一〕此文見重刊胎産必讀，道光三十年本，楊永智藏（楊永智金門林樹梅刻書考，東海中文學報一五期，二〇〇三年七月），題目爲點校者所擬。

仙傳牡丹方治産必後十三證附識〔一〕

偶閲杭州府志，有王姓者素好善。一日，有道人來，食齋畢，留少許藥於花盆中，曰：「以謝主人。」明年生牡丹一株，開花十八朵，視花片中隱隱有字，皆醫方也。其家人取筆録之，共得醫方十八條。按方治驗，以致巨富，人稱牡丹王氏。此即其一方也。

【校勘記】

〔一〕此文見重刊胎産必讀，道光三十年本，楊永智藏（楊永智金門林樹梅刻書考，東海中文學報一五期，二〇〇三年七月），題目爲點校者所擬。

朱伯盧先生家居格言集説序〔一〕

近晤里人曾樹桂，得讀乃祖省軒先生手著集説，予喜其用意之善、搜見之勤，因檢江蘇通志朱氏二傳，録冠簡端，復加證正，彦之曰：朱伯盧先生家居格言集説。予以是文雖非朱子之書，而樸實近道，深切著明，尤爲四方所傳誦，實堪媲紫陽之家訓，而俱傳士君子立己之言，其故正可深思也。因慫付梓墨，以公於世，覽者勿以其易而忽諸。

道光甲辰中秋日，後學林樹梅書於鷺江寄舫。

【校勘記】

〔一〕此文見朱伯盧先生家居格言集説，楊永智藏（楊永智金門林樹梅刻書考，東海中文學報一五期，二〇〇三年七月），題目爲點校者所擬。

浯江林氏原定授産條約〔一〕

一，墳塋條約。先大父端懿公塋，在後浦北門外石碑牌之西，原買許氏園地。先大母陳太淑人塋，在庵前蓮花山，原買葉姓園地。先考受堂公塋，在古坑路太文巖之麓，新買薛姓園地。先妣陳淑人，祔葬先大母塋，其東爲母黄淑人壽域。以上地段，俱經呈官定界，母今掌契。其餘各地，仍墾爲園，將來俾樹梅、光廉、成郭三房輪耕，以供祭掃完糧之費。不得將園擅棄，致傷先塋。願我後人，共永孝思，保守勿替。

一，房屋條約。原置北門老屋一所二進，後廳安奉祖先神主，大房奉母居住。其前廳及原典傅姓附屋，分與樹梅；其兩旁耳屋，東與光廉，西與成郭。所有前後廳堂天井門路，則公同出入，母今掌契，後人不可擅棄。其原買郭姓店屋一所，在大衙口，又一所在觀音亭街，母今掌契，收租供贍，將來亦聽樹梅等三房輪收，以供祭祀，後人不得霸佔擅棄。其原典郭姓店屋一所，爲樹梅業，即轉典分潤族戚。又原典郭姓店屋一所，爲成郭業。又原典許姓店屋一所，爲光廉業。又新典林姓店屋一所，謹遵先考遺命，捐充浯江書院經費。所有地名屋價，俱於契内填明。

一，田園條約。樹梅憑鬮，分得原典沈姓園地九區。光廉憑鬮，分得原典許姓園地八區。成郭憑鬮，分得原典吴姓園地五區。所有地名園價，及受種若干，俱載契内。就耕完糧，聽各原主取贖，仍聽將錢别置。

一，財物條約。先考服官三十餘年，儉積廉俸，統交許君文斌置産家費，籍記無餘。其任中一切財物，又係從兄光亮經理，今已全數呈母收掌。其寄存陳提督處俸銀一千五百兩，經蒙發交，以五百兩爲母貸息供贍，五百兩爲光廉、成郭長成資本。給樹梅五百兩，不敢自私，悉以分潤親戚里黨諸貧乏。此實仰承先考未竟之志，非敢輕棄遺資。

一，分潤條約。伯父海公，與先考早經分爨，今樹梅願自抽銀二百圓，並贖回橋巷店屋一所，及原典許姓園地一區，統與從兄光亮，爲伯父祀産。又將原典沈姓園地

□區，與從伯母翁氏，爲從伯父才公祀産。又將原典許姓園地一區，與再從兄有志，爲從伯父雅公祀産。又自抽錢一百千文，與再從伯父德公，給其子雙喜婚娶之費。又原典表兄王秀才星華房屋一所，念吾兄弟皆蒙訓迪，今以契價並錢二百千文，還以贈之。又自抽銀二百圓，並原典趙姓店屋一所，奉獻外祖母趙宜人供贍。又以原典邱姓園地四區，奉獻外祖母洪孺人供贍。復自抽銀爲舅氏資本。以上園價，俱載契内，就耕完糧，限屆聽贖。凡此皆所以副我先人睦族至意也。

一，撫恤條約。先妣遺有侍女，名曰香姐，先考嘗欲納爲側室，未果，遺命聽去留。香姐不忍輕孤先考之恩，復感先妣愛育，誓志不嫁。爰憑公議，安置祖宅後房，與諸伯母同居，撥原典許姓園地四區，付與管耕完糧，母爲收契，屆限聽贖，將錢別置。身後即爲公輪祀産，不得擅棄隱匿，今立案在官也。先考在省，收撫來發，遺命奉祀伯父澤公。今撥祖宅房屋一所，並原典趙姓園地一區給與之，母爲收契，屆限聽贖，將錢別置可也。

右原約六條，於道光壬辰四月之吉，親戚議定。奉母命繕請金門分縣張君秀景鈐蓋印信，分給執掌，副稿存案，以杜後言。

分産未久，而成郭殤，母又爲光左立後，名曰「再育」，蓋欲含飴消憂。樹梅不敢違命，今並記之。

【校勘記】

〔一〕此文見浯江林氏家録，林策勳輯，家印本，一九五五年版。

林氏世系演支分派序跋〔一〕

祖籍漳郡龍溪縣十一都象山鄉。明嘉靖己亥年，祖諱敦樸公，移住同安縣西橋之西茂林下鄉，迨至清朝康熙戊寅年，洪水漲溢，田園厝宅，盡被衝流。高祖諱貞，字國元公，乃率二子長即曾伯祖諱能公，次即曾祖諱嘉龍公。始遷金門，即浯島。愛後浦風俗淳良，遂居焉。謹按國元公神主鐫刻「武略將軍」字樣，但知其官銜，不知其勳業，良可慨也。蓋緣當時遭遇水災，譜牒遺失，以致後裔無從稽考。於是不肖孫光前，詢問宗親，編圖如左。從兹木本水源，可知宗派，俾使左昭右穆，有所依歸云爾。

清道光十二年歲次壬辰首夏之月上浣六日。

自國元公以降，子孫皆不讀書，故世系源流，俱失記載。嘉龍公以上列位祖考妣墳墓，俱葬同安康封山。至祖考妣、考妣墳墓，俱在金門。所有祖宗忌辰諱日，另有條記於後，以備稽查，玆不重復云。

光前再跋。

【校勘記】

〔一〕此文見浯江林氏家録，林策勳輯，家印本，一九五五年版。（按，原文作「林氏世系演支分派序」，據文意加「跋」字。）

浯江林氏家録世系序〔一〕

樹梅謹纂

世系

明嘉靖十八年，吾林有自龍溪象山十一都遷居同安之茂林下社，其宗系之詳，莫得而究。僅記大瑞公三傳至國元公，以康熙三十七年，避水患，再徙金門後浦，於是金門始遷之祖，斷自國元公爲第一世者，舉所知也。

按，國元公粟主稱「武略將軍」，其生平事蹟，蓋亦莫考。入國朝來，世有武功，今漸衰弱。樹梅深懼散失，勢將愈久無徵，謹就見聞纂輯成帙，以金門古號浯江，因名之曰「浯江林氏家録」。願我後賢，效法備紀，庶幾數典無忘哉。

【校勘記】

〔一〕此文見浯江林氏家録，林策勳輯，家印本，一九五五年版。樹梅「浯江林氏家録」後另起一行有「世系」二字，據文意題加上「世系序」三字。

詠雪齋詩草跋〔一〕

漳南閨秀，以詩聞海内，於宋，則漳浦李氏女兄弟互相唱和；於明，則黄忠端公繼室蔡夫人；於近時，則海澄周淑和。然皆零珠碎玉，多不盡傳。

頃者，吾友詔安謝君琯樵，重晤廈門，以詠雪齋詩草見示，乃其女兄芸史先生閨中句也。哀然成集，無體不備。樹梅最服其詠梅諸作，骨重神寒，自爲寫照。思親數首，出自至情。「喜姬抱雛，少慰慈姑九原之望」等句，深得力於二南，非尋常巾幗率爾操觚者所能道。其寄弟與侄，每章隱寓規諷，多見道語。老將、老儒，多至二十首，或悲壯沈鬱，或爾雅温文，隨題措辭，各極妙趣。方之二李、蔡、周，應無多讓。

先生適沈氏。年三十九，授徒於家門，弟子著録者數十人。其舅祖沈恥軒贈句，謂：「學禮學詩男弟子，教忠教孝女先生。」蓋實録也。琯樵行將北遊，匆匆言別，漫題卷後而歸之。

時丙午花朝日，歗雲弟林樹梅拜手謹跋。

【校勘記】

〔一〕此文見詠雪齋詩録卷首，謝芸史著，李青雲注，謝繼東校閲。臺南：大新出版社，一九九〇年版。

歗雲文鈔輯佚存目

汀州府學教授王君墓表

（以上歗雲山人文鈔初編目録卷六）

書唐景龍觀鐘銘搨本後

書小石帆著録古詩平仄論後

（以上歗雲山人文鈔初編目録卷七）

書曹懷樸明府事

書上官孝女事

過友人楊希盛戰死得題贊

（以上歗雲山人文鈔初編目録卷八）

雜録

（以上歗雲山人文鈔初編目録卷九）

全閩備海策

再申未盡之策

（以上歗雲山人文鈔初編目録卷一〇）

説劍軒餘事〔一〕

【校勘記】

〔一〕沈祖彝寫本。

鏤螭

自序

予訂鏤螭存參，自序曰：

昔江南徐鑄善小篆，自謂晚年始得螭匾法。予少好弄刀錐於斯道，有同嗜焉。十數年間，搜羅三代以降金石古文殆千百計。顧摹仿不過形似，而未能神似也。考證有年，識解漸進。爰溯印篆源流，引諸家緒論，綜而述之，曰鏤螭存參。其目有七，爲源流，爲章法，爲材器，爲鐫鑄，爲泥池，爲行藏，爲位置，末以手篆印文附焉。時一披覽，古趣盎然，蓋猶賢於無所用心者耳。

源流第一

古篆制於蒼頡，三代並用之，若彝鼎所載是也。周宣王時，史籀增益古文爲大篆令，謂之籀文。秦李斯又增益史籀之文，變大篆爲小篆，與周少異。漢因秦制而變爲摹印篆，除煩續少，平方正直，謂之繆篆，而古樸典雅莫尚乎此。然秦漢印章皆用陰文，魏晉悉本漢制。

至六朝，則易爲朱文，白文印章之變始此。

唐則純用朱文而去古愈遠。至宋則古體、古法蕩然無存已。元時印章絶無知者。至正間吾子行、趙松雪意在復古，第工巧是飾，而古樸之妙猶未盡然。明官印文用九疊而以屈曲平滿爲主，不類秦漢之階級崇卑別以分寸。

私印本乎宋元，隆慶間，武林顧氏集古印譜行世，好事者始知賞鑒秦漢。印章亦復宗其制度，印藪、印譜疊出射利，而又多寄之梨棗，剞劂者不知文義有大同小異處，一概鼓之於刀，是滋誤也。國朝好古之士，印譜不下數十家，文字之繁，非譜所能盡載，必好學深思、通諸家之體制、審因革之源流，庶配合不至失倫，點畫皆全生氣也。右源流第一。

章法第二

印文非篆非隸，別爲一種，謂之摹印篆，縱極端方，亦必有錯綜變化之神行乎其間，即一筆之損益，皆有法度。

王兆雲云：後世拘於許氏說文，膠柱鼓琴，至好自用者又杜撰成文，大失其真。

梅庵雜誌印篆之病有三：聞見不廣，無淵流，一也；偏旁點畫，凑合不純，二也；經營位置，妄意疏密，三也。

吾行子云：名印不可姓氏相合，如曰姓某印章，不若用印字爲是也。二名者古用迴文，寫姓下著印字在右，二字在左，此取二字相連之意。若一順寫，則二字必分爲二矣。其單字名，俱順寫，不必迴文，如曰姓某之印，以姓名在前，或加印字，或私印二字於後。若近代館齋閒雜文印，用迴文則非理矣。

盛熙明云：三字方印，一邊一字、一邊兩字者，以兩字處與一字處相等，不可兩字中斷，又不可太相接。偶有自然空處，不可映書者，聽其自空。

甘旭云：古印皆白文本，摹印篆法則古雅可觀，不宜用玉筯篆，亦不可作怪異下筆。當壯健轉折，宜脈絡貫通，肥勿失於臃腫，瘦勿失於軟弱。得心應手，妙在自然，牽強穿鑿，終非正理也。右章法第二。

材器第三

三代以玉爲印，唯秦漢天子用之。私印間亦有者，取君子佩玉之意。金銀柔而無鋒，漢王侯用之。二千石銀印龜紐，私印因之，金銀難入賞鑒用，別品級耳。古印傳世，惟銅極多，刻文自然，蒼秀潤懿，誠佳品也。漢乘輿雙印，二千石至四百石，以黑犀角爲之，餘印不用，其質粗軟，久則歪斜，不足珍也。漢四百石以下用象牙印，唐、宋用爲私印，亦雅品也。但質稍軟，刻之必得其性，神致自生，不然易涉匠氣。瓷爲私印，亦創於唐、宋間，不易刻。水晶私印近代始有，須利器良法，方可爲之。明煮石山農始取石爲印，印石種類不一，其可用者，福州凍石爲上，有魚腦、田黄、美蓉、牛角、高山、奇艮諸名色，皆石之精華。浙中青田次之，昌化則雞血斑及壽山低石又次之。楚之荆州，滇之武定，粤之緑石、蠟石等類，不足數矣。然石不過一時觀美兼便刻者，不如銅、瓷、晶、玉之爲妙也。寶石貴而難致，瑪瑙硬而難刻，且爲印近俗；鐵能生銹，在所不取。此選材之大略也。

作印之刀宜厚其柄，利其鋒，而多備互用，鈍則易而磨之。銅章有鑄、有刻、有鑿，鑿則漢人急就法也。其鑿，厚須倍於刀，短宜遜於刀，薄易摧壞，長則錐之不力也。

凡刻印須床，蓋水晶銅玉諸質堅結，不用床無以著力，且易傷手，若石可不必矣。右材器第三。

鐫鑄第四

刀法用大指與中指、食指撮定力幹，再將無名指、小指抵在刀邊中，正其鋒，運以腕力，勢若風驫陣馬，所向無前。

甘旭云：文有朱白印，有大小字，有疏密，書有曲直，不可一概率意。當審去住、浮沉，宛轉高下，以運刀之利鈍，大則腕力宜重，小則指力宜輕。粗，則宜沉；

細，則宜浮。曲，則宛轉而有筋脈；直，則剛健而有精神。

怡軒先生云：用刀之病有六，心手相乖，有形無意，一也；轉運牽强，天趣不流，二也；因便就簡，顛倒苟完，三也；鋒刀全無，專求工致，四也；形貌雖具，終未脱俗，五也；或作或輟，或自兩意，六也。

王兆雲云：刻印宜心細膽大，不可拘束。須會意，於寬可走馬，密不容針，放量刻之，即極自然之妙。

梅庵雜誌鑄印法有二：一曰翻沙，以木爲印，覆於沙中作範，如鑄錢法；一曰潑蠟，以黄蠟和松香作印，刻文製紐，塗以黑泥，俟乾再加生泥火煨，令蠟盡泥熟，熔銅傾入之。古有軟玉柔銅之法，試之不驗，姑存其説可耳。右鐫鑄第四。

泥盒第五

今之紫粉，古謂芝泥；今之錦沙，古謂丹雘，楊升庵所云濡印染籀之具也。

梅庵雜誌：用茶油置玻璃中，三伏時曬之漸稠，朱砂去其標及最重者，以標黄而脚黑也。斷不可用銀朱，恐日久色變。

擷芳録：以蓖麻油每兩入老姜去皮五錢，烈日中曝至三年，乃入朱艾，印於紙上不滲，天寒不涷也。艾，蘄州産者良。去屑及梗，揉至數百度，石臼中舂篩如棉絮，盛以瓦器，煮以清泉，去黄色苦汁，曝燥，方入油朱。

陳簡侯云：每制以朱砂一兩，油三錢，於乳鉢内研，必結而復散，散而復結，油方化開，可入艾絨五分，拌匀爲度，或加珊瑚、雄精、金珠、晶珀、冰麝諸物。盒所以盛印泥者，亦謂之印池。

屠赤水云：舊瓷爲佳。

陳簡侯云：玉與水晶，瑪瑙次之。若用石及銅錫爲盒貯泥，易敗。凡貯泥於内，不可染塵，並忌鐵銹水濕，須數日一翻曝之，常使攪動，則暑月不黴，寒月不膩。兼虚四畔爲油溝洫，不則朱死油活，將泛於上矣。右泥盒第五。

行藏第六

用印亦謂之行印，蔡君謨詩「花間行印露沾紙」，是也。

凡印之平正者，爲印墊紙，切不可厚。大寸許者，十餘層；次者，數層；再次之，五六層；最小者，一二層足矣。擇平正處印之，最易得神。若古印之刓缺，又須厚墊，勿概論也。規以木或象牙爲之，形似曲尺，先安紙上，規印庶不歪斜。持印蓋紙，用力一壓，不可摇動，動則印花模糊，四邊污染矣。古人藏印用囊，今人用箱，亦謂之印奩。印用畢將藏，當以新絮拭去印文中垢膩。銅印，則刷以堿水，即焯油。再入熱湯浄之，久不鏽也。右行藏第六。

位置第七

秦漢一人終身一印，以示信也。官印私印外，絶無他制。後晉及六朝書簡奏疏上用某某啟事、言事、白事、白箋、言疏等印，或用臣某之印者，示謙也，不獨用於君前，其同類交接亦常用之。私印刻姓名，所以别官印也，不可用於文墨，只可封書别號。

印章尤不可妄作。若萬曆野獲編所記「錦衣西席」「翰林東床」之類，當時以爲笑柄。至於書畫欵印位置得宜，方爲不俗。

元以前畫，多不用印，恐作手不精，有傷畫局耳。昔人以書畫譬若雲煙過眼，何等達觀。嘗見故家散出，縹緗多以某姓名館齋珍藏，或仿鐘鼎文子孫永寶等字爲印記。惟福清李中丞馥每藏書，卷首用印曰「曾在李鹿山處」。大凡經籍、圖畫、碑帖之屬，用印曰「經某手校」，曰「某名記見更佳切行」。

用私，偶然顛倒，聽之無妨。唐陸秀實因朱泚亂，欲發兵不獲符，乃倒用司農印討之。五代劉皇后殺郭崇韜，李嵩倒用都統印以定人心。按此二事，因不得符璽，以

司農、都統印印之，恐人辨其僞，故倒用以惑之耳。非謂印可倒用也。右位置第七。

刻書

刻字須用全塊乾净、正紅梨木版，蓋紅梨紋理縝密，耐久不壞，白梨則鬆脆易於蠹朽也。版有目，刻字易碎，鑲補久則剥落，接縫久必裂斷；版濕，遇風霜則反縮也。

刻字運刀須用腕力，使筆劃寓端勁於秀媚之中。字底空地須鑿極深，字邊碎木屑須挑除清净，板須通本透底，一樣平大。上下兩邊綫圈俱要整齊，不可長短。又凡横線直格不可斷缺，不可頭粗尾細。空處無字而有直格者，須透尾將格全張通刻清楚，不可省工留作黑地。

印書

印書有用蘇州白扇面紙，或用致中白紙、皮料白紙，或用清流、松溪、永安好扣

紙。書大木者，紙每張割六頁；中本者，紙每張割八頁；小本者，紙每張割十頁；袖珍至小者，紙每張割十二頁、十四頁不等。總視書之大小，就紙橫直鋪排，計算而用也。以上言紙之佳者，若沙扣及連四紙、陵洋胥下矣。

印書斥手欲其老練，煙墨欲其調勻，加工印刷攤紙上版要端正，行刷用力要輕重得宜，則字明醒目。書頁上額下腳及釘綫處，俱於印刷時要留寬地步，不獨雅觀，將來亦可裁修也。書標、書簽俱用雅淡好色羅紋箋，全張對折，加煙刷兩遍，使極明朗。不可用大紅俗色。

裝書，將書頁照數目次序折疊，夾於板中，用石壓平，檢對黑綫，令其整齊，不可參差錯亂。壓實後檢綫既齊，用棉紙撚綫草釘打結，令其扎實。不可用糊，用糊恐易蛀也。每書一本上下各加好紙或四或二，以爲看頁，所以護書也。看頁須在書標之上，書皮之下，不可將書標隔斷。書皮用栗殼色厚紙，或桑皮棉紙，全頁對折，不可用半，亦不可用糊。簽用白羅文加煙刷好，滿用白芨粉爲糊實貼，庶乎不蛀。綫用大條白絲雙釘打結，須紮實爲妙。究用漂白苧綫，方不蛀。釘書包角棋盤釘，不過一時雅觀，久即蠹蛀，釘孔亦有傷，不便重裝也。

印完將書板置無日有風處凉乾，收貯箱內。每部用麻一束，庶不錯雜。另將印好書樣存留一本，書皮上寫「此書分爲幾卷，計書板若干片」，再印之時，可爲程式，亦便檢對也。

曬書

每年擇六月風日晴和，預防晡時急雨。將書册平平安放，不可鱗疊。放畢，一任曬透，使濕氣自上而下，勿即翻轉，恐濕氣仍歸注册中，易於蠹壞。假如今日曬書之面，今夜晾於堂中，明日轉曬書背，再晾一夜，收藏可也。

書册爲水潦所浸，可於大甑中蒸，而曝之至一二番，乃以物鎮平處逮乾，色雖微漬而無損壞。

藏書

藏書不必用套糊粘，泔刷封裹甚密，雖便携带，實爲蟲所叢。失於翻閲，便蛀爛不堪，大爲書籍之害。鑒賞家最忌之。

即或宦遊，轉徙無常，此項書不免藏置巾箱中，數本用麻秕一束，未嘗不可。近來有作軟套，純用布，不加糊者，則工多而費且倍矣，非大貴重之書，似亦不必也。

補書用白芨粉水粘補，無虞蟲蛀，此法之最妙者。

油紙

臨帖之紙，必要染油，取其質明，秋毫畢見，性滑不滯筆鋒也。吾師李子青先生授一法，取嫩白紙百張，染生桐油，令極澾透，再取不染油净紙二百張，相間疊完，用木板上下兩片夾緊，以重石壓之，至乾。□用選紙須潔白而微薄，用油要清澄而無滓，制紙晶瑩，洵文房之珍秘也。

附録

一、諸家序跋倡和與題詠

静遠齋文鈔序　　李致雲

林生瘦雲，好遊嗜古，少隨父宦遊海上，殺賊於風濤汩没中。丁亥，予主講海壇興文書院，航海來從予學，爲詩古文詞。曰：「時學貌聖賢，言率皆鮮實而無濟於用。弟子有志於古，惟先生有以教之。」予奇其言，而思有以充其志，因語之曰：「是事也，尤不可以貌爲尋墜緒，而收百代之闕文。攬九州而舒寸衷之綿渺，非蓄萬卷書、行萬里路，無能爲役也。子不懈於古，盍先副其實乎？」林子聞予言而喜，傾橐購書數千卷，日夜讀之。略得其意，遂飄然欲作五嶽之遊。

己丑冬，謁予於越王臺下，欲爲武夷遊，未果。遂往遊太姥，持鐵笛，冒雪登飛鸞嶺，渡海訪容成子煉丹處，題詩摩霄峰上，繪畫而返，走筆爲記，狀三十六峰煙雲萬變，意態畢肖。

今春又欲之潮陽，將取道於漳南，過江東橋、萬松關而渡南澳，入鱷渚，登鳳皇山，意在搜括東南名勝，以儲其詩古文詞瑰奇偉麗之觀，乞予言以贈其行。予起而正告之，曰：「子之於遊，勇矣。以子之才，天地之奇，山川之秀，何患不能羅之於胸，措之於筆。雖然，太史公西至崆峒，北過涿鹿，東漸於海，南浮江淮，豈爲窮四方山水之幽邃云爾哉？古之人學道窮經，伏處一室，尚論千秋，知其人，論其世，考其時，執卷流連，若疑若信。及身親其地，撫風流之遺韻，訪故老之傳聞，睪然想見，百世可知，蓋有深然者矣。

「今子入南州銅海，爲黄石齋先生故居，其讀書堂錦江之麓，依然在也。郡之太守堂，則子朱子所蒞者也。里巷士女蒙文公巾，扶文公杖。至於潮，有山曰韓山，水曰韓水，泰山北斗巍然在望也。夫唐宋與明爲時久矣，而名賢、先正之風教，山水姓之，婦女守之，故址存之，當時之及人者爲何如哉？今不此之遊，而於峰巒縹緲間求神仙虚無之窟宅，烏可與言遊？

「且吾聞之，漳與潮犬牙相錯也。而南澳一島爲閩、粵海中門户，當鄭氏竄據臺灣、跳梁海上，漳、潮兩郡數被兵燹，論者遂謂海道毗連，司牧者拘於所轄，而南澳界分兩省，未設專兵，得恣其出没而肆其毒也。我朝置重鎮，合閩、粵而統之，調發有專司，首尾易相顧，環海鏡清，今昇平百數十年矣。居其地者，亦知措置之宜，防海之謨。聖朝德澤及人之深且久邪。

「吾子爲儒士，亦爲將種也。先賢哲之經濟，今國家之治法，景而企之，歌而頌之，所以實其詩古文詞之學者，皆於是乎。在此一遊也，所得不已多乎？」

林子聞予言，犂然有當於心，捧而受之，曰：「敬聞命矣。而今而後，弟子知所遊矣。」予即以所言者書爲序，以贈其行。

道光十二年正月，武平友人李致雲自青甫書。

【校勘記】

〔一〕此文見静遠齋文鈔。

歗雲詩鈔稿序〔一〕　高澍然

同安林生樹梅，將家子，折節爲儒而負奇，與俗異趣。其先人武義都尉，歷官水師參將，一爲臺灣安平鎮副將。生並侍行，所至必相其山川扼塞，稽群盜出没、奸人接濟，佐父埋戎政。及武義卒，隨喪歸里。其居金門，在明多名人跡，山鑱石刻，没於荒煙蔓草者，生搜訪幾遍。得明魯王「漢影雲根」字於崖壁，跡其墓而封樹之。得盧牧洲先生逸事，爲補前傳。家藏鐵簫，恒月夜倚海上最高峰，酌酒獨吹，吹已長嘯。其負奇如此。

歲乙未，生年二十有七〔二〕，來從余學爲古文。余考其業，善序事，鬱勃有生氣。時余將去福州〔三〕，恨得生之晚也。

明年夏，余掌教厦門，道出福州，欻病瘧卧邸。生日來問訊，呼醫稱藥，夜分始歸休。窺其意殊切，余感之，而嘆古今負奇者以氣生，乃足於性，其尤難得可貴尚也。生有别業在福州，余返自厦門〔四〕，爲生留二十日論文，出所著詩鈔乞正〔五〕。詩多奇氣，如其文悲壯蒼鬱，近秋笳集，更進而益上，可至李君虞。因彙其生平行事，爲之序，俾四方閲生詩者知生孕奇於性，不徒恃氣之弗奪也。

同學友光澤高澍然雨農序〔六〕。

【校勘記】

〔一〕此文見詩鈔初編、歗雲詩鈔卷首，高澍然抑快軒文集丙編卷四作「静遠齋詩鈔序」。

〔二〕「七」，抑快軒文集丙編卷四作「八」，當從。

〔三〕「時余」，抑快軒文集丙編卷四作「余時」。

〔四〕「返」，抑快軒文集丙編卷四作「反」。

〔五〕「詩鈔」，抑快軒文集丙編卷四作「静遠齋詩鈔」。

〔六〕「同學友光澤高澍然雨農序」，抑快軒文集丙編卷四無此句。

歗雲山人文鈔序〔一〕

高澍然

孟子言氣，曰「浩然」。韓子言「仁義之人，其言藹如」。藹如，亦氣也。而孟子言其「存」，韓子言其「發」。存者，氣之充，配道義者也；發者，氣之和，載道義者也。兹二子言氣所以同而異，二而一歟。余讀韓子書，無在非藹如之發，其存之爲浩然者，不徒託諸空言，而實見諸行事。如驅「鱷魚」、欲燒「佛骨」、請一軍直抵蔡州縛吴元濟、單車使庭凑，穆宗詔毋必入〔二〕，竟去不顧。其氣足以格異類、藐巨憝、輕死生，直養之塞乎天地，豈減孟子哉？其曰「仁義之人，其言藹如」，所謂仁義人者，非襲其跡而裕其氣之謂也。仁義之氣，存則爲浩然，發則爲藹如。故論文曰必有諸中，謂有浩然之氣於中也。無是，則何能昭晰優遊，而藹如其言哉？嗚呼，知此可與語古文矣。

金門林生樹梅起海上，負奇氣，少從其父武義都尉勦海寇，出入風濤，折其機牙，以有成功。及武義卒，散家財數千金於族，曰：「守此，徒坐老也。」念臺灣安，全閩無事，益習海外阨塞、民風、土宜張弛之治。鳳山令曹侯禮聘起之，生曰：「吾聞曹侯，當今賢者，能行吾志，不可失也。」復東渡。知無不言，侯亦言無不聽。瑯嶠，故鳳山東南徼外番地，閩、粤民竄入耕牧。番民雜居，日尋釁，相賊殺。侯懼蔓延徼内，欲撫之。素阻聲教，無敢至者。生冒險往風諭，卒定，要約以歸。又佐侯興水利，親歷生番境，導源内山，規畫形便，屈曲百里達城。歲增穀十五萬石。其他議徵臺穀事宜，議建埤頭城望樓炮臺，皆利民生國計之大者。由其才既優，其氣尤毅不可奪，故能視海如溝，視生番如蚍蟻。但不知於浩然者如何？要之，揆諸行而慊，返諸心而不餒，更集義以生之。勿忘勿助，長以養之，其亦不遠矣。

生既内渡，彙前後作六十餘首，號歗雲文鈔初編，來乞序。余往者去福州，留序別生，論文貴平不貴奇，以平者載道之器也。蓋隱以藹如之旨示生矣。今閲其鈔，多鳳山幕中作，樸實論事，真切説理，不事張皇，生氣不匱，殆有意棄奇取平，而思進於藹如歟？生年方及壯，造詣已如此，異時内外交養，大其所存，實其所發，其至可量哉？歐陽子曰：「孟、韓文雖高，不必似之也，取其自然耳。」自然者，氣之充與氣之和者。是生於此加意焉，可也。

道光庚子孟夏月，同學友光澤高澍然雨農撰。

【校勘記】

〔一〕此文見文鈔初編、歗雲文鈔初編卷首，又見高澍然抑快軒文集乙編卷八。

〔二〕「單車使庭凑，穆宗詔毋必入」，抑快軒文集乙編卷八作「單車使王庭凑，穆宗詔無必入」。

贈林生樹梅序〔一〕

高澍然

金門一海島，前明名人輩出比中州。入國朝，武競提鎮、副參將相望，而文學絀焉。林生樹梅亦將家子，獨嗜詩古文，其著瑰瑋多奇，蓋金門之雋也。

余道光乙未五月，將去福州，識生於友人餞席。旦日，生肅衣冠，贄爲弟子，乞授古文法。適余以是日發，匆匆數語而別。自是積一二月，生輒匯所作，走使求正。余爲處其利病而退，雖隔面，無異親授受然。

丙申夏秋，余往反厦門，並遇生於福州，其歸，爲生留二十日論文。於時福州諸生咸侍，生前請曰：「夫子所以示諸生者，皆拔本之教，樹梅謹按論語答弟子『問仁』『問政』，惟顔淵探本言之，余皆導其所近，而策其所不足。願夫子爲樹梅專言之。」余嘉其意，語之曰：

生，負奇士也。韓子論文，黜因循而貴自樹立，負奇者近之矣。雖然，所近在是，其不足即在是焉。蓋奇施諸詩，可；施諸古文，則不可。詩之途寬，隨所由皆可自名。雖奇如盧仝月蝕詩，韓子猶仿而和之。古文則曰「唯其是爾」。是者，道也，道固至平至庸也。平固充滿而不虧，庸故和易而各足。飾則僞執，則離過，則不可常。何奇之足尚哉。

明代作者推歸熙甫，熙甫之文每與道俱。而當時負奇如李于鱗、王元美，共詆之，目爲平庸。卒之，王、李聲光歇絶，熙甫自明迄今，未有及之者。其孰得孰失，孰難孰易，宜可以知方矣。抑聞元美晚節自悔其學，日手熙甫文一編不置。以元美之才，使早折節於道，從奇歸正，奚不熙甫若哉。然則，生移負奇之志，反於平庸，勿狃其所近，毋畫其所不足，乃斯道之寄也。傳曰：法後王。望生爲熙甫，無爲元美之悔。豈但與前明鄉先正争烈哉？雖謂金門如熙甫安亭，名天下可也。凡在列者，各有所負以自見，則余之言亦不專爲生告也。書以贈生，兼貽諸子。

【校勘記】

〔一〕此文見高澍然抑快軒文集乙編卷五。

歗雲鐵筆序〔一〕

呂世宜

歗雲善用筆，古文筆清，詩筆古，書畫筆屈強離奇而不可方物，此余所習知者。外此爲鐵筆，古雅絶倫，得意時趙次閑、陳曼生輩弗讓也。以問歗雲，歗雲曰：「印以漢爲古，漢印用篆法，兼用隸法，深得篆初變隸意。鐘鼎古文，人不識，不尚也。」

又曰：「印之作，在結體運刀，要出之端重，要識其拙處正其妙處。」此則余所不及知，亦世不盡知，而歗雲自知者也。

夫歗雲負經濟，工詩文，且善技能如是，何世之人或識或不識也？昔東坡見山谷小楷書，曰：「以磊落人作瑣碎事。」見秦少遊行草書，曰：「此人不可使閑，閑則通百技矣。」其歗雲之謂歟。世有能知歗雲、識歗雲、用歗雲，如歗雲之善用筆者乎？則歗雲則將不得一閑時，將大有作用於世。雕蟲篆刻，壯夫不爲，而謂磊落如歗雲爲之乎？歗雲其善刀而藏以待之。

【校勘記】

〔一〕此文見愛吾廬文鈔校釋，呂世宜著，何樹環校釋，臺灣古籍出版有限公司，二〇〇二年版。

【附】柏香山館印存敘〔一〕

呂世宜

楊君紫庭，性嗜古，工刻石，與吾友歗雲交相善、居相鄰，又相師也。二人各奏其能，咸得漢人意，如陳曼生於趙次閑然。紫庭近考金石書，謂漢篆惟瓦當文屈曲有致，惜前書未廣益之，摹爲小本。讀書之餘，香一爐，茗一碗，砉然騞然，信閑中一樂也。歗雲縱臾之，裒所集名家私印成帙，而以所以自製者爲之殿，統四卷，顔曰柏香山館印存，因囑歗雲索序於余。余嘉紫庭少而能，又與歗雲爲金石交，於是鄉爲歗雲敘者，今復因歗雲而敘紫庭，結一重翰墨之緣也已。

【校勘記】

〔一〕此文與歗雲鐵筆同敘歗雲治印事，又前後作，故附於此。見愛吾廬文鈔校釋，吕世宜著，何樹環校釋，臺灣古籍出版有限公司，二〇〇二年版。

歗雲詩鈔跋〔一〕

吕世宜

瘦雲，與余同遊芸皋師之門者，負經濟，能文章，不屑屑於章句。常慕魯仲連、東方朔之爲人。詩亦奇逸有真氣，與杜陵「廣厦」、香山「大裘」同一懷抱。比佐治鳳山，濬水道，建譙樓，皆百世利，厥績懋焉。庚子海氛，當事者以禮爲羅致之，而不果用，乃拂衣歸，杜門著述，以娱其志。

【校勘記】

〔一〕此文見金門縣志卷一三藝文志，一五五八頁，金門縣政府，一九九一年版。

跋林歗雲所藏武梁祠荆軻圖後〔一〕

呂世宜

漢武梁石室畫像，金石書中，惟馮氏金石索搜羅最博，考證亦最精。室在山東嘉祥縣南二十八里紫雲山下。此像乃室中東壁第四層第十七圖，次於曹沫、專諸之後者也。三人皆刺客，太史公皆傳之，贊之，贊中於荆軻獨詳，斷之曰：「立意較然，不欺其志。」重軻也。今觀圖中，所勒仿佛當日被髮直指，匕首中銅柱時也。荆軻，勇士；歗雲，侖人，宜其有取於此。夫至謂尚拙不尚巧，則此幀予可攫而有之。世之拙者，孰如予？若歗雲，自文而詩、而畫、而刻印，無技不精，無藝不巧。拙書當與拙人藏之，歗雲不當弄其巧，又藏其拙也。一笑。

【校勘記】

〔一〕此文見愛吾廬題跋，一九二三年印本。

讀書將以致用，學者束髮受經，便期以遠大者，自謂能文章、通經世，至問其所學何事，則爽然失矣。及近而叩之當世之務、風俗之是非、世情之厚薄，則又漠然若罔聞。

林歗雲叢記跋〔一〕

陳慶鏞

知同安歗雲林君負奇氣，講究農田、兵禮有用之書，不屑爲科舉學。向刻文鈔初編所論水利、平穀、濬濠及防禦、巡哨、占測諸作，皆洞達古今利弊，大有關於經濟。近復自厦來訪，談及海島情事，縷縷皆能言之。出所著叢記一書，大約樸記師友往來事實，而其流覽名勝，記載賈舶出入情形、廣袤里數，則尤熟焉能詳，足補魏默深近刻海國圖志所未備。是其志遠且大者，而其言之足以致用也。爰述數語，以弁於編。道光二十九年上元後一日，跋於漢瓦晉磚之室。

【校勘記】

〔一〕此文見籀經堂類稿卷一五，光緒九年刻本。

林君瘦雲四十初度壽言〔一〕

蔡廷蘭

道光乙酉，君年十八，侍父武義都尉官澎湖。余愛其才器奇傑，遂與訂交。未幾，同事周芸皋師，問學切摩，心益相厚。二十年來，離合靡常，而君亦四十矣。今夏余以請檄之官，道出厦島，同人屬爲壽言，慶君初度。余言何足爲君重，然以君生平奇傑之氣，吾兩人知好之情，即骨肉昆季，殆弗能過，有非余莫敘其詳者，敢以不文諉邪？君本生陳氏，姑適林，愛而子之。初名光前，少賦梅花詩，爲師所賞，贈字樹梅，因以字行。家同安金門山，常登山巔，拊石長嘯，聲徹雲表，乃自署「歗雲」字。或以君神骨清臒，意度高曠，目爲「瘦雲」。侍宦閩安，得古鐵笛，更號「鐵笛生」。

君才調豪上，負奇氣，博學多能，尤精兵陣。狀貌類文弱，而精悍矯捷若健兒。

然生平好急人患，輕財喜施。對知己侃侃高談，非其人輒不作一語。武義卒，散己資於族人。浮海拜潮陽韓公祠，跨湘子橋，上鐵牛，嗚嗚吹鐵笛，見者詫爲異人。既倦遊歸，學益富，年益壯，家亦益貧。日手一書，坐窮廬中，不再食，泊如也。其學務以濟人利物爲先，又深識洞慮，善決疑難，遇大事則持重如老成人。人方訝之，不知其本於經術，貫以至誠也。

曹侯懷樸宰鳳山，聘君勷助，爲之賑饑、築城，練鄉勇，擒劇賊，大興水利，撫輯生番，學校兵農，次第修舉，民情以和。逾年，邑大治。侯將上君捕盜功，辭歸省母。已乃薄遊邵武，綜理鹽策。

庚辛間，夷訌厦門，大府聞君名，則自邵武徵回。監司以下，争願羅致，君固遜謝不受聘。然所條上諸策，有可防寇患、衛鄉里，率抵掌莊論，務求便民。論者謂君以一韋布，抗議達官前，爲陳同父一流人。於是當道亟稱其才，爲敘官六品階，又將奏移武秩，君復以母老辭。未幾，夷在粤東就撫，沿海解嚴，君所練鄉勇亦散遣，識者惜之。君既懷才不用，又諸所陳悉廢格，知時勢噂沓，無足成功名，復退而遊邵武，讀易，鼓琴於萬山中，口不復齒時事。而俯仰歎惋、憂讒畏譏之旨，與夫慷慨拂抑、不得意之概，多抒發於詩古文詞。

所著静遠齋集，皆民生國計、經濟之言。間作小書畫，筆墨精能，且工篆刻，於古金石文字，考藏甚夥。嘗輯刊明儒黄石齋、盧牧洲二先生文。先賢祠墓湮圮，必多方考證修葺之。平居敦念師友，愈久弗衰。芸皋師、高雨農前輩，君皆從授古文法，二師遺集，亦力爲謀梓。其留心掌故文獻，而隆尚氣誼類如此。

繼母弟殤，君同産兄弟，亦皆死亡，乃迎養本生母，命妾所生子後陳氏，復述二族先代事蹟，纂爲合録。每謂余曰：「吾以一身系屬二族，不忍於所後所生，有所偏厚，求爲公義私恩，此心兼盡，則惟令兒曹分祧兩姓而已。」嗟乎，是可觀君孝思矣。大抵君之爲人，氣足以雄一世，而精心細意，得天獨優。其賦性磊落易直，不爲婞婴，時亦弗諧於俗，以故數數瀕遇，終以不遇。非君之不能用世，實世之未會用君也。雖然，大生此才，必不使空老户牖，他日憑藉尺寸，其所至豈可量哉。

余與君交久最深，分宜爲壽，顧不敢以膚廓壽，復不欲效時俗壽，則請掇拾見聞，以告世之知君，而亦願壽君者。使咸信余文之不蕪，當亦君所樂許而首肯也夫。

【校勘記】

〔一〕此文見浯江林氏家録，林策勳輯，家印本，一九五五年版。

歗雲詩存跋〔一〕

林策勳

憶舞勺之年，受業家及甫師之門，偶於坊間購得千家詩，歸而吟哦，師聞之，呵曰：「小子當求適用之學，處今之世，學詩可得温飽耶？」師所教弟子，多授以古今適用之文，至經史、詩詞視爲非應世之需，不授也。故勳弱冠時，對音韻詞翰猶屬懵然。

適族叔祖次逋孝廉，晚年手自删訂所著誦清堂詩集十二卷，命勳鈔録，並諭之曰：「而伯祖歗雲先生著有詩文鈔，早經梓行，距今六十餘年，尚存之乎，而其搜集之。」因到族兄家，從破簏中檢得手鈔本，乃先伯祖晚歲作品，僅五十餘首，及當代聞人名家評論而已。至所刻木版已被蠹蝕，無法印刷，緣諸父與諸兄或爲幕僚，或投行伍，或業農商，致家傳末學久荒，簡籍多付蠹魚。

而勳搜得遺稿，忽忽又歷三十餘稔，今猶存旅篋中，恐遺佚湮先德，乃排印成帙，爲歗雲詩存，分贈海内外文豪詞客及諸親友。蓋與其收藏於家，曷若刊行於世，雖吉光片羽，亦保存先人心血之結晶。况國粹遺徽，尤博得海外華僑所同好，此勳抱殘守闕之微志也。其原稿間有數字脱落，不敢妄爲竄易，仍付闕疑。至其昔年所刊詩鈔八卷、文鈔十四卷，倘得網羅原本，當再付印，以臻完璧，是則勳夙夜之所厚望耳。

乙未仲春，金門林策勳謹識於菲律賓宿務市市隱山莊。

【校勘記】

〔一〕此文見歗雲詩鈔，林策勳編，菲律賓宿霧市大衆印書館，一九六八年重版。題目爲點校者所加。

諸家評論〔一〕

林策勳輯

富阳周凯

林生歗雲年甫弱冠，詩筆清挺，而舉動議論有關世道人心，尤見立身尚志。古文亦有法，非漫爾操觚者。先是，於澎湖得蔡生廷蘭，於金門又得林生，何海外之多才也。

【校勘記】

〔一〕諸家評論，見歗雲詩鈔附録，林策勳編，菲律賓宿霧市大衆印書館，一九六八年重印。自「富陽周凱」條至「平和曾以健」條原無題，里籍與評論人姓名列於各文之後，今移置各文之前，以醒眉目。其中，「同里吕世宜」條已於前文收録，題作「歗雲詩文鈔跋」，此不重復收録。

閩縣趙在田

瘦雲詩極樸，極真純。夫天籟間出，排空硬語，而有寬裕之氣。老子云：「其中有精，其中有信。」六一居士云：「詩以意爲主，尤以誠爲主。」是二説者，吾取以贈瘦雲。

光澤高澍然〔一〕

世稱少陵爲詩史，如歗雲詠南澳古跡，得不作宋史觀邪？其格調高騫，聲情蒼鬱，尤作者能事，「塊肉終沉天莫補」七字，可抵一篇楊太后傳。其音節入古樂府，而詩境如埋泉斷劍，臥壑寒松。寫滄桑之感，猶稱木棉庵一首。詠史詩雄闊無剩義，最爲高格。題分水關一首，真氣彌滿，渾脱瀏亮，神似長卿，格入老杜。拜黄石齋先生墓一首，鈎元提要，氣亦沉雄。謁魯王墓及盧牧洲先生墓二首，語哀以思，氣偉而鬱，想見蒼茫獨立、作海上孤吹時也。古意三首，幽情遠思，澹入逸出，所謂襄陽逸而澹，東野幽而曲，是詩兼有二孟焉。君山十六首，字字清真質韋，於五絶兼綜衆體，爲遊山别開生面。畫紅梅有寄，前首微之，次首牧之，古之傷心人，别有懷抱。潮州曲二首，情在言外，此爲善言情者。畫釣臺醉月圖並題一首，著墨極澹，而意境最超，有漠然徒見山高水長之思。咄咄，子陵復出矣。余雖衰老，不勝杯勺，亦思隤唐一醉圖側也。

【校勘記】

〔一〕此文又見金門縣志卷一三藝文志，金門縣政府，一九九一年版，題作「跋」。

澎湖蔡廷蘭

文筆簡勁，敘事精嚴，出入唐宋名家。詩律嫻雅，五言猶雋妙。其一片忠厚，真性情流行楮墨間，洵令人一讀一叫絶也。

建寧張際亮

大作已閲過，就中風骨神韻俱佳，因匆忙，未能細細評出，然亦共知也。僕昨北行，阻雪，有懷吾兄，隨成一絶，今並奉正。云：「輕財好客貧難繼，講武從戎壯可豪。莫負人間老周處，詩名萬古一秋毫。」蓋猶望吾兄出其所學，以濟時用耳。

黄州蔣鏞

前誦足下與曹明府鳳山縣事宜等書〔一〕，興利除弊，切實可行，不特一邑一時之利也。玆惠施賑圖歌，敘次清□，有「嘯嘯馬鳴，悠悠旆旌」氣象，然確是海島旱形，字字精能，猶非泛作。敬佩敬佩。

【校勘記】

〔一〕「曹明府」，原作「曾明府」，應誤，徑改。曹明府即曹謹。

閩縣何廣熹

歗雲具文武資，有陳同甫之概。少時捐産贍族，長遊諸侯間，佐築城，賑饑，練兵，籌海，皆表表見諸施行，是能運以幹才，出之閲歷。故其奇文雄策，將略詩情，意氣殊壯，慷慨悲歌，百感交集。惜乎小用，未竟其才，然隨所設施，利及民物，亦足以不朽矣。近復留心宋儒之學，吾知其業未必益精，而其才未可量也。

光澤何長聚

歗雲五言絶句，潔勁峭拔而中涵深，非徒以虚響取工者比也。七言絶句，則揮霍偉麗，顧盼雄豪，兼有「三河少年」「幽燕老將」之意。五言古體，如散鄉勇一首，格韻堅蒼，至云「千人共一膽，步武無喧囂」，兵法盡此兩言，吾欲以金鑄之。他篇皆直逼漢魏，神味淵永。七言古體，以義娘祠爲最，敘次轉捩，具有神力，是能以古文爲詩者，當作義娘傳讀之。五言律諸作，細意凝鍊，大氣盤旋，真得老杜秘訣。七律多紀時事，可備史乘之采。此其言之有物，不求工而自工也。

侯官劉家謀

詩文貴有真氣，有生氣。真氣，當不入於俚；生氣，當不墜於詭，最爲上乘。集中此類甚多，欽服無已。

侯官林則徐〔一〕

歗雲宗兄幼侍先德，領舟師，歷南北洋，故精於籌海。又得古鐵笛，登天姥峰吹之，有詩見集中。余因撰「家傳將略金符重，座引仙風鐵笛清」二語以贈。時道光庚戌中秋日。

【校勘記】

〔一〕此文又見金門縣志卷一三藝文志，金門縣政府，一九九一年版，題作「跋」。

蕭山來錫蕃

歗雲參軍，余二十年前舊友也。余來鷺江，誦其詩，讀其書，較同侍芸皋師時，所益百倍，知具閱歷既深，磨練既久，故能如是之精且進也，不勝歎服。歗雲因親老不出爲世用，而世又豈容歗雲之不出哉？歗雲勉之。

平和曾以健〔一〕

乙未之秋，在三山晤歗雲，才氣遒上，談天下事如指掌，已心重之。今夏至厦門，讀其所著文十四卷，海内名流，評論各精當。詩別刻八卷，蒼鬱而恬適，往往有空山無人、水流花開之致。詩餘寥寥，猶徵寶氣。三復流連，益歎歗雲之所以傾動海内，其來有自。

【校勘記】

〔一〕此文又見金門縣志卷一三藝文志，金門縣政府，一九九一年版，題作「跋」。

致林策勳〔一〕

于右任

策勳先生大鑒：

十七日惠書秖悉。歗雲詩存超心鍊冶，行氣如虹。雄渾蒼鬱處，善學老杜；幽曲逸澹處，方之輞川。讀其詩，可以知其生平懷抱，亦足以明其時代滄桑，而長才不展，爲之扼腕。久之，承囑題簽，隨函寫奉，尚冀蕒刊詩鈔原本，以臻完璧，而彰先德，斯不僅一鄉一族之光，於文教之昌明，有裨益焉。特復。順頌時祺。

于右任上三月二十四日

【校勘記】

〔一〕此文見歗雲詩鈔，林策勳編，菲律賓宿霧市大衆印書館，一九六八年重版。題目爲點校者所加。

歗雲詩鈔跋〔一〕

林策勳

乙未仲春，勳刊先伯祖晚歲遺著歗雲詩存，蒙故「監察院長」于公右任許爲可傳之作，閱今已一十有三年矣。勳知先伯祖著述甚富，惜年久湮没，僅此一麟半爪，每念先芬，輒引爲憾。前歲，摯友黄君盪甫見其宗人秋聲君存有先伯祖生前梓行之歗雲詩鈔初編八卷，詢之，乃知在鼓浪嶼，得諸林菽莊老人珍藏本，幾經變亂，而含光隱曜，巋然獨存，彌足珍貴。故在聞訊之餘，不禁喜極涕下，亟託盪甫君婉轉營求，並願有以爲報。乃荷秋聲君割愛相贈，亮節高風，儒林傳爲佳話。盪甫君以原本曾三次設法由鷺門寄出，均不獲遂。嗣乃重抄縮小篇幅，分八次取道香江，轉郵寄菲。百折千挫，能使嗣音不絕，冥冥中蓋有數也。謹將前輯詩存併爲續編，合訂成本，是勳五十年來宵旰苦求，克償所願，而先伯祖一生抱經綸救國之才莫展，賫志以殁，當此世變方殷，其遺詩得以再與世人相見，亦云幸矣。

戊申孟春，林策勳謹識於菲律賓宿務市市隱山莊。

【校勘記】

〔一〕此文見歗雲詩鈔，林策勳編，菲律賓宿霧市大衆印書館，一九六八年重印。題目爲點校者所加。

次家歗雲樹梅見贈韻〔一〕 林則徐

瀛壖有奇士，才望重南金。將種論勳遠，儒門殖學深。雄文騰劍氣，雅詠寫琴心。猶抱隆中膝，低徊梁父吟。

相逢話疇昔，感事愧畺臣。瘴海頻年劫，冰天萬里身。膏肓此泉石，擾壤幾風塵。憑杖行籌策，知君筆有神。

【校勘記】

〔一〕此二詩見林則徐詩集，鄭麗生編，海峽文藝出版社，一九八七年版。

庚子中秋贈家歗雲樹梅（殘句）〔一〕 林則徐

家傳將略金符重，座引仙風鐵笛清。

【校勘記】

〔一〕見林則徐跋，詳前。詩題爲輯者所擬。

謝孝知兄弟招飲，席間喜晤林大瘦雲，因有此作〔一〕

張際亮

横槊論兵亦壯哉，海天形勝談笑來。波濤日夜雙帆楫，今古風雲一酒杯。指掌分時見金厦，回頭飛渡失澎臺。嗟余短劍方無用，爲汝高歌斫地哀。

少小曾多國士知，廿年空負九原期。江山夕照誰家笛，關塞秋風此鬢絲。豈有罪言痛河北，不無望賦感天涯。青樽紅燭雙行淚，話到封侯轉自悲。時六亭先生女婿官孝廉在座。憶戊寅夏秋間，先生無事，嘗與余登鼓山望海，因備言吾閩形勝。

【校勘記】

〔一〕此詩見思伯子堂詩文集卷二二，張際亮著，王飆點校，上海古籍出版社，二〇〇七年版。

閏六月廿四日偕梅友、孝知、卓人、炯甫、瘦雲、蕙卿宴集小西湖宛在堂，口號絶句四首〔一〕

張際亮

廿載湖田屢廢興，故宫誰與問殘僧？花疏人淡閑風日，雪白山青送酒能。

來時慣愛寺門前，嵐靄分風水獨煙。松氣自明將夕景，荷花最好欲風天。

艇子沉沙對斷垣，故人雲散況招魂。水天閑話風鷗跡，已是揚塵劫後痕。

花事如人奈老何，小堂取次得秋多。醉歸人散青天月，一夜紅衣冷素波。

【校勘記】

〔一〕此四詩見思伯子堂詩文集卷二二，張際亮著，王飆點校，上海古籍出版社，二〇〇七年版。

林瘦雲遊太姥山圖〔一〕

張際亮

東卧岱宗雲，南聽羅浮雨。北踏太行雪，或醉嵩洛野。平生慣浪跡，萬里若庭户。長劍氣摩天，短衣倒跨馬。忽忽時歸來，江山在筆下。林君頗好奇，爲我述太姥。邱壑歸胸中，紙上無寸土。想見招大風，長嘯百靈舞。容成骨朽盡，方朔爲漫語。安用寫嵐翠，此意好終古。君嘗帆滄溟，蓬閬了可睹。神魚銜赤日，夜掛珊瑚樹。中有李白魂，騎鯨去何所？吾欲一問之，乾坤謝遊侶。

【校勘記】

〔一〕此詩見思伯子堂詩文集卷二二，張際亮著，王飆點校，上海古籍出版社，二〇〇七年版。

廈門白鹿洞觀海二首〔一〕

張際亮

一氣遥連四大州，誰横鐵索截中流？只如唐宋愁戎馬，前代邊患多在西北，至明中葉東南夷患始烈，亦天地自然氣數也。不數燕齊鬥火牛。逆夷火器最利。勇憶乘桴難泛宅，醉思請劍尚登樓。天風海日蒼茫里，試問扶桑幾度秋？

兩島能支半壁天，草雞長耳憶當年。伍胥潮汐仍終古，楊僕樓船自黯然。雲出鯤身横島外，水浮鼉極動尊前。登臨足有興亡感，鯨飲須同吸百川。

【校勘記】

〔一〕此二詩見思伯子堂詩文集卷二九，張際亮著，王飆點校，上海古籍出版社，二〇〇七年版。張亨甫全集作「至厦門瘦雲招同白鹿洞觀海遂留飲感懷」。

瘦雲於三月望日携姬人觀海登白鹿洞繪圖屬題時君奉當事聘練鄉兵於此〔一〕

張際亮

江海論兵日，英雄望古悲。誰同謝太傅，世屏傅修期。吾子貧懷策，群公幸見知。清笳吹洞裂，駿馬踏春嘶。暫佐籌邊幕，應搴下瀨旗。風潮通一笑，山色在雙眉。劍氣横釵影，花光照玉姿。水天無盡處，人月共圓時。磊落追豪士，憑陵肆島夷。金門接烽火，父老儻嗟咨。君家在金門。

【校勘記】

〔一〕此詩見思伯子堂詩文集卷二九，張際亮著，王飆點校，上海古籍出版社，二〇〇七年版。

答林歘雲樹梅厦門〔一〕

劉家謀

酒酣慷慨談兵事，正是東南羽檄馳。一瞬滄桑驚變幻，十年嶺海悵分離。征途邂後誰身健，薄宦奔波跡又歧。青眼高歌天外至，卻從歲暮感相知。己亥秋與歘雲同飲福州酒樓，今冬厦門一見，匆匆遽別。

【校勘記】

〔一〕此詩見觀海集卷一，咸豐刻本。

題歗雲叢記二首〔一〕　劉家謀

兩粵兵戈尚未除，幾人籌筆困軍儲？如何叱吒風雲客，絶島低頭但著書。

矮屋三間枕怒濤，狂歌縱飲那能豪？馳情員嶠方壺外，甚矣從君踏六鼇。記中談海國道里甚詳。

【校勘記】

〔一〕此二詩見觀海集卷二，咸豐刻本。

爲歗雲删詩畢未寄去而訃音至矣〔一〕　劉家謀

嶺海茫茫幾霸才，重洋兩度寄詩來。一編讀罷成遺草，商略何因到夜臺？

【校勘記】

〔一〕此詩見觀海集卷三，咸豐刻本。

謁魯王墓〔一〕 並序　林豪

王諱以海，字巨川，洪武十世孫也。福藩既敗，王起兵浙東，稱監國。兵敗，航海竄金門。薨，葬於嘯卧亭下。明史以爲鄭成功沉王於海，誤也。墓前有古坑湖，去墓數拾武有石，鐫「漢影雲根」四字，王手筆也。墓久湮没，道光間里人林樹梅訪於荒榛亂石中，旁引諸書以證之，請於周芸皋觀察立石鐫記，自捐市廛生息，爲清明祭費焉。

圖王争統跡全蕪，公子多情訪海隅。故國殘山餘落日，墓門終古俯平湖。沉江史筆留疑案，酹酒春風屬後儒。漢影雲根摩舊刻，蒼茫煙樹只啼烏。

【校勘記】

〔一〕此詩見誦清堂詩集注釋卷一，林豪著，郭哲銘注釋，臺灣書房出版有限公司，二〇〇八年版。

瘦雲先生留影鏡歌〔一〕 有引　林豪

先斗家厦門時，洋人聞其名，欲圖像以傳於外國，乃取洋鏡照其面，隨淬奇藥，影留鏡中，歷久不退，先生令再淬一幅藏之。

先生古心留卷中，先生古貌留鏡上。先生往矣貌難追，對鏡儼然神無恙。哲嗣子定爲余言，此法洋人傳不妄。刀圭靈藥世間無，一淬鏡中呈寶相。歷劫真成不壞身，何須刻畫資名匠？寫照絶勝曹霸工，鑄金漫詡范蠡狀。東坡散百真不難，共訝分身妙法創。樂天詩句雞林傳，右丞妙墨高麗尚。何似先生骨相奇，菱花照去藩邦望。争識中華有名賢，傳之外洋丰采壯。我來瞻拜肅衣冠，心香一瓣敬相向。先生妙筆空一時，銅琵鐵板江東唱。讀公著作如對公，遺貌還能呈肺臓。千載而下知有公，不朽大名輿論當。自昔至人外形骸，存否豈籍葫蘆樣？不然此鏡區區藏，櫝中能保千年不付淘沙浪。

【校勘記】

〔一〕此詩見誦清堂詩集注釋卷三，林豪著，郭哲銘注釋，臺灣書房出版有限公司，二〇〇八年版。

金門耆舊詩　林瘦雲公子〔一〕

林豪

公子諱樹梅，父官水師副總兵。幼隨父巡洋，所至港汊夷險，輒隨手記録。長從周芸皋觀察、高雨農孝廉學爲詩古文詞。平生好遊山水，嘗再渡臺灣，佐鳳山令曹謹治埤頭水利，民户祝焉。防海之役，劉制軍薦其才於朝，不就。著述甚富，多留心經濟之言，歗雲山人詩文鈔廿餘卷已刊行，臨終吟云：「歸來化作孤山鶴，猶守梅花影數枝。」擲筆而逝。

卓犖將門子，掉頭謝朝班。孤鶴去不歸，白雲在空山。素心託流水，詩卷留人間。梅花幾度開，夫君何日還？謹按，林文忠公晚年嘗延瘦雲至省垣，密詢防海之策，瘦雲即席爲詩，云：「到處有遺愛，歸來無剩金。」文忠公笑曰：「若無剩金，則此酒何從取給乎？」乃改之云：「到處饒遺愛，歸來寡剩金。」人以爲「兩字師」云。

【校勘記】

〔一〕此詩見涵清堂詩集注釋卷三，林豪著，郭哲銘注釋，臺灣書房出版有限公司，二〇〇八年版。

大風雨晚次防口驛讀壁上家瘦雲先生題句，賦此弔之〔一〕

林豪

我行連日風沙裏，雨苦風淒行不止。馬上看山得句多，夜中索燭揮毫起。鹿鹿長川復嶺間，日晚卸裝吟未已。忽然對壁笑顔開，先生幾時題詩待我來？讀詩未竟忽大哭，友人嗤我狂態作籲嗟。友人且勿嗤，我歌我哭殊未癡。先生已矣遺墨在，數行壁上知者誰？豈其精靈猶未死，乃遣山鬼呵護之。先生半世客中度，吟鞭每指榕城路。楓亭丹荔幔亭茶，收拾鬼仙囊底去。行行防口驛中來，日午雨聲猶如注。天公有意待詞人，一雨催成絶妙句。先生擲筆連呼奇，雨點墨點相淋漓。永夜鄉愁吟宛轉，幾行古壁寫參差。泥中雪印已陳跡，眼底滄桑又幾時。我來幾度捫苔壁，摩挲如立先生側。一杯和淚酬黄昏，恍惚詩魂微太息。挑燈吟到月輪低，風酸雨止聞荒雞。明朝馬上尋詩去，回首孤村落照西。

【校勘記】

〔一〕此詩見誦清堂詩集注釋卷四，林豪著，郭哲銘注，臺灣書房出版有限公司，二〇〇八年版。

二、傳記

鐵笛生小傳〔一〕

林焜熿

同安林焜熿巽夫撰稿，侯官郭柏蒼蒹秋校録。

鐵笛生，林姓，名樹梅，字實夫，同安金門人也。金門宅東南大海中，有太武巖、眠雲石諸勝，生常陟巖巔，枕石長嘯，與海濤相答，因自號「歗雲子」。或以其神骨清癯，又目之曰「瘦雲」。後得古鐵笛，遂自更爲「鐵笛生」。

生年十四，侍父受堂西歷官閩、粤、臺、澎之區。受堂公嘗倚舵樓呼酒，命生侍，指示海上戰守機宜，故生於島嶼險夷、風潮變測，皆洞識能言之。生平遇佳山水，輒流連不忍去。其爲文蒼鬱渾瀚，一本性情，蓋得於天者真也。聞福鼎太姥山之勝，攜鐵笛冒雪走四百里，訪容成子煉丹處，直造摩霄峰頂，四顧空茫，題詩石上。歸乃繪畫，遍示所知，其高致高邁如此。

受堂公歿，散數千金分贍族戚。或非之，生曰：「吾計之熟，不如散之爲得也。」

又嘗施衣賑食，代人贖子女。人有求，無弗應。坐是，產驟落。室人至鬻婢代償逋，而生益自喜，謂「真林樹梅妻也」。族有名德者戆而好酒，生時賙之。一日，爲人縱臾，令刺生，遇諸巷，既前欲搏，忽擲刃曰：「嘻，誤矣。吾受若惠，奈何殺若？殺若，吾尚成何人？」欲自刃，生慰遣之。客南安，有黄姓者，以睚眦聚族數千人，欲尋仇鬥，生爲排解，皆散去。其真意感人，有足多者。

體文弱而精悍如健兒，與人處久而彌篤，遇知己商榷古今，抵掌劇談，四座傾歎；非其人，輒不能作一語。不知生者，幾以少年任俠失之。而其敦尚氣誼，留心文獻，乃大過於老成人。金門有明監國魯王墓，湮没久矣，生訪得爲之修建，請當道立碑記，復捐市廛作書院膏火，以餘息供王墓祭掃資。得鄉先達盧牧洲先生遺集，梓而傳之。學書於福州趙穀士翰林，故凡周秦以降，金石文皆能辨識。富陽周芸皋觀察、光澤高雨農舍人，以古文倡東南人士，生往受業，學益進，然不屑屑事鉛槧。時舉兵農要政，裒集成書，即所藴可知矣。河南曹懷樸大令知鳳山縣，聞生諳海事，聘同行。值荒亂，勸平糶、興水利、練鄉勇，以捕餘匪遠涉瑯嶠界外。勸釋閩、粤、番人争，導使向化。一切便民事，著論載别集中。嘗遊潮州，拜韓文公祠下。過湘子橋，跨鐵牛，吹鐵笛，譜梅花曲，笛聲遏雲，如老龍吟，見者訝爲神仙中人。嗚呼，此其所以爲鐵笛生歟？

【評】

寫生處神采奕奕，不落説部。而捶字卓句，無一不靠。一别三年，精進如此，當與乃弟並以古文名世。光澤高澍然評

【校勘記】

〔一〕此文見説劍軒餘事附，沈祖彝寫本。

從伯祖歉雲公傳〔一〕

林策勳

公諱樹梅，姓林氏，字歉雲，世居福建金門。考廷福公，清授武義都尉；妣陳淑人，贈雲騎尉必高公女。公本出自陳氏，爲陳淑人族兄春圃公少子，幼韶秀聰穎，淑人絶憐愛之。以己體羸善病，懼不育，又念舅姑望孫殊急，慮無以承堂上歡，因請諸族兄，繼公爲己子，撫養備至。

初名光前，少賦梅花詩，爲師所激賞，贈字樹梅，因以字行。常登金門太武山巔，拊石長嘯，聲徹雲表，自署「歗雲子」；或以公神骨清癯，意度高曠，目爲「瘦雲」。侍武義宦閩安，得古鐵笛，更號「鐵笛生」。

嘗挾鐵笛遊太姥，冒雪登鸞嶺，渡海訪容成子煉丹處，題詩摩雲峰上，繪圖而返，走筆爲記，狀三十六峰煙雲萬變，意態畢肖。浮海拜潮陽韓公祠，跨湘子橋，上鐵牛，嗚嗚吹鐵笛，見者詫爲異人。

自少負奇氣，講究兵農有用之書，不遑爲制舉之學。時富陽周芸皋凱爲興泉永觀察使，光澤高雨農澍然主厦玉屏書院講席，以詩古文詞宣導後進，公出其門下，虛心請益研討，深得古文義法，詩亦雄深雅健，生氣盎然，爲當代名流所稱許。又與呂西邨孝廉世宜、蔡香祖進士廷蘭最友善，以道德文章相切劘。

時武義官水師副總兵，公年十五，隨侍海上，出入風濤。所至必相其山川、扼塞，稽群盜出没、奸人接濟，佐父理戎政。迨武義捐館舍，公散家財數千金於族人，曰：「守此徒坐老也。」念澎、臺爲全閩安危所繫，益留心海疆要塞與民土風宜、張弛之治。鳳山令曹侯禮聘起之，公曰：「吾聞曹侯，今之賢者。能行吾志，不可失也。」復東渡，知無不言，侯亦言無不聽。瑯嶠故鳳山東南徼外番地，閩、粤民竄入耕牧，番民雜居，日尋釁相賊殺。侯恐蔓延徼内，欲撫之，素阻聲教，無敢至者。公冒險風諭，卒定要約以歸。又助侯興水利，親歷生番境，導源内山，規畫形便，屈曲百里達城，歲增穀十五萬石。其他議徵臺穀事宜，議建陴頭望樓炮臺，皆利民生國計之大者。逾年，邑大治。曹侯將上其功，則辭歸省母。

已乃薄遊邵武，綜理鹽策。道光庚子、辛丑間，夷訌，厦門大府聞公名，自邵武徵回，監司以下争羅致，均卻不受聘。然所陳諸策，有可防寇患、衛鄉里，率抵掌莊論，務求便民。論者謂公以一韋布，抗議達官前，爲陳同父一流人。當道極稱其才，爲敘六品職，將奏移武秩，復以母老辭。未幾，夷在粵東就撫，沿海解嚴，所練鄉勇亦散遣，識者惜之。公既懷才不用，又所陳悉廢格，知時勢噂沓，無足成功名，復退而遊邵武，讀易鼓琴於萬山中，口不復齒時事。

庚戌，林文忠公被命宣召，延公至省垣，密詢防海之策，即上書論閩省時務，並陳六策，謂：察夷情以知防備，觀形勢以議守禦，請移兵以重控制，督私藏以充民食，救火災以杜驚擾，勸聯鄉以資保衛。文忠器重之。是歲，文忠督師粵西，公隨行至泉郡，暫假歸省親，文忠解狐裘以贈，約赴軍前佐戎幕。别甫旬日，文忠星隕普寧，公聞耗彷徨零涕，爲詩以哭之。蓋生平所抱經濟，受知文忠，方欲展其才，而流水高山，知音頓渺。自是鬱鬱寡歡，歸隱鄉園。

生平好探幽訪古，金門在明多名人跡，山鑱石刻，没於荒煙蔓草者，搜訪幾遍，得明魯王「漢影雲根」勒於崖壁，跡其墓而封樹之。請周芸皋觀察立碑鐫記，並捐自置市廛生利，爲清明祭費。嘗輯刊明儒黄石齋文、盧牧洲島噫詩。平生篤念師友，逾久弗衰。師殁，遺集力爲謀梓。其留心文獻，敦尚氣誼類如此。

著有歗雲文鈔十四卷、詩鈔八卷、詩餘二卷。臨終吟云：「歸來化作孤山鶴，猶守梅花影一枝。」擲筆而逝。

子三：功惠、功意、功忠；孫：百齡、滄洲。

從侄孫策勳撰。

【校勘記】

〔一〕此文見浯江林氏家録，林策勳輯，家印本，一九五五年版。歗雲詩編校釋附録作「家傳」。

林樹梅傳〔二〕

林樹梅，本姓陳，字瘦雲；副將廷福養子也。每從廷福巡洋，所至港汊夷險，輒隨筆記録。既長，學爲詩古文詞，從巡道周凱及玉屏掌教高澍然遊，得其指授，故爲文具有矩矱。嘗贊曹謹令鳳山，興埤頭水利。道光間，海氛告警，總督顏伯燾以幣聘之，上戰守諸策，議於刺嶼尾置戍。地無水，乃登山相度地脈，掘之得泉，因名曰「林泉井」，刻石井上。事平，當道奏授布政司經歷，欲改授武職，力辭。福州林文忠予告歸，適籌議防海，樹梅密參帷幄。文忠赴粤辦賊，中途卒；樹梅感其知愛，爲詩招魂，遂鬱鬱以歿，年未五十也。

素好義舉，值年暮，市綿衣數百，給鄰里之貧者。曾遊鼓崗湖，訪得魯王墓，請於當事，清其界，樹碣墓右，自捐市廛爲祭費。其負奇如此。以自幼受父鍾愛，不忍歸宗；乃迎養生母於厦門別業，娶妾生子，以繼其後。

生平好山水遊，喜吟詠、工篆刻、善畫；遊太姥峰，繪圖題詩以歸。臨終口占云：「深負平生國士知，鹽車老駕欲何之？歸來化作孤山鶴，猶守梅花影一枝。」著有沿海圖說、戰船占測及歗雲文抄十二卷、詩抄八卷、歗雲鐵筆一卷、文章寶筏一卷、雲影集、詩文續抄、日記若干卷。

【校勘記】

〔一〕此文見光緒金門志卷一〇人物列傳二文學。

三、林樹梅著述考　陳著

林樹梅雖然只活了四十四歲，著述却很豐富。林樹梅所作多有用之文，如閩臺海道及防禦、臺灣水利開發利用、臺灣社會的治理、訓練鄉兵鄉勇等等。林樹梅還很重視鄉邦文物的搜訪，他在金門發現南明魯王疑冢，在臺灣尋訪寧靖王墓，在福州爲明代將軍兼學者陳第印集，在澎湖搜集南明唐王時期兵部尚書盧若騰的遺集，在閩南刻黄道周文，這些文化活動在他的詩文中也有反映。他還撰有篆刻的專著歗雲鐵筆。他的詩不主一家，悲壯蒼鬱，直抒胸臆，鴉片戰爭時所作，具有强烈的愛國精神。关于林樹梅著作的著録最早的是光緒時期林豪主纂的金門志：「著有沿海圖説、戰船占測及歗雲文鈔十二卷、詩鈔八卷、歗雲鐵筆一卷、文章寶筏一卷、雲影集、詩文續鈔、日記若干卷。」（光緒金門志卷一〇，臺灣文獻叢刊第八十種）

依我們今天掌握的資料看，林豪的著録不够完整，也不够準確。再者，林豪對所著録的林樹梅數種著述，到底存佚情況如何，也没有交代。本文將對林樹梅的著述狀況作初步考證，一是考其所有著述的狀況，二是考其或存或佚，三是對尚存之著述考其版本，四是對已佚著述盡可能地描述其概況。

甲、存

（一）遊太姥山圖詠不分卷

光緒金門志未著録。有道光十三年（一八三三）刻本，藏福建省圖書館。

按，張際亮有林瘦雲遊太姥山圖，見思伯子堂詩文集卷二二。

（二）静遠齋文鈔不分卷

光緒金門志未著録。有道光十六年（一八三六）本，藏福建省圖書館。

此本有武平李致雲序和林樹梅自序。李序作於道光十二年（一八三二），略云：「林生瘦雲，好遊嗜古，少隨父宦遊海上，殺賊於風濤汩没中。丁亥，予主講海壇興文書院，航海來從予學，爲詩古文詞。」静遠齋文鈔卷首。

按，海壇，今福建平潭。李致雲是海壇興文書院山長，樹梅曾從之學（李致雲序略）。林樹梅自序作於道光十六年（一八三六），云：「樹梅生長海濱，學識譾陋，惡敢言文？然聞鄉里父老談先哲文章氣節事，心輒響往，且畢力搜抉，據事直書，蓋欲存閭閈風流，借遺佚心血，以備問俗之采耳。道光十六年九月，金門林樹梅自序。」

此本爲沈祖牟舊藏，其跋略云：「余向藏有歗雲山人文鈔十四卷，嗣得此册，只知其爲初刻本，置之篋中久矣。今日偶以二刻對勘，此册有文十一篇爲十四本所未收。因手録篇目於首，以硃筆標出。」

按，此本不分卷，僅二十六篇，其中歗雲文鈔十四卷本未録者十篇，包括序一篇、行狀一篇、銘二篇、贊一篇、啓一篇、書後四篇。

（三）歗雲山人詩鈔初編四卷，鈔本

光緒金門志未著録。此本有高澍然的點評，疑爲就正於高氏，爲高氏删定之本。

高澍然卒於道光二十年（一八四〇）三月，前此一年林樹梅曾到光澤謁其師，此本所録詩亦止於道光十九年（一八三九）。卷首有高澍然序，詩有高澍然評語。此本所載之詩，有十九題二十一首爲歗雲詩鈔初編八卷本所無，其中一些詩的文字亦與歗雲詩鈔初編八卷本差異較大。

（四）歗雲山人文鈔初編□卷，刻本

此本所載文，部分文字亦與歗雲文鈔初編十四卷異。歗雲山人文鈔初編卷三有戊戌内渡記一文，而後出的歗雲文鈔初編卷四此文作自鳳山歸省記程，兩文内容雖然大致相同，但是後文只從「八月望」開始寫起，而前一文從五月間曹懷僕爲其祖餞落筆，多了以下一大段話：「樹梅從曹明府蒞鳳山縣之明年，乞歸省母。明府爲治裝，率侄甥、僚幕置酒祖道，謂：『長途自愛，萱堂康健，須再來。』樹梅頓首受命而别，時戊戌夏五月十六日也。次大湖，晤葉式宜、林惠疇二司馬，咸謂夏令風信不常，遂止大湖。八月朔，入臺灣郡城，遇鄉人莊把總文芳，約附金門鎮戰船内渡。」使我們瞭解到内渡候風的不易。

（五）歗雲詩鈔初編八卷，刻本

道光二十七年（一八四七）刻。

此本前有總目：

第一卷　道光辛巳至己丑存古今體詩四十首
第二卷　辛卯至丙申存古今體詩三十二首
第三卷　丁酉至戊戌存古今體詩三十七首
第四卷　己亥至庚子存古今體詩三十五首
第五卷　辛丑至壬寅存古今體詩三十五首
第六卷　癸卯至甲辰存古今體詩四十二首
第七卷　乙巳至丙午存古今體詩三十八首
第八卷　丁未至　存古今體詩　首

此本所録詩，起於道光元年（一八二一），時樹梅十四歲；止於道光二十七年（一八四七），時樹梅四十歲。八卷，詩共計三百一十九首。

（六）歗雲詩存不分卷，林策勳輯印

歗雲詩鈔八卷附歗雲詩存，林策勳輯印。歗雲詩存，菲律賓宿霧市大衆印書館，一九五五年印；歗雲詩鈔八卷附歗雲詩存，菲律賓宿霧市大衆印書館一九六八年重印。

一九一〇至一九二〇年之間，樹梅族孫、菲律賓華僑林策勳在其族兄破篋中覓得林樹梅詩手鈔本三十一題五十首，於一九五五年在菲律賓以歗雲詩存之名刊印，這些詩都是林樹梅道光二十八年（一八四八）以後所作，其中包括林樹梅被林則徐招入幕後的數篇重要作品。詩當是光緒金門志所著録詩文續鈔中詩的一部分。林策勳以未能一睹已經刊刻的歗雲詩鈔初編爲憾。後來，其摯友黄盪甫告知其宗人黄秋聲曾從厦門鼓浪嶼林菽莊老人處得此本，林策勳「喜極涕下，亟託盪甫君婉轉營求」（歗雲詩鈔跋，林策勳編歗雲詩鈔，菲律賓宿霧市大衆印書館，一九六八年重印）。秋聲割愛之後，黄盪甫三次試着從厦門往菲律賓郵寄，未果，只好重鈔縮小篇幅，分八次携至香港再轉寄菲律賓。一九六八年，林策勳將歗雲詩存改名爲歗雲詩鈔續編，合歗雲詩鈔初編爲一册，名爲歗雲詩鈔，在菲律賓宿霧市由大衆印書館重印，這是第一部比較完整的林樹梅詩集。然而，歗雲詩鈔也有缺陷。缺陷之一，詩鈔卷八止於題許鶴仙爲石松繪寄園圖即送其調戍東瀛一詩，而缺陳頌南先生惠書賦答至聽琴九題。缺陷二，林策勳未能見到歗雲山人詩鈔初編，歗雲山人詩鈔初編還有若干首歗雲詩鈔初編未收録之詩（歗雲詩存，郭哲銘收入歗雲詩編校釋，臺灣古籍出版有限公司，二〇〇五年版）。

（七）歗雲詩編校釋，郭哲銘校釋

臺灣古籍出版有限公司，二〇〇五年版。

此本是第一部林樹梅詩集的整理本。歗雲詩編校釋以林策勳歗雲詩鈔爲底本，對歗雲詩進行校勘，其貢獻一是校正某些訛誤，二是作了注釋，三是從歗雲山人詩鈔初編中發現歗雲詩鈔未收之詩若干篇並將其編爲遺編，四是搜集了林樹梅的各種傳記資料和諸家的評論，可以説是一部較好的校釋本。但是此本亦有不足。一是所據之林策勳本有缺，對照福建師範大學所藏歗雲詩鈔鈔本，林策勳本缺卷二抽藤歎、柳枝詞二首（郭本補入遺編），卷八缺陳頌南先生惠書賦答以下數首。陳頌南即陳慶鏞（一七九五—一八五八），字頌南，福建晉江人，文字學家，鴉片戰爭時期很活躍的作家，襲自珍己亥雜詩曾及之。二是注釋偶有失誤。遊虎谿其二：「共仰東林事，悠然杖履清。」「東林」，注釋用了三百來字交代明末東林黨事，與詩意不符，當用晋廬山慧遠東林寺事。又，贈劉炯甫孝廉從軍粵西，劉炯甫即劉存仁，失注。劉存仁有屺雲樓詩集、屺雲樓文集，詳謝章鋌孝廉劉徵君別傳（賭棋山莊文續卷一）。再如贈何道甫孝廉道晋上舍，何道甫即何則賢，失注。該詩「丁戊古名山」，注以爲「丁戊：猶言南北」。不知「丁戊山」爲福州山名。校對也偶有不精之處，如將「徐宗幹」誤作「徐宋幹」。

（八）説劍軒餘事不分卷，郭柏蒼校録，沈祖彝録本

此本共六篇：鏤螭、刻書、印書、曬書、藏書、油紙。

鏤螭討論篆印之法：「予少好弄刀錐於斯道，有同嗜焉。十數年間，搜羅三代以降金石古文殆千百計。顧摹仿不過形似，而未能神似也。考證有年，識解漸進。爰溯印篆源流，引諸家緒論，綜而述之，曰鏤螭存參。其目有七，爲源流，爲章法，爲材器，爲鐫鑄，爲泥池，爲行藏，爲位置，末以手篆印文附焉。」此本無林樹梅手篆印文。

刻書以下四篇，討論書籍的刻、印、曬、藏。油紙一篇，討論臨帖之用紙。此本後附有林焜熿鐵笛生小傳（郭柏蒼校録）一篇。

（九）浯江林氏家録不分卷，家印本

光緒金門志未著録。此本見於林樹梅族孫林策勳輯浯江林氏家録，家印本，一九五五年版。

林策勳所輯浯江林氏家録有兩部分。第一部分是林策勳所輯的有關浯江林氏的各種文章，其中包括林樹梅的相關文章和林策勳自己所撰的文字；第二部分才是林樹梅生前所撰的浯江林氏家録。林樹梅所撰家録，包括家録序、家録跋、世系序以及世系的正文。世系正文林策勳的這一支，有明顯經過林策勳增飾的痕迹。家録序、家録跋、世系序三篇文章爲歗雲山人文鈔初編和歗雲文鈔初編所無。

乙，佚

（一）静遠齋詩鈔不分卷

光緒金門志未著録。

高澍然抑快軒文集丙編卷四静遠齋詩鈔序：「余返自厦門，爲生留二十日論文，出所著詩鈔乞正。詩多奇氣，如其文悲壯蒼鬱。」按，此文又見歗雲山人詩鈔初編、歗雲詩鈔初編卷首，通常視爲歗雲詩鈔序。林樹梅有静遠齋文鈔，知林樹梅早年有齋名「静遠」。道光十六年（一八三六），林樹梅質證於高澍然的詩集名静遠齋詩鈔，未刻。後刻易名爲歗雲山人詩鈔初編和歗雲詩鈔初編。道光二十七年（一八四七）林樹梅年四十，友人澎湖蔡廷蘭爲作林君瘦雲四十初度壽言（浯江林氏家録，林策勳輯，家印本，一九五五年版）。曾提到静遠齋集，可能是就詩與文而總言之。

（二）詩餘一卷

光緒金門志未著録。

林策勳從伯祖歔雲公傳：「著有歔雲文鈔十四卷、詩鈔八卷、詩餘二卷。」（浯江林氏家録，林策勳輯，家印本，一九五五年版）

浯江林氏家録，林策勳輯，家印本，一九五五年版。曾以健評：「詩餘寥寥，猶徵寶氣。」（林策勳：諸家評論，歔雲詩鈔附，菲律賓宿霧市大衆印書館，一八六八年重印）

今未見詞作傳世。

（三）海防圖説不分卷

光緒金門志著録沿海圖説，疑即此書。

林樹梅與家巽夫茂才論金門志書：「海防圖説並拙作叢記數十條，似皆可資參訂。」（歔雲文鈔初編卷二）

（四）戰船占測不分卷

光緒金門志著録。

按，戰船占測疑爲戰艦、占測。林樹梅閩海握要圖説：「著閩海握要圖説，久乃成書。篇中圖先於説者，必按圖而後可審形勢，施戰守也。」故先列閩海握要圖，後有文凡五篇：海道、巡哨、占測、戰艦、勦捕。（歗雲文鈔卷一〇）

（五）歗雲鐵筆一卷

光緒金門志著録。

吕世宜歗雲鐵筆序：「歗雲善用筆，古文筆清，詩筆古，書畫筆屈強離奇而不可方物，此余所習知者。外此爲鐵筆，古雅絶倫，得意時趙次閑、陳曼生輩弗讓也。」（愛吾廬文鈔校釋，吕世宜著，何樹環校釋，臺灣古籍出版有限公司，二〇〇二年版）

（六）文章寶筏一卷

光緒金門志著録。

具體内容不詳。

（七）雲影集不分卷

光緒金門志著録。

林樹梅雲影集序略云：「流雲行空，其聚與散豈有定哉。吾嘗以爲人生離合之故，猶雲影之在天，起滅無常類，非意計所能測。而吾友聚散靡定，存其詩焉，亦如雲影之偶留，此雲影一集，所由刻也。集中皆知名士，於吾皆知己懽，其人之或存或亡，或遠或近，率離處不可見。其詩之變化不測，莫不如行雲之舒卷，隱見不常。始吾見其人，並愛其詩，初不意其人之不可常見也，今則念其人，亦但見其詩耳。」（歗雲文鈔初編卷一三）

序後附有凡例五則。

與王春浦茂才書：「雲峰五古，不讓國初諸老，入僕雲影集中，皆可傳之作，行當刊之。」（歗雲文鈔初編卷二）

雲峰爲王春浦之叔，邵武人。可見雲影集確在編輯之中。

（八）詩文續鈔不分卷

光緒金門志著録。

劉家謀爲歗雲刪詩畢未寄去而訃音至矣：「嶺海茫茫幾霸才，重洋兩度寄詩來。一編讀罷成遺草，商略何因到夜臺？」（觀海集卷三）

咸豐元年林樹梅卒，劉家謀於臺灣作此詩。據劉家謀詩，林樹梅道光二十七年

（一八四七）刻歗雲詩鈔之後，又有詩寄劉家謀删定，這部分詩當即詩文續鈔中之詩。林策勳歗雲詩存跋：「到族兄家，從破簏中檢得手鈔本，乃先伯祖晚歲作品，僅五十餘首。」歗雲詩存所存之詩，當即詩文續鈔中之詩。

（九）日記不分卷

光緒金門志著録。

（十）歗雲叢記不分卷

光緒金門志未著録。

林樹梅與家巽夫茂才論金門志書：「拙作叢記數十條，似皆可資參訂。」（歗雲文鈔卷二）

陳慶鏞有林歗雲叢記跋：「出所著叢記一書，大約樸記師友往來事實，而其流覽名勝，記載賈舶出入情形、廣袤里數，則尤熟焉能詳，足補魏默深近刻海國圖志所未備。是其志遠且大者，而其言之足以致用也。」（籀經堂類稿卷一五，光緒九年刻本）按，林樹梅請陳慶鏞題跋，時間在道光十九年（一八三九）。

（十一）閩安紀略不分卷

光緒金門志未著録。

林樹梅閩安紀略序：「道光八年，樹梅侍先君子協鎮此土，見先君子巡防洛訪所得者，謹記之，無敢忘。間復搜尋舊簡，采摭遺聞，編成記略一書。於星野民風，土田物産，郡志已言者不贅，而營制海防，考之特詳。蓋以先人未竟之用在是，小子不敢不敬述耳。至藝文、事跡，有關風土者，亦附卷後，以資輶軒之采。」（歗雲文鈔卷一三）

林樹梅書謝退谷先生蛤仔難圖後：「道光四年，先君子護理臺灣水師副將，曾作全臺輿圖，記其要害。迨署閩安副將，又命樹梅搜羅籌海之書，得鄉賢謝退谷先生所著蛤仔難紀略，謂西渡，五虎、閩安爲甚捷。益見海疆門户之宜防，與先君子之論合，亟纂入閩安記略，資考鑒焉。」（静遠齋文鈔）

（十二）鏤螭存參不分卷

光緒金門志未著録。

鏤螭：「予訂鏤螭存參，自序曰：昔江南徐錡善小篆，自謂晚年始得螭匾法。予少好弄刀錐於斯道，有同嗜焉。十數年間，搜羅三代以降金石古文殆千百計。顧摹仿不過形似，而未能神似也。考證有年，識解漸進。爰溯印篆源流，引諸家緒論，綜而述之，曰鏤螭存參……末以手篆印文附焉。」（説劍軒餘事）

按，據林樹梅自序，鏤螭當作鏤螭存參。見於説劍軒餘事的鏤螭非鏤螭存參原本，至少説劍軒餘事未附林樹梅手篆印。

（十三）寄情集（一作移情集）不分卷

光緒金門志未著録。

按，沈祖牟静遠齋文鈔跋：「寄情集一册，未刻。」（沈祖牟藏本）

吴守禮有關西郙二三事薈説：「林樹梅歉雲，著移情集。」（吴守禮、林宗毅吕世宜西村研究資料，日本國昭和五十一年出版，臺灣一九七六年印刷）

（十四）合録不分卷

光緒金門志未著録。

蔡廷蘭林君瘦雲四十初度壽言：「繼母弟殤，君同産兄弟，亦皆死亡，乃迎養本生母，命妾所生子後陳氏，復述二族先代事蹟，纂爲合録。每謂余曰：『吾以一身系屬二族，不忍於所後所生，有所偏厚，求爲公義私恩，此心兼盡，則惟令兒曹分祧兩姓而已。』」

（十五）行記，未完稿

光緒金門志未著録。

哭少穆先生二首其二：「擬編行記仿驂鸞（自注，范成大桂林行記，名驂鸞録），私幸從遊勝得官。」（歗雲詩存）

道光三十年十二月，林樹梅隨林則徐往粤西，至廣東普寧，則徐卒，樹梅作詩弔之。樹梅擬仿宋人范成大作粤西行記之類的隨行筆記，惜未完。

四、林樹梅年譜簡編　陳茗

林樹梅，初名光前，少賦梅詩，師贈字樹梅，以字行。又字實夫，自號「歗雲」。以神骨清癯，又自稱「瘦雲」。淘井得鐵笛，吹聲澈雲，衆乃呼爲「鐵笛生」。自稱「世外人」，人呼「金門羽客」。

按，林策勳從伯祖歗雲公傳：「初名光前，少賦梅花詩，爲師所激賞，贈字樹梅，因以字行。」（林策勳浯江林氏家録，家印本，一九五五年版）

又按，林焜熿鐵笛生小傳：「鐵笛生，林姓，名樹梅，字實夫，同安金門人也。金門宅東南大海中，有太武巖、眠雲石諸勝，生常陟巖巔，枕石長嘯，與海濤相答，因自號『歗雲子』。或以其神骨清癯，又目之曰『瘦雲』。後得古鐵笛，遂自更爲『鐵笛生』。」（説劍軒餘事附，郭柏蒼校録本）

福建同安金門人。

按，金門清代屬同安縣，民國四年（一九一五）始建縣。詳劉敬金門縣志（鈔稿本）。

宅金門後浦北門。

按，林廷福：「故宅在後浦北門，現爲其後裔林焕章居住，廷福及其子神主尚存其内。」（金門先賢録第三輯，一二五頁，金門縣文獻委員會編印，一九七二年版）

有別業在福州。

按，詳高澍然歗雲詩稿序（歗雲詩鈔初編卷首，歗雲詩鈔初編以下簡稱詩鈔）。樹本姓陳。祖天琪，妣楊氏。本生父春圃，金門左營百總，本生母謝氏。兄弟六人，樹梅排行第六。兄弟早卒。養母陳氏，呼春圃爲族兄。

按，授産條約及家録引：「吾原姓陳，祖天琪公，妣氏楊，本生父春圃公爲金門左營百總，本生母氏謝，生吾兄弟六人，長慶，次強，次新，次繼，次愚……汝祖母呼吾本生父爲族兄，吾則本生父第六子也。」（歗雲文鈔初編卷一三，歗雲文鈔初編以下簡作文鈔）

林氏祖先世居漳州府龍溪縣象山，康熙間遷同安金門後浦。

按，先考受堂府君行述：「先世居漳州府龍溪縣象山十一都，明嘉靖十八年徙泉州府同安縣茂林下社。入國朝，康熙三十七年，先高祖武略將軍國元公挈先曾祖嘉龍公避水患於金門後浦，遂家焉。」（文鈔卷七）

高祖國元，曾祖嘉龍。

按，詳上。

祖端懿。

按，先考受堂府君行述：「先大父端懿公生府君兄弟四人，長諱海，次諱澤，皆

爲水師外委；次諱汪，蚤世，府君其季也。」（文鈔卷七）

伯父海、澤皆爲水師外委；汪，早卒。

按，詳上。

父林廷福（一七七七—一八三〇），字錫卿，號受堂。起行伍，以海戰功，累至署閩安鎮副將，授武義都尉。有水師「虎將」「飛將」之稱。墓在太文山山麓。

按，先考受堂府君行述：「府君姓林，諱廷福，字錫卿，號受堂。」「顧府君三十餘載，寢饋風濤巨浸中，北至天津，東抵遼陽，南及瓊厓、交阯，上下數千里，大小百餘戰，馘名盜無數。遇賊舟往往不避艱險，欲以圖報國恩。」（文鈔卷七）

又按，林豪光緒金門志卷一一楊康靈傳：「當時有五虎之名，康靈及林廷福、黄志輝、劉高山（各有傳）、劉求生，皆水師飛將。」楊康靈、黄志輝、劉高山皆金門後浦人。

又按，陳炳容金門的古墓與牌坊（金門縣政府，一九九八年版，第一〇五頁）第四章「林廷福」條：「廷福之墓在太文山山麓，即由東社往古崗之坡地，整座墓園幾乎被樹叢所遮掩，蔓藤根枒横生，不易找尋。碑身爲花岡岩，長方形，二端截角少許，碑翼爲三合土，風化嚴重，墓手立柱之石獅頗精巧雄健，碑文爲：

道光歲次庚寅年八月吉旦
皇清誥授武功將軍受堂林公之墓
孝男光前光左□愛立石」

按，□愛，即功（公）愛。

外祖父陳必高（一七四六—一七八七），世居金門後浦鄉，水師外委，死於林爽文亂，祀昭忠祠，世襲雲騎尉；外祖母趙淑人（一七六一—一八四三）。

按，先妣陳淑人行述：「先妣氏陳，外祖父必高公，以水師外委戍臺灣，死林爽文之亂。外祖母趙，茹荼厲節，與先妣相依爲命。」（文鈔卷七）

又按，夢先外祖妣趙太宜人：「外祖父陳必高公死臺灣林爽文之亂，賜祭葬，祀昭忠祠，世襲雲騎尉。」（詩鈔卷七）

母陳氏，名汀官（一七八三—一八一四）。

按，先妣陳淑人行述：「年二十二歸府君。當是時，海氛不靖，廟見後，府君將捕賊出洋，先妣力贊行計，身任家事，能得舅姑歡，娣姒皆頌美取法。里有訛言府君被賊害者，匿不以聞。未幾，捷至進官，三黨來賀，先妣獨心念堂上春秋高，喜懼交集……先妣生於乾隆四十八年八月十六日，卒於嘉慶十九年十二月五

日，年二十有一。葬庵前蓮花山之原，祔先大母之兆。」（文鈔卷七）

又按，先妣陳淑人行述：「先妣諱汀官，姓陳氏，世居金門後浦鄉。外祖父諱必高。」（静遠齋文鈔）

幼，失恃，隨父出没風波，走南澳、天津、福寧烽火門、海壇、臺灣、澎湖、閩安等地。

按，詳各年。

不遑爲制舉之學，嘗從富陽周凱、光澤高澍然治古文。

按，詳書周芸皋夫子遺像後、書高雨農夫子文集後。（文鈔卷八）

又按，林策勳從伯祖歗雲公傳：「自少負奇氣，講究兵農有用之書，不遑爲制舉之學。時富陽周芸皋凱爲興泉永觀察使，光澤高雨農澍然主厦玉屏書院講席，以詩古文詞宣導後進，公出其門下，虚心請益研討，深得古文義法，詩亦雄深雅健，生氣盎然，爲當代名流所稱許。」（浯江林氏家録，林策勳輯，家印本，一九五五年版）

又按，劉敬林樹梅傳：「既長，學爲古文詞，從周凱及玉屏掌教高澍然遊，得其指授，故爲文具有矩矱。」（金門縣志文苑傳，稿本）

鳳山令曹謹招入幕，再赴臺灣，助修水利。

按，詳再渡臺灣記。（文鈔卷四）

熟悉海疆形勢、風潮變化、礁汕淺深，嘗畫閩海握要圖並作圖説。

按，詳閩海握要圖説。（文鈔卷一〇）

海氛告警，慷慨從軍，相度地脈，掘得泉井，人稱「林泉井」。

按，詳從軍紀略。（文鈔卷一一）

條陳諸策，時人目爲陳同甫一流人物。當局議敘布政司經歷，以母老辭。

按，從軍紀略：「爲援例，得布政司經歷，又欲會疏薦改武職，樹梅以母老辭。」（文鈔卷一一）按，民國同安縣志卷三十林廷福傳：「卒，子樹梅布政司經歷。」樹梅以母老辭，未任。林豪光緒金門志卷首纂輯姓氏參閲：「議敘布政司經歷林樹梅（字瘦雲，金門人）。」「議敘」，是。

又按，蔡廷蘭林君瘦雲四十初度壽言：「所條上諸策，有可防寇患、衛鄉里，率抵掌莊論，務求便民。論者謂君以一韋布，抗議達官前，爲陳同父一流人。於是當道亟稱其才，爲敘官六品階，又將奏移武秩，君復以母老辭。」（林策勳浯江林氏家録，家印本，一九五五年版）

又按，閩縣何廣熹評：「歗雲具文武資，有陳同甫之概。」（林策勳諸家評論，嘯雲詩鈔附録，菲律賓宿霧市大衆印書館，一九六八年重印）聲名傾動海内，至遠播西國。

按，曾以健評：「今夏至廈門……益歎歗雲之所以傾動海内，其來有自。」（林策勳諸家評論，嘯雲詩鈔附録，菲律賓宿霧市大衆印書館，一九六八年重印）

又按，林豪瘦雲先生留影鏡歌，其序云：「先生家廈門時，洋人聞其名，欲圖像以傳於外國，乃取洋鏡照其面。」（誦清堂詩集注釋卷三，郭哲銘注釋，臺灣書房出版有限公司，二〇〇八年版）

原姓陳，祖天琪，祖母楊氏，本生父春圃，金門左營百總，本生母謝氏。兄弟六人，依次爲：慶、強、新、繼、愚、樹梅。

按，授產條約及家録引：「吾原姓陳，祖天琪公，妣氏楊，本生父春圃公爲金門左營百總，本生母氏謝，生吾兄弟六人，長慶，次強，次新，次繼，次愚。吾年逾周，汝祖母陳淑人襁爲己兒，蓋汝祖母呼吾本生父爲族兄，吾則本生父第六子也。」（文鈔卷一三）

迎生母謝氏仕廈門，娶妾李氏，生子，令其復陳姓。置別業曰「寄舫」。

按，蔡廷蘭林君瘦雲四十初度壽言：「繼母弟殤，君同産兄弟，亦皆死亡，乃迎養本生母，命妾所生子後陳氏。」（林策勳浯江林氏家録，家印本，一九五五年版）

又按，朱伯廬先生家居格言集説序：「後學林樹梅書於鷺江寄舫。」（據楊永智金門林樹梅刻書考，東海中文學報第一五期，二〇〇三年七月）

又按，寓居偶詠寄舫：「負殼笑蝸廬，浮生總寄居。此身已多事，況復一船書。」（林策勳歗雲詩存）

晚入林則徐幕，贈詩，譽之爲南金，目之以國士。則徐卒，鬱鬱寡歡，臨終口占「深負平生國士知」之句。

按，詳道光三十年（一八五〇）、咸豐元年（一八五一）。

性負奇。

按，高澍然歗雲詩鈔稿序：「家藏鐵簜，恒月夜倚海上最高峰，酌酒獨吹，吹已長嘯。其負奇如此。」（詩鈔卷首）

又按，蔡廷蘭林君瘦雲四十初度壽言：「君才調豪上，負奇氣，博學多能，尤精兵陣。狀貌類文弱，而精悍矯捷若健兒。」（林策勳浯江林氏家録，家印本，一九五五年版）

好義舉。
按，劉敬林樹梅傳：「值年暮，市綿衣數百，給鄰里之貧者。曾遊鼓崗湖，訪得魯王墓，請於當事，清其界，樹碣墓右，自捐市廛爲祭費。」（金門縣志文苑傳，鈔稿本）

勤著述。
按，劉敬林樹梅傳：「每從廷福巡洋，所至港汊夷險，輒隨筆記録。」（金門縣志文苑傳，鈔稿本）
又按，光緒金門志卷一〇：「著有沿海圖説、戰船占測及歗雲文鈔十二卷、詩鈔八卷、歗雲鐵筆一卷、文章寶筏一卷、雲影集、詩文續鈔、日記若干卷。」
又按，歗雲鐵筆有吕世宜序，見愛吾廬文鈔。日記未見。
未著録者尚有：
歗雲詩存（林策勳輯）。
説劍軒餘事（郭柏蒼校録本）。
遊太姥山圖詠（道光十三年刻本，藏福建省圖書館）。
静遠齋詩鈔（高澍然有静遠齋詩鈔序，抑快軒文集丙編卷四）。

靜遠齋文鈔（道光十六年本，藏福建省圖書館）。

詩餘二卷（林策勳從伯祖歡雲公傳，浯江林氏家録）。

歡雲叢記（與家巽夫茂才論金門志書，劉家謀觀海集卷二，陳慶鏞有林歡雲叢記跋）。

寄情集（一作移情集），未刻。

按，沈祖牟靜遠齋文鈔題跋：「寄情集一册，未刻。」吴守禮有關西郉二三事薈說：「林樹梅歡雲，著移情集。」（吕世宜西郉先生研究資料，臺灣定志堂，一九七六年版）

浯江林氏家録（林策勳浯江林氏家録）。

合録（蔡廷蘭林君瘦雲四十初度壽言，林策勛浯江林氏家録）。

行記（未完稿）（哭少穆先生二首其二，歡雲詩存）。

詩多奇氣，悲壯蒼鬱；文意嚴潔，切於時務。

按，高澍然歡雲詩鈔稿序：「詩多奇氣，如其文悲壯蒼鬱。」（詩鈔卷首）

又按，林策勳從伯祖歡雲公傳：「詩亦雄深雅健，生氣盎然。」（林策勳浯江林氏家録）

問亦作詞。

按，曾以健评：「詩餘寥寥，猶徵寶氣。」（林策勳諸家評論，嘯雲詩鈔附録，菲律賓宿霧市大衆印書館，一九六八年重印）

平生愛書，藏書至少數千卷。

按，李致雲静遠齋文鈔序：「語之曰：『是事也，尤不可以貌爲尋墜緒，而收百代之闕文。攬九州而舒寸衷之綿渺，非蓄萬卷書、行萬里路，無能爲役也。子不懈於古，盍先副其實乎？』林子聞予言而喜，傾橐購書數千卷，日夜讀之。」（静遠齋文鈔卷首）

又按，理殘書：「生平惟愛書，今古冀淹貫。罄橐極網羅，琳琅周几案。有時燦寶光，陸離喜心涣。亦復如故人，驟遇言笑晏。」（詩鈔卷二）

又按，名列「福建藏書四百家」（王長英等福建藏書家傳略，第二七四頁，福建教育出版社，二〇〇七年版）。

善繪事。

蔡廷蘭林君瘦雲四十初度壽言：「間作小書畫，筆墨精能。」（林策勳浯江林氏家録，家印本，一九五五年版）

所繪圖可考者：

太姥山圖（自題遊太姥山圖，詩鈔卷一）。

瑯嶠圖（題瑯嶠圖，詩鈔卷三）。

紅梅圖（紅螺仙館畫紅梅有寄，詩鈔卷三）。

惜翠圖（惜翠圖，詩鈔卷三）。

烈嶼圖（繪烈嶼圖，詩鈔卷三）。

澎湖施賑圖，（澎湖施賑圖歌送蔣懌葊司馬歸楚，詩鈔卷四）。

釣臺泛月圖（爲李香農繪釣臺泛月圖並題，詩鈔卷四）。

連理荔枝圖（姬人得連理荔枝乞予圖之並題小句，詩鈔卷六）。

同心蘭花圖（同心蘭花圖，詩鈔卷六）。

雲悟圖（雲悟圖，詩鈔卷八）。

紅線圖（讀唐人紅線傳寫圖並進，詩鈔卷八）。

鷺江秋泛圖（題鷺江秋泛圖，詩鈔卷八）。

秦良玉圖（題女將圖二首，歗雲詩存）。

沈雲英圖（題女將圖二首，歗雲詩存）。

漁家樂圖（自題漁家樂圖，歗雲詩存）。

琴劍渡江圖，（琴劍渡江圖送客之楚，詩鈔初編卷三）。

畫圖（題畫贈周東塘，詩鈔初編卷三）。

秋江小景圖（秋江小景：「眼中光景心中句，都被丹青一筆收。」詩鈔初編卷三）。

題平旦鐘聲圖（題平旦鐘聲圖，詩鈔初編卷四）。

鳳山水利圖（與曹懷樸明府論鳳山水利書，文鈔卷一）。

明魯王墓圖（前明魯王墓圖記，文鈔卷五）。

富春江上撈蝦翁圖。

按，書周芸皋夫子遺像後：「請仿繪小像，圖成，自題富春江上撈蝦翁長句。」（文鈔卷八）

團練鄉男圖（團練鄉勇圖説，文鈔卷九）。

閩海握要圖（閩海握要圖説，文鈔卷九）。

拈眼鏡圖（拈眼鏡圖贊，文鈔卷一四）。

松菊圖（松菊圖贊，文鈔卷一四）。

坐石看雲圖（坐石看雲圖贊，文鈔卷一四）。

蒔蔯圖（蒔蔯圖贊，文鈔卷一四）。

睡禪圖（睡禪圖贊，文鈔卷一四）。

沈丐圖（孝丐圖贊二首，文鈔卷一四）。

楊丐圖（孝丐圖贊二首，文鈔卷一四）。

畫壁（口號三章答冬盦先生元量，歗雲詩存）。

按，口號三章答冬盦先生元量：「醉中證明月，索筆補梅花。予爲畫壁。」

辨識金石，工篆刻。

按，吕世宜歗雲鐵筆序：「爲鐵筆，古雅絶倫，得意時趙次閑、陳曼生輩弗讓也。」（愛吾廬文鈔校釋，何樹環校釋，臺灣古籍出版有限公司，二〇〇二年版）

又按，詳劉敬林樹梅傳。（金門縣志文苑傳，稿本）

又按，林樹梅有鏤螭存參。（說劍軒餘事）

多刻書。

按，林樹梅刻書有四個方向。（一）融鑄家學閱歷，出版軍事專書，以獻策當道：閩安紀略、閩海握要圖說、沿海圖說、戰船占測、團練鄉勇圖說、兵農要政、備海要策、歗雲叢記，計八種。（二）精擇著名版本，重益世善書，勸孝淑人：楊忠愍公年譜、孝經集篆、孝經、文昌孝經、經驗藥方、朱伯廬先生居家格言集説、功過格、胎産必讀，計八種。（三）復刻鄉邦文獻，保存時人作品：一齋集、島居隨録、島噫詩、内自訟齋文集、拾遺録、胥鶴巢詩集、雲影集、金門志，計八種。（四）記録自己生命經驗的文學創作：遊太姥山圖詠、静遠齋文鈔、歗雲文鈔、歗雲詩鈔、歗雲詩存、寄情集，计六種（參考楊永智金門林樹梅刻書考，東海中文學報第一五期，二〇〇三年。有增删）。所訂鏤螭存參（説劍軒餘事），刻否未詳。

與同里吕世宜、澎湖蔡廷蘭最友善。

按，林策勳從伯祖歗雲公傳：「與吕西邨孝廉世宜、蔡香祖進士廷蘭最友善，以道德文章相切劘。」（浯江林氏家録，林策勳輯，家印本，一九五五年版）

卒，葬金門人文山之麓。

按，林廷福：「在太文山之麓（東社村前通往鼓崗之坡地），坐南朝北，墓碑石桌均甚完整。有短柱，雕刻伏獅一對，頗精巧。墓東數十武，爲其子樹梅墓，規模差小。」（金門先賢録第三輯，第一二五頁，金門縣文獻委員會編印，一九七二年版）

先後娶薛氏、蔡氏、李氏。

按，授産條約及家録引：「吾娶汝母薛氏，生汝惠、汝意。又娶蔡氏，生愛，殤，乃生汝忠、汝恩。又娶李氏，以奉事吾本生母者，生汝念。」（文鈔卷一三）

又按，蔡氏爲武翼都尉陳雪華夫人俞淑人養女。太學生陳君繼豪行略：「君姓陳，名朝進，字繼豪，别號焕亭。父武翼都尉雪華公，母淑人俞氏，行狀皆予筆。道光甲申，予侍先君子官臺灣，因交君，甚相得。予姑夫莊將軍智庵亦心善君無紈袴習，字以次女，而俞淑人亦以養女蔡氏歸予。」（文鈔卷七）

弟光左（一八一七—一八三一），卒，年十五。繼母養成郭爲光左之後。成郭卒，又立再育爲光左後。

按，亡弟光左壙志：「弟生於嘉慶丁丑正月二十二日，殁於道光辛卯八月二十六日，年僅十五。」（文鈔卷七）

又按，光左爲繼母黄氏所出。授産條約及家録引第三則：「汝繼祖母黄淑人生汝叔光左。」（文鈔卷一三）

又按，浯江林氏原定授産條約：「分産未久，而成郭殤，母又爲光左立後，名曰『再育』，蓋欲含飴消憂。」（林策勳浯江林氏家録）

繼母黄氏又有養子光廉。

按，授産條約及家録引：「汝繼祖母黄淑人養成郭後汝叔，而養光廉爲己子。」（文鈔卷一二）。

以某從族父次子爲弟，以承林氏宗祧，是爲光抱。

按，授産條約及家録引：「吾嘗從容偕衆議，以從父某公次子某爲吾弟，俟吾薄有儲積，即以畀之，使承林氏宗祧。」（文鈔卷一一）

又按，光抱之名不見文鈔，見林樹梅浯江林氏家録世系（林策勳浯江林氏家録）。林廷福四子，依次爲：光前（樹梅）、光左、光廉、光抱。又按，光抱生茶古，茶古生和尚。和尚後人仍生活在金門後浦。

子六：功惠、功意（薛氏生），功愛、功忠、功恩（蔡氏生，功愛夭），功念（李氏生）；功念、功恩為陳氏後。女二人。

按，詳授産條約及家録（文鈔卷一三）。

又按，功（公）愛詳先考受堂府君行述、亡弟光左壙志。（文鈔卷七）

又按，詳誡子詩七首。（詩鈔卷七）。

又按，林策勳從伯祖歗雲公傳：「子三：功惠、功意、功忠；孫百齡、滄洲。」（林策勳浯江林氏家録，家印本，一九五五年版）功恩、功念復陳姓，故未計在内。

又按，授産條約及家録引：「兹欲使汝恩、汝念以後陳氏。」（文鈔卷一三）

孫二：百齡、滄洲。

按，詳上。

又按，樹梅世系如下，國元—嘉龍—端懿—廷福—樹梅—功惠—百齡。

又按，據調查，功惠次子滄洲生焕章，焕章生邦信、邦英。邦信、邦英至今仍居住在金門後浦（二〇〇九年五月調查）。

清仁宗顒琰嘉慶十三年戊辰（一八〇八），一歲。

是歲，林樹梅生於陳家。本生母時年三十七。

按，授産條約及家録引第三則：「吾本生母今年七十有三矣。」（文鈔卷一三）

又按，是則作於甲辰，即道光二十四年（一八四四），逆推，本生母生於乾隆三十六年（一七七一）。

是歲，父林廷福三十二歲。於粤界長汕尾洋遇朱濆，與戰，濆斃，帥抑其功。（先考受堂府君行述，文鈔卷七）

按，廷福（一七七七—一八三〇），字錫卿，號受堂，樹梅養父，同安縣（今屬福建）金門後浦人，先世居漳州府龍溪縣象山十一都。起行伍，以功累至署閩安鎮副將。

母陳氏二十六歲。

按，陳氏，名汀官（一七八三—一八一四），父諱必高，世居金門後浦鄉。

高澍然三十六歲。

按，澍然（一七七三—一八四一），字雨農，一字時野，號甘谷，號快軒，光澤（今屬福建）人。建寧朱仕琇再傳弟子。嘉慶六年（一八〇一）舉人，官内閣中書。受周凱聘，主講厦門玉屏書院。有抑快軒文集、韓文故等。

周凱三十歲。

按，周凱（一七七九—一八三七），字仲禮，號芸皋，富陽（今屬浙江）人。曾向陽湖派惲敬、張惠言治古文。嘉慶十六年（一八一一）進士，授翰林院庶吉士。歷任襄陽知府，陞漢黄德道。道光十年（一八三〇），任福建興泉永道，重建厦門玉屏書院，樹梅從其治古文。纂厦門志。轉任臺灣道，卒於官。林樹梅等爲之刻内自訟齋文集。

呂世宜二十五歲。

按，呂世宜（一七八四—一八五五），字可合，同安（今屬福建）金門西郵人，故號西郵。移居厦門，厦門又稱嘉禾，故亦自署「嘉禾里人」；清金門屬同安縣，故又署「同安人」。道光二年（一八二二）舉人。周凱四十九石山房記：「呂子西村，好古而辟。凡金石磚甓之文，摩撫審玩，嗜若性命。善屬文，工篆隸。」（内自訟齋文集卷八）世宜曾入臺灣爲板橋林本源（林本源庭園，俗稱林家花園）西席，後人稱其爲「臺灣金石導師」。著有愛吾廬筆記、愛吾廬文鈔、愛吾廬題跋、古今文字通釋等。樹梅曾爲世宜父呂仲詰撰孝子傳。

林則徐二十四歲。

按，則徐（一七八五—一八五〇），字少穆，又字元撫，侯官（今福州）人。嘉慶十年（一八〇五）進士。道光十七年（一八三七）爲湖廣總督，道光十八年（一八三八）爲欽差大臣，道光十九年（一八三九）於廣東虎門焚燒鴉片。道光三十年（一八五〇）爲欽差大臣馳廣西剿辦洪秀全，行至廣東普寧卒。樹梅晚入則徐幕，則徐贈詩並稱其爲「國士」「南金」。

陳化成三十三歲。

按，化成（一七七六—一八四二），字業章，號蓮峰，同安（今屬福建）人。行伍出身，樹梅父執。歷金門總兵、臺灣總兵，以江南提督守上海。道光二十二年（一八四二），戰死於吴淞炮臺。樹梅爲之作傳。

曹謹二十二歲。

按，曹謹（一七八七—一八四九），原名瑾，字懷樸，原字懷璞，號定庵，河内縣（今河南沁陽市）人，任福建臺灣府鳳山縣知縣，延林樹梅入幕，治水利，所鑿圳後人稱曹公圳，升任淡水同知。

陳慶鏞十四歲。

按，慶鏞（一七九五—一八五八），字頌南，晋江（今福建泉州）人。道光十二年（一八三二）進士，選庶吉士，散館授户部主事，遷員外郎，授御史，以直諫聞名。道光二十五年（一八四五）左遷光禄寺署正，次歲辭官歸家。深研漢學，文辭樸直。曾爲樹梅歗雲叢記撰跋。有籀經堂類稿、三家詩考等。

張際亮一歲。

按，際亮（一七九九—一八四三），字亨甫，號華胥大夫、松寥山人，建寧（今屬福建）人。道光十五年（一八三五）舉人，屢試不第。與桐城派臺灣道姚瑩交好。有張亨甫全集、金臺殘淚記等。

林必瑞八歲。

按，必瑞（一八〇一—一八四五），字輯如，號硯香，世居厦門嘉禾里。從呂世宜學篆隸，又與樹梅同拜周凱爲師。入太學，益嗜金石，多蓄圖書古硯。世宜嘗爲縮摹秦漢碑文於硯陰，硯香弟墨香鎸之，凡四十九石，因自名爲「四十九石山房」。卒，樹梅爲之撰墓誌銘。

蔡廷蘭八歲。

按，廷蘭（一八〇一—一八五九），原名崇文，字仲章，後改名廷蘭，更字香祖，號郁圃。祖籍同安金門，祖上遷往澎湖，遂爲澎湖（今屬臺灣省）人。道光五年（一八二五），樹梅在澎湖與廷蘭訂交。道光十六年（一八三六）鄉試畢返澎，爲颱風飄至越南，由陸路返閩，著海南雜著。道光二十五年（一八四五）進士，官至贛州同知，有香祖詩草。

胥貞咸五歲。

按，胥貞咸（一八〇四—一八三六），字心若，號鶴巢，同安金門人，幼與樹梅同受業於表兄王漢槎。蔭武職，官守備，癖於詩，爲某都閫所彈。有胥鶴巢詩，樹梅爲書其後。

劉存仁四歲。

按，存仁（一八〇五—一八八〇），字炯甫，一字炯夫，號念莪，又號遽園，閩縣（今福州）人。道光二十九年（一八四九）舉人，入林則徐幕，官至直隸州知府。有芑雲樓詩集、芑雲樓詩話等。

嘉慶十四年己巳（一八〇九），二歲。

是歲，由陳氏過繼林家，養母陳氏愛撫備至，養父林廷福特憐之。

是歲，父林廷福剿滅海賊，獲其大鼓。

按，詳獨木鼓銘並序（文鈔卷一四）。

嘉慶十五年庚午（一八一〇），三歲。

是歲，本生父陳春圃卒。

按，授産條約及家録引：「顧吾陳氏，自吾三歲時，本生父已卒。」（文鈔卷一三）

是歲，父林廷福以戰功加千總銜。

嘉慶十七年壬申（一八一二），五歲。

是歲，父林廷福以戰功進水師提標前營千總。（先考受堂府君行述，文鈔卷七）

是歲，大父卒。

按，參見下年。

嘉慶十八年癸酉（一八一三），六歲。

是歲，大母卒，父林廷福請假歸葬。

按，詳先考受堂府君行述（文鈔卷七）。

嘉慶十九年甲戌（一八一四），七歲。

是歲前後，與同里胥貞咸同受業於王漢槎。

按，書胥鶴巢詩後：「胥君名貞咸，字心若，鶴巢，其自號也。與予同里居，幼同受業於表兄王漢槎先生，相切劘極歡。」（静遠齋文鈔）

十二月五日，母卒，年三十一。

按，詳先妣陳淑人行述（文鈔卷六）。

是歲，父林廷福署金門左營守備。

按，先考受堂府君行述：「十九年，署金門左營守備。」（文鈔卷七）

是歲，陳朝進生。

按，朝進（一八一四—一八三七），字繼豪，别號焕亭，武翼都尉一凱之子，閩縣（今福州）人。一凱養女蔡氏適樹梅，樹梅姑夫莊將軍智庵以次女適朝進，故二人相友愛，交甚密。性純謹，嘗刻功過格以自勵。

是歲，劉家謀生。

按，劉家謀（一八一四—一八五三），字仲爲，一字芑川，侯官（今福州）人。道光十二年（一八三二）舉人，年十九，同榜中最年少，屢試不第。道光二十六年（一八四六）任寧德教諭。道光二十九年（一八四九），任臺灣訓導。有外丁卯橋居士初稿、東洋小草、海音詩、斫劍詞等。

嘉慶二十年乙亥（一八一五），八歲。

是歲之後，樹梅隨父遊宦四方。

按，授産條約及家録引：「既而吾年七歲，汝祖母卒，汝繼祖母黄淑人生汝叔光左。吾既失恃，則隨汝祖遊宦走四方。」（文鈔卷一三）

嘉慶二十二年丁丑（一八一七），十歲。

是歲，父林廷福於奉天監造外海戰船，擢南澳左營守備。

按，先考受堂府君行述：「二十二年正月，監造奉天外海戰船，駕赴金州交付，擢南澳左營守備。」（文鈔卷七）

是歲，次弟光左生。

按，詳亡弟光左壙志（文鈔卷七）。

嘉慶二十三年戊寅（一八一八），十一歲。

是歲，父林廷福授天津水師鎮中軍遊擊。

按，先考受堂府君行述：「二十三年……授天津水師鎮中軍遊擊。」（文鈔卷七）

嘉慶二十四年己卯（一八一九），十二歲。

是歲，父林廷福誥授武翼都尉。

按，先考受堂府君行述：「二十四年正月，恭遇覃恩，誥授武翼都尉。」（文鈔卷七）

嘉慶二十五年庚辰（一八二〇），十三歲。

是歲，隨父至東甌。

按，渡臺紀事：「十三遊東甌。」（詩鈔初編卷一）

又按，東甌，今浙江温州。

道光元年辛巳（一八二一），十四歲。

是歲，父林廷福回閩，候補署福寧左營遊擊兼署烽火門參將。

按，先考受堂府君行述：「道光元年，議裁天津水師，奉撤回閩，候補署福

寧左營遊擊兼署烽火門參將。」（文鈔卷七）

是歲，遊太武山，作太武山十八詠。（詩鈔卷一）

按，太武山，金門島主峰。康熙大同志卷一輿地志「山」門：「太武山，在浯洲嶼翔鳳十七都。山皆巖石，盤結十餘里，狀若兜鍪，隔海望之，若仙人倒地。」

道光二年壬午（一八二二），十五歲。

是歲，父林廷福署南澳左營遊擊，樹梅隨侍。

按，渡臺紀事：「十五客南粵。」（詩鈔初編卷一）

又按，先考受堂府君行述：「二年五月，署南澳左營遊擊。瀕行，軍民攀留遮道，有請爲府君立生祠者，謝卻之。」（文鈔卷七）

道光三年癸未（一八二三），十六歲。

是歲，隨父在南澳。

按，南澳，今屬廣東。

作宋楊太后陵：「南澳古老山有宋慈元楊太后陵。按宋史，陸秀夫負帝沉海，太后亦自沉。張世傑得其屍，葬海濱。而南澳去厓山千餘里，太后倉卒投淵，得屍爲幸，豈能返葬？曰『太后陵』，傳疑也。」（詩鈔卷一）

作帝子樓：「址在南澳，志載帝昺駐蹕所築。」（詩鈔卷一）

作陸丞相墓：「在南澳之青澳青徑口。」（詩鈔卷一）

作辭郎洲：「在南澳五嶼之北。志載：景炎元年，帝舟遷潮州紅螺山，明年正月，遷惠州甲子門。都統張達率義勇扈從，其妻陳璧娘送之至此，後人因名其地爲「辭郎洲」。璧娘嘗作平元曲，及達殉難，璧娘求得其屍，葬之，不食而死。」（詩鈔卷一）

道光四年甲申（一八二四），十七歲。

是歲前後，作嘯臥亭（詩鈔卷一）。

按，嘯臥亭，在今金門島舊金城南、舊城牆之外。危石聳疊相支相撐，巨石鐫有「虛江嘯臥」四字，有石亭翼然其間，名嘯臥亭；亭爲抗倭名將俞大猷嘯臥之處。

五月，父林廷福補海壇左營遊擊，隨侍。（先考受堂府君行述，文鈔卷七）

作離筵即事、海壇秋夜聞笛。（詩鈔卷一）

閏七月，父林廷福護理臺灣水師副將，泊舟金門後浦，不登岸入家。

按，詳先考受堂府君行述（文鈔卷七）。

又按，渡臺紀事：「馳驅六百里，過門不肯歇。泊舟金門後浦港守風，請家君登岸，不許。」（詩鈔初編卷一）

八月，四日，隨父林廷福由厦門航海往臺灣，海上遇險，經三日二夜至鹿耳門。

按，渡臺灣記：「道光四年閏七月，家君自海壇奉檄護臺灣水師副總兵事，挈樹梅之官。八月四日，厦門登舟。」（文鈔卷四）

又按，渡臺紀事：「拔碇出料羅，港名，在金門東。浪湧長空没。戰艦輕如梭，隨波爲凹凸。漸至黑水溝，鬼哭陰雲結。大魚能吞舟，腹有死人骨。水立龍尾垂，掀簸舟屢蹶。夜聞人語喧，云是補艙裂。亞班登桅巔，整帆虞風折。」（詩鈔初編卷一）

十月，許尚、楊良彬等攻縣城，林廷福提勁旅彈壓。許尚、楊良彬事起於閏七月，至次年始平。

按，詳渡臺灣記（文鈔卷四）。
是歲，父林廷福作全臺輿圖。
按，書謝退谷先生蛤仔難圖：「道光四年，先君子護理臺灣水師副將，曾作全臺輿圖，記其要害。」（静遠齋文鈔，道光十六年刊本）
是歲，交結太學生陳朝進。
按，詳太學生陳君繼豪行略（文鈔卷七）。
是歲或下歲，初到臺灣，有感而作臺灣感興三首，其一：「將軍靖海駕樓船，一戰功名二百年。地轉荒陬成樂土，春隨王化到窮邊。關津自昔稱奇險，鎮治於今有大賢。我正趨庭心愛日，學詩聊作紀遊篇。」（詩鈔卷一）
道光五年乙酉（一八二五），十八歲。
是歲，隨父林廷福在臺灣。
十一月，父林廷福調任署澎湖右營遊擊，樹梅隨侍。
按，渡臺灣記：「明年十一月，家君調署澎湖右營遊擊。」（文鈔卷四）
是歲，與澎湖蔡廷蘭訂交。

按，蔡廷蘭林君瘦雲四十初度壽言：「道光乙酉，君年十八，侍父武義都尉官澎湖。余愛其才器奇傑，遂與訂交。」（林策勳浯江林氏家録）

是歲或次歲，澎湖苦旱，父林廷福建龍神祠。

按，先考受堂府君行述：「五年，調署澎湖右營遊擊……府君建龍神祠爲祈報地，民至今咸誦德。」（文鈔卷七）

道光六年丙戌（一八二六），十九歲。

五月，父林廷福由署澎湖右營遊擊復以水師抵臺，駐西螺堡，樹梅隨往。於澎湖獲明盧若騰遺書數册。

按，渡臺灣記（文鈔卷四）、先考受堂府君行述（文鈔卷七）略同。

又按，作澎湖留别四首。其四略云：「古劍寒肝膽，奇書瀹性靈。在澎得盧牧洲先生遺文數册。」（詩鈔卷一）

十一月，隨父林廷福内渡，前後在臺出没風濤戎馬間三年。

按，詳渡臺灣記（文鈔卷四）。

十一月、十二月間，在金門。追憶渡臺事，作詩與文紀之。又謁盧若騰墓，有詩紀之。

按，作渡臺紀事，其序云：「道光四年，家君署臺灣副總兵官，樹梅侍行。越一年歸，作渡臺記。意有未盡，復成此篇。」（詩鈔卷一）

又按，作渡臺灣記。（文鈔卷四）

道光七年丁亥（一八二七），二十歲。

是歲，渡海就讀於海壇興文書院，主講者爲李致雲（自青）。

按，李致雲静遠齋文鈔序：「林生瘦雲，好遊嗜古，少隨父宦遊海上，殺賊於風濤汩没中。丁亥，予主講海壇興文書院，航海來從予學，爲詩古文詞。」（静遠齋文鈔卷首）

又按，海壇，今福建平潭。

是歲，琉球貢使船漂至海壇，林廷福救導，並送之歸。

按，作贈琉球魏貢使有淵，其序云：「有淵名學源，琉球中山久米府唐營人。道光丁亥，貢船來閩，飄至海壇，幾壞。先君子遣兵救導，且護之歸。」（詩鈔卷四）

是歲，父林廷福升烽火門參將。

按，先考受堂府君行述：「七年十月，署福州水師營參將，旋陞烽火門參將。」（文鈔卷七）

又按，烽火門，在福建福鼎。

道光八年戊子（一八二八），二十一歲。

是歲，父林廷福回閩，署閩安鎮副將，隨侍。

按，先考受堂府君行述：「八年十月，引見回閩，署閩安鎮副將。恭遇覃恩，誥授武義都尉，榮及先世。」（文鈔卷七）

又按，閩安，在今福建福州。

作佛郎機銅炮歌（詩鈔卷一）。

作登福州釣龍臺：「巋然百尺漢時臺，極望蒼茫感慨來。」（詩鈔卷一）

按，王應山閩都記卷一四郡南閩縣勝跡「釣龍臺」條：「在惠澤山之南。相傳閩越王余善釣白龍處，一名『越王臺』。其亭榭今多蕪沒。」

作南臺夜泛：「簫聲樓上女，漁火水邊洲。月帶汐痕溼，山隨帆影流。」（詩

鈔卷一）

按，臺江，在福州城南之外，碼頭相望，舳艫聯翩，爲商賈要區。

是歲或次歲，作磄田。（詩鈔初編卷一）

是歲，蔡夫人養母俞淑人卒。

作俞淑人行述：「淑人姓俞氏，閩縣人。年二十四適陳公一凱……卒。時道光八年八月七日也。」（静遠齋文鈔）

按，太學生陳君繼豪行略：「俞淑人亦以養女蔡氏歸予。」（文鈔卷七）

道光九年己丑（一八二九），二十二歲。

是歲，父林廷福乃署閩安鎮副將，隨侍。

是歲，閩安人淘井得鐵笛，歸之。

作鐵笛，其序云：「閩安鎮有人淘井得鐵笛，歸於樹梅。譜之，蓋仙品也。」（詩鈔卷一）

按，據「携登太姥摩霄峰」句及自題遊太姥山圖「鐵笛横風第幾聲」句，此詩當作於是歲。

秋，遊閩安侯（猴）嶼。

按，自閩安重遊侯嶼巖有云：「怪昔同遊者，封侯未得開。二十年前有裨校偕予至山，今爲渠帥矣。」（歗雲詩存）

按，作於道光二十八年（一八四八），「二十年前」，即是歲。

又按，侯嶼，今作猴嶼。

冬，於福州越王臺謁師李致雲，欲爲武夷之遊，未果。

按，李致雲静遠齋文鈔序：「己丑冬，謁予於越王臺下，欲爲武夷遊，未果。」（静遠齋文鈔卷首）

十一月，自福州往遊太姥山，並作遊山記，繪遊山圖及題詩。

作遊太姥山記（文鈔卷五），又作自題遊太姥山圖二首（詩鈔卷一）。

按，太姥山，在今福建福鼎市。

道光十年庚寅（一八三〇），二十三歲。

是歲，父林廷福乃署閩安鎮副將，隨侍。

三月，父林廷福病卒於閩安任上，時年五十四。

按，先考受堂府君行述：「十年二月，痰氣上壅，猶厘剔軍實……竟棄不孝等而逝，時爲三月十一日也。」「府君生於乾隆四十二年十一月二十五日，年五十有四。」（文鈔卷七）

四月，扶父柩歸里，葬太文巖之麓。

作先考受堂府君行述：「以是年四月扶柩歸里，營葬太文巖之麓。」（文鈔卷七）

八月，與弟光左爲父林廷福下葬立碑。

按，陳炳容金門的古墓與牌坊（金門縣政府，一九九八年版，第一〇五頁）第四章「林廷福」條：「廷福之墓在太文山山麓，即由東社往古崗之坡地，整座墓園幾乎被樹叢所遮掩，蔓藤根枒横生，不易找尋。碑身爲花岡岩，長方形，二端截角少許，碑翼爲三合土，風化嚴重，墓手立柱之石獅頗精巧雄健，碑文爲：

道光歲次庚寅年八月吉旦

皇清誥授武功將軍受堂林公之墓

孝男光前光左□愛立石

按，□愛，即功（公）愛。

是歲，周凱爲福建興泉永道觀察。

按，詳福建臺灣道周公墓志銘（内自訟齋文集卷首）。

道光十一年辛卯（一八三一），二十四歲。

夏，子功愛夭。

按，功愛與光左同年卒。詳下條。

秋，弟光左卒，年僅十五。

按，亡弟光左壙志：「予五六歲哭祖父母，七歲哭母，去年哭父，今夏哭子，秋復哭汝。」（文鈔卷七）

至日，爲盧若騰島居隨録作序。

按，盧若騰（一六〇〇—一六六四），字閑之，一字海韻（海運），號牧州，同安縣浯洲（今金門縣）人。崇禎九年（一六三六）舉人，崇禎十三年（一六四〇）進士，授兵部主事。有留庵詩文集、盧海韻制義。

按，刻島居隨録序：「有明貞臣曰盧巡撫牧洲先生，遭時叔季，卓然以文章氣節與閩士相砥礪，士林至今重之。讀其書益復哀其志，悲其遇而想見其爲人也。林子瘦雲倜儻而嗜古，得先生島居隨録，寶同拱璧，顧不欲私爲枕秘，將以壽諸梨棗……道光辛卯至日。」（民國同安縣志卷二五）

是歲，在福州，於福建通志局結識王懷珮。

按，陳頌南先生惠書賦答略云：「那堪談舊雨，碌碌愧知音。」自注：「書云：前到仙遊，王懷珮先生談及，亦不勝歎賞。樹梅識王先生於福州志局，別來十七年矣。」（詩鈔卷八）

又按，此詩作於道光二十七年（一八四七），與王懷珮別十七年，則結識在是歲。

是歲，澎湖旱潦，冬大饑，通判蔣鏞籌賑報恤。

按，澎湖施賑圖歌送蔣懌菴司馬歸楚，其序云：「道光辛卯夏，澎湖旱潦，冬乃大饑。通判蔣懌菴先生籌賑報卹，全活無算。」（詩鈔卷四）

是歲或卜歲，從富陽周凱治古文。

按，哭芸皋夫子四首其四：「六載蒙提挈，師門熱淚潸。」（詩鈔卷二）

又按，周凱卒於道光十七年（一八三七）。

是歲，林豪生。

按，林豪（一八三一—一九一八），本名傑，字卓人，一字嘉卓，號次逋。貢生林焜熿之子。咸豐九年（一八五九）舉人。續修有金門志，著有誦清堂詩集等。（郭哲銘林次逋先生年譜，誦清堂詩集注釋卷首）

道光十二年壬辰（一八三二），二十五歲。

正月，將南遊潮陽，師李致雲作序送之。

按，李致雲有送林樹梅遊潮陽序（文佚，静遠齋文鈔卷首提及）。

按，李致雲静遠齋文鈔序：「今春又欲之潮陽，將取道於漳南，過江東橋、萬松關而渡南澳，入鱷渚，登鳳皇山，意在搜括東南名勝，以儲其詩古文詞瑰奇偉麗之觀，乞予言以贈其行。」（静遠齋文鈔卷首）。

正、二月間，有潮州之行，重遊南澳，館於康氏家塾。謁韓愈廟。過漳浦，拜黄道周墓，解讀道周父青原公墓碣文。過漳州，遊木棉庵。有詩。

作題分水關，略云：「閩粵勾連處，漳潮二水分。」（詩鈔卷二）

作潮州曲二首。（詩鈔卷二）

作韓文公廟：「一作逐臣居嶺表，至今廟貌屹江濆。」（詩鈔卷二）

作拜黄忠端墓：「日夕松楸遲墓道，摩挲幾度誦碑陰。」（詩鈔卷二）

作木棉庵：「漳州城南二十里，碑刻：『宋鄭虎臣誅賈似道於此。』」（詩鈔卷二）

作瑞蘭室銘（静遠齋文鈔）。

二月，訪得前明魯王朱以海之墓，並作圖記及詩。澎湖饑，周凱奉檄賑濟。有詩贈蔡廷蘭。

作前明魯王墓圖記：「道光十二年春二月，樹梅偕里父老於金門城東鼓岡湖西訪得王墓。墓前灰土築屏，稍下一墓形制如前，俱不封樹，土人皆稱王墓。蓋舊有三，上一爲正壙，下二爲陪葬，今皆犁爲田矣。」（文鈔卷五）

作修前明魯王墓即事（詩鈔卷二）。

按，書周芸皐夫子遺像後：「道光十二年二月，澎湖饑，奉檄賑濟，全活無算。」（文鈔卷八）

作贈澎湖蔡香祖茂才：「蔡子如傷切，陳詞乞賑悲。從來負憂樂，都在秀才時。」（詩鈔卷二）

按，時澎湖災，廷蘭陳詞賑災。

春，書宋王安石、真德秀、洪邁跋李邕書秋蓮賦後。

作書宋賢跋李北海卷後。（静遠齋文鈔）

四月，纂輯家録、世系。分産，並奉母黄氏之命繕授産條約，共六條，曰：墳塋條約，房屋條約，田園條約，財物條約，分潤條約，撫恤條約。

作林氏世系演支分派序跋，略云：「不肖孫光前，詢問宗親，編圖如左。從兹木本水源，可知宗派，俾使左昭右穆，有所依歸云爾。清道光十二年歲次壬辰首夏之月上浣六日。」（林策勳浯江林氏家録）

作浯江林氏家録世系序：「入國朝來，世有武功，今漸衰弱。樹梅深懼散失，勢將愈久無徵，謹就見聞纂輯成帙，以金門古號浯江，因名之曰『浯江林氏家録』。願我後賢，效法備紀，庶幾數典無忘哉。」（林策勳浯江林氏家録）

作浯江林氏原定授産條約，附記：「右原約六條，於道光壬辰四月之吉，親戚議定。奉母命繕請金門分縣張君秀景鈐蓋印信，分給執掌，副稿存案，以杜後言。分産未久，而成郭殤，母又爲光左立後，名曰『再育』，蓋欲含飴消憂。樹梅不敢違命，今並記之。」（林策勳浯江林氏家録）

是歲，刻明盧若騰島居隨録、島噫詩，謁盧墓，作自許先生傳。（文鈔卷六）

是歲或次歲，爲臺灣嘉義陣亡將士祠墓碑作記。

作嘉義陣亡將士祠墓碑記。（文鈔卷五）

是歲，作贈澎湖蔡香祖茂才。（詩鈔卷二）

是歲或稍後，有日本刀並詩贈泉興永道周凱，凱有答詩，稱樹梅能武兼能文。

作日本刀（詩鈔卷二）。

按，周凱有長歌：「林生贈我日本刀，鋒銛如淬鷿鵜膏。石破天驚海水立，此刀鑄成魑魅泣。」（詩鈔卷二附）

是歲或稍後，弟光左之後成郭卒，母黄氏又立再育爲光左後。

按，詳上浯江林氏原定授産條約附記。

是歲或下歲，周凱命題鷺門紀遊詩畫册。

作芸皋夫子命題鷺門紀遊詩畫册，其四：「萬斛糧艘下料羅，檣烏日日測風波。哀鴻劈海遥相望，多少名山不暇過。」自注：「夫子賑濟澎湖，由金門料羅泄候風。」（詩鈔卷二）

按，此詩記周凱賑澎湖。

道光十三年癸巳（一八三三），二十六歲。

秋，晤黄君壽秀才。有詩寄林秋泉。

作晤黄秀才君壽：「旅况金都盡，秋風菊又黄。不須憐索莫，且喜遇他鄉。」（詩鈔卷二）

作寄家秋泉先生：「兩地吟身邀月共，一天鄉緒入秋知。」（詩鈔卷二）

十月，於市上覓得室人蔡氏養父、友人陳朝進之父一凱像，亟購回，並作像贊。

作都尉陳公像贊，其序云：「道光戊子，樹梅撰陳都尉行述，時公子繼豪曰：『先公之像久失。』又言其圖中形景極詳。梅心志之。癸巳十月，過市上見此幅鬚髪蒼古，眉宇清幽，一如繼豪言。亟購以示室人，果公像也。」（静遠齋文鈔）

是歲，刻遊太姥山圖詠。

按，該書第一〇頁有「閩泉同安浯島林樹梅瘦雲氏譔」十數字。

是歲，周凱權臺灣道。（詳周凱自纂年譜，内自訟齋文集卷首）

是歲，在福州，遊雪峰寺。

作題雪峰枯木庵刻字搨本：「福州雪峰寺池前有大木，外嵌中枵，皮盡剥，

色如黄金，相傳真覺大師義存嘗趺坐於此。」（詩鈔卷二）

按，雪峰寺，即雪峰崇聖禪寺，在今閩侯縣西北。閩中實録：「閩王問雪峰曰：『師住象骨，山有何異？』答曰：『山頂暑月，猶有積雪。』審知曰：『可名雪峰。』」（梁克家淳熙三山志卷三四引）

是歲，六月十四日，父執福建布政司經歷朱德嶼卒，年五十有六。

按，詳父執福建布政司經歷朱公傳，參見下年（文鈔初編卷五）。

道光十四年甲午（一八三四），二十七歲。

三月，友人陳朝進爲作都尉陳公像贊書後，稱樹梅絶頂聰明。

按，陳朝進書後：「今瘦雲於市頭遇之，揣擬景色，審爲不誣。非絶頂聰明，安及此……甲午三月十五日。繼豪謹記。」（静遠齋文鈔）

春夏間，有與陳朝進遊白鹿洞、虎谿巖，有詩。

作遊厦門白鹿洞繞出虎谿巖同陳二繼豪作二首。（詩鈔初編卷一）

五月，在福州，大水，有詩紀之。

作大水：「甲午五月在福州作。」詩云：「今春苦淫雨，入夏猶未晴。浸城蕩

村落，浩浩東南行。群黎侶魚鱉，呑噬來長鯨。」（詩鈔卷二）

五、六月間，在福州，於郭柏蒼烏石紅雨山房消夏，並與李作霖、呂西宜等以黄子環印譜相質證，偶作一二石以酬答。

按，郭柏蒼烏石紅雨山房記：「夏仲，溪漲成災，骨董、字畫、古硯、壽山石，美不勝收，鬻此質彼，爲書賈作居停。李君作霖，工篆石，其父振濤茂才學於十硯翁，以山房之勝，携鎚鑿消夏。呂西村、林瘦雲、吴小溪日以黄子環印譜與李君相質證。時亦偶作一二石以酬答東道。」（葭柎草堂集卷上，光緒本）

是歲，在福州，登鎮海樓。有詩紀福州行蹤。

作乏鹽（詩鈔卷二）。

作登福州鎮海樓（詩鈔卷二）。

按，鎮海樓在福州越王山（屏山）之巔，又稱閩中第一樓。王應山閩都記卷八郡城東北隅「越王山」條：「國初築城，創樣樓山顛，上祀真武，今更名『鎮海』。」

作別陳子繼豪：「飄零兩遊子，風木摧心肝。此時一爲別，把酒顔不歡。」

（詩鈔卷二）

按，太學生陳君繼豪行略：「莊將軍調浙江，君歸省城，迎予夫婦同居，即一家之親弗能過予兩人者。情益深，交益摯，愈相愛而相勖，雖偶離，如未嘗離焉。」（文鈔卷七）

作理殘書（詩鈔卷二）。

按，此詩記載樹梅愛書積書的情況。

作隋舍利塔鈴歌：「樹梅得銅鈴於福州，土花苔翠，斑駁甚古。高三寸二分，圍徑六寸，重四兩〔五〕。週迴細鐫真書十一行，凡七十字，字跡秀勁，大類唐刻磚塔銘，而高古過之。」（詩鈔卷二）

作寄朱曉霞進士石仙上舍：「送君歸百粵，予亦掛孤帆。」（詩鈔卷二）

按，朱曉霞、石仙，廣西人。懷人絶句：「鬱林西去百蠻秋。」自注：「朱曉霞、石仙昆仲歸廣西。」（詩鈔卷六）

又按，此詩詩鈔初編編入卷三，作「寄朱曉霞進士並其弟石仙上舍」。

作送金鏡軒公子侍任北上（詩鈔卷二）。

按，懷人絶句：「南望汀州北薊州。」自注：「自青夫子歸武平，同學金

鏡軒公子北上。」（詩鈔卷六）

是歲，爲父執福建布政司經歷朱德嶼作傳。

作福建布政司經歷朱公傳：「以次年二月奉公柩歸廣西。林樹梅曰：先君子爲海壇遊擊時，與公共事，稱公爲忠厚長者……顧念公父執也，謹著其行事於篇。」（文鈔初編卷五）朱德嶼卒於上年。

是歲，爲謝金鑾蛤仔難紀略補圖。

按，書謝退谷先生蛤仔難圖後：「道光四年，先君子護理臺灣水師副將，曾作全臺輿圖記其要害。迨署閩安副將，又命樹梅搜羅籌海之書，得鄉賢謝退谷先生所著蛤仔難記略……謹出先君子舊圖，互相校勘，摹畫既成，敬識其後。」（静遠齋文鈔）

是歲，爲廣東水師提督李增階作傳。

作廣東水師提督李公傳：「今天下稱水師名將，必曰同安李忠毅公。忠毅公歿，而李公謙堂復顯。公諱增階，字益伯，號謙堂，忠毅公從子，世居同安馬巷。」（文鈔卷六）

是歲前後，子功惠生。

按，誠子詩七首，其一：「惠子舞勺年，好弄每逃塾。」（詩鈔卷八）又按，古人以十三至十五歲爲舞勺之年，誠子詩作於道光二十七年（一八四七），設使功惠時年十四，則生於是歲。

是歲，高澍然繼陳壽祺爲福建通志總纂。

是歲，曹謹署閩縣。（文鈔卷一）

按，賀曹明府水利告成並陳善後事宜書：「道光十四年來閩，歷署閩縣、將樂，皆有政聲。」（文鈔卷一）

道光十五年乙未（一八三五），二十八歲。

春，金門寒冷異常，製衣襦千件施鄰里。遊鼓岡湖。

作贈衣篇：「閩南近赤道，鬱熱蒸如鑪。今春忽嚴冷，常候安可居。頗聞有凍餒，僵卧横中途。惻然念胞與，急難誰持扶？竭我薄綿力，製爲千衣襦。聊以贈鄰里，博施嗟難敷。」（詩鈔卷二）

作遊鼓岡湖二首，其二：「爲覓前朝跡，殷勤訪廢阡。興亡同一感，山水自千年。客指城邊路，牛耕墓上田。不堪仰雲漢，剔蘚讀遺鐫。」（詩鈔卷二）

按，鼓岡湖，在金門城東，南明魯王盤桓遊覽地，書「漢影雲根」四大字刻於石。王卒，葬於湖畔，樹梅發現其疑冢。

作同王香雪先生渡海至劉五店。（詩鈔卷二）

按，劉五店，同安渡口。

二月，在廈門，與呂世宜、葉化成等共飲，袖出一椰瓢。

按，周凱椰瓢説代作：「乙未二月既望，呂子西村將之漳，葉子東谷至自泉，相偕來謁，與之共飲。林生瘦雲與焉。袖出一瓢示余，光澤可鑒，椰質也。背鐫『巢遺』二字。」（内自訟齋文集卷六）

春夏間，往福州，過莆田，訪梅妃故里，藉以表達愛梅情愫。

作訪梅妃故里，其序：「妃江氏，名采蘋，莆田江東村人。曹鄴梅妃傳：安禄山犯闕，妃守節死，裹屍温泉池東梅樹旁。明皇歸感夢，改葬。舊唐書謂，上皇歸後，江妃猶在。莆風清籟引林佳璣詩注以爲，江妃死後，父某請骨歸葬，今墓在田中。紀載互異，姑並仍之。」詩云：「我生素癖酷愛梅，探梅特訪江邨路……月明定有愛梅人，珊珊翠袖來何暮。」（詩鈔卷二）

作哀饑民：「生計既迂疎，驚心聞貴米。百錢糴一升，闤市空如洗。」（詩鈔

卷二）

五月，在福州，執贄從高澍然乞授古文法，此後，古文日進。（書高雨農夫子抑快軒文集後，文鈔卷八）

按，高澍然贈林生樹梅序：「道光乙未五月，余將去福州，識生於友人餞席。只日，生肅衣冠，贄爲弟子，乞授古文法。適余是日發，匆匆數語而別。」（抑快軒文集乙編卷五）

又按，高澍然歗雲詩鈔稿序：「歲乙未，生年二十有七，來從余學爲古文。余考其業，善序事，鬱勃有生氣。時余將去福州，恨得生之晚也。」（詩鈔卷首）

按，歗雲詩鈔稿序，高澍然抑快軒文集丙編卷四作靜遠齋詩鈔序，「二十有七」作「二十有八」，當從。

六月、閏六月，彙所作正於高澍然，澍然爲即指其利病。在福州，與張際亮、謝金鑾之子謝孝知兄弟遊。

按，高澍然贈林生樹梅序：「自是積一二月，生輒匯所作，走使求正。余爲處其利病而退，雖隔面，無異親授然。」（抑快軒文集乙編卷五）

張際亮有謝孝知兄弟招飲，席間喜晤林大瘦雲，因有此作二首，閏六月廿四日偕梅友、孝知、卓人、烔甫、瘦雲、蕙卿宴集小西湖宛在堂，口號絶句四首。（思伯子堂詩文集卷二二）

閏六月，爲陳一凱（室人蔡氏之養父）撰行狀。

作武翼都尉陳公行狀（静遠齋文鈔）。

八月，張際亮爲其遊太姥山圖題詩。晤友人曾以健，談天下事。

張際亮有林瘦雲遊太姥山圖。（思伯子堂詩文集卷二二）

按，曾以健評樹梅：「乙未之秋，在三山晤歗雲，才氣遒上，談天下事如指掌，已心重之。」（林策勳諸家評論，歗雲詩鈔附録，菲律賓宿霧市大衆印書館，一九六八年重印）

是歲或稍晚，因林樹梅施寒衣給鄰里，縣尹將製題額，榜其門，作書却之。

作與張梅郁貳尹卻旌獎書，略云：「以某稟承先志，有捐産贍族，及散給貧民棉衣之事，製題額牓，將旌其門……惟執事鑒諒下忱，毋庸舉行，某幸甚。」（文鈔卷二）

是歲，周凱倡修厦門玉屏書院，作重修玉屏書院碑記。延高澍然主講。

周凱作重修玉屏書院碑記：「道光十五年春，董事請修玉屏書院。」（内自訟齋文集卷八）

按，周凱自纂年譜：「（十五年）厦島之玉屏書院久圮，爲新之……一月而成。稟請大憲延光澤高澍然主講。」（内自訟齋文集卷首）

又按，吴德旋福建臺灣道周公墓志銘：「光澤高君雨農，方以其鄉先輩梅崖朱氏之學宣導後進，公延至厦門書院，與君士之茂異者相切劘。」（内自訟齋文集卷首）

道光十六年丙申（一八三六），二十九歲。

春，民饑，有詩紀之，又有詩贈何則賢。師趙穀士卒，樹梅往福州奔喪，哭諸堂。隨後，作啓徵集趙穀士文。

作哀饑民：「生計既迂疎，驚心聞貴米。百錢糴一升，闤市空如洗。」（詩鈔卷二）

作贈劉懿洵茂才：「米珠薪桂客心寒，况是棲棲席未安。」（詩鈔卷二）

按，此詩當與前一詩前後作。

作贈何道甫孝廉道晉上舍（詩鈔卷二）。

按，何則賢，字道甫，福州孝義里人，居丁戊山。道光十五年（一八三五）舉人。何氏三兄弟藏書甚富。

作徵收先師趙穀士先生遺文啟：「道光丙申春，樹梅歸金門，聞先師趙穀士先生訃，亟走福州，哭諸堂。」（静遠齋文鈔）

五月，高澍然至厦門。島上弟子古文絶去時徑，一時稱極盛。

按，周凱自纂年譜：「雨農五月始至，携其夫人及弟子高炳坤偕來。於是，島上弟子能古文者吕孝廉世宜西村、莊中正誠甫、林焜熿巽夫、林鶚騰薦秋，及好學之士皆居於書院，遊宴皆有所作。爲諸生評削制藝，絶去時徑，俾人真理，一時稱極盛焉。」（内自訟齋文集卷首）

六月，周凱宴高澍然，林樹梅當亦陪侍。高澍然偕配上官氏遊厦門。

周凱有宴遊白鹿洞詩序（内自訟齋文集卷一〇下）。

高澍然有遊厦門二巖記、宴遊白鹿洞記（抑快軒文集乙編卷一五）。

按，宴遊白鹿洞記云：「先生爲主人，以書院諸生從。諸生皆先生舊弟子也。」

作海天評月圖贊，其序曰：「道光丙申季夏，吾師高雨農先生偕配上官夫人遊廈島。」（文鈔卷一四）

六月望，呂世宜率十一人觴主講高澍然於玉屏書院，林樹梅當在其中。

高澍然有玉屏書院夜宴記：「六月望。諸生長呂君西邨率諸生十人宿戒供張，觴余及觀察芸皋先生於書院之崇德堂者。」（抑快軒文集乙編卷一四）

周凱有玉屏書院夜宴記：「諸生長呂西村率十一人觴主講高雨農先生及余於玉屏書院之東堂。既肆筵，先生與余占尊位，諸生以次坐。」（內自訟齋文集卷一〇下）

七、八月間，高澍然偕配上官氏玩月，作海天評月圖，林樹梅爲作海天評月圖贊（文鈔卷一四）。

八月，周凱調臺灣道，高澍然亦辭歸。澍然作留示廈門諸生，提及明代金門會元許獬。

按，周凱自纂年譜：「（十六年）調署臺灣道……八月二十日，卸興泉永道事。二十六日，東渡。雨農亦辭歸，相對泫然，弟子皆泣下，深歎古文之學不行也。」（內自訟齋文集卷首）

又按，高澍然留示厦門諸生：「如許獬、黄景昉、吴韓起，皆諸生里人。」（抑快軒文集乙編卷四八）

八、九月間，在福州別業。向高澍然請益，澍然答之，並爲作嘯雲詩鈔稿序。澍然病瘧，林樹梅日來問訊，呼醫稱藥。

按，高澍然贈林生樹梅序：「丙申夏秋，余往反厦門，並遇生於福州，其歸，爲生留二十日論文。」（抑快軒文集卷五）

又按，高澍然歗雲詩鈔稿序：「明年夏，余掌教厦門，道出福州，欻病瘧卧邸。生日來問訊，呼醫稱藥，夜分始歸休。窺其意殊切，余感之，而嘆古今負奇者以氣生，乃足於性，其尤難得可貴尚也。生有別業在福州，余返自厦門，爲生留二十日論文，出所著詩鈔乞正。詩多奇氣，如其文悲壯蒼鬱。」（詩鈔卷首）

九月望，遊鼓山並作記。同遊者康允怡、葉小圃。僧文端乞詩畫。題詩廨院，康、葉和之。

作静遠齋文鈔自序：「樹梅生長海濱，學識謭陋，惡敢言文？然聞鄉里父老談先哲文章氣節事，心輒嚮往，且畢力搜抉，據事直書，蓋欲存閭閈風流，

惜遺佚心血，以備問俗之采耳。道光十六年九月，金門林樹梅自序。」（静遠齋文鈔卷首）

作遊鼓山記：「予居福州十年，遊鼓山數矣。丙申九月望日，故人康允怡來自南澳……翌日，招葉小圃，聯輿出通津門三十里，抵白雲廨院。過東際橋，舍輿而步，憩小亭，西瞰省城，形勝歷歷。時方深秋，田禾盡穫，遠近平壤，界畫如棋枰……夜宿白雲堂，聞過雨聲，啟户見月明堂空，落葉滿地。比寢，則紙窗欻暗，雨復驟來。黎明霽，看緇流課誦，群飯餐香堂。」（文鈔卷五、文鈔初編卷四）

十月，應臺灣鳳山令曹謹（懷樸）招，擬赴其幕。

按，再渡臺灣記：「道光十六年秋……制軍以曹懷樸明府廉敏幹濟、有折衝才，專章入告，調宰鳳山，招樹梅佐幕事……樹梅習明府之足以有爲也，遂從行。」（文鈔卷四）

十二月六日，從泉州蚶江出發，東北風，北折崇武，再由崇武出外洋，爲風潮所阻，水米殆盡，鹿耳港水道閼塞，除夕始至番仔寮。曹謹已於十二日到達，二十四日上任。

按，再渡臺灣記：「十二月六日，由泉州放船，出大隊嶼……偕衆登陸，歡然稱慶，初不知是夕爲除夕也。」（文鈔卷四）

又按，再渡臺灣記：「由蚶江登舟。越五日拔碇掛帆，離臭塗澳，潮流迅急，礁汕叢雜，募土人諳港道者，操縱出大小墜嶼門。」（文鈔初編卷三）

又按，再渡臺灣記：「明府以正月十二日至郡城，二十四日抵任。」（文鈔初編卷三）

是歲，自刻静遠齋文鈔。

是歲，刻胎産必讀。

作胎産必讀題記、仙傳牡丹方治産必後十三證附識。

按，見楊永智金門林樹梅刻書考（東海中文學報第一五期，二〇〇三年七月）。此書不見著録，道光十六年本未見，楊永智藏有道光三十年重刊本。

是歲，龍溪令曹衙達晤交高澍然，聞林樹梅之名。

按，曹衙達書：「衙達自丙申冬間，獲交雨農高先生，即籍籍耳足下名。」（龍溪曹公書，文鈔卷一一附）

是歲，四月二十日，蔡廷蘭由越南回到厦門。

按，蔡廷蘭道光十五年（一八三五），蔡廷蘭由澎湖往内地鄉試，十月初二由金門乘舟返回澎湖，海上遇颶風，漂泊十餘日，至越南，登岸後歷經千辛萬苦，於次年四月二十日返回厦門。（詳蔡廷蘭海南雜著，越南鈔本，載陳益源蔡廷蘭及其海南雜著，臺灣里仁書局，二〇〇六年版）

是歲，胥貞咸（鶴巢）卒。

作書胥鶴巢詩後：「去秋，内兄薛紹庭茂才晤予福州寓次，謂鶴巢力疾趨公，勢將不起，欲以遺詩請，恐傷厥心。予聞，已悽然感愴，然猶冀其無恙也。未幾，而鶴巢之訃至矣。嗚乎，鶴巢生平遭際之艱，亦已極矣。天假以年，未必不有所表見於世，乃甫三十有三，溘然逝邪。」（静遠齋文鈔）

按，吕世宜鶴巢吟草序：「胥鶴巢，薛生紹庭友也。壬辰之歲，余館於厦島緑陰精舍，紹庭將從余學，囑鶴巢爲之介，余於是未識紹庭先識鶴巢也……自紹庭歸，與鶴巢不接者三四年。今歲余主講浯江，紹庭持鶴巢詩來索序，問之，則鶴巢死矣……年三十有三，甚壯也。」（愛吾廬文鈔）

又按，壬辰，道光十二年（一八三二），逾三四年，或即是岁。

道光十七年丁酉（一八三七），三十歲。

正月，住番仔窪，林樹梅親友有來相視者。朔，北行至鹿港。八日，南行，宿西螺莊。九日，過虎尾溪，宿他里霧莊。十日，渡石龜溪，入諸羅山，宿嘉義縣城。十一日，遊火山，渡鐵線橋，宿茅港尾。十二日，逾灣里溪，入臺郡城大北門。謁師周凱。二十二日，出大西門，自鹿古石渡海六里，拜父執副將溫公兆鳳，留飲。二十五日，回郡。二十六日，出小南門，經魁斗山。訪得明寧靖王朱術桂祠、殉節五妃墓，遊法華寺，抵鳳山。有詩贈曹謹並紀至安平、岡山。爲師周凱繪小像。

作臺郡四邑記程：「十七年正月朔己卯，乘牛車北發三十里，至鹿港……甲辰，出小南門，經魁斗山，觀明寧靖王殉節五妃墓，遊法華寺，明季李茂春夢蝶處，寺前半月樓亦已廢矣。」（文鈔卷四）

作前明寧靖王祠墓記：「樹梅既修魯王墓之四年，從曹懷樸明府治鳳山，暇時搜訪古蹟，復得寧靖王祠、墓於縣北竹滬莊〔二〕。祠有王像與元妃羅氏木主，而殉節之姬妾五人，袁氏、張氏、王氏、鄭氏、洪氏，皆祔，蓋家丁許

福所祀也……樹梅白曹明府，新其墓，且釐所遺園林，收歲租爲祠祀，俾王精氣長在海隅，與魯王共有千古也。」（文鈔卷五）

作前明寧靖王祠：「王諱術桂，字天球，明太祖九世孫，遼藩裔也。偕魯王崎嶇兵間，窮蹙遁海外，依鄭成功。後渡臺墾田，自贍四十餘年。迨鄭克塽降，王遂全家自縊以殉，藁葬鳳山縣長治里竹滬莊，與元妃羅氏合焉。從死五姬，墓在臺灣縣魁斗山，去王墓二十里。王之祠、墓年久就湮，樹梅訪得之。餘詳別記。」（詩鈔卷三）

按，書周芸皋夫子遺像後：「方夫子移節臺灣，樹梅適膺鳳山曹明府聘，來郡進謁，見夫子形色憔悴，心竊憂慮，不忍遠離。夫子屢促使歸，乃請仿繪小像。圖成，自題富春江上撈蝦翁長句，以示歸志。孰意竟不遂初，而此詩遽成絶筆。」（文鈔卷八）

又按，謁師事，詳上。

按，哭芸皋夫子四首，其四自注：「嘗自題富春江上撈蝦翁圖，以寓歸思。有『借得腰纏跨鶴飛』之句。」（詩鈔卷三）

又按，爲李香農繪釣臺泛月圖並題自注：「芸皋師，富陽人，嘗屬樹梅

作富春江上撈蝦翁小照。」（詩鈔卷四）

按，臺郡四邑記程：「道光十六年除夕，樹梅從曹懷樸明府抵臺，住番仔窪。十七年正月朔己卯，乘牛車北發三十里，至鹿港，有海防同知及水師左營駐此，距彰化縣二十里，商賈雲集，流寓戍伍，多吾鄉人。」（文鈔卷四）

作再渡臺灣呈曹懷樸明府：「海客生長居海陬，風濤險惡能操舟。昔曾侍父馳邊郵，一戰敗賊禽其酋。」（詩鈔卷三）

按，首次渡臺在道光四年（一八二四）。齊該年。

作重至安平鎮。（詩鈔卷三）

按，安平，今臺南市。

作岡山。（詩鈔卷三）

按，再渡臺灣記：「明年正月八日，由鹿港南行，過下加冬、茅港尾，百餘里内悉爲賊窟。聞總鎮駐軍大莆林，元兇就戮，道途無梗，唯鳳山響應之賊未平。二十六日抵鳳山，亟練鄉勇。」（文鈔卷四）

二月，平劉藍及其餘黨，曹懷樸欲列上樹梅首功，辭謝之。

按，再渡臺灣記：「二月十一日擒獲賊首劉藍及其黨二百六十餘人。明府欲列上樹梅首功，辭謝之。回憶甲申舊遊，今忽忽已十四載。臺凡三經兵燹，民生亦云敝矣。明府所以報制軍之知，樹梅所以應明府之聘，殆不從辦賊已也，敢言功邪？」（文鈔卷四）

七月，瑯嶠閩、粵民番糾鬥，曹懷樸囑樹梅與王飛琥往諭止之。七月七日出鳳山縣城，南行，在保力三晝夜，居宿、飲食，無不與諸番偕。得二番刀，構芙蓉室貯之。

按，參見下月瑯嶠圖記。

八月，朔，自瑯嶠番社歸。撰瑯嶠圖記。

作瑯嶠圖記：「瑯嶠，在臺灣鳳山之極南，去縣百四十里，負山面海，周計里二百有奇。山徑陡絶，生番窟巢……道光十七年，曹懷樸明府來知縣事，聞瑯嶠閩、粵民番糾鬥，盧蔓延，屬樹梅偕水底寮人王飛琥，閩籍義勇，七品職銜。往諭止之。七月七日出縣城東，越鳳山，渡澹水谿、竹圍碁布，田疇繡錯，天外數峰與雲光相掩映。入六房洲，手排茅棘而行，聞海吼聲，已逾三十里，夜宿東港水師營盤。平明，許把總國陞送過茄藤港，林木蓊翳，六里許，始見天日。遥望海西，小琉球嶼形如覆舟。經新拍港，復渡密林。大崑麓，人煙與緑陰相接。過兩小谿，皆履而涉，谿盡即水底寮。迫近傀儡山，生番出没處也。晚宿飛琥家。越三日，由枋寮海道行，風勁甚。約七十里，抵瑯嶠……八月朔日，曹明府命鄉勇來迎，許把總亦以兵護渡。計自枋寮以南，歷加落堂、崩山、刺桐腳、獅頭山、頂下、風港、大小尖山，而至瑯嶠。」（文鈔卷四）

按，贈琉球魏貢使有淵自注：「丁酉八月，樹梅自瑯嶠番社歸。」（詩鈔卷四）

作題瑯嶠圖四首：「瑯嶠，故鳳山東南徼外地，番民雜居，構釁相賊殺。曹侯屬樹梅往宣諭，畢事歸，作圖記復綴四詩。」（詩鈔卷三）

作番刀：「瑯嶠水泉清洌，淬刀特利，一刀直牛數頭。樹梅得二刀，構雙芙蓉室貯之。」（詩鈔卷三）

按，抽藤歎：「聞道番刀白如雪，殺人如麻不染血。」（詩鈔卷八）

十一月，初七，戎服從曹謹、南路營余參將往清莊除奸，至岡山，樹梅親燃銅炮，大聲轟山谷。

作清莊記程：「十一月，辛巳平明，出縣東，叢木夾路，經小竹里，踰淡水谿，荒沙曠渺，絶無人煙。馬上得『秋聲作雨千林合，山勢如波萬派趨』句呈明府，謂其頗善肖景。由港西下里之下蚶莊，至萬丹埤橋，傳昔義民大破賊林爽文於此，地極險要。再過三張廍，蔗園茂密，藏奸藪也。入竹園、萬丹街，折而北，歷港西中里、廣安、龜頓諸莊，四十里，至阿猴，宿下淡水縣丞署。曉發香椽，新舊潭頭、火燒四莊，粵莊也。旋出海豐，閩莊。山豬毛，營都司駐此。經竹葉，粵莊；科科、東淩，閩莊，出港西上里九塊厝、王厝二莊，四十里，宿阿里港。」（文鈔卷四）

作從曹侯巡山即事：「秋聲作雨千林合，巒勢如波萬派趨。」（詩鈔卷三）

按，參見上條。

作巡山即事（詩鈔初編卷三）。

按，兩巡山詩，一爲七律，一爲五古。

是歲，進曹懷樸書，論鳳山縣城池。

作鳳山縣新舊二城論：「鳳山縣在臺灣府南六十五里，康熙間，知縣劉光泗建土城於興隆莊，爲舊治……樹梅相度形勢，咨訪民情，謂宜仍居埤頭，亟

補竹圍之缺，修建望樓，開濬濠溝。」（文鈔卷三）

按，鳳山縣舊城在興隆莊，新城在埤頭。

作登鳳山縣新築城樓：「新城得地成强圉，舊治他時作外關。」（詩鈔卷三）是歲，上書周凱論臺灣水利。助曹懷樸修鳳山水利，圳成，人稱之爲「曹公圳」，並擬刻孝經刊佈授邑父老。

作上周芸皋夫子論臺水利書：「（臺灣）講水利而戒惰農，正今日司牧之急務。矧臺俗尚鬼，旱輒棄車戽隄滀之力，舁土木偶，鳴鉦戴柳，往來祈禱，甚有争道持械相鬥殺者……比從曹大令來鳳山，統一邑大勢觀之，以爲鳳山水利，斷宜開鑿九曲塘，引淡水谿流，分潤大竹、小竹諸里，使遠水之田不困於旱。尚恐工費繁鉅，任事之難，其人而尼於成也，計不若勸民掘井之尤便。」（文鈔卷一）

作與曹懷樸明府論鳳山水利書：「執事憫民田易旱，由於水道弗通，思建水利爲一邑謀久遠，此仁者之用心也。樹梅嘗見周芸皋師頒示，教民掘井。因上書條論，謂其法亦可行於鳳山。然掘井僅能自治其田，未若導水之爲利甚溥……伏惟執事俯察輿情，審度地勢，加以堅定志力，在所必行，事無假

借，惟公惟勤，民必踴躍子來。」（文鈔卷一）

作曹侯既興水利，乃巡田勸農，賦此以頌：「勸農遍種三杯粟，臺産穀名，耐旱多實。引水新開九曲塘。」（詩鈔卷三）

按，劉家謀海音詩：「誰興水利濟瀛東，旱潦應資蓄洩功。溉遍陂田三萬畝，至今遺訓説曹公。」自注：「曹懷樸謹令鳳山時，開九曲塘，引淡水溪。壘石爲五門，以時啓閉，自東成西，入於海。計鑿圳道四萬三百六十丈，分築十四壩，灌田三萬一千五百餘畝，歲可加收旱稻十五萬六千六百餘石。逾一歲而功成，熊介臣觀察一本名以『曹公圳』。」（芑川合集本）

又按，連横臺灣通志卷三四曹謹傳：「當是時，鳳山平疇萬頃，水利未興，一遭旱乾，粒米不藝。謹乃集紳耆，召巧匠，開九曲塘，築堤設閘，引下淡水溪之水以資灌溉；爲五門，備蓄洩……凡二年成。圳長四萬三百六十丈有奇，潤田三千一百五十甲。其水自小竹里而觀音，而鳳山，又由鳳山下里旁溢於赤山里。收穀倍舊，民樂厥業，家必蓋藏，盜賊不生。十八年，巡道姚瑩命知府熊一本勘之，旆在功，名曹公圳，爲碑記之。」

又按，孝經贊序：「歲丁酉，樹梅佐曹公懷樸，既興水利於鳳山，則請刊佈孝經授邑父老，使訓其子弟。遇械鬥，復爲誦『身體髮膚，受之父母，不敢毁傷』句以怵之，甚有感泣解散者。」（文鈔卷一三）

是歲，作書與曹謹論治理鳳山縣事宜，周凱按部，贊之。

作與曹懷樸明府論鳳山縣事宜書論治縣十事：籌賑糶，編保甲，馭胥役，急捕務，省無辜劫案，禁圖賴，廣教化，崇祀典，清港澳，和閩粵（文鈔卷二）。

周凱評云：「林生歗雲，天資卓絶，遇事又能用心。今來臺陽，從事幕府，因書程子『思於物有濟，求其心所安』二語勖之。尋閱其與曹大令論鳳山縣事宜書，言皆有物。迨余按部鳳邑，見生所言已次第舉行，是大令與生相得益彰，而余之許生爲不謬耳。」（文鈔卷二附）

是歲，議添設埤頭城望樓、炮臺，並濬濠溝。

作添設埤頭城望樓炮臺並濬濠溝議：「濠以衛城，望樓眺遠以爲豫，炮臺所以拒賊不得近濠也。三者不備，與無城等。」（文鈔卷三）

按，鳳山埤頭新城建成，樹梅以爲需要建望樓、炮臺、浚濠溝。

是歲，曹謹囑樹梅訓練鄉勇，樹梅作圖與説。

作團練鄉勇圖説：「曹懷樸明府知鳳山縣事，值兵燹之餘，招募鄉勇，乃屬樹梅，擬練士簡捷法，俾操習之……是役也，實收鄉勇之效。明府因並屬爲圖説，以志不忘。」（文鈔卷九）

曹銜達評：「尊著備海要策及團練鄉勇圖説，並卓然成體，可以施行。中圖説尤佳，深得古人分合遺意。中行穆子毀車爲徒，兩於前，伍於後，即此法也。」（文鈔卷九附）

是歲，在臺灣作竹枝詞等詩。

作紅螺仙館畫紅梅有寄。（詩鈔卷三）

作惜翠圖。（詩鈔卷三）

作臺陽竹枝詞四首，其四：「阿儂生小住臺灣，不羨蓬壺縹渺間。願借一帆好風力，隨郎西渡看唐山。南洋諸番稱中國爲『唐』，猶言『漢』。臺灣人稱内地亦曰『唐山』。」（詩鈔卷三）

作伇行所見：「風動蘆花淺水邊，月明白鷺抱沙眠。」（詩鈔卷三）

按，夜間風景如畫。

是歲或之前，刻功過格，以爲有益於世道人心，爲人身性命之助者。

作功過格序：「刊傳勸善之書不少矣，其有益於世道人心，爲人身性命之助者，尤莫切於功過格。蓋諸書不過使人知善當爲、惡當去，格致之功也……回憶十數年來，雖日逐勞塵，未敢須臾或離。近得陳子繼豪捐貲助鍥，遂略敘吾志於簡端。繼豪業儒學，勇爲善，有志之士也。」（文鈔卷一三）

是歲或稍後，爲鳳山水底寮王飛瓏作傳。

作王飛瓏傳：「十五年二月，巡山，生番突出草莽，猝不及防，遂遇害，年四十有四。聞者惜之。」（文鈔初編卷五，文鈔卷六文字有異）

按，瑯嶠圖記記其事，此文必作於二次入臺，可能作於瑯嶠圖記後，暫繫於此。

是歲，友人陳朝進卒，有詩弔之。

按，太學生陳君繼豪行略：「歿於道光丁酉十一月六日。」（文鈔卷七）

又按，參見嘉慶十九年（一八一四）。

作檢繼豪遺札愴然書此：「投筆徒成夢，無香可返魂。平生説肝膽，尚有幾

人存？」（詩鈔卷三）

是歲，周凱卒，年五十九。有詩哭之，又爲作書周芸皋夫子遺像後。

按，福建臺灣道周公墓志銘：「十七年丁酉七月三十日以疾卒於官。」（内自訟齋文集卷首）

作哭芸皋夫子四首，其四：「六載蒙提挈，師門熱淚潸。遺編誠我責，失學更誰閑。未遂撈蝦志，空思跨鶴還。羊曇生死感，莫望富春山。以遺文見託，嘗自題富春江上撈蝦翁圖，以寓歸思。有『借得腰纏跨鶴飛』之句。」（詩鈔卷三）

作書周芸皋夫子遺像後：「十七年春，巡閲全臺，入噶瑪蘭，感瘴病足，還郡。復力疾禱雨，發倉平糶，文移旁午，一出親裁，於是精力消亡，遂以不起。易簀湛如，語弗及私，唯切切自恨，曰：『恩未報，奈何死哉？』平生所著内自訟齋古文稿，治命次子壞以屬樹梅。蓋七月三十日也，年五十有九。」（文鈔卷八）

道光十八年戊戌（一八三八），三十一歲。

春，有客懷詩。

作春日客懷詩，柳枝詞（詩鈔初編卷二）當亦作於此時。

三月六日，同葉式宜司馬到大湖。琉球人碎舟於瑯嶠，樹梅急遣人諭救，並由鳳山遞送其回國。

作三月六日同葉式宜司馬挈眷歸大湖：「座中朗抱深深語，湖上春風緩緩歸。」（詩鈔初編卷二）

按，贈琉球魏貢使有淵：「去年我過小琉球，君鄉有客時覆舟。」自注：「戊戌三月，又有碎舟於瑯嶠者，土番欲盡殺之，乃急遣人諭救，由鳳邑遞送回國。」（詩鈔卷四）

五月，擬回金門省母，夏令風信不常，遂止大湖。八月朔入臺灣郡城。

按，戊戌内渡記：「樹梅從曹明府蒞鳳山之明年，乞歸省母。明府爲治裝，率侄甥、僚幕置酒祖道，謂：『長途自愛，萱堂康健，須再來。』樹梅頓首受命而別，時戊戌夏五月十六日也。次大湖，晤葉式宜、林惠疇二司馬，咸謂夏令風信不常，遂止大湖。」（文鈔初編卷三）

八月望夜，乘小艇出南濠。既望，附金門鎮戰船内渡，有詩別臺灣親友。十日，見澎湖東吉嶼。猝遇颶風，不舉火者三日，返臺郡。於南濠寓樓，作致明府論穀賤不獨病農書。二十八日再出國姓港。

作中秋夜別臺灣親友。（詩鈔卷三）

按，戊戌内渡記：「八月朔，入臺灣郡城，遇鄉人莊把總文芳，約附金門鎮戰船内渡。望夜，乘小艇出南濠，經安平鎮，至國姓港，登戰船。天將曙，乘潮解纜，一葉凌波，乍起乍伏，但聞奔濤之聲，不知行多少里。」（文鈔初編卷三）

按，自鳳山歸省記程：「予佐幕鳳山之明年，辭歸省母，時戊戌八月既望。附戰船一葉，起伏奔濤中，不知行幾百里。翌日，見澎湖東吉嶼。猝遇颶風，刮帆破，不得過虎井。欲回泊，昏莫辨。碇隨折，恐船迫淺，急捩舵退。又懼南流推去，乃於船底絙勒肚索，索以貫舵，命根也。浪復衝斷，一船皆驚。急下副碇，寄泊洋中。於是，不舉火者三日。風少定，始望白沙青草间，孤城矗立，爲鯤身汕南。升旗招漁艇。載入臺郡，憩南濠寓樓。二十八日，再出國姓港。」（文鈔卷四）

九月，過澎湖，遇颶風，舟漂至銅山（今福建東山縣）。父執銅山參將陳國榮延入署。晤外兄千總莊卓厓。

按，自鳳山歸省記程：「九月朔，過澎湖北翹，水多暗石，乃向北織行，避北翹也。南顧西嶼諸島，如浮萍聚散，出没波浪間。夜逾黑水洋，狂風飛浪，從桅杪傾，船底板亦裂，補漏至曉。」（文鈔卷四）

按，戊戌内渡記：「九月朔過澎湖北翹……比曉，帆半掛，順風而南。瞬息間，忽有峰巒蔽日，舵師指爲古雷諸山，閩之極南地也。大抵海船恃風而行，風愈烈，行愈迅，險亦愈甚。晚遂泊銅山城北。父執陳公國榮爲銅山參將，聞樹梅至，延入署，詢臺灣近事。」（文鈔初編卷三）

作西嶼燈塔：「澎湖當臺、厦之交，西嶼爲之障。自厦而東者從西嶼左轉抵臺，自臺而西者由西嶼右轉抵厦，往來群泊西嶼。然無高山可遠矚，故多犯淺壞舟，海行病焉。乾隆己亥，通判謝君維祺建石塔於西嶼之巔。道光癸未，蔣懌葊先生重修，積貲置長明燈燃塔頂。」（詩鈔卷三）

作歸舟遇颶風飄銅山呈陳參戎：「一朝喜言旋，中流狂飆阻。隤濤崩千山，雄聲吼萬虎。驒驒赤雲馳，天地相簸舞。舟激矢脱弦，盲進知何所。砰然泊銅山，瞬息千里許。」（詩鈔卷三）

九月，陳國榮參將派兵護送樹梅，陸行過盤陀嶺，至漳浦，謁黄道周墓。經海澄渡海至厦門，二十五日回金門。復往厦門取行李，遇蔡廷蘭。廷蘭亦周凱門下士，由陸回澎湖被颶風漂至越南後回國，贈海南雜著，樹梅題以詩並書戊戌内渡記以贈。

按，詳戊戌内渡記（文鈔初編卷三）。

作過蒲葵關，自注：「在漳浦盤陀嶺上，漢時南越故關也。」（詩鈔卷三）

作題蔡香祖孝廉海南雜著，自注：「香祖飄舟至交阯，由陸回閩。樹梅亦航海飄至銅山，幾陷不測。」（詩鈔卷三）

作繼豪寄棺白鹿洞，詩以奠之（詩鈔卷三）。

作哭家秋泉先生：「島上詞壇久廢盟，酴醾盦稿待刊行。」（詩鈔卷三）

按，林秋泉爲金門人或厦門人，有酴醾盦稿。

作繪烈嶼圖：「輔車相倚安危共，漳、泉有海警，則烈嶼先受其鋒。牧馬曾聞水草饒。唐置牧馬監於此。」（詩鈔卷三）

按，烈嶼，俗稱小金門。上句云烈嶼形勢，下句歷史。金門志言唐置牧馬監於金門，不言烈嶼。樹梅此詩或補史缺。

作過宋侗庵瓊江别墅（詩鈔卷三）。

作送友歸臺陽（詩鈔卷三）。

作喜晤周秋屏廣文即題其詩卷志別，自注：「泛海遇風，覆舟獲救。」（詩鈔卷三）

按，周秋屏，晋江人，曾爲東塘參軍。

作解劍贈友北上：「我惜鋒鋩今解佩，君看風雨此能鳴。」（詩鈔卷三）

是歲或稍後，有感於閩海地理位置的重要，撰閩海握要圖説。

作閩海握要圖説：「樹梅衣食奔走，再渡臺灣。每與宿將老軍講求利弊，益以身所經歷，參證前聞，思舉其要，資經世之采擇，爰著閩海握要圖説，久乃成書。篇中圖先於説者，必按圖而後可審形勢，施戰守也。」（文鈔卷一〇）

按，閩海握要圖説，凡五篇：海道、巡哨、占測、戰艦、勦捕。

是歲或稍後，爲陳朝進（繼豪）作太學生陳君繼豪行略（文鈔卷七）。

是歲或下歲，林焜熿爲撰傳記。

林焜熿鐵笛生小傳：「鐵笛生，林姓，名樹梅，字實夫，同安金門人也……後得古鐵笛，遂自更爲『鐵笛生』。」光澤高澍然評云：「寫生處神采奕奕，

不落説部。而捶字卓句，無一不靠。一别三年，精進如此，當與乃弟並以古文名世。」（沈祖彝寫本説劍軒餘事）

道光十九年己亥（一八三九），三十二歲。

元月，往晋江訪陳慶鏞，談海島情事，並出近著歗雲叢記，陳氏爲之跋，以爲可補魏源海國圖志所未備者。

陳慶鏞林歗雲叢記跋略云：「近復自厦來訪，談及海島情事，縷縷皆能言之。出所著叢記一書……記載賈舶出入情形、廣袤里數，則尤熟焉能詳，足補魏默深近刻海國圖志所未備。是其志遠且大者，而其言之足以致用也。爰述數語，以弁於編。道光二十九年上元後一日，跋於漢瓦晉磚之宅。」（籀經堂類稿卷一五，光緒九年刊本）

春，有詩寄答林必瑞。

作答家研香上舍寄畫竹：「去年居鳳山，手種幾千百。」（詩鈔初編卷三）

按，去歲自臺灣歸。

作懷葉司馬式宜：「白露出分袂，紅綿又滿枝。」（詩鈔卷三）

按，去歲三月樹梅與葉式宜在大湖。

六月，自石衡如試館歸，寄詩。

作自石衡如試館歸苦雨卻寄：「歸聽兼旬雨，蕭蕭六月秋。」（詩鈔卷三）

秋，一家在福州，有思鄉詩。遊鼓山，宿白雲堂。又繪圖送蔣鏞之楚。又與劉家謀飲於福州酒樓。在福州晤琉球貢使魏學源（有淵）、副使林奕海（文瀾），贈以詩，云四海皆兄弟。又以爲舊説小琉球屬大琉球，在福州鼓山可望見琉球，語皆失實。

作宿鼓山白雲堂：「冷到衣裳秋夜永，萬松岡上月親人。」（詩鈔卷三）

作琴劍渡江圖送客之楚：「此去莫驚蘆荻雁，憐他猶作稻粱謀。」（詩鈔卷三）。

劉家謀有答林歗雲樹梅廈門，自注：「己亥秋與歗雲同飲福州酒樓。」（觀海集卷一）

作憶洪惇甫歸臺陽將至泉州覓渡書寄二首，其一：「千里獨歸客，愁看霜葉殷。」（詩鈔初編卷三）

作酒後思鄉：「醉餘方覺滯歸期，楓葉如花落滿地。」（詩鈔初編卷三）

作題畫贈周東塘（詩鈔初編卷三）。作宿吴園：「夜静鐘催夢，秋來葉滿庭。」（詩鈔初編卷三）作秋江小景（詩鈔初編卷三）。作贈琉球魏貢使有淵，自注：「史傳謂小琉球嶼近泉州，隸大琉球。天霽登鼓山可望，語皆失實。樹梅嘗親至其地考正之。」（詩鈔卷四）作答琉球林副使文瀾，其序云：「予既得魏君有淵，因晤家文瀾副使，名奕海，亦雅士也。自言先世居閩林浦，明洪武間遣三十六姓往琉球教導，其祖與焉，遂爲中山久米府唐營人。君作秀才時，嘗三至閩習儒業，歸爲大夫。今允副貢使京，旋將以明年歸國。書其紀遊詩見贈，走筆答之。」（詩鈔卷四）

秋、冬間，有詩送父執吴楚峰往惠州。作送吴楚峰先生理鹺惠邑：「十年父執幾人留，棖觸因君話舊遊。」（詩鈔初編卷三）作古意、美女篇、晚訪侗庵不值等詩（詩鈔卷四）。

冬，往邵武綜理鹽策，欲遊武夷山，不果。

按，答琉球林副使文瀾：「我將往采武夷茶，遲汝再來東海槎。詩話樓頭辨詩格，烹茶煮雪看梅花。」（詩鈔卷四）

又按，據此詩，樹梅擬於是冬往遊武夷。

作夢遊武夷山二首。（詩鈔卷四）

按，蔡廷蘭林君瘦雲四十初度壽言：「薄遊邵武，綜理鹽策。」（林策勳浯江林氏家録）

又按，邵武與武夷山在閩北，往邵武理鹽策，可便道遊武夷。

又按，歗雲詩文無遊武夷山的載述。

是歲，繪澎湖施賑圖並歌送蔣鏞歸楚。

作澎湖施賑圖歌送蔣懌葊司馬歸楚，其序曰：「道光辛卯夏，澎湖旱潦，冬乃大饑。通判蔣懌葊先生籌賑報，全活無算。今將歸田，樹梅謹繪施賑圖以送。庶幾此圖長在左右，而澎之山水亦與高風仁政共千古焉。」（詩鈔卷四）

蔣鏞評：「兹惠施賑圖歌，敘次清□，有『嘯嘯馬鳴，悠悠旆旌』氣象，然確是海島旱形，字字精能，猶非泛作。敬佩敬佩。」（林策勳諸家評論，嘯雲詩鈔附録，菲律賓宿霧市大衆印書館，一九六八年重印）

是歲，曹謹所修鳳山縣水利告成，樹梅致書陳善後事宜。

作賀曹明府水利告成並陳善後事宜書：「鳳山水利已成，歲可增收早稻十五萬六千餘石。向非執事定見不摇，安能成功之速且鉅如是邪？自兹鳳民無貴粟之患，而一郡三邑亦將利賴於無窮。樹梅觀聽下風，既頌而賀。」（文鈔卷一）

按，所陳善後事宜四事：興文教以培士風，修津梁以通道路，廣栽植以盡地利，輯志乘以資考鏡。

是歲，爲陳孺人撰墓志銘。

作旌獎節孝陳孺人墓志銘：「孺人，閩縣人，騎都尉陳公國榮女，年十九歸王尚賓。甫十六月，尚賓死……卒於道光十八年十二月某日。明年三月將葬西關外高安山，孫耕雲來請志墓。」（文鈔卷七）

是歲，白刻經驗方。

作題經驗方（詩鈔卷四）。

按，鈔本歖雲詩鈔初編卷三作題自刊經驗藥方。

是歲，子功意生。

按，誡子詩七首，其二：「意子垂十齡，氣質頑且魯。」（詩鈔卷八）又按，「垂十齡」，近十齡，九歲。此詩作於道光二十七年（一八四七），逆推，功意生於是歲。

道光二十年庚子（一八四〇），三十三歲。

二月，往邵武綜理鹽策，入光澤侍師高澍然，並與太守何煥奎遊烏君山，有詩紀之。

按，蔡廷蘭林君瘦雲四十初度壽言：「薄遊邵武，綜理鹽策。」（林策勳浯江林氏家録）

作鄰舟（詩鈔卷四）。

作烏君山紀遊十六首，序云：「道光庚子二月，自邵武入光澤侍高雨農師，偕何煥奎太守遊烏君山，晚宿玉龍古寺，越日乃歸。遇景不窮，得句亦夥，蓋苦樂參焉。」（詩鈔卷四）

按，細目：荒寺、室漏、欲搜巖苦暝不果、路滑、摘圃中殘蔬、自起撥爐火、啖脱粟飯、渴甚啜冷茶、寒燭有淚膏、破壁敗笠補之、聽泉得句、選壁題姓名紀遊、望晚霞忽見野燒、山頂看雲起、捫厓碑、石如鉢塵積頗厚滌去之。

又按，十六首均五絶。

四月，高澍然爲林樹梅詩撰序，稱樹梅为將門子弟而「折節爲儒」。高澍然有歗雲山人文鈔序：「今閱其鈔，多鳳山幕中作，樸實論事，真切説理，不事張皇，生氣不匱，殆有意棄奇取平，而思進於藹如歟？生年方及壯，造詣已如此，異時内外交養，大其所存，實其所發，其至可量哉？歐陽子曰：『孟、韓文雖高，不必似之也，取其自然耳。』自然者，氣之充與氣之和者。是生於此加意焉，可也。道光庚子孟夏月，同學友光澤高澍然雨農撰。」（文鈔卷首，又抑快軒文集乙編卷八）

六月，英國侵略軍陷定海，二十五日，又以一艘船艦抵厦門，炮傷軍民。

按，從軍紀略：「英吉利夷負強不奉法，遂犯浙江，陷定海……六月五日，以一艘抵厦門，炮傷軍民。守弁射殺，夷目乃退。」（文鈔卷一一）

六、七月間，在邵武，登詩話樓，懷嚴羽。爲李香農繪釣臺泛月圖並題詩，憶及周凱師。

作登詩話樓，題下自注：「樓在邵武城東，宋隱士嚴滄浪先生説詩處。國朝周櫟園按察籌兵於此，葺而新之。」詩云：「遠抱滄浪集，來登詩話樓。夫君真絶唱，遺迹亦千秋。」（詩鈔卷四）

按，嚴羽，字滄浪，南宋邵武（今屬福建）人。著有滄浪集、滄浪詩話。詩話樓，在邵武，因滄浪詩話而得名。

作爲李香農繪釣臺泛月圖並題二首，其二：「今日灘頭放舟客，煙波得似富陽城。芸皋師，富陽人，嘗屬樹梅作富春江上撈蝦翁小照。」（詩鈔卷四）

作題畫扇、和徐釣雪茂才贈韻。（詩鈔卷四）

七月二十五日，又有兩艘英艦攻厦門北岸。閩浙總督鄧廷楨駐節泉州，聞林樹梅有奇才，囑按察使常大淳、鹽法道文康作書招之，時樹梅適遊邵武。

按，從軍紀略：「七月二十五日，復駛二艘攻北岸，水師前營遊擊任經猷閩縣人死之，旋亦颺去。於是閩浙總督鄧公名廷楨，號嶰筠，江蘇江寧人。駐節泉州，囑按察使常公、名大淳，字南陔，湖南衡陽人。鹽法道文公名康，字查石，滿洲人。以書招樹梅歸自邵武，備諮詢。」（文鈔卷一一）

七、八月間，自邵武過晋江。

作歸自邵武過晉江宿周秋屏廣文館舍：「去年南北都安堵，客子光陰易感秋。今日忽聞傳寇警，好風不與送歸舟。」（詩鈔卷四）

八月，上書閩浙總督鄧廷楨全閩備海策。

作上閩浙總督鄧公全閩備海策，所言六事：招運米以足兵食，集戰船以資攻擊，練兵勇以守要區，備金厦以遏衝突，防臺澎以安沿海，固内外以杜奸萌。（文鈔卷一二）

何焕奎評云：「策洋灑數千言，乃以『逆夷犯閩，將爲牽掣援浙』一語，覬破敵情，可謂知己知彼。中間足食安民，團練戰守，步步精細，語語周詳。」（文鈔卷一二附）

八、九月間，慷慨從軍，於海澄刺嶼尾察地脈，揮工鑿井，爲守軍掘得甘泉。

作從軍紀略：「總督顔公……命偕在事諸公，往海澄刺嶼尾相地掘井。」（文鈔卷一一）

按，汀漳龍道觀察徐繼畬林泉記石刻：「庚子秋，紅夷氛及鷺島，我兵屯刺嶼尾爲犄角。嶼俯海，無淡水，屢掘不得泉。士卒走汲數里外，苦吻燥。林子歗雲察地脈，揮工鑿之，甘泉湧出，一軍盡驩。」（文鈔卷一

二附）

作海角：「海角方傳檄，諸公正訓兵。吾家惟一水，衆志自成城。豈謂功名簿，空嗟歲月更。未應看短劍，慷慨念平生。」（詩鈔卷四）

是歲，爲邵武上官贊朝都尉撰家傳。

作上官都尉家傳：「都尉姓上官，名贊朝，字定春，號元圃，邵武人也。」（文鈔初編卷五）

按，上官贊朝，爲樹梅父執，與林廷福在臺灣任職。

又按，樹梅兩過邵武，一爲此歲；一在師高澍然卒後的次年，即道光二十二年。此文之後附有高氏評語，故知此文作於是歲無疑。

是歲，爲平旦鐘聲圖題詩。

作題平旦鐘聲圖（詩鈔初編卷四）。

是歲，與蔡廷蘭、吕世誼、施瓊芳等刻周凱内自訟齋文集。

按，哭芸皋夫子四首，其四：「遺編誠我責，失學更誰閑。」自注：「以遺文見託。」（詩鈔卷三）

又按，書高雨農夫子抑快軒文集後：「周師集，樹梅已與吕西邨、蔡香祖兩

孝廉商校成刻，俾一二同志得以先覩爲快矣。」（文鈔卷八）

是歲或稍晚，子功忠生。

按，誠子詩七首，其二：「忠兒始總角，就傅榕城東。」（詩鈔卷八）

又按，「始總角」，開始進入童年，七八歲光景。此詩作於道光二十七年（一八四七），逆推，功忠生於是歲或稍晚。

道光二十一年辛丑（一八四一），三十四歲。

正月，興泉永道觀察劉耀椿訪林樹梅，時英人猖獗於粤海。

作上興泉永道劉公廈金二島防禦策（文鈔卷一二）。

按，從軍紀略：「二十一年正月，興泉永道劉公名耀椿，字莊年，山東安邱人。過訪，謂夷至廣東轉猖獗，因上廈金二島防禦策，大意以足食、得人、鎮静爲要。」（文鈔卷一一）

二月，接連上總督顔伯燾策、汀漳龍道徐繼畬海澄刺嶼尾置戍策。從徐繼畬往海澄刺嶼尾勘炮臺，徐命名去歲樹梅所掘井爲「林泉」，並爲之作記刻石。

作上總督顔公補陳戰守八策，自注：「辛丑二月。」文曰：「樹梅辱蒙見招於諸公，其留滯厦島，不敢受聘，亦不輕接要人者，非要聲價取重也……執事既過聽而下詢，樹梅當竭衷以上報。謹籌『八要』，並前言未行與所未盡之意，更補陳之。」（文鈔卷一二）

按，「八要」：專統馭，信賞罰，審敵勢，選前鋒，講火攻，布間諜，設險阻，修砦堡。

作上泉漳二巡道海澄刺嶼尾置戍策，自注：「辛丑二月。」文曰：「刺嶼尾屬漳州府海澄縣，在厦門南，隔水二十餘里，與水操臺鼓浪嶼遥相峙……今既置戍，則衝要在所必争，僻遠孤軍，不可不慮。宜撥海澄陸兵移駐協防，水師則專顧炮。既有輔車之勢，方收犄角之功也。」（文鈔卷一二）

按，從軍紀略：「二月，總督顔公名伯燾，字魯輿，廣東連平州人。視師厦門，辱下問。樹梅極言宜專統馭、信賞罰、審敵勢、選前鋒、講火攻、布間諜、設險阻、修砦堡。公采其言，命偕在事諸公往海澄刺嶼尾相地掘井，汀漳龍道徐公名繼畬，號松龕，山西五臺人。爲作林泉記，刻於石。」（文鈔卷一一）

又按，徐繼畬林泉記刻石：「辛丑二月，余與厦門諸君子奉大府命往勘炮臺，群請賜井以名。余謂昔人行軍，指梅林以止渴，茲乃綆汲不盡，殆遍地成林，又得林子之相度，即以賢者之姓題曰『林泉』，可乎？衆皆曰『諾』。同往者爲劉莊年觀察、靈容之副戎、陳建津遊戎暨余與林子而五。林子名樹梅，金門人，奇士也。道光辛丑三月，分巡汀漳龍兵備道。山右徐繼畬記。」（文鈔卷一二）

三月，屯鄉勇於白鹿洞巖洞間，復爲當道陳利病。偕姬人遊白鹿洞諸勝，繪圖，有詩。師高澍然卒。

按，從軍紀略：「三月，囑樹梅團練鄉勇千人，分阨要隘。維時隨營將吏亦募水勇，多無籍遊民。樹梅復爲陳利病。」（文鈔卷一一）

作遊白鹿洞諸勝（詩鈔卷五）。

按，重遊虎谿巖白鹿洞志感，自注：「辛丑三月，予屯鄉勇巖洞間。」（詩鈔卷六）

作登嘉興砦（詩鈔卷五）。

又按，諸勝：白鹿啣花處、大觀樓、六合洞、半月池、龍泉。

作遊萬石巖望醉仙洞象鼻峰至小桃源（詩鈔卷五）。

按，醉仙洞、象鼻峰、小桃源，皆萬石巖諸勝。

作哭高雨農夫子二首，其二：「廬墓知無日，經年况海氛。聞師訃，適夷警，留滯泉南。」（詩鈔卷五）

閏三月，顔伯燾等爲援例，林樹梅得布政司經歷，又欲會薦改武職，樹梅以母老辭。張際亮過訪，同遊白鹿洞。出三月間所繪白鹿洞圖請題。

按，從軍紀略：「閏三月，顔、常二公與鎮閩將軍保公、名昌，字禹言，滿洲人。福建巡撫吴公名文鎔，字甄甫，江蘇儀徵人。爲援例，得布政司經歷，又欲會疏薦改武職，樹梅以母老辭。」（文鈔卷一一）

作重遊虎谿巖白鹿洞志感四首，其三：「題壁山靈護，重吟思邈然。辛丑閏三月，張亨甫孝廉過訪，留句猶存壁間。」（詩鈔卷六）

按，哭張孝廉亨甫二首，其二：「往歲高歌處，遺蹤得再尋。辛丑閏月，亨甫過訪，留詩白鹿洞壁。」（詩鈔卷七）

張際亮有厦門白鹿洞觀海二首、瘦雲於三月望日携姬人觀海登白鹿洞繪圖屬題（思伯子堂詩文集卷二九）。

四月，仍屯鄉勇於白鹿洞巖洞間。詳上。

五月，當局散遣鄉勇，樹梅仰天長嘯。有詩紀之。應龍溪令曹衔達招，往龍溪。作散遣鄉勇，自注：「辛丑防夷厦門，當事屬樹梅團練鄉勇千人，未用也。旋以廣東議撫，遽令散遣。詩以志慨。」（詩鈔卷五）

七月九日，樹梅從龍溪回厦門，適逢英船三十四艘突入青嶼，當局愕然。時厦門精鋭水師已調往浙江，客兵水勇加起來不過四千，於是囑樹梅急趨高崎，再募鄉勇。次日，英軍乘風登岸，遊擊張然等殉難。

按，從軍紀略：「七月九日還厦門，適夷船三十四艘突入青嶼口，當事愕然……初十日，午潮，南風大作，夷乘上風進薄北岸……時樹梅赴高崎，方急募鄉勇，遥聞炮聲雷動。俄而諸公先後至，欲索船西渡，爲退守同安計。樹梅亟進曰：『此時厦城以南，夷雖占據，其迤北而西，尚有村落百餘，夷固未敢輕窺，宜集兵勇，戮力恢復。諸公西渡，厦民何依？』弗聽……十五日，夷船窺金門，入中港。」（文鈔卷一一）

作厦門書事，其序云：「辛丑七月九日，夷船三十四艘乘虚入青嶼口，當事愕然。夜半屬往高崎再募鄉勇，比至，而厦門已失，當事退守同安矣。」詩云：「經年籌備扼重關，孤注如何一擲間。但見鯨鯢來鼓浪，鼓浪嶼與厦門對

峙。誰移熊虎守輪山？輪山在同安縣城北。死生頃刻人争渡，烽火家鄉我未還。回憶倚閭愁正切，可憐無計慰慈顔。」（詩鈔卷五）

作弔禦夷死事諸公，其序云：「七月十日，夷犯厦門。領兵官延平副將淩公志、水師遊擊張公然、汀州守備王君世俊、水師把總紀君國慶、楊君肇基、李君啟明等拒戰兵潰，皆死之。翼長江公繼芸、遊擊洪公炳勢急亦投海死。」詩云：「戰守紛紛議不同，一時捍禦獨諸公。即看壯氣能吞敵，始信捐軀是盡忠。大將漫言屍裹革，後軍先作鳥驚弓。千秋自有平心論，爲誦招魂弔鬼雄。」（詩鈔卷五）

七月十九日，適鐵嶺，出畫扇請張際亮題之。避亂邑東高文嶺義娘祠，又避兵内官鄉。

張際亮有題瘦雲畫扇，其序云：「辛丑七月，厦門失守。時瘦雲在彼從軍，心甚念之。月之十九日，適鐵嶺，孝廉以此扇屬題，遂草草書之。」（思伯子堂詩文集卷二九）

作義娘祠，序曰：「義娘，厦門人。康熙癸卯軍興，頭觸石幾碎，不得死。被擄北行，投邑東高文嶺道旁井。庚戌春，鄉人蘇貴感夢，浚井得白骨，裹

葬，立祠勒石道右。蓋祠、井皆以義娘名，存其寔也。」（詩鈔卷五）

作憫旱（詩鈔卷五）。

八月，龍溪令曹衒達作書招樹梅往龍溪。上書汀漳龍道徐繼畬論廈門、金門海事。

作上汀漳龍道徐公論廈金沿海事宜狀，自注：「辛丑八月」文曰：「漳、泉沿海及廈門迤北各鄉，亟諭紳耆團練丁壯，有警聞金並集，不得以各守己地爲辭……至若死事弁兵，宜速優䘏；傷殘士卒，宜速收納；遭難之民，宜速賙濟。又皆目前措置之必不可緩者。倘蒙采擇，言之大府，迅賜施行，沿海生靈幸甚。」（文鈔卷一二）

按，曹衒達書：「七月初旬，餞送行旌，旋聞廈門失守，未審彼時足下已至省城，抑徑歸金島……一月以來，夜不安枕。近雖訛言不一，民情尚爲安堵，無遷徙去鄉者。衒達處此危疆，急思好友一見，並商機密，徐、趙二公亦然，務懇即日惠臨，跂望之至。」（龍溪曹公書，文鈔卷一一附）

八、九月間，感時事艱難，而壯心不已。過漳州萬松關。又偕曹衒達至浦南辦械鬥。

按，懷人絶句二十二首，其四自注：「曹子安明府招往龍溪策防禦，又偕至浦南辦械鬥。」（詩鈔卷六）

作得家書（詩鈔卷五）。

作夢先君子軍容甚盛：「倚劍如聞昔日音，一天鼙鼓陣雲深。島門沙草初鳴雁，父老簞壺正望霖。」（詩鈔卷五）

作哭林仲環，其序云：「仲環，名玖瓔，金門人，好善有巧思。少時嘗得遺金，守俟其人，還之。既長，多讀書，工鑄劍。又能爲炮車船器，皆奇妙適用。近歲夷氛方期，乘時自見，而遽以病死。嗚呼，海鄉未平，斯人已不可見。惜哉。」（詩鈔卷五）

作秋夜大雷雨：「谿入秋潮壯，風吹戰血腥。兵農交困甚，啾唧有誰聽？」（詩鈔卷五）

作再過萬松關遇毛千戎起鳳：「十載重來漳水東，天教無意再逢公。」（詩鈔卷五）

作對菊（詩鈔卷五）。

九月，與龍溪令曹衔達論漳、厦安民防禦諸事。

作與龍溪縣曹公論漳厦安民禦賊狀，自注：「辛丑九月。」文曰：「今亟廣爲招諭，曲緩盗罪，聽其自歸。奸徒勾夷，尤須用間生其疑貳。如是，則盗賊自戢，商力自紓，民心自安，而勞師糜餉之費，自可因之以節省。所謂專以民爲務，而禦賊在其中矣。」（文鈔卷一二）

冬，經泉州、莆田，往福州別業。

作雨中過洛陽橋拜蔡忠惠公祠，自注：「公奏籍漁船教習水戰。見福建通志引公文集。」（詩鈔卷五）

作風雨滯塗嶺驛、長至日抵省寓（詩鈔卷五）。

按，咸豐九年己未（一八五九），金門林豪過惠安塗嶺，見樹梅題壁詩，大哭，遂作大風雨晚次防口驛讀壁上家瘦雲先生題句賦此弔之（誦清堂詩集注釋卷四，郭哲銘注釋，臺灣古籍出版有限公司，二〇〇八年版）。

是冬或明春，送康允怡之任順昌，畫麻姑像並題詩。

作喜悟康允怡廣文即送之任順昌：「我家海東隅，海南君所住。心交二十年，義比金石固。」（詩鈔卷五）

按，樹梅與康氏交誼已有二十年。

作寫麻姑像與姬人並題：「無端海上寇氛起，仙人歷劫遺兹圖。卻從兵燹得呵護，完幅依舊歸吾廬。」（詩鈔卷五）

作題試劍石（詩鈔卷五）。

道光二十二年壬寅（一八四二），三十五歲。

夏，遊鼓山。經延津往光澤料理師高澍然殯事，與高澍然次子孝敭（幼瞻）同行。

作挈眷遊鼓山四首，其一：「全家避暑躡層雲，喜遇支公亦解文。」（詩鈔卷五）

作寄故鄉親友：「坐窘誠非策，離家更苦辛。一鞭當溽暑，千里向延津。」（詩鈔卷五）

按，懷人絶句二十二首，其十四：「師門回首空關切，上下驚心五百灘。高幼瞻茂才爲雨農師次子，自省城同舟至光澤襄師殯事，校録遺文。」（詩鈔卷六）

又按，文學高君守耕墓志銘：「去年秋，以雨農師殯事至光澤。」（文鈔卷七）。詳道光二十三年。

六月，作授産條約及家録引，遺諸子俾世守之。
作授産條約及家録引第一則：「勉爲鄉里自好之人，幸而無傷汝祖母之意，無辱祖若父家聲。兄弟即非同生，要須一體，吾所望於汝曹如是而已。嗚呼。念之哉。壬寅六月十九日書」（文鈔卷一三）
秋、冬間，在光澤，料理高澍然殯事。與澍然子孝祚（屺民）、孝敭（幼瞻）鈔澍然抑快軒文集，擬携一部歸家山，圖剞劂（後未果）。
作書高雨農夫子抑快軒文集後，略云：「抑快軒文集爲光澤高雨農夫子未刊之稿，篇帙繁重，鈔刻不易，樹梅每與屺民、幼瞻二世兄談而憂之。爰分繕，得七十四卷，欲以壽梓，而未逮也……異時携歸家山，更圖剞劂，使夫子不朽之業得與周師内自訟齋集並播藝林。」（文鈔卷八）
作題木蘭從軍圖（詩鈔卷五）。
作盆松（詩鈔卷五）。
冬，光澤縣建育嬰堂，爲作銘並序。遊邵武，讀易，鼓琴萬山中。謁李綱祠。遊邵南道人峰、大阜岡；與王雲峰、王春浦訪張玉堂，留三日；於風洞見曹謹禱雨碑記；江立夫邀覽其家毓秀園，慷慨論形勢；回王家村，春浦囊琴爲贈。又遊大皐岡。

作乳鐘銘，序云：「維道光二十有二年十一月，光澤縣建育嬰堂，成，既祀主神，爲諸嬰祈福。里人何煥奎太守乃作乳鐘納於室，屬金門林樹梅爲之銘。」（文鈔卷一四）

按，蔡廷蘭林君瘦雲四十初度壽言：「君既懷才不用，又諸所陳悉廢格，知時勢噂沓，無足成功名，復退而遊邵武，讀易鼓琴於萬山中，口不復齒時事。」（林策勳浯江林氏家録）

作李忠定公祠（詩鈔卷五）。

按，宋李綱祠在邵武。

作獵人斃豹往觀有作（詩鈔卷五）。

作建灘行：「建溪千里少平路，插漢高峰絶緣附。西來一水滔滔去，危灘勢與相迴互。巉巖刀鋸森如樹，怪狀紛紛杳難數。」（詩鈔卷五）

按，樹梅又有灘行紀險歌，疑爲初稿，試比較前數句：「閩西千里少平路，插漢萬峰絶攀附。一水遠從西北來，勢與山根共迴互。水中亂石相巉巖，斷流刀鋸森如樹。大小相間五百灘，滿目怪狀紛無數。」（詩鈔初

編卷四）

又按，水路由福州往邵武，經閩江、富邨溪，多險灘。

作遊道人峰記：「道人峰，邵南山水之極勝。友人王春浦居山麓，招予往遊……峰跨將樂、泰寧二境，廣八十里，爲景三十六，爲嶺八千級，隋唐時道人龔志道化身於此。」（文鈔卷五）

按，懷人絶句二十二首，其十五首自注：「張玉堂明經結廬邵武道峰之麓，讀易數十年，自號『翠蘿村叟』。樹梅訪之，爲留三日。」（詩鈔卷六）

又按，懷人絶句二十二首，其十八首：「心事平生異酒徒，名園縱酒氣偏纚。無端抵掌論形勢，惆悵長江萬里圖。邵武江廣文立夫率弟肅軒、行侃、猶子雲谷，邀覽其家毓秀園。酒酣出長江圖，慨當局失維防之策。」（詩鈔卷六）

十一月，至日，繼續撰授産條約，以忠孝訓誡其子，以爲無事近名，庶幾得爲一鄉善人已。

作授産條約及家録引第二：「汝曹有能振大家聲，究成吾志，當取祖若父未

竟之事，畢力自爲，無事近名，庶幾得爲一鄉善人已。壬寅長至日書」（文鈔卷一三）

是歲，慨歎時事變遷。

作從軍紀略：「蓋自庚子至今壬寅，不及三年，時事之變遷與身之閱歷，可嘅也。」（文鈔卷一一）

是歲，抄高澍然抑快軒文集，因書其後。

作書雨農夫子抑快軒文集後（文鈔卷八）。

是歲，陳化成戰死於上海寶山，爲作傳。陳化成與樹梅父林廷福歷海戰三十餘年，情如兄弟，化成子廷芳、廷棻亦與樹梅情好無間。

作江南提督忠愍陳公傳（文鈔卷六）。

作拜忠愍公祠：「父執公專閫，江南昔駐兵。孤軍無後繼，一死有餘榮。鷺島歸忠骨，洩流帶恨聲。至今寰海外，猶自仰威名。」（羅元信金門佚文訪佚，金門日報，二〇〇三年四月三日）

按，此詩作年不詳，附繫於此。

道光二十三年癸卯（一八四三），三十六歲。

元月，光澤高南陽（守耕）致書，以遠大相期許。

按，文學高君守耕墓志銘：「卒之前兩月，猶抵書於予，以遠大相期許。」（文鈔卷七）

按，高南陽卒於三月，詳下。

是歲，携眷南歸金門。再過厦門、鼓浪嶼，英雄志未展，依舊熱血滿腔。

作挈眷南歸：「遊子行將焚筆硯，故鄉聞已罷弓刀。」（詩鈔卷六）

作初抵家作（詩鈔卷六）。

作親舊席中：「島嶼仍鼙鼓，郊原半草萊。」（詩鈔卷六）

作再過厦門炮城感舊事：「往事經營血滿腔，炮車遺轍尚雙雙。疾呼未展英雄志，休戚相關父母邦。」（詩鈔卷六）

作過鼓浪嶼：「至今鼓浪門庭内，猶有如山甲板船。」（詩鈔卷六）

作觀築夷樓：「民居官舍嗟同毁，舊鬼新魂怨不窮。俯瞰孤城如斗大，玻璨窗牖自玲瓏。」（詩鈔卷六）

七月，外祖母趙太宜人卒，年八十三。

作外祖父陳公外祖母趙太宜人遺事：「道光二十三年七月二十三日，太宜人以微疾端坐卒，距生於乾隆二十六年二月二十二日，年八十有三。葬邑之内官鄉。」（文鈔卷七）

秋，觀兵，有詩志感。又有詩贈曹李芳。

作霜降觀兵，自注：「辛丑夷氛至今始見操演。」詩云：「驀見傳軍令，方知已降霜。風驕新畫角，草長舊沙場。」（詩鈔卷六）

作寄贈高屺民幼瞻二世兄：「衆緑凜商飆，候蟲復唧唧。矯望雲中鴻，倦斂雙飛翼。」（詩鈔卷六）

作漢鏡歌爲吕西邨先生作：「誰其賞者西邨翁，古月直落今人掌。此翁是我金石交，鑑我胸襟發爽朗。此鏡於翁亦有神，漢代風徽猶可想。」（詩鈔卷六）

按，吕世宜擅藏、鑒賞古器物，漢鏡爲其一。樹梅爲作長歌。

作贈曹李芳歸南澳二首，其一：「亂後親知少，秋來感慨偏。」（詩鈔卷六）

作文學高君守耕墓志銘（文鈔卷七）。

冬，重遊虎谿巖、白鹿洞，憶及前年海氛掘泉事，並懷亡友陳朝進、友人張際亮。

作重遊虎谿巖白鹿洞志感四首，其一：「人和堪共死，地險必先争。勿使藩籬撤，豺狼敢入城。辛丑三月，予屯鄉勇巖洞間，五月奉撤。七月夷遂踰此入厦城，既而大驚曰：『絶地也。』遽退鼓浪嶼。」其二：「如何華表上，不見鶴歸來？乙未繼豪同遊，未幾而殁，葬此，隔山半里許。」其三：「題壁山靈護，重吟思邈然。辛丑閏三月，張亨甫孝廉過訪，留句猶存壁間。」（詩鈔卷六）

冬，遇鄉人吴學元（體士）於泉州。

按，例授州同知吴君體士墓志銘：「君諱學元，字體士，先世居晉江，祖誠甫始遷金門，遂爲金門人……樹梅去年冬遇君泉州，訝其氣體羸憊，心竊憂。」（文鈔卷七）

是歲，張際亮卒，年四十五。

道光二十四年甲辰（一八四四），三十七歲。

是歲，有閑適之詩若干首。

作姬人得連理荔枝乞予圖之並題小句、同心蘭花圖、白牡丹、水仙花（詩鈔卷六)。

八月，爲朱伯廬先生家居格言集説撰序，以爲此書堪媲紫陽之家訓。

作朱伯廬先生家居格言集説序：「近晤里人曾樹桂，得讀乃祖省軒先生手書集説，予喜其用意之善，搜見之勤……予以是文雖非朱子之書，而樸實近道，深切著明，尤爲四方所傳誦，實堪媲紫陽之家訓，而俱傳士君子立己之言，其故正可深思也。因慫付梓墨，以公於世，覽者勿以其易而忽諸。道光甲辰中秋日，後學林樹梅書於鷺江寄舫。」（道光三十年刊本，據楊永智金門林樹梅刻書考，東海中文學報第一五期，二〇〇三年七月。此書不見著録，楊永智有藏本）

十月，爲吴體士墓志銘，敘平生之誼。

作例授州同知吴君體士墓志銘（文鈔卷七）。

十二月，以一身承祧林、陳兩姓，欲以第五、第六子爲陳氏後。

作懷人絶句（詩鈔卷六）。

按，懷人絶句二十二首，其中其十六懷海壇舊友，詩鈔初編卷二作懷海壇舊遊（當作於道光十七年在臺灣之時）。縱觀二十二首詩，或非一時之作，而於是歲重加飾潤整理，統一體例，題曰懷人絶句。

又按，懷李致雲、張際亮、曹謹、周凱、陳化成等三十餘人。

作授座條約及家録引第三則：「吾以一身承祧兩姓，其責亦綦重哉……兹欲使汝恩、汝念以後陳氏，汝惠等宜從吾姓，畢汝身、汝子、汝孫有欲復姓者，則非吾與汝所能禁也。嗚呼，吾蓋念此有年，既不能公義、私恩均無所負，第就目前之境求爲此心之安，其得以自盡者，如是而已。天如哀我林、陳兩門，使汝兄弟盈昌蕃衍，未必非吾一身兩盡之道也……甲辰嘉平再書」（文鈔卷一三）

是歲，吕世宜爲歔雲文鈔初編題簽。

按，封面有「歔雲文鈔初編道光甲辰長至吕世宜謹題」十七字。

又按，歔雲文鈔初編刻成在道光二十七年（一八四七）。詳該年。

道光二十五年乙巳（一八四五），三十八歲。

元月初七，鄉人吕世宜爲樹梅篆硯。

按，吕世宜篆文正文：「歔雲校正古文篆硯」八字，落款「吕世宜道光丙午

人日題」十字。（實物照片見海峽導報，二〇〇六年十二月三十一日）

又按，周凱四十九石山房記：「呂子西村，好古而辟。凡金石甎甓之文，摩撫審玩，嗜若性命。善屬文，工篆隸。」（內自訟齋文集卷八）

二月，厦門林必瑞（硯香）臨終，要樹梅至榻前。樹梅爲作墓志銘，並經紀其喪事。

作太學生林君硯香墓志銘：「君再還厦門，會善病，而病垂危，遣子要樹梅至榻前，曰：『弟來，當能了我事矣。』語竟而卒。時道光乙巳正月二十九日也，得年四十有五。」（文鈔卷七）

按，呂世宜評語：「硯香，余金石交。既没，其孤幼弱，無以葬。瘦雲悉爲經紀其喪，此足覘友誼之真哉。」（太學生林君硯香墓志銘附，文鈔卷七）

十一月，冬至，與諸將門子孫夢九、周晴秋、楊石松、李夢良遊集。

作冬至喜孫夢九、周晴秋、楊石松、李夢良諸君見過：「相逢一笑凍雲開，鯨飲休辭醉百杯。邊海即今空戰壘，將家自古幾詩才。諸君皆將門之秀，一時韻事也。」（詩鈔卷七）

冬，雅集。

作消寒雅集：「千古是非聽史論，一天風雪入吟懷。」（詩鈔卷七）

是歲，夢見先外祖妣趙太宜人，有詩。

作夢先外祖妣趙太宜人：「談話如生憑一夢，祖孫倚命憶當時。」（詩鈔卷七）

是歲，遊厦門無盡巖、碧山巖、五老峰、雲頂巖、碧玉洞。

作無盡巖、碧山巖（詩鈔卷七）。

作侍母遊南普陀上五老峰觀海：「如此江山氣獨鍾，御碑况鎮海門衝。」（詩鈔卷七）

作登雲頂巖：「諸君莫問興亡事，千載龍門鎖碧芸。石刻『龍門』二字，相傳宋幼主南行經此所題云。」（詩鈔卷七）

作夢遊碧玉洞天中有自然石榻（詩鈔卷七）。

是歲，訪吕世宜於海澄，請吕氏訂高澍然文。

作訪吕西邨先生寓居海澄：「久念西邨子，今朝遂泛舟。朅來欣一晤，相與訂千秋。樹梅奉雨農師遺文質於先生，先生亦出其筆記見示。」（詩鈔卷七）。

是歲，過厦門父執楊立齋泛月樓，並與立齋子石松遊。石松亦能詩。

作過泛月樓，自注：「在厦門城中父執楊立齋總戎別業。」（詩鈔卷七）

作贈楊君石松：「楊君貞性比松石，世講交情忻莫逆。」（詩鈔卷七）

作雨中與石松懷友（詩鈔卷七）。

道光二十六年丙午（一八四六），三十九歲。

二月，爲友人謝琯樵女兄浣緗詠雪齋詩草作跋。

作詠雪齋詩草跋，略云：「頃者，吾友詔安謝君琯樵，重晤厦門，以詠雪齋詩草見示，乃其女兄芸史先生閨中句也……琯樵行將北遊，匆匆言別，漫題卷後而歸之。時丙午花朝日，歗雲弟林樹梅拜手謹跋。」（詠雪齋詩録卷首，謝芸史著，李青雲注，謝繼東校閱，臺南大新出版社，一九九〇年版）

按，謝浣緗（一八〇一——一八七一），字芸史，號詠雪齋，琯樵姐，詔安（今屬福建）人。中年之後，設帳授徒，男女兼收。有詠雪齋詩録。

又按，林樹梅喜晤謝管樵即送之建寧幕府詩略云：「傾尊共訂遊山約，啟篋教評詠雪詩。出其女兄浣緗詠雪集索序。」（詩鈔卷八）

又按，謝穎蘇（一八一一——一八六四），字管樵，晚期書畫落款爲「琯樵」，號北溪漁隱、北溪釣隱，又號懶雲，浣湘之弟，詔安（今屬福建）人。曾在厦門從周凱治古文，能詩，善書畫。後東渡臺灣，爲板橋林家西席。有筍莊吟草及篆刻集琯樵真篆等。（謝穎蘇生卒年據施懿琳等全臺詩第六册，臺南臺灣文學館，二〇〇八年版，第三四九頁）

春，奉母遊白鹿洞、虎谿諸勝。吕世宜招遊錦里寓園，約遊粤東。有詩懷亡友嚴熙純、張際亮卒，哭之。

作春日奉母讌遊鹿洞虎谿諸勝（詩鈔卷七）。

作答西邨先生招遊錦里寓園其一：「揭來錦里尋芳約，好共春風放棹過。」其二：「談深忽起羅浮想，分付梅花作主人。先生有同遊粤東之訂。」（詩鈔卷七）。

作偶見亡友嚴熙純茂才書畫感二首，其二：「舊遊都是傷心處，雲散星沈十六年。」（詩鈔卷七）

作哭張孝廉亨甫二首，其二：「往歲高歌處，遺蹤得再尋。辛丑閏月，亨甫過訪，留詩白鹿洞壁。」（詩鈔卷七）

作友人期飲山巖阻風不果，詩以柬之：「嗟予小别春將半，恐負山花爛漫開。」（詩鈔卷七）

作散步至虎谿巖，始知是日爲寒食：「滿山雨意知寒食，麥飯誰家上墓臺？」（詩鈔卷七）

夏，又重遊虎谿巖。

作重遊虎谿避暑小酌，時將北行：「暑氣漸消心更静，苔痕自長墨猶新。」（詩鈔卷七）

九月九日，奉母遊萬石巖。制府閲兵厦門。北上，過莆田涵江。

作九日奉母遊萬石巖（詩鈔卷七）。

作制府閲兵厦門：「一掃妖氛安海宇，再申號令任驅馳。」（詩鈔卷七）

作小姬學寫梅花頗有意趣，乞予授法，並此示之（詩鈔卷七）。

作過涵江陳氏園亭訪主人未遇：「悵望應非遠，相思秋滿林。」（詩鈔卷七）

是歲，師李致雲（自青）卒。

作哭李自青夫子：「古道存人口，門生半海東。」（詩鈔卷七）

是歲，詠夷人自鳴琴。病疥，有詩自嘲。

作自鳴琴（詩鈔卷七）。

作病疥戲同疾者（詩鈔卷七）。

是歲，過莆田、仙遊，稱涵江爲小蘇州。

作閩南道中雜句六首，其二：「壺公山翠聳晴空，我馬南來水向東。卻喜楓亭知不遠，一鞭遥指荔枝紅。」其四：「千家夾水起高樓，樓上闌干樓下舟。饒有古風人不識，翻誇好景小蘇州。涵江。」（詩鈔卷七）

是歲，題楊繼盛年譜家訓。

作題楊忠愍公年譜家訓後：「一疏鋤姦迸血誠，椒山有膽死何驚。」（詩鈔卷七）

按，參見書楊忠愍公年譜家訓後（文鈔卷八）。

是歲，琉球貢使魏學源（有淵）卒。

按，贈琉球蔡錫謨楊邦錦兩秀才，自注：「聞魏大夫有淵去年溘逝，予舊知也。」（詩鈔卷八）

又按，參見道光十九年（一八三九）。

是歲，子功恩生。

按，誡子詩七首，其四：「恩子甫能言，神骨頗秀特。」（詩鈔卷八）

又按，「甫能言」，一歲多能説話，此詩作於道光二十七年（一八四七），逆推，功恩生於是歲。

道光二十七年丁未（一八四七），四十歲。

春，感慨壯志消磨，又有莫遣歲月空流之情懷，有詩。往福州，重遊釣龍臺。有詩贈陳化成子廷芳（莒塘），相勖報國，莫輕言歸田。

作贖琴歌，序曰：「琴爲邵武王春浦茂才所贈，造形似蕉葉，其音清越而幽遠。典人三載，幾不歸，近得贖還，喜而作歌。」（詩鈔卷八）

按，遊道人峰記：「回王家村，春浦囊琴爲贈。」（文鈔卷五）

作詠懷，其一：「卻憐壯志銷磨甚，廿載依然賸此身。」其二：「談兵欲笑書生氣，彈鋏何心食客遊。」（詩鈔卷八）

作重遊釣龍臺：「莫笑重遊詩興減，又從風雨到山來。」（詩鈔卷八）

按，上次遊釣龍臺在道光八年（一八二八）。詳該年。

作贈陳君莒塘：「國恩猶未報，莫便説歸田。君以尊父忠愍公死事，欽賜舉人。」（詩鈔卷八）

作柬石松：「一春無事閉蝸廬，况味蕭然静有餘。」（詩鈔卷八）

四月，輯明楊繼盛年譜、家訓於一帙，擬付梓，並爲其書後、題詩。作書楊忠愍公年譜家訓後，略云：「公諱繼盛，字仲芳，號椒山，直隸容城人。明嘉靖進士，官兵部員外郎。劾嚴嵩十罪五奸，死西市……族兄孝時、阮君如山、陳君梅溪咸謂公家訓周密，聖賢用心，人生切實要道也。因彙輯一帙，題詩付鐫，且識其略。」（文鈔卷八）

按，楊永智金門林樹梅刻書考曰：「續刻咸豐元年四月嘉義王朝輔序文一葉，再附道光二十七年四月林樹梅序文两葉……此兩葉版心之下還加鐫『臺郡統領巷，松雲軒藏版』木記兩行。接著排比陳君選原序五葉，其後林樹梅題贊一葉，並刻『林樹梅印』『瘦雲』木印两方。」（東海中文學報第一五期，二〇〇三年七月）

作題楊忠愍公年譜家訓後（詩鈔卷七）。

春、夏間，有雜詩多首。重訪閩安，晤琉球蔡錫謨、楊邦錦，有詩贈之。子功念生。

作誡子詩七首（詩鈔卷八）。

按，樹梅有子功愛、功惠、功意、功忠、功恩、功念；女二。功愛早卒。此組詩七首，功惠以下人各一首，女一首，作結一首。是歲，功惠十四歲左右，功意九歲，功忠七八歲，功恩兩歲，功念一歲。

又按，誡子詩七首，其五：「念子最晚出，雙瞳秋水明。」（詩鈔卷八）

又按，功念尚不會說話，生於是歲。

作再至閩安鎮有感，自注：「古號龍門，爲省會咽喉重地。」詩云：「憶昔趨庭此再過，龍門控海勢嵯峨。」（詩鈔卷八）

作喜晤謝管樵即送之建寧幕府，自注：「君善書法，畫竹尤妙，著有筍莊吟草。」詩云：「傾尊共訂遊山約，啟篋教評詠雪詩。出其女兄浣緗詠雪集索序。」（詩鈔卷八）

按，作序事詳去歲二月。

作贈琉球蔡錫謨楊邦錦兩秀才：「卅六姓中佳子弟，明洪武間，移閩人三十六姓往琉球教導，至今子孫皆爲秀才。四千里外大波濤。」「轉爲新知傷故舊，不堪風雨讀離騷。聞魏大夫有淵去年溘逝，予舊知也。」（詩鈔卷八）

五月，初五日，鄭澤農招飲。

作端午後一日鄭澤農明經招飲，即席漫賦：「感君邀我聊沾醉，異地思家對

概歌。」（詩鈔卷八）

按，「異地」，時在福州。

夏、秋間，今年米價貴。有雜詩數首，言倖免火災又遭水害。又爲呂世宜之父傳題詩。

作近況：「去歲貴鹽今貴米，火災幸免水災侵。」（詩鈔卷八）

作寄内、安得、先人遺眼鏡，母寶之，命題匣上、雲悟圖。

作四酒詩，序曰：「所嘗佳釀，以厦門許造如酴醾酒爲最，來自泰西，異常香豔。次則邵武道峰僧汲古井水以造，飲之，沁人心骨。家景仲用武夷名茶滴瀝成醞，入口足以滌煩。而龍溪鄭澤農所製荔枝酒，其方甚秘，韻亦勝也。凡此四酒，竊謂瓊漿玉液殆不能過。」（詩鈔卷八）

按，厦門許造如酴醾酒、邵武道峰僧古井酒、林景仲茶酒、龍溪鄭澤農荔枝酒，爲四佳酒。

作題硯、白桃花、梅花、燕窩（詩鈔卷八）。

作題呂孝子傳後，序曰：「孝子諱仲誥，字謙六，舉人世宜之父。同里林一枝、武進劉儀皆爲之傳。世宜屬樹梅系以詩云。」（詩鈔卷八）

夏、秋間，遊厦門，爲楊石松寄園題詩十八首。又爲石松繪寄園圖。

作寄園雜詩，序：「寄園在厦城中，故總戎楊公立齋所闢也。有樓翼然，俯納衆碧，得山林幽邃之概，多藏書。公子石松乃加修葺，屬繫以詩，得十八首。」（詩鈔卷八）

按，詩鈔僅存十七首：積書堂、鳴琴澗、泛月樓、評詩讀畫之軒、天竹厓、枕梧亭、方竹塢、青螺石、環翠壑、三折徑、妙香室、留雲洞、苔磯、嘯臺、賞雨山房、半規池、松石圃。

作題許鶴仙爲石松繪寄園圖，即送其調戍東瀛（詩鈔卷八）。

秋，得陳慶鏞書，答之。讀紅線傳並寫圖。遊厦門，登大觀樓，泛鷺江，擬返歸櫂。

作陳頌南先生惠書賦答（詩鈔卷八）。

作偕友登眺大觀樓（詩鈔卷八）。

作讀唐人紅線傳寫圖並進（詩鈔卷八）。

按，「進」疑爲「題」之誤。

作喜曾壯甫茂才過訪、明日壯甫解纜，走筆送之（詩鈔卷八）。

作抽藤歎，其序云：「臺灣内山産藤，人潛往采，常被生番戕害。爲作抽藤歎。」（詩鈔卷八）

作題鷺江秋泛圖（詩鈔卷八）。

作謝碩甫陳壽山兩孝廉來廈寓荷庵，相見率贈（詩鈔卷八）。

按，謝宗本，字碩甫，金鑾子，侯官（今福建福州）人。道光十七年（一八三七）舉人，工書。

作聽琴（詩鈔卷八）。

是歲，有書致邵武王春浦，憶及道光二十二年（一八四二）遊道峰，春浦送琴。作與王春浦茂才書：「然猶偷閒作贖琴歌聊以排遣，吾兄覽之，亦可憐其心而哀其遇矣。」（文鈔卷二）

是歲，刻崇禎十四年辛巳（一六四一）黄道周手書孝經。

按，是書卷末有「崇禎辛巳初冬黄道周書於白雲庫下」和「皇清道光丁未上元金門後學林樹梅敬録」落款。

是歲，刻文昌孝經（文鈔卷一三）。

按，文昌孝經序：「樹梅既刊黄忠端公孝經贊，復念文昌孝經十八章尤爲誦

而易曉，欲並梓之，不能一日去諸心。」（文鈔卷一三）

是歲，自刻歗雲詩鈔八卷。

按，封面有「歗雲詩鈔初編何廣熹拜題」十一字。

是歲，自刻歗雲文鈔初編十四卷。

按，呂世宜歗雲山人文鈔題簽在道光二十四年甲子，然此本載録之文太學生林君硯香墓志銘（文鈔卷八）、文昌孝經序（文鈔卷一三）等，均作於甲子之後。此一。二，蔡廷蘭林君瘦雲四十初度壽言稱林樹梅之集仍爲静遠齋集而未有「歗雲山人文鈔」之句。樹梅是歲年四十，蔡氏所作壽序即使稍早，似也不至於早上兩三年。加以是年爲樹梅整壽，梓書爲壽，亦是常理。故可推知歗雲文鈔初編當刻於此歲。

是歲，蔡廷蘭爲作四十壽言，稱樹梅爲宋代陳亮一類人物。

按，蔡廷蘭林君瘦雲四十初度壽言略云：「庚辛間，夷訌廈門，大府聞君名，則自邵武徵回。監司以下，争願羅致，君固遜謝不受聘。然所條上諸策，有可防寇患、衛鄉里，率抵掌莊論，務求便民。論者謂君以一韋布，抗議達官前，爲陳同父一流人。於是當道亟稱其才，爲敘官六品階，又將奏移武秩，

君復以母老辭。」（林策勳涪江林氏家録）

是歲或稍後，在厦門晤曾以健，曾稱樹梅聲名傾動海内。

曾以健評：「今夏至厦門，讀其所著文十四卷，海内名流，評論各精當。詩別刻八卷，蒼鬱而恬適……益歎歎雲之所以傾動海内，其來有自。」（林策勳諸家評論，嘯雲詩鈔附，菲律賓宿霧市大衆印書館，一八六八年重印）

按，林樹梅歗雲詩鈔八卷本刻於是歲。曾文必作於此年或稍後。

道光二十八年戊申（一八四八），四十一歲。

秋，重遊閩安侯（猴）嶼。

作白閩安重遊侯嶼巖：「雁來蘆荻外，秋老桂花間。巖中二桂樹甚高，傳爲宋時物。」（歗雲詩存）

是歲，刻陳第一齋集。

作書陳一齋先生全集後：「明遊擊將軍、連江陳一齋先生，諱第，字季立，故武人也。其著述多翼經之作，而郡志無傳……惟焦弱侯謂先生有三異：『身爲名將，手握重兵，一旦棄去，如野衲，一也；周遊萬里，不可羈紲，

而辭受硜硜，二也；貫穿馳騁，著書滿家，而字畫聲音，至與繭絲牛毛争猥細，三也。』」（文鈔卷八）

按，陳第（一五四一——一六一七），字季立，號一齋，連江（今屬福建）人。遊擊將軍，有一齋全集。

道光二十九年己酉（一八四九），四十二歲。

是歲前後，有詩贈陳慶鏞。家居。漁家之樂，繪圖並有詩。

作慶南軒明府贈弓矢，賦長句謝之，有云：「方今狐鼠尚跳躑，水旱況復隨兵戈。」（歗雲詩存）

作題女將圖二首（歗雲詩存）。

按，女将指秦良玉、沈雲英。

作寓居偶詠三首（歗雲詩存）。

按，三首細目：寄舫、面山亭、惜翠樓。

作自題漁家樂圖、題友人篁月彈琴圖、葛衣曲（歗雲詩存）。

作再過象鼻峰見大石開口刻「石笑」二字，喜而賦之（歗雲詩存）

按，遊萬石巖望醉仙洞象鼻峰至小桃源：「石頑偏解笑。有大石開口，刻『石笑』二字。人醉欲何言？」（詩鈔卷五）

作題瘿木私印匣：「如許龍蛇篆，渾忘雪爪痕。」（歗雲詩存）

作看劍憶亡友許造如：「贈劍情偏重，千金購島夷。故人長已矣，佩此欲何之？」（歗雲詩存）

冬，在厦門晤劉家謀，有贈答詩。家謀時將往臺灣任教諭。

劉家謀有答林歗雲樹梅厦門：「酒酣慷慨談兵事，正是東南羽檄馳。一瞬滄桑驚變幻，十年嶺海悵分離。征途邂後誰身健，薄宦奔波跡又歧。青眼高歌天外至，卻從歲暮感相知。己亥秋與歗雲同飲福州酒樓，今冬厦門一見，匆匆遽別。」（觀海集卷一）

是歲前後，洋人聞其名，用新式照相術爲其拍照，擬傳於外國。樹梅加印一幀留於家。

按，林豪瘦雲先生留影鏡歌有引，其序云：「先生家厦門時，洋人聞其名，欲圖像以傳於外國，乃取洋鏡照其面，隨淬奇藥，影留鏡中，歷久不退，先生令再淬一幅藏之。」（誦清堂詩集注釋卷三，林豪著，郭哲銘注釋，臺灣古

籍出版有限公司，二〇〇八年版）

又按，此詩作於樹梅卒後，所敘爲晚年在厦門之事，附繫於此。

道光三十年庚戌（一八五〇），四十三歲。

是歲，刻朱伯廬先生家居格言集説。

按，楊永智金門林樹梅刻書考：「書後附刊校刻姓氏半葉，以金門林樹梅爲首，包括南安、同安、厦門諸地人士共十二人。又鐫道光三十年正月十五日曾樹桂等人的識語半葉，言及這一卷高祖的著述『迨遇林君歗雲、梁君東圃力勸授梓人，又得諸公共襄厥事，剞劂告成，志其緣起』。」（東海中文學報第一五期，二〇〇三年七月）楊永智藏有厦門文德堂書坊本。

是歲，重刊胎産必讀。

重刊胎産必讀封面，鐫書名及「庚戌仲冬雕，松雲軒藏本，東瀛諸同人捐緣敬刊，本軒住在臺郡城内上横街統領巷，印刷各款善書經文」。

按，重刊胎産必讀卷首「金門林樹梅實夫一字瘦雲訂正」「臺陽諸同人捐緣松雲軒刻」兩行共二十四字。據楊永智金門林樹梅刻書考（東海中文學報第一五期，二〇〇三年七月），此書不見著録，楊永智有藏本。

是歲，劉家謀往臺灣任訓導，取道厦門，林樹梅出所著歗雲叢記，家謀爲題詩，以爲此書多談海國道里。

劉家謀有題歗雲叢記二首，其一：「兩粤兵戈尚未除，幾人籌筆困軍儲？如何叱咤風雲客，絶島低頭但著書。」其二：「矮屋三間枕怒濤，狂歌縱飲那能豪？馳情員嶠方壺外，甚矣從君踏六鼇。記中談海國道里甚詳。」（觀海集卷二）

是歲，林則徐告病由貴州返回福州，召樹梅至省垣參其幕，樹梅上書論閩省時務並陳六策。又即席賦詩，則徐改其詩兩字，時有「兩字師」之譽。則徐贈詩稱樹梅「奇士」。則徐又嘗導觀所畜鶴，命題賦詩。

作林少穆先生招赴省城詢海上事，即席賦呈二首，自注：「時先生在告家居，被命宣告。」其一：「到處饒遺愛，歸來寡剩金。情關民瘼亟，憂切海氛深。愧我乏奇抱，因公激壯心。引杯領高議，慷慨發長吟。」（歗雲詩存）

林則徐有次家歗雲樹梅見贈韻二首，其一：「瀛壖有奇士，才望重南金。將種論勳遠，儒門殖學深。雄文騰劍氣，雅詠寫琴心。猶抱隆中膝，低徊梁父吟。」其二：「相逢話疇昔，感事愧畺臣。瘴海頻年劫，冰天萬里

身。膏肓此泉石，擾壤幾風塵。憑杖行籌策，知君筆有神。」（林則徐詩集，第六一〇頁，海峽文藝出版社，一九八七年版）

按，誦清堂詩集：「林文忠則徐晚年，嘗延瘦雲至省垣，密詢訪海之策，瘦雲即席爲詩云：『到處有遺愛，歸來無剩金。』文忠笑曰：『若無剩金，則此酒何從取給乎？』乃改之云：『到處饒遺愛，歸來寡剩金。』人以爲『兩字師』云。」（許如中新金門志編餘雜録引，第九四六頁，金門縣政府印行，一九五八年版）

又按，林樹梅傳：（林則徐）「適籌防海，樹梅密參帷幄。」（光緒金門志卷一〇）

又按，林策勳從伯祖歗雲公傳：「上書論閩省時務，並陳六策，謂：察夷情以知防備，觀形勢以議守禦，請移兵以重控制，督私藏以充民食，救火災以杜驚擾，勸聯鄉以資保衛。文忠器重之。」（林策勳浯江林氏家録，家印本，一九五五年版）

作少穆先生導觀府中馴鶴有作：「胎禽聞產自滇池，萬里提攜靜對宜。先生示客云：得自滇南永昌邊徼。」（歗雲詩存）

八月，中秋，林則徐爲作跋語並贈詩。

林則徐評：「歗雲宗兄幼侍先德，領舟師，歷南北洋，故精於籌海。又得古鐵笛，登天姥峰吹之，有詩見集中。余因撰『家傳將略金符重，座引仙風鐵笛清』二語以贈。時道光庚戌中秋日。」（林策勳諸家評論，嘯雲詩鈔附，菲律賓宿霧市大衆印書館，一九六八年重印）

按，「家傳」二句爲林則徐佚詩，林則徐詩集失輯。

秋，在福州，憶臺江湘雲化去已三年。爲冬盦先生元量畫壁，元量曾贈以瓢，樹梅常佩以自隨。

作重至臺江聞湘雲已化去三載矣（歗雲詩存）。

按，樹梅曾爲之作湘雲曲。

作江樓秋夜（歗雲詩存）。

作口號三章答冬盦先生元量，自注：「予爲畫壁。」其三：「瓢笠都無恙，君昔贈瓢，予常佩以自隨。煙霞到處宜。」（歗雲詩存）

十月，上旬，林則徐赴粵。行至泉郡，樹梅暫假歸里，則徐贈以狐裘，約赴軍前，樹梅作詩賦別；此前則徐以松鶴圖及楹帖壽樹梅母。友人劉存仁孝廉隨林則徐從軍，樹梅有詩送之，並請劉氏遲其西征。途次泉南，桂超萬有詩贈則徐，則徐和之，又命樹梅和。又有歸策詩。

作少穆先生被命督師粵西，予隨行至泉郡暫假歸里，解狐裘見贈，約赴軍前，感呈四章即以奉別四首，其一：「故國方多事，夷酋人踞省城寺宇，甚爲閭閻之害。安危仗大儒。籌邊期可久，視賊本如無。忽奉督師詔，難辭抱恙軀。殷勤語父老，滋蔓恐難圖。時諸夷復散占城外民居，於是聯鄉防備，夷稍斂迹。」其二：「感公將遠別，惠我及慈親。先生嘗以松鶴圖並楹帖壽吾母。」（歗雲詩存）

按，來新夏林則徐年譜新編：「十月初一日，林則徐收到清廷任命他爲欽差大臣的諭旨。次日即由福州抱病啟程。」（「道光三十年」條，南開大學出版社，一九九七年版，第六九八頁）

作贈劉炯甫孝廉從軍粵西二首，其一：「壯君衣短後，遲我亦西征。慷慨宣威德，追隨仰老成。謂少穆先生。」（歗雲詩存）

按，謝章鋌孝廉劉徵君別傳：「君曾入林文忠公幕府，爲文忠所信任。」（賭棋山莊文續卷一）

作桂丹盟觀察作鸞官韻詩贈少穆先生，先生在泉南途次既和之，又屬予和，

勉成　章附呈觀察（歔雲詩存）。

按，桂超萬，字丹盟，貴池（今屬安徽）人。道光十二年（一八三二）進士，觀察，有鸞官韻詩贈林則徐。

十月，十九日，林則徐卒於途中。樹梅感其知愛，爲詩招魂。

作哭少穆先生二首，序云：「與先生別甫旬日，忽得桂丹盟觀察來書，言：『先生星軺過漳後，遽得大病，於月之十九日至普寧，大星隕矣。』嗚呼，哲人已萎，典型凋喪，彷徨涕零，其將奚歸？因疊觀察贈先生鸞官韻，聊申一慟。」其二：「擬編行記仿驂鸞，范成大桂林行記，名驂鸞録。私幸從遊勝得官。籌海幾時同把酒，告天清夜自薰檀。先生有焚香告天圖。談深每慮酬恩晚，事變因知涉事難。回首可憐雙鶴瘦，更誰花底與吟看？嘗導觀所畜鶴，命題賦詩。」（歔雲詩存）

十一月、十二月，歸隱鄉園。

按，林策勳從伯祖歔雲公傳：「蓋生平所抱經濟，受知文忠，方欲展其才，而流水高山，知音頓渺，自是鬱鬱寡歡，歸隱鄉園。」（林策勳浯江林氏家録，家印本，一九五五年版）

清文宗奕詝咸豐元年辛亥（一八五一），四十四歲。

是歲，隱鄉園。鬱鬱以歿。臺灣教諭劉家謀聞訃，作詩弔之。此前，樹梅兩致書信請家謀刪詩。

作臨終口占云：「深負平生國士知，鹽車老駕欲何之？歸來化作孤山鶴，猶守梅花影一枝。」（此詩詩鈔不載，見光緒金門志卷一〇）

劉家謀有爲歗雲刪詩畢未寄去而訃音至矣：「嶺海茫茫幾霸才，重洋兩度寄詩來。一編讀罷成遺草，商略何因到夜臺？」（觀海集卷三）

是歲或稍晚，金門林豪作詩懷之。

按，林豪金門耆舊詩林瘦雲公子云：「卓犖將門子，掉頭謝朝班。孤鶴去不歸，白雲在空山。素心託流水，詩卷留人間。梅花幾度開，夫君何日還？」（誦清堂詩集注釋卷三，郭哲銘注釋，臺灣書房出版有限公司，二〇〇八年版）

參考文獻

林樹梅：遊太姥山圖記，道光十三年刻本。

林樹梅：静遠齋文鈔，道光十六年刻本。

林樹梅：歗雲山人詩鈔初編，鈔本，藏福建師範大學圖書館。

林樹梅：歗雲山人文鈔初編，刻本，汪毅夫藏複印件。

林樹梅：歗雲山人文鈔初編，鈔本，藏福建師範大學圖書館。

林樹梅：歗雲詩鈔初編，鈔本，藏福建師範大學圖書館。

林樹梅：歗雲文鈔初編，鈔本，藏福建師範大學圖書館。

林樹梅：説劍軒餘事，沈祖彝據郭柏蒼鈔本傳鈔，藏福建省圖書館。

林樹梅：歗雲詩鈔，家印本，收入林策勳浯江林氏家録，一九五五年版。
林樹梅：歗雲詩鈔，林策勳編，菲律賓宿霧市大衆印書館，一九六八年重印版。
林樹梅：歗雲詩編校釋，郭哲銘校釋，臺北：臺灣古籍出版有限公司，二〇〇五年版。
林策勳編：浯江林氏家録，家印本，一九五五年版。
林豪：金門志，光緒刻本，臺灣文獻叢刊第八〇種。
劉敬：金門縣志，一九二一年鈔稿本，藏福建師範大學圖書館。
許如中：新金門志，金門縣政府印行，一九五八年版。
金門縣政府：金門縣志（增修本），金門縣政府印行，一九九一年版。
葉鈞培：金門姓氏分佈研究，金門縣政府印製，一九九七年版。
陳炳容：金門的古墓與牌坊，金門縣政府印製，一九九七年版。
葉鈞培：金門姓氏堂號與燈號，金門縣政府印製，一九九九年版。
卓克華：古跡·歷史·金門人，臺北：蘭臺出版社，二〇〇八年版。
張榮強：金門人文探索，金門學叢書第一輯〇〇三，金門縣政府印行，一九九六年版。

張火木：金門古今戰史，金門學叢書第一輯〇〇六，金門縣政府印行，一九九六年版。
楊樹清：金門族群發展，金門學叢書第一輯〇一〇，金門縣政府印行，一九九六年版。
顔立水：金門與同安，金門學叢書第二輯〇一五，金門縣政府印行，一九九八年版。
顔立水：顔立水論金門，金門縣文化局，二〇〇八年版。
楊清國：金門教育史話，金門學叢書第三輯〇二三，金門縣政府印行，二〇〇一年版。
葉鈞培、黄奕展：金門族譜探源，金門學叢書第三輯〇二七，金門縣政府印行，二〇〇一年版。
蔡獻臣：清白堂稿，陳煒點校，北京：商務印書館，二〇二〇年版。
許獬：許鍾斗集，陳煒點校，北京：商務印書館，二〇一九年版。
郭堯齡編：魯王與金門，金門縣文獻委員會編印，一九七一年版。
金門縣文獻委員會：金門先賢録第一輯，金門縣文獻委員會編印，一九七〇年版。
金門縣文獻委員會：金門先賢録第二輯，金門縣文獻委員會編印，一九七二年版。
金門縣文獻委員會：金門先賢録第三輯，金門縣文獻委員會編印，一九七二年版。
趙爾巽：清史稿，北京：中華書局，一九七七年版。
顧祖禹：讀史方輿紀要，賀次君、施和金點校，北京：中華書局，二〇〇六年版。
陳衍、沈瑜慶：民國福建通志，一九三八年刻本。
蔣毓英：臺灣府志，臺灣府志三種，北京：中華書局，一九八五年影印本。
高拱乾：臺灣府志，臺灣府志三種，北京：中華書局，一九八五年影印本。
范咸：重修臺灣府志，臺灣府志三種，北京：中華書局，一九八五年影印本。
連横：臺灣通史，臺北：中國國民黨文化傳播委員會，二〇〇三年。
薛起鳳：鷺江志，厦門：鷺江出版社，一九九八年版。
周凱：厦門志，厦門：鷺江出版社，一九九六年版。

厦门市地方志编纂委员会办公室：民国厦門市志，北京：方志出版社，一九九九年版。

張本政：清實録臺灣史资料專輯，福州：福建人民出版社，一九九三年版。

林乾良：福建印人傳，福州：福建美術出版社，二〇〇六年版。

朱仕琇：梅崖居士文集三十卷外集八卷，乾隆四十七年刻本。

張惠言：茗柯文編，黄立新點校，上海：上海古籍出版社，一九八四年版。

周凱：内自訟齋文集，道光二十年刻本。

李祥賡：古山文抄十卷，清刻本。

謝金鑾：二勿齋文集六卷，道光十六年刻本。

謝金鑾：蛤仔難紀略一卷，臺灣文獻叢刊第一七種。

鄭兼才：六亭文集十二卷，嘉慶二十四年刻本，道光鈔本，藏福建師範大學圖書館。

高澍然：抑快軒文集七十四卷，謝章鋌鈔本，藏福建省圖書館。

張際亮：思伯子堂詩文集，王飆點校，上海：上海古籍出版社，二〇〇七年版。

林則徐：林則徐詩集，鄭麗生校箋，福州：海峽文藝出版社，一九八七年版。

來新夏：林則徐年譜新編，天津：南開大學出版社，一九九七年版。
施立業：姚瑩年譜，合肥：黃山書社，二〇〇四年版。
謝芸史：詠雪齋詩録，李青雲注，謝繼東校閲，臺南：大新出版社，一九九〇年版。
劉家謀：觀海集，芑川先生合集，道光本。
劉家謀：海音詩，芑川先生合集，道光本。
吕世宜：愛吾廬文鈔校釋，臺北：臺灣古籍出版有限公司，二〇〇二年版。
陳慶鏞：籀經堂類稿二十四卷，光緒九年刻本。
劉存仁：屺雲樓全集，光緒四年（一八七八）福州劉氏刻版。
謝芸史：詠雪齋詩録，臺南：大新出版社，一九九〇年版。
林豪：誦清堂詩集注釋，郭哲銘注，臺北：書房出版有限公司，二〇〇八年版。
郭柏蒼：補蕉山館詩二卷，郭氏叢刻本。
郭柏蒼：沁泉山館詩二卷，郭氏叢刻本。
郭柏蒼：柳湄小謝詩二卷，郭氏叢刻本。
郭柏蒼：葭柎草堂集三卷續一卷，郭氏叢刻本。

謝章鋌：賭棋山莊文集七卷，光緒十年南昌刻本。
謝章鋌：賭棋山莊文續集二卷，光緒十八年福州刻本。
謝章鋌：賭棋山莊文又續集二卷，光緒二十四年刻本。
郭柏蒼：竹間十日話，郭氏叢刻本。
陳衍：石遺室詩話，鄭朝宗、石文英點校，北京：人民文學出版社，二〇〇四年版。
郭則澐：十朝詩乘，福州：福建人民出版社，二〇〇〇年版。
洪春柳：浯江詩話，臺北：設計家文化出版股份有限公司，一九九七年版。
楊永智：明清時期臺南出版史，臺北：學生書局，二〇〇七年版。
劉登翰：臺灣文學史，福州：海峽文藝出版社，一九九一年版。
陳慶元：福建文學發展史，福州：福建教育出版社，一九九六年版。
廖一謹：臺灣詩歌史，臺北：文史哲出版社，一九九九年版。
盧建一：福建海防研究，北京：方志出版社，二〇〇三年版。
林國平：福建移民史，北京：方志出版社，二〇〇五年版。
謝水順、李挺：福建古代刻書，福州：福建人民出版社，一九九七年版。

吴守禮、林宗毅：吕世宜西邨研究資料，臺灣一九七六年印刷。
吴鼎仁：西邨吕世宜，臺北：優點印刷設計有限公司，二〇〇四年版。
蔡主賓：蔡廷蘭傳，臺北：優點印刷設計有限公司，二〇〇五年版。
陳益源：蔡廷蘭及其海南雜著，臺北：里仁書局，二〇〇六年版。
楊詩傳：開台進士鄭用錫家族之研究，新竹：加偉印刷有限公司，二〇〇八年版。
汪毅夫：臺灣近代文學叢稿，福州：海峽文藝出版社，一九九〇年版。
汪毅夫：閩臺區域社會研究，厦門：鷺江出版社，二〇〇四年版。
汪毅夫：閩臺緣與閩南風——閩臺關係、閩臺社會與閩南文化研究，福州：福建教育出版社，二〇〇六年版。
汪毅夫：閩臺地方史研究，福州：福建教育出版社，二〇〇八年版。
陳慶元：金門詩人年譜，揚州：廣陵書社，二〇〇二年版。
楊永智：金門林樹梅刻書考，東海中文學報第一五期，二〇〇三年七月。
汪毅夫：林樹梅作品裹的閩臺地方史料，臺灣研究集刊，二〇〇四年第一期。
施懿琳、廖美玉主編：臺灣古典文學大事年表明清篇，臺北：里仁書局，二〇〇八年版。
陳慶元：將門子・古文家・詩人——鴉片戰争時期愛國奇人林樹梅，福建師範大學學報，一九九九年第一期。
陳慶元：春來杜宇莫啼冤——讀林樹梅修前明魯王墓即事詩兼談魯王疑塚真塚與新墓，中國典籍與文化，二〇〇四年第一期。
陳慶元：金門蔡復一年譜初稿，二〇一二年金門學國際學術研討會論文集，金門縣政府、成功大學人文社會科學中心，二〇一二年。
陳慶元：蔡復一的本來面目——鍾惺譚元春周邊人物論之一，東南學術，二〇一五年第五期。
陳慶元：海島海防與海警海氛詩——略論晚明金門詩人蔡獻臣，中國石油大學學報，二〇二〇年第二期。
賴麗娟：劉家謀及其寫實詩研究，臺灣中山大學二〇〇六年博士論文。
王水彰：明代金門籍作家述論，福建師範大學二〇一四年博士論文。
呂成發：金門呂世宜及其藝文研究，福建師範大學二〇一五年博士論文。
王振漢：金門蔣孟育研究，福建師範大學二〇一五年博士論文。

李木隆：蔡復一研究，福建師範大學二〇一七年博士論文。

甯國平：清末浯江詩人林豪之研究，福建師範大學二〇一八年博士論文。

王石堆：明代浯洲蔡獻臣及其清白堂稿考論，福建師範大學二〇一九年博士論文。

莊唐義：南明金門詩人盧若騰研究，福建師範大學二〇一九年博士論文。

孫國欽：金門宗祠楹聯文獻研究，福建師範大學二〇二一年博士論文。

圖書在版編目(CIP)數據

歗雲詩文鈔／(清)林樹梅撰；陳茗點校．—福州：福建教育出版社，2023.12
(八閩文庫・要籍選刊)
ISBN 978-7-5334-9691-3

Ⅰ.①歗…　Ⅱ.①林…　②陳…　Ⅲ.①古典文學—作品綜合集—中國—清代　Ⅳ.①I214.92

中國國家版本館CIP數據核字(2023)第104163號

歗雲詩文鈔

作　　者：[清]林樹梅　撰　陳茗　點校
責任編輯：黄曉夏
裝幀設計：張志偉
美術編輯：季凱聞
出版發行：福建教育出版社
電　　話：0591-87115073(發行部)
網　　址：http://www.fep.com.cn
地　　址：福建省福州市夢山路27號
郵政編碼：350025
經　　銷：福建新華發行(集團)有限責任公司
印刷裝訂：雅昌文化(集團)有限公司
地　　址：深圳市南山區深雲路19號
開　　本：890毫米×1240毫米　1/32
印　　張：23
字　　數：459千字
版　　次：2023年12月第1版第1次印刷
書　　號：ISBN 978-7-5334-9691-3
定　　價：128.00元